KB273605

초한지 인물강해

楚漢志 人物講解

하 종 호 지음

글터

To my precious Miyo, Juni, Nino

일 러 두 기 . . . . .

- 특정작가의 고유한 책이름은 〈 〉로 표기하였다.
- 주註를 페이지의 아래에 별도로 달지 않고 해당구절의 옆 (=……) 표기 안에 <u>짙은 밑줄체</u>로 설명하였다.
- 사기史記나 역사서에 기록된 구어체(=<u>말했던 구절</u>)는 〈"……"〉로 기술하였다.
- 책 제목, 사자성어, 한자표기로 구분되는 고유 인물명, 지역, 한글동음同音의 뜻이 다른 단어, 뜻글자인 한자로 표현하는 것이 의미전달이 쉬운 단어는 한자를 병행 표기하였다.
  예: 한서漢書, 과하지욕跨下之辱, 사면초가四面楚歌, 영정嬴政, 형가荊軻, 해하垓下, 한漢나라, 한韓나라. 한신韓信, 한(왕)신韓(王)信
- 고대 중국 인물명은 한자漢字의 한국어 발음, 근/현대사 인물명은 현재 중국어 발음으로 표시하였다.
  예: 유방. 항우, 장량, 한신, 소하, 조참 / 마오쩌뚱, 장제스, 리렌체, 장이머우, 류예

우리는 흰말이 무릎을 꿇고 절을 하고 있던 나정蘿井의 알에서 태어났다는 전설과 함께 거서간居西干 박혁거세朴赫居世라고 기록된 박불구내(=박 붉은 누리)나 천제의 아들 해모수解慕漱와 하백河伯의 딸 유화柳花와의 야합野合으로 역시 알에서 태어났다는 고추모高鄒牟(=〈삼국사기〉, 〈삼국유사〉, 〈동국이상국집〉, 〈광개토대왕비문〉, 〈북부여기〉 등에 성姓이 고高로 표현되어 있고 고주몽高朱夢, 고중모高中牟, 동명성왕東明聖王 등으로 불린다. 부여, 북부여, 동부여, 졸본부여에 대한 여러 기록에 따라 호칭, 출생, 해모수에 대한 설명, 고구려 건국 과정은 모두 다르게 표현되어있다. 사견으로는 기록상 북부여 해모수의 후손이므로 성은 해解이고 고구려高句麗를 세웠으므로 성을 고高로 바꾸었다고 보며 이름도 활을 잘 쏜다는 뜻으로 흔히 알려진 주몽보다는 고구려 20대 장수왕이 선대의 조상들에 대해 414년 광개토대왕릉비에 직접 기록했던 북부여 출신의 "추모鄒牟"라는 이름이 가장 근거있다고 본다. 광개토대왕비는 청나라가 망하고 청태조 누루하치의 고향지역에 대한 일반인들의 거주제한, 즉 봉금封禁이 해제된 후 1880년 처음 발견되었으므로 일연, 김부식, 이규보는 이 비문에 기록된 추모라는 이름을 본 적이 없다고 봐야한다.)보다 거의 170년이나 더 앞선 인물들인 항우, 유방과 함께 시공간을 공유하지 못했다.

우리보다 거의 2,200살이나 많았던 항우의 힘이 얼마나 세었는지 유방의 수염이 얼마나 멋있었는지는 솔직히 알 수 없고 누군가가 직접 보고 들었을 만한 오래된 구전에 대해 훗날 또 다른 누군가가 기록을 남겼더라도 그 표현에는 그 기록자 개인의 감흥이나 생각이 첨삭되었을 것이라 짐작할 뿐이다.

따라서 오늘날 우리가 항우와 유방에 대해서 창의적으로 직접 표현할 수 있는 일은 기껏해야 메갈로돈이 남겨놓은 이빨 화석 몇 개를 찾아서 현생의 백상아리와 비교해가며 메갈로돈의 두개골을 그려보는 고생물학자 흉내를 내는 정도가 될 것이다.

오스트랄로 피테쿠스(=인과人科, Hominidae에 속하는 최초의 화석인류, 400만 년~100만 년 전 아프리카 지역에서 번성, "남쪽의 원숭이"라는 뜻)이후라고 해도 좋고 현생인류 호모 사피엔스 사피엔스 이후라고 해도 좋다. 두뇌의 용량이 점점 커지면서 침팬지, 보노보, 고릴라, 오랑우탄과는 전혀 다른 종種으로서 완전히 결별하게 된 우리 인류의 조상들은 끊임없이 싸웠고 상대를 죽이면서 더 영리해져갔다.

석학碩學 "유발 하라리(=Yuval Noah Harari, 이스라엘 히브리대학교 역사학과 교수)"는 그의 빼어난 인문학적 성과인 〈사피엔스Sapiens〉라는 명저를 통해서 호모 사피엔스를 탁월한 종족 청소기라고 표현하기도 했다.

때론 먹이나 영역의 확보를 위해 다른 종種과 싸웠고, 때로는 종족번식(=이성異性의 획득)이나 집단 간의 세력다툼을 위해 같은 종種과도 싸웠으며, 싸움이 경험을 더해가는 동안 그 싸움의 도구들은 단순한 나무막대기나 돌조각에서 점점 변모되어져 상대에게 보다 더 치명적일 수 있는 날카롭고 강한 것들로 계속 발전해져갔다.

문자와 언어가 정교해지기 시작한 이후로부터는 앞서 말한 것과는 아무 상관없이 어떤 한 개인의 명예나 자존심 혹은 허황된 신념을 실현시키기 위해서라도 전쟁을 해왔다. 예루살렘에 성지순례를 갔다가 현지인에게 수모를 당한 어느 한 개인(=방랑자 은수자隱修子Hermit 베드로)의 망상과 그 보잘것없는 자칭 수도사의 천박하고 간악한 감언이설에 빠진 교황(=우르비노 2세)의 잘못된 정치적 판단으로부터 시작된 십자군 전쟁이 바로 그 사례이다.

누구보다도 더 인간을 보호하고 사랑해야 할 종교의 이름으로 자행된 이 전쟁으로 말미암아 인류는 개인의 믿음, 나아가서는 민족과 국가의 종교가 다르다는 헛된 명분 하나만으로 남녀노소를 가리지 않고 동종의 생명체를 약 400년(=11세기~15세기)간 줄기차게 파괴하며 증오했다.

사시사철 기후가 따뜻하고 먹을 것은 풍족했지만 한 번씩 분노하듯 무자비하게 용암을 뿜어내는 2,000년 전 화산섬 하와이에 살았던 원주민들의 신神과, 겨울이면 살을 에는 삭풍이 부는 요하강 남쪽 압록강 북쪽에 살았던 배달민족의 신과, 인도네시아 열대 밀림 자바섬에 살았던 키 작은 부족들이 믿었던 신이 어찌 같을 수 있단 말인가?

교황 우르비노 2세는 지구도처의 각기 다른 환경에서 살아왔고, 살아가고 있는 모든 개개인의 믿음이 절대적으로 같을 수는 없으며 씨족, 부족, 민족, 국가의 종교적 대상 또는 신神이 반드시 하나이어야만 한다는 믿음, 유일신 사상Monotheism이 오히려 더 기이한 형태가 되기 쉽거나 그것은 상식적으로 불가능하다는 걸 몰랐던 것이다. 그는 타종교에 대한 배려나 이해는 고사하고 종교의 기원이라는 인류보편가치에 대한 인문적 소양이라고는 전혀 없었던 무지無智의 교황이었다.

더군다나 그는 어떤 원칙적인 종교적 사명감이 있어서 십자군 전쟁을 일으킨 것이 아니라 전쟁을 통해 중세 유럽의 정치적 주도권을 선점하고 전쟁을 빌미로 각 영주들로부터 막대한 후원금을 징수하려는 명분으로 전쟁을 시작하였다. 물론 이러한 계략에는 은수자 베드로의 사적인 욕심도 한몫했다. 이 사람은 교황의 대리인으로서 교황의 직인이 찍힌 편지를 들고 다니며 각 지역으로 직접 돈을 거두러 다녔다. 그리고 1096년 현재 독일 지방에서 유대인들을 반反기독교인라고 몰아붙여 몰살시키는 방법으로 전全유럽에서의 대대적인 종교적 적개심을 유발시킨 후 1차 십자군 원정을 시작하였다. 당시의 징집, 징발구호는 바로 "신의 뜻으로"였다.

1차 십자군 원정이 시작된 초기, 전全유럽의 많은 젊은 남자들이 전쟁에 차출되었고 흔히 말하는 경제와 민생은 폭망하였다. 지중해 동남방 그리스, 터어키, 시리아, 예루살렘 지역의 전쟁터로 떠나 언제 돌아올지 모르는 남자들이 여자들에게 철재 정조대를 채웠다는 코미디 같은 일들이 실제로 이때 벌어진 당대의 어처구니없는 이야기들이다.

막대한 후원금을 징발한 로마의 교황과 주교들은 겉으로만 결혼을 하지 않은 종교인들이었지 날마다 호의호식하며 환락에 파묻혀서 살았다.

실제로 그들은 양가집 규수들을 교회로 데려와 황제과 왕비처럼 대놓고 부부처럼 같이 살았고 자식이 생기는 경우도 허다했다. 막강한 정치권력이자 경제 권력인 교황은 종교적 자질이나 학문적 소양과는 전혀 무관하게 차라리 어리석한 인물을 내세운 특정 가문들의 야합에 의해 독점적으로 선출되어 계보를 이어나가기도 했다.

교황 우르비노 2세가 자행한 어리석음은 오늘날에도 지속되어 현 지구상 존재하는 생명체 중 유일하게 우주의 모든 물질이 원자로 구성되어 있다는 것을 이미 알아차려 버렸고 또 태양계 행성들 간의 운동법칙과 이를 증명할 수 있는 수학적 계산능력을 가지게 되었다고 스스로 대견해하는 최상위 고등생명체인 우리 인류는 약 100여 년 이내 역사 안에서만 보더라도 무척이나 어리석게도 광포狂暴한 세계대전을 두 번씩이나 경험했다.

그 중 하나는 "아돌프 히틀러"라는 어느 광인狂人 선장이 지휘하는 군함에 같이 동승한 무리들이 자행한 전쟁으로, 이 전쟁은 우리 인류가 유전물질 DNA를 파악해버린 정도의 고급 지적 존재가 아니라 차라리 그 반대로 지구상에서 가장 어리석은 생명체는 아닐까 하는 질문을 스스로에게 던져 보게 되는 계기가 되었다.

Sapiens가 지혜나 슬기를 의미한다면 과연 우리 종種의 이름을 우리

스스로 호모 사피엔스 사피엔스(=Homo Spiens Spiens 슬기롭고 슬기로운 사람)라고 명명한 것이 얼마나 염치없는 나르시스적인 잘난 척이란 것을 반성해 볼 필요가 있다.

우리 인류는 너나 할 것 없이 명분을 내세워 전쟁을 벌여왔고 이유가 없으면 이유를 만들어서라도 싸울 정도로 과히 전쟁을 좋아하는 종족들임에 분명했다. 전쟁을 재미있어했다고 해도 과언이 아니다. 최초의 전쟁기록(=길가메시 대서사시) 시대 이후로 인류 역사상 전쟁이 없었던 적은 단 한 번도 없었고 우스갯소리를 한번 해보자면 태양계가 속해 있는 우리 은하 전체의 거시 세계로 스케일을 확대하면 현재 우리가 볼 수 있는 눈앞의 일개 점보다도 더 작은, 나아가서 우주 전체로 보면 작은 먼지를 더 잘게 쪼갠 미세먼지의 수천 억조 분의 일도 안 되는 이 지구상에서 전쟁이 없이 조용했던 적은 딱 0.001초 정도였을 것이다.

2024년 기준 이 지구상에는 러시아와 우크라이나, 이스라엘과 팔레스타인이 국가 간 전쟁을 벌이고 있고 시리아, 에티오피아, 남수단, 아프카니스탄, 미얀마 그리고 중앙아프리카의 다수 지역에서 민족간 또는 정부군과 반군간의 내전으로 여전히 수많은 생명들이 죽어나가고 있다.

팔레스타인과의 전쟁 전, 지지율이 19%에 머물렀던 16년차 장기집권 이스라엘 총리 베냐민 네타냐후는 전쟁이 시작된 이후 지지율이 37%까지 급상승

했다. 정치인의 생명줄인 지지율이 상승하여 정치적 입지를 연장할 수 있었으니 강경 일변도의 이스라엘 군사전략에 어찌 네타냐후 개인의 정치적 목적이 배제되어 있다고 말할 수 있겠는가? 그러나 정작 팔다리가 잘리고 폭격을 받은 건물의 잔해에 깔려 처참하게 죽어나가는 사람들은 총리나 국방부 장관이 아니라 양국의 젊은 군인들과 어린이를 포함한 민간인들이라는 것을 우리는 반드시 알아야 한다.

전쟁만큼 작게는 한 개인, 점점 크게는 가족, 씨족, 부족, 민족, 나아가서는 한 국가의 운명을 비교적 짧은 시간에 급진적으로 결정짓는 폭력적 적대행위는 드물었다. 시대를 막론하고 전쟁이라는 명분하에 무장된 모든 군대들은 자연법적 금기사항인 살인을 정당화할 수 있는 합법적 집단이었고 그들이 벌이는 전쟁의 결과는 인류사에 있어서 많은 것들을 송두리째 바꾸어 놓았다.

평소에는 "사람을 다치게 하면 안 된다."라고 떠들다가도 전쟁이 터지면 일단 사람을 많이 죽이는 자가 영웅이 되었다. 네부갓네살과 키루스가 그랬고 크세르 크세스와 알렉산더가 그랬고 시이저와 나폴레옹이 그랬다.

동아시아 지역으로 범위를 축소시켜 중국 역사의 예를 들어보자면, 초기 중국 전쟁들의 대부분은 기후조건이 탁월한 중원지역을 확보하려는 동서남북 사방으로부터의 이동과 서고동저西高東低, 대륙 서쪽의 산악지역으로부터 발원한 하河(=황하)와 강江(=장강과 장강의 하류 양자강), 수水(=위수와 회수)하류의 동쪽 평야지대로 이어지는 광활한 곡창지대를 확보하려는 침략으로부터 시작되었다.

인류 전체 역사와 마찬가지로 상고시대 이전부터 중국에서도 그 광활한 지역에 터를 두고 살아왔던 다양한 민족들의 운명을 결정지었던 수많은 전쟁들이 있어 왔다.

1) 황제 헌헌과 동이족 치우 천황의 탁록대전(=BC 2500년경 추정), 이 전쟁에 대한 훗날의 해석으로 중국인들에게 중원中原, 한漢족의 뿌리, 화하華夏, 중화中華, 제하諸夏, 해내海內라는 개념이 처음 생기게 됨.

2) 강태공(=태공망 강상)의 목야전쟁(=BC 1046년), 은주殷紂가 달기와의 주지육림 녹대에 불을 지르고 상商나라(=은나라)를 자멸시킨 후 주周무왕 희발의 주周나라가 최초의 중화적 봉건 시대를 열게 됨.

3) 초楚상장군 항우와 진秦대장군 장한의 거록대전(=BC 207년), 장한의 투항으로 진제국이 폐망하게 되는 실질적인 계기가 됨.

4) 한왕 유방과 서초패왕 항우의 해하전투(=BC 202년), 항우가 자결하고 유방이 400년 한漢제국을 개창.

5) 조조와 원소의 관도대전(=AD 200년), 후한의 실질적인 모든 권력을 조조가 장악.

6) 조조와 유비 / 손권 연합군이 장강(=양자강)에서 벌인 적벽대전(=AD 208

년), 이 전쟁의 결과, 한漢나라가 위촉오魏蜀吳 삼국으로 재편되는 시발점이 됨.

7) 누루하치와 명나라 양호의 살이호(=사르후)전투(AD 1619년), 이 전쟁 후 한족 명나라가 망하고 다시 만주족(=동이족)이 후금, 청나라 시대를 열게 됨.

8) 공농홍군工農紅軍 마오쩌뚱(=모택동毛澤東)과 국부군國府軍 쟝제스(=장개석蔣介石)의 국공내전(=AD 1950년), 사회주의 공산국가 중화인민공화국(=중공中共)의 탄생.

삼황오제 이후 마오쩌뚱의 중공에 이르기까지 중국의 역사에서 국호의 변경은 바로 알고 보면 실제로는 모두 잔혹한 전쟁의 결과물들이었고 중국전쟁사를 거슬러 올라가다보면 대략 위에서 말한 큰 전쟁들을 접하게 된다. 그러나 중국에서 일어난 숱한 전쟁들 중에서 항우와 유방이 천하를 두고 벌였던 초한쟁패만큼 후대사람들의 기억을 자극하는 스토리는 드물었다.

그 이유는 이 시기에 등장하는 수많은 인물들의 정점에 항우와 유방이라는 유별난 두 사람이 있었고 극적으로 단순 대비되는 서로 다른 캐릭터의 두 인물이 천하를 놓고 한판 싸움을 벌였기 때문이었다. 그리고 실로 엄청난 사람들이 죽어나갔다. 초한전쟁이 일어나기 직전이었지만 항우는 함양으로 진격하는 도중 거록에서 승리한 후 포로였다가 아군이 된 진나라 군사들이 초군과의 차별대우에 불평하자 신안에서 그들 20만 명을 단숨에 생매장 시켜버렸다.

전쟁을 다룬 이야기이므로 승패는 정해질 수밖에 없었으며 첫 만남부터 전쟁이 진행되는 대부분의 기간 동안 상대적 약자였던 한 사람은 400년을 지속하는 한漢제국의 고제高帝가 되어 후대 모든 중국 황제들의 표본이 되었던 반면, 천하절대강자였던 한 사람은 그의 명성과 하늘을 찌르는 자부심에 걸맞게 그의 짧은 시대를 스스로 종말 시켜버리고 말았다.

그러나 이상하게도 전쟁에서 진 패장이 승자 못지않게 더 자주 기억되고 두고두고 인구人口에 회자되는 기이한 현상도 발생했다.

흔히들 중국, 한국, 일본에서 장이요! 멍이요! 라고 소리치며 32개(=16개 x 2)의 기물棋物을 가지고 노는 장기將棋라는 게임의 시초가 바로 초한쟁패를 이야기로 옮긴 〈초한지〉에서 비롯된 것이며 항우와 우희의 마지막 이별이야기, 패왕별희霸王別姬는 지금도 세계도처에서 연극이나 영화로 매일같이 공연되거나 새로이 제작되고 있으니 꼭 중국인이 아닐지라도 세상의 많은 사람들이 2,200년전의 이 두 상반되는 인물들이 남겼던 스토리에 열광한다는 점은 〈초한지〉가 가지는 특별한 매력이라 할 것이다.

항우와 유방에 관한 책을 한번 써볼 궁리를 할 즈음….
고백하건대 "제목을 뭐라고 쓸까?"라는 첫 번째 입구에서부터 턱 하니 막히고 말았고 그 막힘은 별 뾰족한 해답도 없이 의외로 두고두고 오래 갔다. 난 의외로 이런 문제를 해결하는 데에는 느긋하다 못해 무척이나 게으른 편에 가깝다.

"항우와 유방" 혹은 "초한지"라는 원래 그대로의 담백淡白한 제목으로 쓸려니, 수세기에 걸쳐 견위, 시바 료타로, 정비석, 이문열 등 기라성 같은 문필가, 고명한 역사가들이 이미 먼저 다루었던 제목이고, 그 혁혁赫赫한 문재文才들의 식견과 연구가 가장 간단해서 담백해 보이는 그 제목의 이면에 깊은 강물처럼 유유히 흐르고 있었음을 자연스레 알게 되었다.

특히 산케이 신문産經新聞 기자 출신의 시바 료타료가 쓴 〈항우와 유방〉은 단연 백미였으며 그의 저서에 펼쳐진 유방에 대한 표현과 해석은 마치 그 인물이 내 옆에 있는 것 같은 착각을 불러일으킬 정도로 탁월해서 미소가 절로 지어질 때가 자주 있었다. 그는 신문기자 출신의 대문호답게 어떠한 신화적인 요소나 과장誇張 없이 옆에서 카메라로 찍듯 인물과 상황을 묘사했다.

사실 유방이라는 인물은 멀리 있는 별처럼 희미한 듯 아름답게 보일 때는 잘 드러나지 않고 바로 옆에서 술에 취해 침을 튀기며 떠들고 있거나 순간적으로 자신의 잘못을 빨리 인정하고 머리를 숙이는 우스꽝스런 장면에서 좀 더 잘 보인다. 항우의 냉혹함과 잔인성, 압도적인 공격력에 치를 떨다가도 유방은 조금만 상황이 호전되면 일단 술 한 잔 마시고 언제 그랬냐는 듯이 그 특유의 배짱과 허풍으로 매력을 발산한다. 시바 료타료는 항우보다 훨씬 더 유연한 유방이 달리 보면 차라리 더 무서운 사람일 수도 있다는 점을 유방이라는 인물에 다양한 가면(=Persona)을 씌워 자유자재로 표현했다.

그리고 故고우영 화백의 〈초한지〉는 이 작품 이외에 〈십팔사략〉, 〈열국지〉, 〈삼국지〉, 〈수호지〉, 〈서유기〉, 〈대야망〉, 〈연산군〉, 〈임꺽정〉, 〈일지매〉〈수레바퀴〉 등 다수의 대작을 완성한 선생의 해석이 여느 평범한 만화가의 수준을 이미 몇 단계 넘어선 지 오래임을 잘 보여주었고 이러한 주제에 관해서는 어느 누구에게 뒤지지 않은 선생만의 탁월한 식견이 있었음을 여러 전문가와 석학들도 인정했다. 유방의 대범함과 찌질함, 돋보이는 리더쉽 속에 숨겨진 속물근성, 그리고 식욕과 성욕이 결부된 원초적 탐닉을 표현한 생생한 표정들은 과히 고故 고우영 선생의 작품 속에서만 느낄 수 있었던 압권이었다.

이미 고인이 되셔서 더 이상 작품을 창작, 재해석하시지 못하는 점은 한때 동시대를 살았던 동포 국민으로서 또 뒤따르는 인생으로서 무척 아쉬운 점이라 여긴다.

〈논어〉에서 공자가 자로와 안회에게 말했다고 기록된(=안연계로시 자왈 顔淵季路侍 子曰 안회와 자로가 공자님을 모시고 있을 때 공자께서 말씀하시기를…) 노자회지老子安之, 붕우신지朋友信之, 소자회지少子懷之의 소자회지에 해당되듯 선생은 뒤따르는 사람이나 나이가 어린 사람이 두고두고 생각하고 그리워지는 사람이다.

뵌 적이 없지만 존경하는 이문열 선생의 〈초한지〉는 "그의 출중한 〈삼국지〉에는 비할 바 아니었다"라고 외람된 평가를 해본다. "그의 〈삼국지〉가 워낙 탁월해서 그렇게 본다."라고 전의戰意없는 후퇴 정도는 해야 이문열 선생의 추종자들로부터 그나마 욕을 덜 듣게 될 것이라는 나의 얄팍한 계산이 들통나더라도 할 수 없다.

우스갯소리 삼아 말하는 정치대통령에 박정희, 농구대통령에 허재가 있었다면 우리나라 문필 대통령에는 이문열이라는 언어의 장인匠人이 있다. 그가 그런 권력과 성취를 획득하게 된 차고 넘치는 근거들은 다수의 작품으로 이미 증빙이 잘 되어 있음으로 행여 그의 이름에 흠집을 내는 일구一句라도 잘못 주절거리는 날에는 나 같은 보잘것없는 일면서생, 작은 사마귀 한 마리는 그의 추종자들이 모는 수레바퀴에 밟혀 죽기 십상이라는 것을 잘 알고 있다.

"이문열의 〈삼국지〉가 이문열의 〈초한지〉를 빛바래게 할 뿐이다"라는 사족을 달아서라도 당랑거철螳螂拒轍의 신세를 겨우 면하고 싶다는 군말이다. 물론 나의 개인적인 견해이다.

아무튼 〈초한지〉 같이 간단명료해서 차라리 더 부담스러운 제목으로 글을 쓰기에는 나의 깊이가 애당초 깜냥이 안 된다는 것을 스스로 인정할 수밖에 없었고 그 생각에는 지금도 여전히 변함이 없다.

글쓰기가 나의 생업이 아닌 탓에, 평범한 일상이 더해지는 동안 위에서 말한 첫 입구에서의 막힘은 처음부터 원래 없었던 것처럼 자연스럽게 잊혀져갔다. 병아리 물마시고 하늘 보듯, 세수하다 코만지 듯, 매일의 익숙한 게으름들이 반복되고 있을 무렵 나는 우연히 아내가 시립도서관에서 대여해온 〈플루타르코스 영웅전〉을 간만에 다시 읽게 되었다.

그리고 두꺼운 책 표지의 바로 뒷페이지에 영어로 쓰인 〈Parallel Lives〉(=Vitae Parallelae)라는 그 책의 원原제목을 보게 되었다.

굳이 한자 한국어로 번거롭게 번역하자면 "대비열전對比列傳" 정도이고 우리말로 풀어쓰면 "인물들을 평행선상에서 비교해서 풀어본다" 혹은 "역사 속의 라이벌이나 대비할 만한 인물들을 상응시켜본다" 이 정도로 해석해 볼 만한 제목이었다.

"초한지"라는 너무 간결해서 저어했던 제목지음을 두고 시작부터 막혀버렸던 나의 오래된 고민에 희미한 해답이 보이기 시작했다.

독서에 대한 보상이랄까 깜깜한 밤중에 길을 가다 운 좋게 달빛에 비쳐진 이정표를 만난 것이었다.

1) 초한쟁패에 등장하는 그 인물들을 대비하거나 나누어서 써보자.

2) 누가 초나라의 편이던 누가 한나라의 편이던 그런 건 염두에 두지 말고 비슷한 직분과 역할을 맡았던 인물들을 비교해서 정리해보자.

3) 항우에게서 유방으로 넘어온 자, 한신, 경포, 팽월, 진평, 항백을 위시하여 부지기수고 또 유방을 배신하거나 유방 스스로 져버린 자도 헤아릴

수 없이 많으니 그들 각자가 처했던 상황들과 각자 그릇의 크기만큼 선택했던 그때 그 판단들을 헤아려보자.
4) 선장이 아닌 일등항해사도 배를 조종할 수 있듯이 이런 지엽적인 주제는 큰 줄기를 손상시키지 않고서도 낮은 자세로 진중하게 풀어볼 수도 있지 않을까.

나이를 하나둘 더해가며 익혀보면, 원래 언어가 주는 느낌과는 다르게 특수적인 것보다는 일반적인 것들이 훨씬 더 실천하기에 어렵다는 것을 체득하게 된다. 차라리 특수적인 것들은 일반적인 것의 어느 한 부분일 수도 있으니 이번에는 지엽枝葉에서 내 깜냥에 맞게 좁게 놀아보자.
나는 이런 결론에 도달했고 제목도 바로 정했다.

〈초한지楚漢志 인물강해人物講解〉

그리고 이제는 2,200년전 그때 그 사람들을 내 눈앞에 떠올려 보며 즐겁게 써보는 일만 남았다고 생각해 버렸다.

2025년
필자

제1강

천자天子를 넘어 천신天神이 되고자 한 인간 /
진시황제秦始皇帝 영정嬴政 _ 102

제2강

제3강

제6강

하늘이 내린 참모 / 제왕의 스승 장량張良 _ 272

제7강

현명한 2인자 / 소규조수蕭規曹隨 조참曺參 _ 306

제8강

성공한 마키아 밸리 / 술수와 처세의 달인 진평陳平 _ 320

제9강

본기本紀에 기록된 세 사람 _ 350

제10강

〈초한지〉와 연관된 고사성어故事成語 정리 _ 379

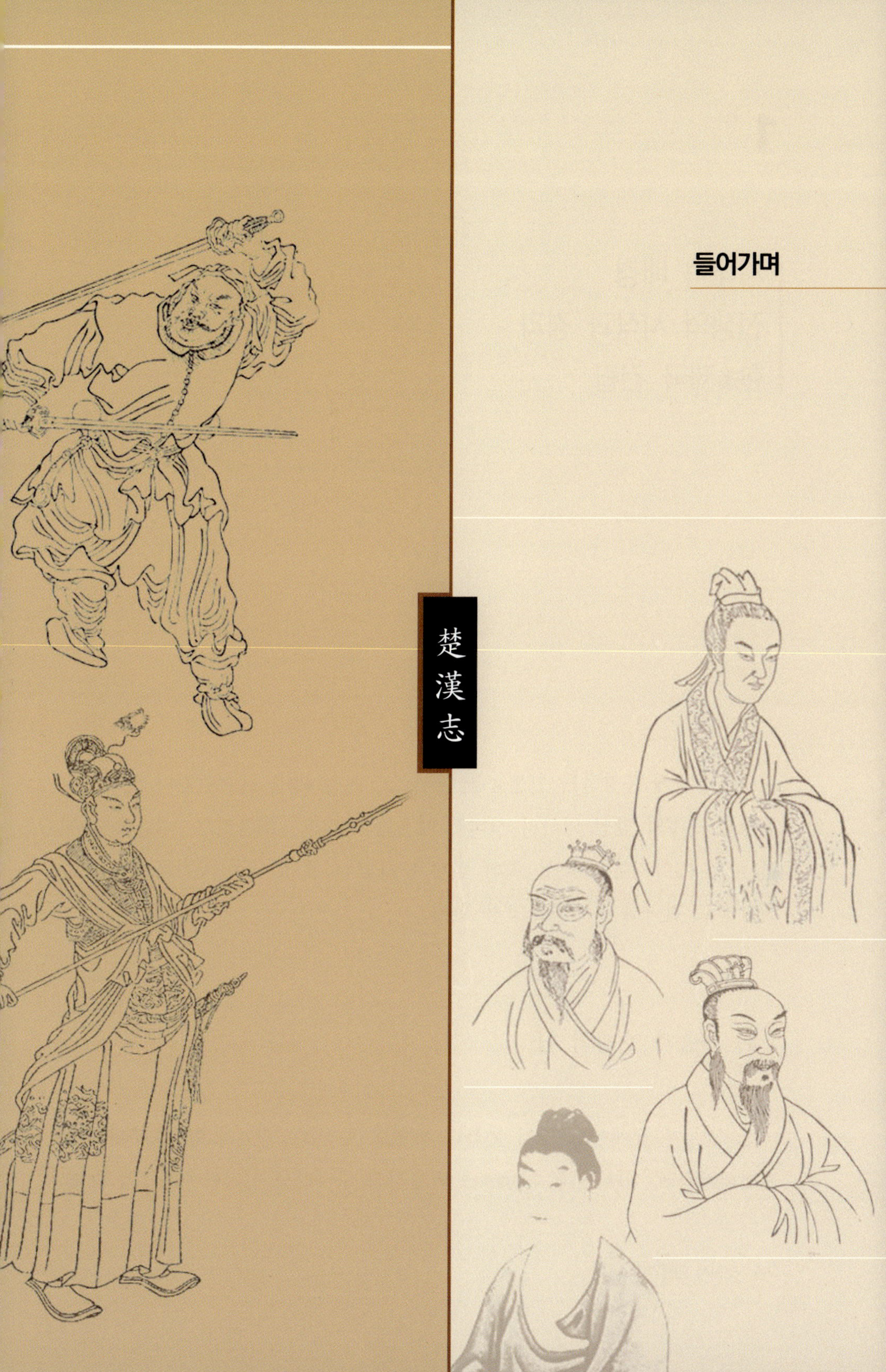

들어가며

1

시대적 배경
전쟁의 시작과 경과
한漢제국 건립

초한쟁패에 등장하는 인물들을 중심으로 본강本講을 풀어나간다 할지라고 전쟁의 전후와 앞선 역사의 시대적 배경들 그리고 〈초한지〉(=〈서초연의〉)에서 다룬 이야기들을 소설 속의 전개가 아닌 실제 역사적 사건들이 발생한 시간별로 간략하게 살펴보고자 한다.

1) 진승과 오광의 난

공자孔子가 꿈에서도 잊지 못한다 하였던 주공周公 단旦의 형, 주무왕周武王 희발姬發이 BC 1046년 은주왕殷紂王을 멸하고 주나라를 창건한 이후, 복희伏羲,

요순堯舜, 은탕殷湯, 서백희창西伯姬昌(=주무왕 희발과 주공 희단의 아버지, 훗날 주문왕으로 추존, 서백희창을 낳은 어머니가 태임太任인데, 주문왕의 어머니 태임을 본받는다 하여 조선 성리학의 대가 이율곡의 어머니 신씨는 그녀의 당호를 스스로 사임당師任堂이라 지었다.)의 이상치세를 이어받은 춘추春秋 이전의 시대가 지나가고 중국인들이 화하華夏라고 자칭하는 중국대륙은 약육강식의 춘추 후기를 지나 전국시대戰國時代로 돌입하게 되었다.

기나긴 전쟁의 시대를 거쳐 대륙은 전국칠웅戰國七雄, 연초제한위조진燕楚齊韓魏趙秦으로 재편 되었는데 이들 중 진나라는 사실 BC 900년경 천자국天子國 주나라 효왕의 시중을 들고 있던 비자非子가 말馬을 잘 키워 주나라에 상납하는 공적을 올려 영嬴이라는 성을 하사받고 대부가 되어 진秦땅에 영지를 하사받은 것으로 시작된 중국 서쪽 끝의 작은 변방이었다.

BC 770년 웃지 않는 절세미녀 포사를 웃게 만들기 위해 나라를 망친 것으로 유명한 서주西周 시대의 마지막 천자 주유왕이 견융犬戎의 침입을 받아 죽자(=포사는 비단 찢는 소리와 거짓 봉화신호에 달려와서 허탈해 하는 제후들을 보고 웃었고 주유왕은 경국지색 포사 때문에 국가 재정을 탕진하며 매일같이 비단을 찢고 수시로 거짓봉화를 지펴 제후들의 신뢰를 잃었다. 그리고 실제로 견융이 쳐들어 왔을 때 제후들은 천자국인 주나라를 돕기 위한 군대를 출동시키지 않았다.)

원래 도읍이었던 호경(=장안과 함양일대)에서 동쪽 낙읍(=낙양)으로 천도하는 과정에서 새로 옹립된 동주東周시대의 첫 번째 천자 주평왕을 무사히 호위한 공로로 진양공은 주나라의 옛 땅 기岐(=기산岐山, 호경일대)에 봉해지게 되었다. 제후의 반열에 오르게 된 진나라는 처음에는 중원의 제후들로부터 야만스러운 소국이라고 업신여김을 당했지만 서융西戎과 항쟁하면서 기산을 중심으로 점차 영토를 확장해나갔다.

전국시대 중원진출을 모색하던 서쪽의 지리적 변방 진나라는 소양왕 이후 급진적으로 힘을 키워 소양왕 영직의 증손자인 영정嬴政이 상앙으로부터 이어져 온 강력한 법가法家계통의 통치이념을 계승하며 부국강병을 단행한 후

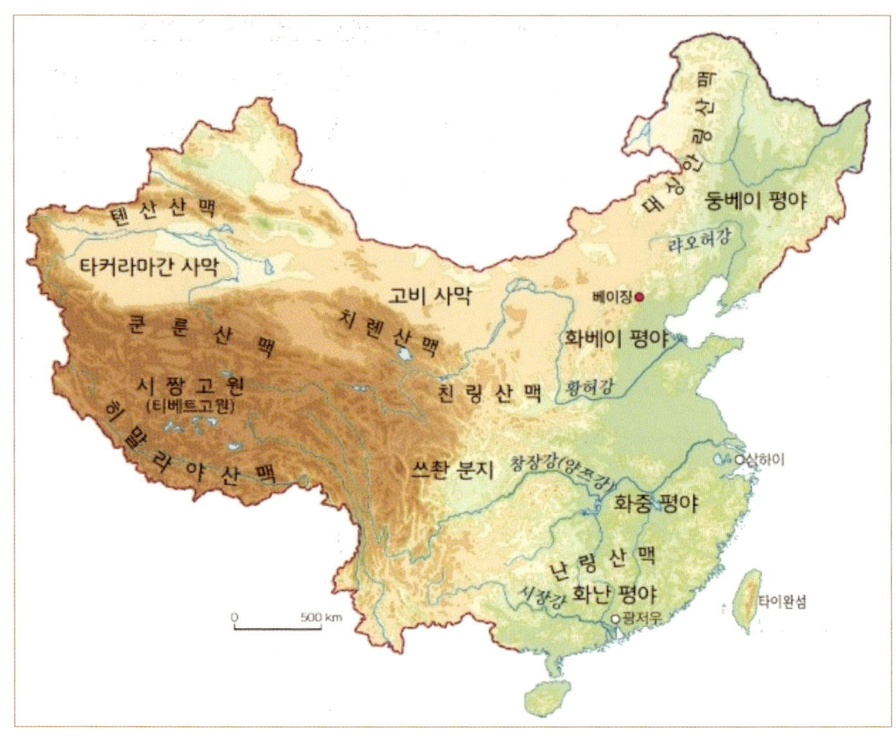

중국의 지형

주변 6국을 차례로 멸망시키고 BC 221년 마침내 중국대륙을 처음으로 통일하게 되었다.

그는 상고시대의 삼황(=천황, 지황, 인황 / 복희, 신농, 수인 혹은 수인을 대신해 여와, 공공, 축융) 에서 황皇을 따고 오제(=황제, 전욱, 제곡, 제요, 제순)의 제帝를 붙여 천하의 전쟁시대를 종식시키고 화하를 통일한 그의 업적에 비견할 만한 왕이나 제후가 일찍이 없었음을 강조하기 위해 스스로를 초대 황제, 1세 황제 라는 의미로 시황제始皇帝라 부르게 하였다. 진시황제의 진은 오늘날 세계가 중국을 부르는 통칭인 차이나(=China, Cino, Chin, 지나支那)의 어원이 되었다.

도량형과 문자의 통일, 전국적인 호구조사의 시행, 주나라식 봉건체제(=9개 지역 중앙에 주나라를 두고 나머지 봉토는 제후들이 다스리게 하거나 제후들 중 절대강자였던 제환공, 진문공, 초장왕, 오부차, 월구천 같은 춘추오패들이 나서서 천자를 대신해 여러 제후들을 통솔)의 타파 등과 같이 강력한 중앙 집권형 절대 권력의 시대를 열었던 진시황제 영정, 그는 통일된 중국을 하나의 문화권, 하나의 통치시스템, 하나의 경제권, 하나의 행정권 안에 두고자 노력했다.

그는 스케일이 큰 만큼 세심했고 모든 것을 본인이 장악해야만 된다는 강한 의지가 있었다. 이러한 시황제의 진秦은 아방궁과 여산능 건설, 만리장성 축조와 같은 대규모 토목공사와 가혹한 법가사상의 이사와 간신 환관조고에 눈과 귀가 막힌 2세 황제 호해胡亥의 폭정과 사치 끝에 이르러 마침내 멸망하게 된다.(=공식 멸망은 BC 206년, 3세 진왕 영자영은 재위 46일 만에 유방에게 항복하였다.)

사실 진시황은 자신의 죽음이 임박했음을 알고 장남 부소를 후계로 삼으라고 유언했으나 당시 부소는 몽염 장군과 함께 만리장성 축조의 명을 받고 수도 함양을 떠나 있었던 상태였고 부소가 즉위할 경우 자신이 실권할 것을 염려한 환관 조고가 유언의 교지를 변경하여 부소를 자결케 하는 황제의 거짓교지를 내린 후 호해를 2세 황제로 즉위 시켜버렸다.

시황제 사망 이후의 권력암투에서 호해를 내세운 이사와 조고가 정적이었던 부소와 몽염을 먼저 제거 시켰다고 보면 무난하다. 호해는 주색잡기에 빠져 아무런 정사를 돌보지 않았으며 모든 정무는 환관 조고가 장악하였다. "지록위마指鹿爲馬"라는 고사성어는 바로 이때 이 두 사람의 관계에서 비롯된 것이다.

조고는 황제의 비위만 맞추며 민생과 군무軍務를 돌보지 않았고 아방궁의 사치와 대규모 토목공사를 감당할 가혹한 세금과 노역만을 부과하고 있었으니 도저히 버티지 못한 백성들이 제국의 도처에서 각 지방별로 반란군을 조직해 점진적으로 들고 일어나게 되었다. 그러한 반란군 중에는 규모가 제법 큰 농민집단들도 있었고, 가혹한 법집행과 세금을 피해 산적, 도적떼가 되어 버린 무리들도 있었다.

위에서 간략히 밝힌 바대로 원래 진제국은 주변 6국을 차례로 멸망시키고 탄생한 그 이전의 중국 역사상에는 단 한 번도 시도되어본 적이 없었던 단 하나의 통일국가체제였다. 하지만 그 기틀이 굳건해지기도 전에 시황제가 사구沙丘에서 순행 중 사망해버린 탓에 진제국은 통제력을 잃고 빠른 속도로 붕괴되어져갔고 못난 황제 호해의 폭정은 진이 멸망시켰던 6국의 왕족, 귀족 세력들에겐 머지않아 새로운 재건의 기회가 찾아올 수도 있다는 의미이기도 했다.

이들 무리 중 가장 먼저 공식적으로 반란의 기치를 들고 일어난 농민 진승은 나라 이름을 대초大楚, 스스로를 대초대장군이라 부르며 지역 민초들과 부로들의 마음을 얻어 한때 그 세력이 예전 진陳나라 지역을 장악하기에 이르렀다.

이후 공식 국호를 장초張楚로 정하고 본인도 진왕陣王이라 자칭했으나 아방궁 축조에 투입되었던 노예들로 구성된 진압군을 지휘하던 진秦의 명장 장한에게 대패하고 피신하던 중 그의 마차를 몰던 부하 장가에게 암살당하고 말았다. 오광도 진승이 죽기 전 이미 장한에게 함곡관 부근에서 대패하여 전사했고 두 인물이 주는 교훈은 비슷하니 오광에 관한 부분은 생략한다.

규합세력의 부재와 리더쉽의 한계가 그들의 결말이었다. 그러나 그 시작은 거창하였고 진제국에 맞서 일어난 첫 번째 공식적인 반란이었다는 점, 그리고 이들의 봉기가 제국의 멸망을 촉진시키는 계기가 된 중국 역사상 발생한 최초의 농민봉기였다는 점은 높이 살만하다.

사마천이 일개 농민에 지나지 않았던 진승을 제후의 반열에 올려 "세가世家"에서 다루고 있다는 점은 진승의 난이 가지는 역사적 의미를 반영한다. 진승은 이런 말을 하였다고 한다.

훗날 유방은 한漢제국 개창 후 진승에게 은왕隱王이라는 시호를 하사하고 후손들로 하여금 제사를 받게 하였으니 평민출신으로 몸을 일으켜 황제가 된 유방에게도 진승은 어떤 의미로던 항상 마음속 깊이 자리 잡고 있었던 인물임에 분명하다 할 것이다.

2) 초나라의 부활, 항량과 항우의 등장, 유방과의 조우

영정이 주변 6국을 멸망시킬 때 가장 강한 상대국은 제齊나라와 초楚나라였다. 춘추오패春秋五霸의 두 인물, 제齊환공과 초楚장왕으로부터 이어져온 전통의 대국답게 그들은 강병 진秦나라에게도 결코 만만한 상대들이 아니었고 특히 초나라는 또 다른 춘추오패였던 오吳왕 합려의 아들 부차와 오자서를 멸망시킨 구천의 월越나라를 통합한 장강지역(=現 강소성, 저장성, 안휘성일대)의 대국이었다.

이 초나라가 6국정복전쟁의 영웅 진나라 왕전에게 패하여 BC 223년 멸망할 때, 끝까지 저항하다가 장렬하게 전사한 초나라 최후의 명장이 항연이며, 이 항연의 둘째 아들이 바로 항량이었다. 항우는 항량의 조카이므로 향연가문의 손자이며 초나라가 멸망할 당시 9살 정도의 소년이었던 것으로 추정된다.

진승과 오광으로부터 시작된 남동부의 반란이 초나라 명문가문 출신 항량을 중심으로 점점 명분과 세력을 확산하게 되자 진나라의 파견관리 회계군수(=진나라는 총 36개의 군郡으로 나누어져 있었으니 당시 군수라는 직책을 현現 대한민국 행정구역의 지자체장인 군수와는 비교할 수 없고 도道단위 광역지역의 임명직

 은통은 진나라의 몰락을 예견하고 먼저 지방 무장 세력인 항량을 포섭하여 자신의 수하로 끌어들이고자 하였다,

그러나 항량은 자신보다 그릇이 작았던 일개 관리이자 진나라의 배신자 은통을 제거해 버리고 회계군을 단박에 장악하게 된다. 이때 은통을 망설임 없이 단숨에 참수해 버리며 파란만장한 전쟁의 역사 속으로 처음 등장하는 이가 바로 약관의 항우이다. 소싯적부터 항우는 숙부 항량의 행동 대장 노릇을 하고 있었던 셈이었다.

항량은 은통을 제거하고 회계군의 관군들을 모두 자기부대로 편입시킨 후, 인근 지역 8,000여 명 산적무리를 이끌던 환초와 우영마저 수하로 끌어 들였다. 환초는 두목답게 그 기골과 용력이 남달라 처음엔 항우에게 고분고 분하지 않았다고 한다. 대개 단순한 폭력집단에서 대장질하는 인물들이 그 러하듯 보통이상의 잔인성과 괴력으로 수하들에게 권위를 유지하던 환초가 장정 서너 명이 움직이기도 힘든 큰 돌절구를 이리저리 굴리며 자신의 용력 을 자랑하자 항우가 나서서 그 돌절구를 단숨에 번쩍 들어서 옮겨버렸고 그 날 이후 환초는 나이 어린 항우에게 머리를 숙이고 기꺼이 부하가 되었다고 한다.

예나 지금이나 힘자랑하는 집단에서 피차 군말 필요 없는 서열정리에는 이런 단순한 법칙이 일반적이다. 나름 깔끔하고 효율적이다.

항량이 항우와 더불어 주변 세력을 흡수하며 독자적인 군벌체제를 형성하 게 될 무렵, 역시 초나라지역 패현 풍읍 작은 마을 중양리의 날건달, 허풍쟁 이 유방은 천하호색 술꾼 노릇이나 하다가 정장亭長(=요즘으로 치면 동네 이장 겸 파출소장 정도의 직책)이 되어 진시황릉 공사에 동원될 인부(=대부분 일반백 성이나 가혹한 진秦형법을 위반했던 죄수)들을 통솔하는 직책을 맡게 된다.

여산으로 인부들을 인솔하는 동안 유방은 지나는 여정의 마을이 있는 곳 마다 들러 술을 마셨고 당연 일정은 지체되었다. 살아서 돌아온 이가 없었다 던 가혹한 노역의 현장에 가도 죽고 제시간에 가지 못해도 죽는 상황임을

파악한 유방은 풍읍을 떠나기 전 동네사람들이 십시일반 모아서 전해 준 돈으로 마지막 한잔까지 진탕 마셔버리고 인부 전원을 해산시켜 버렸다.

유방의 속물적인 판단력은 그가 공부 꽤나 했었던 사람, 즉 머리에 먹물이 들어갔던 사람이라면 이것저것 따진다고 결코 할 수 없었을 정도로 즉흥적이었으나 희한하게도 그의 무의적無爲的인 선택은 뒷날 항상 운명적으로 빛을 발했다.

뿔뿔이 흩어질 줄만 알았던 인부들은 예상과는 다르게 해산하지 않았고 그들 대부분은 도리어 유방을 따라 다니는 추종자가 되어버렸다. 사실 그 상황에서 노역자들은 갈 곳도 의지할 곳도 없었을 것이며 난세에 딱히 인생 목표가 확실했던 사람들이라고도 볼 수 없다.

폭정의 시대, 자기 의지와는 상관없이 이리저리 흐르는 가혹한 운명에 휩쓸리다가 죄수나 노역자가 되어 여산의 인부로 징발되었을 것이며 그러한 상황에서 그들은 술 한 잔 마시고 자신들을 해산 시켜버리는 유방이라는 밉지 않은 인물에게 자신들의 운명을 한번 맡겨보기로 작정했을 것이다. 암튼 사람을 끌어모으는 유방의 묘한 매력은 이런 장면에서도 이미 잘 나타난다.

망해가는 나라였지만 진나라의 엄격한 법집행과 행정력이 여전히 유효했던 시기였기에 유방은 그들을 데리고 소택의 변두리, 망탕산 지역으로 숨어버렸다. 여러 상황이 유방과 비슷했을 법한 당시의 도망자, 반란세력, 어딜 가나 입에 풀칠하기 힘들었을 인생 낙오자들이 유방이라는 텅 빈 운동장 안으로 하나둘씩 모이자 유방은 이 무리들을 규합해 인근 지역에서 이미 반란군벌을 크게 형성하고 있던 항량의 수하로 들어가게 된다.

항우와 유방의 첫 만남은 이렇게 초나라를 부활시키려는 반란 연합군의 동지로서 시작되었다.

나는 당시 진말의 상황에서 봉기한 군대집단은 도적집단이나 별반 차이가 없었다고 보고 싶다. 군인이 되면 무장 세력의 일원이 되어 한 지역을 장악 혹은 약탈할 수 있으니 대장을 잘 만나면 굶지 않을 수 있었고 잘만하면 감투 한 자리씩을 차지할 수 있는 인생역전의 기회도 기대해 볼 수도 있었다.

도적무리의 두목이든지 군대를 이끄는 장수든지 암튼 대장은 부하들을 먹여 살려야만 했다. 난세에 그들을 따르는 수하(=지역평민, 군인, 도적, 객지에서 흘러들어 온 이방인)들의 현실적인 목적은 단 하나였다. "대장을 잘 만나야 굶지 않는다."

유방은 항우보다 15살 쯤 형뻘인데, 본디 족보도 불분명한 흑수저 출신의 유방은(=그는 농사일에는 뒷전이었고 그의 부모, 형제, 형수가 보기에는 항상 술만 퍼마시고 사고나 치고 다니는 천덕꾸러기였다. 훗날 황제가 되고나서 아버지 유태공을 대접하는 자리에서 그때 왜 그리 자기를 괄시했냐고 농담하는 대목이 있다.) 요즈음으로 치면 국방부 장관의 손자, 합참의장의 조카였던 금수저 항우를 항상 형님처럼 대했다.

유방의 출신성분상으로도 또 그의 유들유들한 성격을 헤아려보면 충분히 이해가 가는 대목이다. 항우와 유방이 힘을 합친 연합군이었다고는 하나 연합의 주도권과 장악력은 항상 항우에게 있었다고 보면 된다. 당시 유방은 항우에 비할 바가 아니었다.

진승과 오광의 실패에서 교훈을 얻은 항량은 계포가 추천한 범증이라는 지략가의 충고를 받아들여 본인이 스스로 왕의 자리에 오르지 않고 초나라 멸망 당시의 왕족 중 근근이 살아남아 양이나 키우면서 생계를 이어가던 미심(=웅심)을 찾아 초楚희왕에 봉하고 본인은 정작 희왕의 훌륭한 신하임을 자처하며 민심과 명분을 더욱 공고히 다져가는 실력자가 되었다.

반란군인 초나라와 수비군인 진나라의 백전공방, 수많은 전투가 이루어지는 동안 진秦장한에 의해 초楚항량이 전사하게 되고 이를 계기로 약관의 항우는 항량을 대신하여 명문 항씨 가문의 장자長子같은 지위에 오르게 된다.

희왕 미심은 자력으로 왕위에 오른 자가 아니었으니 항상 항우를 두려워하고 경계했다. 마침 진압군 장한의 공격을 받은 조나라에서 초나라에게 지원군을 요청하게 되었고 항우는 단독 출정을 요청하나 희왕은 지략가 송의를 상장군, 항우를 차장에 임명하고 조나라를 지원하라고 명했다.

항우는 출정 전부터 심사가 꼬였고 그가 보기엔 조무래기 기회주의자에 지나지 않는 송의를 상장군으로 모시면서 그의 명령을 받아야 하는 상황이 싫었다. 그는 선천적으로 남의 명령을 받아서 움직이는 부류가 아니었다.

송의는 20만 대군을 이끌고 출전했으나 안양이라는 곳에 이르러 더이상 진군하지 않았고 결전을 독촉하는 항우와 자주 충돌했다. 송의는 진나라와 조나라를 서로 싸우게 하고 초나라는 구경만 있는 편이 유리하다고 판단했다. 진나라가 조나라를 이겨도 손실과 피로가 클 것이니 그때 군사를 이동시켜 최후의 일격을 가하면 될 것이고 조나라가 이기면 조나라와 연합하여 진나라의 수도 함양으로 진격하면 되니 초나라 군대는 대기하는 편이 좋은 전략이라고 훈계했다.

송의는 또한

<"호랑이처럼 힘만 믿고, 양처럼 들이받을 줄 만 알고, 늑대처럼 욕심이 많은 자가 명령을 어기면 처벌하겠다!">

라는 군령을 내렸다. 누가 봐도 항우를 빗댄 것이었다. 이 군령을 들은 항우에게 송의는 더이상 살아있는 목숨이 아니었다.

출정에 참여했던 송의의 아들 송양이 송의의 교섭으로 제나라 재상으로 추대되자 송의는 사적인 대규모 송별연을 열게 되었고 항우는 그 담날 혼자서 송의의 군막으로 들어가 그의 목을 베어버렸다. 그리고 참수된 그의 목을 들고 나와 전군 앞에 서서 말했다.

<"송의가 전쟁 중에 사적인 송별회나 열면서 진군하라는 왕명을 어기고 태만하였으니 왕을 대신해 내가 그를 죽일 수밖에 없었다.

나를 따를 것인지 나에게 맞설 것인지 선택하라."〉

엄연한 하극상의 반란이었지만 결과는 은통을 베어 버린 경우와 마찬가지였다. 그리고 희왕에겐 송의가 왕명을 어기고 역심을 품어 참수했다고 보고했다. 희왕는 상황을 받아들이는 것 이외에 선택의 여지가 없었으며 송의를 대신해 항우를 상장군에 임명했다.

항우는 부하를 보내 송의의 아들 송양마저 죽여 버렸다. 항우가 보기엔 송양은 그 애비 송의보다도 더 못한 조무래기였고 기록이 전하는 바도 송양에게 결코 호의적이지 않는 것으로 미루어 그의 인물됨이 아버지 송의의 백그라운드를 제외하면 별 볼일 없는 사람이었던 게 분명해 보인다.

상장군이 된 항우는 초나라의 군권을 장악했으며 북진하여 무패의 백전노장 진나라 장한에게 첫 패배를 선사하니 장한은 할 수 없이 남은 군대를 수습하여 은허로 후퇴했다. 조나라의 왕이 장한을 물리친 항우를 초대하여 그의 공로를 치하하려 하였으나 자부심 그 자체 항우는 조왕의 초대를 일언지하에 거절하며 내가 만날 사람은 2세 황제 호해이니 조왕 따위는 만나지 않겠다고 선언하고 함곡관으로 후퇴한 장한을 압박했다.

환관 조고는 공훈이 높았던 명장 장한을 시기 의심하며 출정 전 그의 가족들을 이미 인질로 잡고 있던 터였고, 장한은 전쟁에 패하거나 이기거나에 관계없이 군법에 따라 처형될 것이 분명했다. 이 과정에서 전쟁의 명분과 실리를 모두 잃어버린 장한이 고민 끝에 항우에게 투항하여 항우 편에 서고 말았는데 항우도 자기 삼촌 항량을 전사케 한 장한이었지만 그를 기꺼이 받아들이며 예를 다했다. 장한은 그만큼 그 당시 대륙전체에 전공과 명성이 자자했던 인물이었다.

장한의 투항으로 진나라의 주력 병력과 병권은 사실상 와해되었으니 진나라의 운명은 바람 앞의 불을 보듯 뻔해졌다. 항우는 장한을 앞세워 바로 속전속결 진나라의 수도 함양으로 쳐들어가려 했으나 항우의 책사이자 아부인 범증은 이미 대세가 기울어졌고 진나라의 멸망은 결정되었으니 장한에게 함양입성의 공훈을 주지 말고 잠시 군사들을 재정비하고 명분상 주군인 초회왕과 대세를 상의한 다음 전국戰局을 장악하자는 계책을 내었다.

조고의 헛된 보고에 눈과 귀가 먼 호해가 머물고 있던 수도 함양을 제외하고는 이미 전국은 군웅할거의 난리통이었다. 물론 그 군웅들 중 가장 강력한 세력은 당연히 상상을 초월하는 무력으로 대항하는 적들을 모두 초토화 시켜버리는 항우였고 그의 철갑 8,000기병은 패배를 모르는 무적의 군대였다. 천하의 대세는 이미 항우에게로 기울어진 형국이었다.

상장군이 된 이후 항우는 이미 여러 번의 전투에서 대승을 거두면서 상대편 포로들이나 백성들을 처참하게 도륙하거나 생매장해버리는 잔인성을 적들과 제후들에게 여러 차례 표출했다. 그는 이미 만인들에게 진나라를 끝장내기 위해 지옥에서 소환된 군신의 이미지로 포장되었다. 항우는 그 목표가 지금은 진나라일 뿐 향후 그의 앞길을 막는 모든 자는 그가 굴복시켜야 할 적들임을 만천하에게 확실히 보여주고 있었다.

3) 유방의 함양입성과 약법삼장, 홍문연鴻門宴과 항우의 논공행상

항우의 이런 잔인성을 무서워한 유약한 초회왕이 유방에게 상대적으로 호의적이었음은 너무나도 당연했다. 초회왕은 유방과 항우의 출정에 앞서 두 사람 중 먼저 관중을 점령하는 자를 관중왕으로 봉하겠다는 약속을 먼저 하였기에 유방에게는 상대적으로 쉬운 서진, 항우에게는 동진할 것을 명령했다.

자부심이 하늘을 찌르던 항우는 자신과 유방이 비교된다는 것에 기분이

상했지만 늘상 그랬듯이 앞으로도 그러하듯 대세를 결정지을 미세한 작은 운들은 항상 유방의 편이 되어주었다. 여러 신하들의 간청을 받는 형식으로 초희왕의 뜻대로 되었다.

유방은 항상 억세게 운이 좋은 사람이었다. 여유있고 희희낙락거리는 그의 성향대로 그가 북진하면 뒷바람 남풍이 불어주었고 그가 도망가거나 숨어야 할 때는 돌풍과 함께 먼지바람이 일었다가 그가 좋은 기회를 맞아 군대를 이끌고 나타날 때는 서기 어린 햇볕과 함께 무지개가 떠올랐다. 후대의 포장이 전혀 없었다고 할 수는 없겠지만 유방 이야기에서 이런 일들은 신기하게도 자주 발생했다.

초희왕의 명대로 "대초서진대장군패공大楚西進大將軍沛公"과 "대초동진대장군 노공大楚東進大將軍魯公"이라는 깃발 아래 유방과 항우가 경쟁적으로 관중을 정벌하기 위해 길을 떠나기 전 회왕은 둘을 불러 연회를 베풀었으며 기분이 상해있던 항우에게 유방은 의형제로서 호형하며 낮은 자세로 온갖 칭찬과 아양을 떨며 항우를 위로했다.

술 마시며 상대와 소통하는 일, 이것은 소시적 패현의 건달시절 때부터 유방이 가장 잘할 수 있는 일들이었다. 마음 상했던 항우가 적잖게 기분이 풀렸거나 회왕도 안심하며 유방에게 더욱 더 의지하고 싶은 마음이 생겼음은 짐작으로 알만하다

서진(=실제로는 서북진)의 유방과 동진(=실제로는 동북진후 서진)의 항우는 그 둘의 성향대로 맞서는 적들을 차례로 평정하며 진군하였는데 엄밀히 말하자면 유방은 지역을 해방시키며, 항우는 지역을 초토화시키며 진군(=팽성→산동성→거록→안양→신안→함곡관→홍문→함양, 신안에서는 20만 명을 생매장시킴)했다고 보는 편이 정확하다.

유방은 싸우지 않고 먼저 밀사를 보냈다. 진나라의 실정과 당시의 상황을 수비군 대장들에게 설명하며 투항하거나 협조할 경우 절대 보복하지 않고 지역 백성들을 포용할 것이고 수장들의 직책도 온전히 보전해줄 것이라 약

속했다.

창읍의 성문도 싸우지 않고 열리게 했으며 창읍 인근 고양의 성주 왕덕도 그런 식으로 마음을 얻어 흡수했다. 이때 왕덕의 소개로 역이기라는 지략가를 얻게 되니 꿩먹고 알먹고, 유방은 항상 그런 식이었다.

역이기와 유방은 처음 만나는 장면을 제외하고는 죽이 잘 맞았다. 어릴 때부터 신동이라는 소리를 들었던 역이기 영감은 천하의 술꾼이었고 지략을 낼 때를 제외하고는 사시사철 밤낮으로 술을 마셨다.

유방 역시 술이라면 둘째가라면 서러울 정도로 일가견이 있는 사람, 서로가 주파수가 잘 통하게 되는 것은 시간 문제였고 유방은 그의 말에 귀를 기울였다. 역이기는 지역의 정세를 읽는 능력이 탁월했으며 주변 인물들을 잘 파악했다.

그리고 서진 출정 전 이미 한韓왕조의 부흥을 모색하며 동분서주하던 장량을 얻게 된 유방은 가급적 싸우지 않고 군사를 흡수하며 인재도 모아갔다. 유방과 장량, 역이기는 서로 죽이 잘 맞았다. 장량과 역기기가 내는 강약 강약 당근 채찍 계책들을 겨울 내내 말랐던 땅이 봄비를 빨아들이듯 유방은 잘 들어주었다. 항우가 온갖 적들을 파괴시키며 돌진한 모습과는 너무나도 대조적인 방식이었다. 전투가 전혀 없었던 것은 아니지만 항우와 비교하면 저항을 적게 받고 소모전 없이 민심을 얻어가며 진군했고 함양의 남쪽 무관을 거쳐 결국 항우보다 먼저 함양에 도착하게 되었다.

유방의 군대가 함양에 도착하기 전 진제국의 대세가 이미 끝난 것을 감지한 환관 조고는 호해胡亥를 배신하여 의붓 사위였던 염락을 시켜 호해(=망진자호야亡秦者胡也 "진나라를 망하게 할 자는 호해 혹은 오랑캐이다." 호해는 이연걸李連杰 Li Len Ze라는 발군의 무술배우가 열연했던 진시황 암살시도를 다룬 영화, 장예모張藝謨 Zang Yi mou감독 2002년작 〈영웅〉의 모티베이션, 연나라 자객 형가荊軻 열전에 연관된 시황제의 궁녀, 호희胡姬의 아들이었다고 전해진다.)를 시해하려 하였다.

그러나 염락이 황제라는 호해의 지위를 생각하여 자결케 강압하고 호해가 죽게 되자 간신 조고는 부소의 아들 자영(=〈사기 진시황본기〉에는 자영을 호해 이복형의 아들, 즉 호해의 조카로 기록하고 있을뿐 부소의 아들이라고 특정하지는 않았다. 자영을 시황제의 이복형 성교의 아들, 즉 영정의 조카로 보기도 하고 손자로 보기도 하는 다양한 기록들이 있다. "호해 형의 아들"이라는 표현으로 미루어 당시 호해와 비교되며 몽염장군과 함께 만리장성 축조지휘에 투입되었던 비운의 태자 부소의 아들이라고 보는 것이 〈초한지〉에서는 일반적이다.)을 궁여지책으로 무너져 가는 진나라의 진왕으로 옹립시킨다. 유방은 함양 입성 후 일단 진왕 자영의 목숨을 살려주면서 함양의 백성들을 안심시켰다.

시황제의 적자였던 부소의 아들, 자영이 호해가 자결한 후 잠시 왕위에 올랐다고는 하나 그가 한 역할은 이미 끝장나버린 조고를 처단하고 옥새를 유방에게 전한 것 이외에 특별한 일을 한 것이 없었고 홍문의 연이 있은 후 항우가 아방궁으로 입성하자마자 바로 압슬참형壓膝斬刑에 처해지니 진나라는 2세 호해를 끝으로 실질적으로는 이미 망한 것으로 보는 편이 정확하다.

유방은 진시황제가 이룩했던 수도 함양에 입성하여 거대한 아방궁을 보게 되자 눈이 뒤집혔다. 이름이 "대초서진대장군"이였다고는 하나 패현 풍읍의 시골 깡촌 건달 출신인 그에게 아방궁은 그가 일찍이 경험하지 못한 상상초월의 신세계였다. 나이 들어 군사를 일으킨 이후 언제 죽을 줄 모르는 전장의 먼지 속을 헤매던 그는 아방궁에 들어간 다음 몇날 며칠을 두문불출하고 시황제와 호해를 섬기던 절세미녀들과 산해진미 속에서 황음을 즐기고 있었다.

장량이 이런 식이라면 민심을 얻기는커녕 시황제나 호해와 다를 것이 하나도 없을 것이라고 충고했으나 듣지 않았다. 술과 여자에 관한 문제라면 유방은 장량의 충고도 듣지 않았다. 보다 못한 개백정 출신의 동서(=유방의 처제 여수의 남편)이자 건달시절부터 호형호제하던 번쾌가 물리적으로 침소로 쳐 들어가 여자들과 즐기고 있던 유방을 들쳐 매고 나오면서 "형님 제발 정신 좀 차리시오 항우가 함곡관으로 진격해오고 있소!"라고 호통 친 탓에 가까스로 정신이 든 유방은 그 후 소하와 장량의 말을 듣게 되었다 한다.

나중에 다루는 얘기가 되겠지만 항우보다 먼저 함양에 입성한 유방이 아방궁에서 지극히 유방다운 일에 몰두하고 있을 때 중국역사상 의심할 여지 없이 자타공인 천하제일 명재상의 반열에 당당히 오르는 되는 소하(=훗날 촉 소열제 유비를 모신 제갈량도, 당태종 이세민의 정관의 치를 열었던 위징도 자신들은 소상국에는 미치지 못한다고 하였다.)는 함양에 입성한 후 곧바로 진나라의 모든 자료가 보관되어있는 문서 창고를 맨 처음 찾았다.

요새로 치면 정부자료보관실, 통계청 데이터베이스 슈퍼 컴퓨터실을 장악했다는 뜻이다. 그는 몇날 며칠을 전국산세도, 평야도, 도로망 지도, 지역생산물 지도, 곡창지대의 세금수익, 인구분포(=호구자료) 등을 수집했고 이는 훗날 상대적 약세였던 유방이 끝까지 항우에게 저항할 수 있었던 근본적인 전략자산이 되어주었다.

진나라는 망했지만 영정이 시작한 황제의 나라는 강력한 중앙집권 행정국가였다. 소하는 이 점을 간과하지 않았다. 훗날 유방이 한漢제국 개창이후 한삼걸漢三傑의 첫 번째에 소하를 두며 천하제일 소하승상이라는 칭호를 하사한 이유는 그의 탁월한 안목과 위와 같은 철저한 준비성을 인정했기 때문이었다.

장량과 소하 때문에 정신을 차린 유방은 아방궁을 벗어나와 30리 밖 패상의 군막에서 기거했으며 약법삼장을 발표하며 백성들을 안심시켰다. 진나라는 상앙과 이사의 법가法家로 시작해 법가로 망한 나라답게 일반 백성들이 따를 수 없거나 이해할 수 없는 가혹한 법들이 너무 많았다. 유방은 딱 3가지 법만 남기고 모든 진나라의 법들을 폐지해버렸다.

약법삼장約法三章

1) 사람을 죽인 자는 사형에 처한다.

2) 상해를 입힌 자는 처벌한다.

3) 재물을 훔친 자는 처벌한다.

망국 진나라의 백성들은 환호했고 유방의 인기가 높아졌으니 다시 교만해졌다. 애초 초희왕이 "관중 땅에 먼저 도착하는 자를 관중 왕에 봉한다"라고 영을 내리기도 하였고 어느 짧은 수를 쓴 추씨라는 사람이 함곡관(=진의 수도 함양의 서쪽 관문으로 당시 함곡관의 성문은 마차 하나만 차례로 지나갈 수 있었으며 28m높이의 견고한 돌로 쌓은 성을 전후로 8km의 협곡이 좌우로 이어져 있었다.)은 수비하기 좋은 천혜의 요새라서 군사를 보내 잘만 지키면 항우도 물리칠 수 있으니 입에 다 넣은 관중 왕 자리를 포기하지 말라고 하자 그 말을 믿고 실제로 함곡관에 설구와 진패장군을 보내 수비부대를 배치했다. 그러나 이러한 조치는 결과적으로 항우와 그의 책사 범증을 격노하게 만들고 말았으며 또한 범증이

〈"유방은 그 욕심이 땅같이 두꺼운 데다가 능소능대 그 속을 알 수 없는 자이니 이번 기회에 죽여 버리는 것이 좋겠다."〉

라고 적극 주장하니 항우도 이에 동의하였다.

그러나 미세한 운運들은 항상 유방의 편이었듯이 항우의 진영에 항백이라는 자가 있었는데 이 사람은 항우의 숙부이며 장량의 오랜 친구였다. 오래전 항백이 어려운 일에 처했을 때 하비에서 장량의 도움으로 사지死地에서 벗어난 적이 있었고 그는 그것을 항상 마음속의 빚으로 생각하고 있었다.(=중국사람들이 말하는 "협俠"의 관계(=꽌씨)가 맺어진 것이다. "협"이란 단순히 의기로 맺어져서 기브 앤 테이크를 적절히 잘 한다는 뜻이 아니라 人사람끼리 夾겨드랑이를

긴다(=人+夾)라는 뜻으로 자신을 알아주는 자知己者를 위해 이익을 따지지 않고 목숨까지 내어 놓는 일심동체一心同體가 된다는 의미이다. 협에는 무협, 인협, 의협, 유협이 있는데 중국 고전에서 건달과 협은 실제로 백지 한 장 차이이다. 협들은 평소 건달이었다가 위기상황에서 묘한 리더쉽을 발휘했다. 유방도 이와 마찬가지로 평시에는 건달 수준의 인물이었으나 난세를 맞아 그가 가진 특별한 협의 자질이 빛을 발한 경우라 볼 수 있다. 유방은 황제가 되고 나서도 위나라 공자 신릉군을 존경해 대량을 지날 때마다 신릉군에게 제사를 지냈고 후에는 전담 묘지기를 두어 계절마다 제사를 지내게 했다. 춘추시대의 신릉군과 맹상군은 대표적인 귀족출신의 협이었으며 어려운 사람을 돕거나 재능있는 사람을 먼저 거두는 대협大俠으로서 재주를 가진 여러 사람을 모아 큰 일을 도모했다. 훗날 〈삼국지〉의 유비, 관우, 장비나 조조, 하후돈 그리고 손견, 손책, 손권, 주유로 이어진 강동 영웅들의 관계, 〈수호지〉에 등장하는 송강과 맺어진 양산박 기인들의 관계가 전형적인 "협俠의 관계"라고 보면 된다. 〈유협열전〉, 〈자객열전〉을 통해서 사마천이 협을 칭송한 것이나 당나라 시인 이태백이 〈협객행〉이란 시를 쓴 것만 보더라도 중국인들이 가장 존중하는 인간관계는 바로 협이었으며 이들 중, 중국에서 협의 상징으로서 가장 우뚝 선 인물은 누가 뭐래도 바로 관우라는 인물이다. 관우는 그의 자질과 풍모, 충의와 신의에 민중의 바램까지 더해져 오늘날까지 중국적 협의俠義의 Role model이 되었고 민간신앙에서는 거의 신神의 반열에서 추앙받고 있다.)

  항우가 유방을 함곡관과 함양사이 그의 진영인 홍문으로 소환하는 영을 내리게 되니 훗날 두고두고 사람들의 입에 오르내리는 "홍문鴻門의 연宴"은 바로 이때의 이야기를 두고 하는 말이다. 홍문연은 자칫 유방에게는 사지死地가 될 수 있는 곳이었으나 홍문연이 있기 전날 밤 항백은 혼자 말을 몰아 패상으로 물러난 유방 진영의 장량을 찾아갔고 장량은 그를 유방에게 소개했다. 대세를 읽는 능력이 남달랐던 유방은 이번 사건의 모든 해결과 본인의 목숨은 오로지 항백에게 달려있음을 간파하고 그와 급히 사돈을 맺고 그를 형으로 섬기겠다며 머리를 숙였다.

〈"저는 관내에 들어가서 한 줌의 보물을 탐하지 않았고 항우 장군을 기다렸습니다. 장수를 파견해 함곡관을 지키게 한 것은 오로지 도적의 출몰을 우려한 것일 뿐 저항의 의지가 아니었습니다."〉

이에 항백이 말했다.

〈"내일 아침 일찍 직접 항우를 찾아가 사죄하며 그 앞에서 자충지종을 말해야만 합니다."〉

항백이 다시 밤에 항우의 군영에 도착하여 항우에게 보고했다.

〈"패공 유방이 관중을 무찌르지 않았다면 어찌 조카가 여기에 이렇게 쉽게 들어올 수 있었겠는가? 유방의 공이 큰데 그를 친다면 의롭지 않으니 차라리 이 일로 그를 잘 대우하는 것이 낫지 않겠는가?"〉

다음날 유방이 장량과 번쾌 그리고 기병 100여 명만 거느리고 항우의 군영을 찾아와 사죄하여 말했다.

〈"항군項軍은 하북에서 싸웠고 저는 하남에서 싸웠습니다. 그러나 뜻밖에 제가 먼저 함양에 도착하여 이제 장군을 뵐 수 있었습니다. 지금 소인배(=조무상)의 이간질로 장군과 저의 사이에 틈이 생겼습니다만 저는 털 끝 만큼도 항왕에게 다른 마음을 품은 적이 없습니다. 우리가 팽성을 떠나기 전 의형제의 연을 맺었는데 어찌 감히 제가

〈그리할 수 있겠습니까?"〉

〈"저는 지금 도마 위에 올려 져 있는 생선과 같습니다."〉

유방의 능소능대는 이런 면에서 잘 들어난다. 그는 머리를 숙일 때는 반드시 확실히 숙여 체면이나 자존심을 버리고 상대방의 적의를 호의로 바꾸는 능력이 탁월했다. 유방은 항우라는 인물의 성정을 바로 파악했다. 그리고 상대의 권위를 한없이 높이고 자신을 도마 위에 놓인 생선에 비유하면서 목숨을 구걸하고 있는 것이었다.

〈"그것은 그대의 부하 좌사마 조무상이 말한 것이요 그가 그러지 않았다면 내가 어찌 패공 그대를 의심했겠소"〉

항우는 잔혹한 폭군이었지만 의사결정이 즉흥적이었고 계산적이거나 앞일을 내다보는데 치밀한 인물이 아니었다. 어제까지만 해도 유방을 죽여 버리고자 했던 항우는 자신을 형으로 대접하며 깍듯이 머리를 조아리는 유방에게 금새 화를 풀고 술과 안주를 군막에 들이게 하여 같이 술을 마셨다.

이를 눈치챈 범증이 사전에 약속한 대로 계속해서 옥고리를 흔들며 유방을 죽이라는 신호를 보냈지만 항우는 무시했다. 이에 범증은 항장을 시켜 흥을 돋운다는 명목으로 유방 앞에서 칼춤을 추게 하니 이런 살벌한 분위기를 감지한 숙부 항백이 혼자 나서 조카 항장에 맞서는 칼춤을 추게 되었다.

여차하면 유방의 목이 날아갈 판, 상황이 급박하게 돌아가자 장량은 급히 밖으로 나가 군막 밖에서 대기 중이던 번쾌에게 안으로 들어가 유방을 지키라고 말했다. 장량은 홍문으로 오기 전날 밤 번쾌를 불러 홍문연에서 유방이 죽임을 당할 가능성이 매우 높으니 목숨을 내어놓고 유방을 지켜줄 사람은 오로지 번쾌 당신뿐이라고 일러두었던 터였다.

군막의 문이 열리며 거인 번쾌가 무례하게 등장하자 기분이 상한 항우는 번쾌에게 물었다.

〈"너는 누구길래 이 자리에 나타나 흥을 깨는가?"〉

〈"나는 패공 유방의 동서이자 그의 호의무사 번쾌요"〉

〈" 나도 장수인데 어찌하여 저에게는 술과 고기를 주지 않는 것이요"〉

항우도 원래 거인이라 이런 무지막지한 사내를 좋아했다. 술을 한 사발 내리자 번쾌는 주저 없이 단숨에 들이켰고 항우는 설익은 돼지고기 어깨살을 던져 주었다, 번쾌가 그 고기를 자신의 방패위에 올려놓고 칼로 도려내어 질겅질겅 씹어 먹자 항우는 웃으면서 다시 술을 내렸고 번쾌는 주저 없이 연거푸 들이켰다.

그러나 개백정 번쾌는 이러한 면만 가진 인물이 아니었다. 그는 그의 용기만큼이나 빛나는 설득력 있는 언변을 가진 담백한 사나이였다. 유방이 밝혀야 할 자초지종을 조리 있게 항왕에게 변호하자 항장이 칼춤 추던 살기어린 분위기는 금방 누그러져 이어지는 술자리로 바뀌었다.

이런 분위기를 틈타 유방이 술에 대취한 척 군막을 나와 자신의 진영으로 줄행랑치고 장량이 남아 사태를 마무리시켰다. 항우는 장량이 유방의 편 인 줄도 모르고 줄곧 그를 신뢰했다. 그때까지만 해도 장량은 형식상 대진항군 對秦項軍 연합 책사였다.

〈"유방은 어디 갔는가?"〉

라는 항우에 물음에 장량은

〈"패공은 요즘 술이 약해져서 먼저 돌아갔습니다. 대신 항왕께는 보검을 범증 아부에게는 옥구슬을 전해 드리라 남겼습니다."〉

술 승부에서도 이겼다고 착각을 한 항우는 취중 기분이 좋았으나 기회가 물 건너간 것을 파악한 범증은 선물로 받은 옥구슬을 부셔버리며 말했다고 한다.

〈"어린 아이를 데리고는 일을 할 수가 없구나. 이제 우리는 모두 훗날 저 유방에게 사로잡히는 신세가 될 것이다."〉

어린애는 항우를 지칭하는 불만이자 한탄이었다.

줄행랑 친 유방은 자기 진영인 패상으로 돌아오자마자 밀고자 조무상을 죽여버렸다.

홍문연에서 항백, 장량, 번쾌 덕택에 유방은 비굴했지만 구사일생 가까스로 목숨을 건졌고 함양에 입성한 항우는 지체없이 3세 진왕(=황제가 아닌 진왕으로 스스로를 낮추어 부르게 했음) 자영을 잔인하게 처형하고 진나라의 패망을 공식화했다. 그는 아방궁과 진나라의 모든 자료들을 불태웠으며 관리들을 처형했다. 엄청난 국가의 소중한 인적 물적 인프라들을 모두 파괴 해버린 것이었다. 항우는 그런 사내였다.

그리고 사내가 출세하여 고향으로 돌아가지 못한다면 비단옷을 입고 밤길을 걷는 것(=금의야행錦衣夜行)과 무엇이 다르냐며 수도를 팽성으로 이전할 것이라 하였다. 항우의 신하 중 한생이 라는 자가 함양은 터가 비옥하고 사방이 요새와 같은 지형이라 전쟁에도 유리하니 이곳에 머물며 기틀을 잡아야 한다고 했으나 항우는 그 말을 듣지 않았다. 한생은 크게 실망하여 자신이 사람을 잘못 보았음을 한탄하며 말했다.

〈"초나라 사람들은 원숭이에게 갓을 씌운 것(=목후이관沐猴而冠)과 같다더니 항우가 그러하구나"〉

항우에게 이 말을 했으니 한생은 이미 살아있는 목숨이 아니었다. 항우는 한생을 삶아 죽여버렸다.

자영을 처단하고 아방궁을 불태운 항우는 스스로를 서초패왕西楚霸王이라 칭하며 그를 도와 진을 멸망시킨 제후와 공신들에게 논공행상을 하게 되니 이때 유방을 하대하며 그를 파촉(=지금의 사천성 일대)의 한왕漢王으로 봉해버렸다.

중원에서 파촉으로 이르는 서진 루트는 제대로 된 도로가 없어 오로지 절벽 잔도로만 들어가고 나올 수 있었던 한마디로 험지중의 험지였으니 동진이 힘든 변방으로 유배시켜버린 셈이었다. 그리고 그것도 모자라 장한, 동예, 사마흔을 삼진(=예전의 진晉이 세 나라로 쪼개어졌다는 뜻이다.)의 왕(=옹왕, 적왕, 새왕)으로 봉하고 파촉을 포위하며 경계하도록 했으니 파촉에 들어간 이상 삼진을 뚫지 않고서는 유방에게 중원진출의 기회는 사라져 버린 형국이 되었다. 홍문연에서 유방을 죽이지 못한 범증이 강구한 그나마의 차선책이었다.

유방은 이내 실망했지만 장량과 소하의 견해는 달랐다, 지금 당장은 항우에 대적할 수 없으니 항우에게 몸을 낮추고 항우의 경계를 피해 힘을 비축하기에는 차라리 파촉이 더없이 좋은 땅이라고 위로했다. 특히 장량은 그곳에서 재기할 수 있도록 천하의 인재들을 천거할 수 있으니 희망을 가지라고 위로하며 항우에게 동진할 의사가 없음을 분명히 보여주기 위해 서촉으로

가는 잔도를 지날 때마다 즉시 모두 불태워버리라고 충언했다. 장량은 파촉에서 힘을 기른 후 빠져나올 다른 계책(=동진東進 루트)을 이미 심중에 가지고 있었던 것이었다.

4) 파촉 한왕 유방, 대장군 한신의 삼진 돌파… 초한전쟁의 시작

범증은 유방을 처음보고 그에게 천자의 기운이 있다고 판단했다. 2,200년 전이므로 당시의 점괘나 관상학등은 나름 오늘날의 통계학이나 예측학, 즉 일종의 과학이었다. 사실 처음부터 범증은 유방을 지극히 경계해 그를 항우의 곁에 두고 감시하며 독자적인 세력을 형성하지 못하도록 하고자 했기에 어찌 보면 벽지지만 어찌 보면 유방의 동태를 파악하기 힘든 지역인 파촉으로 유방을 보내서는 아니 된다고 주장하였다. 그러나 천하의 일인자가 된 항우는 범증의 지나친 우려에 자존심이 상하여 유방의 식솔들과 책사 장량을 자기 진영에 두게 할 터이니 너무 걱정마라 하였다.

범증도 이미 서초패왕이 된 항우에게 더 이상은 충고하지 못하고 한 발짝 물러났는데 결국 이러한 항우의 사소한 판단 착오들은 모두 범증의 예견대로 훗날 크나큰 악재로 작용하고 만다. 유방이 항상 참모들의 말에 자존심을 상해가면서도 수긍을 했던 반면, 항우는 범증의 충언마저 듣지 않았고 고집과 자만심으로 묵살했다. 어찌되었던 우여곡절 끝에 유방은 파촉으로 들어가게 되었고 항우의 경계망을 벗어나는데 성공했다.

이 즈음 그 유명한 한삼걸漢三傑의 한 사람인 한신이 장량과 소하의 추천으로 유방과 조우한다. 한신과 장량은 사실 망해버린 한韓나라 출신들이었고 한신은 처음에 항량의 진영에 있었으나 한신의 재능을 알아보지 못한 항량과 항우의 실수로 집극랑(=창을 든 보초병)이라는 말단 병사의 직책을 맡았다.

한신이 상신한 계책은 직급을 중히 여기는 귀족 군벌가문의 항우에게 항상 무시되었고 신안에서의 20만명 대학살을 목도한 이후 그는 항우가 진시황과 다를 바 없다고 여기고 항우가 천하 주인이 되고자 하는 명분과 대의를 이미 상실했다고 판단했다.

그리고 같은 지방어(=당시 각 나라들의 말, 풍습, 노래, 복장이 많이 달랐다.)를 사용하는 장량을 알게 된 후 한신은 항우를 떠나 유방을 만나기 위해 파촉땅으로 홀홀 단신 떠나게 된다.(=한신이 유방의 대오에 합류하게 된 싯점과 장량과의 첫 조우 싯점에 대해서는 여러 이견이 있다.)

우여곡절 끝에 파촉에 도착한 한신을 만난 유방은 파촉에서의 지루함, 그 특유의 너긋함과 오만함에 빠져 한신을 거들 떠 보지도 않았고 하후영은 한신을 병창의 수납과 반출을 담당하는 하급관리인 치속도위에 임명했다. 한신은 그때까지 자신의 포부와 재능을 유방에게 적극적으로 어필하지 못했는데 아마 유방과 직접 대면 할 기회가 거의 없었다고 보는 편이 맞을 것이다.

아니면 큰새가 둥지를 가려서 앉듯 자신의 주군이 될 사람의 안목을 평가하고 있었다고도 볼 수 있는데 유방과 달리 소하는 전형적인 행정관료 출신이었고 요즘으로 치면 기재부장관, 행정안전부장관, 조달청장, 병참 기지장을 겸한 총리였다. 소하는 치속도위로서 작은 일에서부터 큰 일까지 직책이상으로 맡은 일을 척척 해내는 한신의 재능을 진작부터 유심히 눈 여겨 보며 높이 평가하고 있었다.

원래 유방을 따라 파촉으로 들어온 군사들과 추종자들은 대부분 파촉의 땅과는 지역적, 언어적, 문화적으로 이질적인 초나라 사람들이였던 탓에 하나둘씩 이탈자가 생기게 되었고 그러던 중 자신의 재능을 알아보지 못하는 유방에게 실망을 느낀 한신도 도망을 가게 되었다. 하지만 한신의 진가를 알아본 소하는 한신이 떠났다는 소리를 듣자 사흘이나 뒤 쫓아가 한신을 다시 데려오고 유방에게 한신을 대장군에 중용할 것을 천거했다. 처음엔 소하가 사라지자 유방은 소하마저 자신을 버리고 파촉을 떠나 버린 것으로 오해했다.

감이 빠른 유방은 참모중의 참모, 심복중의 심복인 소하와 하후영이 한신을 알아봤다는 사실을 놓치지 않았고 동서인 번쾌를 제치고 항우군의 일개 하급군인이었던 한신을 파초대원수로 임명하고 그에게 모든 병권을 위임했다. 이것이 바로 유방의 특출한 점이며 항우와의 차이점이었다.

한신은 바로 군권을 장악하고 유방의 군대를 강군으로 변모시켰다. 남녀노소 할 것 없이 엄격한 군율에 의해 직급을 재정비하고 엄히 훈련시켰다. 궁녀들로 구성된 여군들이 처음에는 희죽거리고 장난처럼 훈련에 임하자 다시 그리하면 군법에 의해 처벌하겠다고 명령을 내렸다. 그러나 궁녀들이 다음 훈련에도 여전히 태만하며 늦게 집합하거나 훈련 중에 웃음을 보이자 한신은 해당 궁녀들을 가차없이 베어버렸다. 그중에는 유방이 총애하는 궁녀도 있었는데 이 사건 이후로 한신의 군대가 더욱 강해지고 그의 명령에 기강이 더 확고해졌음은 말할 나위가 없다.

한편 함양의 아방궁을 모두 불태우고 진나라의 관리들을 3,000명이나 처형한 항우는 팽성으로 수도를 옮긴 후 이름뿐인 초회왕(=성은 미, 씨는 웅, 이름이 심이므로 미심, 웅심으로 불린다) 의제를 침류에 들어가 살게 한다는 명목으로 사실상 폐위시키고 경포를 보내 죽여 버리고 마는 크나큰 실수를 저지르게 된다.

이때 항우의 논공행상에 이견이 있던 여러 제후들이 하나둘씩 불만을 가지게 되는데 초회왕, 의제의 죽음은 파촉에서 힘을 기르고 있던 유방이 전국의 제후와 연합하는 명분을 제공하는 결정적인 계기가 되었다.

홍문연이 있은 후 6개월, 유방이 파촉으로 들어간지 4개월 만에 유방은 한신을 앞세워 태워버린 잔도를 보수하는 척하다가 다른 동진 루트인 장한, 동예, 사마흔이 지키던 삼진을 돌파하고 중원으로 진출을 시도했다.

유방이 삼진을 뚫고 나올 즈음 제나라가 항우에게 반기를 들자 장량은 일부러 항우에게 유방은 예전의 약속대로 관중왕이 되고 싶어서 파촉을 나온

것이니 우선 제나라를 평정하자고 유방에게 유리한 계략을 건의했고 장량의
말을 믿은 항우는 제나라로 출격했다.

이때까지 장량은 몸은 항우의 진영에 마음은 철저히 유방의 편에 서 있었
다고 보여진다. 갑작스런 동서 양진영에서의 반란에 직면한 항우는 자존심
에 큰 상처를 입었으며 부하들과 신하들을 질책하던 중 진평(=<u>진평도 훗날
장량과 한신처럼 항우의 패망을 초래하는 결정적인 역할을 한다.</u>)이라는 뛰어난 책
사도 항우를 떠나 유방 편에 합류하게 되었다.

이에 유방은 물자가 풍부한 관중 지역을 자신이 이끌게 될 주력군을 지원
하는 후방의 기점으로 삼아 소하에게 맡기고 대對항우 56만의 전국연합군과
거병하여 항우가 제나라를 치기 위해 팽성을 비운 사이 일시적으로 팽성을
점령해버렸다.

5) 초한전쟁의 경과, 범증의 죽음, 항우의 몰락과 해하가

팽성이 점령되었다는 소식을 들은 항우는 제나라와의 전선에 자신의 부하
장군들과 주력부대를 남기고 본인은 정작 3만군대만 이끌고 나와 팽성으로
진격, 괴력으로 유방의 56만연합군을 차례로 분쇄하여 흩어버리는데 유방이
항우와 결전을 한 첫 전투인 팽성 전투에서 유방은 10만 군사를 잃어버리는
대패를 하게 되었고 유방의 아내 여치와 부모 식솔들이 모두 항우에게 포로
로 잡히고 말았다. 3만으로 거의 20배인 56만 연합군을 물리친 항우의 팽성
전투는 중국역사상 그 유래를 찾아보기 힘들 만큼 항우라는 군신의 괴력과
용기 그리고 군사적 재능을 잘 보여준 전투였다.

이 과정에서 유방은 하후영(=<u>하후영의 마차 다루는 솜씨는 〈사기 관등열전〉과
〈한서〉에 여러 차례 기록될 정도로 탁월했다. 지금처럼 도로사정이 좋지 않았을 것이</u>

고 특히 야간에 어두운 길을 도망 다닐 때는 마차를 모는 사람의 기술에 대장의 목숨이 달려 있다 해도 과언이 아니었을 것이다. 그는 훗날 여태후 시대까지 줄 곳 태복이라는 직책을 맡았다. 태복은 황제의 마차를 모는 직책이다.)이 모는 마차에 두 자식을 동승시키고 탈출했는데 이때 마차의 무게로 바퀴가 진창에 빠져 항우의 추격군과의 거리가 점점 좁혀지게 되자 유방은 두 자식을 마차 밖으로 내던졌다. 하후영이 그 둘을 태워 도망가니 유방은 또 자식을 버렸다. 하후영이 다시 두 아이를 태우느라 마차를 세우자 유방은 하후영에게 칼을 들이대며 천하를 논하는 판에 내 목숨이 중하지 다시 낳으면 되는 자식새끼가 그 무슨 소용이냐고 불같이 화를 내며 윽박질렀다.

〈"죽일 테면 나부터 먼저 죽이시오! 어찌 제왕이라는 자가 금수와 같이 자기 살겠다고 자식을 버리시나이까?"〉

하후영이 물러나지 않고 이렇게 말하자 그 전부터 하후영의 마차 모는 재주를 익히 알고 있던 유방은 마지못해 두 자식을 태우고 도망에 성공했다. 유방이라는 자의 양면성을 잘 보여주는 장면이라 하겠다.

항우의 주력 부대였던 영포와 용저 두 장수중 영포가 항우의 참전요청에 응하지 않자 이를 눈치 챈 장량이 영포를 회유했고 항우는 괘씸죄를 물어 항백과 용저를 보내 영포를 공격했는데 그러지 않아도 평소 항우의 대우에 불만이 많았던 영포는 이내 유방 편으로 돌아서고 말았다.

항우가 팽월과 영포의 반격으로 후방정리와 보급로 유지에 어려움을 겪는 동안 유방은 소하의 치밀한 보급과 지원을 받으며 장량의 계책으로 장한, 진여, 위표를 평정하며 후방정리에 성공하였다. 이어 유방이 한신에게 북벌을 명하니 한신은 여건이 불리한 상황에서 그 유명한 "배수의 진"으로 조나라를 정벌한 후 연나라마저 평정하고 마침내 북동 지역의 독자적인 세력으로서 우뚝설 수 있는 기회를 잡게 되었다.

그러나 항우가 무서운 기세로 유방이 주둔하던 형양성으로 진격하고 유방과의 일전을 벌이자 후방에서 지원하던 소하는 어린아이 노인을 불문하고 남자라면 모두 전쟁에 참여하라는 총 징발령을 내려 유방을 지원했지만 전쟁이라면 져 본 적이 없는 항우에게 상대가 되지 못해 계속해서 밀리고 있었는데 이때 항우에게서 유방에게로 말을 갈아탄 진평의 이간계로 항우의 책사이자 아부였던 범증마저 항우 곁을 떠나버리고 마는 상황이 발생했다.

항우가 범증을 잃게 된 이 사건은 초한쟁패의 중요한 분수령이 되고 말았다. 범증은 학식과 경험이 풍부한 노장답게 초군의 진영에서 항우의 무지막지하고 독단적인 판단에 직언으로 충고할 수 있던 유일한 사람이었다. 그러나 항우는 사사건건 간섭하는 범증의 잔소리가 점차 싫어지던 차에 진평의 이간계에 걸려 나라의 대들보를 스스로 베어 버리고 말았다.

범증은 항우의 책사이자 스승이었지만 사실 여러 차례 항우와 충돌했다. 항우가 신안에서 20만 대학살을 강행할 때 군왕이 될 자로서 천하의 민심을 얻지 못하면 대의를 이룰 수 없다는 점을 강조하며 극구 만류했고 홍문연에서 유방의 처리와 팽성으로의 천도에 대해서도 항우와 각을 세워 대립하며 그의 어리석음을 꾸짖었다. 또 범증 자신이 명분을 내세워 옹립한 초희왕 제거에도 범증은 한사코 반대했으나 항우는 범증과는 상의도 하지 않고 영포를 보내 의제를 수장水葬시켜버렸다.

아마 범증은 그때 이미 모든 것을 칼과 피로서 해결하는 항우는 천하의 주인이 될 자격이 없으며 항량을 따라 속세로 나와 살육의 현장에서 전략과 전술을 짜는 책사가 되어버린 자신의 운명을 저주했을 것이다. 훗날 제갈공명이 자신을 세 번이나 찾아온 유비를 애써 외면하며 읊었다는 싯구에도 이러한 상황은 잘 나타나있다.

〈"항우에게 천하가 없음을 알고도 따라 나선 범증의 우愚를 내가

또다시 범해야한단 말인가!"〉 ― 제갈량

결과적으로 젊은 항우는 진평의 이간계에 속아 늙은 범증을 버렸고 버림 받은 범증은 고향으로 돌아가는 길에 등창이 도져 죽었다고 한다. 아마 홧병 이었을 것이다.

범증을 잃었지만 항우는 항우였다. 뒤늦게 이간계에 걸린 것을 알게 된 항우가 절치부심 형양성으로 쳐들어가자 유방은 다시 대패하고 수치스럽게 여자들을 군사로 변장시켜 앞세우고 가짜 대역 유방인 기신을 왕王수레에 태 워 항복하게 하는 계책을 꾸며 일각의 시간차를 벌어 형양성을 탈출한 뒤 성고성으로 그리고 다시 완성으로 도망갔다.

유방에게 항우는 이름 그 자체만으로 악몽이었다. 그때까지도 그 후로도 마지막 전투를 제외하고는 항우와 직접 맞서 싸워서 단 한 번도 이겨본 적이 없는 유방이었다.

그러나 유방이 항우에게 잡힐만하면 유방의 히든카드, 팽월이 후방에서 게릴라전을 펼쳐주었다, 제왕 사자 한 마리를 두고 여러 마리의 하이에나가 여기저기서 불쑥 불쑥 나타나 사자의 시선을 교란시키듯 항우는 혼자였고 유방의 운동장에는 여러 조력자들이 있었다. 항우가 다시 팽월을 치려 돌아 가지 유방은 그야말로 구사일생 완성에서 성고성으로 복귀하였으나 항우는 팽월을 간단히 쫓아내고 다시 성고성을 함락했고 유방은 다시 도망칠 수밖 에 없는 신세가 되었다.

이때 한신은 책사 괴통의 제안에 귀가 솔깃해져 제3세력을 형성하고자 고 민을 하고 있었다. 그러나 도망자 신세가 되어 야밤에 자신을 찾아온 유방에 게 군막에서 자다가 병부(=군사통솔권)를 뺏기고 만다.

유방은 노관에게 팽월을 지원하라고 군사를 내어주며 한신에게는 제나라 를 치라고 명령했다. 한신이 제나라의 일부를 정벌하자 이를 경계한 항우는 다시 북으로 기수를 돌려 혼자 출정하면서 부하 조구에게 자기가 돌아올 때까지는 절대 싸우지 말고 방어만 하라고 명령하고 북방 17성을 싸움도 없이 단숨에 얻게 되었다.

유방이 항우가 없는 때를 틈타 조구를 욕설로 도발해서 성문을 열고 싸움에 나오게 하여 사수에서 승리하고 곡창지대를 얻게 되자 항우는 전쟁에서 가장 중요한 군량보급로를 위협받게 되는 처지가 되고 말았다. 성을 지키기만 하라고 했던 항우의 명을 어기고 싸움에 나서 패장이 되고만 조구와 사마흔은 자책으로 자결했고 항우는 갈수록 상황이 불리해졌다.(=그가 해하가에서 말한 시불리時不利를 두고 조구가 유방에게 곡창지대인 사수를 빼앗긴 때를 기점으로 초한쟁패의 전세는 유방의 전적인 열세에서 점차 항우의 열세로 바뀌게 되었다는 견해들이 지배적이다.)

유방의 밀사 역이기가 제나라와의 동맹을 제안하고자 제나라를 방문, 전광을 설득하여 화친이 이루어졌으나 따로 군사를 이끌고 있던 한신의 책사 괴통이 천하삼분지략天下三分智略을 주장하며 향후에 항우, 유방 2인을 두고 한신이 전략적으로 우위를 선점하기 위해서는 역이기의 외교력에 공을 빼앗기지 말고 한신이 직접 제나라를 군사적으로 쳐야 된다고 제의했다.

이어 한신이 유방의 허락도 없이 제나라를 공격해버리자 유방이 자신을 배반했다고 여긴 제나라의 전광은 한나라의 사자使者로 왔던 역이기를 솥에 삼아 죽여버렸다. 그리고 유방에게 배신감을 느낀 전광은 반대로 초나라 항우와의 연합을 제안하였다, 항우는 전광의 제안에 동의하고 자신의 부하 중 가장 믿을 만한 맹장 용저를 파견하였으나 한신이 전광과 용저가 연합한 20만 대군을 철저히 궤멸시켜 버리고 말았는데 이 전투가 바로 한신, 유방, 항우 세 영웅의 운명을 결정짓는 분수령이 되어버린 "유수 전투"이다.

한신은 이 전투로 제나라를 접수하고 유방과 항우가 서로 경계할 수밖에 없는 제3세력이 되어버렸다. 그리고 유방에게 편지를 보내 제나라를 제대로 통치하기 위해서는 적당한 직책이 있어야 하니 제나라의 가왕假王으로 임해

줄 것을 요청했다.

다른 전선에서 항우와 대치하고 있던 유방은 한신의 무례함을 괘씸히 여겨 여러 신하들과 장수들이 보는 앞에서 펄펄 뛰었으나 장량이 유방의 발을 지긋이 밟자 눈치 빠른 유방은 이내 표정을 달리하고 한신을 가왕이 아닌 왕(=진왕眞王)에 봉해버린다.

한신 정도의 군사적 세력이 떠날 경우 항우와의 결전은 유방에게 절대적으로 불리하다는 것을 충고한 장량의 조언을 유방이 직감적으로 바로 인정했다는 뜻이다. 유방은 그런 면에서는 타의 추종을 불허하는 열린 귀의 사내였다.

한신의 주가가 올라가자 항우는 밀사 무섭을 보내 한신에게 천하를 삼분三分하자는 설득과 함께 한신이 중립을 지키면 자신이 유방을 치겠다고 제안했다. 무섭의 제안에 대해 한신의 책사 괴통은 바로 이것이야말로 한신이 독립적인 제왕으로서 우뚝 서서 항우와 유방을 싸우게 하여 쌍방의 힘을 뺄 수 있는 절호의 기회라고 설득했으나 한신은 항우의 밀사 무섭의 제안을 거절해버렸다.

유방을 배신할 수 없다는 의미였고 한신의 배포는 거기까지였다. 괴통은 한신의 어리석은 결정에 대해 언젠가는 자신의 말을 듣지 않았던 것을 뼈저리게 후회하게 될 것이라고 단언했다. 그리고 괴통의 말은 머지않아 현실이 되어버렸다.

형양성 계곡에서의 유방과 항우의 대치상태가 지속되자 항우는 군영 밖으로 나와 인질로 잡고 있던 유방의 아버지를 삶아죽이겠다고 협박했으나 상대는 도망가는 마차에서 자식마저 내던졌던 유방이었다.

〈"항우! 너와 내가 예전에 의형제를 맺은 적이 있는데 나의 아비는 곧 너의 아비이기도 하다. 그 아비를 삶아 죽여도 좋으니 그 국물이

〈"나 한 그릇 다오!"〉

항우가 다시 제안했다.

〈"천하가 유방 너와 나, 이 둘 때문에 혼란스러우니 둘이서 일대일로 자웅을 겨뤄 그 승패로 천하를 안정시키자"〉

이에 유방이 응대하기를

〈"나는 지혜로 싸우는 사람이라, 항우 너와 같이 힘으로 싸우는 자와는 싸우지 않겠노라"〉

그리고 항우의 10가지 죄를 밝히며

〈"나는 죄인이 아니라서 항우 너와 같은 죄인과 일대일로 싸울 이유가 없다. 죄인을 10명 보내줄 터이니 죄인들끼리 싸우라"〉

라고 비아냥거리자 항우는 화가 머리끝까지 차올라 계곡 건너편에 있던 유방에게 쇠뇌를 쏘았고 화살이 유방의 가슴에 명중했다. 유방은 심각한 부상을 입었으나 발가락에 맞았다고 거짓선전하고 군영으로 돌아가 버렸다.
군량과 보급이 끊겨 점점 불리해진 항우는 형양성 홍구 지역을 기점으로 동서로 천하를 이분하자고 휴전을 제의했고 유방은 부모, 아내와 식솔을 돌려받는 조건과 함께 이를 수락했다, 이에 항우가 군사를 물리고 후퇴하자, 유방은 장량과 진평의 계책을 받아들여 휴전을 파기하고 항우를 뒤 쫓았다. 진평이 "이 기회를 놓치면 다시는 항우를 잡을 수 없을 것"이라고 진언했다고 한다. 약속을 어긴 유방의 간교함에 치를 떨던 항우는 대노했지만 그에게는 이미 유방의 장량과 진평에 비교될 만한 책사도 소하나 조참 같은 후방 지원자도 없었다.

다시 시작된 "고릉 전투"에서 항우가 승리하자, 유방은 한신과 팽월에게 급히 지원군대를 요청하였다. 그러나 팽월은 훗날의 봉토를 약속하라고 조건을 걸었고 한신도 정작 군대의 파견을 머뭇거렸다. 일단 항우부터 이겨야 되는 유방은 이들의 요청을 마지못해 수락하지만 이는 훗날 이 둘의 제거에 대한 주된 빌미가 되고 만다.

뒤이어 영포도 합류하게 되었고 유방의 본군이 서쪽 , 팽월이 보급로를 끊고 북서쪽, 항우의 배신자 영포가 남쪽, 한신이 동북쪽으로부터 진격하여 항우를 사면으로 애워싸는 전선이 형성되었다. 군사의 숫자로는 유방의 연합세력이 4배나 많았고 보급이나 지원군등 여러 전쟁의 요소로 치자면 이미 전세는 전적으로 항우에게 불리한 상황이었으나 항우는 예전부터 원래 군사의 숫자로서 싸우던 자가 아니었다.

그는 어떠한 상황에서도 져 본 적이 없는 "전장의 신"이었고 상대의 적들도 이미 그것은 익히 알고 있는 터, 그들이 심리적으로 항우를 제압했다고는 결코 볼 수 없었다. 항우의 잔인성과 괴력은 그만큼 압도적이었다. 항우는 최후의 결전을 준비했다.

한신과의 첫 전투는 항우의 승리로 끝났으나 승리에 도취한 항우가 다시 깊숙이 들어오자 한신은 기수를 돌려 정면공격을 단행하고 유방. 팽월, 경포의 지원군이 좌우양면과 후면을 치자 항우는 사방에서 공격을 받는 처지가 되었다. 하루 종일 지속된 전투에서 항우의 10만 군사 중 8만이 대패하여 도륙당하고 항우는 남은 군사를 이끌고 산으로 퇴로를 열었다. 밤이 되어 산으로 피신한 초군을 둘러싸고 한군들이 사방에서 처량한 초나라 노래를 부르자 보급이 끊어져 먹지도 못하고 장기간의 전투에 지친 초군들이 하나 둘씩 대오를 이탈하는 지경에 이르고 말았다.

마지막 남은 장군 종리매와 계포마저 이탈하자 항우는 800명의 군사만 데리고 기적적으로 유방의 포위망을 뚫고 탈출하여 해하에 도착했다. 유방은 관영의 5,000기병을 보내 항우를 추격하게하고 쫓기던 항우는 두 갈래 길에서 농부에게 퇴로를 물었으나 정작 농부가 알려준 왼쪽 길은 끝내 진창 늪지대로 가는 길이었다.

농부는 항우에게 살 수 있는 길을 알려준 것이 아니라 죽음에 이르는 거짓 퇴로를 일러준 것이었다. 배를 띄우는 것도 물, 배를 가라앉게 하는 것도 물이듯이 항우는 신안에서의 대학살, 진3세 자영 처형, 초의제 웅심 살해등으로 백성들로부터 이미 마음을 잃어버린 상태였다. 항우는 민심이 자기를 떠났음을 인정하며 그때까지 자기를 따르던 28명에게 말했다 한다.

〈"군사를 일으킨 지 7년, 70여 차례의 전투에서 모두 승리했으나 오늘 곤궁한 처지에 빠졌다. 이는 하늘이 나를 망하게 하는 것이지 나의 잘못이 아니다."〉

"사면초가"와 "해하가" 그리고 "패왕별희"는 바로 이때의 상황에 관한 이야기들이다.

사면초가四面楚歌

항우가 해하에서 한군에 포위되었는데 초군이 죽기 살기로 저항하여 쉽게 기세가 꺾이지 않았다. 한군이 초군의 사기를 저하시키기 위해 사방에서 초나라의 노래를 울려 퍼지게 했다.

구성진 초나라의 노래에 고향생각, 가족생각에 기세가 꺾인 초군진영에서 탈영병들이 생겨났고 한군이 탈영하는 초군을 죽이지 않고 도리어 길을 터주며 지나가게 해주자 탈영병의 규모는 삽시간에 통제 불능의 상태로 늘어났다.

항우의 장수중 종리매, 계포, 숙부 항백마저 탈영하였고 환초와 항장은 끝까지 남았다. 항장은 홍문연에서 칼춤을 추며 유방을 암살 하려했던 항우의 조카이며, 환초는 항우가 항량과 거병했던 당시 약관의 시절, 항우와의 힘 싸움에서 진 이후로 수하가 되었다는 바로 그 도적패 출신의 장수였다.

해하가垓下歌

항우가 자신의 종말을 예견하고 해하에서 읊었다는 시詩, 노래(=예로부터 중국의 시는 노래 가사였다. 공자기 정리한 〈시경詩經〉에 나오는 시 삼백, 실제로는 305수, 백성들의 노래 "풍風" 160수, 선비들의 노래 "아雅" 105수 = 소아 74 + 대아 31, 제후들의 노래 "송頌" 40수가 요즘으로 치면 전부 악樂에 대한 가사라고 보면 된다. 우리나라 80년대초 제5공화국의 대규모 기획 축제겸 노래경연대회 "국풍國風81"의 국풍이 시경에서 이야기하는 각 지방의 노래, 즉 국풍이고 참조로 가수 이용은 국풍81에서 "바람이려오"라는 제목의 노래로 대상을 수상했다.)

역발산혜기개세力拔山兮氣蓋世 힘은 산을 뽑고 기개는 세상을 덮었는데
시불리혜추불서時不利兮騅不逝 시운이 불리하니 오추마도 더 이상 나아가지 않는구나
추불서혜가나하騅不逝兮可奈何 오추마가 나아가지 아니하니 이를 어찌해야 하는가
우혜우혜내약하虞兮虞兮奈若何 우희여 우희여 내 그대를 또 어찌해야 하는가

오추마烏雛馬는 이무기가 변해 말이 되었다는 이름이 말해주듯 바로 그 검은 말이다.

맹수를 뒷발로 차서 죽여 버릴 정도로 힘이 세어서 아무도 그 말을 길들이지 못했는데 항우가 용력으로 길들인 이후 7년 동안 전장을 타고 다녔다.

항우가 오강에서 자기를 따르던 군사 28명을 도강해주는 댓가로 뱃사공에게 오추마를 주고 혼자 적진으로 다시 돌아가자, 오추마는 오강에 뛰어들어 빠져죽었다고 하는데 이는 과장된 표현일 것이나 "해하가"라는 비분강개悲憤慷慨 항우의 마지막 시에 나오는 세 대상이 바로 항우 자신과 우희, 오추마이듯 오추마는 항우와 평생의 전장에서 운명을 같이 했던 명마名馬였다.

알렉산더 대왕에게 평생의 말 "부세팔로스", 관운장에게 "적토마"가 있었듯이 항우에게는 "오추마"가 있었고 전장에서 상대 적군들에게 오추마는 항우의 상징이자 항우의 분신이었다.

화항왕가和項王歌

항우의 해하가에 대한 우희의 답가

한군이략지漢軍已略地 한나라의 군사들이 이미 모든 땅을 휩쓸었네
사면초가성四面楚歌聲 사방에서 들려오는 것은 초나라의 노래 소리뿐
대왕의기진大王義氣盡 대왕의 의기가 다하셨다면
천첩하료생賤妾何聊生 천첩이 살아서 무엇하리요

유방이 죽기 직전까지 평생 여러 여자를 탐했던 것과는 달리 항우는 우희만을 사랑했다.

아버지 어머니 없이 숙부인 항량의 손에서 자란 항우가 항량과 더불어 거

병할 20대 초반 즈음 우희의 아버지 우공이 항우의 인물됨을 알아보고 자신의 집으로 초대해 자기 딸을 거두어 달라 청한 이후 항우는 변치 않고 우희만을 총애했다,

하걸왕의 말희, 은주왕의 달기, 오부차와 월구천의 서시, 동탁과 여포의 초선(=⟨삼국지⟩의 가상인물일 가능성이 농후), 당현종의 양귀비(=양옥환), 흉노에게 시집간 한나라의 등소군과 함께 우희는 중국역사에서 절세미인중의 한 사람으로 칭송받으며 우미인이라는 별칭이 말해주듯 항우를 사로잡은 어떤 특별한 매력이 있었음에 분명하다. 항우는 몇 번의 전투를 제외하고는 대부분의 전장에 항상 우희를 대동하여 다녔으며 항우에 대한 기록에는 여러 다른 영웅들과 다르게 우희 이외의 다른 여성은 등장하지 않는다.

우희가 답가를 부르고 패왕 앞에서 스스로 목에 칼을 찌러 자결하는 것으로 흔히 경극에서는 묘사되어 있으나 정사에서는 그녀가 어떻게 죽었는지에 대해서 정확히 기록되어 있지 않다.(=항우와 우희의 이야기 중 특히 죽음으로 이별하는 이 대목이 "패왕별희"라는 중국전통 경극으로 남아있고 영화로도 계속해서 제작되고 있다.)

답가의 마지막 대목처럼 항우의 퇴로에 방해가 되지 않기 위해 혹은 그녀가 이미 항우의 종말을 예견한 것처럼 천하제일의 용장 서초패왕 항우와 평생을 같이 지낸 여인이라면 자결하였다고 보는 편이 차라리 무난할 것이다. 그러지 아니하고 살아남아 새 서방님 모시고 평범한 여성으로 아들 딸 잘 낳고 밥 잘 먹고 잘 살다가 천수를 누린 후 죽었다고 하는 것이 더 이상하지 않을까 하는 생각이 든다. 아무튼 화항왕가 이후 우희에 대한 기록은 중국 정사正史 그 어디에도 찾아볼 수 없다.

우희와 이별한 항우가 비분강개하며 싸움에 나서 양희가 이끄는 한군의 선발 추격대 120명을 더 죽이고 다시 오강에 이르게 되자 마침 강동의 뱃사공이 배를 대며

하였다 이에 항우가 말했다.

그리고나서 그 뱃사공에게 자기와 7년간 전장을 같이 누비던 "오추마"를 하사하고 잔여 28명을 강동으로 데려다주라 명했다. 그리고 자신은 큰 칼 하나만 들고, 왔던 길을 걸어서 되돌아갔다.

혼자서 사지로 돌아가던 항우는 그를 쫓아오던 추격 기병들과 다시 조우하여 100여 명을 더 죽였다고 한다. 항우의 용력이나 창 길이 정도 되는 긴 칼 다루는 솜씨, 평소 철갑으로 무장한 오추마를 타고 상대진영을 압도하는 기마술은 아마 일반적인 사람들의 상상 그 이상이었던 것이 분명해 보인다. 그를 표현한 기록이나 삽화에 어느 정도의 과장이 더해져 있다고는 치더라도 모두 하나같이 항우의 힘과 무예 그리고 적진의 대오를 분쇄하는 돌파력을 신기에 가까웠다고 표현하고 있다.

예를 들어 농구선수 서장훈만한 큰 키에, 전성기의 아놀드 슈왈제네거 같은 근육질에, 무예와 힘이 남다른 어떤 바윗돌 같은 사내가 눈앞에서 적의 목과 오장을 도륙하여 피와 살점으로 뒤덮인 무장 갑옷을 입고 창보다 더 긴 칼을 빙빙 돌리면서 포효하고 있다고 가정해보자.

그리고 그와 맞선 상대들이 거록에서 무패의 장한장군이 이끄는 진군을 단독부대로 9번 싸워 9번 다 격퇴하고 신안에서는 20만 명을 하루아침에 학살하였다거나 일당백으로 싸웠는데 팔다리가 잘리지 않은 상대가 없었다는, 그를 둘러싼 소문과 목격담을 들은 적이 있다고 상상해보자.

그리고 마침내 바로 그 항우가 본인의 눈앞에 있다면⋯, 아마도 당시에 항우를 잡으러 온 추격병들 중 그 어느 누구도 선뜻 나서서 먼저 싸움을 걸어볼 자는 없었을 것이다.

지옥에서 온 군신 같은 항우에게 모두 겁을 먹고 덤벼들지 못하고 있었지만 정작 항우는 본인의 마지막을 직감했다. 자신을 따르던 모든 책사, 장수, 군사들이 죽거나 떠나버렸고 우희도 자신의 눈앞에서 죽었으며 오추마도 떠났다. 스스로 혼자 남게 된 자신도 혈혈단신의 싸움에서 이미 많은 부상을 당했고 굶주렸다.

그때 마침 항우의 눈에 그의 군사였다가 유방의 편이 되어버린 고향 친구 여마동이 보였다. 여마동은 항우를 두려워했다. 여마동이 차마 항우와 눈을 마주치지 못하고 딴청을 부리자(=여마동은 나서지 못하고 옆에 있던 왕예에게 "저 사람이 항우가 맞다"라고만 말했다 한다.) 항우가 말했다.

〈"이보게 여마동! 너의 주군인 유방이 나의 목에 황금 천 냥과 식읍 만 호를 걸었다지. 너가 나의 군졸일 때 내 너를 위해 해 준 것이 없었는데 이제 내가 너에게 줄 것이 생겼으니 나의 목을 가져가거라!."〉

이 말을 남기고, 항상 그 앞에 맞서는 자의 목을 베던 자신의 긴 칼로 자신을 목을 잘라버렸다. 상대에게 죽어서는 안 된다고 굳게 믿었던 항우, 그가 맞서야 할 최후의 상대는 바로 자기 자신이었다. 그제야 추격병 전부가 달려들어 항우를 난도질하는 가운데 그의 몸을 다섯 부분으로 잘랐다. 훗날 항우의 몸을 취해 온 다섯 명(=머리를 잘라 간 왕예, 사지와 몸통을 나누어 잘라 간

여마동, 양우, 양희, 여승)에게 유방은 고민하지도 않고 다섯 부의를 맞추어보
고

라고 말하고 골고루 상금을 나누어 하사하고 열후에 봉했다는 기록이 전
한다. 유방의 대범함 이면에 숨어있는 잔인성 그리고 단순하면서도 어찌 보
면 공평하게 댓가를 지불하여 공을 세운 자가 자기에게 복종할 경우 누구하
나라도 불평을 하는 일이 없도록 만드는 그만의 속물적인 계산방식이 잘 드
러나는 대목이라 하겠다.

이렇게 항우는 30세를 갓 넘긴 나이로 역사 속으로 사라졌다.

유방이 38세라는 나이에 처음으로 군사를 일으킨 지 7년쯤 지난, 유방 나
이 약 45세 즈음의 일이었다.

6) 漢 제국의 개창, 공신들의 반란과 숙청, 최종승리를 이룬 유방
의 대풍가

해하전투에서 항우가 죽음으로서 초나라도 사라졌고 그 이후 초楚라는 이
름은 더 이상 독자적인 국가로서 중국의 역사에서 다시 등장하지 못했다.
이 승리로 인하여 유방은 지금의 서안(=시안Xian)인 장안을 수도(=초창기 임시
수도는 낙양)로 하는 한漢제국을 개창하고 중국역사상 진정한 황제통치의 표
본이 되는 한고조漢高祖로 등극하게 되었다.

이후 소하의 주도로 400년 제국의 황조皇祖(=서한, 전한 + 동한, 후한)를 이어
갈 첫 궁궐 미양궁을 건설했다. 한나라 이후 많은 황조가 있어왔지만 중국문

화의 정체성은 바로 이 한漢나라로부터 시작되었다라고 해도 결코 틀린 말이
아니며 우리에게는 고조선을 멸망시킨 나라, "삼국지연의"의 숱한 인물들이
등장하는 훗날의 그 망해가는 한漢나라 정도로 인식되지만 현재 55개 다민족
으로 이루어진 중국의 중심민족을 한족漢族이라고 칭하는 것에서 알 수 있듯
이 중국역사에서 고조 유방의 한漢나라가 가지는 의미는 과히 독보적이다.

　일생일대의 난적 항우를 물리친 유방은 그동안 자기를 도운 소하와 조참,
한신과 장량, 번쾌와 영포, 팽월, 하우영, 진평, 주발등에게 논공행상을 하고
탁월한 행정가 소하와 톱 브레인 장량, 진평의 도움으로 초창기 제국의 기틀
을 마련해나갔다. 주나라의 봉건제와 진나라의 중앙 집권식 군현제가 왜 망
했는지를 교훈삼아 황제의 직할령과 봉건제를 합친 군국제를 실시하여 믿을
만한 제후들에게 봉토를 할당했다.

　그러나 이전의 동지였던 공신들을 끝까지 믿지 못했던 유방은 사실 초나
라 항우를 제압하고 장도로 돌아오자마자 한신의 군영으로 쳐들어가 한신의
제나라 병권을 빼앗아버렸다. 유방은 한신을 제왕에서 초왕으로(=강등의 의
미), 팽월을 양왕, 한왕韓王 신을 한韓왕(=한신과 동명이라 역사서에서는 이 인물
을 대개 한왕 신이라 표현한다), 오예를 장사왕, 영포를 회남왕, 장오를 조왕,
공환을 임강왕, 장도를 연왕으로 봉했으나 공환이 불만을 품고 반란을 일으
키자 노관을 보내 평정케하고 공환을 죽여버렸다.

　황제로 등극할 때도 유방은 자신은 덕과 재주가 없음을 핑계로 극구 사양
하는 모양새를 취하여 명분을 쌓아가다가 여러 장수들과 신하들이 지금 이
시국에 황제에 올라 천하를 안정시킬 사람은 오로지 패공밖에 없다고 세 번
이나 청하자 그제야 그 청을 받아들여 황제에 올랐다고 한다. 글과 책으로
배운 적은 없었지만 유방의 세속적 학습능력과 정치력 그리고 경험으로부터
배우는 직관력은 실로 대단했다.

　황제로 즉위한 유방은 임시 수도인 낙양의 남궁에서 주연을 베풀며 술이
취하자 기분이 좋아져 제후들과 장군들에게 자신이 항우를 물리치고 천하를

얻게 된 이유를 말해보라 하였고 고기와 왕릉이 솔직히 말했다.

〈"폐하는 천성이 오만하여 사람을 업신여기나 항우는 어질어 신하를 아낍니다. 그러나 폐하는 장수를 보내 전쟁에서 이기면 반드시 그 이긴 자에게 땅을 내어주어 더불어 이익을 나누었습니다. 반면 항우는 장수들에게 공을 돌리지 않았고 혼자 공훈을 세웠으니 땅을 얻어도 이익을 나누지 않았습니다. 이것이 항우가 천하를 잃게 된 까닭입니다."〉

이에 유방은 잘 모르는 소리를 하지 말라는 듯 크게 웃으며 말했다.

〈"그것은 하나는 알고 둘을 모르는 소리일 뿐이다. 계책을 내어 천리 밖 전투에서 승리를 엮는 일은 짐이 장량만 못하다."〉

〈"나라를 안정시키고 백성을 돌보고 군량을 공급하고 보급로가 끊이지 않게 하는 일에서는 짐이 소하만 못하다."〉

〈"또한 백만 대군을 이끌고 싸움에 나가면 반드시 승리하는 일에 있어서는 짐이 한신만 못하다."〉

〈"이 세 사람처럼 걸출한 인물을 얻을 수 있었던 것이 바로 내가 항우를 이길 수 있었던 까닭이었다. 항우에게도 범증이 있었으나 그는 그마저도 끝까지 믿지 못하였기 때문에 천하를 잃은 것이다"〉

라고 말했다. 유방은 낙양에 도읍을 정하고자 하였으나 이번에도 장량과 유경의 말을 들어 장안으로 도읍을 변경하였다. 그는 본능적인 것을 제외한 실무나 전략에 있어서는 자신보다 뛰어난 전문가들의 말을 항상 경청했다.

이즈음 연왕 장도가 모반을 꾀하여 대代나라를 함락하자 유방은 친정親征하여 장도를 사로잡고 노관을 연왕에 봉하고 번쾌에게 대代나라를 평정토록 하였다.

또한 한신이 반란을 꾀하고 있다는 상소가 올라오자 유방이 대신들에게 의견을 물어보았고 모두 한신을 토벌하자고 했다. 아마 이때의 상황은 유방과 한신, 이 두 영웅은 서로가 서로를 믿지 못하고 있었거나 또 어찌 보면 서로가 서로를 배신할 수 있는 명분을 가질 수도 없었던 묘한 관계였다고 보는 편이 정확할 것이다.

유방은 요즘으로 치면 언론 플레이를 먼저 했다. 한신에게 진짜 모반의 의지가 있었던 없었던 이미 그것은 중요한 것이 아니었다. 유방은 진평의 계책에 따라 한신을 회유하는 척하면서 진현으로 모든 제후들을 불러 모았다 그리고 한신이 도착하자 바로 그를 포박해버렸다. 한신을 포박한 후 유방은 한신에게 거드름을 피우며 물었다.(=항우와의 마지막 결전을 앞두고 유방이 한신에게 군사를 이끌고 도와줄 것을 요청했을 때 한신이 미적거렸다는 사실과 그 이전 한신이 제를 평정하고 유방에게 가왕의 자리를 달라고 먼저 요청했던 대목을 기억해보면 이 상황은 쉽게 이해될 수 있다.)

〈"너는 내가 몇 명 정도의 군사를 지휘할 수 있다고 여기는가?"〉

〈"폐하께서는 10만 여 명의 군사를 거느릴 만합니다."〉

유방이 불쾌한 듯 물었다.

〈“그럼 한신, 너는 어느 정도의 군대를 지휘할 수 있는가?”〉

〈“저는 많으면 많을수록 좋습니다.(=다다익선多多益善)”〉

〈“나는 기껏해야 10만이고 너는 다다익선이라?
그런데 너는 왜 지금 내 앞에 이렇게 사로 잡혀 있느냐?”〉

〈“폐하가 군사를 이끄는 장수로서는 저보다 못하지만, 장수들을
이끄는 우두머리로서의 능력은 제가 폐하를 따라갈 수 없습니다.”〉

솔직한 대답이었고 유방은 차마 한신을 죽이지 못하였다. 대신 초왕에서
회음후로 재차 강등시켜버린 후 한신의 봉지를 둘로 나누어 장군 유고를 형
왕으로 삼아 회하의 동쪽을 다스리게 하고, 아우 유교를 초왕으로 삼아 회하
의 서쪽을 다스리게 했다. 한신의 두 날개를 꺾어 버린 셈이었다. 또한 제나
라는 물자와 곡식이 풍족한 땅이니 친자식 즉 유씨가 아니면 제왕으로 봉하
지 말라는 전긍의 간언에 따라 아들 유비를 제왕으로 삼았으며 또한 한왕韓王
신의 영지를 태원으로 옮겨버렸다. 한신으로부터 시작된 유방의 경계심이
전 지역의 제후들에게로 확대되는 양상이었다고 본다.

유방은 천민 출신에서 높은 자리에 오른 자이므로 이전 제후들이나 특히
귀족 왕족들에 대해서는 일종의 자격지심과 콤플렉스 같은 것이 분명 있었
을 것이다. 유방과 마찬가지로 훗날 천민출신에서 황제자리에 오른 명나라
의 홍무제 주원장의 경우도 마찬가지이다. 대개 극적인 신분상승을 한 경우,
황제 등극 후 피비린내 나는 숙청은 권력의 최종 장악에서 두드러지는 공통
점이었다.

이때 북쪽에서는 흉노가 창궐하였다. 흉노는 묵돌 선우(=묵돌, 목특, 모돈은

이름, 선우는 부족의 대장 이라는 뜻. 훗날 몽골의 칸Khan과 같은 의미)가 월지, 동호등 여러 유목 부족들을 차례로 평정하고 점점 막강한 세력을 형성하게 되었다. 목돌은 1대 선우였던 자기 아버지 두만이 자신을 제거하려하자 먼저 아버지를 죽일 정도로 냉혹하고 강력한 리더쉽을 가진 자였다.

자신의 부하들에게 자신이 만든 소리 나는 화살, 명적을 쏜 후 모든 부하들이 그 명적이 날아가는 방향으로 일제히 화살을 쏘게 훈련시켰고 그러지 않는 자를 처형한다고 먼저 선언했다. 묵돌이 자신의 애첩과 애마를 향해 명적을 쏘자 몇몇 부하가 차마 그 방향으로 화살을 쏘지 못했고 묵돌은 그 부하들을 바로 처형해버렸다.

그 다음에는 아버지 두만의 애마를 향해 명적을 쏘자 부하들이 일제히 두만의 명마를 쏘아 죽여 버렸고 묵돌은 매우 흡족해했다. 아버지 두만과 같이 사냥터로 나선 어느 날 그의 명적이 날아간 표적은 바로 그 아버지 두만이었다. 그 결과는 굳이 말할 필요가 없고 그는 2대 선우가 되었다.

이와 같이 묵돌 선우의 강력한 리더쉽 아래 흉노가 부족 통일을 통해 힘을 비축하고 있었던 탓도 있었겠지만 흉노의 중원진출시도는 진말 한초 秦末 漢初 시황제의 살인적인 부역을 시작으로 초한전쟁으로 이어진 싯점까지 진제국 초기당시 3.500만 명 정도였던 중국의 전체 인구가 초한쟁패 직후 1,900만 명 정도로 줄었다는 점을 간과할 수 없다.

진은 철저한 호구조사를 시행했던 나라답게, 그리고 한나라는 진나라의 호구조사와 같이 통치나 징수에 필요한 행정제도를 그대로 이어받은 제국답게 인구조사를 지속적으로 실시하였고 그 기록을 보존했다.

훗날 후한말의 위, 촉, 오 삼국 전쟁의 시대에도 약 1,500만명 정도의 인구가 죽었다고는 하나 황건적의 난으로부터 조조의 아들 위문제 조비의 위나라로 통일되는 삼국전쟁의 기간은 약 50년에 걸친 전쟁 역사인 것에 비교해서 초한지의 전쟁사는 약 7년 정도의 기간일 뿐인데 전숲인구의 거의 절반에 육박하는 인명들이(=당시 군인의 대부분은 전시상황에서 차출된 일반 백성들)죽어간 역사는 중국사에서 그 유래를 찾아보기 힘들다.

청동기의 시대가 지나고 전국시대에 돌입하면서부터 본격적으로 시작된 완전한 철기 전쟁 시대에서 철 제련 기술은 날로 발전 해갔고 당시의 전쟁은 훗날의 대포나 화약류의 전쟁이 아닌 창칼을 지닌 떼거리와 떼거리의 전면 전쟁으로 외과적 수술, 부상자의 치료, 항생제 이런 것들이 제대로 구비되지 않았을 당시, 말 그대로 피와 살이 터지고 오장육부가 갈라지고 사지가 잘려서 죽어가는 처참한 살육의 전쟁 시대였다고 봐야한다. 초한전쟁으로 말미암아 당시 중국 전체의 약 절반에 해당하는 인구, 특히 건장한 남성과 쓸만한 우마牛馬의 반이 사라졌다고 보면 된다.

예나 지금이나 국력은 인구의 숫자와 결코 무관하지 않다. 호시탐탐 중원의 곡창지대를 노리는 흉노족에겐 중원의 내전이야말로 말할 수 없는 호기였고 흉노의 묵돌 선우는 한왕 신을 공격해왔다. 이때 한왕 신이 흉노의 세력이 강한 것을 알고 흉노와 손을 잡고 태원에서 유방에게 모반을 꾀하였다.

마침 만구신과 왕황도 옛 조나라의 장군이였던 조리를 왕으로 옹립하며 모반을 일으키자 유방은 다시 친히 군사를 일으켜 출정하였으나 추위에 익숙하지 않은 유방의 군사들은 사기가 저하되어 패전을 거듭하다 평성으로 회군하고 말았다, 이때 흉노가 평성을 포위하자 유방은 온갖 수모를 당하며 근근히 포위망을 뚫고 후퇴했다.(="풀려났다"라는 표현이 더 정확하다.)

유방의 심복이었던 진평이 묵돌 선우의 부인 연지에게 접근하여 많은 뇌물을 제공하며 묵돌이 중원으로 진출하면 중원에 미인들이 많아 선우의 총애를 계속 받기가 힘들 것이라고 꼬드기자 이에 연지가 묵돌에게 자신들의 근거지인 북쪽고향으로 돌아가 한나라로부터 풍족한 조공만 받으면 서로 좋은 것이라 설득했다.

이에 묵돌은 유방을 풀어주고 화친을 맺게 되는데 일방적으로 한나라에게 불리한 수치스러운 조약이었다. 훗날에 회자되는 "백등산의 전투"가 바로 이때를 일컬음이고 유방은 이때 흉노에게 철저히 머리를 숙이고 흉노에게 해마다 막대한 조공(=비단, 말, 곡식, 여자)과 공주인 자기 딸 노원공주를 선우에게 시집보내기로 약속하며 간신히 풀려났다.

유방은 번쾌에게 대代나라에 남아 반란군을 평정하라고 명령하고 자기의 형인 유중을 대代나라의 왕으로 봉하고 정작 자신은 장안으로 복귀하였다, 그 후 조왕 장오를 폐위하고 대代나라의 유중을 모시던 상국 진희마저 모반하니 다시 친정하여 평정한 후 자신의 아들 유항을 대代나라 왕에 봉하였다.

숙적 항우를 물리쳐 이겼다고는 하나 유방의 한제국 초창기는 그야말로 사방이 안정되지 않았고 도처에서 모반과 의심이 도사리고 있었던 시기라고 봐야할 것이다. 이후 다시 한신이 모반을 일으킨다는 소문이 돌자 유방의 부인 여태후는 유방이 장안을 비운 사이 허락도 없이 한신을 궁으로 초청한다는 명목으로 소하로 하여금 한신을 유인하게 하여 그를 제거해 버리고 말았다.

소하에 의해 추천된 한신은 소하에 의해 죽게 되는데 어느 한 영화에서는 차마 한신을 죽일 수 없었던 소하가 장량과 여후 사이에서 인간적으로 괴로워하는 모습을 아주 극적으로 잘 표현하고 있다.

소하는 한신을 차마 죽일 수 없었지만 여후는 한 제국 개창이후 최고의 잠재적인 적을 한신으로 보았고 소하에게 한신을 제거할 명분을 만들라고 지시했다. 훗날 여태후라는 칭호가 말해주듯 유방사후 중국역사상 최초의 실권을 가진 여성 통치자가 되는 여치는 유방의 정실부인답게 보통내기가 아니었다. 영화에서는 안절부절 못하는 소하에게 여치가 단호하게 명한다.

〈"소상국! 상국은 한나라의 역사가 당신을 어떻게 기록하길 원하오?"〉

그리고 환관을 시켜 소하에 대한 기록(=호적기록)을 가져오라 명하자 환관

이 대령한 소하의 기록을 적은 죽간에는 아무 글자도 적혀있지 않았다. 여후는 소하에게

〈"이 죽간에 상국의 사망에 관한 날짜를 아직 남겨둘까요?"〉

라고 묻고 어떻게 기록할 건지에 대해서 소하에게 선택하라고 한다. 즉 자신의 영을 따르지 않을 경우 소하는 오늘이 그 제삿날이라는 뜻을 전달했던 것이다. 정사의 기록이 아닌 영화의 한 대목이지만 굳이 소개하는 것은 그 감독은 당시 소하의 심정과 여후의 강단을 그런 식으로 표현했었는데 개인적으로는 여러모로 공감할 만하다.

유방이 장락궁으로 돌아왔을 때 유방은 여후가 한신을 제거했다는 사실을 알게 되었고 그 이유를 묻자 여후는 한신이 모반을 시도한 여러 증거들을 이야기하였다. 유방은 긍정도 부정도 하지 않았다. 한신은 토끼사냥이 끝난 뒤의 사냥개처럼 그렇게 제거되었다(=토사구팽).

이어 양왕 팽월도 반란하자 유방은 팽월을 잡아 촉으로 보냈으나 그가 다시 모반하자 삼족을 멸하였다. 이제 영포만이 남았다. 영포는 그나마 그때까지 유방의 눈치를 보며 순응했다고 볼 수 있었으나 공신들이 차례로 제거당하고 한신과 팽월마저 죽임을 당하는 것을 보고 모든 제후국들이 유씨의 천하가 되게 되면 다음은 자신이 제거대상이 될 것이라는 것을 직감하고 먼저 선수로 치기로 결심했다.

동쪽으로 형왕 유고의 봉지를 공격하고 서쪽으로 회하를 건너 초왕 유교를 물리쳤다. 얼굴에 흉악범에 대한 처벌인 문신 낙인(=경黥)이 찍혀 경포黥布라 불리었던 영포는 용저와 마찬가지로 예전 항우의 주장主將답게 강적이었다. 그는 터프가이 중의 터프가이였다.

유방은 여느 때와 마찬가지로 친히 평정에 나서 영포를 회추에서 대파시

컸고 영포는 강을 건너 오나라로 달아나던 길에 자신의 처지를 밝히고 예전의 동지 오예에게 의탁하고자 하였으나 유방을 두려워 한 오예의 조카 오성에게 살해되어 그 수급이 유방에게로 보내졌다. 산적출신으로 항우와 유방을 따라 평생 전장을 돌며 한때는 대왕이라 칭해졌던 경포의 처참한 최후였다.

예전의 동지들이 일으킨 반란 중 흉노와 결탁한 노관의 반란 때 번쾌를 보낸 것을 제외하고는 거의 대부분의 반란에는 유방이 직접 친정했다. 유방이 나서야만 했고 다른 대리 장수가 아닌 본인이 반드시 직접 나서야만 이긴다는 것을 유방 스스로도 잘 알았다.

유방이 나서는 순간 반란군은 명분과 사기를 잃어버렸다. 다른 사람들에 대해서 유방이라는 사람이 갖는 묘한 기운과 카리스마가 어떤 것인지를 잘 보여주는 대목이라 할 수 있다. 그에게는 특별한 에너지와 적절한 때에 조화되는 천운 그리고 용안이라 불리게 된 잘생긴 얼굴과 상대방 누구든지 만만하게 볼 수 있는 그만의 여유, 넉살이 있었다.

그러나 천하의 유방도 영포와의 마지막 전투에서 화살을 맞고 심한 부상을 입게 되는데 훗날 장락궁으로 귀환 후 이 부상이 도져서 죽음을 맞이하게 된다.

유방은 영포의 반란을 진압하고 돌아오던 중 자신이 태어나서 젊은 건달 시절을 보내다가 군사를 일으켰던 고향 패현에 들러 죽마고우와 지방의 부로父老들을 불러 잔치를 열었다. 그리고 직접 축을 타며 시를 읊었고 다시 120명의 젊은이들에게 합창을 시키고 자신은 춤을 추었다. 일종의 금의환향의 자축연이었다고 보면 될 듯하다. 그리고 고향의 사람들에게는 평생의 세금과 군역을 면해주었다

대풍기혜운비양大風起兮雲飛揚 큰바람 불어 모든 구름을 흩어버렸네
위가해내혜귀고향威加海內兮歸故鄕 위세를 해내에 떨치고 고향으로 돌아왔구나

안득맹사혜수사방安得猛士兮守四方 천하의 용맹한 인재를 모아 사방을 지키리라

흔히들 〈대풍가〉라고 말하는 이 시를 보면 천하를 평정한 패자霸者로서의 웅대한 기상과 유방 자신의 호방한 성품이 잘 드러나 있다. 고향 사람들이 계속 머물다 가기를 청했으나 유방은 자신이 더 머물게 되면 자신을 수행하는 군사와 신하들의 수가 너무 많아 작은 고향에 손해를 끼칠 수 있다하며 장안으로 돌아왔다.

7) 유방의 죽음, 여태후의 섭정과 여씨 천하. 한문제의 등극

영포의 반란을 평정하고 장락궁으로 돌아온 유방은 영포와의 마지막 전투에서 입은 부상으로 결국 자리에 눕게 된다. 유방을 도와 진나라를 멸망시키고 자신의 조국 한韓나라를 부활시키고자 했던 장량은 진시황도 항우도 유방도 모두 결국에는 절대 권력을 지향하고 자신에게 대항하는 상대는 어는 누구라도 과감하게 제거하는 똑같은 인물이라는 것을 뼈저리게 느끼게 되었다. 그리고 공을 쌓았으면 사라지는 것이 순리라는 말을 남기고 병이 깊어 여생을 약초나 공부한다는 핑계를 되고 현실 정치로부터 멀어졌다.

자신은 더 이상 인간사 성패에 대한 야망이 없다는 것을 그런 식을 밝히며 속세를 떠나 종남산으로 들어 가버렸다. 권력의 주변에 계속 남아있다가는 자신도 한신을 비롯한 모든 공신들이 공통적으로 맞이해야만 했던 그 길을 따라가야 한다는 것을 먼저 꽤 뚫어 본 것이다.

설상 자신의 분신과도 같았던 장량마저 일선에서 물러나자 병중의 유방은 자신의 마지막을 감지하고 중병에 걸린 몸을 이끌고 조정 중신과 여후를 한자리에 모이게 했다, 그리고 백마를 한필을 죽이고

〈"서로 하늘에 맹세하기를 나라는 영원 존속하며 나라는 공신 후예들에게는 은혜를 베풀 것과 유씨가 아니면서 제왕이 되려는 자가 있으면 천하가 힘을 합쳐 그를 치고 군공이 없는 자는 절대 제후에 봉하지 말 것"〉

을 맹세했다. 훗날의 모든 군주들에게 영향을 미친 유방의 "백마지맹白馬之盟"을 유지로 남긴 것이었다.

유방은 노년에 젊은 척부인을 총애했는데 병환 중에도 여전히 여색을 밝혔던 유방은 여후가 지내는 장락궁 대신 척부인이 있는 서궁에 머물렀다. 당연 본처인 여후에게 척부인과 그의 아들 유여의는 눈엣가시였다.

특히나 유방은 태자를 본처인 여후의 아들 유영대신 자신이 총애하는 척부인의 아들 유여의로 삼고자 한다며 한번 소동을 일으킨 적이 있었으나 장량의 반대로 철회한 적이 있었던 터, 대신들은 병환중의 유방이 서궁에 머물게 되어 병세가 더욱 악화된다고 판단하였고 서궁에 머물다가 혹시나 고명유언이 잘못되기라도 한다면 정세와 권력의 향방이 어디로 흘러갈 줄 몰라 모두 안절부절하고 있었다. 그리고 마침내 장락궁으로의 환궁을 거부하던 유방에게 여태후의 제부인 번쾌가 찾아가서 죽어가는 황제를 장락궁으로 모셔왔다.

유방의 병세가 점점 심해져서 진평이 역양이라는 명의를 데려와 진찰하게 하자 유방은

〈"포의布衣(=평민)로 태어나 칼 한 자루로 천하를 얻었는데 어찌 하늘의 명을 거역하겠는가! 사람의 의술로서는 나의 병을 고치지 못하니 하늘이 내려준 나의 수명을 따르리라!"〉

라고 말하며 치료를 거부했다. 유방이 죽음에 이르러 여후가 묻기를

〈"소하가 몸이 아파 승상직을 내려 놓으면 그 다음은 누구에게 맡길까요?"〉

〈"소하가 기어코 승상의 자리에서 내려온다면 그 다음은 조참으로 임하시오"〉

〈"조참 다음으로는 또 누가 승상이 될 만합니까?"〉

〈"조참 다음으로는 왕릉으로 하되, 왕릉은 지혜가 부족하니 진평으로 하여금 보필하게 하시오"〉

〈"진평을 직접 승상으로 임하면 어떠하나이까?"〉

〈"진평이 지혜롭기는 하나 큰 나라를 혼자서 다스려갈 도량은 부족하오"〉

〈"주발은 어떠하나이까?"〉

〈"주발은 믿음직하나 학식이 없소, 다만 우리 유씨 일가를 위해서 주발만큼 끝까지 충성스러운 자는 드물 것이요"〉

〈"주발 다음에는 누가 적합하나이까?"〉

훗날 여후의 권력욕이 이미 잘 피력되는 부분이다. 유방은 이런 말을 마치고 마침내 장락궁에서 52세의 나이로 사망하였다(=BC 195년)

여후의 본명은 여치였다. 타 지역의 현령과 원한 관계가 생긴 후 패현으로 이주해 와서 패현의 현령과 교분을 쌓고 있던 부호 여공이 유방을 보고 장차 큰 인물이 될 거라 예견하고 자신의 딸을 시집보내게 되는데 그 딸이 바로 여치였다.

성정이 억세고 배포가 남달랐던 여치는 자신의 가문과는 비교가 되지 않는 평민 유방에게로 시집온 이후로 백수건달인 남편을 대신해 농사일과 궂은일도 마다않고 남편을 도왔다. 유방이 항우와 싸울 때 인질로 잡힌 적도 있었으나 〈사기〉의 〈여태후 본기〉에 따르면 항우에게 목숨을 구걸하지 않았다고 한다. 오히려 같이 인질로 잡혀 있던 유방의 아버지 유태공과 그 어머니 유온이 항우의 협박 앞에 머리를 조아리고 있을 때 여치는

라고 큰 소리쳤다 한다. 여치의 이런한 배포는 한신을 제거할 때도 과감히 드러난다. 그녀는 앞서 밝힌 바와 같이 소하를 협박해 한신을 유인하고 유방의 허락을 구하지 않고 먼저 한신을 죽여버렸다. 판단력이 빠르고 실천력 또한 과감했던 그녀의 한신 제거는 사전처리 사후승인 속전속결이었다.

유방의 공식적인 여자관계와 후세에 대해서는 뒤에 따로 자세히 다루겠지만 혼인을 한 여성 중에 정실부인은 여치였고 유방과 여치사이에는 하후영

의 마차사건에서 잘 알려진 아들과 딸이 있었다. 그 중 아들은 나중에 혜제가 되는 유영이고 그의 누이 되는 장녀가 바로 조왕 장오의 아들, 장이에게 시집가는 노원공주이다.

백등산의 전투에서 유방이 묵돌에게 패하고 화친하는 조건으로 이미 시집간 자신의 딸을 묵돌에게 다시 시집보내기로 하였을 때 언급되는 그 딸이 바로 노원 공주이다. 그러나 이 약속은 여치가 극구 반대함으로서 다른 여자를 공주로 꾸며 선우에게 시집보내는 것으로 일 단락 되었지만 아버지 유방에게 두 번이나(=하우영 마차사건 + 흉노묵돌과의 화친조건 결혼) 아픈 상처를 받은 딸이었다. 노원魯元이라는 뜻은 유방이 황제가 되고 노魯나라 지역을 봉토로 받게 된 元공주(=장녀) 라는 의미이다.

유방이 죽자 유영이 혜제로 즉위하고 이때부터 중국의 3대 악녀라는 칭호를 갖게 된 여태후의 본격적인 악행이 시작되는데 여태후는 후궁 척부인의 아들 여의를 독살해 버리고 척부인에게 여의를 시체를 보여 준 후 그녀의 머리카락을 자르고 팔다리를 잘라 다시 적당히 치료하여 목숨만 겨우 살린 후 눈을 파고(=맹인), 귀에 쇳물을 녹여 붓고(=귀머거리) 혀를 자른 후 성대를 녹이는 독약을 먹이고(=벙어리) 돼지우리에 집어넣어 사람 돼지라 부르게 했다.

태후수단척부인수족太后遂斷戚夫人手足
거안去眼, 휘이煇耳, 음음약飮瘖藥
사거측중使居廁中, 명왈인체命曰人彘

그리고 자기의 아들 혜제를 데리고 가서 흉한 모습의 사람돼지(=인체人彘)를 보여주었다. 마음이 여렸던 혜제는 이 참혹한 광경에

〈"이것은 도저히 사람이 할 수 있는 짓이 아니다. 이 어머니의 아

들인 내가 무슨 염치로 천하를 다스린단 말인가?”〉

라고 소리치며 그 충격으로 어머니를 두려워하며 혼이 빠진 사람이 되어
정상적인 생활을 하지 못하며 그 후로 모든 정사에서 손을 놓고 술과 여자에
만 탐닉하다가 즉위한지 7년 만에 사망했다. 이미 혜제의 유약함과 무능함을
파악한 여후는 그때까지 후사가 없었던 혜제에게 궁녀를 붙여 아들 하나를
낳게 한 후 그 궁녀를 죽여 버리니 혜제와 궁녀사이에 난 어린 아들이 바로
3대 황제 소제이다. 황제는 나이가 어렸고 당연히 모든 정치는 이미 조정을
장악하고 있던 여후에게 맡겨졌는데 이때부터 본격적으로 모든 군권과 지방
의 제후들의 자리는 여씨 일가의 편으로 하나둘씩 넘어가게 되었다.

시간이 지나 소제가 자신의 출생에 관한 비밀과 할머니인 여후가 자신의
생모를 죽여 버렸다는 것을 알게 된 후 나중에 장성하면 태후에게 복수하겠
다고 말한 것을 환관으로부터 전해들은 여후는 소제마저 유폐시켜 암살해버
렸다. 그리고 혜제에게 또 다른 아들이 있었다고 주장하며 그를 4대 황제로
옹립하게 되는데 그 역시 3대 황제와 마찬가지로 이름이 소제였다.(=3대 전소
제, 4대 후소제, 소제라는 의미는 재위가 짧거나 너무 어린 나이에 즉위하여 제대로
정사를 펼치지 못한 경우를 칭한다.)

조정과 군권 그리고 궁궐안팎의 정보는 여후가 모두 장악했지만 이즈음
여후를 아주 무시하고 굴복시킨 자가 딱 한명 있었으니 그가 바로 앞서 말한
묵돌 선우이다. 묵돌이 여후에게 공식서신을 보내 전략적 청혼을 제의한 것
인데 실제 청혼 의사가 있었다기보다는 유방사후 미망인이 된 여후에 대한
성희롱에 가까운 내용으로 수치를 주어 관계의 우위를 선점하려는 술수였다
고 보면 된다.

〈“그대는 혼자된 몸이요 나 역시 쓸쓸하여 홀로 있기 즐겁지 아니

하니 두 군주가 스스로 즐길 것이 없는 듯하오, 그러니 각자 있는 것으로 없는 것을 서로 채워 봄이 어떠하겠소?"〉

여태후가 크게 화를 내며 분노하자 번쾌가 군 10만을 일으켜 흉노를 치겠다 하였다.

계포가 이를 말리며

〈"지금 흉노의 세력은 막강하고 고조께서도 섣불리 묵돌과 맞섰다가 수모를 당하였습니다. 진나라도 흉노와의 싸움에 국력을 소진하여 진승과 오광의 난을 맞이하고 말았으니 지금 흉노를 치는 것은 불가하며 번쾌가 계책 없이 태후에게 아첨하여 천하를 동요시키려 하니 당장 목을 베어야합니다"〉

라고 말했다.

계포의 말에 구구절절 틀린 말이 하나도 없었으므로 여후는 몸을 낮추어 전쟁 대신 묵돌에게 아래와 같은 답신을 보냈다.(=훗날 두고두고 치욕의 답신이 되는 이 기록을 두고 이후의 한나라 황제들은 절치부심 흉노토벌에 모든 국력을 쏟았다. 한문제의 손자인 한무제 유철은 흉노 대원정을 치르면서 마침내 흉노의 세력을 중원 밖으로 몰아내는데 성공했다.)

〈"선우께서 폐읍(=자신의 영지를 낮추어 부름)을 잊지 못하시어 서신을 보내니 폐읍은 몹시 두렵습니다. 물러나 매일 스스로를 돌아보면 이미 기력은 연로하고 머리카락과 이도 빠지고 걸음걸이도 바르지 않으니 선우에게 그릇된 말을 듣고 스스로를 부끄럽게 할 수가 없습니다. 폐읍에 죄가 없으니 응당 용서해주시고 제가 어마차 2승과 어마차를 끌 말 8필을 보내드리오니 선우께서 늘상 타고 다니시길 바랍니다.">

　요새로 치자면 여태후 자신은 늙어 시집을 갈 수 없고 대신 롤스로이스 팬텀과 메르세데스 벤츠 마흐바흐 신제품을 보내 드릴 테니 잘 타고 다니시라 이런 답변을 했던 것이다.

　이렇듯 흉노에게는 굴욕적인 자세를 보였던 여후였지만 혜제, 전소제, 후소제를 거치는 동안 여후는 사실상 한나리의 모든 권력을 장악하고 조카이던 여산을 양왕겸 상국으로 여록을 조왕겸 상장군에 임명하는 등 모든 요직과 봉지를 여씨 일가로 채우면서 여씨 천하를 만들어 나갔다.

　여태후, 고황후라는 이름에 말해주듯 그녀는 그냥 단순히 황제의 부인, 황제의 어머니, 황제의 할머니, 제후국 왕의 고모가 아니었고 유방이 사라진 이후 명실상부 한제국의 엄연한 통치자였다.

　한신, 장량, 경포, 팽월, 한왕 신, 노관, 소하등이 이미 사라진 후 창업공신 중에는 겨우 번쾌, 진평, 주발등만 남아 있었고 특히나 번쾌는 유방의 동서로서 여후의 동생, 여수의 남편 즉 여씨 일가의 한 축이였으니 진평과 주발도 당시의 여후의 세력에 감히 맞서지 못하고 그저 그녀의 뜻을 받들어 제 몸 하나 보전하는데 급급했다. 유방의 조강지처인 여후의 카리스마나 실제적인 정치 감각, 대인 장악력이 어느 정도였는지 쉽게 알 만한 대목이다.

　이러하던 여후도 마침내 파란만장한 그녀의 인생을 마감하데 된다. 〈여태후 본기〉에 따르면 어느 날 여후가 궁궐을 걷는데 개처럼 생긴 푸른 색의 괴물이 태후의 겨드랑이를 치고 지나갔다고 한다. 행차했던 다른 사람들 눈에 보이지 않았던 것을 이상히 여겨 점을 치니 죽은 유여의(=척부인의 아들)가 자신을 독살한 것과 자기 어머니를 인간돼지로 만들어 죽인 것에 대해 복수

하고 있다는 점괘가 나왔다고 한다. 이 사건 이후 여후의 병세는 점점 더
악화되었고

〈"내가 곧 죽을 텐데 그러면 유씨 일가를 지지하는 대신들이 반란
을 일으킬 것이다. 그러니 장례를 미루고 군사들을 동원해 황제를
사수하라"〉

라고 말했다.

과연 여후다운 유언이 아닐 수 없다. 그녀는 죽음에 이르는 삶의 마지막
순간까지도 허수아비 후소제를 통해 자신과 자신이 이룩한 여공가문(=유방에
게 시집보냈던 자신의 아버지 여공의 일가)의 권력을 그녀의 손에서 내려놓지
않고자 했다.
꾸준하게 때를 기다리던 주발과 진평은 마침내 여후가 세상을 떠나게 되
자 남은 유씨 일가인 유장, 유양 등과 손을 잡고 움직이기 시작했다. 평소
여록과 친하게 지내던 역기를 끌어들여 여록을 자신의 봉국인 조나라에 돌
아가게 만들면서 여록이 가지고 있던 북군의 군권을 빼앗으려고 했지만 번
쾌의 아내 여수가 여록에게

〈"만약 네가 군권을 내려놓고 봉국으로 돌아간다면 우리 여씨 일
가는 다 죽게 될 것이다."〉

라고 말하여 주발의 처음 이 계획은 결국 수포로 돌아가고 말았다.

이에 상국이던 여산이 주발과 진평의 계획을 눈치 채고 선수를 치려하자

주발은 다시 역기를 찾아가 오해를 풀고 일이 다 잘 풀리게 할 터이니 북문으로 가는 자신에게 군권을 맡기라는 거짓 황명을 여록에게 전달토록 부탁하고 친구인 역기의 말을 별 의심 없이 들었던 여록은 상장군의 인장을 주발에게 넘겨주고 말았다.

군권을 장악한 주발은 군사를 모아 놓고 예전 유방이 유언했던 백마지맹을 이야기하며 유씨를 따를 자 왼쪽어깨를 들어내고 여씨를 따를 자 오른쪽어깨를 들어내어라 소리쳤고 모든 병사들이 왼쪽어깨를 들어내자 결국 승패는 정해지고 말았다.

주발과 진평의 활약으로 여씨의 세력들은 모두 일사천리로 제거되었으며 여산과 여록은 참수 그리고 번쾌의 아내인 여수는 회초리로 맞아 죽고 말았다. 조정과 군권을 장악한 주발과 진평은 여후가 세운 후소제 유의(=유홍)가 혜제의 친아들이 아니라고 주장하며 궁에서 추방하여 감금하였다가 독살 시켜 버렸다.

그리고 유방의 아들 유영(=유방이 위표로부터 취한 박씨 부인과의 소생)을 옹립하니(=BC 180년) 그가 바로 23년간 한나라를 문치와 덕치로서 안정되게 이끌며 진정한 제국으로서의 기틀을 마련했던 한나라 5대 황제 문제이다. 유방이 죽음을 앞두고 여후에게

〈"우리 유씨 일가를 위해 끝까지 충성할 자는 주발 만한 자가 없을 것이요"〉

라고 했던 유언을 상기해보면 유방이라는 사람이 얼마나 자기 사람을 잘 파악하고 있었고 한 사람 한 사람의 성향을 꽤 뚫어보는 안목이 정확했는지를 짐작할 수 있다. 이후 주발은 우승상 자리에 임명되었고 1만호의 식읍을 받았다.

　문제의 뒤를 이어 경제가 즉위하니 전한前漢 최대의 태평성대라 일컫는 문경지치文景之治의 시대가 도래하고 그 뒤를 이은 유철은 한나라 황제 중 가장 넓은 영토를 평정하고 실크로드의 시대(=장건의 서역원정)를 열었던 한무제漢武帝의 치세를 펼치게 되니 유방사후 전한前漢의 초반부는 이렇게 마무리된다. 〈사기〉를 저술한 사마천은 바로 한무제漢武帝 시대의 사관史官이었다.

　여기까지 개략적으로 살펴본 이야기들이 초한전쟁의 배경과 시작, 경과, 결말, 그리고 전한 초기에 전개된 역사의 기록들이다.

2

| 〈초한지〉와 〈삼국지〉(=삼국지통속연의)와의 간략 비교

1) 전쟁이라는 메인테마, 전쟁을 치르는 여러 사람들
이야기라는 공통점

한漢나라가 건립(=BC 202년)되는 시점을 다룬 〈초한지〉는 전한200년과 후한200년을 지나 한나라가 다시 위魏나라에 멸망(=AD 220년)되는 즈음의 스토리인 〈삼국지통속연의〉(=이하 〈삼국지〉라 칭한다)와는 여러 면에서 일맥상통하기도 하고 또 아주 다른 방식으로 기술되어 있음을 쉬이 알 수 있다.

〈초한지〉는 진나라 이후 여러 군웅할거의 시대에서 유방의 한나라로 중국이 합쳐지는 과정의 이야기이고, 〈삼국지〉는 한漢이라는 400년의 고목이 위진 남북조 그리고 5호16국으로 잘게 나누어지게 되는 전조前兆의 이야기이다.

합쳐지고 나누어지는 과정(=〈삼국지〉의 유명한 첫 대목의 첫 문구 "나누어 진 것은 합쳐지고 합쳐진 것은 다시 나누어진다.")의 공통분모는 물론 전쟁이라는 거대한 파괴의 결과라고 볼 수 있으며 당시의 급변하는 소용돌이 속에서 여러 영웅들과 브레인들이 우후죽순처럼 등장했다. 그리고 각기 다른 개성, 능력, 다양한 출신성분을 가진 그들은 역사적 이벤트의 참가자로서 난세를 돌파하기 위해 자신들의 역량을 마음껏 쏟아부었다.

정사가 되었던 역사소설이 되었던 〈초한지〉와 〈삼국지〉는 그런 걸출한 주인공들과 그들이 활약했던 시대 상황을 다룬 재미난 이야기이다.

모종강이 정리한 〈삼국연의〉에 등장하는 인물은 주연과 조연을 합쳐 대략 1,190명에 육박하고 〈초한지〉에는 그 반쯤인 600여명 정도가 등장한다.

인문학이나 역사에 조금이라도 관심이 있는 사람이라면 이렇게 다양한 인물들이 등장하는 흥미로운 역사물에 대해 무심하기란 매우 힘든 일이며 특히나 동북아의 한자문화권에서 이 두 이야기가 가지는 의미는 비단 역사가, 학자, 문사文士들에게만 국한되어 있었던 것이 아니라 일반 민중들의 삶속에서도 익숙한 이야기꺼리의 소재로서 면면히 그 생명력을 이어져 내려왔다.

쉽게 이야기하자면 장날 대폿집에서 돈을 잘 버는 까막눈의 장사꾼과 마주한 할 일 없는 백면서생이 막걸리 한잔 얻어 마시면서 서푼어치 글 읽은 재주를 자랑삼아 입에 침을 튀겨가며 흥분할 수 있는 이야기이기도 했고, 오늘날 같이 제법 격식을 갖춘 세미나 같은 자리에서 그럴듯한 관직을 가진 문무백관들이 등장인물들에 대해 역사에 기록된 근거를 바탕으로 자신의 견해를 더하여 심도 있게 논할 수 있는 그런 소재이기도 했다는 것이다.

사실 지나간 역사를 두고 역사적인 인물들을 논한다는 것처럼 재미난 일도 없다.

기록을 살피다 보면 시대를 두고 항우와 유방, 조조와 유비를 어떻게 재해석 하느냐에 따라서 다양한 역사적인 평가가 엇갈리기도 했지만 대개 공통적인 것은 유방이 여러 사람들을 모아 천하를 얻게 된 반면 항우는 범증마저 잃어버려 몰락을 자초했다는 교훈적 의미라든지 아니면 누가 뭐래도 위세가 가장 확고했던 조조의 진영에 조조자신을 비롯해서 순욱, 정욱, 곽가, 사마의와 같이 제대로 된 인물들이 촉, 오에 비해 압도적으로 더 많았다는 사실은 부인할 수 없게 된다.

사실 후대의 촉한 정통론의 영향으로 유비에게 아무리 많은 우호적인 선점을 준다할지라도 국가경영전체의 맨 파워(=Man-power, Human element) 자체로만 따진다면 조조의 세력을 유비나 손권의 진영에서 따라가기에는 많은 무리가 있었다고 봐야한다. 제대로 된 역사서에는 반드시 거부할 수 없는 팩트가 있다.

그러나 연의演義〈삼국지〉에서 표현되어지는 전형적인 형태를 보면 유비 진영의 사람들에 대해서는 그들의 실제 깜냥에 비해 활약이 근거 없이 부풀려져있거나 "언제-어디서-무엇을-어떻게" 배우거나 활약했던 바에 대한 설명도 없이 그냥 유비의 편이 되면 모두 훨훨 나는 사람들로 묘사되는 거북함이 많은 것이 사실이다.

그러나 실제 있었던 일들이 〈초한지〉, 〈삼국지〉라는 짜임새 있는 역사소설(=연의演義)로 성장하는 동안에도 달라지지 않았던 하나의 공통된 메세지가 있었다면 그것은 오로지

사람(=인재)을 얻는 자 흥하고 사람을 잃는 자 망한다.

득천하자득인 치천하자용인 得天下子得人 治天下子用人

세상을 얻을려면 사람을 얻어야 하고 세상을 다스리려면 제대로 된 사람을 쓰야 한다.

라는 교훈일 뿐, 시대적 상황이 바뀔 때마다 각 인물들에 대한 평가는 당연

히 달라질 수밖에 없었다. 그런 면에서 〈초한지〉와 〈삼국지〉는 앞으로도 그 해석과 논쟁거리가 두고두고 끊이지 않을 "Never ending story"의 Best seller라고 말할 수 있다.

일반적으로 사람들은 건조한 역사서인 진수의 정사 〈삼국지〉보다 나관중의 연의 〈삼국지〉에 훨씬 더 열광한다. 그 이유는 나관중이라는 탁월한 이야기꾼이 세 나라간 전쟁이라는 메인테마를 바탕으로 각양각색의 인물들을 등장시켜 숱한 장식을 한껏 가미하고 그럴 듯하게 과장해서 역사상 실재했던 당시 전쟁의 과정들을 훨씬 더 재미나게 극적으로 꾸몄기 때문이다.(=삼국지의 영어명은 "Romance of The Three Kingdom", 여기서 로맨스는 연예담이 아닌 풍운담風雲談이라는 뜻이다, 모험과 풍운은 일단 신나고 재미난 일이다.)

그리고 대부분의 사람들이 〈초한지〉보다 〈삼국지〉를 더 흥미롭게 읽을 수 있는 것도 〈초한지〉에 비해 〈삼국지〉에서는 각 진영 대표 장수 간 일대일의 대결을 상세하고 과장되게 묘사하고 있고 또한 대大전쟁의 양상과 소小전투의 상황, 책사들의 계책과 인물들의 갈등을 극대화시켜 이야기가 전개되는 과정을 재미나게 잘 펼쳐놓았기 때문이다.

아울러 〈삼국지〉에서 어느 한 인물이 다른 인물을 만나는 과정이나 상황을 아주 극적으로 묘사하고 있는 반면 〈초한지〉에서는 그러한 장면들이 많이 생략되어져 있음을 쉬이 일수 있는데 한마디로 말하자면 영화로 만들기에는 〈초한지〉보다는 〈삼국지〉가 더 흥행적이며 〈삼국지〉는 인기 작가의 영화 시나리오처럼 쓰였다고 평가해 볼 수도 있다.

〈초한지〉에는 인물들이 처음에 어떤 연유로 처음 조우하게 되었는지 또는 전투의 양상이 구체적으로 어떤 식으로 진행되었는지에 대한 설명은 과감히 생략된 부분이 많은데 나는 개인적으로 이것이야말로 〈초한지〉가 가지는 또 다른 장점, 즉 손이 덜 탄 매력일 수 있다고 생각해왔다.

흔히들 단짠 단짠 〈삼국지〉는 읽을 때마다 그 느낌이 매번 다르다고들 이야기한다. 허나 나는 개인적으로 담백한 〈초한지〉야말로 읽을 때마다 여러 문헌들을 다시 찾아보게 만드는 새로운 매력이 있다고 느낀 적이 많다.

물론 누가 뭐래도 이 두 스토리의 공통점은 거대한 전쟁을 다룬 재미난 이야기라는 점이다. 〈삼국지〉의 하이라이트는 위, 촉, 오, 삼국이 장강에서 싸우는 적벽대전이고 절대강자였던 조조는 공명과 주유의 연합군에게 보기 좋게 대패했다. 그 후 관우, 장비가 죽고 조조, 유비가 죽고 두 번이나 출사표를 쓴 제갈공명마저 오장원에서 쓸쓸히 죽는 시점에 이르면 삼국지를 읽는 긴장감은 사실 절반으로 줄어들게 된다.

물론 강유, 사마의, 육손이 남아 싸우지만 그들의 전쟁은 조조, 유비, 손권이 벌였던 싸움에 비하면 메인 타이틀전이 일찍 끝나고 난 뒤 이어지는 랭킹전 같은 것들이라 관중들의 시선은 과정보다는 이미 결과 쪽으로 향해져 있게 마련이다.

〈삼국지〉의 하이라이트가 적벽대전이듯 마찬가지로 〈초한지〉는 "홍문의 연"이 펼쳐지는 장면에서 그 긴장감이 최고조에 달했다가 항우가 죽는 해하 전투와 유방이 경포의 난을 진압하고 돌아오는 길에 불렀던 "대풍가"에서 그 대미를 장식한 후 장량이 떠나고 소하가 죽고 나면 독자들은 긴 여름 휴가를 끝내고 집으로 돌아오는 길, 고속도로 마지막 톨 게이트를 내린 운전자의 기분이 들게 마련이다.

대부분의 사람들은 기본적으로 이기고 지는 승패에 연관된 일들, 즉 전쟁 스토리의 과정과 결말에 많은 흥미를 가진다. 기아 타이거즈와 롯데 자이언트의 야구경기를 직접 보지 못한다면

TV를 통해서라도 보려하고 TV마저 보지 못했다면 다음날 인터넷 검색을 해서라도 결과를 알고 싶어 한다.

특히나 작은 사람이 큰 사람을 이겼던 히브리인(=유대인) 다윗과 블릿셋인(=팔레스타인) 골리앗의 구전이나 항상 지던 사람이 악전고투 끝에 마지막 승리를 거두는 그러한 대 역전극에 대해서는 그 반전의 현장에 대해 마치 자기가 최후의 목격자라도 되는 듯한 착각으로 두고두고 기억하고자 한다.

사전에 싸움의 룰을 정해놓고 벌이는 스포츠 게임의 예를 들어 보자면, 1982년, WBA 웰터급 세계 챔피언이었던 토마스 헌즈와 WBC 웰터급 세계 챔피언이었던 슈가 레이 레너드와의 웰터급 세계통합타이틀전을 기억해 볼 수 있다.

훗날 비슷한 체급의 마빈 헤글러, 로베르토 듀란, 윌프레도 베니테스, 피피노 쿠에바스, 헥토르 카마쵸등과 함께 한 시대를 풍미하며 복싱사史 전인미답의 기록들을 생산했던 두 파이터가 복싱선수로서 가장 민첩하고 완벽했던 20대 중반 나이 각자의 최전성기에 세기世紀의 대결을 벌여 주먹으로 맞짱을 뜬 것이었다.

3분, 15라운드 약 1시간 안에 결론이 지어지는 게임에서 한 사람은 복싱이라는 스포츠의 룰로 WBA, WBC 세계양대기구를 통합하는 챔피언이 되고 다른 한 사람은 무관의 패자가 되어 쓸쓸히 링을 내려와야 되는 게임이었다. 당시의 파이트머니 갤런티가 양 선수 각각 1,000만 US$였으니 42년이 지난 지금의 물가수준으로 친다면 둘이서 약 2,800억원 규모의 경기를 한 셈이었고 복싱이라는 스포츠를 알거나 그 흥행에 연관되었던 전全세계 사람들의 이목이 이 경기에 집중되었다.

상대적으로 키가 8cm나 크고 팔 길이도 15cm나 더 긴 헌즈의 잽과 스트레이트 공격을 지속적으로 받아 퉁퉁 부은 눈으로 고전하며 채점으로도 지고 있었던 레너드는 14라운드에 극적인 역전 KO승을 거둔다. 그날의 승리로 레너드는 승승장구했고 그때의 부상으로 망막에 큰 손상을 입게 되어 은퇴와 복귀를 반복했지만 현대 복싱사에서 아웃 복서형 파이터의 교본이 되었고, 헌즈는 그 후 절치부심 계속 체급을 올려 라이트 헤비급까지 재패하며 세계기구 5체급을 석권한 최초의 권투선수가 되었다,

우리나라에 컬러TV가 귀했던 시절 당시 이름도 생소한 위성생중계라는 자막과 함께 울산 장생포 어느 스레트 지붕 가옥에 살던 중학생이었던 나도 그 시합을 본 늦여름 날을 정확히 기억하고 있다.

또 150년 전에 시작된 미국 MLB야구에서는 지금도 매 시즌 중 거의 매일 각 지역의 30개 팀이 북미대륙을 오가며 년 162경기로 승부를 결정짓고, 영국의 프리미어리그, 이탈리아의 세리에A, 스페인의 라 리가, 독일의 분데스리가에서도 축구라는 게임을 통해서 예전의 작은 왕국 혹은 도시국가 지역 전쟁을 재현한다.(=Bundes라는 의미가 각 지역 연방이라는 뜻)

감독의 전술과 리더쉽, 개개 선수들의 기술과 재능, 부상으로 인한 시즌아웃의 요소 외에 시즌 후 또는 시즌도중 이적(=트레이드, 전쟁으로 치면 적군과 아군의 변경)이라는 거래도 발생할 수 있다.

영원한 챔피언은 애초부터 없으며 여러 변수 속에서 매 경기의 승패가 정해지고 그 승패들이 모여 시즌의 챔피언이 결정되니 알고 보면 이런 스포츠 역시 일종의 전쟁이야기가 변형된 게임의 한 형태라고 볼 수 있다. 구단주는 제후이며 단장은 전쟁을 기획하는 책사이며 감독은 군사들을 이끌고 직접전투를 지휘하는 야전사령관인 셈이다.

현대인들이 스포츠에 열광하고 스포츠스타들이 천문학적인 연봉이나 파이트머니, 우승상금을 받는 이유는 단 하나… 축구, 야구, 농구, 배구. 골프, 복싱, 골프는 물론 심지어는 바둑, 체스, 스타 크래프트 같은 e-sports에 이르기까지 이 모두가 승부를 결정짓는 게임, 즉 전쟁의 축소판이기 때문이다.

하늘이 내린 시대를 압도하는 사람과 그를 돕는 지략가들, 장수들, 대세를 좌지우지하는 이들 사이의 각기 다른 정의와 이해관계, 의리와 배신, 지조와 변절. 승패와 결말 그리고 그것들이 주는 교훈, 이런 물고 물리는 스토리를 싫어할 일반적인 사람이 누가 있겠는가?(=샤카족 카필라바투 사람 슛도다나의 아들로서 36세에 부다가야의 보리수 밑에서 한 소식한 북인도 사람 고타마 싯다르타와 레반트 지역 갈릴리 사람 요셉의 아들로서 30살 즈음 요단강 동쪽 광야에서 한 소식한 나자렛 사람 예수, 그리고 프로이센 사람 카를 니이체의 아들로서 41세에 〈짜라투스트라는 이렇게 말했다〉를 쓴 작센 사람 프리드리히 니이체와 같은 사람들은 제외한다. 생각의 차원이 일반적인 호모 사피엔스 사피엔스들의 수준과는 근본적으

똑같은 전쟁 이야기인 〈초한지〉와 〈삼국지〉를 비교해보면, 불세출의 영웅급 리더와 수많은 장수들 그리고 다양한 책사들이 등장한다는 점에서 시간차만 두고 마주보면 병행으로 공통되는 부분이 많이 있고 〈삼국지〉의 어느 한 인물을 살피다보면 400년 전 〈초한지〉속의 또 다른 인물이 투영되어지는 경우가 허다하다.

대하大河 〈삼국지〉라는 서물의 첫 등장인물인 유비 현덕은 훗날 촉한의 1세 황제 소열제昭烈帝로 즉위했는데(=AD 221년) 호협붕우豪俠朋友들과 교의를 맺기 시작하며 역사 속으로 등장하기 전부터 항상 입버릇처럼 자신을 전한前漢 경제景帝의 황자皇子 중산정왕中山靖王의 후손이라 말하고 다녔다.

자신에게 한고조 유방의 피가 흐르고 있음을 스스로 자랑스럽게 생각했다고 볼 수 있으며 대개 당대의 사람들이 그를 두고 유황숙劉皇叔이라 칭한 점으로 미루어 그 진위여부에 관계없이 그러한 자부심은 평생을 두고 그가 견지하고자 했던 대의의 가치관 그리고 어떤 상황에서도 맏형님다운 캐릭터를 유지하고자 했던 그의 인격형성에 큰 영향을 미쳤을 것으로 짐작된다.

실제 어떤 삼국지 판본을 보더라도 유비의 진영에서 공통적으로 지겹지 않게 자주 사용했던 문구가 바로 "고조께서 백의白衣(=흰옷=평민)로 몸을 일으키실 때", "먼지가 모여 태산이 되듯 여러 냇물이 모여 바다를 이루듯 고조께서는 천하의 인재를 모아"라는 표현이다. 이와 같이 촉한 정통론을 지지하는 사람들은 한고조의 소통력과 인덕을 칭송하는 교훈적인 대목을 자주 등장시켜 유방과 유비를 연결시키고자 했다.

그리고 중국 사람들이 역사적으로나 소설적으로 항상 존경 흠모하는 지도자의 유형은 대개 유방과 같은 스타일이었다. 삼국지의 유비도, 수호지의 송강도 알고 보면 유방과 비슷한 캐릭터라 볼 수 있다.

그들의 공통점을 살펴보면 자신은 별 능력이 없거나 어쩌면 조금 모자라지만 희한하게도 사람을 끌어 모으는 재주가 있었다는 점이고 명분으로 여러 사람들을 소통시키면서 자기보다 유능한 인물들의 자기 밑에 두어 그들이 스스로 움직이게끔 만들어 대의를 관철시켰다는 특징이 있다.

말이 쉽지 이러한 능력은 결코 작은 재주로서 축적되는 결과물이 아니고 실로 타고난 비범함이라고 인정할 수밖에 없다.

촉한 창업군주 유비는 전한을 열었던 한고조 유방의 그림자이고 천하 제일 무예 관우와 여포는 항우의 환생이며, 융중에서 천하를 논하는 〈삼국지〉의 제갈량은 장막 안에서 천하의 흐름을 결정지었던 〈초한지〉 장량이라는 밤하늘의 달이 맑은 강물위에 비처진 모습이다.

〈초한지〉의 범증이 항우에게 버림받아 물러난 후 죽는 대목은 〈삼국지〉의 순욱이 조조로부터 빈 잔을 선물 받고 자결하는 모습과 닮아있고, 또 번쾌가 홍문연에서 호기롭게 두주불사 한 말의 술을 마시고 설익은 돼지고기를 방패위에 두고 썰어먹는 장면은 장비가 장판교에서 혼자 나서서 조조의 군사들에게 고함치는 모습과도 많이 겹친다.

단, 유방과 유비의 반대되는 모습을 재미삼아 몇 가지만 살펴보자면, 유방이 술과 여색을 병적으로 좋아했던 반면 유비에게서 그러한 기록을 찾아보기 힘들다. 단지 유비가 오나라와 동맹할 때 손권의 이복동생인 어린 손상향(=손부인)을 부인으로 맞이하게 되는데 그때 유비는 47세, 이미 50을 바라보는 나이였고 손상향과는 서른살 정도의 차이가 났다고 전해지지만 그것은 단지 동맹을 위한 정략결혼이었을 가능성이 농후하므로 유비가 딱히 젊은 여자를 좋아했다고는 볼 수는 없을 것이다.

그리고 유비는 항상 예의와 격식을 중요시 하면서 부하들을 예로서 존중했다. 제갈공명을 비롯한 유비의 부하들이 유비를 끝까지 지키고 죽음에 이르러서도 배신했던 자가 드물었던 까닭은 유비로부터 그러한 인격적 존중을 받았기 때문이라고 생각된다.

유비가 부하들에게 화를 내지 않았던 반면, 유방은 부하나 동지들에게 예의 없이 무례했고 공식적인 자리에서 자기는 유생들이 싫다 할 정도로 격식 따위를 무시했다. 나의 개인적인 생각으로 유방은 부하들에게 화를 버럭 버럭 잘 내다가도 상황이 좋은 쪽으로 바뀌면 금방 표정을 바꾸어 잘 웃곤 했을 듯하다.

반면 유비는 울보였다. 그는 지나칠 정도로 자주 울었다. 중요한 대목이 있을 때마다 하도 많이 울어서 후학들은 유비의 울음을 조심하라고 할 정도였다. 유비가 울보여서 여러 사람, 특히 부하들에게 감정적으로 어필했다면 유방은 아마 항상 잘 웃는 스마일 맨이어서 사람들이 그를 잘 따랐던 것 같다.

그러나 겉으로 보기에 유방은 항상 기분이 좋은 사람이었지만 상대를 꿰뚫어 보는 그의 내면은 결코 호락호락하지 않았다고 봐진다. 유방의 웃음과 유비의 울음 뒤에는 뭔가 공통점이 있다. 그들의 웃음과 울음의 그림자 뒤로 비쳐지는 섬뜩함이 바로 그것이다.

역사가 반복되듯이 〈초한지〉와 〈삼국지〉에 등장하는 인물은 서로 비교되는 점이 많다. 화가가 그림으로 그린다면 비슷한 용모적 특징으로 표현해도 무방할 것이기에 앞으로 본강에서 〈초한지〉의 주인공들을 논할 때 가끔은 〈삼국지〉의 인물들과 비교하는 경우가 있을 것이다.

2) 성립시기와 판본들의 비교

나관중은 진수의 정사 〈삼국지〉 이후 1,000여년 이상의 시간이 흐르는 동안 전해져왔던 수많은 선비와 이야기꾼, 경극 배우와 저자거리 광대들의 구전들을 모두 모아 연의로 집대성했다. 그러나 나관중의 잘 짜여진 소설인 〈삼국지〉에 비해 〈초한지〉는 초한쟁패 그 당시 일어났던 그 기록들을 비교적 있는 그대로 전달하고 있고 시대를 거치는 동안에도 인물들에 대한 과장이나 스토리 전개에 큰 변화를 주고자 했던 시도들이 무척 적었다는 점을 어렵지 않게 발견할 수 있다.

역사소설이 실제의 역사와 다르게 서술되는 유형을 보자면

1) 역사적 사건이 일어났던 순서를 작가의 의도에 맞게 바꾸거나
2) 다른 인물의 행적으로 바꾸거나
3) 여러 사건을 묶어 일관성 있는 공통점으로 재구성하며 주제를 통일시키고자하거나
4) 예전에 있어 왔던 다른 역사적 사건이나 전해왔던 다른 이야기들과 접목시키거나
5) 서술자의 의도에 비추어 중요하지 않는 사람들, 자신의 정통론에 부합되지 않는 인물들의 행적들은 과감하게 생략시켜버리는 경우를 들 수 있다.

그러나 〈초한지〉의 기본 구성은 사마천의 〈사기史記〉에 기록된 〈고조본기〉, 〈항우본기〉, 〈여태후본기〉, 소하, 조참, 진평을 비롯한 여러 승상, 제후들의 〈세가〉, 그리고 한신을 기록한 〈회음후 열전〉을 비롯한 당시에 등장했던 여러 조연들의 〈열전〉 기록만으로 이미 그 골조의 9할 이상이 꾸려져 있으므로 전개와 서술이 비교적 일관되게 정리되어 있는 편이다.

〈사기〉의 기록들에는 사마천이 역사적 현장의 구석구석 어느 한 곳도 답사를 게을리 했던 흔적을 찾아보기 힘들다. 그는 사건이 일어났던 지방을 일일이 찾아다녔고 인물들의 고향과 기록이 남아 있을 만한 장소를 방문하거나 당대의 인물들을 기억하고 있는 노인들을 직접 만나러 다녔다.

역사적 가치가 있는 이야기에 대한 "보고 들음"을 기록으로 남김에 있어서도 기록시대 이전의 삼황오제 부분을 제외하고는…

호머의 〈일리아드〉(=트로이 전쟁의 원인과 경과에 대한 이야기, 신화〉역사, 주요등장인물 비너스, 아테나, 헤라, 아가멤논, 메넬라오스, 아킬레우스, 파트로크로스, 프리아모스, 파레스, 헬레나, 헥토르)

〈오딧세이아〉(=트로이 멸망 후 오딧세우스의 그리스로의 귀환 여정을 그린 무용담, 신화〉역사, 주요등장인물 오딧세우스, 페넬로페, 테이레시아스, 아테나, 포세이돈, 헤르메스, 칼립소, 나우시카, 안티노우스)

그리고 헤로도토스의 〈히스토리아〉(=그리스 주변 국가들에 대한 탐사보고서, 그리스인들과 비非그리스인들 간의 전쟁원인, 마라톤 전투, 테르모필라에 전투, 살라미스 해전, 아테네와 스파르타의 연합군사령관 데미스토클레스와 그리스를 침공한 페르시아제국 크세르 크세스왕과의 전쟁기록들, 역사〉신화, 주요등장인물 키루스, 캄비세스, 다리우스1세, 크세르 크세스1세, 데미스토클레스, 레오니다스)를 뛰어넘어

튀케디데스의 〈펠로폰네소스 전쟁사〉(=그리스 연합군의 페르시아 전쟁 승리 이후 아테네 델로스 동맹과 스파르타 펠로폰네소스 동맹간의 내전, 역사100% 신화0%, 주요등장인물 페레클레스, 데모스테네스, 니키아스, 알키비아데스, 리산드로스)에 나타난 기록정신에 필적할 만 내용들이 대부분이다.

튀케디데스의 기록에는 신화적인 표현이나 그리스 신화를 인용한 부분이 전혀 없다. 〈사기〉를 쓴 사마천도 맨 먼저 그의 〈태사공자서太史公自序〉에서 하나의 사명처럼 밝히고 있듯이 그는 있는 그대로의 역사를 기록하고자 하는 일에 무척이나 투철했다.

훗날에 쓰여진 대부분의 〈초한지〉가 사마천의 〈사기〉를 바탕으로 재구성

된 변형본이라고 언급한 바와 같이 어느 시대를 거치면서 어느 누가 어떤 시각을 가지고 초한쟁패의 스토리를 썼더라도 〈초한지〉에는 나관중의 〈삼국지〉에 공작 깃털처럼 등장하는 제갈공명의 기문둔갑, 신출귀몰, 축지법, 동남풍을 부르는 천지풍운조종, 적벽대전 화살 십 만개 구해오기, 남만정벌 맹획 칠종칠금 같은 과장이나 관우, 장비, 조자룡, 여포의 신들린 무예와 같은 장면들을 어필하고 있지 않다.

〈삼국지〉의 과장誇張 덕택에 관우는 한자문화권에서는 천년을 제사 받는 군신신장軍神神將이 되었고 제갈공명은 중국의 민간신앙이나 도교 쪽에서 거의 신인神人의 반열에서 추앙받는다. 북경에만 관우를 모신 사당이 거의 116곳이나 있고 명대에 이르러 관우가 관성대제關聖大帝, 탕마대제蕩魔大帝라는 칭호를 부여받았던 것만 보더라도 관우에 대한 중국인들의 사랑은 거의 숭배에 가까운 수준이다.

삼국지에서 관우만큼 과장되거나 주가를 폭등시킨 인물은 드물다.(=관우가 한잔의 술이 식기전에 화웅의 목을 벤 이야기는 실제가 아니며 화웅은 손견에게 죽었다. 명의 화타가 독화살에 상한 관우의 뼈를 깎는 동안 관우는 차를 마시고 바둑을 두었다는 에피소드도 날조된 스토리이다. 화타는 관우와 조우한 적이 없으며 화타는 적벽대전 이전 관우보다 11년 먼저 사망했다.)

나는 〈삼국지〉 중에서 조조나 손권에 관한 이야기들이 가장 실제에 가까운, 즉 과장되지 않은 팩트일 것이라 여긴 적이 많다. 이런 캐릭터의 인물들을 묘사할 때는 따로 과장이나 기이한 이야기를 더해 꾸밀 필요가 전혀 없이 있었던 사실로만 이야기해도 충분히 상황설명이 가능해지기 때문이다. 조조와 손권은 21세기인 지금 서울 여의도 한복판에 데려다 놓고 지켜봐도 전혀 어색하지 않을 사람들이다.

〈초한지〉에는 기껏해야 항우의 괴력에 대한 자칭 "역발산 기개세"라는 해하가垓下歌 시운詩云정도의 기록이나 혹은 젊은 시절부터 본인은 뭔가 남들과 확연히 다른 DNA를 지니고 있다고 굳게 믿었던 자부심 끝판왕, 술꾼 유방이 스스로를 남들과 차별하기 위해 그의 허벅지에 무수히 박힌 점들을 보고 용의 비늘이니, 자신은 용의 후예(=붉은 뱀, 적제赤帝의 자손)라고 공갈치는 정도의 애교들이 고작이다.

어느 인물이 술에 취해 "나는 용의 아들이다"라고 말한 것에 대해 그것을 듣고 전하는 어느 기록자가 "그는 본디 용의 아들이었다"라고 표현하는 대신 "그는 술에 취하면 그가 용의 아들이라고 말하곤 했는데 주변사람들이 다들 그의 이야기에 귀를 기울였고 그는 습관처럼 다시 술만 취하면 그 말을 재미삼아 반복하곤 했다"라고 기록하는 것은 전혀 신화적인 기술이 아니다.

〈초한지〉는 〈삼국지〉와는 다르게 위와 같은 방식으로 쓰였기 때문에 연의演義〈초한지〉가 연의演義〈삼국지〉보다는 실제로 있었던 사실적 이야기에 훨씬 더 가깝다고 볼 수 있는 것이다.

상대적으로 400년 전의 이야기인 초한 쟁패가 글로 정리된 것은 〈삼국지〉보다 훗날의 일이며 〈초한지〉는 종산거사 견위가 쓴 〈서한연의西漢演義〉(=명나라 만력제40년, AD 1612년)가 그 원본일 것으로 추정할 뿐 〈삼국지〉나 〈수호지〉등 중국사대기서와 달리 독립적인 작품으로 남아 있지 않는다.

〈삼국지연의三國志演義〉는 서진의 진수가 쓴 〈역사삼국지三國志〉와 배송지의 〈삼국지주三國志註〉에 수록된 야사와 잡기를 근거로 〈전상삼국지평화全相三國志平話〉(=전상全相이란 책 전체에 삽화가 있다는 의미이고 평화平話란 이야기꾼의 공연을 위해 만든 대본이라는 뜻이다.)의 줄거리를 취하여 명나라 시대의 나관중이 쓴 작품으로 원래 이름은 〈삼국지통속연의三國志通俗演義〉인데 일반적으로 흔히 〈삼국지연의〉 혹은 줄여서 〈삼국지〉라고 부르게 된 것이다.

"연의演義"라는 말은 대개 역사적인 사실에 기반을 둔 이야기들이란 의미이지만 소설은 소설일 뿐이고 역사적 진실과는 여러 부분에서 거리가 있을 수밖에 없다는 것을 항상 염두에 두어야 한다. 즉 소설은 어떤 특정 시대, 특정 시각을 가진 특정 작가의 창작물이라는 뜻이다.

오늘날 전하는 〈삼국지〉의 다양한 번안 판본들이 거의 나관중의 소설 〈삼국지연의〉(=명나라 가정제1년, AD 1522년, 가정본 혹은 나본)를 기본으로 따르고 있다고는 하나, 명말 기재 이탁오(=이지)가 〈이탁오비평삼국지李卓吾批評三國志〉를 저술했고, 읽기가 불편했던 〈삼국지연의〉의 단점을 고치고 유비의 "촉한정통론"을 내세워 청나라 때 모종강이 일반 사람들이 보다 더 읽기 쉽게 다시 편집하였는데 이를 "모본毛本"이라고 칭한다.

"현재 우리가 접하는 〈삼국지〉는 읽기 쉬운 모본이다."라고 말해도 거의 틀린 말은 아닐 것이다. 그러나 나본이던 모본이던 삼국지의 다양한 판본들은 비정상적인 전개가 많은 반면 〈초한지〉는 기승전결과 전개방식의 앞뒤가 거의 통일되어있다고 보면 되고 〈사기〉의 기록과 너무 어긋나는 〈초한지〉 판본들은 주목받을 수가 없었다.

그리하여 〈삼국지〉의 이야기들이 진수(=삼국지), 배송지(=삼국지주), 나관중(=가본), 이탁오(=이지본), 모종강(=모본)을 거치면서 다양한 얼굴을 가지게 된 것과는 대조적으로 초한지의 이야기는 대부분 사마천의 〈사기〉와 견위의 〈서한연의〉 두 기록을 근거로 하고 있다.

〈초한지 인물강해〉라는 책을 쓰면서 〈삼국지〉와의 비교를 곁들이는 대목에서 오히려 〈삼국지〉의 판본들에 대한 설명이 더 많은 이유가 바로 여기에 있는 것이다.

〈초한지〉를 먼저 읽느냐 〈삼국지〉를 먼저 읽느냐를 두고 그 선후先後에 우선을 매길 필요는 전혀 없다. 앞선 것을 먼저 읽으면 뒤에 따르는 것을 풀어가기 쉽고, 뒷일을 먼저 알면 앞선 이야기를 찾아가는 재미가 있다. 발원지에서 강을 타고 내려갈 것인가 강을 거슬러 수원지로 올라갈 것인가 정도의 차이라 보면 된다.

〈초한지〉와 〈삼국지〉는 이런 면에서 비교해보는 재미가 남다른 스토리이나 두 서물에 대한 비교는 이쯤에서 간략히 접고 이제부터 본격적인 〈초한지 인물강해〉로 들어가 보고자 한다.

본론의 인물에 대한 첫 강講의 관冠을 누구에게 씌울까를 고민해보았다.

항우와 유방을 필두로 건한삼걸建漢三傑 소하, 한신, 장량을 다루다가 각 장면들의 주 / 조연급 인물들로 자연스레 이어지면 처음에는 홍미가 대단하나 나중 유방사후의 인물들로 흐르면서 용두사미의 격이 되기 쉽고 유방과 항우를 맨 끝에 두어 대미를 장식해볼까 하니 초한지 전체적으로 거의 600여 명에 달하는 등장인물을 모두 일일이 나누어 다루어 볼 수는 없는 데다 슬로우 스타트의 과정이 너무 지겨울까 걱정도 되었다.

결론적으로 말하자면 그만큼 초한쟁패의 내용은 항우와 유방, 양 극점의 두 사람에 관한 이야기가 알파요 오메가라는 의미이다. 그리하여 생각한 끝에 항우와 유방을 앞부분에 두고 건한삼걸 3인과 조참, 진평을 다룬 후 말미 부분에 항우와 유방 두 인물을 총괄적으로 대비하여 소회素懷해 보기로 하였다.

아울러 전쟁의 시작, 경과, 결말은 앞서 "들어가기"부분에서 실제 역사 위주로 간략하게 살펴보았으나 제2강 서초패왕 항우를 다루는 부분에서 항우군의 진격동선을 따라가며 상세히 보충하기로 한다.

초한쟁패이므로 항우의 전쟁 이야기가 유방의 전쟁이야기일 수밖에 없다. 결국 그 둘은 마주보고 두는 장기마냥 전쟁을 치른 당사자이므로 전쟁의 경과에 관한 부분은 중복을 피하고자 항우를 논할 때 주로 다루고 제3강 한고조 유방부터는 가급적 인물 위주로 강해를 풀어가고자 한다.

그리고 역이기, 번쾌, 하우영, 노관, 관영, 경포, 팽월, 범증, 항량, 항백, 항장, 종리매, 위표, 전광, 조헐, 여치, 여수, 여산, 여수 등은 본강의 인물들을 논할 때 그들과 연관된 일화나 동선을 더불어 하는 대목에서 다루고자 한다.

본론

楚
漢
志

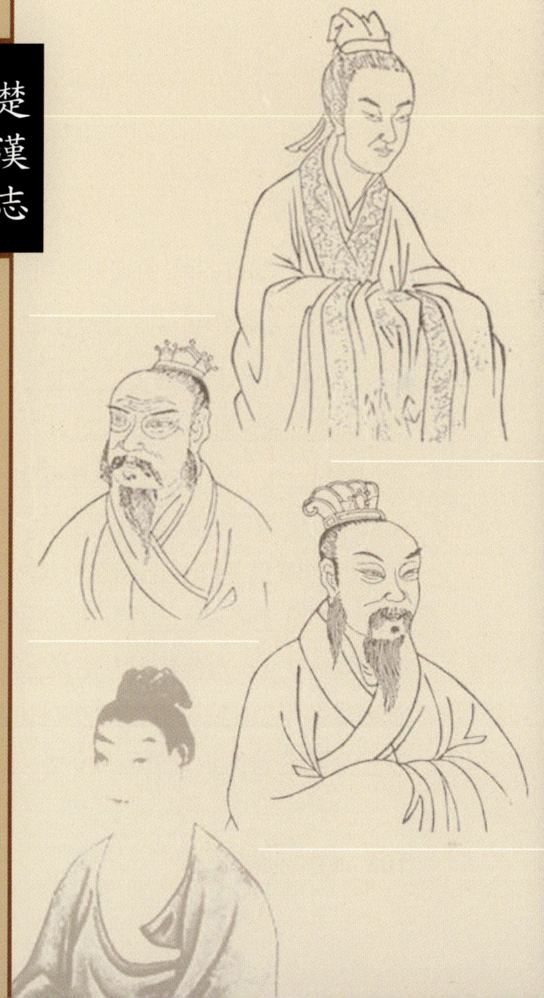

1

천자天子를 넘어 천신天神이 되고자 한 인간
진시황제秦始皇帝 영정嬴政

1. 개요

전국칠웅 진나라의 31대왕이며 세계 최초의 황제이다. 성은 영嬴, 씨는 진秦, 이름은 정政이며, BC 259년 조나라의 한단(=현 하북성, 한단)에서 태어나 BC 210년 사구(=현 하북성, 평향시)에서 사망하였다.(현재 우리나라에서는 성姓과 씨氏를 구분하지는 않는다. 단지 고대 중국에서는 글자에서 보듯 성姓은 여자(=女)가 낳았다(=生)는 모계혈통을 가리켰고 씨氏는 부계의 지역이나 본관을 일컬었다. 인류 문화사를 살펴보면 어느 지역이건 신석기시대 이래로 수렵채취가 주요 먹이활동, 경제활동이었던 시절에는 남성이 살아 돌아오지 못할 경우 자식(=새끼)은 그 어미 즉 여성에게 귀속되는 모계사회가 주를 이루었다. 낳아서 길러온 그 어미만이 누가 자기 자식인지를 정확히 인지할 뿐(=유모지기자唯母知其子) 그 아비는 거주지역의 경계를 넘어 장기간의 수렵을 마치고 살아서 돌아왔을 때 누가 자기자식인지를 정확하게 분별하지 못했고 돌아오지 못한 경우도 허다했다. 그러나 먹이활동이 이동성의 사냥, 수렵, 채취에서 점차 정착형의 농업, 농경사회로 전환됨(=농업혁명)에 따라 남성은 한 지역에 머물러 농사짓는 농작물의 주인이 되었고 잉여생산물인 저장 곡식, 농경지, 가축은 아들로 계승되는 부계씨족사회로 전환되게 되었다. 어머니 아버지라고 하지 않고 어미, 아비, 새끼라고 칭하는 이유는 Female, Male과 같이 존칭으로 표현하는 것이 더 어색한 선사시대 이전부터 유래된 원시 모계사회를 강조하기 위해서이다. 따라서 성姓이 씨氏보다 더 유래가 깊은 것이라 볼 수 있고 인류 문화사에서도 모계중심사회가 부계중심사회보다 더 빠른 것으로 보는 것에는 거의 이견이 없다.)

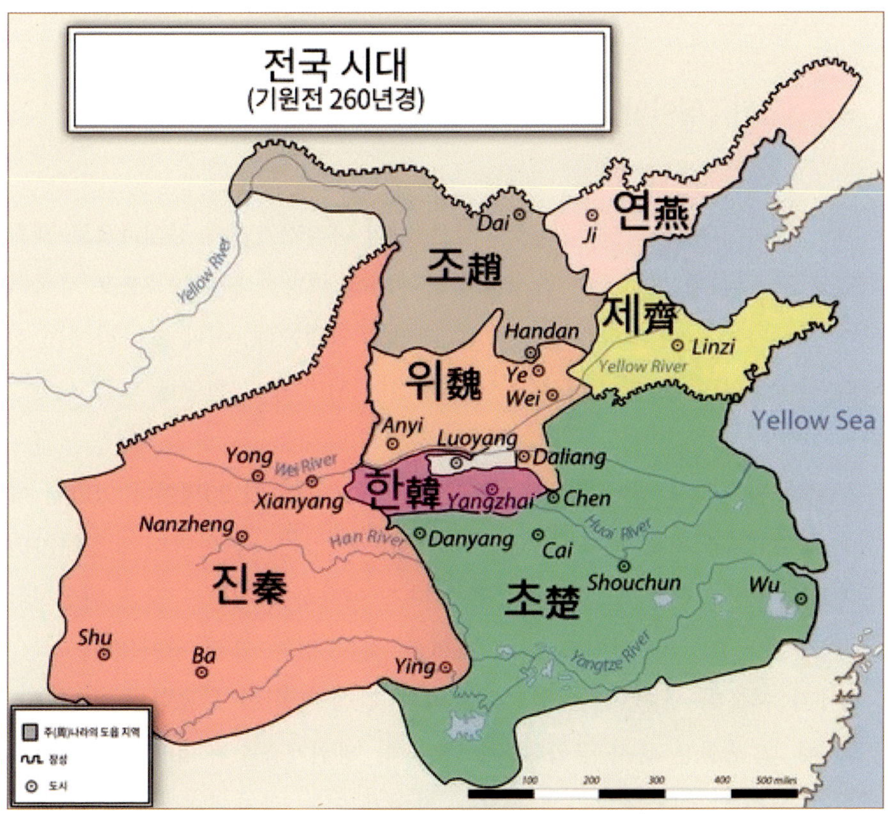

전국시대 전국칠웅

초한지 인물강해의 제1강講에 응당 항우나 유방이 등장해야 해야 되는 것 아닌가 하는 의문이 들기도 하겠지만 정작 다루어야 할 첫 번째 인물은 다름 아닌 바로 시황제 영정이다. 이 인물을 빼고 초한지를 시작할 수는 없기 때문이고 아울러 시황제 영정을 이야기하기 위해서 여불위라는 인물도 잠시 살펴보기로 한다.

그리고 큰 분량을 차지하는 역사적인 위인은 아닐지라도 항우와 유방이 출현하게 되는 초한지의 서막을 여는 인물로서 시황제를 이은 이세二世 황제 호해에 관해서는 따로 제2강으로 나누어 다루지 않고 제1강 시황제의 마지막 부분에 더하고자 한다.

2. 여불위, 영이인, 조희

때는 전국시대, 춘추시대의 크고 작은 여러 나라가 7개의 강대국으로 재편되었고 각 나라들은 서로를 견제하거나 전쟁을 예방한다는 명목으로 각국의 왕자들을 자기 나라의 수도에 볼모로 데리고 있었는데, 이때 조나라에는 진나라 안국군의 아들 영이인(=영자초)이 인질이 되어 수도 한단에 머물고 있었다.

무늬만 왕자이지 영이인은 서자인데다가 위로 형들이 20명이나 있었기 때문에 왕위계승순위로 치자면 기회가 전혀 올수 없는, 즉 한마디로 말하자면 왕족으로서는 버린 카드로서 볼모로 있다가 여차하여 전쟁과 같은 비상시국이 발생했을 때 희생되어도 별로 아까울 것이 없는 그런 왕자였다.

〈사기 여불위 열전〉에 나와 있는 바와 같이 영이인이 조나라 한단에서 머물 때 그 생활은 몹시 궁핍했다고 전한다. 왕위계승순위 20번째이자 당시 사이가 좋지 않았던 조나라에 볼모로 잡혀가 있는 왕자에게 본국인 진나라로부터 풍족한 지원이 이루어졌을 리 만무했기에 실제로 요즘으로 치면 승용차인 격인 수레나 말이 없어 걸어 다녔고 머무는 곳도 초라했다고 한다.

그러나 이러한 영이인을 유심히 지켜보는 자가 있었으니 그가 바로 한단의 여불위였다. 여불위는 이재理財에 밝은 상인으로 각국을 돌아다니며 해안지역(=수산물, 소금), 평원지역(=말, 도자기), 산악지역(=약초, 귀금속)의 특산물을 대규모로 사고파는 방식으로 막대한 부를 이룬 호상豪商이었다.

장사로 큰 돈을 번 그는 좀 더 거창한 장사수완을 발휘해 보고자 마음을 먹게 되는데 그것은 다름 아닌 바로 사람 장사, 즉 사람에 투자하여 나라 하나를 한번 경영해보겠다는 통찰을 가지게 된 것이었다(="농사를 지으면 얼마의 이윤을 남길수 있습니까? … 10배 정도.… 보석을 팔면 얼마의 이윤을 남길수 있습니까? … 100배 정도 … 그러면 한 나라의 왕을 만들면 얼마 정도의 이윤을 남길 수 있습니까? … 그것은 헤아릴 수 없다. … 아버님 제가 그 일을 하려고 합니다. 저는 천하를 수확할 씨를 뿌리겠습니다!" 여불위가 상인이었던 그의 아버지와 젊은 시절 나누었다는 문답이다.)

마침 그의 눈에 조나라에 볼모로 잡혀왔던 진나라의 서자 영이인이 눈에 들어왔고 여불위는 수백 냥의 금과 호화로운 집, 수레를 선물하며 영이인에게 접근하여 환심을 샀다. 그리고 그 선물에는 본디 여불위의 애첩이었던 무희 조희도 포함되어 있었는데 자기 앞에서 춤을 추는 조희에게 반하여 영이인이 여불위에게 조희를 청하게 되고 여불위는 큰 계획을 위하여 조희를 그에게 선물하게 되는데 그때 이미 그녀는 여불위의 아이를 임신중이었고 그 아이가 바로 영정이다.(=이에 대해서는 반대되는 의견도 있다. 다만, 여불위가 볼모 자초에게 투자하기 전 자초가 왕위에 등극하면 권력을 같이 나누기로 서로 맹약한 점 그리고 조희가 어릴 적부터 여불위의 애첩이었다는 점, 자초를 만나기 전 이미 임신중이었다는 점, 자초사후 태후 조희와 상방 여불위간의 흔한 동침관계 그리고 여불위가 실질적인 섭정을 하던 6년간 영정이 여불위를 중부仲父로 불렀다는 점으로 미루어 영정은 영자초의 아들이 아닌 여불위의 아들이었다고 보는 것이 대체적인 평

여불위는 각국을 돌아다니며 장사를 하는 사람답게 여러 나라의 정세에 밝았고 두터운 인맥을 형성하고 있었다. 진나라 태자 안국군(=훗날의 효문왕)의 정실부인은 화양부인이었는데 그녀는 자식을 두지 못했지만 안국군의 총애를 받았다. 여불위는 영이인에게 막대한 금전을 투자하여 자식이 없던 초나라 출신 화양부인에게 환심을 사도록 계책을 꾸몄으며 영이인은 자신의 이름을 영자초子楚(=초나라의 아들)로 바꾸고 마침내 화양부인의 양자가 되었다.

소양왕이 죽자 태자였던 안국군이 즉위하여 효문왕이 되었고 영자초는 태자가 되었다. 그러나 효문왕이 즉위한지 1년 만에 사망하자 영자초가 왕위를 이어받아 장양왕이 되고 영정은 태자가 된다. 그 후 즉위한지 3년 만에 장양왕마저 사망하게 되자 마침내 영정이 13세의 나이로 진나라의 31대왕으로 즉위하게 되니 그가 바로 훗날의 진시황제이다.

영정이 어린 나이에 왕위에 올랐기 때문에 형식상 어머니 조희의 섭정 아래 진나라의 실질적인 권력은 상방(=상국)이 된 여불위에게 주어졌고 천하의 경세가답게 여불위는 일자천금—字千金〈여씨춘추呂氏春秋〉와 같은 대규모 편찬사업을 펼치는 등 진나라를 주변 나라들과는 차원이 다른 절대강국으로 발전 시켜나갔다.

본디 음녀淫女기질의 뜨거운 여자였던 조희는 남편인 장양왕 사후 여불위에게 더욱 의지하게 되고 여불위는 태후궁에 거리낌 없이 출입하여 조희와 간통하는 상황이 빈번해졌다.

실질적인 남편노릇을 하고 있던 여불위는 상방으로서 나쁜 소문이 번지는 것을 곤란해 하며 여러 차례 조희를 달렸으나 여불위에 대한 조희의 집착이 날로 그 정도가 심해졌다. 궁여지책 끝에 저자거리에서 성적인 매력으로 인기가 자자하던 노애라는 미남자의 남성적인 신체 특징이 조희의 귀에 들어가게 소문을 낸 후 조희가 관심을 가지자 노애를 조희에게 소개하고 그를 환관으로 변장시켜 날마다 태후궁에서 시중들게 하였는데 노애를 소개시켜준 후로 여불위가 비로소 조희의 집착으로부터 벗어날 수 있었다는 기록으로 보아 그녀의 타고난 기질을 쉽게 짐작할 만하다 하겠다.

노애는 가짜 환관으로 변장하여 태후의 궁에 거처하였으나 실제로는 거세되지 않은 남자였고 조희가 노애의 아이를 임신하자 조희는 이를 속이려 아들 영정에게 청하여 성외의 변두리 옹雍이라는 지역의 별궁에 머무르고 싶다고 했다. 이리하여 노애와 조희는 부부처럼 본격적으로 별궁 생활을 하게 되는데 어린 영정을 제외한 대부분의 신하들과 궁인들은 이미 둘 사이의 불륜을 알고 있는 터였다.

그러다가 조희와 노애의 두 번째 아이가 태어나게 되자 조희는 노애를 더욱 총애하여 그를 장신후에 봉하니 노애는 막대한 재물과 위세로 1,000명이 넘는 식객들을 거느리게 되었다. 노애는 점점 기고만장해졌고 권력의 맛에 빠져 자신과 조희의 아들을 후계왕으로 세우려 모의하게 되었는데 영정의 관례가 있던 날 어머니의 거처인 옹별궁에 영정이 직접 찾아왔을 때 누군가가 노애는 가짜 환관이며 태후와의 사이에 두 아이가 있을 뿐만 아니라 태후와 모의하여 왕이 죽으면 자신의 아이를 후계자로 삼기로 하였다고 고해 바쳤다.

역모가 들통이 날 것을 두려워한 노애가 먼저 선수를 쳐 반란을 일으켰으나 영정이 창평군과 창문군을 시켜 반란을 제압하여 노애를 사로잡아 사지를 찢어 죽이는 거열형에 처하고 노애와 태후 사이에서 난 두 자식은 자루에 넣어 쇠몽둥이로 두들겨서 죽였다.

조희는 부정한 자와 간통한 죄로 처음에는 유배되었지만 차마 어머니를 죽일 수 없었던 영정은 군신들의 간청에 받아들이는 형식으로 그녀의 목숨만은 보전해 준 후 나중에 사면하였다.

그러나 이 사건 이후로 상방 여불위는 실권하게 되었고 이때부터 본격적으로 영정이 내정과 군대장악의 전면에 나서게 되었다. 여불위가 하남으로 낙향하였다고는 하나 여전히 영정의 모후인 조희가 살아 있었고 여불위의 이전 권세를 익히 알고 있는 많은 식객들과 인재들이 그의 저택을 방문한다는 소문을 접하게 되자 그동안 중부仲父(=중부란 두 번째 아버지, 혹은 아버지에 버금가는 사람이란 뜻이다)라 부르며 여불위를 따랐던 영정은

〈"그대는 이 나라에 무슨 공헌이 있어 그 동안 문신후로서 낙양 10만 호의 식읍을 받고 중부로 불리며 호사를 누렸는가? "〉

라고 촉지로 갈 것을 명령했고 자신의 거대한 작품이자 아들인 영정에게 거세 당한 여불위는 그의 시대가 이미 끝났음을 감지하고 유배지에서 스스로 짐독을 마시고 자결했다.

3. 영정의 주변 6국 정벌과 시황제 등극

여불위를 제거하고 어머니의 그늘에서 벗어난 영정은 본디 어릴 적부터 신중했고 매사 철두철미한 인물이었다. 사마천도 〈진시황본기〉에서 그를 전쟁, 축조, 국정, 인사에 능했으며 모든 일을 직접 처리하고 신하와 귀족세력들을 잘 다스리고 그들의 조언을 판단하는 안목이 뛰어난 완벽한 왕이었다고 평가하고 있다.

때를 기다리고 있던 이무기가 마침내 비구름을 만나 승천한다는 시적을 표현을 빌려보듯 그는 차근차근 준비했고 야심이 어느 누구보다도 더 웅대했다. 한비자와 이사를 등용하여 법가에 기반을 둔 통치철학으로 국가의 엄격한 기강을 바로 잡아가며 매년 군비를 증강하고 군사들을 강군으로 훈련시켰다.

정국거鄭國渠를 포함한 대규모 수로水路공사를 펼쳐 전국의 농지를 풍요롭게 만들고 관개사업의 결과로 해마다 풍년이 들어 오창敖倉의 거대한 창고들에 곡식들이 가득 차게 되자 마침내 주변 6국을 통일하기 위한 정복전쟁을 일으키게 된다. 대규모 전쟁을 시작하기 전 강병준비와 군비의 바탕이 되는 경제개발을 먼저 추진했다고 보면 쉽게 설명된다.

그는 천운에 기대하지 않고 항상 준비한 후 실행하는 그런 부류의 인물이었다. 군사들과 백성들을 먹여 살리는 곡식이 6국 통일의 원동력임을 간파하고 있었다는 얘기다. 이는 실로 즉물적인 이야기이지만 기본적으로 먹어야 사는 생명체인 인간들이 만들어내는 역사의 엄연한 현실이다.

오창은 거대한 땅 구덩이를 파서 그해 수확한 곡물을 바로 저장하는 대규모의 창고이며 인류의 거창해 보이는 모든 역사와 문화는 근본적으로 식욕과 성욕에서 비롯된 것이라는 어느 심오한 사상가의 말을 빌릴 필요도 없이 인근 지역의 상대 개미 군단을 잔혹하게 초토화시키면서 처절한 영역싸움을 벌이는 개미 제국의 식량창고와 다를 바가 하나도 없다고 보면 비유가 정확하다.

BC 230년 영정은 몽오장군을 시켜 한韓나라의 수도 신정을 함락하고 한왕 안安을 사로잡은 후 한의 모든 영토를 진의 행정구역으로 복속시켰다가 4년 후 신정에서 반란이 일어나자 한왕 안을 처형하며 6국 중에는 비교적 약소국이었던 한나라를 가장 먼저 멸망시켰다. 영정의 전략은 6국과 한꺼번에 맞서지 않고 하나씩 차례로 정복하는 것이었고 그의 판단은 정확했다.

BC 228년 진의 왕전 장군이 조나라 수도 한단을 함락하고 조를 멸망시켰으며, BC 225년에는 위나라의 대량성을 함락하고 위를 복속시켰다.(=영정은 어떤 이유에서인지는 모르나 위나라를 복속시킨 후 멸망시키지는 않았다. 변방 진나라를 부국강병으로 발전시킨 계기가 된 인물, "상앙"이 위나라 사람이여서 그 댓가로 위나라를 보전시켜주었다고는 하나 확실하지는 않고 단지 위나라는 진나라의 부용종속국으로서 반항할 여지가 거의 없었기 때문이라 보면 무방하지 싶다. 시황제 사후

BC 223년에는 진의 왕전과 몽염 장군이 초의 항연 장군을 죽이고 강남이남 지역을 호령하던 강국 초나라마저 멸망시켰다.

BC 222년 연나라 희왕의 아들 태자 단이 형가와 진무양이라는 자객을 보내어 영정을 암살하려다 실패하자 연희왕은 사죄의 의미로 그의 아들 태자 단을 죽이고 그의 목을 바쳐 영정에게 선처를 구하였으나 영정은 끝내 연나라를 공격하여 멸망시켜버렸다.

사실 태자 단은 영정이 조나라에 볼모로 있었던 어린 시절, 같은 처지의 친구였고 그 후 다시 진나라의 볼모가 되었을 때 영정과 형님아우하며 친하게 지내던 사이였다. 그러나 점점 당당해지고 야망이 컸던 영정에게 수모를 당한 후 연나라로 도망가서 태자가 된 뒤 진나라의 세력이 강성해지는 것을 경계하게 되었고 주변의 한, 조, 위, 초가 차례로 진에게 멸망하는 것을 지켜보았다. 그리고 다음 차례는 필히 연나라가 될 것이라는 것을 알아차리고 사전에 영정을 암살하고자 했던 것이다.

이때 진왕의 암살 스토리에 등장하는 인물들이 바로 진영정, 연태자 단, 전광 그리고 영정을 속이고 접근하기 위해 자신의 목을 기꺼이 내어 놓았던 번어기(=진의 신하였으나 곧은 소리를 잘해 자존심이 강했던 영정과 의견충돌이 잦았다. 사이가 틀어지자 연나라로 망명해 버렸고 진나라의 사정을 속속들이 잘 알고 있던 번어기는 영정에게는 손톱에 낀 가시였다. 형가가 영정에게 접근하기 위해서는 번어기의 목과 연나라의 지도가 필요하다고 말하자 번어기는 형가 앞에서 자기 목을 거두어 가라고 한 뒤 자결했다), 형가(=사마천의 〈자객열전〉에 기록된 자객.), 고점리(=형가의 절친한 친구, 평소 형가가 비분강개하며 술을 마실 때 축을 연주해 준 악사, 형가가 죽자 형가의 친구라는 이유로 눈이 뽑히는 형벌을 받았으나 탁월한 축 연주 실력으로 시황제에게 접근하여 형가의 복수를 꾀하려다 처형된다.), 노구천, 진무양 등이고 형가가 살아 돌아오지 못할 길을 떠날 때 역수를 건너기 전

읊었다는 시는 아직도 남아있다.

풍소소혜역수한風簫蕭兮易水寒 바람 쓸쓸하니 역수는 차구나

장사일거혜불부환壯士一去兮不復還 사나이 한번 가면 다시 돌아오지 못하리라

마지막 남은 제나라는 한때 진나라와 친교를 맺은 것을 믿고 다른 나라들이 차례로 망해가는 것을 수수방관하고 있다가 마침내 연나라마저 멸망하자 그때서야 위협을 느껴 대비하고자 하였으나 연나라가 멸망하고 나서 1년 후 BC 221년 진나라가 침공하자 그때는 이미 항거할 능력을 상실한 상태였다.

제나라는 주무왕이 강태공(=태공망 강상)에게 내린 봉토로부터 시작되어 첫 번째 춘추오패 제환공으로 이어지며 800여 년간 지켜왔던 제나라의 옥새를 마지막 왕이었던 건建이 영정에게 바치고 항복함으로서 멸망하고 말았다.

주변 6국을 통일한 영정은 국왕이라는 칭호가 본인의 격에 맞지 않는다고 새로운 칭호를 원하였다. 그리고 화하의 전쟁시대를 종식시키고 자신이 세운 나라가 만세까지 지속되기를 바라며 제국의 첫 번째 황제라는 뜻으로 자신을 시황제라 부르라 명하고 스스로를 짐朕(=천자로서의 징후, 하늘의 조짐)이라 불렀다.

시황제는 승상 이사의 의견을 받아들여 봉건제를 폐지하고 전국을 36개 군으로 나누어 봉건제후를 없애고 관리(=행정장관, 사령장관, 감찰장관)들을 파견하여 직접 다스리는 중앙집권식 군현체제를 실시하면서 각 지방의 부호들과 세력가 12만호를 수도 함양으로 이주시켜 감시하는 동시에 수도 함양으로 모든 경제력을 집중시켰다.

그는 각 지방별로 달랐던 문자와 화폐(=진나라의 반량전만 유통), 도량형과 도로망(=경제도로인 치도와 군사도로인 직도를 운행하는 마차바퀴의 폭)도 과감히 통일시키며 대륙을 효율적인 단일국가체제로 변모시켜 나갔다.

4. 분서갱유, 대규모 토목공사, 불로장생을 꿈꾸던 시황제의 죽음

BC 213년 연회도중 이사와 반대 세력에 있던 박사 순우절이 봉건제의 부활을 논리적으로 주장하며 조목조목 따지자 이사는 학자들은 책에 의존하여 실정을 모르고 쉽게 반대만 하려든다며 의학, 농경, 역사에 관한 책을 제외하고는 모든 책을 태워버릴 것을 간청하자 시황제는 이를 받아들였는데 이를 분서焚書라 한다.

유교서적을 비롯한 수많은 제자백가의 서적들이 이때 불태워졌고 분서사건 이전 어느 왕족이나 귀족들이 사망했을 때, 당시의 풍습상 망자가 생전 사용했던 귀금속, 생활용품 심지어는 하인들과 말馬, 평소 읽던 서적들도 함께 묻었는데 훗날 발굴되어 오늘날까지 전해지는 귀한 고古자료들은 대부분 이런 석실묘 부장출토물들이고 수백 년 수천 년을 지나는 동안에도 지하에 조용히 묻혀 있었던 까닭에 그나마 온전히 보전될 수 있었다.

전국을 통일한 초창기 시황제는 많은 획기적인 정책을 추진했고 나름 통일제국의 기틀을 마련하는 훌륭한 업적들을 성취했다. 그러나 그는 점점 본인이 너무나도 위대하여 일반 인간들과는 다른 존재라고 착각하기 시작했으며 다른 사람의 이야기에 귀를 기울이지 않았다.

환관 조고가 아부하며 하늘에서 내린 자의 음성이나 모습은 일반 사람들, 심지어는 신하들조차도 듣거나 보지 못해야 그 권위가 하늘처럼 높아질 것이라 주청하자 그는 앞서 자신을 짐이라 칭한 것처럼 어떤 실체의 인간이 아닌 하늘의 징후나 조짐 또는 초월적 존재로서 자신을 인식하기 시작했으며 더 나아가 영생불멸을 꿈꾸게 되었다. 그는 아방궁 각 구역을 연결하는 자신만의 이동 동선인 구름다리를 만들어 그가 어디에 머무는지 신하들이나 궁인들이 모르게 했다.

BC 212년 방사 후생과 노생에게 불로장생의 약을 가져오라 명하였으나 도리어 그들이 시황제를 비웃으며 도망쳐버리자 시황제는 후생과 노생에 연관된 조정의 신료들을 의심하여 비판적인 학자들을 모두 잡아들이라 하였는데 그 수가 무려 460여 명이나 되었다.

후생과 노생은 불멸을 꿈꾸는 시황제가 미쳤다고 생각했을 것이며 비판적인 학자들이란 표현은 그래도 생명을 받아 한번 태어난 만물은 언젠가 그 생물학적 수명이 다하면 필히 떠나야 한다는 것을 알고 있었던 지극히 상식적인 신하들이었다고 봐야 할 것이다.

생자필멸 회자정리를 알았던 신하들은 시황제에게 아부하고 않고 모두 바른 말을 하였기 때문에 생으로 묻혀 죽임을 당하였는데 이를 갱유坑儒라 한다.

장남 부소는 어질고 바른 사람이었으므로 아버지 시황제에게 분서와 갱유 사건에 대해 옳지 못함을 간언하고 조고나 이사와 같은 간신들의 멀리하라고 충언하였다가 도리어 황제의 분노를 사 만리장성 축조를 지휘하던 대장군 몽염이 있는 국경지대로 유배되고 말았다.

이는 이사 / 조고 그리고 몽염 / 부소가 시황제를 중심으로 피차 돌아올 수 없는 강을 건너 권력투쟁의 정적이 되고 말았다는 의미이며 이 사건은 훗날 이세 황제 호해의 등극으로 이어져 진나라의 멸망을 빠르게 촉진 시키는 결과를 초래하고야 만다.

북방 흉노의 침입을 염려하여 이미 인부 150만 명을 동원해 만리장성을 축조하고 있던 시황제는 다시 자신의 거처인 화려한 아방궁을 증축하도록 하였고 나아가서 70만 명의 인부를 더 동원해 자신이 죽게 되면 묻히게 될 능묘도 수도 함양근처 여산에 건설토록 지시했다.

기계적 건설장비나 건설용 폭약도 없었던 시절, 어떻게 저런 축조물을 산맥을 타고 넘는 험준한 지형에 쌓아올릴 수 있었을까 하는 의문이 들 정도로 오늘날까지도 불가사의인 만리장성의 건설에서 살아 돌아온 자는 거의 없었고 인부들은 죽을 때까지 노역을 감당할 수밖에 없었다. 다시 말하자면 한번

공사에 투입된 그들은 죽은 후에서야 비로소 노역으로부터 해방될 수 있었다는 이야기이다.

죽은 자는 또 다른 인부들을 차출하여 채워져 나갔다.

아방궁, 여산능, 만리장성과 같은 대규모 토목공사로 진나라의 재정은 엉망이 되었고 전국 남성의 절반이 공사에 동원될 수밖에 없었으니 민심은 날로 나빠져 갔다. 동서고금의 역사를 통틀어 원래 민심이 나빠질수록 절대권력자는 본인의 안위나 생명에 더욱 더 집착하게 되는 것을 어렵잖게 볼 수 있다.

시황제의 영원불사에 대한 염원은 도를 넘어 어느 날 제나라 지역(=산동지방, 우리나라 서해안 인천 군산지역의 맞은편) 순행하던 중 신기루로 섬을 보게 되는데 서불(=서복)이라는 방사가 그 섬은 전설상의 신선들이 사는 삼신산, 봉래산, 영주산이라는 곳으로 자신에게 소년 소녀 3,000명과 보물 그리고 60척의 배와 5,000명의 장인匠人들을 마련해주면 자신이 신선을 모셔오고 불로장생의 영약을 구해오겠다고 하였다.

시황제가 그 말을 믿고 채비를 해주었으나 서불은 그 길로 돌아오지 않았다. 만약 서불이 실존 인물이고 실제로 산동 반도를 떠나 배를 이용해 중국의 동해로 출발했다면 그들은 확률적으로 지금의 한반도나 일본 지역에 도착했을 가능성이 농후하고 실제로 봉래산은 금강산, 영주산은 한라산을 일컫는 또 다른 말이기도 하다.

제주도에 서귀포라는 지명과 정방폭포의 서불과차徐市過此라는 암각이 있긴 하나 이 이야기가 진짜 실제인지 아니면 그저 전설상의 이야기꺼리 인지를 판단하는 것은 무의미하다. 단, 불로장생에 목에 매여 점점 상황판단을 하지 못하게 된 황제를 부추겨 한 몫을 단단히 챙긴 서불은 아마 해상항로를 이용해 한반도나 대만, 일본 혹은 중국의 남방연안으로 도망간 것으로 보는 편이 무방할 듯하다.

어린 남녀 3,000명에 기술자 5,000명 그리고 60척의 선단과 막대한 재물

진시황제

이면 군왕까지는 아니더라도 어디 변두리 조용한 곳에 가서 지도자가 되어 충분히 자급자족할 수 있었을 것으로 보아진다.

아니면 이 스토리가 말년 시황제의 육체적 정신적 건강 상황을 빗 데어 만들어 낸 과장일 수도 있겠지만 말년의 시황제가 보여준 행태는 그가 현대 의학에서의 말하는 어떤 정신과적 질환이나 과대망상증을 앓고 있었던 것으로도 짐작할 수 있다.

그리고 여러 기록이 전하는 바에 따르면 황제가 상온에서 액체상태의 금속인 수은에 대해 환상을 가지고 있었다는 대목들이 많이 남아있는데, 〈사

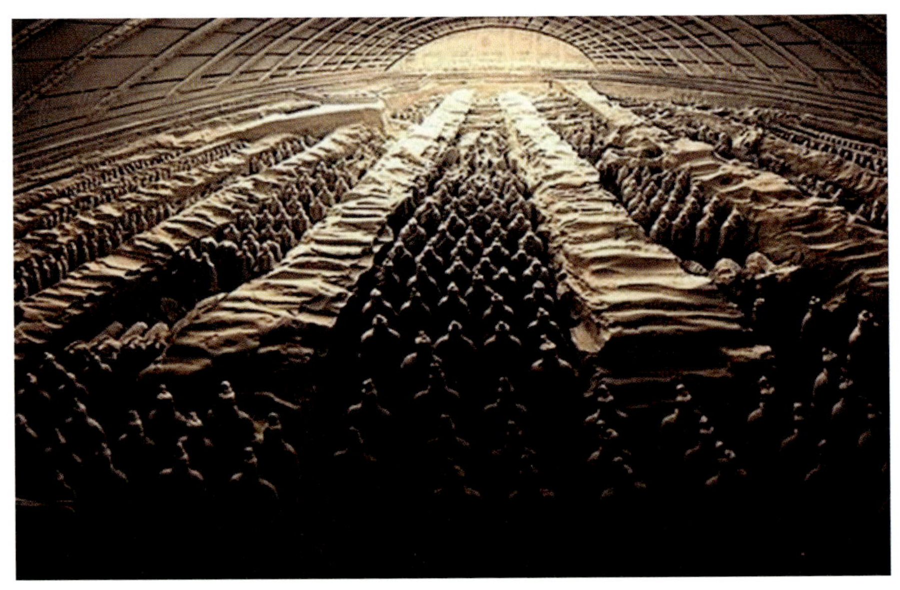

여산능 병마용갱

기〉에 따르면 시황제는 수은으로 자신의 능묘 안에 인공 강을 만들어 천년만
년을 타는 불빛과 인공 별빛들이 수은이 흐르는 강을 비추게 하라고 지시했
고 수은을 불로장생의 영약으로 믿고 소량의 수은을 복용했다고도 한다.

황제의 말년 얼굴 모습이 점점 새와 같아져서 입은 새부리처럼 변했고 골
격과 체형은 뒤틀어져 점점 괴팍하고 우울한 성격으로 변해갔다는 기록으로
도 그가 실제 현대의학에서 말하는 수은 중독인 미나마타병에 걸린 환자처
럼 근골격계이상, 사지말단부 운동장애, 신경과민, 우울증을 앓고 있었다고
짐작된다.

현재 병마용갱 일부를 제외하고 여산능 일대가 전체적으로 개발되거나 시
황묘의 발굴사업이 본격적으로 진행되고 있는 것은 아니어서 그의 유골에서
어떤 직접적인 시료를 채취할 방법은 없으나 실제 중국학술원의 지질조사
기록에 따르면 여산능 주변 지대의 수은농도가 인근지역에 비해 아주 높은

것으로 발표되었다.

　시황제는 재위기간 중 자신이 이룩한 업적을 칭송케 하고 자신의 해내海內 (=땅)가 얼마나 넓은지를 알기 위해 총 5차례의 순행을 하게 되는데 BC 210 년 마지막 순행을 하였다. 이 마지막 순행에는 중거부랑 환관 조고와 승상 이사 그리고 그의 26번째 아들 호해가 같이 동행했는데 평원진에 이르러 유성이 떨어졌다는 소식을 듣고 그것을 귀히 여겨 가져오게 하였다.

　그런데 누군가가 이미 유성조각에 시황제사이지분始皇帝死而地分(=시황제가 죽고 천하가 갈라진다.)이라 써 놓았다 한다. 이에 충격을 받은 황제는 그날 이후 병으로 쓰러졌고 유성이 떨어진 지역의 주민들을 한사람도 빠짐없이 몰살시켜버렸다.

　순행이 사구에 이르러 병이 매우 위독해지자 시황제는 유언장을 쓰라고 명하였다. 옥새를 적장자인 부소에게 전하고 부소가 수도 함양으로 돌아와 장례를 주관할 것을 유언교지 하였으나 행차 중 붕어하고 말았으니 그의 나이 49세 되던 해였다.

　이사와 조고는 황제의 죽음을 숨기고 황제의 시신이 있는 수레의 앞뒤로 생선을 같이 운반하여 시신이 썩어가는 냄새가 들키지 않도록 했다. 그리고 조고는 황제의 유서를 조작하여 부소와 몽염에게 자결할 것을 명하니 효자였던 부소는 아버지의 명을 거역할 수 없다하여 먼저 자결해버렸고 몽염은 의심하여 자결하지 않자 조고는 일단 그를 옥에 가두었다.

5. 호해, 진나라의 멸망

　얼마 뒤 시황제의 26남 호해가 즉위하니 그가 바로 이세 황제이다.(=18번째라는 아들이라는 설도 있음. 시황제 후궁들의 계보가 명확치 않으므로 숫자는 의미

이세 황제는 처음에는 개국공신으로 선대 때부터 명망이 높았던 몽염 장
군을 살려주고자 하였으나 막강한 군권을 가진 대장군을 경계한 조고의 말
만 듣고 결국 몽염과 그의 삼족을 모두 멸해 버리고 말았다.

그리고 〈사기〉에는 호해가 그의 제위를 위협할만한 그의 형제자매 20여명
을 숙청하였다고 전하는데 실제 여산능 배장갱의 호화로운 관에 사지가 절
단된 여러 젊은 남녀유골이 부장품과 함께 발견된 점으로 미루어 이는 호해
가 죽인 그의 형제자매의 무덤으로 추정되며 그때 호해의 등극을 반대한 누
이 10명은 가장 잔혹하게 사지를 찢어 죽였다고 기록되어있다.

여성으로 확인되는 유골들이 인위적으로 사지가 절단되어 나란히 포개져
있었던 점으로 미루어 〈사기〉에 묘사된 잔혹한 기록들이 사실임이 입증되었
다. 호해의 형제 중 공자 고高는 스스로 먼저 죽음을 청했기 때문에 호해가
은혜를 베풀어 자살을 허락하였다고 〈사기〉에 전하는데 이들의 시체 중 유
일하게 한 남성의 유골이 사지와 목이 온전하게 보전된 채로 발견된 것으로
미루어 이것이 공자 고의 유해일 것이라 추정하고 있다.

이렇듯 호해는 정상적인 방법으로 등극하지 못했고 정통성에도 논란이 있
었던 탓에 재위기간 내내 컴플렉스에 시달렸다. 그는 시황제가 추진하던 대
규모 토목공사를 지속해 나갔고 이사가 아방궁건립을 중단하고 조세부담을
경감시키자고 건의하자 조고의 농간으로 이를 자신의 권위에 대한 도전으로
받아들여 이사를 숙청하고야 말았다.

몽염과 부소, 우승상 풍거질에 이어 승상 이사마저 제거되자 환관 조고의
권력은 더욱 커져갔으니 호해는 모든 국사와 군무를 조고에게 맡겨버리고
자신은 유흥에 빠져들었다. 나라에 망조가 들기 시작했다는 증거로 이세 황
제보다는 환관조고가 더 많은 실권을 쥐고 정사를 농단하기 시작했으니 마

침내 신하들은 호해보다 조고를 더 두려워했고 호해는 신하들로부터 눈과 귀가 점점 더 멀어질 수밖에 없게 되었다.

그리고 앞서 간략히 밝힌 바와 마찬가지로 시황제라는 절대적인 카리스마의 인물이 사라진 그러한 상황 속에서 진승과 오광의 난, 항량과 항우의 거병, 장한의 투항으로 혼란스러운 사태가 이어지자 호해는 결국 제위에 오른 지 4년 만에 조고의 데릴사위 염락에 의해 시해(=<u>염락이 죽이러 갔으나 황제의 체면을 생각한 염락의 강요에 의해 자결. 그는 조용히 지방으로 내려가 일개 제후로서 살터이니 살려달라고 끝까지 목숨을 구걸했다고 〈사기〉에 전한다.</u>)당하고 조고는 민심을 수습코자 시황제의 손자를 3세 황제라는 칭호대신 진왕으로 옹립하게 되니 그가 바로 진나라의 마지막 왕인 영자영이다.

진왕 자영은 이미 망한 것이나 다름없는 진나라의 이름뿐인 왕으로 즉위하여 짧은 시간 재위하며 조고를 처형하고 유방의 함양 입성 때는 옥새를 넘겨 다행히 목숨을 보존 받았으나 뒤이어 입성한 항우에 의해 잔인하게 참살되면서 그의 조부 시황제가 이룩한 천하통일의 상징인 아방궁과 함께 역사 속으로 사라지고 말았으니 이때가 BC 206년경의 일이었다.

이것으로 여불위, 시황제 영정, 호해에 대한 제1강을 마치고 이제부터 본격적으로 초한지의 주요 등장인물들을 다루는 강講으로 들어간다.

2

부서진 바위

서초패왕西楚霸王 항우項羽

1. 개요

초한전쟁 당시 초나라의 군주이며 진나라의 마지막 왕 자영을 죽인 후 서초패왕으로 즉위하였다. 성은 항項, 자는 우羽, 이름은 적籍이다. 본명보다 자로 더 널리 알려져 주로 항우라는 호칭으로 널리 불리 운다.

초나라 부흥운동의 선봉장으로 임하는 모든 전투에 직접 참전했으며 70여 차례의 전투를 승리하며 패왕이 되었으나 한나라의 유방과 천하의 패권을 두고 자웅을 겨룬 마지막 해하전투에서 사면초가에 몰려 패배하며 최후를 맞이하였다.

BC 232년 초나라의 하상 팽성(=현 강소성, 숙천현, 서남)에서 태어났으며 BC 202년 오강(=현 안휘성, 소주시)에서 사망하였다.

사실 항우는 천자가 되지 못한 인물임에도 불구하고 사마천은 그를 제후나 왕을 기록하는 〈세가〉에서 다루지 않았고 신하나 장군을 기록하는 〈열전〉에서도 다루지 않았다. 사마천이라는 탁월한 역사가는 천자를 기록하는 〈본기〉에서 한고조 유방보다 항우를 먼저 다룸으로서 천자나 제후라는 형식적 신분보다 실제 세력과 재능을 중요시하며 역사적 인물들을 평가했던 것으로 보인다. 이로서 후대들은 진말과 초한쟁패 당시 항우라는 인물의 막강했던 영향력을 충분히 짐작할 수 있다.

2. 성장기

항우의 조부가 초나라 최후의 명장 항연이었고 그 집안은 항項(=큰 관이라는 뜻)에 봉해져서 대대로 초나라의 장수 집안을 지낸 명문 중의 명문가였다. 그러나 항우가 채 10살이 되기 전 조국인 초나라는 진나라에 멸망하고 말았고 항우는 그의 작은 아버지 항량과 함께 회계의 오중으로 피해 숨어 지내며 숙부의 손에 의해 키워졌다.

항량은 어린 조카에게 글공부를 시켰는데 전혀 진전이 없었고 항우가 성의를 보이지도 않았다. 그 후 칼을 다루는 검술을 가르쳤지만 항우는 이에 대해서도 대략 그 뜻만 알고 끝을 보지 못했다 한다. 항량이 화를 내며 꾸짖자 어린 항우가 이렇게 항변했다.

〈"글이라는 것은 본디 자기 성과 이름 정도만 쓸 줄 알면 되는 것이고 검술 역시 한 사람에게 지지 않을 정도로만 익히면 충분합니다. 저는 만인을 상대로 싸우고 이기는 일을 배우고 싶습니다."〉

이 말을 듣고 항량은 조카가 큰 인물이 될 것이라고 판단하여 병법을 가르

첬는데 이에 대해서도 처음에는 항우가 글공부나 검술보다는 조금 더 관심을 가지는 듯 했으나 얼마 지나지 않아 대략 다 이해했다고 스스로 지겨움을 느끼고 그만두고 말았다. 뭐든지 진득하게 하고 결실을 맺는 자질은 어릴 적부터 부족했던 것으로 보이고 훗날 단 한 번의 패배에 재기할 기회가 충분히 있었음에도 불구하고 순간의 체면과 자부심만을 생각하고 쉽게 포기하며 자결해버리고 마는 그의 성격은 소년시절의 이러한 일화에서도 잘 나타난다.

시황제가 회계 땅으로 순행을 나와 절강을 지날 때 인근 백성들이 흔치 않는 장관에 모두 나와 구경을 했다. 어린 항우도 숙부인 항량과 함께 마침 그 자리에 있었는데 항우가 큰 소리로 말했다.

〈"내가 저 자리를 차지해야지!"〉

이 말을 들은 향량이 기겁을 하며 항우의 입을 틀어막고 우리의 목이 달아나면 어쩌려고 그런 말을 하느냐 하였지만 그때부터 내심 어린 조카가 보통이 아니라고 여기게 되었다 한다.

더군다나 항우는 성장할수록 그 체형이 남달랐고 키가 8척에 힘이 장사라 장정 서너 명이 들 수 있는 큰 솥을 혼자서 번쩍 번쩍 들었다고 한다. 그리고 눈동자가 두 개인 중동자重瞳子여서 인근 마을 사람들은 모두 특이한 외모와 상상 이상의 용력을 가진 어린 항우를 두려워했다.

항우의 지나친 자부심과 자신의 외형적인 특별한 점을 주변 사람들이 항상 기이하게 여기고 있다는 일종의 관심 집중에 대한 강박관념은 어린 시절부터 눈에 띄게 남다른 그의 용모와 용력으로부터 기인했다고 보면 될듯하다.

내면이나 감성적인 소질이 아닌 외적인 것에 대한 타인들의 지나친 관심은 어린 시절의 한 인간이 시간을 두고 올바르게 성장하여 완성되어 가는 데에는 도리어 부정적으로 작용했을 거라는 개인적인 생각을 가져본다. 더군다나 위에서 밝힌 것처럼 항우는 참을성이 부족했고 끈기력도 없어 무엇을 지긋이 하는 법이 없었으므로 그러한 우려는 더욱 가중된다.

유방은 초라한 배경에서 정말 가난하게 자랐지만 아버지 어머니 형제들, 즉 가족들에 대한 기록들이 남아 있는 반면 항우의 부모형제에 대해서는 기록이 빈약의 정도를 떠나 거의 없다는 것을 염두해 볼 때 항우가 정서상으로 정상적인 유년시절을 보냈다고는 볼 수 없다.

고아인 항우를 어릴 적부터 숙부인 항량이 돌보았다고 하나 항량도 평생을 결혼을 하지 않고 혼자 살았던 것으로 추정되고 향량 주변에 여자, 즉 항우의 숙모가 있었다는 기록도 전무하다.(=일부 기록에는 항량에게 어떤 남성적인 문제가 있었다고 평하는 주장도 있다. 그러나 후대의 누군가가 짐작한, 혹은 누군가로부터 전해들은 또 다른 후대의 누군가가 쓴 기록으로 묘사되어졌던 항량은 지금으로부터 97년 전에 태어난 체 게바라와는 역사 기록의 관점에서는 전혀 다른 부류의 인물이다. 체 게바라나 히틀러에 관해서는 학교성적표나 졸업증명서, 육필일기장, 병원진료기록들이 오늘날까지 수두룩하게 남아있고 심지어는 실제 육성과 움직이는 동영상으로도 그들의 음성, 용모를 팩트로서 바로 확인할 수 있는 반면 항량은 예수보다도 200년 더 이전의 사람이었으므로 그의 신체적 문제에 대한 진위여부를 다루는 것은 가치가 없다.)

어릴 적부터 항우의 주변에는 깨지기 쉬운 상남자 스타일의 사람들만 있었을 뿐 학문적이거나 감성적이거나 진중하게 침잠하며 때를 기다릴 줄 아는 인물들은 드물었다고 보면 틀리지 않는다.

어릴 적 다들 깜짝 놀랄 만한 힘자랑이나 하면서 우쭐해 하는 것이 습관이 되었을 법한 어린 소년 항우에게서 한편으로는 일말의 측은지심이 느껴진다.

유방은 어릴 적 못 배우고 가난했지만 그에게서는 일상속의 밝음, 찌질하

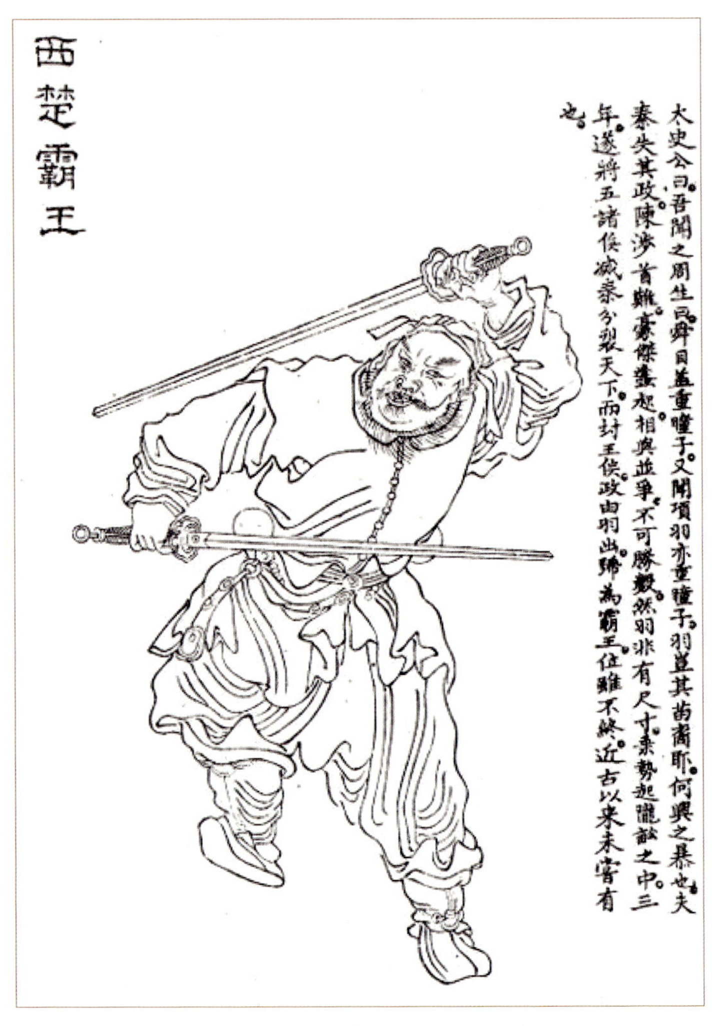

항우

지만 어떤 유쾌한 모습, 돈 한 푼 없으면서도 항상 재미난 놀거리, 먹거리, 여자를 쫓아다니는 부지런한 모습이 그려진다.

　대비되어 항우의 어린 시절에 대해서는 어떤 강박과 분노, 그의 우람한 체격의 이면에 깔려 있는 깨지기 쉬운 유리알 같은 나약함 그리고 어두운 그림자가 상상되는 까닭은 무슨 연유일까?

항우가 소년시절을 지나 어느 정도 장성했을 무렵 진나라의 사정은 말이 아니었다. 시황제의 폭정과 도를 넘는 법집행으로 백성들은 신음했고 호해로 이어진 이세 황제 시대에도 그 상황이 호전되기는커녕 더욱 더 악화일로를 걷고 있었다.

진승과 오광의 난이 일어나자 전국은 또 다시 난세에 빠지게 되었으며 진나라 장군 장한의 활약으로 그 반란들은 일시나마 진압된 것처럼 보였다.

그러나 비록 성공하지는 못했지만 진승의 난이 일으킨 파급효과는 엄청났다. 이미 진나라의 통제를 벗어난 옛 6국의 제후들의 재건 움직임들이 마치 도화선에 불이 붙은 것처럼 전국 각지로 번져 나가고 있었다.

3. 거병, 초나라 상장군 항우, 반진전쟁의 선봉 그리고 거록대전

이때 항우는 숙부 향량을 도와 회계군수 은통을 선즉제인으로 참살 했을 뿐만 아니라 은통을 따르던 군사 100여 명을 모두 죽여 회계군의 남은 군사들을 굴복시키고 회계군을 장악하였다.

이후 항우는 별동대를 이끌고 양성을 공격하였는데 결사 항전하는 양성 주민들 때문에 곤혹을 치르게 되었고 힘들게 양성을 점령하게 되자 항우는 화가 나서 전투가 끝난 뒤 분풀이로 항복한 양성 주민 5,000명을 모두 땅 구덩이를 파서 생매장 시켜버리고 말았는데 이때부터 참을성 없는 항우의 잔인한 성품이 만천하에 드러나게 되었다.

이로 인해 항우는 그의 출중한 군사적 재능과 전투능력에도 불구하고 주변 사람들로부터 인망을 얻지 못하였고 계속 견제를 받는 처지가 되고 말았다. 잔인하고 참을성이 없는 상대를 보좌하고 있는 조력자, 이해관계를 같이

하는 협력자들은 심중으로 상대를 경계하고 겁낼 뿐 전적으로 신뢰하며 자신의 의견을 피력할 수 없으니 결국 상대방과 대소사를 진정으로 소통할 수 없게 된다. 훗날 유독 항우의 진영에서 전쟁 내내 이탈자가 계속해서 발생하는 이유가 여기에 있다 하겠다.

항우의 이러한 잔인성과는 별개로 항량과 항우는 전투를 거듭할수록 그 세력을 확장시켜 초나라 마지막 왕의 혈육이었던 웅심을 초희왕으로 옹립하고 BC 208년 초나라를 부활시키는데 성공하였다.

이때 진나라의 주력군 장한이 재건된 위나라를 다시 멸망시키고 제나라를 압박하자 항량은 북상하여 장한과 교전하여 작은 승리를 거두었다. 그 후 항우는 항량과 별개로 패공 유방과 협력하여 별동대를 이끌고 성양을 공격하였는데 이때만 해도 둘은 유방이 항우의 지휘를 받는 협력관계로서의 동지였다고 보면 된다.

그런데 작은 승리에 도취한 항량의 주력부대는 심기일전한 장한의 공격에 완전히 초토화되어버렸고 항우의 별동대와 떨어져 있던 항량은 이 전투에서 전사하고 말았다.

초나라가 패전의 충격을 극복하며 잠시 전열을 가다듬는 사이 장한은 북상하여 조나라를 공격하였고 전세는 조나라에게 전적으로 불리하였다. 조나라가 무너지면 다시 뭉친 제후들이 와해되는 것은 불을 보듯 뻔했으므로 제후들이 힘을 합쳐 조나라를 돕기로 하자 초희왕은 죽은 항량을 대신해 송의를 상장군, 항우를 차장으로 삼아 조나라를 구원하려 출정 시켰다.

그보다 앞서 초희왕은 진나라의 중심인 관중에 먼저 입성하는 자를 관중왕으로 봉하겠다고 영을 내린 상태였고 이에 항우는 곧장 서진하여 관중으로 진격하려 하였으나 여러 늙은 장수들이 젊은 항우의 독선을 꺼려하자 희왕은 유방을 서진대장군에 임명하고 말았다. 희왕 역시 항우보다는 유방을 신뢰했으며 항량과 항우에 의해 옹립된 어린 희왕은 늘상 항우를 무서워했다.

항우는 심사가 뒤틀렸지만 자신이 옹립한 왕명을 거역할 수 없었으므로 송의의 밑으로 들어가 차장의 역할 맡았는데 출정한 송의는 안양이라는 곳에 이르자 정작 더 이상 군대를 진군시키지 않았고 장기 주둔하며 시간을 허비하고 있었다.

이에 항우가 격분하여 항의하자 송의는 항우를 면박하였다.

〈"칼이야 항우 네가 잘 다루지만 작전은 나보다 못하니 나의 명령을 따르라. 조나라나 진나라나 상대들이 서로 싸워 둘 다 지치면 그때 진격할 것이다."〉

마침 송의가 제나라와 교섭하며 자신의 아들 송양을 제나라의 승상에 앉히게 되었고 아들의 송별회를 거창하게 열자 마침내 항우는 불만을 공식화하며 병사들을 선동했다.

〈"모든 힘을 다해 진군을 해야 함에도 불구하고 오랫동안 한곳에 머물러 있으니 기회를 놓치고 있다. 마침 세상에 기근이 들어 백성들은 굶주리고 병사들은 콩잎을 먹고 군량은 동이 났음에도 송의가 그 자식에게는 호화로운 연회를 베풀어 송별한다. 우리 군사들에게 조나라 땅의 식량을 먹여서 조나라와 함께 진나라 군을 공격해야 하나 그리하지도 않고 입으로만 그들의 피로함을 엿보고자 한다.

무릇 강한 진나라의 군대가 새로 생긴 조나라를 공격하면 그 기세가 조나라를 압도할 것이다. 조나라는 진나라의 상대가 될 수 없음에 어찌 진나라가 피로하기를 기다린다 말인가?

이렇게 병사들을 설득한 항우는 다음날 아침 송의의 침소를 급습하여 그의 목을 잘라 버리고 사람을 보내 송의의 아들 송양마저 죽여 버렸다. 그리고 송의가 왕명을 어기고 모반하려 하여 초희왕의 명으로 참살했다고 발표하자 여러 장수들은 초나라는 항량이 일으킨 것이니 항우의 말이 모두 옳다고 말했고 항우는 독단적으로 사태를 수습한 뒤 초희왕에게는 송이가 먼저 모반을 일으켜 참살했다고 일방적으로 통보했다.

지휘계통의 상하와 일처리의 선후가 거꾸로 되었으나 초희왕은 하는 수 없이 이미 죽어버린 송의를 대신하여 항우를 초나라의 상장군에 임명했다.

송의의 자리를 차지한 항우는 곧바로 조나라로 진군하여 영포, 왕리가 이끌던 진나라의 군대를 거록에서 대파하고 중국 최강의 군벌로 등극하게 된다. 조나라 왕이 항우를 청하여 그 공을 치하하려 하자 항우는 일언지하에 거절하였다. 도움을 받은 조나라의 왕 따위가 자신을 치하한다는 것을 가소롭게 여긴 것이었다. 항우는 이미 자기 자신이 누구로부터 지휘를 받는 자가 아니라는 것을 스스로를 증명한 셈이었다.

이때부터 모든 제후들을 장악하는 반진反秦 통솔권은 전체적으로 항우에게 주어졌다고 보면 된다. 이때 항우의 압도적인 카리스마를 상세히 전해주는 표현이 〈항우본기〉에 자세히 기록 되어 있는데 다음과 같다.

군막으로 들게 하자 그들 중 무릎으로 기어서 입장하지 않는 자가 아무도 없었고 그 어느 누구도 감히 항우의 얼굴을 똑바로 쳐다보지 못했다."〉

4. 신안대학살과 함양입성

이후 항우는 진나라의 주력군 장한의 군대마저 항복시키니 장한은 항우에게 투항하였고 진나라의 20만 병사는 항우의 수하가 되었다. 항우는 전열을 가다듬고 마침내 반진전쟁의 최종 목적지인 진나라의 수도 함양으로 진격하기 시작했다.

이때 항우는 자신의 전쟁역사에서 두고두고 회자되는 치명적인 실수를 하고야 마는데 그것은 포로로 잡아 자신의 아군으로 수용했던 진군 20만 명을 모두 죽여 버리고 만 사건이었다. 초군들은 이미 멸망할 것이 뻔한 포로 출신의 진군들을 무시했고 언어와 군복이 다른 그들을 차별하였다.

어제까지 서로 적이었던 군사들이 하루아침에 20만 명씩이나 한꺼번에 수용되자 군량과 보급에도 어떤 문제가 생겼을 것은 익히 짐작할 수 있다. 진군들이 차별에 반대하며 농성하자 항우는 그들 때문에 진군이 늦어진다고 판단하고 신안에서 그들 스스로 구덩이를 파게하여 모두 생매장시켜버리고 말았는데 역사에서는 이를 "신한 대학살"이라고 기록하고 있다.

〈"여전히 수가 많은 진나라 항졸들이 아직도 마음속으로 우리에게 복종하고 있지 않다. 이대로 관중에 들어가서 그들이 여전히 우리의 말을 듣지 않는다면 사태가 매우 위험하게 될 수도 있을 것이다. 나는 차라리 여기서 그들을 모조리 죽이고 대장군 장한, 장사 사마흔,

〈도위 동예 이 세 사람만 데리고 진나라로 들어가겠다."〉

　대학살 이후 서쪽으로 진군한 항우는 함곡관에 이르러 유방이 이미 진나라의 항복을 받고 함양에 입성했다는 소식을 접하고 대노했다. 더군다나 유방은 함곡관을 지키는 병사들을 파견한 상태여서 이는 마치 항우의 함양입성을 저지하는 모양새로 보이기도 했다.

　초희왕의 약속대로라면 중원의 노른자위 관중 땅이 유방의 차지가 되어버릴 것이 뻔했으므로 항우는 영포를 시켜 단박에 함곡관을 뚫어버리고 관중으로 들어와 희수에 주둔하였다. 유방 측으로부터 변절한 조무상의 말을 믿고 항우는 40만 대군의 위세로 유방을 곧바로 분쇄해버릴 생각이었으나 숙부인 항백의 중재와 장량의 계교로 유방과 회담을 치르고 뒷일을 결정하기로 하였다.

　항우의 책사였던 범증은 훗날 두고두고 후환이 될 수 있는 인물인 유방을 이 회담장에서 단박에 암살해 버릴 심산이었으나 정작 항우는 별 명분도 없이 한때 동지였던 유방을 죽일 생각까지는 없었기에 방심하며 술을 마시다가 유방을 제거할 기회를 놓쳐버리고 만다.

　홍문연의 긴장된 상황은 앞서 초한쟁패의 대략적인 줄거리를 살펴볼 때 이미 다루었으므로 여기서는 유방의 조아림, 장량의 연기, 항장과 항백의 검무, 번쾌의 등장과 같은 긴박했던 그때의 상황 설명은 줄이고자 한다. 유방이 어수선한 분위기를 틈타 자기 진영으로 줄행랑 쳐버리자 항우의 어리석음을 한탄한 범증이 일갈했다.

〈"도무지 어린애하고는 일을 도모할 수가 없다. 이번 기회를 날렸으니 언제가 우리는 모두 유방에게 다 죽게 될 것이다."〉

홋날 범증의 예언대로 항우의 방심은 끝내 자신의 파멸을 초래하고야 말았으니 항우를 어린애 취급하면서까지 상대편 유방을 대단한 인물로 경계했던 범증의 예측은 아주 정확했다고 볼 수 있다.

범증의 눈에 보이는 것이 항우의 눈에는 보이지 않았던 것이고, 안목이 없는 대신 항우가 귀라도 열려 있었더라면 아마 초한지의 스토리는 "홍문의 연", 이 대목에서 대단원의 막을 내릴 수도 있었을 것이다.

유방은 앞서 진왕 영자영의 항복을 받았음에도 함양을 약탈하지 않았고 진왕의 안전을 보장하였는데 늦게 서야 들어와 유방의 자리를 강탈한 항우는 함양에 입성하지마자 함양 백성들을 학살했으며 진왕을 살해하고 아방궁과 진나라의 모든 자료들을 불태워 버렸다.

궁궐이 장장 3개월 걸쳐 불타올랐는데 더군다나 난리통에 관중 땅은 대기근이 들어 백성들의 삶은 더욱 피폐해졌고 항우에 대한 원성은 날로 높아져 갔다. 항우가 관중 땅을 버리기로 작정한 가장 큰 이유 중의 하나는 스스로 그 땅을 폐허로 만들어 버렸고 살육과 방화로 얼룩져 원성이 높아져 있는 타향 땅에 굳이 터전을 잡고 싶지는 않았던 심리적인 까닭도 있었을 것이다.

대제국의 사회기반시설, 인프라, 여러 정보자료, 기록물들이 가지는 소중한 가치를 파악하지 못했다는 의미이며 결국 이미 자기 것이 된 모든 것을 끝끝내 자기 것으로 만들지 못하고 모두 파괴해 버리고 마는 항우는 그만큼 즉흥적이고 근시안적인 안목을 가진 사람임에 분명했다. 여러모로 항우의 전략적인 무능함이 엿보이는 사건이라 할 수 있다.

간의대부 한생이 그래도 전략적 요충지인 함양에 수도를 정하고 천하와 민심을 수습하자고 제의하자 사내가 성공했으면 고향으로 돌아가서 입신양명을 자랑해야지 여기 타향 함양에 머문다면 비단옷을 입고 야밤에 돌아다니는 꼴이라 묵살했다. 한생이 기가 막혀 초나라 사람들은 관을 쓴 원숭이의 꼴이라 조롱하자 항우는 그를 팽살(=삶아 죽임) 시켜버렸다.

항우의 관중포기는 신안대학살, 초의제의 시해, 이간계에 속아 범증을 내치는 사건과 더불어 항우가 초한전쟁에서 패하게 되는 가장 근본적인 4가지 요인으로 평가된다.

5. 서초패왕 항우의 논공행상

진나라의 공식적인 패망을 선언한 항우는 대륙을 무력으로 장악한 리더로서 초희왕을 황제의 지위로 승격하여 존호를 의제義帝라고 올렸는데 이는 유명무실한 직위로서 이미 모든 권력은 항우가 쥐고 있었다. 항우는 공공연히 말했다.

〈"의제는 아무것도 한 일이 없고 진나라의 멸망은 나와 나의 장수들이 이룬 일이다."〉

그리고 여러 제후들을 자기가 직접 분봉했으니 항우가 희왕을 공경하여 의제의 존호를 올렸다고는 볼 수 없다. 항우 자신은 팽성을 도읍으로 삼아서 스스로를 서초패왕西楚霸王으로 부르게 했는데 패霸라는 의미는 너무 강해서 아무도 대적할 수 없고 힘으로 천하를 평정한 최강의 인물이라는 뜻이 내포되어 있다. 이후 항우는 의제를 남쪽 장사 침류라고 부르는 변두리에 옮아가 살게 한 후 의제의 주변 인물들을 하나둘씩 제거하기 시작했다. 그리고 마침내 영포를 보내 의제를 살해하여 수장시키고 말았다.

원래 항우의 진영에는 한신이라는 인재가 집극랑이라는 말단 보초병으로서 시작하여 낭중이라는 작은 벼슬을 하고 있었다. 한신은 이미 그때부터 항우에게 몇 차례 천하안정계책을 올렸지만 항우는 한신을 우습게보고 그

제안들을 모두 다 무시하고 말았는데 이에 상심한 한신은 그길로 항우를 떠나 버리고 만다.

항우는 귀족 출신이라 삼국지의 원소처럼 겉모습인 신분과 직책을 중히 여겼으며 유방은 조조나 유비가 사람을 쓰는 바와 같이 재능이 있는 자에 한에서는 그 신분과 뒷배경을 살피지 않았다. 결국 한신은 항우를 떠나 유방에게로 갔고 훗날 한신은 항우에게 치명타를 입히는 해하전투에서 유방의 군대를 지휘하게 된다.

유방은 항우가 서초패왕으로서 천하를 분봉할 때 가장 변방인 서측의 한漢왕으로 봉해졌는데 한신은 얻은 유방은 그 해의 여름이 가기 전에 동예, 사마흔, 장한이 지키던 삼진을 뚫고 서측의 험지를 넘어 장안을 탈환하였다. 이에 항우는 정창을 한왕으로 삼아 유방을 막게 하였으나 때마침 제나라에서도 반란이 일어나기 시작했다.

6. 제나라의 반란, 초한 전쟁의 시작

항우의 분봉조치는 여러 제후들의 요구조건을 수렴하지 못했고 특히 제나라의 전영은 상당한 불만을 가지고 있었다. 전담 일족이 재건한 제나라는 건국과정에서 진승의 장초나 항량의 초나라로부터 직접적인 도움을 받지 않았고 또한 제나라를 재건할 때 전영을 반대한 세력들이 초나라로 망명하자 항량이 이들을 받아주었는데 이 일로 제나라의 전영과 초나라의 항씨 가문은 사실상 틀어지고 말았다.

전영과 전도의 내부갈등 속에서 항우가 전도의 편을 들자 전영은 항우가 세운 제북왕 전안과 교동왕 전불을 죽이고 삼재三祭를 장악하였다 또한 전영이 팽월을 회유하여 양나라 땅에서 초나라를 공격하니 항우에게는 제나라가 유방의 한나라보다도 더 먼저 반란을 일으킨 모양새가 되었고 항우는 서와 북 양진영에서 반란군을 상대해야 되는 처지가 되고 말았다.

항우는 소공각을 파견하여 팽월을 상대하게 했으나 그는 팽월에게 처참하게 패했고 마침 항우의 진영에 있던 장량이 유방은 처음 초의제가 약속한 관중 땅이 탐나서 삼진을 돌파한 것이지 항우의 초나라에 대항하고자 거병한 것이 아니니 우선 제나라부터 평정하자라고 기만책을 내놓았다. 항우는 그 말을 믿고 서쪽에서 일어난 유방의 반란을 뒤로하고 군사를 제나라로 돌려 북진하기 시작하였다.

이렇게 제나라와 전쟁을 먼저 치르는 동안 항우는 단 한 번의 싸움으로 제나라 전영의 군대를 완전히 초토화시켜버렸는데 전영은 도망치다 평원에서 평민들에게 잡혀 죽임을 당하게 된다.

항우는 제나라를 확실히 정리하기 위해 제나라의 성곽과 가옥을 모조리 파괴하고 항복한 전영의 군사들과 백성들을 생매장하고 여자와 노인들은 포로로 사로잡았다. 그러나 죽은 전영의 동생인 전횡이 남아있던 제나라 군사 수만 명을 수습하여 성양에서 결사항전을 벌이니 그 저항이 워낙 완강하여 항우는 성양을 쉽게 함락할 수 없는 상황이 되었다.

항우가 이렇듯 북진하여 제나라를 정리하는 동안 유방은 항우가

1) 신안에서 항복한 진군 20만 명을 생매장한 것과

2) 항복한 진왕 영자영을 처형한 것과

3) 자신이 존호를 올린 초의제를 암살한 것과

4) 여러 제후들에게 잘못된 분봉을 한 것을 명분으로 삼아 반反항우 진영의 리더를 자처하며 다섯 제후들과 함께 56만의 군사를 모아 본격적으로 동진을 개시하였다. 항우가 제나라 격퇴에 열을 올리고 있던 사이, 유방은 계속해서 동진하여 순식간에 항우가 없는 초나라의 수도 팽성을 점령하게 되었다.

유방의 팽성 진격

7. 팽성대전과 유방의 악전고투

사태가 이렇게 되자 항우는 제나라의 잔당들을 정리하기 위한 주력군을 부하들에게 맡겨두고 자신은 정예부대 3만 명만을 인솔하여 유방에게 점령당한 팽성으로 진격하였다. 항우가 팽성으로 진격하는 동안 항우의 정예부대는 유방의 연합군 56만을 나누어서 기습하여 초토화 시켜버리는데 19배의 전력차이로 항우가 대승을 거둔 이 전투가 바로 그 유명한 "팽성 전투"이다.

모든 전장에서 앞서나가 싸우는 항우의 괴력과 기병 정예부대의 전투능력에 맞선 유방의 연합군은 팽성의 동쪽인 곡수와 사수에서 11만 명이 희생되었고 남쪽으로 도망친 군사들은 수수에서 10만 명이 수장을 당하고 말았다.

유방의 완전한 대패였다.

그러나 항우가 한군을 초토화시켜버린 이 전투에서도 결국 유방을 사로잡지는 못하였는데 한 번은 잡히기 일보직전 갑자기 엄청난 모래 폭풍이 불어 유방이 운 좋게 도망칠 수 있었고 또 한 번은 항우의 수하 정공이라는 자가 유방을 사로잡았으나 유방의 큰 보상 약조에 놀아난 정공이 놓아주는 바람에 유방은 가까스로 사지에서 벗어날 수 있었다.

홍문의 연에서도, 이때도, 훗날 다시 초군에게 포위되어 형양성에서 겨우 수하 몇 명만 데리고 탈출할 때도, 흉노의 묵돌 선우에게 포위되어 오도 가도 못한 채 퇴로가 막혔을 때도, 사지에 몰린 절대 절명의 전쟁터에서 운이 좋기로는 유방을 따라갈 자가 드물었다.

유방과 연관된 일화에서는 이상하리만큼 이런 일들이 자주 발생했다, 이런 걸 천운이라 한다면 유방은 정말 천운이 따라 다니는 사람이라 해도 결코 틀린 말은 아닐 것이다.

항우는 자기가 직접 참전하는 전투에선 백전백승의 군신이었으니 유방은 이러한 항우에게 직접 대항하여 맞설 전략을 일찌감치 버리고 양동작전 즉 게릴라 전투로 항우의 혼을 빼놓기로 작정했다.

항우가 치고 들어오면 패배이던 작전상 후퇴이던 줄행랑을 치고 항우가 다른 곳으로 이동하면 또 뒤따라가 앞뒤로 물고 늘어지는 작전을 구사하기로 한 것이었다. 항우와 정면으로 맞붙어서는 승산이 없음을 파악했던 것이다.

항우가 유방을 상대하기 위해 남쪽 팽성으로 진격했을 때 항우가 제나라에 남겨놓은 초군은 제나라를 제압하지 못했고 전열을 가다듬은 전횡은 다시 제나라 땅에서 초군을 몰아내고 제나라를 재건하였다. 항우가 제나라에서 벌인 전쟁은 동분서주했던 항우의 수고에도 불구하고 아무 의미 없이 다시 원점으로 돌아가 버린 형국이었다. 결국 항우측 군사들의 피로도만 갈수록 늘어갔다.

팽성 전투에서 대패한 유방은 일단 형양으로 도망쳐 항우에게 저항했고 당시 초군의 기세로는 단박에 한군을 평정할 수도 있었을 법한데 항우는 인덕이 부족했던지 자업자득의 결과였던지 그때까지 항우의 진영에서 큰 역할을 하던 영포가 배신을 하게 되니 그나마 유방은 겨우 버텨나갈 수 있었다.

형양성에서의 악전고투는 실로 한군에게는 절대 절명의 시기였다. 더군다나 초군이 한군의 보급로를 끊어버리고 형양성이 거의 함락 직전까지 이르게 되자 절대적으로 불리하게 된 유방이 먼저 항우에게 강화조약을 요청하고 형양을 기점으로 동서로 초와 한의 경계를 나누자고 제의하였다.

항우도 계속되는 전쟁에 지쳐 처음에는 이 제의에 솔깃하였으나 범증이 유방은 자기가 불리할 때는 숙이고 조금이라도 사정이 좋아지면 언제든지 그 세력을 넓힐 수 있는 위험한 인물이니 그 말에 더 이상 속지 말고 이 기회에 반드시 유방을 제거해야 된다고 제안하자 항우도 그 말을 받아들여 더욱 더 가열 차게 형양성을 공격하였다.

이때 원래 항우의 진영에 있다가 항우의 인색한 포상 때문에 유방에게로 말을 갈아탄 진평이 범증과 항우를 갈라놓는 이간계를 쓰게 되는데, 항우는 결정적인 순간에 그 계책에 보기 좋게 걸려들어 범증을 버리는 실수를 하고야 만다.

협상을 위해 초나라의 사자가 도착하자 유방 측에서 처음에는 산해진미를 내놓았다가 "당신은 범증이 보낸 사자가 아니고 항우가 보낸 사자이군요."라고 하면서 그 음식들을 물리고 보잘 것 없는 음식을 내어 놓자 기분이 상한 사자는 돌아가 아마도 범증이 유방과 내통하고 있는 것 같다고 항우에게 고해 바쳤다. 어리석은 항우는 그 말을 믿고 그때부터 범증을 의심하게 되었다.

건곤일척의 승부를 결정짓는 협상의 대표로 파견된 초나라 사자의 안목이 그 정도였으니 항우의 인재사용 능력에는 분명 문제가 있었던 것으로 보인다. 항우진영에는 칼로 상대의 목을 베는 재주를 지닌 사람들을 **빼면** 지모가 있거나 지조가 있거나 왕을 대신해 상대와 탁월한 협상을 벌인 만한 교섭력을 지닌 인물은 범증을 제외하고는 이미 찾아보기 힘들었던 상황이었다고 보면 될 듯하다. 사태가 이 지경이 이르자 인재가 부족한 항우 일인―人의 수고로운 전투능력은 점점 빛을 잃어갈 수밖에 없었다.

모함의 당사자인 범증이 이를 눈치채고 절대 이간계에 속아서는 안 된다고 반복하였으나 항우는 전장에서 무시무시한 괴력으로 적진을 돌파하여 적군을 도륙하는 것에는 천재였지만 상황에 대해 진중하게 듣고 날카롭게 보고 냉정하게 판단하는 일에 있어서는 하수중의 하수였다.

범증은 책사인 자신의 말을 항우가 더 이상 들어 주지 않고 아부라고 부르던 태도에서 돌변하여 귀찮은 잔소리나 해대는 늙은이 취급을 하게 되자 고고했던 자신이 왜 괜히 속계俗界로 나와 허명뿐인 대의를 가장假裝한 전쟁에 참여하게 되었는지, 그리고 그 전쟁의 수행과정에서 무고한 사람의 생명을 대대적으로 죽이는 계책이나 꾸미게 되었는가를 돌아보며 마침내 항우를 떠나고 말았다.

범증은 그 후 등창이 난 몸으로 고향으로 돌아가던 행로(=말 위에서 떨어져 죽었다는 설도 있다.)에서 죽었다고 전한다.

범증이 항우를 떠났다고는 하나 항우는 항우였다. 협상이 결렬되고 항우가 계속해서 형양성을 공격하자 성이 함락되기 일보 직전 유방은 다시 도망가기로 작정하고 진평의 계략으로 여자들에게 갑옷을 입혀 병사들로 변장시켜 초군에게 항복하게 하는 눈속임을 하게 하였다. 그리고 그러한 항복소동이 벌어지는 사이 유방과 진평은 몇몇 수하만 이끌고 형양성 후문으로 도망쳐 버렸다.

뒤늦게 유방의 항복소동이 속임수인 것을 알아차린 항우는 유방으로 변장한 기신을 불태워 죽이고 유방이 이미 도망쳐 버린 형양성을 공략하는 것은 뒤로하고 곧바로 성고를 함락시킨 후 유방이 도망쳐 숨어버린 완읍으로 쳐

들어갔다. 그러나 유방은 또다시 완읍의 성문을 굳게 걸어 잠그고 오로지 방어에 치중할 뿐 대적할 기세가 전혀 없이 장기전에 돌입하였다.

이때 유방의 히든 카드 팽월이 항우가 유방을 사로잡기 위해 시간을 허비하고 있는 사이 초나라의 동아(=현 산동성 부근 동아현, 아성진)를 공격하여 초군의 장수 설공을 죽이고 급기야 다시 팽성까지 들이닥칠 기세로 움직이자 항우는 부득이 팽성을 방어하기 위해 팽월을 치기로 작정했다. 항우가 팽월에게로 이동하자 유방은 재빨리 완읍에서 나와 다시 성고를 탈환하고 그곳에 주둔하며 전열을 가다듬었다.

그러나 단숨에 팽월을 격파한 항우가 다시 형양성으로 돌아와 주가, 한왕 신, 종공이 지키고 있던 형양성을 함락시켰다. 항우가 끝까지 저항한 주가의 전투력과 굳은 지조를 높이 평가하여 자신의 수하로 들어올 것을 회유해 보고자 하였으나 주가가

〈"항우 너 따위는 우리 한왕의 상대가 안된다. 지금이라도 당장 항복하면 포로 신세는 면할 것이다"〉

라고 조롱하자 주가를 삶아 죽이고 종공도 같이 죽였다. 한왕 신은 거짓으로 항복하여 목숨을 보존했다가 나중에 경계가 소홀한 틈을 타서 다시 한군으로 탈출했다.

유방은 성고가 함락되기 전 하우영과 함께 도망쳐 한신의 군영으로 이동하여 한신이 잠자는 사이 한신의 병부를 강탈하여 다시 항우와 상대하려고 하였으나 이미 성고성은 함락되어버린 후였고 마침내 항우는 거칠 것 없이 서진하여 유방과의 지긋지긋한 승부에 끝장을 보려 하였다.

그러나 항우가 자리를 비운 사이 또다시 팽월이 항우의 후방을 공격하여 무려 17개성을 함락시켜버리자 항우는 하는 수없이 군사를 이끌고 팽월을

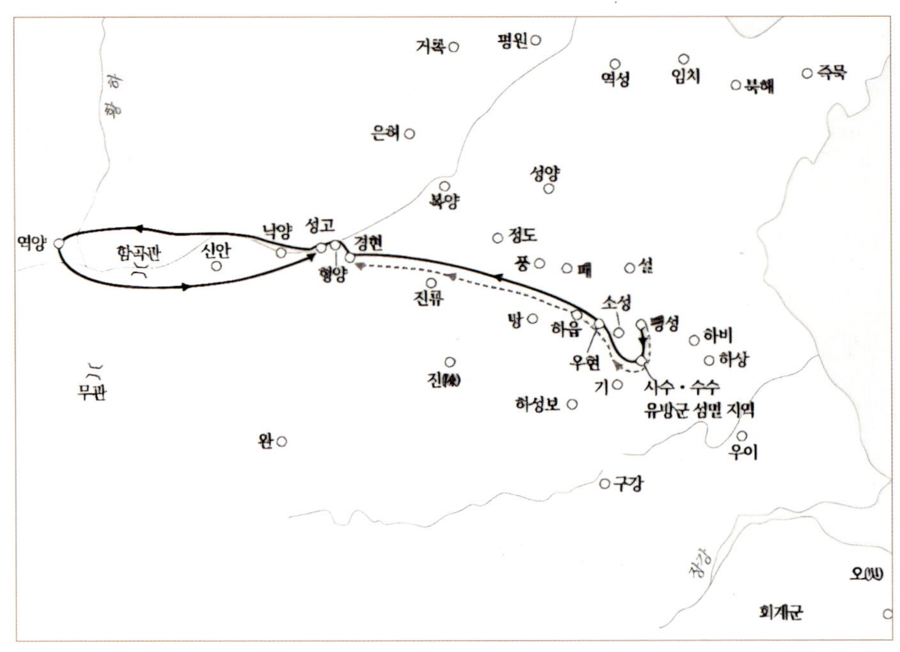

항우의 진격도(점선) 유방의 퇴각로(실선)

막기 위해 동쪽으로 진격할 수밖에 없었다.

항우로서는 절호의 기회가 날아가 버린 셈인데 이때 아마 유방에게 팽월이라는 장수가 없었더라면 유방은 항우에게 바로 사로잡히는 신세를 면하기 어려웠을 것이다. 이런 점에서 팽월은 유방의 일등공신이 아닐 수 없다. 항우는 군사를 물리면서 대사마 조구에게 자신이 팽월을 치고 돌아올 때까지 상대와 절대 결전하지 말고 성만 지키고 시간을 끌고 있어라 신신당부했다.

세작細作(=간첩)들을 통해 이 소식을 들은 역이기가 유방에게

〈"먹을 것이야말로 하늘 위의 하늘인데 항우는 어리석게도 성고에는 고작 죄수부대를 두어 가로 막으며 광무산을 굳게 지키지 않으니

이것은 바로 하늘이 준 기회입니다. 승패를 가르지 못하고 전쟁이 길어지면 백성들도 군사들도 지쳐버려 유방 당신을 따르지 않을 것이니 지금이야말로 바로 승리하는 모습을 보여줘야 할 때입니다."〉

라고 간언하자 유방은 그 말을 옳게 여겨 수비에서 공격으로 전술을 바꾸어 수비에만 치중하던 조구를 심한 욕설과 갖은 모욕으로 꼬드겨 성 밖으로 나와 결전에 임하게 하여 조구를 격파하고 성고를 수복했다.

그 후 형양성으로 돌진해 초군의 종리매를 쫓아내고 광무(=현 하남성 광무산)지역에 주둔한 뒤 오창의 양식을 확보하는데 성공했다. 광무지역은 곡창지대였다. 역이기는 전시 군사들을 먹이는 식량이야말로 전쟁의 가장 중요한 요소임을 유방에게 간언한 셈이었고 유방은 그의 말을 잘 수렴하고 바로 행동으로 옮기는 결단력을 보여주었다.

식량을 확보하고 유방이 장기전에 돌입할 수 있는 채비를 갖추게 되자 전세는 항우에게 절대적으로 불리하게 되어버렸다. 그래서 유방의 군대는 지형지물을 잘 이용할 수 있고 장기적으로 수비하기에도 좋은 광무산에 자리를 잡고 주둔하기 시작했다.

항우가 자리를 비운 사이 성고, 형양, 광무산을 확보한 유방이 전열을 가다듬는 동안 팽월을 치러 간 항우는 동진하여 진류와 외황을 공격했는데 진류가 쉽게 무너진 반면 외황은 쉽게 함락되지 않았다. 전투 중에 수세에 몰린 팽월이 밤을 틈타 도망쳐버리자 외황 사람들이 자발적으로 성문을 열고 항우에게 항복했는데 항우는 외황의 백성들이 자신을 기만했다고 여겨 언제나 그랬던 것처럼 외황의 장정 모두를 생매장 해 버리려고 했다. 이때 13세의 어린 소년이 찾아와 항우에게 말하기를

〈"팽월이 우리를 죽이려고 하여 외황의 백성들은 그저 두려워 짐

짓 항복한 척하고 대왕이 오기만을 기다리고 있었습니다. 그런데 대왕께서 오시더니 외황의 백성들을 모두 구덩이에 넣어 죽이려고 하십니다. 이렇게 되면 어찌 백성들이 대왕에게 몸을 의탁하려고 하겠습니까? 그렇게 되면 이곳 외황 동쪽의 양나라 땅 10여 개 성은 모두 대왕을 두려워하여 필사적으로 항거하지 결코 항복하지 않을 것입니다.">

항우는 이 말을 듣고 옳다 여겨 장정들을 죽이지 않고 살려주면서 그냥 항복을 받았는데 이 소식을 들은 인근의 성들이 모두 항거하지 않고 줄줄이 항복하면서 성문을 열게 되었다. 항우는 싸우지 않고 이길 수 있다는 방법을 그때서야 알게 되었지만 그것은 이미 너무 늦게 깨닫게 된 교훈이었다.

항우가 동진하여 팽월을 격퇴한 사이 조구가 자신의 당부를 듣지 않고 결전에 임하여 형양성을 잃어버리고 죽었다는 소식을 접하게 되자 항우는 다시 수고로이 군사를 이끌고 서진할 수밖에 없었으니 항우와 항우가 이끄는 군사들의 피로감은 날로 더해져만 갔다.

8. 광무 대치

팽월을 물리친 항우는 다시 형양성으로 돌아와 포위당해 있던 종리매를 구출했고 유방은 광무에 주둔했지만 광무계곡에 틀어박혀 전투에 응하지 않았다. 또다시 후방에서 유격전을 벌이며 초군의 보급선을 끊어버리는 팽월 때문에 골머리를 앓고 있던 항우는 초조하여 인질로 잡고 있던 유방의 아버지 태공을 큰 도마 위에 올려놓고 대치하고 있던 유방에게 항복하지 않으면 아비를 삶아서 죽이겠다고 엄포를 놓았다. 당시 항우의 사정이 얼마나 긴박했는지 잘 보여주는 일종의 인질극을 벌인 셈인데 이는 항우답지도 못했고 자신의 초조함만을 드러내는 꼴이 되고 말았다.

천하를 놓고 자웅을 겨루는 판에 유방이 이러한 졸렬한 술수에 넘어갈리 만무했고 대꾸하여 더욱 더 뻔뻔하게 응수했다.

〈"우리가 예전에 거병할 때 서로 의형제를 맺었는데 지금 우리 아버지를 죽이면 너는 너의 아버지를 죽이는 것과 같다. 그래도 죽이려면 삶아서 네 놈의 아비 고기국물을 나에게도 한 그릇 다오"〉

항우가 이에 분개해 진짜 태공을 삶아 죽이려 하였으나 숙부인 항백이 만류해 그만두었다.

항우가 이에 멈추지 않고 제의하였다.

〈"지금 천하가 혼란한 것은 우리 둘 때문인데 차라리 우리가 일대 일로 맞서서 이 싸움을 끝내자!"〉

그러나 유방은 항우를 무시하며 싸움을 피했다.

〈"난 힘이 아니라 지혜로 싸운다."〉

이에 항우가 장수 하나를 내보내 시비를 걸자 잠시 못 본 채 하던 유방의 진영에서는 누번이라는 활 잘 쏘는 장수를 내보내 초군의 장수를 쏘아 죽였는데 이에 격분한 항우가 완전무장을 하고 직접 나와 누번에게 고함치니 누번은 그 소리에 기겁을 하고 한군의 진영으로 바로 도망쳐 들어오고 말았다. 유방은 항우가 바로 뛰어나왔다는 사실을 알고 크게 위축되었다.

항우가 포기하지 않고 다시 나가 유방에게 말을 걸어 도발하자 유방역시 이에 응수하여 항우가 지금까지 저지른 10가지의 죄를 조목조목 열거하며 항우를 비판했다.

〈"하나. 팽성에서의 약속을 위반했다. 당초 초희왕과 제후들이 먼저 관중에 입성하는 자를 관중의 왕이 되게 한다 굳게 약속하였는데 스스로의 욕심으로 희왕과 제후들의 맹약을 묵살하고 최초로 관중에 입성한 자신을 협박하여 파촉으로 쫓아버렸다.

둘. 주군인 초희왕이 직접 임명한 송의를 왕명을 사칭하여 살해함으로써 상전에 칼을 들이대었고 초희왕과 군신들의 위엄을 무너뜨림으로서 그들의 원한을 샀다.

셋. 초희왕이 진나라로 들어가 폭행과 노략질 하지 말 것을 엄명하였음에도 불구하고 대학살로 함양을 피로 물들이고 궁궐을 불태워 파괴를 일삼으며 시황제의 능묘를 파헤쳐 보물을 착복하고 죽은 자 마저 능멸했다.

넷. 대의를 따라 명을 받고 조나라를 구원하였으나 스스로의 욕심으로 마땅히 그 결과를 초희왕에게 보고하지도 않았고 제후들을 겁박해 조나라의 관내로 들어갔다.

다섯. 진왕 자영이 이미 투항하였음에도 불구하고 별 다른 이유 없이 그를 제 멋대로 죽였다.

여섯. 투항한 진나라 군사 20만 명을 속여 신안 경내에서 하룻밤 사이에 이들을 살아있는 채로 생매장하여 유례없는 대학살을 벌이고 그들의 장수인 장한과 사마흔을 보란 듯이 왕에 봉하니 진나라 사람들로 하여금 뼈에 사무치는 원한을 자아내게 하였다.

　일곱. 자신과 가까운 사람에게는 사사로이 좋은 땅을 내어주고 왕에 봉하며, 자신과 가깝지 않은 사람에게는 공이 있음에도 아랫사람들을 농락하여 유배지를 주었다. 원래의 제후들은 벽지로 내쫓아 버리고 그 대신 그들의 수하 장수들을 왕으로 삼아 버리니 군신의 법도가 하루아침에 무너지게 했다.

　여덟. 진의 도읍을 불태운 후 자신의 마음대로 팽성으로 천도하여 그곳에 초희왕을 의제로 봉한다는 명목으로 끌고 와 감금하였다. 한왕 신의 봉지를 빼앗고 양나라와 초나라 땅을 마음대로 취하였다.

　아홉. 의로서 우리 모두가 초희왕을 섬기기로 맹세하였음에도 추악한 성품으로 결국 강남에서 의제를 살해하고 그 시체를 장강에 버렸으니 그 원통함이 하늘에 사무칠 지경이다.

　열. 군주의 자리에 있으면서 정치를 함에 공정함이 없었고 약속을 초개처럼 버렸다. 신하된 자로서 군주를 시해하고 이미 항복한 자를 죽였으며 가벼운 마음으로 신의를 저버리니 이야말로 천하가 용납할 수 없는 대역무도함이다.

　나는 정의로운 군대를 이끌고 한낱 도적을 토벌하려는 것뿐이니 너 따위는 내가 직접 나설 것도 없이 죄를 지어 군역을 하는 천한 자들과 싸우게 하는 것이 합당하다.">

이렇게 하나하나 신랄하게 말로서 공격하니 항우는 더 이상 분을 참지 못하고 미리 숨겨놓은 쇠뇌를 쏘아 유방의 맞혔다. 가슴팍에 화살을 맞은 유방은 실제로 부상이 가볍지 않았으나 "저 도적놈이 내 발가락을 맞히는구나"

라고 능청을 떨며 자신의 진영으로 달아나 버렸다.

9. 사면초가, 패왕별희, 오강에서의 단독전투, 항우의 최후

이때 항우에게 재앙에 가까운 소식이 들려왔다. 바로 한신이 북벌에 성공하여 유방이 항우와 대치하며 시간을 끄는 사이 위, 대, 조, 연나라를 모두 함락하고 제나라마저 평정 직전에 있다는 것이었다.

그러나 항우에게도 일말의 기회가 있었으니 그것은 유방의 밀사 역이기가 제나라를 언변으로 복속시켰음에도 불구하고 한신이 그의 책사 괴철의 간언을 받아들여 동맹직전의 제나라를 공격하여 버린 탓에 제나라는 한나라가 배신했다고 판단하고 역이기를 삶아 죽여 버린 일이었다. 그리고 제나라는 원수였던 항우에게 초제 동맹을 하자고 제안을 해왔다.

항우는 이 제안을 받아들여 용저에게 20만 대군을 주어 초, 제 연합군으로 한신과 대항하게 하였다. 항우가 직접 가고자했으나 항우가 자리를 비운 사이 조구가 패배해 모든 상황이 항우에게 불리하게 되었으니 이전과 같은 실수를 반복하지 않기 위해 항우는 초군 중에서 자신이 가장 신뢰하는 장수 용저를 보내기로 하였고 연합하기로 한 제나라의 전광이 다시 결성한 병력을 모두 합하면 결코 한신의 군대에 비해 불리하지 않을 것이라 판단하였다.

그러나 연전연승으로 기세가 오른 한신은 유수전투에서 초제 연합군을 대파하고 용저마저 참살시키고 말았는데 이로서 화북의 대부분이 한신의 통제안에 들어가게 되었고 한신은 사실상 항우 유방과 맞먹는 거대한 군벌로 우뚝서게 되었다.

결과적으로 용저의 대패는 항우가 급속도로 몰락하게 되는 시발점이 되고 말았다. 용저가 유수 전투에서 한신에게 패하긴 했으나 박빙의 승부였고 한

오강에서 항우의 최후

신 측의 피해도 막심하였다. 행여 용저가 한신을 막아 유수 전투에서 승리를 거두었더라면 유방의 중국 통일은 아마 없었을지도 모른다. 그만큼 두 진영의 사활이 걸린 이 전투에서 한신이 승리함으로서 대세는 유방과 한신에게 많이 기울어져 버린 상태가 되었다.

항우가 자신에게 어렵게 된 이 상황을 극복하고자 밀사 무섭을 보내 한신을 설득하여 천하를 3분하고 자신과 유방의 싸움에서 한신이 관망하여 줄 것을 제의했으나 한신은 예전에 자신이 항우의 수하로 있을 때 항우가 자기를 괄시 한 것을 기억하며 묵살해버리고 말았다.(=이때 한신의 책사 괴철이 천하3분지계를 간언했으나 한신은 섣불리 결정하지 못했고 차일피일 미루다가 화북에서 독립적인 군벌로서 우뚝 설 기회를 끝내 놓쳐버리고 말았다.)

한편 팽월이 이 와중에 양나라 쪽을 공격해 항우의 보급로마저 끊어버리니 항우는 점점 힘들어져갔다. 이후 반 년 정도 유방과의 대치상태가 지속되었으며 가왕假王 요청등으로 유방진영에 합류하는 것에 대해 늑장을 부리던 한신도 여러 고민 끝에 차마 유방을 배신하지 못하고 초군을 공격하기 시작했다.

항우의 진영을 중심으로, 서쪽에는 군량을 충분히 확보한 유방의 세력이 건재했고 한신이 북방을 점령하여 진격해 내려오고 있고 영포는 항우를 배신해 유방의 편으로 돌아서 버렸고 후방에서는 팽월이 계속 게릴라전을 펼치며 공격하니 항우는 최악의 형세에 직면하고 말았다.

이때 유방은 후공을 보내 홍구를 경계로 천하를 양분하여 서쪽은 한나라의 영토로 하고 동쪽은 초나라의 영토로 하자는 협약을 맺자고 했다. 형양 포위 때는 이 제안을 거절했던 항우였지만 보급상황이 더 나빠진 그 시점에서는 어쩔 수 없이 그 제안을 승낙 할 수밖에 없었고 사로잡고 있던 유방의 부모와 아내 여치를 돌려 보내주었다. 협약을 맺은 후 항우는 자신에게 그때까지 협력했던 제후들의 군대를 해산하고 팽성으로 되돌아갈 준비를 하고 있었다.

그런데 유방 역시 장안으로 돌아갈 준비를 하고 있을 무렵, 장량과 진평이 유방을 만류하여 지금이야말로 항우를 끝장 낼 수 있는 마지막 기회라고 간언했고 유방을 그 말을 받아들여 다시 군사를 모아 돌아가는 항우를 공격했지만 치졸하게 협약을 깨고 철수하는 상대의 후방을 공격한 것에 극도로 분개한 항우에게 고릉에서 또 다시 패배하고 말았다.

그러나 관영이 항우가 없는 초나라의 수도 팽성을 함락해 버리고 항우가 돌아갈 퇴로를 끊어 버린 후 곧바로 진성으로 향하여 유방과 대치중인 항우의 후미를 공격했다. 유방은 이에 힘을 얻어 전면에서 합공을 가세하자 항우는 전열을 가다듬기 위해 일단 물러날 수밖에 없었다.

이때 장량의 제안에 따라 유방은 한신과 팽월에게 봉지를 넓혀 주기로 약속하였고 항우의 대사마 주은을 회유하였다. 나날이 바뀌는 대세와 혼란스러운 형국에서 어느 정도 독자적인 세력을 형성하고 있던 한신과 팽월이 유방의 제의를 뿌리치지 못하고 군사를 이끌고 유방을 직접적으로 지원하기 위해 진군함으로서 마침내 항우에 대항한 모든 군사적 세력들이 연합하여 초한쟁패의 역사를 가른 해하垓下라는 곳에 집결하게 되었다.

항우의 주력군대는 결국 한신이 이끄는 유방의 연합군에게 이 해하전투에서 패배하였고 산위로 후퇴하여 농성하려 했으나 이미 대규모의 한군이 초군을 포위한 상태였으니 상심한 항우는 사면초가의 상황에서 직면했다.

항우의 초군이 하나둘씩 대오를 이탈하기 시작하자 항우의 최후를 감지한 우희는 자신이 초군의 행보에 걸림돌이 된다하여 항우가 보는 앞에서 자결하고 말았다. 우희의 죽음 앞에 절망한 항우는 그날 밤 자신을 따르던 강동 800기병만을 이끌고 한군의 포위망을 뚫고 탈출하였으나 항우가 달아났다는 사실을 알게 된 유방은 곧바로 관영을 시켜 5,000명의 기병으로 항우를 추격하게 하였다.

항우가 회수에 이르렀을 때 그를 따르는 군사는 겨우 100여 명 정도밖에 없었으며 음릉에서 길을 잃어버려 그 지역의 노인에게 퇴로를 묻자 노인이

경극 패왕별희

"좌좌左左" 두 번이나 강조하여 허튼 퇴로를 일러 주었고 늪지대에서 발이 묶인 항우는 결국 관영의 추격군과 조우하고 말았다.

항우의 100여 기병은 다시 5,000명의 추격기병을 필사적으로 물리치고 동성으로 길을 뚫었으나 그때 항우의 수하에는 고작 28기만 남아 있었다고 한다. 관영의 추격이 다시 시작되자 무슨 수를 써도 추격을 벗어날 수 없다고 여긴 항우는 남은 기병들을 4방향으로 흩어져 달아나게 하면서 소리쳤다.

〈"내가 너희들을 위해 한나라 장수의 목을 베겠다."〉

항우가 크게 고함치고 적진으로 달려 나가자 한군은 모두 엎드렸고 실제로 항우는 한 장수의 목이 날려버렸다. 이어 한군의 적천후 양희가 항우에게 대적하려 나섰지만 항우가 고함치며 칼을 휘두르자 양의와 양의의 말이 놀라 도망치고 말았다.

항우가 초인적인 기세로 추격대를 흔들어 놓자 사방으로 일시 흩어졌던 항우의 기병들이 다시 모였으나 또 다시 대오를 수습한 한군이 포위망을 점점 좁혀왔고 항우는 계속 도망쳐 오강에 이르렀는데 오강의 정장이 항우에게 배를 타고 도망쳐서 훗날을 도모하라고 간언하였다.

그러나 항우는 그의 제의를 거절하고 오추마를 정장에게 하사하며 그때까지 살아남아 자신을 따르던 기병들을 도강시켜 도망치게 하라고만 명령했다.

〈"나는 그대가 장자임을 알겠다. 나는 지난 5년간 이 말을 타고 다니면서 이르는 곳에 대적할 사람이 없었고 하루에 1,000리를 달릴 수 있었다. 이제 내가 차마 죽일 수 없으니 그대에게 이 말을 맡기겠노라."〉

그리고 본인은 오추마도 없이 큰 칼 하나만 차고 한군들이 추격해 오는 길을 향해 거꾸로 되돌아가 관영의 추격군과 직접 마주치게 되었는데 이때 항우는 혼자서 한군 100여 명을 다시 베었다.

그러나 결국 이미 지치고자신도 여러 곳에 부상도 입은 터라 여마동, 왕예, 여승, 양희, 양무에게 자신의 시체를 가져가 유방에게 포상을 받으라고 말하고 평생 남을 베던 자신의 칼로 자기 목을 그어 버리고 말았다.

〈"내가 들으니 한왕이 내 목을 1,000금과 10,000호의 봉지로 사려 한다고 했다. 내 그대들에게 은혜를 베풀어 주겠노라."〉

앞서 밝힌 바와 같이 항우의 시체는 5조각으로 나누어져 유방에게 보내졌고 훗날 유방은 항우의 시체조각을 가져온 5명에게 골고루 포상금과 봉지를 나누어 주었다고 한다.

항우는 30세의 젊은 나이로 파란만장했던 그의 인생에 스스로 종지부를 찍으며 역사 속에서 사라지고 말았으니 항우가 자결함으로서 초한 쟁패는 유방의 승리로 끝이 났다.(=BC 202년)

항상 항우에게 쫓기기만 하였던 유방은 수많은 전선을 돌아다니며 얻은 몸뚱아리의 상처와 항우에 대한 정신적인 트라우마를 뒤로 하고 드디어 천하의 주인이 되었다.

항우와 유방, 한때 호형호제하는 동지로 시작하여 끝내는 적이 되고 말았으니 땅만큼이나 두꺼웠던 그들의 욕망처럼 그 둘은 결국 하나의 하늘을 바라보며 천하를 둘로 나눌 수 없는 영웅들이었다.

항우의 나라였던 초나라 사람들도 항우가 죽었다는 소식에 모두 항복 하였는데 한때 봉토였을 뿐인 노현 지역의 사람들이 항우와의 의리를 지키기 위해 결사항전의 의지를 표명하며 끝까지 한군에게 저항하자 유방은 항우의 잘린 목을 내어주며 노현 땅의 항복을 받는 조건으로 항우를 후히 장사 지내 주기로 약조하였다.

초한쟁패에서 항우 없는 유방이 없고 유방 없는 항우는 있을 수 없는 법, 훗날 항우의 장례식에서 울기도 한 유방은 남아있는 항우의 일족과 투항한 초나라 사람 모두를 노나라 사람들과 마찬가지로 관대하게 대우해 주었고 항우를 노공魯公에 봉하였다. 그러나 후대에 이르러 항우는 대역사가 사마천에 의해 공의 반열인 〈세가〉가 아닌 천자의 반열 〈본기〉에 기록 되게 된다.

10. 항우에 대한 평가

〈"항적과 같은 자는 이利를 가질 수 없다. 범증을 얻고도 쓸 수 없었고, 진평을 얻고도 쓸 수 없었고, 한신을 얻고도 쓸 수가 없어 그들 모두가 원망하며 돌아서서 버리고 떠나게 했다.

단지 필부의 하찮은 용기로 도전하는 중에 자웅을 가리고자 했으나, 힘과 세력이 곤궁해지는 지경에 이르렀는데도 오히려 달려 나가 상대 장수 한 두 명을 더 죽이는 것만으로 사지에 힘이 있음을 보여주었으니 이것이야 말로 초가 천하를 잃은 까닭이다. 그런즉 항적이 망할 때 어찌 하늘을 원망할 수 있겠는가?"〉

윗 문구는 주자(=주희)가 존경한 남송의 대학자 범준이 그의 저서 〈향계집〉에서 항우를 평가한 글이다.

간략한 문장이긴 하나, 오강을 건너 훗날을 도모하지 않고 오추마를 정장에게 내어주고 친히 홀로 나아가 적군의 장수 한 두 명의 목을 더 베는 것으로 남은 용력을 보여주며 자신의 목을 보시하듯 적군에게 내어주고 마는 항우를 필부의 하찮은 용기를 가진 그릇으로 폄하하고 있는 것이다.

범준은 항우의 어린 시절부터의 고질적인 단점인 참을성 없는 근시안적인 판단을 질책하며 항우의 패배를 자업자득의 결과로 보고 있다.

역발산기개세의 항우가, 한때 천하를 호령했던 항우가 "왜 단 한 번의 패배로 유방에게 졌을까?"를 찬찬히 분석해보면 항우의 강한 외면에 반해 그가 끝내 패배할 수밖에 없었던 한가지의 뚜렷한 내면적 성향이 잘 드러난다.

흔히들 쓰는 속된 표현 중에 "쪽 팔린다"라는 말이 있다. 사투리 같지만 엄연한 표준어이고 쪽은 면面, 즉 얼굴을 뜻하므로 "얼굴 팔린다", "얼굴 부끄럽다", "체면이 손상 된다" "수치스럽다"런 의미이다.

항우와 유방은 쪽 팔리는 것에 대한 기준이 달랐다. 한신과 유방이 전체적인 그림을 위해 미래를 위해 대의를 위해 쪽 팔리는 것을 감내한 반면 항우는 전체고 미래고 대의고 간에 그런 것들은 모두 남들의 이야기이고 자기 기준에 쪽 팔린다고 생각하는 것에 대해서는 오늘 죽더라도 하지 못했고 내일 다시 생각해보지도 않았다.

할 줄 몰랐다는 표현이 정확하다. 예나 지금이나 영웅호걸, 기인奇人, 재사才士, 장군, 정치인, 유명 연예인, 글로벌 기업 CEO들에게는 이미지 메이킹이라는 것이 있다. 항우가 스스로 쌓아온 이미지 메이킹은 우리가 익히 아는 그 방향, 오로지 그 한 방향뿐이었다.

나의 아버지께서는 살아생전 내가 어릴 적 종종 "항우가 고집 때문에 망했다더라."라는 말씀을 자주 하셨다. 내가 처음 그 말을 들었을 때 나는 초등학교 1~2학년생으로 〈초한지〉를 읽어 본 적이 없었고 항우와 유방의 스토리도 잘 알지 못했던 터라 그저 항우라는 사람이 누군지는 잘 몰라도 참 고집이 센 사람이었구나, 또는 항우의 고집과 발음이 얼추 비슷한 "황소고집"이라는 단어가 막연하게 머릿속에 떠오르기도 해서 항우와 황소의 이미지가 중복되기도 했었다.

나의 아버지께서 초한지를 한번쯤 읽어보셨는지 그렇지 못했는지 알 수는 없으나, 내가 그 말을 어릴 적 아버지로부터 들었듯이 아마 아버지께서도 어릴 적부터 할아버지나 할머니 또는 마을의 손위 어른들에게 그렇게 들어왔다는 듯이 고집이라는 말과 연관되는 대목에서는 언어적인 습관처럼 항상 이렇게 말씀하시곤 하셨다.

〈"항우는 고집 때문에 망했다."〉

그러했다. 나의 아버지와 할아버지의 상투적인 문구처럼 황소같은 항우는 전략이 없었고 참을성이 부족했고 남의 말에 귀를 기울이지 않았고 자신의 용력과 판단만을 과신했고 쪽 팔리는 것을 참지 못했다.

그래서 70번 싸워 70번이나 이겼지만 마지막 전투에서 패하자 수치심에 절망하여 차분히 인내하며

항우

훗날을 도모하지 못하고 자신에게 스스로 고집스런 즉결처분 내림으로서 장엄한 종말을 맞이하고 말았던 것이다.

지금 내 눈앞에 30세 즈음의 항우가 있다고 상상해 본다. 지금의 내 나이에 비교하자면 28세쯤 연하일 것이다. 패배라는 것을 도저히 용납할 수 없었던 자존심과 고집으로 똘똘 뭉쳐진 오래된 성벽 같은 어떤 젊은 사나이가 아무 말도 없이 우두커니 서 있다.

변명이나 표정도 없다.

그를 직접 본적이 없기에 석상 같은 그의 모습이 깨어져 어긋나 버린 유리창에 얼핏 슬프게 그려질 뿐 범준이 〈향계집〉에서 항우를 짧게 평가한 것과 달리 나도 딱히 항우에게 다르게 할 말이 없다.

피차 낳이 없기에 항우를 위한 변명을 한번쯤 쓰고 싶다는 생각을 예전부터 가끔씩이나마 하게 되었는지도 모를 일이다.

1) 군사적 능력

〈"초나라의 전사들은 한 명이 열 명을 당해내지 못하는 사람이 없었고 그들이 부르짖는 소리는 천지를 진동했다. 여러 제후들의 군사들은 하나같이 모두 초군을 두려워했다. 이에 이미 진나라 군대를 격파한 항우는 제후들을 불러 모았는데 원문으로 들어오는 제후들의 장수들 중 무릎으로 기어서 입장하지 않는 사람이 단 한 사람도 없었고 어느 누구도 감히 항우의 얼굴을 올려다 똑바로 쳐다보는 사람도 없었다."〉

항우가 조나라를 도와 진나라 군대를 격퇴하고 여러 제후들을 불러 모았을 때를 묘사한 〈사기 항우본기〉의 기록으로 항우의 카리스마와 지휘능력이 잘 나타내는 대목이다.

흔히들 항우를 서초패왕이라 부르는데 패霸왕이라는 단어는 춘추오패의 유래와도 같이 제후들 중에서도 단연 돋보이는 능력과 위세를 바탕으로 천하를 호령하는 대표자에게 주어지는 칭호였다. 항우가 비록 결과적으로는 유방에게 졌지만 그의 최전성기 때 군사적 능력만큼은 중국 역사상 당대의 항우를 능가하는 인물이 없을 만큼 최고였다. 그는 개인전투능력을 겸비한 대규모 군대를 이끄는 최강의 군사지휘관이었다.

화약과 화포가 없었을 당시의 전쟁은 그야말로 날카로운 창칼의 시대, 완전한 냉병기의 근접 전쟁이었다. 따라서 선두에서 군대를 지휘하는 장군의 역량과 통솔력 그 자체가 군 전체의 사기, 나아가서는 전투의 승패에 결정적인 영향을 미칠 수밖에 없었다.

거록 대전(=항우는 거록에서 아홉 번 싸워 아홉 번을 연달아 이겼다.) 팽성 대전, 고릉 전투에서 항우는 적은 군사의 수로 상대적으로 서너 배, 때로는 스무

배에 가까운 상대방을 모두 궤멸시켰으며 적들은 항우가 선봉에 서서 돌진해 온다는 소리만 듣고도 전투를 내팽개치고 도망치기 시작했다는 표현이 여러 역사서에 기록되어 있다.

최후의 항우와 그를 따르는 28기를 잡기위해 용장 관영이 정예 5,000기병을 이끌고 대적했다는 사실과 오강에 이르러 항우가 말도 타지 않고 혼자서 추격하는 한군 100명을 베었다는 기록으로 미루어 항우를 상징하는 대표적인 문구인 만인지적, 역발산기개세라는 말이 결코 헛된 표현이 아님을 짐작할 수 있다.

초한 전쟁 당시의 군대는 사실 오랫동안 잘 훈련된 정예부대라기보다는 그때그때 상황에 따라 급조된 병력들이 대부분이었을 것이다. 일반 농민에서 차출되거나 전쟁포로 또는 죄수들로 구성된 군대였다는 이야기이다.

이런 군대조직일수록 항우처럼 압도적인 카리스마를 가지고 모든 전투의 선봉에 서서 탐색전 없이 장수, 군졸을 가리지 않고 맞서는 상대 모두를 다 베어 버리면서 종횡무진 진격하는 지휘관이 있다면 그가 이끄는 군대의 사기는 미루어 짐작할 만하고 전투의 승패도 전투의 시작과 동시에 초반 기세 싸움으로 이미 끝이 나 있었다고 보여진다.

항우는 약관의 나이로 거병한지 거의 2년도 되지 않아 진의 멸망을 확정짓고 유방을 포함한 여러 제후들을 무릎 꿇게 하여 중국의 패자霸者로 군림했다. 인류 전쟁사를 통틀어 이토록 단기간에 항우만큼 무지막지한 전공과 군사적 성과를 쌓아올린 지휘관은 찾아보기 힘들다.

그리고 전성기 항우가 이끄는 주력기병의 돌파능력은 과히 대적할 상대가 없었다는 것이 대부분 역사가들의 이견 없는 공통적인 견해이다. 항우의 기병부대는 팽월과 유방이 동서 양진영에서 대적해 올 때도 그야말로 동분서주 종횡무진이었다. 적들은 항우의 후미를 치거나 앞에서 아우성만 치다가 그가 나타나면 잽싸게 도망을 칠 뿐 그의 전면에 당당히 맞서 싸우는 자는 없었다.

"물러날 곳 없이 최선을 다해 활로를 뚫고 오늘 하나뿐인 이 전투에 모든 것을 건다."라는 한신의 전략이 "배수의 진"이라는 인구ㅅㅁ에 회자되는 문구로서 유명하다고는 하나, 사실 이 전략은 항우가 조나라를 도와 진나라를 치기 위해 출정하여 장하를 건넜을 때 먼저 사용한 가장 항우다운 캐릭터에서 나온 파부침주破斧沈舟(=오늘 저녁 해먹을 솥을 부서 버리고 타고 돌아갈 배를 침몰 시켜버린다.) 전략이었다.

항우는 자신이 직접 치러낸 모든 전투에서 승리하였고 군사의 수, 보급, 군량등 여러 상황이 전적으로 불리했던 마지막 해하전투에서도 한신에게 측면이 뚫리기 전까지 선전했지만 "하늘이 나를 버렸다"는 그의 표현처럼 마지막 전투에서 그는 그를 버리고 말았다.

해하전투 이전까지 단 한 번도 패배하지 않았던 항우가 정치적으로나 대중적으로나 그렇게 실패만 거듭하며 인물난, 군량난, 보급난에 허덕이면서도 유방의 연합군 세력과 그나마 끝까지 자웅을 겨룰 수 있었던 것도 알고 보면 항우의 군사적 재능과 그의 탁월한 선봉능력에 있었다는 점을 우리 모두는 인정할 수밖에 없다.

전쟁이라는 큰 이벤트의 틀에서 보면 작게는 전투, 나아가 점점 크게는 전술, 전략, 대의명분과 연계된 민심등의 여러 요소들이 승패의 결과에 맞물려 있다고 볼 수 있겠으나 굳이 항우를 위한 변명을 하지 않더라도 항우가 2,200년 동아시아 전쟁사 최강의 전투적 인간이었다는 것을 부인할 사람은 아무도 없을 것이며 그가 스스로 죽기 전까지 유방을 포함한 모든 적들에게 항우는 말 그대로 머릿속에서 떠날 수 없는 살아있는 공포 그 자체였다고 봐도 무리가 없을 것이다.

2) 정치적 능력

〈"사람들이 초나라 인간들은 원숭이의 꼴을 하고 갓을 쓰고 사람 행세를 한다고 하던데 과연 그러하구나!"〉

이 말은 "사내가 명성을 얻고도 고향으로 돌아가지 않으면 비단옷을 입고 야밤중을 걷는 것과 무엇이 다르겠냐?"고 하며 항우가 서초의 고향으로 금의 환향 돌아가겠다고 할 때 한생이라는 참모가 중국 대륙 최고의 전략적 요충지인 관중을 버리고 팽성으로 도읍을 옮기면 결국 망하게 될 것이라 한탄하며 항우의 어리석음을 비꼰 말로 기록되어 있다.

한생의 말이 맞았다. 항우가 패권을 잡기 이전에도 주나라의 호경, 진나라의 함양, 훗날 한나라의 장안(=시안)에서 보듯이 패자霸者들은 모두 한결같이 관중 땅에 도읍을 정했다.

서쪽으로 황하, 북쪽으로는 위수가 막아주며 진령산맥에 성벽처럼 둘러싸인 분지지역으로 관중關中이라는 표현이 말해주듯이 소관, 산관, 무관, 함곡관 이렇게 4개 관문의 가운데 위치하고 있는 그 땅은 4관을 이용한 적군 방어에 용이한 천혜의 요새로서 황하와 위수로부터의 농업 생산성이 뛰어난 그야말로 한 국가의 수도로서는 가장 안성맞춤인 지역이었다.

주 호경, 진 함양, 한 장안이 이름만 다르지 결국 모두 같은 지역을 칭하는 것이며 중국 역사상 무려 13개 왕조의 수도가 있었던 곳으로 "관중을 얻는 자가 곧 천하를 얻는다."라는 말이 있을 정도로 관중은 요지중의 요지였다.

그러나 항우는 위에서 말한 안량한 금의환향 운운 하며 사방으로부터 천하를 지키고 곡창지대를 확보하여 자신의 터전을 확고히 다질 수 있는 절호의 기회를 놓쳐버리고 말았을 뿐만 아니라 관중땅의 중요성을 역설한 한생이라는 인재를 결국 삶아 죽여 버리고 말았으니 항우는 그의 뛰어난 군사적 능력에 반하여 정치적인 식견이나 사람을 파악하는 안목은 무척 부족했다고 여겨진다.

전투는 주력부대를 이끌고 지휘관 혼자서도 할 수 있는 것이지만 정치나 외교는 절대 그러하지 아니하다. 항우가 패권을 잡았다고는 하나 형식상 주변6국의 여러 제후들과 연합하여 진나라를 멸망시킨 것이었고 해내海內의 모든 정치적 불안요소가 완전히 제거된 상황이라 볼 수도 없었다.

항우는 자신의 군사적 권위를 바탕으로 여러 제후들에게 외교적인 역량을 발휘하면서 주변 사람들의 의견에 귀를 기울이는 모습을 보여 줬어야만 했다.

그러나 항우는 싸우지 않고도 이길 수 있는 상황에서 수고로이 싸워서 이겨놓고도 그 지역 백성들을 끝내 아우르지 못하였다. 수만 명, 경우에 따라서는 수십만 명을 생매장 시켜버리고야 마는 대학살을 저지름으로서 장악한 지역의 백성들과 포로들을 또 다시 자신이 처리해야할 잠재적인 적들로 만들어 버렸다.

나라의 근간이 되는 백성을 다 죽여 버리면 영토를 차지한 이득이 결국에는 사라진다는 것을 몰랐던 것이다.

그리고 한때 수하였던 여러 인물들마저도 끝내 사용하지 못했다. 범증이라는 소중한 개국공신을 질투심과 소통부재로 내치고 말았고 한신, 진평, 팽월, 경포등과 같은 인물들도 천하를 놓고 다투는 큰 싸움을 벌이는 판에 자기편에서 적으로 만들어 버리는 큰 실수를 범하고 말았다.

부하였던 그들과 끝내는 서로 칼 끝을 겨누는 처지가 되고 말았다는 의미는 단순한 수치상의 손실이 아니라 전쟁을 치루는 대의와 명분 그리고 시시각각 변하는 전쟁의 양상 속에서 리더가 이끌어내야 할 연합세력의 구축등을 고려한다면 돌이킬 수 없는 손실을 이미 초래하고 있었던 것이라 봐야 한다.

유방이 초한쟁패의 후반부에 항우와의 전면전을 피하고 지구전에 돌입하면서 형양을 중심으로 여러 제후들을 하나둘씩 자기편으로 끌어 모은 뒤 사방팔방으로부터 공격을 벌인 것에 비해 항우는 일단 눈앞에 있는 적을 궤멸시킨다는 근시안적인 안목만을 가지고 있었다.

유방아 큰 그림을 그려놓고 전술, 전략적인 전쟁을 수행했다면 항우는 전투의 관점에서 전쟁을 벌인 것으로 보아지는데, 이는 모두 유방에 비해 항우가 사람을 다루는 능력, 주변 정세를 파악하는 능력, 외교적으로 소모전 없이 실리를 구하는 능력, 남으로하여금 자기 수고를 덜게 하는 능력과 같이 종합적으로 보면 정치적 안목이 부족해서 생긴 결과라고 볼 수 있다.

유방도 의심이 적은 사람은 아니었지만 중대한 선택의 귀로에서는 참모들의 의견을 경청한 후 과감히 그들의 말을 따르거나 이보전진을 위한 일보후퇴를 하며 때로는 부하장수에게 자기가 장악하고 있는 것보다 더 많은 땅이나 군사를 내어주었던 반면 항우는 끝내 모든 일을 자기 혼자서 다 해야 할 만큼 의심이 많은 인물이었다.

수고로운 항우가 혼자서 동분서주하면서 자신이 직접 나선 개별적인 전투에서만 승리를 쌓아가는 동안 초군의 전체적인 전선은 이미 무너져가고 있었고 광무산에서의 대치가 이루어지기 직전까지 항우는 그것을 깨닫지 못했다.

아울러 항우가 저지른 실수 중 가장 치명적인 정치적 실수는 진나라를 멸망시키고 서초패왕의 자리에 올랐을 당시의 상황에서 자신이 추대한 초의제를 살해해 버린 사건이었다. 물론 의제는 숙부인 항량이 직접 찾아가 모셔온 인물이었지만 항량과 항우는 한 몸이었으며 특히나 항량이 죽은 후로부터는 항우가 항량의 적통 계승자였기 때문에 항우는 끝까지 의제라는 인물을 통해 초나라 백성들과 초나라의 상징성을 수호했어야만 했다.

자신이 추대한 정통성의 상징을 자기 스스로가 부정하고 말았으니 그때까지 항우를 리더로 따르고 있던 모든 제후들에게 의제를 살해해버린 항우는 상황만 달라지면 언제든지 그들로부터 도리어 역적으로 취급되어 타도의 대상이 될 수도 있다는 의미였다. 그리고 그 점을 재빠르게 간파한 유방은 항우의 의제 살해를 크게 비판하며 항우에게 대적할 연합세력을 규합하는 명분으로 이용하고 있었다.

오늘날까지 대부분의 역사가들도 항우의 가장 큰 패착 원인을 "의제시해 사건"에서 찾고 있다. 의제는 군주였고 항우의 주군이었다. 아무리 세력이 강했다고는 해도 항우는 우선 의제의 신하였다. 신하가 주군을 죽었다는 것은 유교를 떠나 다른 여타 제가백가의 사상에서도 중국사회의 가치관에서 보면 어떠한 명분으로도 용납될 수 없는 행위였다. 더군다나 의제는 맹자가 논한 역성혁명의 빌미를 제공했던 하걸왕夏桀王이나 은주왕殷紂王같은 폭군도 아니었다.

만약 초한쟁패 기간 내내 동안 항우가 의제를 계속 모시고 있었더라면 중국 전역의 제후나 백성들에게 항우와 유방의 전쟁은 유방이 의제에게 모반을 일으켜 싸우고 있는 형국으로도 비춰졌을 것이다. 그리고 의제가 살아있는 동안 초한쟁패에서 유방이 승리했다 할지라도 의제가 계속 그 자리를 보존하기는 어려웠을 것이라고 짐작된다.(=유방의 한나라 개창 직후 숙청 역사를 보면 그의 권력욕이 결코 항우와 다르지 않다는 것을 잘 알 수 있다.)

유방의 입장에서 보면 항우의 의제 시해는 항우에게 대적할 수 있는 파촉에서의 동진 명분을 제공해 주었을 뿐만 아니라 훗날 유방자신이 손수 처리해야 될 의제를 항우가 먼저 제거하고 말았다는 점에서 결국 항우는 유방의 수고를 덜어 준 꼴이 되는 것이다.

〈"나를 망하게 한 것은 하늘이지 내가 싸움을 잘못한 것은 아니다."〉

항우가 죽기 전에 남긴 마지막 말이라 한다.

내게 이 변명은 항우는 죽을 때까지 자신이 무엇을 잘못했는지 여전히 잘 모르고 있었다는 의미로 들린다.

그가 평정한 지역의 백성들과 포로들, 그를 한때 도왔던 여러 인물들, 그 수많은 개개인의 생각들이 하나둘씩 모여 결국 "민심"이 되고 그 "민심"이 모인 총체가 종국에는 자신이 원망한 바로 그 "하늘"이라는 것을 몰랐다는 뜻이다.

이것이 항우의 가장 큰 허물이었고 하늘로부터 버림받은 항우는 끝내 하늘을 원망하며 사라졌다.

3

모든 것을 담는 텅 빈 허공의 그릇
한고조漢高祖 유방劉邦

1. 개요

거병 후 패공沛公 또는 초한 전쟁당시 한왕漢王으로 불리었으며 중국 한나라의 제1대 황제이다, 묘호는 태조太祖인데 사마천이 〈사기〉에서 고조高祖라 칭한 후 일반적으로 한고조漢高祖또는 한고제漢高帝라 부른다.

성은 유劉, 자는 계季, 휘는 방邦이다. 어릴 적부터 불리던 유계(=셋째 아들 혹은 막내 아들이란 뜻.)보다는 오늘날 흔히 유방으로 불리는데 이는 즉위하고 나서부터 사용한 것으로 보인다. 〈사기〉의 기록에는 방邦이란 표현은 없고 후한의 학자 순열이 지은 한기漢紀 이후로 주로 유계 대신 유방으로 표현되고 있다. 순열은 방邦을 국國의 의미라 하였다.

중국 역사상 최초의 평민 출신 황제로서 기존의 지배계층이었던 제후나 귀족, 명문 군벌 출신이 아닌 피지배계층에서 황제의 자리까지 오른 인물로서 초한대전에서 숙적 항우를 물리치고 천하를 차지하였다.

1,500년 뒤에 명 태조 주원장이 일개 평민, 탁발승의 신분에서 황제의 자리에 올랐던 경우가 있었다고는 하나 한고조 유방에 비할 바 못되고, 당시 유방의 황제등극은 고대국가에서는 그 유례를 찾아보기 힘들 정도로 입지전적인 인물이다.

제위에 오른 이후 각처에서 일어난 이성왕異姓王들의 재再반란을 평정하고 400년 대제국 한나라의 기틀을 열었다. 중화문명의 한족漢族이라는 정체성을 확립한 인물로서 중국의 중시조로 불리기도 한다.(=중화종한조래中華從漢朝來 한시이조하漢是而條河 중화는 한나라에서 시작된 것을 따르고 한나라 시대의 문화는 큰 강처럼 중국대륙에 면면히 흐른다.)

추정 BC 247년 패沛땅 풍읍의 중양리(=현 강소성 서주시 패현)에서 가난한 농부의 셋째아들로 태어났으며 BC 195년 장안(=현 섬서성 서안시) 장락궁에서 사망하였다.

제3강에서야 비로소 유방이라는 인물을 다루게 되지만 사실 〈초한지〉는 유방이라는 우뚝 선 어느 사람에 관한 이야기이다. 신약 성경의 알파와 오메가가 예수라는 인물에서 시작하여 예수라는 인물로서 정리되듯 〈초한지 인물강해〉라는 본 저술의 9할도 약 2,200년 전 중국이라는 땅덩어리에 살았던 유방이라는 한 사람에게로 끝내 집중될 수밖에 없다. 이 사람을 설명하기 위해 여러 사람들이 등장했다 해도 결코 틀린 말이 아니며 한漢나라가 성립되는 과정에서 다른 사람들의 이야기는 결국 이 사람의 이야기와 연관되지 않을 수 없다.

앞서서도 밝혔듯이 초한전쟁의 배경, 경과, 결말은 "들어가기"에서 사건이 일어났던 순서대로 간략 소개한 후 상세한 것은 주로 "제2강"에서 항우의 전쟁경로를 따라가듯 풀어나갔으므로 유방이 치러낸 초한전쟁의 양상은 "제2강"에서 살펴본 내용과의 중복을 피하기 위해 과감히 생략하고 본 강에서는 유방이라는 인물의 캐릭터 그리고 그를 둘러싼 주변 인물들과의 관계를 위주로 풀어가기로 한다.

2. 출생과 성장기

유방은 항우와 마찬가지로 초나라 사람이었다. 그가 태어난 풍읍은 원래 송나라 땅이었으나 유방이 태어나기 전 송나라가 초나라에 멸망하면서 초나라에 속하게 된 지역으로 유방의 부친이 난세에 패현으로 흘러 들어와 그 후 풍읍 중양리에 정착하였고 그곳에서 유방이 태어난 것으로 보고 있다.(= 유방 아버지의 선대가 비리사건에 연루되어 패택沛澤, 풍읍으로 도망쳐왔다는 기록도 있다. 패택은 지명이 말해주듯 습지, 늪지의 변두리 지역으로 은신하기에 좋은 곳이었다.)

유방의 아버지 이름은 유태공劉太公, 어머니의 이름은 유온劉媼이었는데 "태공"은 그냥 어느 집 할아버지, 나이 든 아버지, 아저씨라는 뜻이고 "온"도 그냥 할머니, 노파. 아주머니, 나이든 어머니 등을 나타내는 말인 "오媼"의 동의어이므로 유방의 부친과 모친은 딱히 이름이 없는 신분의 사람이었다고 보는 것이 상식적이다. 지방 사투리로 치자면 유씨 집 할배 할매, 그것이 그들이 평생 사용한 이름이었다.

마찬가지로 계季라는 유방의 자字에서도 알 수 있듯이, 유방의 형들도 유백(=첫째), 유중(=둘째)이라는 이름이외에 별 다른 호칭이 없었던 것으로 보아 유계는 그저 유씨 집 셋째 정도의 의미였으니 유방이 태어날 당시 그들 가족은 평민이라 부르기에도 조금 모자라는 그 정도 부류였다고 보여 진다.

유방의 출생에 관해 전해 내려오는 특이한 이야기로는 유방의 어머니 유온이 연못가 근처에서 쉬다가 잠시 잠이 들었을 때 문득 뇌성벽력이 치고 하늘이 시커멓게 변했는데 유방의 아버지 태공이 지켜보는 가운데 유온의 배위로 교룡蛟龍(=큰뱀, 이무기)이 기어 올라가고 있었고 그 후 태기가 있어

아들을 낳으니 그가 바로 셋째 유계였다는 것이다.

이 이야기는 조금씩 각색되어 여러 버전이 있을 정도로 꽤나 유명한 이야기이기도 하며 유방의 출생을 이야기할 때 거의 빠지지 않는 레파토리로서 전체적으로 공통되는 내용은 사방이 어두컴컴

유방

해졌을 때 교룡이 유온을 범하여 유방이 태어났다는 맥락이다.

굳이 전문적인 지식이 없을지라도 종속과목강문계種屬科目綱門界안의 파충류와 포유류가 오래된 진화과정 속에서 오래전이라 말할 수도 없을 만큼 이미 오래전에 생물학적으로 2세를 같이 생산할 수 없는 생물분류군으로 결별했다는 사실을 우리 모두는 잘 알고 있다.

100조개나 되는 사람의 세포 안에는 각각의 핵核이라는 것이고 있으며 그 핵에는 46개의 염색체가 있어 그중 23개는 생물학적으로 동종同種인 아버지로부터 23개는 동종의 어머니로부터 받은 것이라는 것을 파악해버린 오늘날의 우리는 이 이야기의 진위성을 논하기 위해 단 1초의 시간이라도 허비할 필요가 전혀 없다.

그러나 우리는 이러한 날조된 이야기가 유방 측의 의도적인 목적이든 아니면 주변 사람들의 풍문에 의해서든 왜, 어떻게, 지속적으로 줄기차게 생명력을 가지고 전해져 내려왔는지를 주시해 볼 필요가 있다.

본인이나 측근이나 혹은 유방의 후손이나 유방 측에서 이 이야기를 유포시켰다면 그것은 단 하나의 목적으로 귀결된다. 그것은 바로, 마침내 황제가 된 유방에 대한 특별한 신화성의 생산이라는 의도가 개입되었다는 것이다.

오늘날에도 호사가들의 입에 오르내리는 어느 위인의 태몽이나 어릴 적에 나타났다는 특별한 징조 같은 것들에 대해서는 실제의 사실과는 다르게 후대의 과장들이 많이 포함되어져 있다. 과장에 과장이 더해질 때 우리는 보통 그것을 날조라 부른다.

나는 개인적으로 그리스 신화에 나타나는 수많은 제우스의 아들, 특정 신의 아들에 관한 이야기 그리고, 반신반인Hemi-Theo들의 영웅적 모험담들은 사실상 어느 한 지역을 장악한 신흥세력이 그들의 정통성을 정당화하려는 의도에서 유포시킨 스토리(=Story, 지어낸 이야기)가 줄기차게 입으로 전해진 것들이 그 뿌리라고 보고 있다.

예를 들어 어느 씨족 혹은 부족집단이 무력으로 어촌지역, 항구 지역을 장악했다면 자신들이 바다의 신, 포세이돈의 후손이라는 그럴듯한 신화적인 스토리를 만들어 내고 피지배계급으로 하여금 꾸준하게 그것을 믿게 만든다면 그 지역에서 지배계급 노릇 하기가 훨씬 더 수월했을 거라는 이야기이다.

이런 식으로 본다면 신들의 제왕격인 제우스가 이곳저곳에서 정실의 아내, 여신 헤라 이외의 숱한 여인들과 동침을 하여 영웅적인 자식을 낳았다는 풍문이 생산된 이유는 너무나도 자명해진다.

제우스의 신적인 권위와 위대한 족보를 살짝 빌린 그 누군가들 덕택에 제우스는 헤라의 질투(=기존 질서를 유지하던 이전 지배계급)를 묵살하고 우아하게 황금의 빗물로도 변하기도 하고 볼 성 사납게 황소로 변하기도 하며 수고스럽게 백조로도 변해가며 수많은 여인들을 임신시키고 마는 천하의 바람둥이가 될 수밖에 없었던 것이다.

고대 그리스의 유명한 왕족, 귀족 계보에는 유난히 제우스의 후손들이라 칭하는 자들이 많다.

〈항우와 유방〉의 저자 시바 료타로는 유방의 어머니 유온이 쉬고 있을 때 남편인 유태공이 보고 있는 가운데 교룡이 그녀를 범하였다는 이 해괴망측한 스토리에 등장하는 교룡은 어찌 보면 당시 혼란한 시대 상황에서 유방의 아버지 유태공이나 그의 선대가 이런저런 이유로 풍읍으로 흘러 들어왔던 것처럼 피치 못할 사정으로 난세를 피해 풍읍을 거쳐 지나가던 어떤 타지역의 범상치 않은 사내일 수도 있다는 분석을 내놓았다.

나에게는 이 분석이 유방이 이무기나 큰 뱀의 아들이라는 말보다는 훨씬 더 현실적으로 들린다.

큰 뱀의 아들이었다는 위작僞作을 빼고 성장기에 대한 기록이 거의 없다는 점은 그가 출신배경을 내세울 만한 신분이 아니었다는 것을 잘 말해준다. 어느 위인의 유년, 소년, 청년 성장기가 자세히 기록되어있다는 것은 그의 혈족계통으로부터 비롯된 특이할 만한 사항 혹은 그의 조부모나 부모의 가계로부터 전승된 내세울 만한 연관들이 거창할 때 가능한 것이다.

예를 들어 세종 이도의 성장기에 대한 기록은 태조 이성계나 태종 이방원과 무관할 수 없으며 후한의 조조만 하더라도 당시 권세 높은 환관이었던 조등의 양아들로 들어간 조숭을 아버지로 둔 탓에 그의 가계에 대한 기록들이 다양하게 남게 되었다.(=조숭은 원래 조등의 양자가 되기 전 하후씨였다. 조조가 어릴 적부터 하후돈과 친하게 지낸 것은 그들이 바로 사촌지간이었기 때문이다.)

유방의 성장기에 대한 기록이 거의 전무하다는 것은 그가 장성하여 두각을 나타내기 전까지 그냥 이름 없는 필부필부의 자식으로서 딱히 내세울 것 없는 풀뿌리 인생이었다는 것을 반증한다.

유방은 어릴 때부터 형제들과 잘 어울리지 못했고 성향도 달랐으며 그의 아버지와 형들은 모두 놀고먹는 그를 구박했다. 한날 유방이 동네 한량들을 집으로 불러 모아 음식을 차리라고 하자 큰 형수가 음식을 내어오는 대신 국솥을 박박 긁어 손님들을 무안하게 내 쫓은 일이 있었다고 한다. 훗날 재위에 오르고 나서 유방이 그의 부모와 형제들을 모시고 연회를 베푸는 자리에서 농하는 기록이 남아 있다.

〈"어릴 적 모두 나를 그리 구박하더니 그런 내가 이제 황제의 자

리에 올랐습니다. 지금 생각하니 기분이 어떠하신가요?"〉

그리고 일족을 각지의 제후로 봉하는 와중에서도 큰 형수네 일가에게는 아무 작위도 주지 않았다 한다. 그러다가 아버지 유태공의 부탁하자 마지못해 비꼬듯 내린 작위명이 갱갈후羹刮候(=국솥을 긁는 제후)였으니 유방이 백수 시절 형수로부터 얼마나 많은 설움을 받아왔고 사이가 나빴던 것에 대한 원한이 사무쳐 있었는지 짐작할 수 있다.

또한 광무산에서 항우가 포로로 잡고 있던 그의 아버지를 삶겠다고 하자 전장의 대치상황이라는 점을 감안하더라도 당황해하기는커녕 도리어 비꼬며

〈"죽이려면 죽여라 그리고 그 국물이나 나에게 한 그릇 다오!"〉

라고 했던 표현으로 보아 유방이 아버지와 오손도순 사이가 좋았다거나 그리 성실한 효재孝材가 아니었던 것만은 분명해 보인다. 유방의 가계에 대한 이야기는 이쯤에서 접고 다만 어머니를 범한 교룡 이야기가 유포된 의미를 한번 살펴보고자 한다.

유방 본인은 젊은 시절부터 여러 사람들 앞에서 자신의 신체부위(=주로 허벅지)에 있는 72개의 점들이 용의 비늘이라고 허풍을 치고 다녔다. 그리고 유방의 아내인 여치를 비롯해서 그의 측근들도 적극적으로 유방이 적제赤帝의 아들이라는 그럴듯한 이야기를 끊임없이 생산해 내었고 또 주변 사람들로 하여금 그것을 계속해서 믿게 만들었다.

우리는 이러한 사실의 진위 여부를 따지기에 앞서 남들과는 비교할 수 없는 어떤 특별한 이미지 메이킹이 유방 본인과 유방을 도우려는 자들 심지어는 상대의 적들에게도 어떤 의미로던 적지 않게 작용하고 있었다고 봐야한다.

유방이 항우에게 계속 밀리고 있을 때에도 의외로 항우의 진영에서 유방에게로 넘어 온 인재들이 많았다는 것을 생각해보면 대세적인 전세와는 무관한 묘한 심리적인 요소가 작용하고 있었다고 유추해 볼 수 있다. 항우진영의 톱 브레인 범증마저 유방에게 천자의 기운이 있다고 경계했던 것은 분명하다.

유방이 등장할 때마다 생겼다던 묘한 기상현상氣象現象은 오늘날 기상과학의 관점에서 본다면 유방과는 전혀 무관한 이야기이다. 즉 기이한 기상현상의 인과관계는 유방의 기운으로부터 발생한 것이 아니고 무지개가 뜨고 돌풍이 부는 근본적인 기상학적인 원인이 분명이 있었다는 것이다.

그러한 측면에서 유방이 등장할 때나 도망갈 때에 맞춰 이상한 기상현상이 발생했었다면 우리는 그것을 우연이라고 말하거나 유방 그가 억세게 운이 좋았다는 말로 대신하는 것이 솔직한 표현이 될 것이다.

무지개나 먹구름은 용의 조화로 생겨나지 않는다. 그리고 오늘날 같은 21세기에 어느 누군가가 술판이 벌어지는 곳에서 습관처럼 자신이 용의 아들이라는 말을 하고 다닌다면 그 사람은 허풍을 넘어 정신과적 치료를 요하는 인물로 취급당하거나 기피대상 제1호의 인물로 낙인찍히기 십상이겠지만 유방이 살았던 당시는 실제로 우리나라 박혁거세나 김알지, 고주몽의 아버지 해모수가 신화 속에서 활약하는 시대보다도 더 이전의 시대였음을 염두 해 볼 필요가 있다.

유방은 딱히 배우거나 가진 것이 없었지만 소시적부터 낙천적이고 희망적인 사람이었다. 훗날 정치적으로도 법가나 유가적인 기준의 치세를 한 사람은 아니었고 개인적으로는 상당히 도가적인 취향의 인물이었다.

유방은 코가 높고 수염이 아름다워 소위 용안龍眼이라고 불리게 되는 긴 얼굴에 코가 돌출된 생김새였으니 그의 관상을 두고도 많은 이야기가 전해지는데 여러 이야기를 종합하면 유방은 무척이나 잘생긴 얼굴에 재미나고 유쾌한 성품을 가진 자로서 남녀노소 누구나가 모두 호감을 가지는 용모와 말투를 가졌던 것으로 보여진다.

3. 사수정장泗水亭長이 된 유방

유방의 어린 시절과 성장기에 대한 정식 기록은 빈약하다. 단, 청년시절과 결혼 전까지 전해져 오는 이야기들의 공통점은 그가 지역의 유별난 백수건 달 술꾼이었다는 점이다. 사마천은 〈고조본기〉에서 대놓고 유방이 별다르게 하는 일 없이 술을 좋아하고 여자를 밝혔다고 기록했다.

가난했지만 허세를 부리며 베풀기를 좋아하고 성격이 활달했는데 딱히 하는 일은 없었지만 틈만 나면 술판을 벌이고 항상 여자를 찾아다녔다는 것이다. 풍읍에서 유방 집안에 비해 살림살이가 상대적으로 좋았고 동년동일에 태어난 친구 노관을 물주삼아 늘상 어울려 다니며 동네의 개백정 번쾌, 베 짜는 직공이자 소리꾼 주발, 패현의 하급관리 소하, 죄수들을 관리하는 옥리 조참. 마구간지기 하후영과도 어울렸는데 희한하게도 그들 모임의 대장은 당연 무일푼의 날건달 유방이었다.

한번은 유방이 흉기를 휘둘러 하후영을 다치게 하였는데, 때는 호랑이보 다 무섭다는 진나라의 법률이 지방 방방곡곡까지 엄하게 적용되던 시대, 소 하가 유방을 도와 억지로 작은 사건으로 마무리하고자 하였으나 어떤 사람 이 고발하자 피해자인 하후영은 유방이 그리한 것이 아니라고 거짓 증언하 였다.

나중에 재조사가 이루어지는 과정에서 하후영이 거짓 증언한 것이 들통이 나서 유방이 상해를 입힌 것으로 밝혀졌지만 하후영이 대신 태형 백대를 맞 고 유방은 면책되었다. 이러한 상황이 되어서도 더 이상한 것은 유방은 소하 나 하후영의 배려에 대해 일말의 감사해 하는 마음도 없이 그러한 처사가 너무나도 당연한 듯이 항상 그들을 대했다는 것이다.

진나라 말기 도처에서 이미 난세의 징후는 감지되고 있었고 대혼란이 시작되면 중앙에서 파견된 임명관리를 대신하여 어쩌면 유방 같은 지역 해결사를 그들의 수장으로 내세울 수도 있을 것이라는 분위기가 패현에서도 이미 조성되어져 있었다는 의미로 보면 될 듯하다.

유방은 청년시절부터 거병한 후 그리고 패공, 한왕, 고제가 된 이후로도 줄기차게 주색酒色을 탐했다. 주색잡기에 있어서는 거의 국가대표급이었다고 보면 될 만한 기록들이 사마천의 〈고조본기〉를 제외하고도 비일비재하다. 앞서 말한 범상치 않은 용모와 유쾌한 언변 특유의 뻔뻔함과 호탕함으로 그는 줄기차게 술자리를 만들고 사람들과 어울렸다.

〈"고제는 젊은 시절 마음이 크고 도량이 넓어 집안일이나 생업에는 관여하지 않았다"〉

〈한서漢書〉에 기록되어 있는 문구이다. 좋게 칭송하여 쓴 말이지만 가난한 농민의 자식으로 태어나 집안일이나 생업에 종사하지 않았다는 말을 한마디로 풀어쓰면 허풍쟁이 백수건달이었다는 의미이다.

풍읍 왕노파의 주막이 그의 사교장이자 주민들의 민원실이었다. 빈털터리 유방은 항상 외상술을 마셨는데 희한하게도 왕노파는 유방에게 만큼은 술값을 갚으라고 독촉하지 않았다 한다. 유방이 혼자 술판을 벌이고 있으면 당연히 누군가가 찾아오게 마련이었고 동네의 사람들이 하나둘씩 모여 재미난 건달이자 지역해결사이자 인생 상담사인 유방을 중심으로 파장까지 술판이 이어진 후 그들 중 누군가는 어김없이 유방이 그동안 미뤄두었던 외상값까지 모두 처리해주었기 때문이라 기록하고 있다.

진나라의 법에 따르면 대략 25가구 10리마다 정亭을 두었고 정은 주로 중앙에서 파견된 관리들이나 공무 여행자들이 머무르며 숙식하며 공무를 보는 장소라고 기록되어 있는데 유방은 서른이 훨씬 넘어서야 동네 사람들의 추천으로 요새로 치면 주민센터 동장겸 파출소장겸 간이역장급인 하급관리 정장이 되었다.

　〈"지역의 정식 고위직인 정중廷中의 관리들은 모두 정장이라는 하급 지위를 가지고 우쭐해하며 술과 여색을 밝히는 유방을 업신여기고 조롱하지 않는 자가 없었다."〉

　〈"술은 항상 왕온(=王媼, 왕노파)과 무부(=武負, 무부의 負 역시 늙은 노파 혹은 나이든 아주머니라는 뜻이다.)에게 빌어 마셨다. 유방이 술에 취해 곤히 잠들면 왕온과 무부는 이상한 것을 보았는데 항상 용의 기운이 그를 보호하고 있었다고 말했고 사람들은 그것을 믿었다."〉

　오늘날 어느 누군가가 무엇을 본다는 행위, 즉 인간의 시각현상이라는 것은 가시광선이라고 하는 빨간색과 보라색 범위내(=668~484Thz 주파수영역대)의 특정 전자기파 영역대가 망막을 통과했을 때 그 순간순간 시신경을 자극하고 있는 섬세한 전기적 신호에 반응하며 사물事物과 현상現狀을 연관 짓는 개개인 뇌의 기능적인 판단작용이다.
　뱀을 보지 못했고 뱀이라는 단어를 학습한 적이 없거나 뱀에게 물려본 적이 없거나 뱀의 독니에 대해서 아무런 정보를 가지고 있지 못한 어린아이는 뱀을 징그러워하거나 무서워하지 않는다. 즉 개인적 시각현상은 각자의 뇌에 축적된 입력치들을 토대로 한 개인적인 뇌의 작용이라는 이야기이다.
　또한 고막을 가진 정도의 고등 동물들이 무엇을 듣는다는 현상도 이와 마찬가지로 매질媒質을 통해 전달된 음파의 진동으로 고막에 가해진 다양한 물리적 충격(=이소골의 진동, 달팽이관 림프액의 유동)이 발생했을 때 연이어 발생한 섬세한 화학적(=유모세포의 작용)신호가 전기적 신호로 전환된 것에 대한 뇌의 반응일 뿐이다.

일본어를 배우지 못한 유대인에게 사라SARA라고 들려준다면 그는 아브라함의 본처 사라를 생각할 것이고 구약을 읽어본 적이 없는 일본인에게 사라SARA라고 들려준다면 그는 접시를 연상할 것이다.

즉 눈으로 보고 귀로 듣고 코로 맡고 혀로 맛보고 피부로 느낀다는 것은 따지고 보면 입자나 파동에 대해 소위 말하는 인간의 감각기관이라고 하는 여러 장치들이 전기적 화학적 물리적으로 반응하여 그때그때 입력되는 신호를 뇌에 전달하고 생존해 가면서 축적된 각 개인의 경험Data에 그 정보 값을 대비시켜 주관적으로 판단해버리는 아주 정교하고 복잡한 어떤 기계적인 반응시스템인 것이다.

그러니 왕온이 보기에 "용의 기운이 항상 유방을 보호하고 있었다."라는 이런 시적인 표현은 결코 객관화 될 수 없는 것이며 상식적으로 판단하여 보면 이것 역시 후대의 날조에 가까운 한고제漢高帝에 대한 신화적 생산이라고밖에 볼 수 없다.

한편으로는 왕온과 무부라는 주막집의 늙은 노파들, 그녀들의 개인적인 시각으로는 조그마한 동네에서 빼어나게 잘 생기고, 악기를 잘 다루고, 술 잘 마시고, 대장노릇 하면서 줄기차게 매상을 올려주는 유방이야말로 아마 용보다 더 멋진 사내(=최고일등손님)로 보일 수도 있었을 것이라 백번 양보할 수도 있다.

유방은 정장이 되고 나서도 성실하게 업무에 임하지 않았고 출근은 어김없이 왕노파의 주막으로 향하여 술집을 집무실 삼아 일을 보았다는 자질구레한 기록까지 있는 것 보면 그가 얼마나 술 마시고 사람 만나는 것을 좋아했었는지 짐작할 수 있다. 아무튼 그는 소하처럼 오피셜하게 공무를 처리하는 공무원이 아니었다.

또한 유방은 나이가 들도록 정식 혼례를 치루지 않았다고 한다. 한번은 선보(=현 산동성)라는 지역의 여공이라 불리던 부호가 고향의 고위관리와 원한을 지게 되어 부득이 패로 이주해 왔는데 여공이 부호였던 것만큼 당대 명사인 그를 환영하는 공식 연회가 열렸고 소하가 지역의 관리로서 이 연회를 준비하게 되었다.

패의 사람들이 각자 선물과 돈을 지참하여 현령과 여공을 알현하기를 청하였는데 사람들이 몰려 1,000전 이하의 지참금을 내는 사람은 대청에 올라오지 못하고 마당의 멍석에 앉게 하였다. 이 때 유방이 와서 자신은 1만전의 선물을 가져왔다고 여공에게 지참금이 적힌 편지를 전했고 여공이 그의 배포에 놀라 대문까지 나아가 유방을 맞이하고 상석으로 배석했지만 어차피 유방에게 그런 돈이 없는 것을 알았던 소하는

〈"유방은 원래 허풍이 심한 사람으로 큰 소리나 칠 줄 알았지 여태껏 제대로 이룬 것이 하나도 없습니다."〉

라며 여공에게 귀뜸했다. 그러나 이미 여공은 유방의 얼굴을 보고 그의 관상이 비범하다며 여겨 물리치지 아니하였고 몇 마디를 더 나누어 본 후 도리어 즉석에서 바로 유방에게 청하기를 자신에게 딸이 있으니 거두어 달라고 했다. 그 딸이 바로 훗날의 여후가 되는 여치이다.

여공이 사람을 보는 안목이 있었다고 볼 수도 있고 유방이 그날도 역시 그의 용모나 목소리 그리고 사람을 끌어당기는 묘한 매력으로 여공을 사로잡아 버렸다라고 봐야 할 것이다.

여치는 귀하게 자란 부호의 딸이었고 자존심이 센 여자였다. 여공의 부인 즉 여치의 어머니는 36세(=유방은 BC 247년생으로 추정되고 혜제가 B C210년에 태어났으므로 여치와 혼인당시 유방은 30대중반을 넘었던 것으로 추측된다.)로 나이

도 많고 소문도 좋지 않았던 농민출신 유방에게 자신의 귀한 딸을 주지 못한다고 극구 반대했지만 여공의 고집으로 혼례는 성사되었고 여치는 찢어지게 가난한 유방에게 시집을 왔는데 희한하게도 백수건달인 유방에게는 고분고분 순종하며 시가의 힘든 농사일을 도우며 아들(=훗날의 혜제)과 딸(=훗날의 노원공주), 두 아이를 낳았다.

허나 유방은 결혼 후에도 결혼 전과 마찬가지로 변한 것이 하나도 없었다. 농사일은 뒷전이고 가정에도 충실하지 않았으며 정장이라는 보잘것없는 감투하나 내세워 술이나 마시며 사람들과 어울리는 일을 계속할 뿐이었다. 유방은 정장이 되자마자 설薛땅으로 사람을 보내 대나무로 만든 관을 하나 만들어 오게 했으며 그것을 마치 큰 감투마냥 머리에 쓰고 다녔는데 허세로 보는 사람도 있지만 유방은 황제에 오르고 나서도 항상 이 죽피관竹皮冠을 착용하고 다녔다.

유방의 형들인 유백과 유중에 관한 기록들은 거의 전무한 편인데, 아마 유방은 결혼 후에도 따로 독립하지 않고 부모형제의 식솔들과 같이 살았던 것으로 추정된다. 훗날 유방이 정장이 되어 지역에서 차출된 여산왕릉 노역 인부들의 인솔자가 되어 함양으로 떠난 후, 결국 일이 틀어지게 되어 유방이 일부 무리들과 함께 늪지대로 숨어버리자 여치가 친정의 도움으로 술과 음식을 준비하여 남편을 찾아다녔다는 기록이 있다.

그 후로도 여치는 유방이 거병하여 사방의 전쟁터를 돌아다니게 되었을 때 친정의 도움을 받거나 억세게 일하여 유방이 밖에서 낳아온 자식을 포함한 여러 식솔들까지 돌보느라 힘든 시절을 보냈다.

한날은 여치가 두 아이를 데리고 혼자서 힘든 농사일을 하고 있었는데 마침 그곳을 지나가던 한 노인이 두 아이의 모습을 보고 놀라면서 훗날 아주 고귀하게 될 상이라고 말했고 뒤늦게 돌아온 유방에게 여치가 그 사실을 알렸는데 유방이 그 말을 듣고 그 노인을 찾아가 자신의 관상도 한번 봐달라고 부탁하였다.

〈"두 아이와 부인의 관상이 왜 좋은 지 이제 당신의 관상을 보니
그 이유를 알겠습니다. 당신이 있어서 부인과 아이들의 관상이 고귀
합니다. 당신의 고귀는 이루 말 할 수 없습니다."〉

라며 일러주었다.

그 말을 들은 유방은 몹시 기뻐했다고 〈사기〉에 전한다. 붉은 용의 자식
이라는 의미와 마찬가지로 용의 기운, 용안이라는 관상에 연관된 이야기들은
유방 측에서 그가 천하를 잡을 것이라는 암시로서 일치감치 유포시켰거나
황제등극 후에 행해진 유방측 기록자들의 적극적인 노력들로 보아진다.

4. 유방의 거병과 약진, 천하를 담는 비범한 자질

이후 유방은 사수의 정장으로서 진시황릉 공사에 동원된 인부들을 이끌고
함양으로 향했지만 인솔 도중 진나라의 가혹한 노동과 형벌을 두려워 한 인
부들이 하나둘씩 도망쳐버렸다. 난처해진 유방은 술을 퍼마시고 술김에 만
취한 상태로 남은 인부들을 모두 해산시켜 버렸고 자신도 당장은 별다른 방
도가 없음을 알고 자기를 따르겠다는 인부들과 함께 소택의 망탕산으로 숨
어 버렸다.

이즈음 진승과 오광의 봉기가 일어나서 본격적으로 전국이 혼란의 시대로
접어들자 패의 현령도 반군에 가담할지 동요하는 가운데 패의 관리로 있던
소하와 조참이 "진나라의 관리인 현령을 따를 자는 아무도 없으니 우선 유방
을 내세워 반란에 가담하자"라고 했고 현령은 그 제안을 수용하고 유방에게
사자를 보냈으나 나중에 생각이 바뀌어 도리어 성문을 닫아버리고 유방을
내쫓으려 했다.

그러나 이미 성내의 소하와 연락을 취하고 있던 유방이 꾀를 내어 "지금 패의 사람들이 이 성을 필사적으로 지키려 하는데 반란군들이 머지않아 패를 공격하면 패의 백성들에게도 재앙이 닥쳐오니 지금 현령을 죽이고 의지가 될 만한 사람을 수장으로 내세워야 한다"라고 성내에 방문을 유포하게 하여 일종의 심리전을 벌였다.

마침내 성내 사람들이 동요하여 현령을 죽이고 결국 유방을 맞아 들였으나 유방은 처음에 "천하가 흐트러지고 군웅들이 싸우는데 나 같은 사람을 내세웠다가는 단번에 패하리라 그러니 다른 사람을 선택해야 한다."라며 겸손하게 물러났다가 소하와 조참이 나서 다시 자신을 현령으로 추천하자 이를 수용했다.

현령이 된 이후로 패공으로 불리게 되었다고는 하나 유방의 병력은 기껏해야 오합지졸 2,000여 명에 지나지 않았고 부하로는 번쾌와 노관, 하후영, 주발같은 건달 시절 같이 어울리던 부류들이 대부분이었다.

세력이 미미했던 유방이 이 무리들과 함께 주변 지역을 공격하는 동안 옹치에게 자기를 대신해 풍읍의 수비를 맡겼는데 옹치는 유방을 배신하고 세력이 조금 더 큰 위구에게 가담해버리고 말았다. 격노한 유방이 풍읍을 공격했지만 함락하지 못했고 하는 수없이 다시 패로 돌아와야만 했다.

그 후 적은 수의 병력으로 작은 전투에서 이기거나 지거나 하면서 특별한 전공을 올리지 못하고 전전긍긍하고 있던 유방은 회계군에서 은통을 제거하고 세력과 명분을 확장하고 있던 항량의 수하로 들어가 항량의 조카인 항우를 숙명적으로 만나게 되었고 몇 차례 그와 힘을 합쳐 진나라의 관군에 맞서 싸우기도 했다.

항량이 죽기 전까지 유방은 항량의 수하로서 큰 전공을 올린 뛰어난 장수도 아니었고 항량이 죽은 후 항우가 실권을 잡았을 때도 유방은 지휘체계로 보면 항상 항우보다는 상대적으로 서열이 낮은 세력을 유지하고 있었다고 보는 편이 정확하다.

당시 유방은 결코 초나라 명문 군벌의 후손 항우에게 비할 수 없는 인물이었고 그는 실제 전투력으로도 항우를 능가해 본 적이 단 한 번도 없었다. 하물며 나이도 15살이나 어린 항우를 항상 형님이라 존대하며 굽신거렸다.

이후 함양입성까지의 대진전쟁 상황과 초한전쟁의 발발 그리고 팽성전투, 형양전투, 해하전투까지의 초한쟁패는 제2강 항우편에서 상세히 다루었으므로 생략하고 초라했던 출신성분의 유방이 유능한 장수출신도 아닌 유방이 어떤 방식으로 굴하지 않고 끝끝내 힘을 키워 천하를 평정할 수 있었는지에 대해서 중점적으로 살펴보고자 한다.

유방은 용인술, 즉 사람을 쓰는 재주가 탁월한 인물로서 자신이 잘 할 수 있는 것과 잘하지 못하는 것을 정확히 파악하고 있는 사람이었다. 그리고 그런 것을 표현하는데 있어서는 누구보다도 솔직했고 장량, 소하, 한신이 각자의 분야에서는 자신보다 훨씬 더 뛰어나다는 것을 여러 사람들 앞에서 바로 인정했다.

장량과 소하와의 관계에서 보여주듯이 그는 유능한 부하를 전적으로 신뢰했고 그들의 재능이 충분히 발휘되도록 전권을 위임했다. 그가 너무 몰라서 정말 모든 것을 위임했을 수도 있지만 중차대한 순간에는 항상 열린 귀로 남의 말을 경청하고 어찌 나아가야 할 바를 과감히 선택했다. 리더로서 이것보다 더 훌륭한 용인用人의 자질은 없다고 봐도 무방하다.

배우지 못했다는 콤플렉스도 항상 여유롭게 보기 좋게 웃어 넘겼다. 그가 황제가 되어서 육가에게 말했다는 기록이다.

〈"이 어르신께서 말을 타고 평생 전쟁터를 누비며 천하를 얻었는데 시집 나부랭이 같은 책 따위를 읽어서 무슨 소용이 있단 말이냐!"〉

　이쯤 되면 유방이라는 자의 이러한 자신감은 도대체 어디에서 비롯된 것일까? 라는 궁금증이 생기지 않을 수 없다.

　유방이라는 인물의 또 다른 비범함을 얘기하자면 그의 탁월한 친화력과 소통력을 빼놓을 수 없다. 누구를 만나더라도 그는 그만의 특별한 자신감을 심장과 창자에 깔고 사람을 대했다.

〈"중국 사람은 머리가 아니라 창자로 생각한다."〉

라는 임어당 선생의 해학적이면서 의미심장한 표현처럼 유방은 전형적인 중국 사람이었다. 자신이 잘 생겼고 낙천적이며 능글스럽기도 하며 때론 뻔뻔하기도 하며 재미난 사람이라는 것을 주변사람들과 함께 먹고 마시는 기회가 있을 때마다 늘상 어필했다.

　또 그는 적당히 매력적일 만큼 무식하고 무례했다. 〈사기〉에 기록된 유방의 말투는 마치 건달세계의 보스가 부하들에게 폼 잡는 것과 같은 표현들이 많다.

〈"이 어르신(=내공乃公)이 직접 나서야겠구나!"〉

〈"이 형님(=이공而公)이 보기에는 그놈은 조무래기(=수자豎子)일 뿐이야!"〉

〈"하찮은 유생 놈 때문에 이 형님이 일을 그르칠 뻔했구나!"〉

〈"이 어르신께서는 말위에서 천하를 얻었다!"〉

〈"그 조무래기가 시원치 않으니 당신 남편이 직접 나서야겠구만!"〉

이런 식으로 그는 황제가 되어서도 그냥 평민 시절의 언어를 사용했지 일부러 고상한 말을 사용하지 않았다 한다.

저서를 남겨 세상과 소통할 수도 없었고 사람들을 일시에 한 자리에 불러 모아 놓고 고귀한 가르침을 주는 방식도 택할 수 없었던 유방은 그가 가진 장점을 모두 합쳐 세상과 직접적으로 부딪히며 속물적으로 소통하고 직관적으로 판단했다.

특별한 백그라운드가 전무했던 그로서는 그 방법만이 난세에 어디 가서 완장 하나라도 꿰차거나 석자의 칼이라도 휘두를 수 있는 밑천이 될 것이라는 것을 일찌감치 알아차렸던 것이다.

그리고 그것은 보기 좋게 통했다.

한삼걸의 한 사람인 소하같은 사람과는 워낙에 소시적부터 같은 지역에서 함께 지내온 탓에 모종의 상하관계를 형성할 수 있었다 하겠지만 출신 성분과 나라가 다른 장량 같은 탁월한 인재의 주군이 된다는 것은 결코 술 한잔 하거나 일시적인 허세를 부려서 될 만한 일이 아니다.

장량은 망해버린 한韓나라의 최상위 귀족 출신이었다. 그는 고귀했으며 박학다식을 넘어 신묘한 〈태공병법〉(=실제로 존재했던 서책이 아닐 수도 있음.)을 꽤 뚫어 독파했고 보이지 않는 것으로 보이는 것을 제압하고 비어 있는 것으로 꽉 차있는 것을 채울 수 있다는 도덕경道德經 노장사상老莊思想에 달통한 도가적 성향의 현실주의자였다.

어느 누구를 수하로 쓴다면 중국의 제자백가들 중 가장 다루기 힘든 부류가 바로 도가적인 가치에 바탕을 두고 현실적 상황판단에 냉철한 인물들이라 볼 수 있는데 장량이 바로 그러한 품격의 전형적인 인물이었다.

그리하여 딴 사람에게는 무례했던 유방도 첫 만남부터 대업의 성공 끝까지 항상 장량에게 만큼은 거의 모든 순간 예를 다했고 그와 긴밀히 소통했으며 마음속으로부터 진정 존중했다는 것이 후대의 일반적인 평가들이다.

도가적 사상의 장량은 유방에게서 허공을 보았다.

낮에는 해와 달을 품고 밤에는 뭇별을 다 채울 수 있는 텅 빈 허공에 유방이라는 인물을 대입시켰던 것이다.

그는 유방을 만난 이후 망해버린 자신의 한韓나라를 일시에 회복하겠다는 상대적으로 단순한 소업을 떠나 텅 빈 운동장 같은 유방의 큰 도량을 이용해 자신이 난세를 마무리하고 전쟁 없는 곳에서 천하의 백성들이 평화로이 살 수 있도록 하겠다는 "요순시대로의 회귀"라는 대업을 꿈꾸었다.

물론 대업을 이루고 나서 유방이 공신들을 척결하고 유씨의 나라를 지향하자 모든 세속적 욕망을 버리고 초연히 사라졌지만 장량은 결코 유방에 비해 하수가 아니었다. 장량이 유방을 이용해 난세를 평정하고자 했다는 후대의 말은 결코 허언이 될 수 없다.

그러니 자기보다 격이 더 고매하고, 수가 더 높은 장량같은 사람을 수하로 부리는 유방의 능력을 어찌 비범하다 말하지 않을 수 있겠는가.

유방의 장점을 논할 때 여러 사람들이 여러 각도에서 다양한 분석을 내놓기도 하지만 공통적인 평가는 위에 말한 서 너 가지 정도로 압축할 수 있다 할 것이다.

마지막으로 사족을 더해 저자의 개인적인 견해를 더해보자면 유방의 특출함은 탁월한 지구력에서 비롯되었다고 평해보고 싶다.

유방은 "최후의 승자"였다. 항우와 가장 극적으로 대비되는 부분이다.

그는 끈질기게 살아남았다.

해하전투를 제외하고는 유방은 항우와 맞서 싸워 제대로 이겨본 적이 거의 없었고 기껏해야 항우가 자리를 비운 사이 잠시 자리를 차지했다가 항우가 진입하여 밀고 들어오면 자식마저 버리고 줄행랑 칠 정도로 초라한 모습

을 자주 보였다. 그나마 조참과 팽월의 덕택으로 부지런히 성동격서聲東擊西
하며 사자꼬리에 나팔이나 불어대는 정도였다.

그는 무식했지만 결코 무지하지는 않았고 처음엔 약했지만 마지막까지 살
아남아 최후의 강자가 될 수 있었다. 출신 집안의 배경 역시 비록 초라했지
만 결과적으로 중국 역사상 400년이나 지속된 가장 장구했던 황제가문을 형
성했다. 훗날 만인지상 일인지하의 위왕 조조에게 주변에서 황제 등극을 권
할 때 조조가 물러나며 이야기했다는 "400년이나 지속된 큰 고목을 무시할
수는 없다"라는 표현이 바로 그것이다.

400년 고목이 뿌리를 내린 텅 빈 운동장, 그것이 바로 유방이라는 끈질긴
인간이었다.

5. 유방의 가족관계와 홍곡가鴻鵠歌

부 : 유태공
모 : 유온
형제 : 유백, 유중, 유교

자식은 8남 1녀를 두었는데 여덟 아들의 어머니는 모두 다르다.

제도혜왕 유비(조씨 소생)
노원공주(여후 소생)
2세 황제 혜제 유영(여후 소생)
조은왕 유여의(척부인 소생)
5세 황제 효문제 유항(박씨 소생)

회남여왕 유장(또 다른 조씨 소생)

조공왕 유회(모친 미상)

조유왕 유우(모친 미상)

연영왕 유건(모친 미상)

　제도혜왕 유비의 어머니 조씨는 유방이 건달노릇을 할 때 취하였던 미천한 여자였다. 조씨와 유방이 정식 혼례를 올리지 않았기에 유비는 유방의 서장자庶長子였다. 서자였지만 맏아들이었기에 여후는 항상 유비를 경계하였고 암살하려고까지 하였으나 어머니의 조씨의 출신이 보잘 것 없는데다가 유비가 미리 여후일족과 노원공주, 유영에게 낮은 처신을 한 탓에 그나마 목숨을 부지할 수 있었다.

　유방은 정식 혼례를 올린 정부인인 여후를 비롯한 여러 여인들 중에서 척부인을 가장 총애하였는데 역설적으로 척부인에 대한 유방의 편애로 인해 그녀는 앞서 밝힌 대로 중국역사상 가장 비참하게 최후를 맞이한 여인이 되고 말았다.

　유방은 이미 여후와의 사이에서 난 적장자嫡長子 유영을 태자로 책봉하고 나서 말년에 후궁 척부인의 간청에 못 이겨 그녀의 소생인 유여의를 유영을 대신하는 후계로 삼고자 하였고 그 결과 척부인과 유여의는 여후의 원한을 사게 되어 유여의는 살해되고 척부인은 사지가 절단된 채 맹인, 벙어리, 귀머거리가 돼지우리에서 지내다 죽어야만 했다.

　척부인이 처참하게 죽음을 맞이하게 된 것에 대해서는 결과적으로 여후의 인도人道에 넘치는 잔인성이 크게 부각될 수밖에 없지만 그 인과因果를 살펴보면 척부인과 유방의 자업자득이라 볼 수 있다.

　척부인은 유방이 한왕 시절 "정도(=현 산동성 텅다오)"라는 곳에 머물 때 만난 척희라는 여자였다. 척희는 미모가 출중했는데 소매를 걷고 상체를 뒤로 젖히며 추는 뇌쇄적인 초나라 춤을 잘 추었다고 한다. 여자라면 사족을 못

썼던 유방은 그녀의 매력에 반해 보자마자 첩으로 삼았고 나중에 유방이 황제가 되면서 그녀는 후궁으로 격상되어 척부인의 지휘를 가지게 되었다.

늦게 유방을 만나 총애를 받았고 비교적 좋은 시절을 함께 했을 뿐 그녀가 여성적인 매력으로 유방이 원하는 걸 충족시켜준 것 이외에 초한쟁패에 있어서 다른 공훈이 있었다고는 그 누구도 말 할 수 없다. 내세울 공적이 없으면서 황제의 총애만 믿고 유방과 평생 생사고락을 같이했던 본처의 적장자로서 정통성을 갖춘 황태자를 갈아 치워 달라고 했으니 이는 사리에 맞지 않는 일이며 자신의 위치를 파악하지 못한 분에 넘치는 요구라고 밖에 볼 수 없다.

자신의 아들이 황제가 되고 본인이 태후가 되는 모습을 기대했겠지만 그것은 상상도 아니었고 희망도 아니었고 착각이었다. 척부인은 명문가나 세력가의 딸이 아니었기에 내세울 것이라고 정치적으로는 무용無用한 그녀의 미모와 유방의 총애 그리고 10살을 갓 넘긴 아들뿐이었다.

유방의 총애라는 것도 말년 유방이라는 기댈 자리가 사라지는 즉시 타인들의 시기와 질투가 농축된 독이 될 뿐이며 그러한 미미한 정치적 기반으로는 적장자를 제치고 어린 아들을 후계로 만들었다 한들 평생 유방과 함께 목숨을 걸고 전쟁터를 떠돌았던 당시의 공신들과 장수들을 통솔하거나 여후를 제거하기는 역부족이었을 것이다.

그녀는 하수였다. 여후와 조우하는 그때부터 유방의 등 뒤에 숨기보다는 조강지처로서 형님뻘인 여후에게 더 존중심을 표하며 유방을 만나게 된 것이 자신의 의지가 아닌 당대 난세를 살아가는 같은 여성으로서의 운명이었다라고 고해바치고 진작부터 여후에게 머리를 숙였더라면 정작 본인과 소중한 아들 유여의의 목숨을 보존할 수 있었을지도 모른다.

입장을 바꾸어 생각해보면 상황분석은 간단해진다. 여후는 나름 지방호족 출신 금수저로 태어나 중년의 백수건달 유방에게 시집가서 죽어라고 고생하며 내조했고 유방이 망탕산에 숨어 지낼 때나 거병하여 천하를 떠돌 때 혼자서 가족과 시가를 부양했다가 항우와의 싸움에서 패한 유방이 가족을 챙기기는 고사하고 혼자서 도망을 가버리자 항우에게 잡혀 초군의 군영에서 시부모와 함께 4년 동안 인질생활을 해야만 했다.

도망간 유방은 이리저리 떠돌다 척부인을 만나 그녀의 미모에 푹 빠져버렸다. 서열 문제로만 본다면 여후는 의미 그대로 조강지처였고 척부인은 첩이었다. 그런데 문제는 유방을 치마폭에 싸고 있던 척희라는 첩이 여치라는 조강지처가 어떤 여자라는 것을 전혀 파악하지 못했다는 착오에 있다.

초한전쟁의 말미, 가까스로 항우의 인질에서 풀려난 여치가 유방의 진영으로 돌아왔을 때 유방의 곁에는 척희가 부인노릇을 하고 있었다. 여후의 심정은 어떠했을까? 엄청난 배신감과 자괴감, 이 한마디로 족한 설명이다. 그나마 그때는 쟁패에서 승리한 유방의 건승이 최고조에 달해 있을 때라 여후도 어찌 하지 못했을 것이나 훗날 유방이 황제에 즉위하고 후계가 정해져 있는 터에 척부인이 하극상을 일으키니 여후의 입장에서는 그것을 역모에 준하는 사태로 인식할 수밖에 없었다. 더 큰 문제는 노년의 유방이 척부인의 배갯머리 송사에 현혹되어 경솔하게 실제로 황태자 교체를 시도했다는 점이다.

오늘날 대한민국이라는 민주주의와 법치, 경제와 국민의식수준이 선진국 이상으로 성숙한 나라에서 일어났던 최근의 계엄령 헤프닝처럼 태자 교체 문제는 말년 유방의 오판으로 발생한 작은 정치적 소동으로 끝날 문제가 아니었다.

예나 지금이나 좌우 진보 보수를 떠나 지도자의 의사결정은 명석해야 되고 장기적인 통찰력을 갖추고 있어야 되며 무엇보다도 우선 국가와 국민을 위한 헌신적 실천력을 반드시 제시할 수 있어야 한다. 지도자가 그런 모습을 보이지 못하거나 도리어 그 반대 방향으로 갈 때 우매하고 고집스런 지도자의 운명은 대개 침몰하는 배의 모습을 면하기 힘들다.

여러 공신들, 특히 주창이라는 신하가 유여의를 태자로 삼는다면 군신관계를 끊고 절연을 선언하겠다고 했고 숙손통이 서자였다가 이세 황제가 된 진나라 호해의 예를 들며 차라리 자신을 죽이라는 강력한 주청을 올린 끝에 태자교체 문제는 원래대로 일단락되었다. 대부大夫 주창은 사사로이 유여의의 태자책봉을 반대한 것이 아니었다. 정작 유여의가 조왕으로 임명 받았을 때 유방이 유여의의 신병을 걱정하자 소하의 주청으로 어린 조왕을 가장 잘 보필할 수 있는 자로 추천되어 유여의를 따랐던 자가 바로 주창이었다.

그리고 마침내 유방이 승하하자 유영이 황제 자리에 올랐고 이후 여후는 자신의 자리를 넘보던 척부인을 영항永巷(=죄를 지은 궁녀들을 가두어두는 후미진 복도 끝의 방이나 감옥)에 가둔 후 머리카락을 밀어버리고(=불교가 전래되기 전이므로 중국에서 여자의 머리를 밀어 버린다는 것은 여자가 아니라는 의미이자 가장 큰 치욕이었다.) 볼기짝을 때리는 매질을 한 후 곡식을 빻는 형벌을 내려 복수했다.

그나마 이때까지는 척부인에 대한 일시적인 형벌이라고도 볼 수 있었다. 그러나 이후가 문제였다. 척부인이 입을 잘못 놀렸다.

자위왕子爲王 모위로母爲虜

아들이 왕인데 어미는 죄인이라네!

종일용終日春 박모상여사상오薄暮常與死相伍

하루 종일 쌀을 찧으니 해가 질 때까지 항상 죽은 모습이구나!

상이삼천리相離三千里 수당사고여誰當使告汝

서로 삼천리나 떨어져 있는데 누가 이 소식을 아들에게 전해줄까!

— 영항가永巷歌

이미 여후의 세상이었고 도처에 여후의 사람들이 깔려 있었으니 척부인의 이런 불평은 바로 여후의 귀에 들어갈 수밖에 없었다. 더군다나 애첩을 옹호하던 유방마저 죽고 없는 마당에 여후는 척부인이 읊은 바대로 차라리 죽는 것이 더 낫게 만들어 주고 삼천리 밖 그녀의 아들에게 죄인인 어미의 소식을 전해주기로 작정했다. 여후는 제후국 조왕으로 나가 있던 유여의를 장안으로 소환했다.

평소 심성이 어질던 혜제는 모후母后의 기질을 익히 알고 있었기에 장안으로 소환된 어린 이복동생 유여의를 자신의 거처에 기거시키면서 보호했다. 그러나 그 이후 여후가 어떤 만행을 저지를지는 척희도 몰랐고 그 누구도 몰랐다. 특히 아들 유영마저 자신을 낳아준 어머니 여치가 어느 정도의 사람인지 그때까지는 전혀 몰랐다. 유영이 사냥을 나간 틈을 타 여후는 12살의 유여의를 짐독鴆毒으로 독살해버렸다. 그리고 척부인에게 죽은 아들 유여의의 시체를 보여주고 그녀를 사람돼지, 인체人彘로 만들어 버린 후 다시 자신의 아들 혜제에게 보여주었다. 인체人彘라는 형벌을 통해 척희가 받았던 고통과 혜제가 받았던 충격과 그 결과 요절하게 된 과정에 대해서는 전술하였음으로 생략한다.

이어 유방의 공식적인 후손을 낳은 유방의 4번째 여성, 박씨와 그녀의 아들 유항에 대해 잠시 살펴보고자 한다.

유방사후 혜제와 두 소제를 이어 빛나는 전한의 "문경지치文景之治"의 시대를 개창한 효문제 유항은 위표가 유방을 배신하고 다시 사로잡혔을 때 유방이 취하였던(="후백제의 견훤이 신라를 침략하여 경애왕을 죽이고 그의 왕비를 범하고 부하 장수들에게는 경애왕의 비첩들을 취하도록 했다."라는 〈삼국사기 경순왕본기〉 기록과 유사하다.) 위표의 부인 박씨와의 사이에 태어난 아들이며 경제는 바로 그 효문제의 장남이었다.

로마제국 "팍스 로마나"를 주도한 네르바에서 마르쿠스 아우렐리우스로 이어지는 5현제의 시대가 있었고 당나라 태종 이세민의 정관의 치, 이융기의 개원의 치, 청나라 순치제, 강희제, 옹정제, 건륭제로 이어지는 4현제의 시대가 있었듯이 전한 200년의 기초를 닦은 이들이 바로 문제와 경제이고 박씨는 문제의 어머니, 경제의 할머니였다.

역사적으로는 표독스러운 어머니 탓에 일찍 요절했던 2세 황제 혜제 유영의 친모, 천하득세 여태후보다는 위표의 부인이었다가 운명적으로 유방으로 남편을 갈아탈 수밖에 없었던 박씨가 결과적으로 자식 농사는 더 잘 지었다고 볼 수도 있을 것이다. 박씨는 성격이 어질고 무난해 여후 앞에 나서지도 않았고 유방이 척부인에게 푹 빠져 있던 탓에 여후의 질투를 살 만한 큰 문제를 일으키지 않았기에 유방사후 여씨의 천하가 되었을 때도 자신과 자신의 아들을 온전히 보존할 수 있었다.

박씨가 위표의 아내일 때 유명한 관상쟁이 허부라는 자가 박씨의 관상을 보고 "반드시 천자를 낳을 관상이다"라고 말했고 그때만 해도 위왕으로서 박씨의 남편이었던 위표는 박씨의 아들이 천자가 될 관상이니 그 말은 곧 자신이 천자가 될 거라는 뜻이라 착각했다. 그러나 위표는 초한쟁패 기간 중 항우와 유방사이를 두 번씩이나 배신하며 줄타기를 하다가 결국 유방에게 사로잡혀 죽임을 당하였고 역사에서는 우유부단한 배신의 상징으로 기록되고 말았던 반면 한때 그의 부인이었던 박씨는 결과적으로 초대 황제 유방의 아내, 요순같은 치세를 이룬 어진 황제들의 어머니. 할머니가 되었다.

5세 황제 효문제 유항과 그의 어머니 박씨에 대한 설명을 끝으로 한고조 유방에 대한 강講을 마친다.

초반부 "들어가기"에서 밝힌 바와 같이 〈초한지〉의 주인공인 유방에 대한 이면裏面의 평가는 글의 말미에 항우와 유방을 소회素懷할 때 더하기로 하고 다음 제4강에서는 소하를 다루고자 한다.

〈초한지〉에서 진시황제, 항우, 유방 다음으로는 비중을 두어야 할 인물은 마땅히 건한삼걸建漢三傑로 회자되는 장량, 한신, 소하중의 한 사람이 되어야 할 것이다.

어느 누가 누구에 우선된다 말할 수 없을 만큼 3인의 개성과 역할은 달랐고 건국에 관한 한 그들의 공적은 단연코 타인과는 비교 불가이다. 그러나 저자는 소하를 앞세운다.

소하를 앞세우는 나만의 대단한 안목이나 특별한 이유가 있는 것이 아니고 〈초한지〉의 으뜸인물인 한고조 유방이 2,200년 전에 친히 그 이유를 명백히 밝혀 놓았기 때문이다.

유방이 소하를 어떻게 평가했는지 이제부터 소하라는 인물의 기록을 살펴보고자 하자.

4

건한삼걸建漢三傑의 으뜸
구석상국九錫相國 소하蕭何

1. 개요

중국 초한쟁패 시기와 전한 한고조 시대의 정치가, 행정가이다. 진나라 말기 유방의 고향인 풍읍의 하급관리로 유방을 만난 이후 유방의 최고 행정참모로서 평생을 동고동락하며 초한전쟁 승리의 일등공신이 되었다. 유방 사후 2세 황제 혜제를 잠시 보필하기도 했다

천하통일 직후 식읍 8,00호를 하사받으며 찬후酇侯에 봉해졌으나 그 후 다시 2,000호의 추가 식읍이 더해져 만호후가 되었다.

황제 아래 최고의 관직인 상국에 임명되어 관리가 받을 수 있는 최고의 영예인 구석九錫의 예우를 받았다.(=구석은 여러 특권을 의미하며 시대에 따라 9가지 특권의 내용이 바뀌기도 했지만 주로 아래와 같은 특권으로 중국 역사상 신하로서 구석의 예우를 받은 이는 소하, 왕망, 조조 3명뿐이다.

1. 황제가 하사한 칼을 차고 궁내를 출입할 수 있으며

2. 황제를 알현할 때 총총거리며 허리를 숙이고 걸어야하는 추趨라는 자세를 취하
   지 않으며

3. 호위무사를 포함 두 대의 수레로 이동할 수 있으며

4. 면류관에 붉은 색 신발을 착용할 수 있으며

5. 조정이나 집에서 음곡이나 가무를 시현할 수 있으며

6. 거처하는 집의 나무기둥에 붉은 색을 칠할 수 있으며

7. 황궁의 전상에 신발을 신고 오를 수 있으며

8. 300명 가량의 호위병을 거느릴 수 있으며

9. 도끼를 지니고 활보 할 수 있으며

10. 붉은 활 한 벌에 붉은 화살 100개, 검은 활 10벌에 화살 3,000개를 소장할
    수 있으며

11. 옥으로 만든 제기로 술을 빚을 수 있다.)

전한 초기 수도를 장안으로 천도하여 미양궁을 축조하였고 진대의 법률 육편에 세편을 더한 법률서 구장률九章律을 편찬하여 제도의 기틀을 확립하고 국가안정을 기획하였다.

한고조가 여러 반란들을 토벌하러 출정하여 도읍을 비운 사이 오랜 전란으로 황폐해진 문물과 행정을 정비하고 농업과 경제발전에 헌신하여 백성들을 보살폈다.

위로 황제를 모시며 아래로 모든 문무백관들과 만민의 백성들로부터 존경받았던 인물로서 역사가들이 으뜸으로 꼽는 중국역사상 최고의 명재상이었다.

성은 본관과 같은 소蕭(=소蕭는 약초이름 맑은대쑥, 삼가하다. 라는 뜻이다.) 이며, 이름은 하何이다.

BC 257년 패沛땅 풍읍(=현 강소성 서주시 패현)에서 태어났고 BC 193년 장안(=현 섬서성 서안시)

에서 사망하였다. 같은 고향에서 유방보다 10년 일찍 태어나 같은 타향에
서 유방보다 2년 늦게 사망하였다. 사후 문종후文終候에 봉해졌다.

2. 진나라 관리시절의 소하

소하는 밝힌 바와 같이 패현 풍읍이 고향이었다. 평소에 법 공부를 많이
하여 현내에 소하보다 법에 밝은 사람이 없어 현령은 소하를 주리主吏로 두고
있었다. 당대는 법가의 진나라 시대, 진나라는 통일된 제국의 전 국토에 통
일된 법률을 적용하는 동시에 그 법조항은 상세했고 구체적이었으며 엄격했
다.(=지금의 잣대로 보면 어처구니 없는 경우도 많았다. 당시 소를 중시하는 농경사
회에서 소는 그야말로 농업생산의 주축 생산도구였고 경제자산이었는데 진나라의 법
이 얼마나 엄격했던지 봄에 소의 배 둘레를 재고 가을에 다시 재어 그 둘레가 작아지
면 그 소를 먹이는 농부를 처벌했다.)

하급행정관리였지만 소하는 단연 두각을 나타내었다. 한 번은 중앙관리가
패현에 감찰을 나왔는데 소하가 정리한 서류들을 보고 감탄하여 추천을 해
줄 터이니 감사가 끝나는 즉시 바로 수도 함양으로 같이 떠나자고 하였으나
소하가 거절했다고 한다.

요샛말로 하면 중앙의 행정조직인 감사원의 고위공직자가 지방부처 감찰
을 나왔는데 하급관리인 소하의 일처리가 현령이나 다른 관리들을 제쳐두고
워낙 탁월하니 그 감찰관이 소하의 능력을 인정하여 흔히 말하는 지방공무
원에서 중앙 정부부처 공무원으로 승진 발탁하려 했다는 의미이다.

소하가 거절했다고 하는 기록으로 미루어 그는 지방의 말단 관리였지만
진말 수도함양에서의 어수선한 상황을 소문으로 이미 파악하고 있었고 대혼
란의 시기가 닥치면 진나라의 관리가 되어서는 자신의 미래가 결코 순탄하

지 않을 것이라 예견하고 있었던 것으로 짐작된다.

젊은 시절 패현에서 조참과 함께 말단 관리를 하기 전부터 유방과 친교를 맺고 있었다고 보여지며 당시 조참은 소하보다는 직급이 더 낮은 옥리를 맡고 있었고 유방은 백수였다. 유방이 하는 일 없이 크고 작은 사건에 휘말려 곤란해질 때마다 동네 형님뻘인 소하가 적당히 도와주었고 나중에 유방이 정장이라는 조그마한 직책을 가지게 되었을 때도 유방이 술을 마시며 민원 해결사 역할을 하는 동안 문서적이거나 행정적인 일은 소하가 돌봐주었다고 한다.

어느 날 여공이라는 부호가 연회를 베푸는 자리에서 알현하는 상석을 차지하려고 지참금 1만전을 내겠다는 유방의 약조 서한에 "유방은 허풍이나 치지 제대로 일을 마무리 하는 법이 없는 자"라고 여공에게 귀뜸을 한 적도 있다. 그러나 그것은 나중에 지참금 장부를 정리해야 하는 소하의 입장에서 그의 일처리 성격상 여공에게 유방의 1만전 서약 서한은 무효 일 뿐이라 사전에 먼저 밝혔던 것으로 봐야 한다.

아무튼, 그날도 유방이 넉살좋게 외상 상석에 좌정하여 현령과 여공을 면전에서 직접 알현하며 여공의 환심을 사는 것을 뛰어넘어 그의 딸 여치를 아내로 취할 수 있었던 것으로 보아 소하가 이것저것 유방의 편의를 시시콜콜 돌봐 준 것만은 확실하다.

소하가 나이도 10살이나 어린 유방과 어찌하여 그런 관계를 형성되었는지는 알 수 없으나 소하의 입장에서는 자질구레한 말썽을 일으키며 술 마시고 허풍이나 치고 다니는 유방이었지만 기본적으로 그를 좋게 보고 있었던 것이 틀림없다.

따지고 보면 소하와 유방은 정반대의 성향을 가진 인물이었다. 소하는 문서적이었고 섬세했으며 차분히 오늘 듣고 말없이 내일을 꼼꼼하게 준비하는 그런 스타일의 전형이었다. 반면 유방은 허풍이 심했으며 일단 오늘 더불어 마시면서 비범한 용모와 넉살로 주도권을 잡고 떠들 뿐 구체적인 계획에 대

소하

해서는 내일 그 일을 가장 잘 할 만한 사람을 찾아부리거나 소하나 조참, 번쾌, 하우영에게 시키면 될 것이라는 한없이 낙천적인 생각을 가진 사람이었다.

소하는 아마 자신과는 일처리 방법, 살아가는 가치관이 전혀 다른 유방이라는 믿지 않은 사내에게서 어떤 큰 그릇의 공간(=군자불기君子不器) 같은 것을 보았을 것이다. 비유하지면 소하는 정교하게 깍은 하나의 옥그릇이었고 유방은 부피를 가름할 수 없는 투박한 질그릇이었다.

형식적인 관계를 떠나 둘 만의 내면적인 정서도 분명 여느 남들과는 달리 가족이나 형제와 같이 끈끈한 면이 있었다고도 보여 진다. 유방이 정장이 되어 함양으로 요역하러 떠날 때 웬만한 동네 지인들 대부분이 300전씩을 갹출했는데 유독 소하만이 200전을 더해 500전을 보태 주었고 유방은 나중에 황제가 되고 나서 그 일을 정확하게 기억하고 소하에게 식읍 2,000호를 더 하사했다고 한다.

유방이 별 볼 일 없었던 시절 때부터 소하는 유방을 크게 평가했다. 유방 역시 자기 사람에 대해 치하를 할 때에는 아주 소소한 것까지 정확히 기억하며 주고 베푸는 것을 아끼지 않았다.

소하라는 이 탁월한 인물은 처음부터 끝까지 진지했고 위아래를 막론하고 상대방 앞에서는 매사에 여유가 넘쳤다. 매사에 여유가 있었다는 말은 그가 앞일을 준비하는 진중함과 더불어 어떤 상황에서도 항상 히든 카드를 가지고 있었다는 의미와도 상통하는데 초한쟁패 내내 소하의 이러한 면모는 제 때 내리는 비(=급시우及時雨)처럼 빛을 발한다.

어떤 주군이 행정, 보급, 군량, 병사의 충원에 대해 전적으로 믿고 맡길 만 한 협력적 파트너를 선임할 때 이보다 더 크게 요구되는 일등 자질은 없다.

3. 유방을 현령으로 추대하다

유방이 정장이 되어 함양으로 노역자들을 인솔하러 떠났다가 망탕산으로 숨어버렸을 무렵 이미 진나라의 상황은 파국으로 진행되고 있었고 여러 군현의 백성들과 지역 세력들이 봉기하여 각 현령을 몰아내는 반란에 동참하고 있었다.

소하가 있던 패현의 현령 역시 이런 분위기를 감지하고 자기도 죽지 않으려면 유방을 이용해먼저 봉기에 동참하여 선수를 치려고 했으나 정작 번쾌를 시켜 망탕산에 숨어있는 유방을 불러 오라 해놓고서는 나중에 마음이 바뀌어 유방과 같은 패거리라고 여기고 있던 소하와 조참을 죽이려고 하였다.

이때 유방이 "현령을 잡아 죽여야 패현이 무사하다"라는 내용의 방문을 화살에 묶어 성내로 쏘아 보내자 마침내 성내의 백성들도 호응하여 현령을 때려죽이고 성문을 열고 말았다.

반란이 일어나 현령을 죽였으니 사람들이 현령을 대신 할 주모자를 내세워야만 했고 그 주모자는 바로 자신들의 리더가 될 사람이어야만 했다. 소하와 조참이 나서 유방을 내세우자 유방은 그래도 관리였던 소하가 더 어울리지 않겠냐며 물러났다가 거듭되는 요청에 서너 번 더 사양하고 마지못해 현령 자리를 받아들였다.

망탕산에 숨어 있던 유방을 부를 때부터 소하는 패현의 현령이 되어 앞으로 전개될 난세를 헤쳐 나갈 수 있는 인물은 서푼 글이나 읽고 법리를 다투며 시시비비만 다툴 줄 알았던 자신보다는 좀 더 큰 여백을 가진 유방이라는 인물이 혼돈의 여러 상황을 쓸어 담을 수 있는 적임자라고 생각했을 것이다.

이렇게 유방은 운명적으로 패현의 현령이 되었고 이때부터 사람들은 그를 "패공"이라 불렀다. 훗날 유방이 일개 평민이었던 자신이 황제가 될 수 있었던 이유를 들며 첫 번째 공신으로 소하를 지목했듯이 실제로 시골뜨기 유방은 패현의 주리였던 소하로 인해 정장이 되었고 나아가 "패공"이 되어 한치 앞을 예측할 수 없었던 전쟁의 소용돌이 전면으로 뛰어 들게 되었다.

이때 유방의 나이는 39세, 소하는 49세쯤으로 본다. 그들이 난세의 역사에 본격적으로 등장 했던 나이는 당시의 평균수명으로 보자면 유방은 중장년, 그리고 소하는 이미 초로에 접어든 시기였던 것이다.

4. 파촉 한漢나라의 승상

유방의 거병 후 항우의 논공행상이 있기 전까지 소하의 기록은 잘 보이지 않는다. 유방이 항우의 세력으로 편입되고 계속해서 전장을 헤매는 동안 장수가 아니었던 소하가 두각을 나타낼 만한 기록이 없었던 것은 한편으로 당연하다.

소하의 진면목은 유방이 항우보다 먼저 진나라의 함양에 입성했을 때 가장 잘 드러난다. 본래 시골 풍읍의 촌뜨기 출신이었던 유방과 그의 부하들은 진제국의 수도 함양, 아방궁에 들어서자 그야말로 눈이 뒤집혔다. 특히 유방은 완전히 그의 전매특허 취미인 음주와 미인들 속에 몇 날 며칠을 푹 빠져 버렸다.

그러나 소하만은 달랐다. 그는 가장 먼저 혼자서 수도의 승상부에 보관되어 있던 여러 문서와 지도, 어사부의 율령도서와 호적부등을 차곡차곡 수집하여 자신만이 아는 깊숙한 곳에 보관했다. 이로 인해 유방은 훗날 항우와의 전쟁에서 연패에 연패를 거듭하는 상황 속에서도 전국의 도로망. 요새 위치, 곡물생산량, 군인으로 차출할 수 있는 각 지역백성들의 호구 자료를 면밀히 분석했던 소하 덕택에 지구력을 가지고 버텨 나갈 수 있었던 것이다.

항우가 아방궁과 함양을 남김없이 다 태워 버린 것에 비하면 소하가 미래를 내다보고 준비했던 이러한 혜안과 식견은 오로지 그만이 가지는 탁월함이다. 제갈공명은 소하 앞에서 한없이 자신을 낮추어 그를 춘추오패 제환공을 도운 명재상 관중에 비유하며 자신은 도저히 따라갈 수 없는 인물이라고 했다.

항우의 논공행상으로 유방이 가장 외진 곳, 오지중의 오지 파촉의 한왕으로 봉해져서 거의 추방되어 나가다시피 할 때, 그리고 그 후 파촉에 쳐 박혀 있는 유방을 견제하여 삼진(=삼진三秦, 장한, 동예, 사마흔은 패망한 진나라 세 장수였고 항우는 그들을 각각 옹왕, 적왕, 새왕에 봉하고 파촉의 한왕 유방을 견제했다.)이 둘러싸고 막아 버린 형세가 되었을 때 유방은 절망감에 화가 머리끝까지 차올라 이래 죽어도 그만, 저래 죽어도 그만이니 항우를 공격하지고 했고 주발, 번쾌, 관영도 이에 동조했다. 하지만 오로지 소하만이 반대하며 목숨을 걸고 이들을 저지하였다.

〈"비록 한중 좋지 않은 땅의 왕이 되었지만 이는 죽는 것보다 낫습니다. 무작정 돌격하여 죽는 것보다 일단 살아서 힘을 기르는 게 낫지 않겠습니까?"〉

이에 유방이 격분했다.

〈"그럼 너부터 죽이고 시작할까?"〉

그러나 소하는 태연하게 응수했다.

〈"지금 상황이 여의치 않아 백번 싸우면 백번 지는데 죽지 않는다 한들 어찌 되겠습니까? 여기서 죽으나 항우와 싸우다 죽으나 무슨 차이가 있겠습니까? 그리 말씀하시니 제가 저승에 먼저 가서 기다리고 있겠습니다."〉

이에 유방도 더이상 화를 내지 못하고 소하의 말을 듣기로 하였다.
그리고 바로 그를 승상으로 임명했다.
소하는 결정적인 순간에는 항상 유방에게 서슴지 않고 직언했으며 유방은 딴 사람 말은 몰라도 때로는 견해가 상충될 때에도 소하의 말은 항상 투덜거리며 들어주었다. 소하를 알게 된 이후 소싯적부터 소하의 말을 들어서 나쁘게 된 적이 없었다는 것을 경험상 잘 알고 있었던 유방이었다.

5. 한신을 대장군으로 천거하다

한신이 항우의 수하로서 집극랑이라는 말단 직위에 있으면서도 자주 항우에게 천하안정계략을 적어 올렸지만 끝내 항우에게 주목받지 못하였고 계속되는 항우의 포악한 대학살에 실망한 한신이 항우의 곁을 떠나 파촉의 유방에게로 오기 전에, 당시만 해도 볼모처럼 항우의 진영에 있을 수밖에 없었던 장량이 한신이 올린 상소문을 보고 이 대단한 인물이 과연 누구일까 궁금해해다가 마침내 그가 회음 출신의 한신이었다는 것을 알고 곧바로 추천서를 써주며 파촉으로 가서 유방을 도와 천하를 안정시키고 두 사람의 모국 한韓나라를 복위시키자는 의기투합했다는 이야기가 있다.(=<u>장량과 한신의 첫 조우에 대해서는 여러 견해가 있다.</u>)

유방의 군대가 파촉으로 들어갈 때 항우의 의심을 피하고자 일부러 잔도를 태워버렸기 때문에 잔도가 있었던 원래의 경로로 파촉에 들어갈 수가 없었던 한신이 중원에서 파촉으로 들어가는 진창도의 지도를 구하여 천신만고 끝에 파촉으로 들어가게 되었다는 기록도 있고 또 다른 기록은 홍문의 연이 있은 후 유방이 파촉으로 들어 갈 때 항우의 진영을 떠난 한신이 유방의 대오에 합류했다는 기록도 있는 데 아마 후자가 더 근거 있는 것으로 보인다.

단, 훗날 항우를 격파하기 위해 동진할 때 태워버린 잔도를 보수하여 잔도의 경로로 나오는 척하다가 진창도의 경로로 뚫고 나와서 삼진을 돌파했다는 역사의 기록은 분명하다.(=<u>이때 이야기되는 잔도가 바로 포사도이다. 관중과 파촉을 연결하는 주 교통로로서 동서로 뻗은 진령산맥을 넘어가는 가장 단거리이면서 가장 위험한 도로로서 아래로 포수라는 강물이 흐르는 경사면을 따라서 만든 길이라 하여 포사도라 불렀다. 길을 낼 수 없었던 험지의 일부 구간은 경사면 절벽에 구멍을 파고 나무기둥과 쇠붙이로 지지대를 끼운 뒤 널빤지로 사람이나 말이 겨우 지나갈 수 있도록 뒤딤판을 연결해 만든 좁은 잔도로서 포사도의 총길이는 현재의 거리 단위로 약 200km에 이른다</u>)

항우를 떠나 파촉에 도착한 한신은 유방의 무관심과 괄시 아래 하우영에 의해 말단인 치속도위(=<u>병참의 수납 반출 담당</u>)에 임명되었다. 나중 한신을 이야기하는 강講에서 자세히 다루겠지만 이 때 파촉으로 향하던 유방군의 사기는 무척 저하되어 있었는데 남정이란 곳에 이르게 되자 말과 풍습이 전혀 다른 산간벽지 오지의 사정을 견디지 못하고 여러 장수들과 군졸들이 저마다 고향을 그리워하며 하루에도 수십 명씩 탈영하고 마는 상황이 발생하였다.

이때 한신도 자신에 대한 처우에 실망하여 촉을 떠나 버리자 소하는 유방에게 자총지종을 이야기하지도 않은 채 큰 인물을 놓쳤다 판단하고 떠나버린 한신을 찾아 나섰다. 이때 유방은 이제 소하마저 자신을 떠나버렸다고 여기며 낙담하고 있었는데 소하가 3일간이나 뒤따라가 한신을 다시 데리고 왔다.

유방은 소하가 돌아오자 일단은 내심 기뻐하면서도 화를 내며 그 이유를 물었다. 소하는 한신이 떠나버려 그를 데리러 갔다 온 것이라 설명하고 유방에게 한신을 대장군으로 추천하였다. 소하는 치속도위 한신을 유심히 관찰하는 동안 이 인물이야말로 유방의 군대가 파촉에서 힘을 기른 후 삼진을 뚫고 관중으로 동진할 수 있는 기회를 마련해 줄 바로 그 대장군의 재목이라 확신하게 되었다.

반면 유방은 도망간 한신 같은 놈을 데리러 승상이 직접 찾아 나서 3일간이나 자리를 비운 것도 못마땅하였고 더군다나 모든 장수와 병사들을 지휘하는 대장군 자리에 일개 치속도위에 지나지 않았던 한신을 추천하겠다는 소하에게 화를 내며 실랑이를 벌였다.

소하가 끝까지 유방을 설득하자 마지못해 유방은 화를 내며 자리를 뜨려 하였다.

〈"그럼 대장군을 하라고 해!"〉

이에 소하가 다시 차분히 직언하였다.

〈"대왕께서는 평소에 너무나도 오만무례 하십니다. 방금 대장군으로 임명한다는 분부를 내려놓고도 어찌 앞으로 모든 병사들을 다스려야 할 대장군을 대하는 태도가 마치 어린아이를 대하듯 그러 하십니까? 이런 오만한 태도 때문에 한신 같은 호걸들이 대왕의 곁을 떠나려 하는 것입니다. 대왕께서 진정으로 한신을 대장군으로 임명하시려거든 반드시 길한 날을 잡아서 목욕재계를 하시고 재단을 세우고 크게 예를 갖추어 의식을 거행해야 모두가 대장군을 따를 것입니다.">

그제야 유방은 소하의 말이 옳다 여겨 한신에게 예를 다하고 날을 잡아 대장군(=<u>파초대원수破楚大元首</u>)임명식을 거행하였다. 나중 한신의 강講에서 밝히겠지만 이렇게 한신을 대장군으로 추천한 이가 바로 소하였지만 이 둘은 훗날 여태후로 인하여 생사의 갈림길에서 전혀 다른 길을 가야하는 상대를 안타깝게 마주 볼 수밖에 없는 운명으로 어긋나고 만다.

6. 유방이 전쟁을 할 수 있도록 모든 기반을 마련해 준 사람

한신을 얻은 유방이 마침내 진창도로 진격하여 삼진을 평정할 때 소하는 남정에 남아 파촉을 장악하며 법령을 반포하고 이 지역을 확실한 유방의 근거지로 만들었다. 삼진을 평정하는 동안의 보급과 군량, 마초는 모두 소하가 이 지역에서 마련한 부세府稅 덕택이었다.

BC 205년 삼진을 평정한 유방이 마침내 여러 제후들과 함께 서초패왕 항우에게 도전할 때도 소하는 유방과 같이 움직이지 않았고 훗날의 혜제가 되는 유방의 아들 유영과 함께 역양에 남아 관중 땅을 지켰다. 이때 소하는 단순히 관중 땅만 지킨 게 아니라 한나라의 종묘와 사직을 세우고 궁성을 건축하며 법령을 제정하고 군현을 다시 정비하여 행정조직을 완비했다. 그리고 전쟁의 근간이 되는 군량, 즉 곡창을 확보했다.

유방이 전쟁을 치르는 동안 거의 소하 혼자서 국가의 기반의 주춧돌을 마련해 놓은 것이라 볼 수 있다. 이후 항우와 유방의 전쟁이 장기화되자 소하의 이러한 기반과 준비가 빛을 발하게 되는데, 큰 그림으로 전쟁의 양상의 그려보자면 유방은 항우에게 번번이 패하며 막대한 인력과 물자를 잃었지만 그때마다 소하가 후방에서 끊임없이 보급을 정확하게 조달해 주었고 유방이 악전고투 속에서도 소하의 후방지원으로 말미암아 항우의 가열찬 공세를 전전긍긍하며 아슬아슬하게 견디는 사이 한신의 군대가 북방을 완전히 장악해 버리면서 초한쟁패의 대세는 점점 유방에게로 기울어질 수 있던 것이었다.

이를테면 팽성 대전에서 유방의 56만의 대군이 항우에게 처참히 박살나자 유방은 형양성으로 도망쳐 패잔병을 모아 재기를 시도했는데 이때 후방의 소하가 관중의 노약자까지 끌어모아 병력을 다시 만들어 보내주었고 유방은 이 병력을 바탕으로 초나라의 맹공을 버텨낼 수 있었다.

훗날 유방이 회상하기를 …

〈"도저히 버틸 방도가 없어 관중 땅 전체를 포기하고 다시 도망치려고 할 때 소하가 보내 준 아군 10만 명이 후진에서 몰려오고 있었다"〉

이 지원군을 본 유방이 소하에 대해 어떤 생각을 가졌을까 하는 것은 짐작으로 알 만하다.

항우의 후방에서 초군의 꼬리를 물고 늘어지는 팽월과 마찬가지로 형양성 농성에서 소하의 후방지원이 없었더라면 유방은 일치감치 항우에게 사로잡히는 신세가 되고 말았을 것이다. 형양농성에서 유방을 살아남게 만든 일등공신은 누가 뭐래도 바로 유방의 후방에서 물자를 지원해 준 소하와 항우의 후방을 공격해 준 팽월이었다.

소하와 유방은 원래 관중 지역의 사람이 아니었다. 중국대륙의 경계로 치자면 동남 끝 패현으로부터 북서 끝 관중으로 진입해 온 이방인異邦人들이었다. 그럼에도 불구하고 주력군이 출정 중이서 본거지의 경비가 최소의 병력으로만 유지되고 있던 관중 땅에서 타향의 백성들로 하여금 10만 명이나 되는 긴급전시군역과 군비를 충당할 수 있었다는 것은 혼자서 근거지를 감당하고 있던 소하의 대단한 위기관리능력을 여실히 보여준다.

항우의 신안대학살과는 비교되게 그 지역 백성들은 이미 소하를 자기들이 믿고 따를 수 있는 재상으로 인정하고 있었다는 의미이다. 물은 배를 띄우기도 하고 가라앉게도 한다는 질문을 던져놓고 "전시객지동원병력"이라는 이 의미를 조금만 자세히 살펴본다면 답은 간단히 나온다.

지역민심이 미세하게라도 다른 방향으로 흐트러지면 곧바로 반란이 될 수도 있다는 점에서 소하에 대한 지역백성들의 신뢰감이 어느 정도였는지 짐작할 만하다.

아무리 거듭 강조하더라도 전시에… 특히 어제와 오늘 한 지역을 장악하는 군대가 달라 질 수 있는 상황에서 그 땅에 터전을 두고 살아왔던 일반백성들로부터 객지에서 온 전시戰時승상이 이러한 평판을 얻었다는 것은 결코 쉬운 일이 아니며 결코 아무나 할 수 있는 일이 아닌 것이다.

유방은 전선에서 항우를 막느라 바빠 자신의 본거지를 전적으로 소하에게 맡겼는데 유방은 소하가 배신할 지도 모른다는 생각에 시도 때도 없이 사람을 보내 소하를 칭찬하고 있었다. 유방도 소하가 배신하면 끝이라는 생각을 분명히 하고 있었다는 의미이고 소하를 칭찬하는 것 이외에는 다른 방도가 없었다고 봐야 한다.

그러나 소하는 자만하지 않았고 이때 포생이라는 사람이 소하에게 충고하기를….

〈"한왕은 전장에 나가 풍찬노숙하며 목숨을 걸고 싸움에 임하고 있음에도 오히려 사자를 보내 승상을 위로하고 있습니다. 이는 한왕이 승상을 의심하고 있다는 의미입니다. 승상을 위해 한 말씀을 드리자면 승상께서는 자식과 손자, 형제들 중에서 싸울 수 있는 장정을 모두 모아 한왕에게 보내고 그들에게 한왕을 도와 온 힘을 다하라 하십시오. 한왕은 필시 승상에 대해 안심하고 더욱 더 신임하게 될 것입니다."〉

소하는 포생의 말대로 시행했다. 소하는 겸허했으며 뛰어난 처세로 군주에게 가장 의심받을 수밖에 없는 상황에서도 군주의 마음을 헤아렸지 그 의심을 탓하지 않았다.

오늘을 사는 전 세계의 모든 지도자들은 소하 정도의 인물을 둔 2,200년 전의 유방이라는 리더를 부러워해야 된다. 유방과 소하의 시대가 지난 약 1,000년 후 중국 땅을 장악한 거란족의 창업군주, 요나라의 태조 "야율아보기"가 유방과 소하의 관계를 칭송하여 행한 바가 있는데 이는 다음 장의 끝부분에서 살펴보기로 한다.

7. 한漢제국의 상국相國

해하에서 유방이 항우에게 승리를 거두고 천하가 평정되고 나자 천하통일에 힘쓴 공신들에 대한 논공행상을 할 차례가 되었으나 유방을 도운 모두가 나서 자신의 공이 가장 크다고 싸우는 바람에 거의 1년이 지나도록 결론을 내지 못하고 있었다.

<"군신들이 연회석에서 서로 공을 다투다가 심지어는 술에 취해 망동하여 검을 뽑아 기둥을 내리친 자들도 있었으니 고조가 이를 보고 매우 근심하였다.">

<유경열전>에 표현된 기록인데 이를 살펴보면 유방이 이끌었던 집단의 스타일이 잘 드러난다. 이들은 유방이라는 보스를 중심으로 모인 협객들과도 같았다. 말이 협객집단이지 한마디로 하자면 사적인 인간관계중심의 건달수준 조직구조였던 셈이다.

<"모래가 모여 산을 이루고 냇물이 모여 바다가 되듯 고조께서는 천하의 여러 인재를 모아 대업을 이루셨으니….">

이렇게 거창한 표현도 그 실상을 살펴보면 쉽게 말해 무일푼이었던 유방이 여러 사람으로부터 돈을 빌려 회사를 창업하여 돈을 벌었으니 이제 빌렸던 것을 갚아야 할 사람들이 많았고 제사가 끝났으니 다들 제삿밥에 군침을 흘리고 있었다는 의미가 된다.

유방이 한제국이라는 그룹의 회장이 되고 나서도 초창기에는 그들의 지분, 배당구조가 오늘날의 애플이나 삼성전자와 같이 체계적인 회계구조의 상장회사가 아니었기 때문에 저마다 자기 공이 크다고 내세우며 유방과의 사적인 관계를 얽어 각자가 주관적인 판단의 지분을 주장하고 있었던 것이다.

이때 보다 못한 유방이 소하를 찬후酇侯에 봉하고 개국공신중 가장 많은 식읍을 하사하니 이에 여러 장수들이 모두 들고 일어나 반발하였다.

<"우리들은 모두 갑옷을 두르고 병장기를 손에 들고 전투에 직접 참가하기를 많게는 100번 적게는 10여 차례 하였습니다. 성을 공격

하여 점령했고 적군의 땅을 평정함으로서 모두가 크고 작은 전공을 세웠습니다. 그러나 소하에게 어찌 우리와 같이 전투에 참가하여 힘들여 싸운 공로가 있다고 하겠습니까? 그는 단지 필묵을 잡고 입으로만 전쟁을 했을 뿐 전투에는 한 번도 참가하지 않았습니다. 그런데 폐하께서는 오히려 소하의 공을 우리들의 맨 위로 올려놓으시니 이것은 도대체 무슨 까닭이십니까?"〉

유방이 대답하기를

〈"너희들은 사냥개를 알고 있느냐?"〉

〈"사냥을 할 때 짐승을 추격하여 물어뜯어 잡는 것은 사냥개의 역할이다. 그러나 짐승의 종적을 추격하여 숨어 있는 곳을 사냥개에게 알려주는 것은 사냥꾼의 임무이다. 지금 그대들이 한 일이라고는 간신히 짐승들을 잡아 왔을 뿐이므로 그 공로로 말하자면 너희들은 사냥개인 셈이다"〉

〈"그러나 소하는 짐승들의 소재를 파악하여 사냥개에게 그 목표를 정확히 알려주어 잡아오게 하는 것이었다. 그 공로는 마치 사냥꾼과 같은 것이라 할 것이다. 또한 너희들은 혼자서 나를 따랐으나 소하는 자기네 일족들 모두로 하여금 나를 따르게 하여 천하를 횡행하며 전쟁을 치르게 했다, 이유가 그러하니 내가 어찌 소하의 공적을 잊을 수 있겠는가?"〉

이에 모든 군신들이 조용해졌다.

일단 소하를 필두로 모두 봉작을 받고 나자 이번에는 다시 여러 군신들이 공신의 서열을 정해달라고 간청하면서 조참을 최고 공신서열에 추천하였다. 조참이 수많은 전투에 참여하면서 몸에 70여 군데 상처가 생겼다는 것이 그 이유였는데 유방은 군신들의 반대를 꺾어 버리고 소하에게 최고의 봉작을 주었는데 이제 와서 다시 조참을 최고 공신서열에 올리면 또다시 이런 저런 말이 나올 것 같아 서열도 소하가 공신들 중 최고라고 확정하고 싶어 했다.

이때 유방의 심기를 알아차린 관내후關內侯 악천추가 말하기를

〈"여러 대신들의 생각은 옳지 않습니다. 조참이 전쟁터를 누비고 다니며 적군의 성과 땅을 점령한 공적은 비록 크다 하겠으나 그것은 일시적인 공로에 불가한 것입니다. 항왕과 5년 동안 서로 대치하고 전투를 벌인 폐하께서는 여러 번에 걸쳐 싸움에서 지고 그때마다 그 군사들이 모두 달아나 뿔뿔이 흩어져 버리자 혈혈단신으로 도망치기를 몇 번이나 반복했는지 모릅니다."〉

〈"그러나 그럴 때마다 소하는 관중의 자제들을 모아 폐하가 계시는 곳으로 보내 잃어버린 병력을 보충해 주었습니다. 그러한 일들은 모두 폐하의 지시를 받고 한 것이 아니라 소하 스스로 알아서 한 것입니다, 또한 관중에서 수만의 군사들이 전선으로 올 때는 언제나 폐하께서 싸움에서 패한 직후 가장 위급한 때였습니다."〉

〈"한군과 초군이 형양에서 몇 년간에 걸쳐 대치할 때 군중에는 양식이 하나도 남아있지 않았습니다. 이에 소하가 관중에서 수레나 선

박으로 양식을 보내주지 않았다면 한군은 모두 굶어 죽었을 것입니다. 폐하께서 비록 여러 번에 걸쳐 여러 지역에서 패하는 동안 소하가 오로지 관중을 굳건히 보전할 수 있었기에 만세에 길이 빛 날 공훈을 세웠다고 하겠습니다.">〉

〈"지금 비록 조참과 같은 사람이 100명이 있다 한들 한왕실에 무슨 이득이 있겠습니까? 한왕실은 조참과 같은 사람을 얻음으로서 굳건히 될 수 있는 것이 아닙니다. 어찌하여 일시적인 공훈을 세운 이를 만세에 길이 빛 날 공적을 세운 사람 앞에 놓으시려 하십니까? 마땅히 소하의 공을 맨 위로 올리시고 조참을 그 다음으로 하십시오"〉

유방은 악천추의 말에 크게 흡족해 했고 소하에게 구석의 예우를 하사하였다. 소하를 두둔하고 유방의 심기를 읽은 악천추도 크게 보상 받았으며 유방은 소하에게 구석의 예우 이외에 2,000호의 식읍을 더해주었다. 이는 과거 유방이 살아서 돌아오기 힘든 함양으로 노역을 떠날 때 소하만이 200전을 더 주었던 일을 기억했기 때문이었다.

이렇게 논공행상이 끝나고 개국 초창기의 사태가 수습되어질 무렵 진희의 반란이 일어났고 유방은 반란을 진압하기 위해 출정했다. 이때 관중에 있던 한신이 진희의 반란을 돕기로 했다는 소문이 떠돌았고 신빙성의 여부를 떠나 이때 이미 여태후는 한신을 개국 초창기의 최고 위험인물로 지목하고 그를 처리하려 했었다고 보여 진다.

그러나 한신은 워낙 용병술이 뛰어난데다 임기응변이 대단하니 함부로 적대의사를 표출할 수는 없어 여태후는 소하와 상의하였다. 한신을 천거한 사람도 소하이고 초한쟁패 당시 한신만큼 전공을 세운 사람이 없으니 소하정도 되는 사람을 이용해서 처리하기로 작정했던 것이다.

여기서 두 가지 의문점이 생긴다, 첫째는 한신에게 진짜 역모의 마음이 있었느냐는 의문이고

또 하나는 소하가 어떻게 한신을 처단할 수 있었을까 하는 물음이다. 처단의 방법을 말하는 것이 아니라 심적인 부담을 말 하는 것이다.

한신에게 확실한 역린의 증좌가 있었다면 소하는 유방이 없는 동안 한왕실의 보존을 위해서라도 반드시 한신을 처단했어야만 했다. 그가 반란에 가담한다면 소하에게 한신은 자신이 천거한 옛날의 동지가 아니라 말 그대로 한왕실의 가장 큰 위협적인 인물이었기에 반드시 제거해야 할 난적이었다.

그러나 역모의 확실한 증거는 없었고 한신은 이미 제왕에서 초왕으로 그리고 다시 회음후로 강등되어 그 세력이 한 풀 꺾인 상태였다. 이로부터 소하가 죽을 때 까지 3년간 소하 자신을 괴롭혔던 딜레마가 시작된 것이며 결국 소하는 여태후나 유방의 심중에 반反하지 않고 자신의 심적 부담도 덜기 위해서라도 한신에게 역모의 의도가 있었다는 결론을 내리게 된 것 같다.

사실 한신은 과거 본인이 북벌에 성공하고 제왕이 되었을 때, 그 후 유방이 항우에게 계속해서 쫓기며 곤란한 지경에 빠졌을 때, 즉 유방이 이긴다는 확실한 보장이 없었을 때 유방의 심기를 불편하게 만들며 자신의 미래와 유방과의 관계를 저울질 한 적이 두세 차례 있었다.

결론적으로 소하는 풍읍 시절 때부터 그러하였듯이 끝까지 유방의 편에 서고 말았다. 유방이 이미 진희의 반란을 진압하였으니 궁에서 축하연을 마련했다고 거짓으로 한신에게 기별한 후 여태후와의 관계를 고려하여 축하연에 참석하지 않으면 다른 오해를 살 수도 있으니 꼭 참석하라 충고하였다. 한신은 그 당시 병을 핑계 삼아 조정에 출조조차 하지 않고 있었다.

장량은 이미 여태후의 한신 제거 의중과 유방의 권력욕에 염증을 느끼고 "공이 있으면 반드시 먼저 물러날 줄 알아야 험한 지경에 이르지 않는다."라는 생각으로 모든 권력을 내려놓고 약재를 연구하는 일에만 몰두했다. 한신

보다는 역시 장량이 한수 위의 인물이었던 것이다. 유방이 황제가 된 직후 장량은 향후 일어날 사태에 대해 모든 것을 파악하고 그들의 정치와 권력으로부터 멀어져 자신은 속세를 떠난 초로의 선인仙人 처세를 했다.

한신은 소하의 청에 의심을 버리고 초대에 응했으나 말했다시피 구석의 예우를 받은 소하를 제외하고는 어느 누구도 황제가 거처하는 궁에 출입할 때는 칼을 가지고 들어 올 수 없었고 궁에 들어온 이상 한신은 이미 우리에 갇힌 사냥감이 신세가 되고 말았다. 장락궁의 정문을 통과해 두 번째 출입문으로 들어와서 연회장으로 가는 활로가 없는 통로에서 여태후가 이미 준비해 두었던 무사들에게 사로잡혀 심문도 재판도 없이 그날 바로 죽음을 맞이하고 말았다.

한신은 소하의 추천으로 성공하였고 소하가 딜레마 속에서 내린 결론으로 죽임을 당하고 말았으니 이를 두고 성야소야成也蕭何 패야소하敗也蕭何 "한신을 성공시킨 것도 소하고 한신을 죽게 만든 것도 소하다"라는 말이 나오게 되었다.

유방이 없는 사이에 일어난 일이었지만 유방이 진희의 반란을 진압하고 장안으로 돌아왔을 때 유방은 소하가 한신을 죽이는 데 한몫 했다는 말을 듣고 소하에게 식읍 5,000호를 더해 주었다.

유방은 등극하고 나서 진나라 시대의 홍락궁을 보수하여 장락궁이라 이름을 바꾸고 사용하고 있었는데 소하는 장락궁을 대신할 새로운 궁궐 미양궁을 건설하고 있었다. 이때 한왕 신의 반란이 일어나서 유방이 친정하여 난을 진압하고 귀경했을 때 건설 중인 미양궁의 규모를 보고 소하를 탓하기를 각지에서 반란이 일어나서 아직 천하가 완전히 안정되지 못한 마당에 백성들의 부담도 클 터인데 궁궐의 축조가 너무 과하지 않느냐고 질책했다.

〈"천하가 아직 안정이 되지 않았기 때문에 궁궐을 짓는 것을 미룰 수 없습니다. 무릇 천자가 사해를 자신의 집으로 삼기 위해서는 그 궁궐이 장려하지 않으면 위엄을 세울 수 없으니 앞으로는 이보다 더 큰 궁궐을 짓지 말도록 명을 내리시기만 하면 됩니다.">

소하가 이렇게 대답하자 유방은 소하의 의중을 파악하고 흡족해했다.

유방이 소하에게 식읍 5,000호와 호위대를 하사하고 각지의 반란을 진압하러 다시 떠나자 소평이라는 자가 말하기를

<"이제 상국의 몸에 화가 미친 듯합니다. 지금 황제께서는 반란군을 소탕하러 친히 외지로 출정하셨는데 상국께서는 크게 고생도 하지 않고 포상이 늘어났으니 이게 과연 좋은 일이라고 할 수 있을까요? 지금 황제는 한신의 반란 때문에 몹시 놀란 상태인데 지금 호위대를 하사하신 것은 과연 좋은 의도일까요?">

이에 소하는 추가 식읍과 호위대를 모두 사양하고 자신의 모든 가산을 황제의 출정 군비로 사용하게 하니 이에 유방은 의심을 풀었다.

이후 BC 195년 유방은 구강왕 경포가 반란을 일으켜 다시 출정을 나간 상태였는데 이때도 유방은 계속해서 사람을 보내 소하가 무엇을 하고 있는지 반복해서 알아보자 소하의 주변 사람들이 충고하였다.

<"상국께서는 이제 멸족될 날이 얼마 남지 않았습니다. 지금 황제가 그대를 여러 번 시험하는 것은 그대의 명성이 너무 엄청나서 그런 것입니다. 그러니 일부러 그 명성을 떨어뜨리는 것이 좋을 것입니다.">

이에 소하는 백성들의 집 여러 채를 싸게 사들여서 명성을 더럽혔다. 즉 요샛말로 하자면 국무총리가 강남 부동산 투기를 하여 명성을 더럽히는 짓을 스스로 자행한 것으로 보면 된다.

이에 유방은 전장에서 이 소문을 듣고 어느 정도 안심을 했는데 귀환하는 길에 보니 백성들이 소하를 원망하며 상국이 강제로 백성들의 집을 싼 값에 사들여 많은 사람이 집을 헐 값에 빼앗겼다고 하자 진심으로 이를 믿게 되었다 한다.

이후 소하가 황제 전용 사냥터 상림원을 개방하여 백성들의 농지로 사용하게 해 달라고 주청을 올리자 유방은 진시황과 이사를 거론하며 허물은 신하가 취하고 업적은 군주에게 양보해야 하는 것이 미덕인데 소하는 황제의 재산을 이용하여 업적을 취하려 하였으니 괘씸하다 여겨 소하를 옥에 가두어 버리고 말았다.

이에 왕위위가 즉각 반박하여 말하기를

〈"폐하가 항우, 영포, 진희와 싸울 때도 관중을 굳게 지킨 것은 소하였습니다. 그때 상국이 한 발짝만 움직였어도 폐하를 무너뜨리고 자신의 천하대업을 이루었을 텐데 이제 와서 소하가 업적을 탐하여 일을 꾸몄다 하십니까? 그리고 진시황과 이사의 경우를 말씀하셨으니 그렇게 군주에게만 공이 돌아갔던 탓에 진시황이 자신의 허물을 마다하고 듣기 싫은 말에는 귀를 닫아 결국 진나라가 망한 것입니다. 어찌하여 이제 와서 진시황과 이사를 본받겠다고 그런 천박한 말씀을 하십니까?"〉

왕위 위의 그 말을 들은 유방은 뉘우치는 바가 생겨 소하를 곧바로 석방하였다. 감옥에서 나온 소하는 맨발로 유방을 찾아가 머리를 숙였고 유방도

"너는 끝까지 착하기만 하고 유능한 신하인데 너를 의심한 나는 네가 평소에 말한 대로 진짜 걸주와 같은 폭군이었다."라며 소하에게 진심으로 사죄하였다.

이날 이후 유방은 더 이상 소하를 의심하지 않았고 영포와의 싸움에서 입은 부상이 점점 깊어져 그해 사망하고 말았다. 사실 유방은 말년에 자신이 사라진 후 소하정도의 인물이 다른 마음을 먹으면 언제든지 자신이 이룬 제국이 무너질 수도 있을 거라는 의심을 했던 것으로 보인다.

8. 소하의 죽음과 후대의 평가

유방이 죽고 2년 후 혜제 2년 소하도 병에 걸려 죽을 날이 다가오자 혜제가 직접 소하를 찾아가 문병하며 차기 재상을 누구로 지명하는 것이 좋을 것인가에 대해서 물었다. 황제께서 더 잘 아실 것이라던 소하는 혜제가 "조참이 어떠한가?"라고 다시 묻자

〈"황제께서는 좋은 재상을 얻었으니 이제 소하는 죽어도 여한이 없습니다."〉

라고 대답하였다. 소하는 전답과 가옥을 살 때에는 항상 외딴 벽지에 마련했는데 집을 지을 때도 담장을 세우지 아니 하였다고 한다. 소하의 유언은 다음과 같다.

〈"나의 후대가 현명하다면 나의 검소함을 배울 것이고 현명하지 않더라도 권세 있는 자들에게 빼앗기지는 않을 것이다."〉

소하가 죽고 조참이 재상이 되자 조참은 정말 일부러 아무 일도 하지 않고 마냥 놀며 술만 마셨는데 혜제가 그것을 의아해 여기자

〈"폐하께서도 선제보다도 못하시고 저도 소하에 미치지 못하는데 소하가 만들어 놓은 그대로 해야지 제가 무슨 새로운 일을 만들어 저의 일을 하는 척 하겠습니까? 소규조수蕭規曹隨 저 조참은 소하의 규범을 따르기만 해도 됩니다."〉

그 전까지 조참의 나태함에 의문을 가지던 혜제도 조참의 그 이야기를 듣고 바로 납득했다고 한다.

소하는 관중과 제갈량과 더불어 중국사 최고의 명재상이었다. 〈소상국세가〉에 따르면 소하가 죽고 난 뒤에도 황실은 "소하의 공훈은 다른 공신들과 비교 할 수 없다"하여 그의 작위를 대대로 후손들이 이어 지키게 하고 최상의 예후를 다했다.

그는 최고의 인사 책임자였으며 조직 관리자였고 치밀한 병참 관리자였다. 아울러 전시 승상으로서 주군이 자리를 비운 사이 모든 행정력과 정보력을 동원해 주군을 지원하고 성실함으로 백성을 돌보았다.

훗날 거란족으로 요나라를 세우게 되는 태조 "야율아보기"마저 유방과 소하의 관계를 지극히 존중하여 자신의 성은 중국 성씨인 유劉로 부하들은 소蕭로 바꾸겠다고 명하였다. 이에 신하들이 "황제가 된 자는 성을 바꿀 수 없다"라고 하자 신하들 중 충복들에 대해서는 소씨로 바꾸라 명했다 한다. 소하는 자신의 사후 1,000년이 지나서 졸지에 자발적인 거란족 입양 후손을 대대적으로 새로 두게 되었다.

고려를 침범한 거란 출신의 장수들 중 소손녕, 소배압등과 같이 귀에 익은 소씨蕭氏들이 많은 것은 바로 이 까닭이다.

사마천의 평가를 끝으로 건한삼걸 으뜸 인물 소하에 대한 강講을 마친다.

〈"백성들이 진나라의 가혹한 법에 원한을 품고 있다는 정황을 파악하고 역사의 흐름에 순응하여 오래된 것을 버리고 새로운 것을 만들어 백성들에게 베풀었다. 한신, 경포등 한나라의 창업공신들이 전부 주살되었으나 소하가 이룬 공적만큼은 찬란히 빛났다. 그의 지위는 공신 중의 으뜸이었으며 그 명성은 후세까지 전해져 주문왕을 도와 주나라를 일으킨 굉요宏夭와 산의생散宜生에 비견될 만했다."〉

5

깨어진 거울

국사무쌍國士無雙 **한신韓信**

1. 개요

중국 초한쟁패 시기 한나라의 초대 대장군이다. 당대의 군사적 상식을 파격적으로 뒤집고 연전연승한 중국사 최고의 천재 병법가이다. 젊은 시절과 항우의 군대에 있을 때에는 무능한 인물로 취급받았으나 항우를 떠나 유방의 진영에 합류한 후 기재를 인정받아 대장군이 되었다.

파촉으로 유배당한 한군을 이끌고 암도진창으로 동진하였으며 장한, 사마흔, 동예의 삼진을 평정하여 관중 땅을 확보한 후 한나라의 기반을 마련했다. 이후 약세였던 유방의 군대를 이끌고 탁월한 전술로 대, 조, 연, 제나라를 차례로 평정하며 북벌에 성공하고 마침내 해하에서 항우의 초나라마저 멸망시켜 초한쟁패 승리의 결정적인 역활을 주도했다.

장량, 소하와 더불어 한삼걸의 한 사람으로 무수한 공적으로 유방에게 천하를 안겨주고 자신도 제왕과 초왕에 오른 입지전적인 인물로서 걸식표모, 일반천금, 과하지욕, 국사무쌍, 명수잔도, 암도진창, 배수진, 다다익선, 사면초가, 토사구팽등과 같은 수많은 고사성어의 유래와 관련이 있다.

화북평정에 성공하고 독자적인 군벌로 우뚝 설수 있는 기회가 왔을 때 유방과의 관계에서 고민하다 기회를 놓치고 훗날 유방이 황제에 등극한 이후 그것이 빌미가 되어 회음후로 강등되었다가 유방의 부인 여태후의 계략에 의해 주살된다.

제왕, 초왕 대신 대개 회음후淮陰候 한신, 또는 대장군 한신, 파초대원수라 불려지고 〈사기〉에서는 〈회음후 열전〉에 기록되어있다.

성은 한韓이며 휘는 신信이다.

한신의 생년에 대해서는 정확한 기록이 남아 있지 않다. 단, BC 247년생인 유방보다는 어리며 BC 232년생인 항우보다는 나이가 많은 것은 확실하다. 회음(=현 강소성 회음)에서 태어났으며 BC 196년 장안(=현 섬서성 서안시)에서 사망하였다. 사망 당시의 나이는 40세 정도로 추정된다.

2. 젊은 시절 겁쟁이 한신, 걸식표모乞食漂母, 과하지욕胯下之辱

한신의 성이 한韓씨라서 망해버린 한韓나라의 멸족된 왕족 혹은 가세가 기운 귀족으로도 알려져 있으나 그 근거는 매우 희박하다. 출생년도도 불분명하며 젊은 시절 밥을 빌어먹고 다닐 만큼 곤궁한 생활을 하였다. 여성같이 생긴 곱상한 외모로 큰 키에 남루한 긴 장옷을 입고 다녔으며 항상 긴 칼을 차고 다녀 모두가 그를 망해버린 귀족이라 여겼을 뿐 어느 누구도 가난뱅이 한신을 유심히 거들 떠 보지 않았다.

마을의 정장이 한신의 사정을 알고 밥을 빌어 주었는데 정장의 아내가 백수 거렁뱅이 한신을 몹시 싫어하여 일부러 새벽에 남편에게만 밥을 지어 먹여 한신이 빈대짓 하는 것을 못하게 만드니 한신이 그 뜻을 알고 정장과 절교하여 다시는 그 집에 가지 않았다 한다.

그렇지만 딱히 장사수완이 있었던 것도 아니고 타인의 추천으로 어디 가서 일을 맡아서 할 수없었던 처지의 한신이 주린 배를 잡고 동네 아낙들의 빨래터를 어슬렁거리자 빨래하던 아낙네 하나가 그 모습을 딱히 여겨 한신에게 밥을 주었고 한신은 며칠째 그렇게 굶주림을 해결했다.

한신이 너무 고마워서 "내가 나중에 꼭 은혜를 갚도록 하겠습니다."라고 약조하자

그 말을 듣던 아낙네가 화를 내며

라며 면박을 주었다 한다. 즉 동네의 여자들도 거지꼴에 긴 옷을 입고 칼만 차고 다니는 한신을 별 볼일 없는 거렁뱅이 취급하면서 모두 무시했다고 볼 수 있다.

여자들이 한신을 이렇게 취급했으니 동네의 장정들이어야 오죽했을까… 한 번은 한신이 하는 일 없이 저자거리를 어슬렁거리자 동네의 건달들이 막아서며 욕하면서 소리쳤다.

내 가랑이 밑으로 기어서 지나가라.">

　한신은 한참을 물끄러미 바라보다 허리를 굽혀서 가랑이 사이를 기어서 지나갔다. 이를 본 주변의 사람들이 모두 비웃음을 터뜨리며 한신에게 겁쟁이라 조롱하며 놀려 대었는데 이 사건은 한신의 젊은 시절 고향에서는 꽤나 유명한 사건으로 훗날 용저와 유방 모두 이 일을 들먹이며 한신을 비웃은 기록이 있는 걸로 보아 젊은 날의 한신의 처지를 대변해 주는 팩트에 가까운 사실로 보인다.

3. 항량의 부하였던 한신, 한군에 합류하다

　끼니 걱정을 하던 한신에게 첫 번째 기회가 찾아왔다. 진승과 오광의 난이 터져 세상이 어수선해졌고 마침 오현에서 거병한 항량이 세력을 몰아 회수를 건너 북상하려고 하자 한신은 서둘러 항량에게 달려가 그의 부하가 되었다. 항량이 한신을 어떤 대단한 면접을 보고 중용하였다는 말이 아니라 앞서도 말했듯이 혼란의 시대 한신 같은 처지의 사람들은 자신을 먹여주고 챙겨주는 집단에 동참하는 것이 그마나 직장을 구하는 것이었으며 막장인생의 탈출구였던 셈이었다.
　항량의 부하가 되었다고 해서 당장 한신의 처지가 변했던 것도 아니었다. 밥만 굶지 않았을 뿐 한신을 알아주는 사람은 아무도 없었다. 도리어 항량의 부하였던 용저가 한신의 과하지욕의 일화를 들먹이며 조롱을 했으니 한신은 항량의 군대에서도 여전히 나쁜 소문 정도로만 알려진 별 볼일 없는 인물이었다고 보여진다.
　항량이 전사하고 항우가 우두머리가 되자 한신은 집극랑(=창을 든 병사)이라는 보초의 자리에 임명되었는데 한신은 말단이었지만 수차례 그럴듯한 제안을 항우에게 올렸다.

그러나 항우같은 명문 군벌 가문출신에게 한신과 같은 초라한 배경의 인물이 눈에 들어 올 리 만무했고 훗날 한신은 그런 항우에게 실망해 초군에서 도망쳐 유방의 대오에 합류해 버리고 말았다. 대개 이 시점을 홍문의 연이 있은 직후나 유방이 파촉으로 들어가는 그 즈음으로 보는 견해가 일반적이다.

그러나 한군에 합류하고 나서도 한신에게 마땅한 자리는 없었고 처음에는 이름을 알리지도 못한 채 곡식창고를 관리하는 연오라는 직책을 맡았는데 곡식량이 맞지 않은 죄에 연루되어 한신은 참수형을 당할 처지가 되었다.

한신과 같이 그 일에 연루되었던 죄수들이 하나씩 차례로 처형되어 13명이 죽게 되고 이제 한신의 차례가 되었을 때 한신이 처형을 주관하고 있던 하우영에게 소리쳤다.

〈"한왕께서는 천하를 취하지 않으실 것입니까? 어찌하여 장사를 죽이려 하십니까?"〉

하우영이 그 말을 듣고 한신을 불러 이야기 해보다 느낀 바가 있어 일단 목숨을 살려주었고 유방에게 한신을 추천했다. 그러나 유방은 곱상하게 생긴 여자 같은 용모의 한신이 그다지 눈에 들어오지 않았던지 군량의 수급과 운송을 담당하는 치속도위라는 자리에 임명해버리고는 그 후로도 그다지 관심을 보이지 않았다.

이때 마침 병참을 총괄하던 승상 소하가 한신과 이야기 해 볼 기회가 있었는데 소하는 한신이라는 이 인물의 재능이 비범하다는 것을 단박에 알아차리게 되었다.

소하편에서 밝힌 데로 남정에서 한신이 한군을 떠나버리자 소하가 우여곡절 끝에 다시 한신을 데려오게 되는 과정은 생략하기로 하고 유방에게 한신을 대장군으로 추천하면서 소하가 했다는 말을 잠시 살펴보고자 한다.

〈"여러 장수들 같으면 얻기 쉽지만, 한신 정도의 사람은 나라 안에서 그와 비견할 만한 인물이 없습니다國士無雙. 왕께서 오래토록 한중에 머물러 왕이 되려고만 하신다면 한신을 쓰지 않으셔도 됩니다. 그러나 반드시 천하를 다투고자 하신다면 한신이 아니면 더불어 대사를 도모 할 자가 없습니다. 원컨대 왕께서는 주저하지 말고 편하게 결정하십시오."〉

이에 유방이 한신을 장수로 쓰겠다고 하자

〈"일개 장수로 쓰신다면 한신은 머물지 않을 것입니다."〉

이에 다시 유방이 마지못해 한신을 대장군으로 임명하자 소하는 유방에게 한신을 대장군으로 임명하는 예의를 갖추라고 충언한다. 번쾌와 더불어 한군에 공훈이 있던 저마다가 모두 자신이 대장군이 될 것이라 내심 기대하고 있다가 한신이 대장군이 되자 모든 한군은 의아해하며 놀랐다고 전한다.(=인인각자이위득대장 지배대장 내한신야 일군개경 人人各自以爲得大將 至拜大將 乃韓信也 一軍皆驚)

유방은 평소대로 소하라는 사람이 인물을 평가하는 안목을 믿었다. 그때까지 한신이 유방에게 어떤 직접적으로 증빙될 만한 능력을 보여준 것도 아니었고 기껏해야 소하의 적극적인 추천 그리고 한신에 대해서 들리는 청년 시절의 초라한 소문 정도였을 것이다. 그러나 유방은 도박에 가까운 승부수를 던져버렸다.

시기적으로도 당시 한신의 대장군 기용은 매우 파격적인 것으로 유방이 관중에서 파촉으로 들어갔을 때가 BC 206년 2월경이었고 유방이 한신의 도움으로 출전준비를 끝내고 삼진을 공격했을 때가 같은 해의 8월경이었다. 자기진영에 들어온 지 몇 달 안 된 외부인사에게 전군대의 통솔을 맡기고 6개월 만에 반격의 채비를 마쳤다는 것은 소하의 안목, 유방의 배포, 한신의 준비능력 이 세 가지가 적절히 잘 맞아 떨어졌다는 것을 의미한다. 이제 한신은 대장군으로서 자신의 능력을 보여 줄 일만 남은 것이다.

4. 대장군 한신, 유방에게 진면목을 보이다

임명식이 끝나고 한신에 대해서 궁금했던 유방이 한신을 불러 파촉을 나갈 방법에 대해서 물었다. 이에 한신은 감사의 예를 표하며 도리어 유방에게 물었다.

〈"지금 대왕의 적은 항왕입니다. 대왕께서는 용맹함, 날램, 인자함, 강인함으로 항왕과 비교해 보신다면 자기 자신은 어떠하다고 스스로 생각하십니까?"〉

이때는 어느 누구도 대적 할 자가 없었던 서초패왕 항우의 최전성기였다. 유방은 솔직히 인정했다.

〈"나는 항우만 못하다"〉

한신

유방의 장점은 바로 이런 것이었다. 이에 한신이 두 번 절을 올리고 유방에게 말했다.

〈"저도 대왕도 지금의 항왕보다는 못하다고 여기고 있습니다. 그러나 신이 일찍이 항왕을 섬긴 적이 있으니 그의 됨됨이를 말해보겠습니다. 항왕이 분노하여 소리치면 모든 사람들이 나가 떨어집니다.

그러나 현명한 장수를 임명하지 못하니 이는 필부의 용맹에 불과합니다.">

〈"항왕은 다른 사람에게 공손하며 화기애애하게 말을 하며 다른 사람이 병에 걸리면 눈물을 흘리며 음식을 나누어 주지만 어느 사람이 공을 세워 마땅히 봉작을 나누어 주어야 할 때에는 아까워하며 어쩔 수 없이 인수를 나누어주니 이는 아녀자의 인자함에 불과 한 것입니다.">

〈"항왕이 비록 천하를 제패하고 제후들을 신하로 삼았으나 관중에 머물지 않고 팽성으로 도읍을 정했습니다. 또 의제와의 약속을 져버리고 제후들을 공평하게 대하지 않았습니다. 제후들은 항왕이 의제를 강남으로 쫓아낸 것을 보고 자기들도 각자 봉지로 돌아가서 옛 주인을 쫓아내고 좋은 땅을 차지해서 왕으로 칭했습니다.">

〈"항왕은 지나가는 곳마다 모든 것을 전멸시켜 백성들의 원성이 가득하며 백성들은 스스로 항왕에게 의탁한 것이 아니라 항왕의 위세에 겁을 먹고 강제로 복종했을 뿐입니다. 비록 패왕이 되었지만 실제로는 천하의 민심을 잃었으니 그 강성함은 쉽게 약해질 수 있는 것입니다.">

〈"지금 대왕께서 이를 바로잡고 천하에 무용武勇있는 자들을 임명하신다면 어찌 항왕을 주살하지 못하겠습니까? 천하의 성읍을 공신들에게 나누어 주신다면 어찌 그들이 복종하지 않겠습니까? 뜻있는 병사들의 마음을 쫓아 동쪽으로 거병하신다면 무엇인들 무너뜨리지 못하겠습니까?"〉

〈"또 삼진의 왕들은 원래 진의 장수였다가 이제 항왕의 신하가 되었지만 항우는 오랫동안 그들을 따르던 진나라의 병사 20만 명을 신안에서 모두 죽여 버렸습니다. 이에 진나라 땅의 백성들과 부형들은 자신들만 살아남아 삼진의 왕이 된 장한, 동예, 사마흔 이 세 사람을 골수에 사무치도록 원망하고 있습니다."〉

〈"대왕께서는 무관에 입성하시고도 백성들에게 추호의 해를 끼치지 않았고 가혹한 진의 형법을 폐지하고 백성들에게 약법삼장을 약속하니 진나라의 백성들은 모두 대왕께서 진나라의 왕이 되기를 바라고 있었습니다. 다른 제후들과의 봉분에서도 대왕께서 당연히 관중왕이 되어야 했으니 관중의 민호民戶들로 이를 잘 알고 있습니다."〉

〈"대왕께서 관중을 빼앗기고 파촉으로 쫓겨나 모든 진의 백성들이 한탄하고 있으니 이제 대왕께서 동쪽으로 거병하여 격문을 돌린다면 삼진은 저절로 평정될 것입니다."〉

한신의 이 말은 파촉에 쳐 박혀 항우보다 모든 면에서 불리한 자신이 어떻게 항우에게 맞서 살아남을 수 있을지 고민하던 유방에게 그야말로 막힌 곳을 시원하게 뚫어주는 해법이었다. 유방은 한신의 말을 듣고 매우 기뻐하며 자신이 진작 한신을 알아보지 못한 것을 후회했다. 유방은 마침내 한신의 식견과 능력을 완전히 신뢰했고 한신은 이후 유방의 전폭적인 신뢰를 바탕으로 전략을 수립하고 각 장수들이 각자 자신이 맡은 바를 알게 하여 동진하기 시작했다.

5. 삼진 돌파와 관중 평정

BC 206년 6월경 한신은 병사들과 백성들을 대거 동원하여 포사도의 잔도를 복구하는 척 기만책을 벌여 장한의 주의를 잔도 쪽으로 집중시켰다. 이에 장한은 자신의 군대를 잔도의 사곡 쪽에 집중시켰으며 잔도의 복구가 결코 쉽지 않은 대공사라서 시간이 오래 걸릴 거라 예상하며 크게 신경쓰지 않았다. 한신은 정보를 수집하는 세작들을 역이용해 험난한 잔도공사로 인해 한군의 피로도가 늘어나고 있으며 위험한 난공사로 인해 사기가 크게 저하되어 이탈병들이 많이 생긴다는 거짓 정보를 유포하게 하였다. 장한은 이를 믿고 더 방심하기 시작했고 이것은 바로 한신이 역으로 노리던 바였다.

그 해 8월이 되자 한신은 정작 잔도를 통해 진격하는 척하다가 방어가 허술한 진창고도를 통해 한군을 이끌고 진창을 기습하였다. 진창은 원래 진나라 시절부터 교통이 발달하여 진나라 시절 최초의 현이 설치된 곳으로 많은 물자가 비축 된 요지였는데 한신의 활약으로 진창을 기습하여 막대한 군량과 군수품을 얻게 되었다.

잔도수비에 치중하고 있던 장한이 뒤늦게 진창이 함락되었다는 사실을 알고 한군의 동진을 막기 위해 군대를 이끌고 진창으로 달려 나왔으나 이미 진창을 확보해 사기가 높았던 한신에게 패하고 말았고 건현의 호치로 물러나 다시 한군과 싸웠으나 또 패하고 말았다. 장한은 하는 수없이 폐구로 후퇴했는데 이때 유방은 다른 장수를 시켜 장한의 옹 땅을 모두 평정하고 말았다. 이때 항우는 제나라 정벌에 발이 묶여 정창을 한왕으로 삼아 유방을 대적하게 하였으나 한왕 신(=한신과는 동명이인의 별개 인물)이 정창을 격파하고 한신이 수공으로 폐구를 수몰시키자 장한은 스스로 목숨을 끊고 말았다.

이 과정에서 한신은 장한뿐만 아니라 사마흔, 동예, 신양 등을 모두 격파하고 삼진을 평정하여 천혜의 요지이자 곡창지대인 관중지역을 확보함으로서 드디어 항우와 맞설 수 있는 초한전쟁의 교두보를 확보할 수 있었다.

이후 사기가 오른 유방이 여러 제후를 규합하고 대對항우 56만 연합군을 결성하여 제나라의 반란을 진압하러 항우가 팽성을 비운 사이 초나라의 수도 팽성을 일시 점령하였다. 여러 제후들을 규합한 연합군이었으므로 유방은 명분상 자신이 직접 전군을 지휘하였는데 이때 한신은 연합군에 대한 지휘권은 없었던 것으로 보인다.

팽성이 함락되었다는 소식을 들은 항우가 3만의 기병만을 이끌고 팽성으로 돌아와 팽성을 점령하고 있던 56만 유방의 군대를 단번에 궤멸시켜 버리자 한군은 뿔뿔이 흩어져 버렸고 유방은 형양성으로 도망쳤다. 이때 한신은 패잔병들을 수습하여 형양성에서 다시 유방을 만나 초군의 진군을 저지했고 덕분에 유방은 겨우 위기를 넘길 수 있었다.

팽성 전투에서 한신에게 연합군 전군에 대한 지휘권이 없었다고는 하나 팽성 전투의 대패에 대해 한신이 전혀 무관하다고 볼 수는 없다는 것이 나의 개인적인 생각이다.

삼진을 평정하고 항우에 대항할 여러 제후들의 리더가 되어 56만이나 되는 대군을 규합했다는 사실에 자만한 유방의 탓도 분명 있었을 것이다. 그러나 지금껏 싸워왔던 다른 적들과는 완전히 차원을 달리하는 항우라는 군신軍神과 처음 맞닥뜨린 유방과 한신의 첫 패배라고 보는 편이 정확할 것이다. 당시 항우는 전쟁에 있어서만큼은 대적불가 초절정기의 최강자였다.

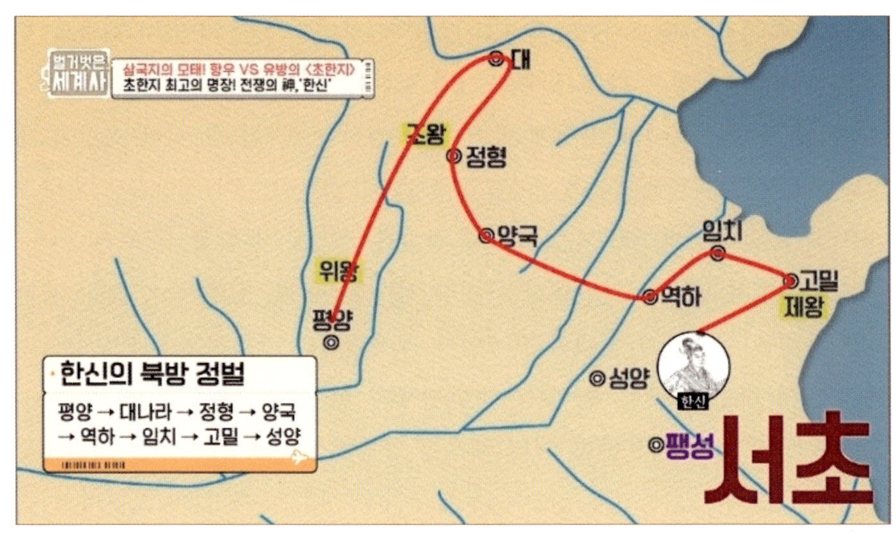

한신의 북벌

6. 전설의 시작, 한신의 북벌

팽성에서 한군이 항우에게 처참하게 패배하자 항우의 기세에 깜작 놀란 여러 제후들이 다시 한나라에서 초나라로 편으로 돌아서고 말았다. 제, 조, 위나라 군사가 모두 유방을 떠나 버리고 말았는데 위왕 위표는 부모의 병문 안을 간다는 핑계로 유방을 떠나 항우의 편이 되고 말았다. 이때 유방이 위표를 다시 자기의 편으로 끌어 들이기 위해 역이기라는 책사를 보내 설득해 보았지만 위표는 항우가 대세라 판단하고 유방의 제의를 거절하고 말았다.

그러자 유방은 회유작전에서 강공으로 전환하여 한신을 좌승상으로 삼아 위표를 치려했다 이때 역이기는 위표를 회유하는 일에는 실패했지만 위군의 정보를 여러모로 많이 수집하여 돌아왔는데 유방이 "적의 대장이 누구이던 가?" 라고 묻자 역이기는 "백직 이라는 자입니다"라고 대답하였다.

그 말을 들은 유방은 크게 기뻐하고 웃으며 말했다.

〈"그 놈은 젖비린내 나는 더벅머리일 뿐이다. 구상유취口尚乳臭 그 놈이 어찌 한신을 당해낸단 말이냐!"〉

위표를 치러 가던 한신 역시 위군의 정보를 얻기 위해 역이기를 만났는데 한신은 위군의 주숙이라는 자를 경계하여 혹시 위표가 주숙을 대장으로 삼지 않았냐고 물었고 역이기가 백직을 대장으로 삼았다고 말해주자 어린 놈이라 말하며 좋아했다 한다.

이때 위표는 포판이라는 곳에 군대를 주둔시켜 놓고 한신이 강을 건너 올 것을 대비하고 있었다. 한신은 미리 그 사실을 알아채고 일부러 두 진영으로 군을 나누어 거짓으로 대군이 포판의 맞은편 임진 쪽에서 도강하여 공격하려는 듯 기만책을 쓰면서 정작 나머지 주력군은 강의 북쪽으로 이동시켜 목앵부(=항아리를 나무에 엮어 만든 뗏목) 타고 강을 건너서 위나라의 수도 안읍을 바로 공격했다.

한편 포판에서 대치중이던 위표는 한신의 갑작스런 공격에 수도 안읍이 함락 되었다는 소식을 듣고 부랴부랴 군대를 돌려 안읍으로 돌아갔다. 한군은 미리 한신에게서 위군이 포판에서 철수하는 모습을 보이면 바로 도강하여 뒤를 치라는 지령을 받은 터라 곧바로 강을 건너 위표를 뒤 쫓았고 이미 안읍을 함락한 한신의 군대가 위군을 앞에서 막아서자 위표는 오도 가도 못하는 처지가 되어 한군에게 사로 잡히고 말았다.

단 한 번의 싸움으로 위나라의 수도를 함락하고 적의 군주를 사로잡아 버린 안읍 전투에서 탁월한 전술을 한껏 뽐낸 한신의 명성은 점점 더 높아졌으며 한신은 위나라를 평정하자마자 그곳에 하동군을 설치하고 북벌을 준비하기 시작했다.

하동지역을 평정한 한신은 유방에게 사람을 보내 자신의 의견을 전했다.

〈"원컨대 저에게 3만 병사를 더해주시면 신은 북으로 전진해 연과 조를 잡고 동으로 제를 치고 남으로 초의 보급로를 끊은 후 서쪽으로부터 오는 대왕과 형양에서 만나기를 청합니다."〉

장량마저 이를 권하자 유방은 장이를 감군監軍으로 삼아 병사 3만을 한신에게 보내주었고 이로부터 한신은 유방과는 별개로 장이와 조참을 옆에 두긴 했지만 독자적으로 군대를 움직일 수 있게 되었다.

위나라의 위표를 대파한 한신은 그 후 한 달도 채 되지 않아 진여의 대나라를 평정하고 있었다. 대나라와 연합세력을 구축하고 있던 조나라의 이좌거가 한신을 두려워하며 "한신이 대 땅 연여를 피로 물들였다 합니다."라고 말했던 기록으로 미루어 한신의 대나라 정벌은 일방적으로 그야말로 속전속결로 이루어진 듯하며 진여가 조왕을 보필한다고 대나라를 비운 사이 위나라 위표를 치고 올라오면서 기세가 오른 한신의 공세에 대나라 군대는 별다른 저항도 못해보고 한신에게 처참히 패배한 것으로 보인다.

이 무렵 유방의 진영에서는 항우가 성고와 형양을 계속해서 가열차게 공략하자 변변찮은 대항한번 못해보고 고전을 면치 못하고 있었다. 앞서 밝힌 대로 팽월의 항우군에 대한 후방기습 게릴라전이 없었다면 유방은 이 무렵 항우에게 사로잡힐 수밖에 없는 처지였다.

처지가 급하게 된 유방이 한신에게 정예병을 차출하여 형양으로 지원군을 보내도록 요청했고 한신과 같이 동행하던 조참도 따로 군대를 분리해 조나라를 치러 갔다가 사정이 다급한 유방의 진영으로 합류해 버리고 말았다.

즉 한신의 군대는 조나라를 치기에 앞서 수적으로 매우 불리한 상황에 빠지고 말았는데 그래도 조왕 조헐을 보좌하던 광무군 이좌거가 한신의 출중한 전술을 경계하며 조나라 군대의 수가 압도적으로 많고 군량도 충분하니 방어전을 펼치며 상대를 지치게 만들면서 전면전을 피하고 별동대를 만들어

양방향에서 한신의 보급로를 끊자고 제의하였다.

　이에 진여가 싸움은 항상 정정당당해야 한다는 얼토당토않은 허세를 부리며 이렇게 말하였다.

　〈"내가 들으니 병법에 아군의 수가 적군의 열 배가 되면 포위하고 두 배가 되면 맞서 싸우라 했소. 지금 한신의 군사가 수만이라 하지만 실제로는 수천에 지나지 않을 것이고 더군다나 천리 먼 곳 이곳 이국땅에 와서 우리를 치는 것이니 이미 매우 지쳤을 것이요. 지금 이런 적을 치지 않고 피한다면 나중에 다른 대군이 쳐들어 올 때 어떻게 싸우겠소? 그렇게 되면 제후들은 우리들을 비겁하다고 여기고 나중에 함부로 쳐들어 올 것이요."〉

　진여의 생각도 한편으로서는 틀린 바가 아니었다. 실제로 진여는 대나라의 주인이었으나 우방인 조나라를 돕느라 자리를 비운 사이 대나라가 한신에게 대패하고 만 것이라 방어전보다는 전면전을 벌여 한신의 군대가 수적으로 줄어들었을 때 속전속결로 승부로 벌여 하루빨리 자신의 영토였던 대 땅을 회복하고 싶어 했던 것으로 보아진다.

　당시 총군사의 수가 2만도 되지 못했던 터에 더군다나 정예병을 유방에게 차출당하고 또 조참에게 별동대를 때어 내어주고만 한신의 병력으로는 탄탄한 조나라의 20만 군대를 상대하기에는 누가보기에도 전적으로 한신에게 불리한 싸움이었다. 오로지 이좌거라는 인물을 제외하고는 조헐도 진여도 모두 전황을 있는 그대로 현실적으로 그렇게 파악하고 있었다. 그러나 문제는 상대가 한신이었다는 점이다.

　한신은 첩자로부터 이좌거의 제안이 받아들여 지지 않았다는 소식을 전해 듣고 매우 기뻐하며 곧바로 군대를 이끌고 싸움에 나섰다. 당시 조군은 정형

구라는 곳에 누벽을 쌓아 군대를 주둔 시키고 있었고 한신은 정형구의 약 30리 앞에서 야영을 했다. 그리고 새벽이 되자 날랜 기병 2,000명을 선발하여 그들 모두에게 한군의 붉은 깃발을 나누어주며 이렇게 명하였다.

〈"조나라 군대는 우리가 달아나는 모습을 보면 반드시 누벽을 비워놓고 전군이 일시에 우리를 쫓아서 우리를 섬멸하려 할 것이다. 너희들은 그 사이에 재빨리 누벽으로 들어가서 조나라의 깃발을 모두 뽑아 버리고 우리 한군의 깃발을 세워 놓도록 하여라."〉

그리고 나머지 군사들에게 어떤 작전을 하달했는데 그 당시로서는 어느 누구도 이해할 수 없는 경악스러운 전술이었다.

당시 대치상황에서 정형구의 조나라 군대 앞에는 면만綿曼이라고 불리는 강이 있었다. 한신은 한나라 군대를 면만수綿曼水를 건너게 한 다음 강을 뒤에 두고 진을 치게 하였다. 병법에서는 절대로 금기인 배수의 진을 친 것이다.

그것도 모자라 군대를 정예병과 오합지졸 무리의 두 진영으로 분산시켰다. 수적으로 우세한 적군의 눈앞에서 강을 건너 배수의 진을 친 것도 모자라 그나마 적은 군사들을 다시 둘로 나누었으니 이는 배고픈 맹수의 눈앞에게 고깃덩이를 삼키기 좋게 둘로 나눈 것과도 다름없는 행동이었다.

그러나 한신은 진여가 따로 나누어서 공격하지 않고 어떤 때가 되면 일시에 총공격 명령을 내려 한 번에 승부를 걸 것이라고 판단했다. 한신은 이미 진여라는 사람의 심리 상태와 그가 보여주고 싶어 하는 이 전투에서의 허세를 파악했던 것이다.

한군의 배수진을 보고 진여는 역시 "한신 저 놈은 병법을 모르는 것이 확실하다. 한군이 더 가까이 다가오면 전군을 보내 일거에 소탕하자"라고 했다.

마침내 날이 밝자 한신은 군사들에게 남은 음식을 모두 나누어주며 말했다.

실로 패기에 넘치는 발언이었고 기발한 발상이었지만 이 말을 믿는 병사는 하나도 없었다. 한신은 진영에 남겨둔 정예병을 제외하고 오합지졸 부대를 데리고 직접 진영을 나와 북을 치고 조군을 도발하였다. 조군도 오합지졸의 한군을 무시하며 도전에 응해 마침내 탐색전 같은 맛보기 싸움이 벌어졌는데 한군은 배수의 진으로 도망갈 곳도 없는 데다 퇴로가 이미 막혀버렸으니 전술이고 작전이고 모두 무시한 채 처음부터 자기가 살기 위해 목숨을 걸고 싸우기 시작했다.

더군다나 이들은 전투의 기본을 아는 정예병이 아니라 말 그대로 오합지졸이어서 나중에는 이미 목숨 따위는 잊어버리고 패기覇氣와 살기殺氣로서만 싸우기 시작했다. 한신이 노린 것은 바로 이러한 광기狂氣였다.

한군의 미친 듯한 저항에 조군의 선봉이 당황해 하며 혼전이 이어지고 있는 사이도 잠시, 전력 차이가 워낙에 컸던 조군의 기세에 눌러 한군이 밀리자 한군은 이내 감당하지 못하는 척 대장기가 까지 버리고 강가의 진영으로 도망치기 시작했다.

이때 진여는 바로 지금이 한군을 일시에 궤멸시킬 수 있는 절호의 기회라 생각하고 전군에 출동 명령을 내려 한군을 쫓아 면만수 앞에서 섬멸시키고자 하였다. 한신이 도망치는 사이 누벽의 조군들마저 총출동하여 누벽이 비게 되자 한신이 새벽이 지시한 대로 한군의 기병 2천이 재빨리 우회로를 거처 조군이 빠져나온 누벽을 점령한 후 조군의 깃발을 뽑아버리고 한군의 깃발 2천 개를 세워 놓고 말았다.

조군이 면만수 목전까지 진격하자 드디어 한신은 진영에서 대기하고 있던 정예병과 합세하여 방향을 돌려 조군과 맞서 싸웠다. 이제는 그야말로 도망 갈 곳이 없다는 것을 알게 된 한군은 강을 등지고 필사적으로 대항했으며 지옥과도 같은 살육전이 벌어지는 동안 조나라 진영의 후방 누벽으로부터 엄청난 고함소리와 함께 한군의 붉은색 2,000 깃발이 나부끼게 되니 조군은 당황하여 대오가 흩어지고 말았다.

전방에는 미친 듯한 살기의 한군이 저항하고 있는데 후방으로부터는 누벽을 점령한 한군 기병이 고함치며 몰려오고 있으니 진여와 조군은 자신들의 후방으로부터 몰려오는 한군의 수가 정확히 얼마인지도 파악할 수 없는 상태에서 아연실색하고 말았다. 말을 탄 2,000기병의 후방으로부터의 동시진 격효과란 같은 수의 보병의 그것과는 차원을 달리하는 것이다.

후방에서 한군의 기병들이 대지를 진동하면서 엄청난 기세로 몰려오자 조군의 대오는 금새 흐트러지고 말았고 누벽마저 점령당한 상태에서 공포감에 휩싸인 조군들이 뿔뿔이 흩어져 도망치자 혼돈에 빠진 진여가 도망치는 자기 병사들의 목을 치기 시작하였다.

조군은 이미 통제를 잃어버린 상태가 되어 오히려 조군들이 목숨이라도 구하려는 생각으로 강 속으로 뛰어드는 상황이 발생하고 있었다. 사태가 이렇게 되자 진여와 조왕도 수습이 안되는 군대를 버리고 도망을 쳐버렸고 한신은 추격대를 보내 지수 부근에서 진여의 목을 베고 조왕 헐을 사로잡는데 성공하였다.

이렇게 한신은 위와 대를 정벌할 때와 마찬가지로 거의 반나절 만에 약 2만의 군사로 조나라20만 대군을 섬멸시키고 조나라를 평정하는 데 성공했다. 전투가 끝난 후 한신은 사전에 약속 했던 대로 조나라 진영에서 잔치를 벌여 장병들을 위로했는데 모두가 한신의 귀신같은 용병술에 탄복하며 절대

이기지 못할 거라 믿었던 자신들의 짧은 생각을 부끄러워하며 물었다.

〈"병법에는 산 능선을 오른편으로 등지고 물이 있는 지역을 전방의 왼편으로 한다 했습니다. 그런데 장군께서는 이번 저희들에게 오히려 배수진을 치라고 명령하시고 전투가 끝난 뒤 잔치를 하자고 하셨습니다. 처음에 저희들은 모두 마음속으로 의심하며 승복하지 않았습니다. 그러나 결국에는 이겼으니 이것은 도대체 무슨 전술입니까?"〉

그러자 한신은 비로소 크게 웃으며 여러 장수들이 의문을 품어왔던 전술에 대한 질문에 답하였다.

〈"이것도 모두 병법에 있는 것이다. 다만 그대들이 살펴보지 않았을 뿐이다, 사지에 빠뜨린 뒤에야 살릴 수 있고 망지에 놓여 진 다음에야 스스로를 보존 할 수 있다. 또한 처음 싸움에서 훈련된 군사들이 나를 따르게 하여 싸우지 않고 아무런 훈련도 받지 않은 시장바닥의 사람들을 모아 싸우게 만든 것도 이와 같은 이치이다. 그들을 죽을 땅에 두어서 저마다 스스로 살기 위해 싸우도록 만들었기 때문에 그들이 살 수 있었던 것이고 만약 살아남을 수 있는 길을 만들어 주었더라면 그들은 싸우기도 전에 모두 달아났을 터인데 어찌 내가 그들을 싸우게 할 수 있었겠는가?"〉

사실 배수의 진은 실패할 가능성이 높고 전멸할 위험성이 많기 때문에 일반적인 상황에서는 결코 쓸 수 없는 병법이었다. 한신 또한 그 점을 잘 알고

있었다. 그러나 거의 10배에 가까운 중과부적의 적군을 객지에서 공격해야
만 하는 처지의 한신은 이 방법이외에 취할 다른 전술이 없다고 판단했다.
그러기에 더욱더 치밀하게 계획을 짜서 적이 총돌격하는 그 틈에 비어버린
후방의 누벽을 장악한 뒤 전후방 양면 공격을 벌이는 방법으로 조군을 섬멸
할 수 있었던 것이다.

"배수의 진을 치다"라는 비유로서 오늘날까지 인구人口에 회자되는 한신의
군사적 재능에 대해 진면목를 보여준 바로 이 싸움이 바로 한신의 전공 중
가장 유명한 "정형 전투"이다. "정형 전투"는 여러모로 한신과 유방 그리고
항우에게 각기 다른 의미를 부여할 만한 중요한 사건이 되고 말았다.

누구도 이기지 못할 거라 생각했던 이 전투에서 한신은 단 하루 만에 조나
라를 멸망시킴으로서 그의 이름은 온 천하에 위세를 떨치게 되었으며 북방
에서 자기 입지를 공고히 하는 발판을 마련했다. 항우의 진영에서는 이제
유방과 한신을 따로 두고 길어진 양면의 두 전선에서 적들을 상대해야 하는
처지가 되고 말았다.

대나라와 위나라에 이어 조나라마저 평정한 한신은 기세를 모아 다시 연
나라를 치러 하였는데 "정형 전투"를 벌이기 전에 조왕과 진여에게 한신을
상대하는 계책을 올렸던 광무군 이좌거를 죽이지 말라고 엄명을 내려놓고
그를 사로잡아 오는 자에게 천금의 상금을 내리겠다 하였다.

마침내 부하들이 이좌거를 잡아 포박하여 오자 한신은 직접 이좌거의 포
박을 풀어 주며 그를 동쪽을 향해 앉게 하고 자신은 서쪽을 바라보며 앉은
후(=이는 상대를 스승으로 삼는다는 의미이다.) 만약 진여가 당신의 계책을 따랐
더라면 자신이 결코 조나라에게 이기지 못했을 것이라 말하면서 연나라를
치고자 하니 어떻게 하는 것이 좋은 지 물었다. 이에 이좌거가 사양하며 말
하기를

〈"패배한 군대의 장수는 무용에 대해 말할 수 없고 망한 나라의

대부는 나라를 존속시키는 방법을 도모할 수 없다 했습니다. 지금 신은 패망한 나라의 포로인데 어찌 큰 일을 꾀할 수 있겠습니까?"〉

이에 한신이 이좌거를 설득하고자 말하였다.

〈"옛날 백리혜가 우나라에 있었지만 우나라는 망했고 그가 진나라에 있을 때는 진나라가 흥했습니다. 그것은 백리혜가 우나라에 있을 때는 어리석다가 진나라에 와서 현명해진 것이 아니라 그때의 임금이 그를 등용했는지 안 했는지, 그의 계책을 들었는지 듣지 않았는지에 달려 있었을 뿐입니다. 만약 진여가 그대의 말을 들었더라면 오늘 나는 이미 당신의 포로가 되었을 것입니다. 허나 진여가 그대를 쓰지 않았기 때문에 지금 내가 그대를 모실 수 있게 된 것입니다."〉

그래도 광무군이 주저하자 한신은 단호하게 내가 진심으로 그대의 계책을 따르겠으니 더 이상은 사양하지 말라고 했다. 그러자 광무군은 연나라와는 군이 싸울 필요가 없다하며 한신에게 계책을 올렸다.

〈"원래 진여는 백전백승할 수 있는 입장에 있었습니다. 그러나 하루아침에 단 한 번의 실수로 그의 군사는 호성에서 패하고 그의 몸은 저수에서 목이 잘렸습니다. 장군은 서하에서 하수를 건너 위왕 표를 사로잡고 북으로 진격하여 대나라 연여를 피로 물들이고 계속 진격하여 일거에 정형의 관문을 떨어뜨리고 오전도 채 지나기 전에 조나라 20만 대군을 격파하고 그 대장 진여를 죽였습니다."〉

〈"장군의 이름은 해내에 퍼지고 그 위세는 천하를 진동시켰습니다. 이에 전쟁의 병화가 자기 몸에 이르러 소집령이 곧 내릴 거라 생각하는 지역의 백성들은 포기하는 마음에 농기구를 손에 놓고 밭갈기를 멈추고 오늘 하루 좋은 옷이나 입고 배불리 먹으며 동원령이 언제 내릴지 귀를 기울이고 있습니다. 이와 같은 형세는 장군에게 매우 이로운 것입니다."〉

〈"그러나 실상의 백성들은 지금껏 오랫동안 과한 노역에 시달리고 있었고 군사들도 피로에 지쳐 사실 지금 당장 전투에 동원하기는 힘든 지경에 이르렀습니다. 만약 장군께서 이렇게 피로에 지친 백성들과 군사들을 다시 일으켜 연나라로 진격하여 그 견고한 도성 밑에 진을 치고 싸우려 하신다 할지라도 그들이 방어만 치중하여 장시간 동안 그 성을 함락하지 못하게 된다면 오히려 한군의 피폐한 상황만 들어나게 되며 군대의 기세는 곧바로 꺾이게 되고 군량이 다하게 될 것입니다."〉

〈"약한 연나라마저 굴복시키지 못하면 제나라는 필시 국경의 경비를 강화하여 전력을 다해 한군을 막아 설 것입니다. 그렇게 되면 연나라와 제나라는 기각지세를 이루어 서로 양쪽에서 버티며 결코 항복하지 않을 것입니다. 이로서 한나라와 초나라간 싸움의 향방이 분명하게 되지 않고 전선은 장기간의 교착 상태에 빠지게 되니 이는 전적으로 먼 곳으로 군대를 이끌고 나온 장군에게 불리한 상황으로 변하게 될 것입니다."〉

〈"소인의 어리석은 생각으로는 연과 제 두 나라를 공격하시려는 장군의 계획은 옳지 않은 것 같습니다. 자고로 용병에 능한 자는 자신의 단점으로 상대방의 장점을 공격하지 않으며 자신의 장점으로 상대방의 단점을 공격합니다."〉

즉, 자신이 보기에는 한신이 연전연승하고 있다고는 하나 한신의 군대는 적은 수의 군사로서 세 나라를 싸워 이기느라 군사적 여력이 사실상 이미 한계점에 봉착했고 이러한 전력으로 싸움에 나서 만약 연나라와의 싸움에서 고전하게 된다면 현재의 어려운 실상을 고스란히 드러내는 형국이 되고 말 것이니 연과 제 모두 항복하지 않을 것이다. 단, 정형 전투의 승리로 한신의 명성이 절정에 올라 모두 한신을 두려워하고 있는 이 시점에서 굳이 싸울 필요 없이 적당한 사람을 보내어 항복(=연합)을 권유하면 저쪽에서 결코 거절하지 않을 것이라고 이좌거는 한신에게 충고하고 있는 것이었다.

이에 한신은 이좌거의 계책이 백번 옳다고 여겨 연나라에 사람을 보냈고 연왕 장도와 신하들은 모두 한나라에 항복하고 말았다.

7. 자다가 유방에게 병부를 뺏긴 한신과 역이기의 죽음

한신은 진군을 멈추는 대신 조나라 땅을 넘보는 초나라 군대를 쫓아내고 그 댓가로 사람들을 징발해 유방에게 보냈지만 항우와 대치하고 있던 유방 진영은 갈수록 상황이 나빠져 연전연패하고 있었다. 급한 대로 진평의 계략으로 항우로부터 범증을 쫓아내는 데는 성공했지만 이간계에 넘어간 것을 알게 된 항우가 더욱 몰아치자 유방은 기신을 본인으로 변장시켜 항우의 시선을 돌린 후 관중으로 몸을 피해 도망가고 말았다.

한나라가 이렇게 멸망 직전의 상황까지 몰리는 와중에도 한신은 더 이상 원군을 보내주지 않았고 이리저리 쫓기는 유방과도 호응하지 않았다. 사정이 이렇게 되자 유방은 남은 군사를 성고에 남겨둔 채 하우영만을 데리고 진영을 빠져나와 한신이 있는 소수무에 도착하였다. 소수무에 도착하고도 하루나절을 더 기다렸다가 새벽이 되자 처음에는 자신을 한나라의 사신이라고 속여 성안으로 들어갔다.

자고 있던 한신의 침소로 잠입해서 장군의 인수와 병부를 빼앗아 버린 후 순식간에 인사배치를 끝내고 한신의 병력을 완전히 자신의 통제하에 두고 말았다. 병부와 인수는 일종의 군사지휘권으로 어느 누구라도 인수와 병부가 없으면 군대를 지휘할 수 없었다. 말하자면 한신이 자는 사이 인수와 병부를 훔친 후 그의 군대를 강탈하고 말았다는 뜻이다.

이로 인해 유방과 한신과는 연결고리는 약해지기 시작했으며 유방을 탓할 수도 한신을 탓할 수도 없겠지만 두 사람 사이의 좋은 인연은 이때부터 본격적으로 악연으로 틀어지게 되었다고 보는 것이 정설이다.

한신의 병권을 장악한 유방은 지금껏 한신을 돕던 장이에게 부족한 군사는 앞으로 조나라에서 직접 충당하라고 시켜 사실상 한신에게서 때어놓고 자신의 핵심 참모인 조참, 부관, 주설, 관영을 한신에게 협조하라는 명목으로 북방전선으로 이동시켰다. 그리고 한신에게는 즉시 제나라를 공격하라는 명령을 내렸다.

유방의 명령대로 한신은 조참, 부관, 주설등과 함께 군대를 이끌고 제나라를 치기 위해 이동했다. 그러나 이 즈음 한신이 제나라에 도착하기 전 역이기가 먼저 유방에게 청하여 이좌거가 한신에게 제의한 바와 같이 전쟁 없이 제나라를 항복시키기 위해 제나라로 들어가 전광을 설득하고 있었다.

역이기는 장량에 버금가는 책사답게 제왕 전광에게 화려한 언변으로 이미 한신이 위, 대, 조, 연나라를 차례로 복속시킨 상태라 전세는 초나라에게 불리하니 항우와 연합하지 말고 유방과 함께 하자고 논리적으로 설득했다. 전광은 역이기를 믿고 역하에 주둔하고 있던 제나라 군사들의 경계를 풀게 했다. 이대로라면 한나라는 싸우지 않고 제나라와 연합할 수 있었으니 한신 또한 역이기가 제나라를 설득하여 항복시켰다는 소식을 듣고 제나라 정벌을 그만두고자 하였다.

그러나 언변이 뛰어난 제나라 출신의 변사이자 연나라 정벌 이후 한신에 합류한 책사 괴철이 유방이 군사적 행동을 멈추라는 명령을 그때까지 공식적으로 내리지 않았고 이대로 진군을 멈추면 제나라 함락이라는 전공을 역이기에게 뺏기는 셈이 되니 제나라를 공격하라고 간언했다.

한신은 괴철의 말에 따라 일시에 제나라를 공격하고 말았다. 무방비 상태로 경계를 풀고 있던 제나라는 제대로 손도 한번 써보지 못하고 역하라는 지역을 잃어버렸다. 이어 한신은 군대를 파죽지세로 몰아 제나라의 수도 임치의 입구를 향해 진격하고 있었다.

이때 역이기는 제나라의 전광을 비롯한 신하들과 함께 연합을 축하하는 주연을 즐기고 있었는데 갑자기 파발마가 달려와 한신의 전면공격이 시작되었다는 소식을 전하게 되자 청천벽력같은 급보에 놀란 전광이 역이기에게 속았다고 판단하며

〈"지금 당장 한신의 군대를 돌아가게 하지 못하면 네 놈을 삶아 죽여 주마"〉

라고 협박했다. 역이기는 이런 어처구니없는 상황에서도 한신이 어찌 일을 벌여 자신이 이 처지에 이르게 되었는지를 이미 파악했고 담대한 기개를 잃지 않았다.

〈"큰 일을 도모하는 사람은 자질구레한 일에 개의치 않으며 덕이

높은 사람은 다른 사람의 책망을 사양하지 않는다 했소. 사태가 이 지경에 이르렀으니 내가 공을 위해 무슨 일을 다시 할 수 있겠소?"〉

결국 역이기는 팽형을 당해 죽었다. 훗날 사마천은 〈전담열전〉에서 괴철의 지모로 인하여 제나라는 혼란에 빠지고 역이기가 죽임을 당하고 결과적으로 한신을 교만하게 만들어 한신마저 나중에 망하게 하였다고 괴철의 잔꾀를 비난했다.

결과적으로 제나라를 정리한 유방의 입장에서는 손해를 본 게 없었으나 이 일로 인하여 유방은 다시 한 번 한신이 자신의 손아귀에서 놀지 않는 인물이 될 수도 있다는 의심을 더하게 되었다. 역이기는 분명 유방의 명을 받고 제나라를 설득하러 간 것인데 한신은 괴철의 말만 듣고 독자적으로 행동했으니 이는 분명 유방의 뜻을 거스르는 처사였다.

훗날 황제가 된 유방이 제나라의 전씨 가문에 미안해하며 오호도라는 섬에 도망가 있던 전광의 숙부 전횡에게 왕으로 삼아 줄 터이니 지난날의 오해는 서로 잊고 낙양으로 올 것을 요청하였다. 그리고 역이기의 동생 역상에게 전횡에게 절대 복수하지 말 것을 명하였다. 하지만 전횡은 두명의 식객과 함께 낙양으로 오던 중

〈"천자께서 내린 명이라 할지라도 내 손으로 삶아 죽인 자의 동생을 어찌 마주 본다 말인가? 이제 낙양이 멀지 않았으니 여기서 내 목을 베어 가져간다면 썩지 않고 알아볼 수 있을 것이다"〉

라며 자결하고 말았다. 전횡이 자결했다는 소식에 유방이 눈물을 흘리며 전횡을 왕의 예우로 후히 장사 지내주었고 두 식객을 도위라는 벼슬에 임명했으나 그 두 식객마저도 나중에 전횡의 무덤 앞에서 자결하고 말았다.

8. 용저를 격파하고 제나라를 평정한 한신, 한나라의 신하가 되느냐? 대왕의 길을 걷느냐?

한신의 기습을 받은 제왕 전광은 역이기를 삶아죽이고 훗날을 도모하고자 고밀이라는 지역으로 피신한 후 항우에게 사람을 보내 도움을 요청했다. 이유야 어찌되었던 결과적으로 유방과 적대적인 관계가 되어버렸다면 전광으로서는 항우와 결탁할 수밖에 없었던 것이다.

항우 역시 한신이 초나라 북방을 완전히 평정하는 일은 어떤 방법을 써서라도 단연코 막아야 했었기 때문에 초군 20만 명을 용저와 주란에게 맡겨 전광과 합류하도록 했다. 이때 용저가 한신과 싸우기 전 용저의 참모가 전략을 제시했다.

당시 한신의 기세가 막강하여 바로 맞붙어 싸우는 것은 형세가 좋지 못하니 전면전은 피하고 제왕 전광을 내세워 한신에게 항복한 제나라의 성주들을 설득하면서 초나라와 연합한 20만 대군의 기세를 보여주면 항복한 성주들이 다시 마음을 바꾸게 될 것이라는 계책이었다. 즉 한신에게 일시적으로 굴복한 옛 제나라의 성주들과 연합하여 한신의 전후방을 에워싸자는 전략을 제시한 것이었다.

그러나 용저는 한신을 낮추어보며 이렇게 말했다.

〈"나는 평생 한신의 사람됨을 알아 왔는데 쉬운 상대 일 뿐이다. 빨래하는 아낙에게 밥을 얻어먹었으니 자신의 계책을 취하는 바가 없었고 시장잡배들의 가랑이 밑을 기어지나가는 치욕을 받았으니 용기를 가진 자도 아니므로 두려워 할 바가 전혀 없다."〉

〈"또 제와 연합하여 제를 구하고 한신을 항복시킨다면 나에게 무

슨 공이 있겠는가? 지금 싸워서 그를 이긴다면 제의 반을 얻을 수 있는데 어찌 그만두겠는가?"〉

한신이 예전에 항우의 수하로서 초군의 말단 병사로 있었던 적이 있었으니 오래 전부터 항우가 가장 신뢰하고 있던 대장 용저는 이미 한신 따위는 자신의 상대가 되지 못한다고 무시하고 있었다고 봐야 한다. 용저는 교만에 빠져 즉시 속전속결로 결판을 내고 싶어 했고 한신과 정면 승부를 벌이기 위해 유수를 사이에 두고 한신과 대치하게 되었다.

그러나 이런 용저의 교만이야말로 바로 한신이 노리던 바였다. 한신은 1만 개의 모래 주머니를 만들어 밤을 틈타 유수의 상류를 막아버렸고 용저에거 싸움을 걸어 짐짓 패한 척 달아나기 시작했다. 이를 본 용저가 기뻐하며

〈"나는 한신이 겁쟁이라는 것을 예전부터 알고 있었다."〉

성급한 용저의 대군이 얕아진 유수를 건너 한군을 곧바로 추격하자 한신은 임시로 만들어 둔 보를 터뜨려 수공을 가했다. 이에 초군의 대오는 끊어지고 강을 건너버린 용저의 군대가 혼란에 빠지게 되니 한신이 이때를 놓치지 않고 전면적인 반격을 가하자 초군의 절반이 전멸되고 선두에서 지휘하던 용저도 전사하고 말았다. 용저가 죽자 후방에서 연합하던 제왕 전광도 버티지 못하고 달아나니 한신은 도망치는 초군을 성양까지 추격하여 모두 섬멸해버렸다. 이로서 한신은 위, 대, 조, 연에 이어 제나라까지 5개국을 모두 평정하며 동북방의 절대강자로 우뚝 서게 되었다.

한신의 기세는 그야말로 하늘을 찌르는 듯 했다. 이때 한신에게 유방의 사신이 와서 "항우의 매서운 공격에 형양이 함락 직전이니 구원하러 오라"라는 군령을 내리나 한신은 제나라의 민심을 다스려야 한다는 명분으로 먼저

자신을 제나라의 가왕假王으로 봉해달라고 청하였다. 유방은 이를 두고 세력이 커져버린 한신의 협박으로 판단하고 분노했지만 당장 항우와 대치하고 있던 자신의 열세를 고려해 한신의 청을 받아들이게 된다.

〈"제나라 사람들은 거짓과 속임수가 많고 변화무쌍하니 번복이 심한 나라입니다. 또한 남쪽으로 초나라와 국경을 접하고 있어 가왕이라도 되어 진정시키지 않는다면 정세가 안정되기 어렵습니다. 신을 가왕으로 삼아 주신다면 모든 것이 순조로울 것입니다."〉

한신의 이러한 요청이 천하를 삼분하려는 야심인지, 아니면 진정 제나라를 안정시키기 위한 제안이었는지는 〈사기〉나 〈한서〉에 별다른 정확한 언급은 없다. 아마 둘 다 맞는 말이거나 둘 다 틀린 말이 될 수도 있다. 단 이때 유방의 사정은 팽월의 후방 기습전으로 겨우 목숨을 부지하고 있었지만 기신을 가짜 왕으로 만들어 도망 다닐 만큼 항우에게 줄기차게 쫓기는 신세였다.

그리고 역이기의 협상으로 쉽게 제나라를 복속시킬 수도 있었는데 한신이 독자적으로 제나라를 쳐서 역이기를 죽게 만들고 그 결과 제나라의 민심을 나쁘게 되었는데 도리어 그걸 빌미로 주군을 협박하는 모양새에 유방은 몹시 분개하며 한신을 욕했다.

〈"나는 이곳에 포위되어 밤낮 한신이 와서 도와주기를 바라고 있는데 그놈은 스스로 가왕이 되려 한단 말이냐?"〉

그때 신하들과 함께 유방의 곁에 있던 장량이 유방의 발을 지그시 밟으며 귀속 말로 말했다.

〈"한신이 왕이 되고자 한다면 지금 우리가 어떻게 그를 막겠습니까? 그냥 원하는 데로 해주십시오, 그러지 않으면 변고가 일어납니다."〉

유방은 화가 났지만 항우와 대적하려면 한신이 없이는 불가하다는 것을 알았기에 순식간에 표정을 달리하며 말했다.

〈"대장부가 여러 제후들을 평정했으면 진짜 왕이 되는 것이지 어찌 가왕이 된다 말이냐?"〉

그리고 장량을 직접 보내 한신을 제왕으로 책봉했고 곧바로 초나라를 치도록 하명했다. 밥을 빌어 먹고 시정잡배들의 가랑이 사이를 기어 다니던 한신이 당당히 일국의 왕이 되는 순간이었고 훗날 명을 재촉하는 토사구팽의 빌미를 제공하는 순간이기도 했다.

항우는 항우 나름대로 가장 신뢰하던 용저마저 죽인 한신의 기세에 놀라 그때부터 한신을 다시보기 시작했다. 제나라는 초나라의 바로 북쪽이니 한신이 위로부터 항우를 압박하면 팽월의 후방공격에 부담을 느끼던 항우에게는 이중적인 위협이 아닐 수 없었다. 이에 항우는 무섭이라는 자를 보내 한신을 회유하려고 시도하였다. 한신을 만난 무섭은 이렇게 말하였다.

〈"천하가 다함께 진을 괴로워 한지 오래되어 서로 힘을 합하여 진을 쳤습니다. 진이 격파되자 그 공로로 땅을 나누고 왕으로 봉해 사졸들을 쉬게 하였습니다. 그러나 한왕은 다시 군사를 일으켜 다른 사람의 몫을 탈취하고 다른 사람의 땅을 침략합니다. 이미 삼진을 격파하고 제후들의 군사들을 거두어 동쪽으로 초나라를 쳤는데 그 뜻은 천하를 다 삼키지 않으면 그치지 않겠다는 뜻이고 그가 만족할 줄 모르는 것이 이처럼 지나칩니다.">

〈"그리고 한왕은 끝내 대업을 이루지 못할 것이라 그 몸이 항왕의 손에 자주 들어갔지만 항왕은 그를 연민하여 살려주었습니다. 그러나 벗어나면 번번이 약속을 어기고 다시 항왕을 치니 그를 믿을 수 없음 또한 이와 같습니다."〉

〈"이제 족하足下(=한신)가 비록 한왕과 두텁게 사귀어 그를 위하여 힘을 다하여 군사를 사용하였으나 끝내는 반드시 한왕에게 사로잡히는 바가 될 것입니다. 족하가 잠시라도 여기에까지 이르게 된 것은 오로지 항왕이 아직 버티고 있기 때문입니다."〉

〈"이제 두 왕의 일에서 저울질 하는 것은 족하에게 달려 있으니 족하가 오른쪽으로 던지면 한왕이 이기고 왼쪽으로 던지면 항왕이 승리하게 될 것입니다. 항왕이 오늘 망한다면 한왕은 다음날에는 반드시 족하의 땅을 빼앗을 것입니다."〉

〈"족하는 예전 항왕과 연고가 있었는데 어찌하여 한나라를 반대하고 초나라와 연합하여 화친하면서 천하를 셋으로 나눈 후 여기에서 왕노릇을 하려고 하지 않는 것입니까?"〉

<“이제 이 시기를 놓치고 스스로 한나라의 편이 되어 초나라를 치려고 하고 있는데 지혜로운 사람이라면 어찌 이처럼 하겠습니까?”>

이 기록을 살펴보면 초한쟁패의 분수령을 넘는 긴장감이 고조된다. 무섭이라는 이 인물은 비록 항우의 편에서 한신을 회유하고 있다고는 하나 항우, 유방, 그리고 한신이라는 세 축이 직면한 정세를 정확히 꿰뚫어 보고 있고 한신의 참모중 괴철이라는 인물이 한신에게 똑 같은 제안을 하리란 것을 이미 파악하고 있었던 것으로 보인다.
그러나 한신은 단박에 무섭의 제안을 거절했다.

<“내가 항왕을 모실 때는 관직이 낭중에 불가했고 하는 일은 창을 들고 항왕의 신변이나 지키며 보초를 섰습니다. 항왕께 간언을 올려도 귀를 기울어 주지 않았고 계책을 내어도 쓰지 않았습니다.”>

<“그러나 한왕은 나를 상장군에 임명하고 그 인장과 함께 수만의 군사를 내어 주었습니다. 또한 나를 대하기를 자기의 옷을 벗어 입혀 주었고 자기와 식사를 나누어 먹게 했습니다. 그리고 나의 계책을 채택하여 주었습니다. 그리하여 내가 여기까지 오게 된 것입니다.”>

이 대목에서 한신에게 뭔가 2% 부족한 웅지가 느껴지는 것도 사실이지만 한신의 변辯에도 사실 틀린 말은 하나도 없다.
한신의 단호한 거절에 무섭도 어찌할 수 없음을 알고 물러났지만 한신의 책사 괴철이 다시 나타나 상황을 파악하고 처음에는 한신에게 관상을 한번

봐주겠다고 부드럽게 이야기하다가 단호한 어조로 자신의 소신을 피력했다.

주군인 한신에게 유방의 수하로 남을 것이냐 아니면 독자적인 세력으로 우뚝 서서 천하를 셋으로 나눌 것이냐를 선택하라는 과감한 직언으로 이때 괴철이 한신에게 설한 바는 과히 항우와 유방의 운명뿐만 아니라 한신 스스로의 운명을 결정지을 만한 장광설長廣舌의 명언이었다.

괴철은 요샛말로 머리가 팍팍 돌아가는 천재였다. 여러 정황과 맞물린 인물들의 근본성향을 정확히 파악하고 있었기에 비가 오고 바람이 불면 어디에 물이 고이고 어느 나무의 가지가 먼저 부러질 것인가를 정확히 예측하고 있었다. 또한 자신의 계책이 받아들여지지 않을 경우 한신은 종말을 맞이할 수밖에 없다고 확신하였고 그렇게 되면 결국 자신도 한신을 떠날 수밖에 없으니 유방이 그를 살려둘 리가 만무하다는 것도 잘 알고 있었다.

나는 결국 전쟁 이야기를 다룬 〈초한지〉 전체를 한 페이지로 압축하면 그것은 바로 이 괴철이라는 인물이 한신에게 간언하는 이 장면일 것이라고 생각한다. 그리고 사마천이 가장 정성들여 세세하게 기록한 〈회음후 열전〉의 하이라이트 역시 마땅히 이 대목일 수밖에 없다고 여긴다.

괴철은 우물쭈물 주저하는 한신 앞에서 스스로 먼저 승부수를 던졌다.

〈"천하가 처음으로 일어나 어지러워졌을 때 영웅호걸들이 제각기 명분을 내걸고 한 번 소리치니 천하의 재사才士들이 구름과 같이 몰려들어 물고기 비늘처럼 서로 뒤섞이더니 들불처럼 번지는 화염과 같이 일진광풍을 일으키며 일어났습니다."〉

〈"당시 선비들의 관심사는 단지 진나라의 멸망에 대한 바람뿐이었으나 지금은 초와 한으로 나뉘어 다툼으로써 천하의 죄 없는 백성들의 간과 쓸개가 땅에 깔리게 되었고 황량한 교외의 들판에 나뒹굴고

있는 아비와 아들의 해골은 그 수가 이루 헤아릴 수 없을 지경입니다.">

〈"항왕의 초나라가 팽성에서 일어나 사방의 적을 쫓아 다니며 패주하는 적의 뒤를 따라 형양에 이르게 되었습니다. 승세를 탄 초군은 천하를 석권하며 천하를 진동시켰습니다. 그러나 초군 역시도 경京과 색索 사이에서 한군의 반격으로 기세가 꺾였고 성고의 서쪽에 있는 험악한 산세에 막혀 더 이상 전진하지 못한지 이미 3년이 지났습니다.">

〈"한왕은 몇 십만이나 되는 인마를 이끌고 공현과 낙양일대에서 초군의 서진을 막고 그곳의 험준한 산과 강의 요충지에 의지하여 초군의 공격을 막고 근근이 버티고 있습니다만 그동안 하루에도 몇 번씩 전쟁을 치루었음에도 지금까지 한 치의 공도 세우지 못하고 항우에게 계속 패하기만 하다가 외부로부터 구원도 받지 못하여 형양과 성고의 싸움에서 타격을 입고 완宛과 섭葉땅으로 달아나고 말았습니다.">

〈"이것은 소위 지혜는 바닥이 나고 용기는 다하게 되었다는 의미입니다. 군대의 사기는 험준한 요새에 꺾이고 창고의 양식은 다 떨어졌으니 백성들은 고통과 피로에 지쳐 그 원성이 길거리를 가득 메우고 천하의 민심은 동요되어 의지할 곳이 없게 되었습니다.">

〈"저의 소견으로는 이러한 형세는 천하의 성현일지라도 그 화란을 그치게 할 수 없다고 여겨집니다."〉

〈"지금의 한왕과 초왕, 두 왕들의 운명은 모두 장군의 손안에 달려 있게 되었습니다. 장군이 한왕에게 협조하면 한왕이 승리할 것이요 초왕에게 협조하면 초왕이 승리하게 될 것입니다. 이에 속마음을 피력하여 어리석은 계책이나마 올리고자 하오나 단지 염려되는 것은 장군께서 저의 계책을 받아들이지 않을까 그것이 걱정입니다."〉

〈"진실로 능히 장군께서 저의 계책을 받아들인다면 한과 초, 두 나라에 이익을 주어 모두 존속하게 만들어 천하를 삼분하여 정족지세鼎足地勢를 이루면 당분간은 아무도 감히 먼저 움직이지 못하게 할 수 있을 것입니다."〉

〈"그리한 후에 장군의 뛰어난 능력과 성스러운 덕성으로 수많은 무기와 군사들을 거느리고 부강한 제나라를 근거지로 삼고 연과 조, 두 나라를 복종시켜 유劉와 항項의 군대가 없는 땅으로 나아가 그들을 압박한다면 그것이 바로 백성들의 마음에 순응하는 바가 될 것입니다."〉

〈"또한 계속해서 서쪽의 형양성으로 진격하여 유와 항의 분쟁을 중지시켜 군사들과 백성들을 위하여 그들의 목숨을 보존시키라고 요구한다면 천하의 모든 사람들이 바람처럼 달려와 메아리처럼 장

〈"누가 감히 장군의 명을 듣지 않을 수 있겠습니까? 그리고 나서 큰 나라는 쪼개고 강한 나라는 약하게 하여 각 나라에 제후들을 세우십시오. 이에 제후들이 일단 장군을 따르게 된다면 천하는 장군이 베푼 덕에 감격하여 제나라의 명을 받들기 위해 모두 귀의 할 것입니다."〉

〈"이로서 제나라의 옛 땅을 안정시키고 교하膠河와 사수泗水유역을 근거지로 하면서 덕을 베풀어 감동시킨 제후들을 소집하여 자신을 낮춘다면 천하의 제후들과 그들의 재상들은 줄을 서가며 제나라로 들어와 조배를 드릴 것입니다."〉

〈"하늘이 주는 것을 취하지 않는다면 오히려 후에 벌을 받고, 때가 왔을 때 행동하지 않는다면 도리어 그 재앙을 받는다고 들었습니다. 원컨대 장군께서는 부디 심사숙고 하십시오."〉

주군인 한신의 운명이 걸린 변곡점에서 괴철이 설득하고 한신이 고민하는 장면인데 우선 이렇게 장문으로 기록되어 있다는 사실 그 자체로 이미 괴철은 한신이 자신의 제안을 단박에 수용하지 않을 것이라 예측 한 것으로 봐야 한다.

가왕을 청하는 한신의 무례한 부탁에 흥분하며 신하들 앞에서 길길이 날뛰다가 장량이 묵언으로 자신의 발을 지그시 밟자 이내 전후좌우의 상황을 파악하고 속물적으로 결단을 해버리는 유방과는 무척이나 대조되는 부분이라 아니할 수 없겠다.

〈"한왕이 나에게 잘 해주었는데 내가 배신하는 게 과연 옳겠는
가?"〉

그러자 괴철은 문경지교라고 일컬었다가 파탄난 장이와 진여의 우정, 그
리고 월왕 구천을 패자로 만들었지만 의심을 피해 떠난 범려를 언급하며 유
방과 한신의 관계가 장이와 진여만큼 각별했던 것도 아니고 범려가 구천에
게 한 것만큼 한신이 유방에게 지극히 충성한 것도 아닌데 어떻게 유방이
의리를 지키기를 바라느냐며 강하게 밀어 붙였다.

〈"신이 듣건대 용기와 지략이 주인을 놀라게 하면 몸은 위태롭고
공로가 천하를 덮는 사람에게는 상을 주지 아니한다 하였습니다. 이
제 족하는 주인을 놀라게 한 위엄을 가지고 있으며 일일이 상을 다
받을 수 없을 정도로 공로를 세웠으니 초나라에 귀부하면 초인들이
믿지 않을 것이고 한나라에 귀부하여도 한인들이 두려워 할 것입니
다. 족하는 이것을 가지고 어디로 돌아가려 하십니까?"〉

말인즉, 괴철은 지금 한신에게 당신의 재주가 너무 비상하고 그 공로가
이미 커서 주인인 유방의 의심을 벗어날 수 없다. 그러니 항우 편에도 유방
편에도 서지 말고 스스로 혼자 우뚝 서라는 이야기를 계속해서 반복하고 있
었던 것이다.

그러나 한신은 역시 조금 더 생각을 해보겠다며 답변을 미루었다.

유방이라면 괴철의 제안을 단박에 받아들였을 것이다. 며칠 뒤 괴철이 다
시 한 번 한신을 설득하였으나 한신은 또다시 주저하며 괴철의 제안을 끝내

수용하지 못했다. 괴철의 생각과는 다르게 한신은 자신의 공이 워낙 크기 때문에 유방이 자기가 차지한 제나라를 쉽게 빼앗아 가지는 못할 것이라고 착각했던 것이다.

그러자 괴철은 한신의 어중간한 태도를 보고 결국 자신의 계책이 무용지물이 되어버렸다고 여겨 일부러 미친 사람 행세를 하며 무당이 되어버렸다. 한신이 자신의 계책을 거절했으니 끝내 한신은 유방에게 사로잡힐 것이라 확신했으며 한신에게 이런 제안을 했다는 이유 하나만으로도 유방이 자신을 죽일 것이라 생각했다. 그래서 이를 모면 하고자 그날 이후 일부러 미친 사람 행세를 하고 다녔던 것이다.

실제로 훗날 유방이 패권을 잡고 괴철을 잡아들여 심문하는 과정에서 괴철은 비굴하게 변명하지 않았고 자신이 "한신에게 반란을 권했다."라고 있었던 사실을 바른 데로 밝혔다. 유방의 입장에서 보면 자신의 처지가 위태위태했을 때 이를 이용해 한신을 초한쟁패의 또 다른 큰 축으로 세우고자 했던 역모의 주동자를 심문하는 자리였다.

〈"너는 어찌하여 한신을 꼬드겨 나를 배신하라고 일렀느냐? 너의 죄는 너를 찢어 죽이고 삼족을 멸해야 합당하다."〉

괴철이 당당히 대답하였다.

〈"나는 나의 주인을 위하여 계책을 낸 것일 뿐이니 후회하지 않소. 그때 그 상황에서 내가 낼 수 있는 계책은 그것밖에 없었소. 한신이 주저하여 일이 그릇되었을 따름이고 다시 똑같은 상황이 된다고 해도 나는 나의 주인을 위해 그렇게 제안할 것이요. 내가 한왕을 먼저 만났더라면 한왕을 위해 계책을 내었을 것이나 나는 당신을 만나기 전 한신을 만나 주인으로 삼았던 것이요. 그리고 주인이 어리석어 지금 당신에게 이렇게 사로잡힌 신세가 되었소. 나의 목숨은 이제 한왕 당신에게 달린 것이니 그대가 알라서 처분하시오!")

2,200년이 지난 지금 다시 읽어보아도 달변이기 이전에 괴철의 말에 틀린 구석은 단 한군데도 없다. 유방은 말귀를 알아듣는 사람이었고 정치적 쇼맨십도 뛰어난 인물이었다. 유방은 결국 괴철을 풀어 주었다.

항우는 팽월과 유방의 협공 때문에 소득 없는 전투에서는 이기고 있었지만 전체적인 전쟁에서는 지고 있었고 무섭을 통해 유방과 자신의 싸움에서 한신은 중립을 지켜달라고는 제의했던 것이 수포로 돌아가자 점점 지쳐가고 있었다.

앞서 유방과 항우의 강講에서 살펴 본 것처럼 군량마저 떨어진 항우가 홍구를 경계로 서쪽은 한나라 동쪽은 초나라의 땅으로 양분하자고 제안했고 유방도 이를 받아들여 두 사람은 각자 동서로 떠나기로 했다. 그러나 유방은 장량과 진평의 제안을 받아들여 약속을 파기하고 군사를 물린 항우를 뒤 쫓기 시작한 후 한신과 팽월에게도 연락을 취하여 항우를 칠 것이니 군사를 집결시키라고 명하였다.

한군이 고릉에까지 이르렀음에도 팽월과 한신은 그때까지 유방의 명을 따르지 않았고 유방은 항우의 반격을 받아 고릉에서 큰 패배를 당하고 말았다. 다시 궁지에 몰린 유방은 팽월과 한신에게 봉지를 넓혀 줄 것을 약속하며 부하였던 두 사람과 일종의 거래를 할 수밖에 없었다.

유방이 항우에게 최후의 일격을 가하고자 수춘을 공격하던 영포와 유고까지 합류시키고 나서야 한신은 해하로 자신의 군대를 움직였다. 모든 영웅과 장수들이 모인 해하에서 항우는 유방의 연합세력에 패하였고 초한전쟁은 마침내 종결을 맞이했다.

9. 한신의 몰락과 죽음

항우와의 승부가 결정 나자 유방은 갑자기 한신의 진영으로 달려가 한신의 군권을 다시 빼앗고 말았다. 유방의 기습이었다. 그전에도 자다가 유방에게 병부를 빼앗긴 적인 있었던 한신은 갑작스런 유방의 변심에 깜작 놀랐지만 반항 한번 제대로 못해보고 고스란히 병권을 넘겨줄 수밖에 없었다. 괴철이 그렇게 우려했던 한신의 비극적 몰락이 시작되는 서막이었다.

유방은 한신의 본거지인 제나라를 폐하고 한나라가 직접 다스리기로 한 후, 한신을 항우가 다스리던 초나라의 왕으로 임명해버렸다. 그리고 1년 뒤 제나라를 다시 부활시켜 자신의 서자 유비에게 맡겼다. 전통적으로 땅이 비옥하고 물자가 풍부했던 노른자위 땅을 유씨가 아닌 이성왕異姓王에게 주지 않겠다는 의지를 분명히 한 것이었다.

그러나 이때까지만 해도 한신이 비록 제나라의 땅과 군사를 빼앗기긴 했어도 일방적인 숙청을 당했다고는 볼 수는 없었다. 초나라 역시 작은 나라가 아니었고 73성을 가진 제나라보다 오히려 더 많은 89성을 가진 대국이었다.

초나라는 항우가 사라졌지만 본디 항우의 본거지였으니 짐작컨대 유방이 한신을 초나라로 보냈던 이유는 제왕이었던 한신의 근거지를 옮겨서 한신의 기를 꺾어 버리는 동시에 항우의 추종세력들이 여전히 남아 있는 초나라를 경계하고자 했던 것 같다. 아울러 한신과는 인연이 적은 회남왕 영포와 장사왕 오예와 이웃하게 만들어 한신이 주변과 연합하지 못하게 하는 일석삼조의 효과를 노린 것으로 판단된다. 항우와의 힘들었던 승부가 막 끝난 시점에서 유방에게 한신은 전적으로 믿을 수도 없고 그렇다고 당장 쳐 내기에도 쉽지 않은 두통거리가 되어가고 있었던 것이다.

초나라는 원래 한신이 힘든 젊은 시절을 보내던 곳이기도 했다. 한신은 당당히 초왕이 되어 과거 자신을 보잘 것 없다고 여겼던 사람들 앞에 다시 나타났다. 한신은 어려운 시절 그가 잠시 동안 밥을 얻어먹었던 정장을 찾아 그에게는 백전을 주었다. 앞서 밝힌 데로 정장은 한신의 처지를 딱하게 여겨 처음에는 한신에게 호의를 베풀었으나 그 아내의 구박으로 밥을 나누어 주던 일을 나중에 그만두고 말았다.

〈"그대는 소인이다. 덕을 베풀면서 끝까지 하지 않았고 중도에 그만두었다."〉

반면에 빨래터에서 밥을 한번 먹여 주었던 아낙에게는 천금을 주었다.(=일반천금-飯千金) 그리고 과거 자신을 가랑이 사이로 기어가게 했던 사람도 찾아내서 초나라의 관리인 중위에 임명하였다.

〈"이 사람은 장자(=長子, 중국에서 장자라는 뜻은 "맏형의 풍모가 있는 사나이"라는 의미이다.)이다. 그가 나를 욕보였을 때 내가 어찌 그를 죽일 수 없었겠는가? 그러나 그때 그를 죽인다 한들 이름을 얻을 길이 없었을 뿐이고 그 일을 오랫동안 참아 마침내 공을 이루어 이 자리에 있게 된 것이다."〉

힘든 시절 걸식표모, 과하지욕을 당했던 한신이 그 일을 자신의 모자람으로 삼지 않고 절치부심 인내하며 오히려 더 큰 뜻을 가슴에 새겼다는 뜻으로 해명하고 아낙에게 수모를 당하면서도 훗날 성공하면 반드시 은혜를 갚을 것이라 했던 오래된 약속도 지켰던 것이다.

한신이 초왕으로 봉분되고 나서 위와 같이 별 정치적 파장이 없는 다반사의 일들이 진행되는 동안 한신의 운명을 다시 수렁으로 몰고 가는 의심스런 일이 하나 발생하는데 그것은 바로 항우의 몰락 이후에도 유방에게 항복하지 않고 있었던 종리매鍾離眛(=종리말)사건이었다.

한신은 무슨 연유에서 인지 종리매가 자신에게 의탁해오자 그를 숨겨주었다. 끝까지 유방에게 항복하지 않았던 종리매는 아마 유방과 한신의 묘한 관계를 알아차리고 한신에게 의탁하여 대對유방 연합세력을 도모하고자 했던 것으로 보인다.

그런데 문제는 무섭과 괴철의 제안을 거절했던 한신이 애매모호하게 이번에는 종리매가 찾아오자 그를 숨겨주면서 자신의 식객으로 삼았다는 것이다. 유방은 이미 종리매의 체포 명령을 모든 제후에게 내려 논 상태였으니 한신의 이러한 태도는 유방의 의심을 사기에 충분했다. 여러 기록에는 한신의 이러한 태도가 무척 의아하다고 표현하고 있거나 그 이유를 모른다고 하였으나 나는 개인적으로 이때만큼은 한신이 유방에 대해 반심을 분명 품고 있었다고 본다.

단언컨대… 천하를 잡았던, 황제가 되었던, 장락궁에 살던, 미양궁에 살던 누가 뭐래도 유방에게 있어서 항우는 끝나지 않는 평생의 트라우마였다. 유방은 아마 자기가 죽고 나서도 그것이 끝나지 않을 것이라고 생각했을 것이다. 그리고 종리매는 항우의 진영에서 몇 안 되는 문무를 겸비한 인재였다. 항우가 죽은 이후에 항백이 귀순했음에도 불구하고 종리매는 여전히 잡히지도 않고 유방 편으로 귀순하지도 하지 않았으니 항우 사후 도처에서 반란이 일어날 조짐이 보이던 시국에 유방에게 그는 적지 않은 골칫거리였다.

상황이 이러한데 한신이 유방 몰래 종리매를 숨겨 준 것이었다. 당시 한신은 초나라의 수도였던 팽성 부근인 하비를 수도를 삼고 초나라를 다스리고 있었는데 유방의 입장에서 초나라를 경계하라고 보낸 한신이 도리어 초나라의 근거지인 팽성과 하비에서 예전 항우의 잔당들을 포섭하려는 듯한 행동을 취한 것은 분명 흑심이 있었다고 파악된다.

더군다나 한신은 초나라에 부임하지 마자 초나라 전 지역을 순행하며 지역민심 다지기에 들어갔고 군대를 강하게 훈련시켰는데 좋은 의도로 보면 원래 대장군 출신의 한신이 초나라를 제대로 통치하기 위해 그리 했다고 긍정적인 해석을 할 수도 있겠지만 유방과 한신의 관계는 이미 유방과 소하와의 신의처럼 몸과 마음이 묶어진 그런 관계가 아니었다.

문제적 인간 한신….

그는 군사적 재능과 병법에는 비교할 만한 사람이 없을 정도로 뛰어나 상국 소하로부터 국사무쌍이라 불렸던 인물이었지만 정치적 판단에 있어서는 결코 유방과는 비교 할 없을 정도로 우유부단한 선택을 하고 마는 경우를 여러 차례 보여 왔는데 아무리 생각해봐도 가장 의아스런 장면은 바로 종리매와 연관된 이 사건이라고 볼 수 있다.

반란 정도는 아니었더라도 한신은 유방에게 불편함이 있었으므로 초나라의 근거지에서 유방에게 끝까지 적대적인 종리매를 포섭해서 자신의 불만 상황을 어떤 방식으로나마 유방에게 시위하고 싶었을 것이다. 그러나 아무런 대책이 없었고 자신의 행동이 향후 어떤 파장을 불러 올 지 전혀 생각을 못했다.

특히 이때는 연왕 장도가 반란을 일으켜 유방이 직접 친정을 나갔다가 돌아온 상태였으므로 유방의 심기는 매우 불편했으며 제후 중 그 어느 누구도 믿을 수 없는 그런 상황이었다. 마침 초나라의 군사중 하나가 유방에게 한신이 모반을 하려 한다는 상소를 올렸다. 그 이름 없는 군사가 자신의 영달을 위해서 유방에게 잘 보이기 위해 초나라의 사정을 과장해서 보고했을 수도 있고 아니면 한신을 의심하는 유방진영의 사주를 받은 각본이라고도 볼 수도 있다. 한신과 유방사이가 벌어지면 반사이익을 보게 되는 무리가 유방진영에 왜 없었겠는가?

한나라의 장수들과 신하들이 약속이나 한 듯 모두 들고 일어나 당장 한신을 정벌해야 한다며 주청했지만 유방은 의외로 신중하게 기다리며 옳다 그러다 결정을 하고 있지 않다가 진평에게 전후사정을 물었다.

진평이라는 인물은 머리가 비상했고 유방이 어떤 대답을 듣고 싶어 하는

지 또 어떤 방식으로 말해야 하는지를 잘 알고 있는 사람이었다. 그는 유방 앞에서 자신의 장단점을 애써 숨기지 않았다. 다른 사람들이 진평이 저지른 흉(=젊은 시절 형수와의 부정스러운 소문과 유방의 수하로 들어온 지 얼마 안되어 뇌물을 받은 일)을 볼 때도 그는 유방에게 그런 사실이 있었다고 먼저 인정했다. 유방은 한 평생 내내 자신이 도덕적이거나 선비의 풍모를 견지해야 한다고 생각하는 사람이 아니었다. 또한 부하들에게 높은 윤리관을 요구하는 리더도 아니었다. 유방의 관심사는 오로지 이 사람이 "나에게 필요한 사람인가?" "재능이 있는 사람인가?" 그것뿐이었다.

진평은 명쾌하고 간결하게 말했다.

〈"지금 폐하의 장수와 군대는 한신을 이길 수 없고 한신이 공식적으로 모반했다는 것을 아는 사람도 없습니다. 한신 또한 자신의 계획이 새어나간 것을 모르니 그냥 폐하께서 한신의 주변으로 놀러 간 것처럼 꾸며 여러 제후들을 연회에 참석하라고 초정한 뒤 한신을 간단하게 사로잡는 편이 훨씬 수월합니다."〉

유방은 소하, 장량, 진평이 올리는 제안은 거의 모두 반대 없이 다 수용했다. 그만큼 그들의 재능과 안목을 믿었던 것이다. 유방은 진평의 계책에 따라 남방의 운몽택雲夢澤으로 놀이를 나가겠다고 선언한 뒤 여러 제후들을 초청했다. 꿈속 같은 안개구름이 자욱한 연못이라는 지명이 말해주듯 경치 좋은 곳으로 사람들을 모이게 한 것이다.

초청을 받은 한신은 당황할 수밖에 없었다. 명분은 분명 같이 놀자는 초청이었지만 종리매를 숨겨진 것이 들통 나면 여차 역모로 몰릴 수도 있었기 때문이었다. 이때 한신의 부하 중 한사람이 먼저 종리매의 목을 가져다 바치면 황제가 의심을 풀고 용서해 줄 것이라 청하자 한신은 이를 어처구니없게도 종리매에게 이를 말했다.

　참으로 애매모호한 처사가 아닐 수 없다하겠다. 자신이 숨겨준 종리매의 활로活路를 막아 버리고 사로死路로 몰아가면서 그에게 어떤 선택을 요구한다 말인가? 여러 가지로 이때의 한신이 보인 행동은 누가 봐도 이해하기 힘든 우유부단 갈팡질팡의 끝장 판이었다.

　〈"황제가 지금 초나라를 공격하지 못하는 것은 지금 초나라에 내가 있기 때문이다. 지금 나를 바치면 나도 죽지만 반드시 곧 너도 죽게 될 것이다."〉

　종리매는 이와 같이 한신에게 욕설을 퍼붓고 나서 자신의 목을 찔러 자결하고 말았다.

　한신은 종리매의 목을 베어 싸들고 유방을 만나러 갔는데 유방은 종리매의 목은 거들떠보지도 않은 채 부하 근읍을 시켜 한신을 사로잡아 버렸다.

　〈"과연 사람들이 교활한 토끼가 죽으면 좋은 사냥개는 삶겨 진다(=교토사 주구팽 狡兎死 走狗烹)고 하더니 그것이 이와 같구나"〉

　한신의 누명 주장을 들은 유방은 "나라에 반기를 든다는 고변이 있었다."라고 차갑게 말한 뒤 "네가 뭐가 그리 억울하냐?" 물었다 한다. "나는 너의 속마음을 다 알고 있다." 이런 의미였다.

　한신을 사로잡은 유방은 낙양으로 돌아 온 뒤 그래도 공훈이 가장 큰 한신의 처리에 대해 고민하고 있다가 뭔가 찝찝했던지 사면령을 내려 한신을 풀어주는 대신 초왕에서 회음후로 강등시켜 버렸다. 이렇게 이번에도 한신은 유방에게 손 한번 못 쓰보고 초나라의 군사권을 박탈 당한 채 후侯의 반열로 밀려나고 말았는데 이 일이 있은 후 한신은 유방이 자신을 두려워해 제거하려 든다는 생각에 병을 핑계 삼아 일체 조정의 일이나 행사에 참여하지 않았다.

서로 오해가 있었던 없었던 간에 불통不通을 해소하기 위해 무슨 허심탄회한 소통책을 강구하고 있었던 것도 아니고 유방에게 미안해하며 깊은 반성을 하고 있었던 것도 아니고 한신은 오로지 유방의 배신과 비참해진 자신의 처지를 한탄하며 혼자 소극적인 속앓이만 하고 있었다고 보아진다. 내심으로 불만과 수치심은 가득하지만 그것을 바깥으로 표출 할 다른 명분이 없을 때 그리고 그것을 들어 줄 경로마저 없을 때 사람은 더 초라해지게 마련이다.

아마 그쯤 되면 한신은 자신이 자신에게 물어 보아도 본인이 진정 모반할 마음이 있었는지 없었는지 그 본심마저 스스로 분간하지 못할 정도였을 것이다. 잘난 사람이나 못난 사람이나 능력이 뛰어난 사람이나 그렇지 못한 사람이나 자기 판단과 선택을 세우지 못한 채 한번 혼돈에 빠지기 시작하면 사실 이 사람 저사람 별 반 다를 게 없다.

훌륭한 장군은 전시에 피비린내 나는 전장에서 말을 몰고 대군을 지휘할 때 비로소 몸이 긴장하여 정확한 상황 판단을 할 수 있으며 충성스런 신하는 평시에 조정에 나가 국사를 논하면서 왕과 여러 신하들 사이에서 적당한 긴장감을 가질 때 비로소 머리가 맑아져 왕과 나라가 보이게 되는 것이다. 한신은 스스로를 섬 안에 가두었다. 그는 더 이상 자기 주변에서 일어나는 온도 변화를 읽어내지 못했다.

한번은 번쾌가 개인적으로 두문불출 중인 한신을 위로 한답시고 자신의 집으로 초대했다. 번쾌는 개백정출신 답지 않게 성정이 담박했고 언변이 간결했다. 그리고 유방이 선비들을 무시했던 것과 다르게 번쾌는 자신보다 높았던 사람이나 학자들을 존중했다. 만약 한신이 유방의 진영에 합류하지 않았더라면 대장군의 지위는 번쾌에게 돌아 갈수도 있었을 것이다. 그리고 초한 쟁패가 이루어지는 동안 한신은 주로 영을 내리고 번쾌는 그 명령을 수행하는 입장이었지만 번쾌는 맨 처음 한신이 일개 치속도위에서 대장군으로 임명될 때를 제외하고는 항상 한신을 존중했다.

번쾌는 후侯로 강등된 한신을 여전히 왕으로 불렀다.

〈"왕께서도 이제는 자신이 신하라는 사실을 인정하셔야 합니다."〉

짧은 말이지만 이는 번쾌가 한신을 마음속 깊이 존중했으며 그를 위해 진정으로 한 고언苦言들이라고 보아진다. 번쾌에게는 참으로 여러모로 멋진 장부의 모습이 있다.

그러나 한신은 이후로도 계속 조정에 출무하지 않았다. 이렇게 상호간의 불만과 불소통이 이루어지는 중 진희라는 인물이 거록의 태수로 임명되는 일이 발생했다. 한신은 진희를 만나 탄식하며 답답한 속내를 털어 놓았다. 거록에는 강병들이 많고 좋은 지리이니 진희가 반란을 일으키고 내부에서 자기가 흔들어 버리면 큰 일을 도모하기 쉽다는 의기투합이었다. 진희는 한신의 제안을 받아들여 실제로 BC 197년 여름 반란을 일으켰다. 유방은 9월 진희를 진압하기 위해 출정했지만 한신은 여전히 병을 핑계 삼아 같이 나서지 않았다.

한신은 계속 진희와 연락하면서 조서를 가짜로 꾸미고 사람들을 움직일 계획을 세우고 여후부터 처리하려고 마음을 먹었다. 그런데 한신의 편에서 일을 보고 있던 부하가 죄를 지어 가두어 놓고 있었는데 이 자가 탈출하여 모든 일을 여후에게 고해버리고 말았다.

증좌는 없었지만 한신의 계략을 간접적으로 알았음에도 여후는 한신이 워낙 대단한 인물인데다 개인적인 일로 죄를 지어 한신이 잡아두었던 한 사람의 말만 믿고 섣불리 움직일 수 없었다. 그러다가 도리어 역공을 받을 수도 있겠다고 여겼다. 더군다나 유방이 친히 진희를 정벌하기 위해 궁궐을 비운 터라 여후의 고민은 더욱 깊어져갔다.

이러한 중차대한 위기 상황에서 여후가 대책을 의논한 사람이 바로 소하였다. 만약 소하가 한신의 편을 든다면 한신의 모반이라는 이슈를 꺼낸 여후로서도 진퇴양난의 곤란한 상황이 될 것은 불을 보듯 뻔했다.

다행히 이 사건 이후 천하제일 상국이라 불리게 되는 소하는 평생을 그리했듯이 유방의 편에 서서 황제가 이미 진희의 난을 평정했다고 거짓 정보를 꾸몄고 장락궁에서 이를 축하하는 주연을 연다고 하였다. 그리고 한신에게 "병중이지만 잠시 조정에 나오셔서 축하를 하시는 게 그간의 오해를 푸는 가장 좋은 방법이다"라고 제의하였다.

딴사람도 아니고 맨 처음 자신을 추천했고 지금까지 서로가 서로의 편이 되어 신뢰하고 있었던 소하가 이렇게 부탁하니 한신은 별 의심 없이 궁으로 갔다. 한신은 유방은 믿지 못해도 소하는 믿을 수 있는 사람이라고 생각했고 그전까지 실제 그 둘의 관계 또한 그러했다. 그러나 한신이 장락궁에 입조하자 말자 여후는 미리 준비해 놓은 무사들을 시켜 그를 사로잡고 말았는데 한신은 유방이 환궁하기 전 이미 죽임을 당하고 효수되고 말았다.

〈"내가 괴철의 말을 듣지 않은 것이 참으로 원통하구나! 내가 한낱 아녀자에게 속임을 당해 이렇게 죽게 되었으니 이것이 분명 하늘의 뜻이 아니라면 무엇이겠는가?"〉

이렇게 온갖 역경을 이겨내고 절대무적 항우를 제압하고 유방에게 천하를 안겨주었던 한신은 마지막에 오만과 불소통에 빠져 비참한 말로를 스스로 초래하며 파란만장한 인생을 마감하고 말았다. 한신이 죽은 후 그의 가족은 물론 삼족도 모두 처형 되었다.

한편 한신이 죽은 후 진희의 반란을 진압하고 돌아온 유방은 한신이 죽었다는 말에 "기뻐했고 또 안타까워했다고 한다.(=차희차련且喜且憐)"

한편으로는 기뻐했고 또 한편으로는 안타까워했다. 짧은 이 문구만큼 당시 유방과 한신 사이의 미묘한 애증관계를 잘 설명해주는 표현은 더 이상 있을 수 없다고 생각되므로 이에 대한 설명은 줄이고 다만 과연 진정으로 한신에게 모반의 마음이 있었을까? 없었을까? 에 대한 개인적인 생각을 피력해보고자 한다.

한신에게는 모반의 마음이 있었다.

유방이 대업을 이룬 직후 한신은 제왕에서 초왕으로 그리고 다시 회음후로 강등되었고 그 전에 이미 두 번이나 유방에게 졸지에 병부를 강탈당했다. 진정한 주군과 신하로서의 신뢰관계가 여러 번 깨졌던 것이다. 그리고 유방은 겉보기와는 다르게 땅같이 두꺼운 욕심과 시시각각 바뀌는 임기응변, 능소능대 그리고 잔인한 면이 있는 사람이었다. 항우는 보지 못했지만 일찌감치 범증이 간파한 바와 같이 영리한 한신도 분명 유방의 그러한 면을 여러 차례 보았을 것이다.

또한 유방은 한신의 재능은 사랑했지만 그가 거의 무한대로 군사적 능력을 발휘하자 항상 경계했고 소하나 조참. 번쾌. 하우영, 주발을 대하듯이 그를 대하지 않았다. 유방은 이미 수차례 군사를 다루는 능력은 한신이 자신보다 더 뛰어나다고 이야기했다.

이것은 결코 한신에게 득이 되는 칭찬이 아니었다. 중요한 것은 한신의 그러한 재능이 유방 자신을 위해 쓰여질 때야 토끼를 잡는 사냥개에 비유할 수 있겠지만 그렇지 못할 경우 유방은 정치적으로 한신을 통제해야 하거나 여러 제후들과 주변 사람들의 명분을 내세워 한신을 제거할 수밖에 없는 것이었다.

아마 한신은 유방처럼 자신이 황제의 자리에 오르겠다는 욕심은 없었을 것이라 보아진다. 하지만 한삼걸로 불리게 되는 그가 절대적으로 공로를 세운 나라에서 어쩌면 두고두고 황제 이상으로 그 군사적 능력을 칭송 받는 것은 유방과 유방 사후의 여후에게는 큰 부담이었다. 여후는 유방 못지않게 권력욕이 강했고 정치적 수완 또한 대단했다. "한낮 아녀자에게 속아"라는 표현을 했지만 한신은 여후라는 사람을 파악하는 안목이 부족했다.

아울러 한신은 어릴 적부터 넉넉히 사랑을 받으면서 또는 사랑을 주면서 호방하게 성장하지 못한 인물이었고 배고픔과 굴욕을 참고 인내하며 속으로 울분을 삼켰던 성정의 소유자였다. 다음 강에서 다루게 될 장자방과는 입신의 궁극적 목적과 양명하겠다는 세속적 DNA가 확연히 다른 사람이었다.

그는 노자가 설파한 도덕경의 도가적 풍모를 가지지 못했고 계곡과 산이 구분되는 원리, 물이 계곡을 따라 아래로 모이는 원리, 수레바퀴의 중앙 빈 곳에 모든 축들이 모이게 되는 원리, 형태가 없는 물이 모든 형태를 채울 수 있다는 원리 이런 것들을 글로서만 이해했지 온몸으로 체득한 사람이 아니었다. 그리고 공을 세우면 한발 물러나야 한다는 가장 간단한 이치를 모른 채 계속해서 스스로를 일인자와 동등한 이인자로 착각했던 것이다.

일인자가 될 수 없었다면…. 기회가 왔을 때 과감한 선택을 하지 않았다면….

번쾌의 간곡한 충고처럼 한신은 그쯤에서 만족하고 밝고 충실한 모습으로 유방의 신하가 되었어야만 했다. 채워지지 않는 1%의 욕망과 유방이라는 장벽 사이에서 머리는 하늘을 향하고 발은 땅을 딛고 선채로 스스로 양팔을 좌우편에 묶어버렸다. 그리고 그보다 앞서 나타난 춘추전국시대 천하의 기재 "오기"가 뛰어난 재능에도 불구하고 결국 비참한 말로를 맞이하게 되는 사례를 알면서도 그 길을 따라가고 말았다.

한신은 유방으로부터의 편애를 독차지 하고 싶어 했을 것이다. 사실 전장이라는 Feild에서의 공로만큼은 한나라 진영에서 그 어느 누구도 한신이 유방에게 이루어 주었던 것을 따라갈 자는 없었다. 처음 유방의 파촉 진영에 합류하여 모두가 불가능하다고 믿었던 삼진을 돌파하고 관중으로 진격했을 때처럼 한신은 유방으로부터 끊임없이 "그래 역시 한신이 최고야!, 한신 만한 인물이 없어!"같은 칭송과 존중을 받고 싶어 했다. 그리고 유방이 난관에 처했을 때도 천하를 차지하고 나서도 풋내기처럼 지속적으로 그것을 요구했다.

그러나 사람들이 만들어 내는 무상無常(=머무는바 없이 항상 변한다는 의미)한 인간사에서 그런 요구와 수용은 근본적으로 불가능하다. 동서고금 어디를 보더라도 그런 하류의 거래를 주고받는 정치적 관계가 오랫동안 지속되어졌던 경우는 전무했다. 질서를 향하고는 있지만 필연적으로 거쳐야 할 혼란의 단계가 있는가 하면, 겉으로 통제되고 있는 듯 보이지만 실상을 들여다보면 혼돈 속에서 요구되는 가치들이 시시각각 바뀌는 경우가 허다하기 때문이다.

물론 잘 변하지 않는 것처럼 보이는 근본, 뿌리, 줄기가 있고 계절 따라 변하는 상황, 현상, 잎사귀, 열매도 있다. 그러나 그 둘은 다른 둘이 아니라 동전의 양면처럼 한 몸인 경우가 대부분이다. 변하지 않는 가치를 지키려면 변해야 하고, 공자가 말한 그 때와 그 상황에 부합되는 절도(=시절時節)에 따라 변할 수 있어야만 비로소 변하지 않는 가치를 지킬 수 있다. 말장난이 아니다. 신록으로 푸르던 잎사귀가 가을이 되어 낙엽으로 바뀌는 이유는 뿌리와 줄기를 지켜 다음 해의 새순을 돋아내기 위해서이다.

바뀌지 않는 하나의 가치가 있다면 시간과 매듭지어져 있는 공간속에서 인연에 따라 이합집산離合集散하는 물질을 포함한 모든 존재들이 마주해야 할 조건들은 항상 그 껍데기形가 바뀌면서 순환하고 있다는 진리이다. 그러한 관점에서 한신은 유방의 상대가 되지 못했다.

특히 편협하게 인간사에 그 포커스를 한정하더라도 인간이 불러내는 판도라 상자의 조건에 대한 선택과 그 결과에 대한 책임은 항상 각자의 몫으로 귀속될 수밖에 없다. 한신과 항우처럼 자신이 선택한 결과에 대해 하늘을 탓해야 할 필요는 전혀 없다. 텅 빈 운동장 유방은 그런 면에서는 한신에게 비교되지 않을 정도로 쿨하고 영리했다.

유방과 한신 둘 다 소싯적부터 땟거리를 걱정해야 했을 정도로 가난했지만 유방은 어릴 적부터 줄기차게 신나게 놀았던 사람이었고 아마 천하를 놓고 다투는 싸움도 따지고 보면 한바탕 찌지고 볶는 놀이라고 생각했을 것이다. 그리고 그 놀이의 주인공은 누가 뭐래도 신나게 많이 놀아 본 유방 자신이라고 통 크게 확신했다.

반면 한신은 어릴 적 단박하고 신나게 놀지 못했고 누군가로부터 사랑을 받지도 또 누군가를 사랑하지도 못했다. 그에게 인생은 한바탕 신나게 놀 수 있는 놀이판이 아니라 뭔가를 보여줘야 한다는 강박과 더불어 자신의 그릇으로는 결코 채울 수 없는 모자라는 1%를 끊임없이 채워 나가야만 하는 시지프스Sisyphe의 과업이었다.

밥을 빌어 주었던 빨래터의 아낙을 찾아 일반천금으로 보상했지만 가랑이 밑을 기어가게 했던 시정잡배를 발탁해 보기 좋게 중위로 임명했지만 한신은 결코 젊은 시절 걸식표모, 과하지욕의 컴플렉스에서 벗어나지 못했던 깨어진 그릇이었다. 그것이 뛰어난 군사적 재능만큼이나 복잡한 생각도 너무 많았던 한신의 가장 큰 문제점이었다.

〈초한지〉는 결국 전쟁 이야기라서 전쟁의 경과는 주로 항우편에서, 연관 인물들은 주로 유방 편에서 다루었지만 노련한 돈키호테 유방과 비교하면서 햄릿형 문제적 인간 한신이라는 인물의 심리적인 면을 살피다보니 영정, 항우, 유방, 소하편보다 훨씬 더 많은 분량을 이 강講에서 다루게 되었다.

끝으로 자신에게 의탁해 온 종리매를 숨겨 주었다가 사정이 여의치 않게 되자 상대에게 목을 내어 놓으라는 듯 상의하는 한신에게 종리매가 자결하기 전 했다는 말을 기록하며 한신에 대한 강講을 마무리한다.

〈"한신 그대는 장자의 풍모가 없으니 어찌 사나이라 할 수 있겠는가?"〉

6

하늘이 내린 참모
제왕의 스승 장량張良

1. 개요

초한쟁패기와 전한시대의 전략가, 정치가이다. 성은 희姬, 씨는 장張, 자는 자방子房 시호는 문성文成이다. 초한전쟁 후 유留땅을 봉지로 받았으므로 작위는 유후留侯이다. 소하, 한신과 더불어 한삼걸의 한 사람이고 동양 문화권에서 참모, 책사, 전략가의 대명사로 불린다.

"유방이 장량을 얻어 한나라를 세운 것인가 장량이 유방을 내세워 한나라를 개창한 것인가"라는 말이 생길 정도로 전한 고제 유방의 모든 의사결정을 주도하였다. 유방이 "군막에서 천하의 상황을 파악하고 계책을 세워 천리 밖에서 벌어진 전쟁을 승리로 이끈 것은 바로 장량이다."라고 했을 정도로 고조의 전폭적인 신임을 받았다.

공이 이루어진 다음에는 권력자로부터 멀어져야 그 공을 완성하고 몸을 보전한다는 자세를 가지고 있었음으로 유방이 황제가 된 이후에도 유일하게 정치적인 문제에 연루되지 않았기에 숙청을 당하지 않았던 도가적 풍모의 인물이다. 유방과 여후의 대대적인 숙청이 이루어지기 전 그는 인간사의 전쟁과 정치로부터 스스로 자취를 감추고 홀연히 사라졌다.

BC 250년 한韓나라 영천군 성보현(=현 하남성 양시현)에서 태어나서 BC 186년경 사망한 것으로 추정될 뿐 그의 죽음에 관해서 기록된 바는 없다.

2. 청년기, 망해버린 조국과 가문의 복수를 꿈꾸다

유방이나 소하, 한신, 하우영, 조참, 번쾌, 노관등이 일반 평민 출신이었던 것에 비해 장량의 집안은 대대로 한韓나라의 최고 귀족 가문이었다. 장량의 조부인 장개지張開地는 3대의 왕에 걸쳐, 아버지 장평張平은 2대의 왕에 걸쳐 모두 한韓나라의 상국相國을 지냈고 장량의 집에 부리던 가노家奴가 300명이 넘었다고 한다, 아버지가 죽고 BC 230년 한韓나라가 진나라에 멸망하자 장량의 집안도 몰락의 길을 걷게 되었는데 당시 20살쯤 되었던 장량은 그때까지 망해버린 한韓나라의 재상 가문인 신분 탓에 진나라의 경계 대상이었음으로 어떠한 관직에도 오르지 못한 상태였다.

장량은 복수를 결심하고 남아있던 전 재산을 팔아 자금을 마련했다. 복수를 하겠다는 굳은 의지 때문에 동생이 죽었을 때도 장례비용을 대주지 않았다고 한다. 장량의 복수란 시황제 영정을 암살하고 진을 분열 시킨 후 옛 한韓나라의 공자 횡양군 성成을 옹립해 다시 한韓나라를 일으켜 세우는 계획이었다. 뜻을 같이 할 동지를 찾아 동쪽으로 떠난 그는 창해군滄海郡이라는 의인이 알려준 거한을 만나 영정의 암살 계획을 세웠다.

이때 등장하는 동해역사東海力士, 창해역사滄海力士라는 인물에 대해서는 여러 가지 설이 많다. 지금의 산동 반도 부근 위해, 청도, 연태지역의 사람이라는 말도 있고 혹자는 당시의 고조선 지역 또는 삼한지역 즉 오늘날의 한반도 출신이라 보는 견해도 있으나 시황제 암살이 실패한 후 박랑사에서 바로 죽임을 당하였던 것으로 추정될 뿐 그에 관한 자세한 기록이 남아 있지 않다.

장양과의 첫 조우에 대한 또 다른 이야기로는 시황제 암살이라는 거사를 도모하고자 동쪽으로 떠났던 장량이 어느 지역에 이르렀는데 엄청난 거한이 통나무 장작을 도끼로 패지 않고 무거운 철퇴로 부수는 장면을 목격하고 비밀리에 접근하여 거사에 동참하여줄 것을 여러 차례 설득하였다고 전한다.

진시황29년(=BC 218년) 시황제가 동쪽으로 순행巡行하리라는 정보를 알게 된 장량은 박랑사博浪沙, 지금의 하남성 원양을 지나던 시황제의 행차에 창해역사를 시켜 120근이나 되는 철퇴를 던졌다. 당시 순행하던 행차의 수레는 총 4대였는데 어느 곳에 황제가 타고 있는 줄을 몰랐던 창해역사는 4대의 수레 중 가장 화려하게 보이는 수레를 선택해 철퇴를 던졌고 그 수레는 위장된 빈 수레였던 탓에 암살은 결국 실패로 돌아갔다. 거사가 실패로 돌아가자 겨우 살아남은 장량은 단신으로 박랑사에서 도망쳤고 진시황이 전국적으로 수배령을 내리자 장량은 신분을 감추고 하비라는 곳으로 숨어들어 이름까지 바꾸었다.

하비에 은거하고 있을 때 장량은 황석공黃石公이라는 도인을 만나 병법과 처세를 배웠다고 알려진다. 황석공에 관한 이야기는 〈사기〉뿐만 아니라 여기저기 전해져 오는 이야기들이 매우 많다. 흥미를 끌 만한 설화적인 요소가 다분한 이야기이긴 하나 어떤 깨우침이 있었다는 것은 분명해 보인다.

세심한 계획을 세우지 않고 젊은 혈기에 단편적인 발상으로 시황제 암살에 실패하고만 장량이 하비에 숨어들어 절치부심 자신의 실수를 반성하고 누군가를 스승으로 모시고 제대로 배워보고자 했을 가능성은 농후하다.

단순히 운 때가 맞지 않아, 재수가 없어 암살이 실패로 돌아간 것이 아니었다는 것을 깨달았던 것이다. 진시황제는 주변 6국을 정벌하고 중국을 통일

해본 사람이었다. 시황제는 단순히 한 사람의 개인이 아니었고 진나라는 거대한 시스템이었다. 당시 장량의 개인적인 역량으로는 시황제나 진나라의 상대가 될 수 없었다. 약관의 장량은 혈기하나로 힘 쎈 거한 하나를 수배해 주먹구구식으로 그 시스템을 무너뜨리고자 했다는 것이 얼마나 무모한 짓이었는지 깊이 반성했을 것이다.

장량

그 이전 관직을 통해서 실력을 쌓아간 적도 없었고 배움의 깊이가 대단했다는 기록이 없는데 하비에서의 은거시절 이후로 보여주는 뛰어난 책사로서의 모습은 확연히 그 이전 그가 보였던 행로와는 전혀 다른 모습이었다. 한 꺼풀 벗고 깨어 나와 비로소 세상 전체를 읽어내는 감각을 가지게 된 것으로 보여 진다.

도인풍의 황석공으로부터 "황석공삼략黃石公三略" 혹은 "태공병법太公兵法"을 전수받았다고 알려져 있고 여기에서 말하는 태공은 바로 주무왕을 도와 은 주왕을 멸한 춘추시대 강태공, 강자아. 강상을 말하는 것이니 태공병법은 다름 아닌 강상이 지은 〈육도六韜〉일 것이라는 설도 있다.

황석공과 장량의 첫 조우에 관해 전해오는 일화로는 장량이 영정의 암살에 실패하고 하비로 숨어들었을 때 어느 노인이 장량의 모습을 유심히 보고 있다가 장량이 오수汚水가 흐르는 작은 징검다리 이교(=이교圯橋, 圯는 더러운 진창이라는 뜻이다.)를 건너고 있을 때 자신이 신고 있던 가죽신을 벗어 그 더러운 물에 냅다 던져버렸다는 것이다. 그리고나서 "젊은 양반 내 신이 개울에 떠내려가니 좀 주워 달라"고 부탁했고 장량이 노인의 부탁을 듣고 오수에 발을 담그고 신발을 주워 오자 다시 신발을 던져 버리고는 똑같은 주문을 했다는 것이다.

장량이 처음에는 괴팍한 늙은이라 여기고 그냥 지나치려 했으나 더러운 물에 발을 담가 버려서 이미 몸과 옷이 더러워졌고 노인의 풍모가 범상치 아니하여 다시 주워 주자 노인은 고맙다는 말 대신 똑같은 행동을 계속 반복했다. 장량은 역시 이 노인이 자신에게 어떤 다른 의도가 있어 그리한다고 생각하고 군말 없이 노인이 원하는 바를 끝까지 들어주었다고 한다.

이런 황당한 일의 끝에서야 노인은 장량이 심지가 대단한 젊은이인 것을 알아차리고 닷새 후 해가 뜨는 시간까지 다시 이 장소에 오면 세상을 경영할 만한 비법서를 전해 줄 터라 하고 헤어졌다. 정한 날이 되어 해가 뜨는 시간에 맞춰 약속된 장소로 나갔더니 장량보다 노인이 먼저 와 있었고 해가 뜨는 시간에 오라 했다고 노인보다 늦게 시간에 딱 맞춰 오는 놈이 어디 있냐고 닷새 후 같은 시간에 다시 오라고 화를 내며 돌아가 버렸다 한다.

장량이 약속 날 조금 더 이른 시간에 약속 장소에 나갔더니 이날도 노인이 먼저 와 있었고 똑같은 말만 하고 돌아가 버렸다. 이렇게 노인과의 실랑이가 수일째 지속되자 장량은 마지막에는 아예 먼저 약속 일 하루 전날 밤 그 장소에 나와 기다리며 노인이 나타나길 기다리고 있었다.

그제 서야 노인은 〈태공병법〉을 건네주면서 이 책을 읽으면 제왕의 스승이 될 터이니 내용을 전부 확연히 깨칠 때까지 두고두고 읽어보라 일러줬다. 장량이 노인에게 정체를 묻자 그런 것은 알 필요가 없고 13년 후 곡성산穀城山을 지날 때 그 길목에 누런 바위가 있으면 그 바위가 바로 자신일거라 말했다 한다. 재미가 더해진 상당히 설화적인 내용이기는 하나 이 에피소드에는 몇 가지 의미가 있다고 보는데 설화적인 해석을 빼고 난세에 충분히 있을 법한 비범한 스승과 대의를 품은 젊은 제자간의 만남에 대해 나의 개인적인 견해를 상식적인 시각으로 피력해보자면 다음과 같다.

황석공이 실존 인물이든 아니든 그것과는 무관하게 우선 그는 〈초한지〉에서 천하의 책략가인 장량의 인생스승으로 표현된다. 스승이란 무엇인가? 특정시기의 한 인물에게 그가 앞으로 살아가야 할 인생 전체의 지표나 가치관을 설정해주고 그 비전을 실천할 수 있는 구체적인 방도를 알려주는 사람인 것이다.

장년기를 거쳐 말년의 장량이 보인 행동이나 언행은 도가적 풍모의 황석공이 보인 처신과 거의 비슷한 것으로 미루어 장량이 젊은 고난의 시기에 만난 이 무명의 노인이 인생변곡점의 큰 스승이었다고 보는 데는 별 무리가 없다. 황석공黃石公, 즉 누런 바위 영감은 이름이 아니다. 이름이 드러나는 것을 숨긴 일종의 닉네임이라 보면 된다.

당대 시황제의 폭정에 항거해 뜻 있는 인물들이 기획했던 영정 암살시도가 여러 차례 있어왔고 그럴 때마다 시황제는 전국적으로 수배령을 내리거나 불순한 의도와 연관된 특정 지역의 주민들을 모조리 몰살시켜 버렸다. 아마 황석공이라고 불리게 된 이 비범한 노인은 시황제의 치세가 오래가지 못하리라는 것을 알고 있었고 향후 천하를 안심시키고 전쟁에 내몰린 백성들을 구원해줄 실천적 새 시대 새 인물을 준비하고자 했던 요샛말로 치자면 재야인사 석학쯤으로 짐작된다.

장로長老인 그는 하비로 숨어들어온 낯선 젊은이가 이름을 바꾸고 신분을 속이고 있지만 박랑사에서 시황제의 암살에 실패한 후 사라졌다는 바로 그 기개 높은 사람이라는 것도 알아차렸을 것이다. 그리고 장량이라는 이 젊은이가 과연 어느 정도의 그릇이고 어느 정도의 실천력을 가지고 있는지를 알아보고자 했을 것이다. 천하를 경륜할 인물과 그를 가르칠 스승과의 운명적 만남을 살짝 포장하여 꾸민 이야기들은 동서고금의 신화나 역사에서 흔히 찾아볼 수 있다.

황석공이나 훗날의 장량이 꿈꾸었던 새 시대의 인물은 시황제와 같이 민民 위에 군림하며 천天이라는 개념에 버금가는 절대 권력을 가진 반인반신이 아니었다. 아울러 항우처럼 피바람을 몰고 다니는 군신도 아니었다. 그 노인은 아마 영정의 6국 정벌 전쟁기간 동안 한 권력자의 전국통일의지라는 백성들

입장에서 어찌 보면 허무한 개인의 망상 때문에 얼마나 많은 사람들이 전쟁으로 내몰려 무참하게 죽을 수밖에 없었던지를 직접 경험하고 낱낱이 목격한 삶을 살았던 세대였을 것이다.

6국을 통일하고 전국戰國시대를 일시적으로 종식시킨 영정의 진나라가 15년이 채 지나기도 전에 혼란과 붕괴로 접어들게 되자 노인은 또다시 피바람의 미래가 도래 할 것이라 염려하고 백성들의 도탄을 최소화시킬 수 있는 시대적 인물을 내세워 천하의 안정을 도모하려 했을 것이다.

그 자가 장량이 되었던 혹은 장량이 내세우는 자가 되었던 한평생을 다 살아본 지혜로운 노인의 바램은 그 이상도 그 이하도 아니었고 노인이 선택한 장량은 훗날 항우가 아닌 유방이라는 담대한 그릇에 자신의 큰 이상을 담기로 작정했다고 보아진다.

황석공이 여러 차례 내던진 신발을 찾아오는 장량의 모습에서 그의 인내력, 어떤 목적을 달성하기 위해 치루어야 할 노력을 기꺼이 실천하는 모습 정도는 짐작해 볼 수 있다. 하지만 황석공이 장량에게 전수하고자 했던 병법의 요체는 그것이 아니었다.

인내력과 심지, 건강이 밑바탕 된 체력 정도는 인물이라고 불릴만한 재인才人들의 기본 자질에 속하는 것으로 어떤 확고한 목표가 있는 사람이라면 그 정도를 감내하는 것은 너무나도 당연한 일이다. 하지만 그런 자질만으로는 진나라를 무너뜨릴 수도 없고 천하의 항우나 기라성같은 제후들과 그들이 부리는 장수, 책사들을 제압하지는 못한다.

어느 날 어느 시간 어느 장소에서 큰 가르침(=태공병법)을 전해 주기로 약속하고서 장량에게 계속해서 딴지를 거는 숨은 의도에 노인이 장량에게 전해주고자 했던 진짜 큰 가르침이 있었다고 나는 생각한다.

시황제의 암살에 실패한 장량은 앞서 말했듯이 운 때를 탓하며 자신의 신세한탄이나 하며 허송세월을 보내고 있지 않았다. 그는 언젠가는 망해버린 한나라, 자신의 할아버지와 아버지가 재상이었던 그 나라를 재건하고자 가슴

깊이 다짐하고 있었다. 그리고 다짐에서만 끝내지 않고 자신을 통렬히 반성하고 그의 모자람을 채워줄 실질적 가르침이나 스승을 갈구했을 것이다.

그가 오수에 발을 담구고 신발을 찾아주는 행동으로 시쳇말로 노인의 1차 테스트를 통과하고 여러 차례 약속을 어기는 노인을 계속해서 만나러 갔다는 것은 바로 자신이 원하는 그 무엇인가를 구하고자 했다는 것이다. 그것이 가르침이든 아니면 실제 〈육도〉나 〈태공병법〉같은 비법서이든 장량은 황석공에게 뭔가 전해 받을 것이 있다고 생각했고 노인이 그에게 약속했던 그 무언가를 전해줄 것이라고 믿고 있었던 것이다.

다르게 전하는 이야기로는 노인이 여러 번 신발을 벗어던지자 마지막에는 장량이 아에 신발을 미리 주어 올 준비를 하자 그때는 노인이 신발을 벗어 던지지 않더라는 것이었고 그 때 비로소 장량은 병법의 요체를 크게 깨쳤다고도 한다.

병법의 요체란 무엇인가?

시험의 판, 약속의 판, 믿음의 판, 이교에서 기다리다 신발을 벗어 던진 행위, 더러운 신발을 주어 오라고 시킨 행위, 어느 날이라고 정한 약속의 날짜, 해가 뜨는 시간이라고 정한 구체적인 시간, 만나기로 한 장소, 이 모든 것이 뭔가를 얻기 위한 장량으로 하여금 상황의 전후좌우를 믿게 만들어 버린 황석공이 깔아놓은 잘 짜여진 판이라는 것이다.

자기가 짜지 않은 무작위의 판위에서 누군가에게 무엇을 강렬히 원하기만 한다면 종국에는 미끼를 문 잉어의 꼴이 되기 쉽고 무거운 수레를 끌고 비탈을 올라가야만 되는 우마牛馬의 신세를 면하기 힘들다.

장량의 스승이 실제 인물이든 아니든 그것은 상관없다고 앞서 말했다. 단. 이 이야기가 보여주는 하나의 메시지는 하비시절 이후 보여주는 장량의 일관된 전략이나 인생 처세와 깊은 관련이 있다. 그것은 남이 짜놓은 판에서 자신이 구求할 것을 욕망하지 않는다는 것이고 역으로 자신이 만든 판에서 남이 욕망하도록 만든다는 것이었다.

장량은 병사가 아니었으므로 병기를 들고 나서는 사람이 아니었고 장수가 아니었으므로 병사들을 이끌고 직접 전투를 치러내는 사람도 아니었다. 그는 전쟁을 기획하는 큰 그림, 즉 한 번의 전략을 짜는 사람이었다.

장량이 황석공에게서 배운 큰 가르침은 바로 입구와 출구를 작위적作爲的으로 선택하고 상대로 하여금 그 판에서 일어나는 모든 상황을 믿게 만드는 전략, 이에 순順하는 것이 바로 전쟁에서에서의 승勝이요 이에 반反하는 것을 패敗라는 가장 단순한 게임의 룰이었던 것이다.

3. 항량, 유방과의 만남에서 홍문연까지

사마천은 장량이 하비에서 은거하는 동안 임협任俠생활을 하고 있었다고 기록하고 있다. 기록을 남기기 전 반드시 현장을 찾아가 답사하는 것으로 유명했던 사마천은 장량이 협객이라 그 용모가 우락부락 하였을 거라 짐작하고 있었는데 훗날 그의 초상화를 보고 그 외모가 아녀자와 같이 예뻐서 무척 의아해했다고 한다.

어느 날 항우의 숙부 항백이 사람을 죽이고 하비로 도망쳐 왔는데 장량은 항백과 협俠의 관계를 맺고 그를 숨겨주었다. 이 때의 인연은 훗날 홍문연의 위기에서 유방이 사지에 빠지게 되었을 때 항백이 장량에게 은혜를 갚는 것으로 이어지게 된다.

그 후 진승과 오광의 난이 일어나자 진나라 멸망이 일생일대의 목표였던 장량은 사람들을 불러 모았고 100여명의 사람들이 그를 따랐다. 사람들이 따랐다는 말은 협俠의 관계에서 장량을 우두머리로 삼는다는 뜻이었다. 그러나 100여 명 남짓의 군사로 무엇을 할 수 없었던 장량은 진가라는 사람이 내세운 초나라 지역의 가왕假王 경구라는 인물과 연합하기로 하고 그의 수하로 들어가고자 하였다.

이렇게 장량이 진가를 찾아가던 중 유방과 운명적인 만남을 하게 된다. 당시 유방은 먼저 군사를 일으켰으나 옹치의 배반으로 근거지를 잃고 진가에게 몸을 의탁하고 있었는데 병사 수천 명을 이끌고 하비의 서쪽 지역을 공격하고 있었다. 진가의 소개로 장량을 만난 유방은 그를 말을 관리하는 구장廐將(=구구廐는 마굿간이라는 뜻.)이라는 직책을 주고 수하로 맞이하였다.

유방과 장량은 출신 성분도 말하는 방식도 완전히 다른 사람이었지만 의외로 처음부터 죽이 잘 맞았다. 반복되는 이야기이지만 이것이 바로 유방의 장점이다. 유방과 처음 만나 죽이 잘 맞지 않는 사람은 드물다. 장량은 유방의 남다른 용모와 호방함을 보고 비범한 인물이라 여겨 자주 찾아가 자신의 생각을 펼치곤 했다. 유방은 언제든지 그를 편하게 맞이했다.

장량은 이전부터 몇 차례, 인물이라 여길 만한 사람을 만날 때 마다 자신이 익힌 태공병법의 요체를 설명하곤 했는데 그 대부분이 일반적인 병법과는 다르다며 잘 이해하지 못하거나 회의적인 반응을 보인 반면 유방은 항상 경청해주었다. 장량 역시 자신의 이야기를 잘 들어주고 빠르게 이해하는 유방에게 깊은 호감을 가지게 되었고 "패공은 하늘이 낸 인물이다"라고 말했다 한다. 이때 마침 진가와 경구가 죽자 장량은 아예 유방의 휘하에 머물기로 결정했다.

당시 옛 초나라 지역에서 항량의 세력이 커지자 같은 초나라 출신인 유방은 설읍으로 가서 항량을 만나 그 세력과 함께 하고 있었고 마침내 항량이 초나라의 새 왕으로 희왕을 옹립하자 장량은 항량에게 직접 말했다.

〈"장군께서 이미 초나라 왕실의 후손을 찾아 왕으로 세우셨습니다. 한韓나라의 후손 중 횡양군 성成이 어진 이름을 얻고 있으니 그를 한왕韓王으로 세워 한韓나라의 잔존 세력들을 규합하시기 바랍니

다.">

  즉 한성韓成을 한왕韓王으로 인정해주라는 부탁을 하는 것이었는데 영리하게 한韓나라의 잔존세력과 연합할 수 있다는 미끼를 내걸어 승낙을 얻어내었다. 멸망한 조국을 부활시킬 수 있는 절호의 기회를 잡은 장량은 잠시 유방을 떠나 한성과 함께 1천여 병력을 이끌고 서쪽으로 진격하였는데 진나라 군대가 거세게 반격하자 근거지를 잃어버리고 하남성 영천일대를 떠돌아 다니는 신세가 되고 말았다.

  이 무렵 항량이 장한과의 전투에서 죽고 송의가 잠시 대장군이 되었으나 얼마 되지 않아 항우에게 암살당하고 초나라의 전체적인 군권은 항우에게로 넘어간 상태였다. 이에 희왕은 유방에게 서진하여 관중을 공격하라는 임무를 내리게 되고 유방의 군대가 하남성 안사현 부근 황원에 이르렀을 때 근거지를 잃어버렸던 장량도 다시 유방의 서진에 합류하게 되었다.

  함양으로 진격하던 유방이 2만의 군사로 요관을 공격하려 했는데 장량이 이를 말리며 계책을 권했다.

  〈"진나라 군대는 아직도 세력이 강하여 결코 가볍게 볼 수가 없습니다. 제가 듣기에 진나라 장수들은 모두 장사꾼 출신이라 이利로서 유혹하면 마음이 쉽게 움직일 수 있습니다. 패공께서는 일단 보루를 지키면서 사람들을 앞으로 보내 5만 명의 식사를 준비하고 산봉우리에 깃발을 빽빽이 꼽고 가짜 병사들을 세운 후 역이기에게 금은보화를 주어 진나라 진영으로 보내 적장들을 이利로서 달래 항복을 권유하시기 바랍니다."〉

  적의 장수들을 뇌물로 매수하고 적군에게 식사를 제공하라는 장량의 계책대로 유방이 역이기를 보내 설득하지 진나라 장수들은 모두 싸울 생각을 버리고 항복할 테니 함양을 공격하지는 말자고 전해왔다. 항복은 하겠지만 방금까지 수비군이었다가 자신들이 지켜야 할 함양으로 칼 끝을 돌려야 하는 진군 장수들이 난처한 입장을 표명했던 것이다. 이에 장량은 태도를 바꾸어 냉정하게 말했다.

〈"장수들은 항복한 것 같은데 그 부하들까지 모두 항복한 것 같지는 않습니다. 차라리 방비가 풀어진 틈을 타서 모두 섬멸해 버려야 합니다."〉

유방은 장량의 말대로 주저없이 성 안의 군대를 섬멸해 버렸고 아무런 대비를 못했던 진나라군대는 일시에 와해되고 말았다. 결과적으로 수비군을 섬멸하고 크게 기세를 올린 유방은 마침내 함양에 입성하여 진왕 자영의 항복을 받아내었다.

패현의 건달출신답게 유방은 대제국 수도 황궁에 들어서자 그 휘황찬란한 보물과 미녀들에게 혼을 빼앗겨 어쩔 줄 몰랐다. 술과 여자에 관한 한 유방의 고삐 풀린 지극히 개인적인 망나니짓을 직접 말릴 수 있는 사람은 오로지 유방의 동서, 번쾌 정도의 사람만 가능한 일이었다. 장량이 거들었다.

〈"진나라가 포악무도 하였기에 패공께서 이곳에 이를 수 있었습니다. 무릇 천하의 사람들이 진나라의 남은 포악한 잔적들을 제거하려면 마땅히 청렴하고 검소한 것을 그 본분으로 삼아야 할 것입니다."〉

〈"지금 막 진나라의 도성에 입성하지마자 그 즐거움만 찾으려고 하는 것은 마치 사람들이 말하는 걸傑을 닮아 학정을 펼치는 것과

같다고 할 수 있습니다. 더욱이 충언은 귀에 거슬리지만 어떤 일을
행하는 데는 이롭고, 성분이 독한 약은 입에 쓰지만 병에는 이롭습
니다. 원컨대 패공께서는 번쾌의 진언을 받아 들여야 할 것입니
다.">

　유방은 번쾌와 장량의 반복되는 권고를 받아들여 아방궁의 보물과 미녀들
을 놔둔 채 함양에서 나와 패상으로 군사를 물려 주둔하였다. 그리고 자영의
목숨을 보존하여 주었을 뿐만 아니라 약법삼장를 공표하여 백성들을 안심시
켰다. 다시 유방이 여러 현의 부로父老들을 초청하여 위로하자 모두 "패공이
진나라의 황제가 되지 않으면 어찌하지"하고 걱정하게 되었다.

　민심을 얻은 탓에 유방의 인기는 상승했다. 모두 장량이 알려준 데로 한
결과였다.

　이러한 유방의 인기와 호시절도 잠시 이즈음 신안에서 진군을 섬멸해 버
린 항우가 불같은 기세로 함양으로 진격해 오고 있었다. 항우보다 먼저 함양
에 입성한 유방이 군사를 보내 함곡관을 막아버렸다는 사실도 항우의 진영
에서는 이미 알고 있었기에 항우와 범증은 유방이 딴 뜻을 품고 있다고 여겨
그를 죽여 버리고자 하였다. 항우가 간단하게 함곡관을 돌파하고 나서 그
후로 이어지는 홍문연鴻門宴에서의 일화는 앞서 항우와 유방의 강講에서 상세
하였으므로 건너뛰기로 하고 한 가지만 부연하면….

　홍문연이 있기 전날 항우의 숙부 항백이 유방의 진영인 패상으로 찾아와
전후사정을 일러주었을 때 장량은 중대한 결정을 내렸다. 그것은 유방과 같
이 살고 같이 죽는다는 결심으로 나만 살아보겠다는 생각을 버린 것이었다.
그때까지만 해도 항우 곁에는 장량에 버금가는 책사 범증이 있었고 불같은
성격의 항우는 초희왕이 약속한 관중왕이 걸린 내기에서 유방이 함양에 먼
저 입성했다는 사실에 자존심이 무척 상해 있었다. 더군다나 얄미운 유방이

함곡관을 봉쇄하고 있다는 사실에 격분했다. 당시 항우의 기세로 따지자면 유방은 절대 항우의 상대가 될 수 없었다.

항우가 보기에는 언제 다시 적이 될지 모르는 유방뿐만 아니라 유방을 도와 함양에 입성했던 그 모두가 제거해야 될 대상이었다. 처음 항우가 그의 숙부 항량을 대신해 회계군수 은통을 살해하고 군사를 일으킨 이후, 초희왕이 임명했던 상장군 송의마저 암살하고 함양에 이르기까지 군신 항우에게는 천하를 다투는 전시에서 어제의 동지, 약속 이런 것은 전부 태어버리면 없어질 낙엽에 불과했고 그의 앞길을 막는 자는 누구든지 모두 죽여 버리면 된다고 생각했다. 항우는 그런 자였다.

유방이 목숨을 보존하기 힘들었던 그때, 장량이 유방과 동행하여 압도적인 항우의 카리스마 앞에서 유방을 직접 변호했다는 것은 그가 이미 유방이라는 이 인물에게 자신의 운명을 한번 걸어보기로 의협義俠 했다는 뜻이었다.

4. 항우의 곁에서 유방을 돕다

유방은 항우의 결정으로 천하 벽지 파촉으로 쳐박히고 마는 신세가 되었지만 그래도 장량의 도움으로 목숨을 건져 훗날을 도모할 수 있었다. 때문에 유방은 장량에게 많은 재물을 주었는데 도리어 장량은 그 재물들을 모두 항백에게 모두 주었고 항백을 이용해 파촉뿐만 아니라 한중 땅까지 유방에게 돌아갈 수 있도록 항우를 설득했다.

하지만 장량은 일단 조국 한나라의 부활이 목표였기 때문에 벽지로 떠나는 유방과 함께할 수 없었다. 사천성 포중까지 따라 나와 유방을 전송하였는데 이때 항우의 의심을 피하기 위해 파촉으로 들어가는 잔도를 모두 불태워 버리라고 권하였다.

유방과 헤어진 장량은 예전의 한韓나라 땅으로 돌아갔지만 항우는 한왕韓王 성成이 예전에 유방과 함께 제휴했다는 이유를 구실삼아 그를 자신의 도읍인 팽성으로 데리고 가버리고 말았다. 부득이 장량도 한왕韓王 성成을 따라 팽성으로 갈 수밖에 없었는데 본디부터 항우보다는 유방과 가까웠던 장량은 자신의 주군인 한왕韓王 성成이 유방과 친했다는 이유로 봉분에서 배제되고 인질과 같은 처지가 되자 항우의 대항마인 유방을 위해 계책을 짜내게 된다.

〈"한왕漢王이 한중으로 들어가면서 잔도를 모두 불태워 버렸는데 이는 그가 그곳에서 머물며 중원이나 관중으로 나올 생각이 없다는 뜻입니다."〉

유방에 대한 항우의 경계를 줄이게 한 다음 장량은 제나라의 전영이 반란을 일으킨다고 하여 항우를 북진하게 만들고 마침 유방이 삼진을 뚫고 관중으로 나오자 "패공은 당초 자신의 땅이라 약속 받은 관중의 왕이 되고 싶어 그런 것이니 제나라 정벌에 집중하고 유방 따위는 잊어버리라"고 항우를 현혹하였다.

이즈음 항우가 한왕韓王 성成을 거추장스럽게 여겨 죽이고 말았는데 항우의 성격상 단순히 장량의 주군을 제거해 버림으로서 장량이 다른 생각을 하지 못하게 하여 오로지 자신을 위해서만 일을 하게끔 하려고 했던 것으로 보인다. 참으로 항우다운 근시안적인 발상이 아닐 수 없다 하겠다.

이에 자신의 주군이 어찌 보면 자신 때문에 죽게 되었다고 생각한 한신은 크게 낙담하여 항우로부터 도망쳐 천신만고 끝에 삼진을 돌파하고 동진하는 유방과 다시 조우하게 되었다. 유방은 물을 만난 고기처럼 장량을 성신후成信侯에 봉하였고 이때부터 장량은 한군의 책사로서 유방 곁에서 항우와 본격적으로 초한전쟁을 벌이게 된다.

5. 유방과 천하를 논하다

항우가 북진하여 제나라를 정벌하는 동안 기세 좋게 동진하여 초나라의 본거지인 팽성까지 점령했던 유방은 기수를 돌린 항우에게 팽성 전투에서 대패하고 흩어져 버린 일부 군사들만 이끌고 도망 다니는 처지가 되었다. 유방이 낙읍에서 여후의 오빠인 여택과 장량을 다시 만나 낙심하여 한탄하기를 "내가 천하를 먹으려는데 누가 나를 도울 수 있겠는가?"라고 묻자 장량이 이렇게 대답했다.

〈"구강왕 경포는 초나라의 맹장입니다. 그러나 지금은 초왕과 사이가 벌어져 소원한 상태이고 팽월은 제왕 전영과 더불어 양나라에서 항우에게 반기를 들었으니 이 두 사람을 급히 불러 쓰시면 될 것입니다. 그리고 대왕의 장수중에서 오직 한신만이 큰일을 맡기면 한 방면의 일을 능히 감당할 수 있을 것입니다. 대왕께서 땅을 나누시려 하신다면 반드시 이 세 사람에게 나누어 주어야만 초나라를 무찌를 수 있을 것입니다."〉

유방은 즉시 수하라는 사람을 보내 경포를 설득하여 끝내 자기의 편으로 끌어들였으며 팽월에게도 사람을 보내 항우를 물리치고 훗날 땅을 나누자고 설득하여 연합하게 되었다. 경포의 배신으로 다급해진 항우가 초나라로 돌아간 사이 한신과 관영이 경색 전투에서 추격하는 초군을 물리쳤고 위표가 배신하자 한신이 안읍 전투에서 그를 격파하고 북벌을 준비할 수 있었다. 그리고 팽월은 누차 말 한대로 유방이 사지에 빠질 때마다 항우의 후방을 물고 늘어졌다가 도망치기를 반복했기에 유방은 연패를 거듭했지만 항우에게 잡히지 않고 겨우 목숨을 부지할 수 있었던 것이었다.

결과론적으로 장량이 낙심한 유방에게 올린 계책이 정말 하나같이 다 맞아 떨어진 셈인데 사마천은 이 일을 두고 한왕이 초나라를 격파할 수 있었던 것은 바로 절대절명의 순간에 이 세사람이 유방을 도왔기 때문이라고 적고 있다.

장량과 역이기는 좋은 관계였고 비교적 뜻이 잘 맞았지만 유방이 항우에게 연전연패하자 한번은 역이기가 유방에게 육국의 후예들을 제후로 삼아 봉건제를 부활시켜 연합하자고 제의했다. 유방은 좋은 생각이라 여겨 육국의 후예들에게 나누어 줄 인장을 만들게 했다. 인장은 일종의 연합에 대한 증빙 같은 것이었다. 마침 정보 수집 차 외지에 나가있던 장량이 도착했고 유방은 밥을 먹다가 장량에게 좋은 일이 있었다며 그간 있었던 일을 설명해 주었다.

유방의 말을 듣던 장량은 뜻밖에도 평소의 그답지 않게 불같이 화를 내며 밥을 먹던 유방의 젓가락을 빌려주면 당면한 형세를 하나하나씩 따져 보겠다며 하나의 이야기가 끝날 때마다 젓가락을 한 번씩 꺾어버리며 이야기했다.

〈"아니 어떤 자가 그 따위 계책을 내었단 말입니까? 옛날 은나라 탕왕이 하나라의 걸왕을 토벌하고 그 후손들을 기杞 땅에 봉한 것은 걸왕의 세력을 사지에 몰아넣어 능히 제압 할 수있었기 때문입니다. 지금 대왕께서는 능히 항우를 사지로 몰아넣어 제압 할 수 있는 형편입니까?"〉

〈"그렇게 할 수 없소"〉

〈"그것이 제후들을 새로 세울 수 없는 첫 번째 이유입니다."〉

〈"주무왕이 은주왕을 멸하고 그 후예들을 송나라에 봉한 것은 주왕의 머리를 이미 얻었기 때문입니다. 그런데 지금 대왕께서는 항우의 머리를 능히 얻을 수 있습니까?"〉

〈"그렇게 할 수 없소"〉

〈"그것이 제후들을 새로 세울 수 없는 두 번째 이유입니다."〉

〈"주무왕이 은나라로 들어갈 때 상용商容이 살았던 마을의 입구 이문里門에서 그의 어진 마음을 표창하고 감옥에 갇혀 있었던 기자箕子를 석방하고 은주왕에게 바른 말을 하다가 억울하게 죽음을 당하였던 비간比干의 무덤에 흙을 더 쌓아 예의를 다해 그 높이를 올려주었습니다. 지금 대왕께서 능히 성인의 분묘를 다시 새로 쌓고 현인이 살았던 마을의 이문里門에서 그 덕을 칭송하며 재능 있는 사람들이 살고 있는 마을의 모든 문 앞을 지나며 그들에게 존경의 마음을 표현할 여유가 있습니까?"〉

〈"그렇게 할 수 없소"〉

〈"그것이 제후들을 새로 세울 수 없는 세 번째 이유입니다."〉

〈"주무왕은 기교의 창고에 있던 식량과 녹대(=은주왕과 달기가 주지육림으로 즐겼다는 궁궐)에 쌓여있던 보물들을 꺼내어 가난한 백성들에게 골고루 나누어 주었습니다. 지금 대왕께서 능히 식량과 금품을 꺼내어 대가없이 백성들에게 베풀 수 있습니까?"〉

〈"그렇게 할 수 없소"〉

〈"그것이 제후들을 새로 세울 수 없는 네 번째 이유입니다."〉

〈"주무왕은 은나라를 멸하자 병거兵車를 개조해서 수레로 만들고 병장기를 모두 거꾸로 세워 창고 속에 넣고 호랑이 가죽으로 덮음으로서 천하에 다시는 군사를 일으키지 않겠다는 의지를 행동으로 보였습니다. 훗날 대왕께서는 무력의 사용을 중지하고 문치를 행하여 다시는 병장기의 사용을 금하겠다고 다짐할 수 있습니까?"〉

〈"그렇게 할 수 없소"〉

〈"그것이 제후들을 새로 세울 수 없는 다섯 번째 이유입니다."〉

〈"주무왕은 화산에 전마戰馬들을 풀어 놓고 다시는 사용하지 않을 것임을 천하에 보였습니다. 대왕께서는 전마戰馬들을 모두 풀어 주고 다시는 그 말들을 전쟁에 쓰지 않겠다고 다짐할 수 있습니까?"〉

〈"그렇게 할 수 없소"〉

〈"그것이 제후들을 새로 세울 수 없는 여섯 번째 이유입니다."〉

〈"주무왕은 은나라를 멸하고 돌아와 소들을 도림 북쪽 기슭에 풀어 놓고 다시는 용병의 일로 군수품과 양초를 운반하지 않겠다고 천하에 보였습니다. 대왕께서는 수레를 끄는 소들을 영원히 풀어 방목시킴으로서 천하의 군수품과 양초를 모으지 않겠다는 뜻을 보일 수 있습니까?"〉

〈"그렇게 할 수 없소."〉

〈"그것이 제후들을 새로 세울 수 없는 일곱 번째 이유입니다."〉

〈"또한 천하를 돌아다니는 선비들이 그의 친척과 이별하고 그 조상의 분묘를 버리며 옛 친구들과 떨어져 대왕을 따라 천하를 전전하는 것은 오로지 매일 밤마다 한 뼘의 땅이나마 떼어주지 않을까 하는 바램에서 비롯된 것입니다. 오늘 육국을 복속시켜 한, 위, 연, 조, 제, 초등의 후손들을 제후로 세운다면 천하의 선비들은 되려 각기 제후인 그 주인을 섬긴다며 친척과 친구 그리고 조상의 무덤이 있는 곳으로 달려가 버릴 텐데 그러고 나면 대왕께서는 천하를 얻기 위해 누구와 함께 싸우려 하십니까? 그것이 제후들을 새로 세울 수 없는 여덟 번째 이유입니다."〉

〈"더욱이 지금은 초나라보다 강대한 나라가 없어 세력이 약한 육국의 제후들은 결국 초나라를 따르고 말 터인데 대왕께서 초나라의 아래로 들어가 버린 그들을 다시 신하로 삼을 수 있겠습니까?"〉

〈"문객(=역이기)의 계책을 시행하신다면 대왕께서 도모하고자 하는 일은 모두 그르치게 될 것입니다."〉

여기까지 설명을 듣자 유방은 먹던 음식을 모두 뱉어 버리고 만들던 인장을 모두 녹여 버려라 명한 뒤 일갈했다.

〈"세상물정 모르는 유생 놈 때문에 하마터면 천하의 공사公事를 망칠 뻔했구나!"〉

이 이야기에는 장량의 봉건제에 대한 강한 반대의견이 녹아 있다. 유방에게 봉건체제에 대해 명백한 반대의사를 표명한 것이다. 훗날 천하를 통일한 유방이 봉건제封建制 대신 군국제郡國制를 거쳐 군현제郡縣制를 실시한 밑거름이 되는 국가체제를 확립하는 거사巨事를 바로 이때 이미 한 것이라 보면 된다.

이와 반대로 진나라를 멸망시킨 항우가 논공행상을 통하여 보여 주었던 제후들에 대한 분봉의 형태는 분명 봉건제였으며 장량은 춘추초기 주나라 시대와는 이미 많이 달라져버린 정치적 / 군사적 상황에서 그런 봉건제가 결코 성공할 수 없다는 것을 파악했던 것이었다.

결과론적으로 서초패왕 항우가 세운 초나라의 분열은 장량의 말처럼 잘못된 분봉과 각 제후들의 서로 다른 생각에서 시작되었고 그로 인해 항우는 결국 몰락의 길로 접어들었다. 식사중인 유방 앞에서 젓가락을 여덟 번이나 부러뜨린 장량의 말을 요약하면 다음과 같다.

유방! 당신의 현 상황은 은나라를 무너뜨리고 그 후손과 유민들을 챙겨준 주무왕의 상황과는 매우 다르다는 것을 어찌 모르는가? 지금 당신이 항우와 싸워 이미 이기기라도 했단 말인가? 이겨놓고 땅을 주던 해야지 지금 주면 당신은 제후들과 똑같은 지위가 되어버리는데 지금까지 당신을 따르던 한나라의 신하, 장수, 병졸들은 어찌 한다 말인가?

당신 수하들이 지금껏 당신을 따른 이유는 당신에게 땅 한 조각이라도 받을 수 있을 거라는 희망 때문이었는데 육국의 제후들에게 다 나누어 줘 버리면 누가 목숨을 내놓고 당신을 따르겠는가? 그리고 육국의 옛 왕족들에게 그 땅을 준다고 한다고 해서 그들이 얼씨구 고맙습니다 하며 유방 당신편이 되어 줄 것이라 생각하는가?

오히려 유방 당신과 항우의 세기를 비교하면서 주판을 팅기며 셈을 하다가 결국에는 기세가 더 강한 항우 쪽으로 전부 붙게 될 것이 불을 보듯 뻔하다. 당신은 머리를 도대체 왜 달고 다니는가?

그리고 육국이 부활하면 지역출신들의 인재들이 자기가족, 친척, 친구, 조상묘가 있는 고향으로 돌아가서 다들 한 자리 하려고 할 터, 그러면 유방 당신에게는 패현 건달시절부터 어울리던 그 친구들 밖에 남지 않을 것인데 그들만으로 과연 천하를 도모할 수 있다고 생각하는가?

그러니 바보가 아니라면 육국의 제후들에게 쓰잘머리 없는 인장을 만들어 주니 마니 웃기는 소리 하지 말고 지금 당신의 신하가 되어 따르는 한신이나 팽월이나 경포한테 땅을 떼어 준다고 해야 될 것 아닌가? 결국 장량은 유방에게 시원하게 이 말을 한 것이었다.

그리고 유방은 장량이 자신이 밥을 먹던 젓가락을 여덟 번이나 부러뜨려가며 했던 일종의 무례하고도 단도직입적인 소통을 그 역시 시원하게 수용하고 자신의 생각이 짧았음을 바로 인정했다.

앞서 살폈던 전쟁의 경과에 대한 반복을 과감히 줄이고 기본적으로 장량편의 이야기를 이어나가기 위해 전개만 간단히 요약하면…. 이후 한신이 위,

대, 조, 연을 차례로 멸망시키고 동쪽 끝 제나라까지 공격하자 제나라는 어쩔 수 없이 원수였던 항우와 연합할 수밖에 없었고 항우 또한 한신이 제나라까지 정복하는 것은 막아야 했기에 자신의 주력 부대 용저에게 대군을 보내 한신과 맞서게 했다. 그러나 한신은 제나라 전영과 초나라 용저의 연합군을 유수 전투에서 대파해버리고 결국 하북을 평정하고 말았다.

그 후 주가가 급상승한 한신이 유방과의 밀당을 거쳐 마침내 30만 대군을 이끌고 항우가 이끄는 초군과 해하垓下에서 정면으로 격돌하였고 전투의 초반에는 항우가 우세했으나 한신이 측면공격으로 초군의 진영을 흔들고 본대가 항우의 후방으로 뒤돌아가 공격을 퍼부으니 마침내 초군은 대패하고 말았다. 결국 항우는 오강에서 자결하고 유방은 천하를 얻게 되었다.

6. 황제의 책사

전쟁이 종결되자 그때까지 수고한 공신들에 대해 논공행상을 벌어지게 되었다. 장량은 평소 몸이 아프고 허약하여 직접 전쟁에 나선 적이 없었는데 유방이 장량의 공을 언급하며 칭찬하였다.

〈"자방은 장막 안에서 계책을 내어 천 리 밖의 승부를 결정지었다. 제나라 땅에서 그가 원하는 곳 3만호를 스스로 골라서 갖게 하라."〉

실로 어마어마한 파격적인 대우였다. 한나라 조정에서 공식적으로 인정한 최고의 공신 소하가 찬후鄭侯로 봉해 질 때 처음 식읍이 7천호였고 그 후 더해져서 일 만호가 되었는데 장량에게는 소하, 조참, 진평에게 준 식읍을 모두 더한 것보다 많은 3만호를 그것도 열국 중에서 가장 기름진 땅인 제나라에서 원하는 데로 골라서 가지도록 했다는 것은 유방이 장량이라는 사람을 얼마나 귀하게 여겼는지를 보여주는 단편이라 하겠다.

유방은 무례한 인간이었고 또한 그것이 그의 적당한 매력이기도 했다. 여러 기록에는 평소 소하, 조참, 하우영을 대하는 유방의 자세나 역이기를 처음 만났을 때 유방이 보인 행동과 같이 그의 무례한 인성에 대한 일화가 많이 표현되어있다. 그러나 그러한 유방일지라도 단 한 번도 장량을 하대했다는 기록은 거의 없다.

장량은 유방에게 절대로 무엇을 달라고 먼저 말한 적이 없었다. 이것이 한신과 지극히 비교되는 부분이다. 유방 사후에 모든 실권이 여후, 장량, 소하에게 집중되었지만 그 의심많고 표독스런 여후마저 장량에게 만큼은 의심을 품지 않았다. 장량은 유방과 여후에게 공히 미움을 사지 않았고 그들이 그를 든든한 우군이라고 여기게 만들었다. 유방이 장량에게 제나라 3만호의 식읍을 준 것은 어찌 보면 파격이지만 유방의 입장에서는 너무도 당연한 보상이었는데 장량은 결국 이마저 사양했다.

〈"원래 저는 하비에서 몸을 일으켜 경구를 찾아가다가 도중에 유留땅에서 폐하를 우연히 뵙게 되었습니다. 이것은 하늘이 저에게 폐하를 만날 수 있도록 배려를 해준 것입니다."〉

〈"폐하께서는 저의 계책을 받아 주셨고 다행히 저의 계책이 적중하게 된 것일 뿐입니다. 이것은 제가 이룬 공이 아니오라 폐하의 배려로 인한 일입니다. 그러니 다만 폐하를 처음 만난 유留땅에 봉해 주시면 족하겠습니다."〉

　　실질적으로 최고의 보상인 제나라 3만호의 식읍을 사양하고 주군을 처음 만난 그 땅에 봉해 주면 감사하겠다는 말을 듣는 유방의 느낌은 어떠했을까?

　　유방은 장량이 바라는 바대로 그를 유留에 봉하였고 훗날 장량이 유후留侯로 불리게 되는 까닭이 바로 이로 인함이다. 수치상으로는 그의 봉지는 공신 62위의 순위였다. 하지만 이 일로 인해 장량과 유방사이에 더 이상 순위 같은 것은 의미가 없다는 것을 나라 전체가 다 알게 되었다. 이와 비교하면 5강에서 밝힌 한신의 죽음이 근본적으로 어디서부터 기인된 것인지 다시 한 번 생각해보지 않을 수 없게 된다.

　　이 무렵 유방은 상위의 주요 공신들에게는 포상과 봉지를 하사했지만 하위의 공신들에 대해서는 포상을 미루고 있었는데 그들이 매일 같이 “내가 잘났다, 내가 더 공을 세웠다”하며 다투는 통에 골머리를 앓고 있었다. 어느 날 유방이 낙양의 남궁에 머물 때 다리 위를 지나다가 다리 밑을 보니 몇몇의 장수들이 모여 앉아 무언가를 의논하고 있었다. 유방이 곁에서 따르던 장량에게 그들이 무엇을 하고 있는지 물었고 장량은 그들이 불만을 토로하며 반란을 모의하고 있는 중이라고 말하자 유방은 저들이 무엇 때문에 그러느냐고 다시 물었다.

　　장량이 이렇게 대답하였다.

　　〈“폐하께서는 평민의 신분으로 일어나 저들의 도움으로 천하를 얻으시어 지금의 황제자리에 올랐습니다. 그러나 봉읍과 상작을 내린 사람들은 모두 소하나 조참같이 폐하와 가깝거나 총애하는 옛 친구들 뿐이고 폐하에게 죽음을 당한 자들은 모두 폐하께서 살아오시면서 원한과 실망을 품은 자들입니다.”〉

　　〈“지금 군리들이 저들과 같은 사람들의 공로를 모두 계산해 본 바,

황하의 흐름

천하의 땅을 전부 나누어도 그들 모두에게 봉읍과 상작을 주기에는
턱없이 부족하므로 저들은 지금 자기들이 받을 봉읍이 없을 것이라
걱정하고, 또 행여 평소 자기들이 저지른 실수 때문에 의심을 받아
살해될까 두려워하고 있습니다. 그런 연유로 저렇게 삼삼오오 모여
힘을 합쳐 모반을 하려고 의논하고 있는 것입니다.〉

이에 유방이 걱정하며 어떻게 해야 되겠냐고 묻자 장량은 도리어 뜬금없
는 질문을 했다.

〈"저 무리들 중에 폐하께서 지금까지 살아오시면서 가장 미워하고
있는 사람은 누구입니까? 다만 그 이유를 다른 사람도 익히 알고 있
어야 합니다."〉

이 질문에 유방은 저들 중에서 내가 가장 미워하는 자는 과거 자신을 배신하고 사지로 몰아넣고도 아직까지 뻔뻔스레 살아있는 옹치라고 대답했다.

〈"그렇다면 지금 당장 옹치부터 먼저 봉하십시오. 옹치가 봉읍과 상작을 받게 되면 나머지 사람들은 자기도 틀림없이 봉작을 받을 수 있을 거라 생각하고 더 이상 의심하지 않을 것입니다."〉

유방이 옹치를 섭방후에 봉하고 주연을 베풀자 불만을 가지고 있던 다른 신하들이 폐하가 원수처럼 여기던 옹치마저 봉토를 받는 것을 보니 우리도 언젠가는 차례가 오겠구나 하며 마음을 바꾸고 말았다.

사마광은 이 일에 대해 "장량은 분명 모반에 대해 어떤 불손한 정보를 들었지만 일부러 먼저 말하지 않고 있다가 유방이 사태를 직면하고 물어오자 그제 서야 충고를 한 것이다 그리하여 황제는 사사로운 감정으로 누구를 특정하여 해치지 않았고 아랫사람들을 불안하지 않게 하였으니 참으로 잘 된 일이다. 윗사람에게 간언을 올리는 사람은 모두 장량처럼 해야 한다." 라고 평가했다.

아울러 유방은 제국의 수도를 어디로 정할지 고민 중이었다. 대부분 관동 출신의 공신들이 관중에 들어가는 것이 싫어서 낙양을 권유하며 유방을 설득하고 있는 중이었는데 여러 공신들이 내세운 이유는 다음과 같았다.

〈"낙양의 동쪽은 성고가 있고 서쪽에는 효산과 민지가 있습니다. 그리고 북쪽으로는 황하에 의지하고 있고 이수와 낙수를 마주 대하고 있어 그 험준한 지형과 견고한 성곽에 의지한다면 가히 마음을 놓을 수 있습니다."〉

천혜의 요새 관중

　그런데 갑자기 무지렁이 농사꾼 누경이라는 자가 나타나 다소 거친 말로 조언하였다.

　〈"낙양은 방어에 용이하지 않아 덕이 많은 자에게만 어울리는데 폐하는 지금까지 워낙 전쟁을 많이 벌여 전혀 아니올시다. 반란이 일어나도 안심인 곳은 관중입니다."〉

　이에 고민하던 유방이 마지막으로 부른 사람이 장량이었다. 장량은 낙양과 관중 둘 중에 어디가 낫겠느냐는 유방의 질문에 다음과 같이 대답하였다.

　〈"낙양은 비록 그와 같은 지리적인 이점과 견고한 성곽이 있습니다만 그 사이의 땅은 너무 협소하여 사방 백리에 불과합니다. 또한 토지는 척박하고 사면에서 적군의 침입을 맞이할 수 있으니 이와 같은 땅은 결코 군사적으로 유리한 땅이 아닙니다.">

〈"그런데 관중의 동쪽에는 효산과 함곡관이 있고 서쪽에는 농산과 민산이 있어 그 사이의 비옥한 땅은 사방 천리에 달하고 있습니다. 또한 남쪽으로는 물산이 풍부한 파巴와 촉蜀 두 군데를 접하고 있고 북쪽으로는 호胡땅의 대초원이 있어 능히 가축을 방목하여 기를 수 있는 이점이 있습니다.">

〈"그리고 삼면은 험준한 지형에 의지해 굳게 지킬 수 있고 동쪽은 단지 한 방면으로 제후들을 제압할 수 있습니다. 만일 제후들이 안정되어 있으면 하수와 위수를 이용해 관동에서 생산되는 양식과 물산을 수송할 수 있을 것이며 제후들이 혼란스러워 변란이 일어나면 위수나 하수의 순류를 타고 병사들과 군수품을 수월하게 수송 할 수 있습니다.">

〈"그것이 소위 말하는 천리에 달하는 철옹성과 같은 땅이며 하늘이 내려준 천혜의 창고입니다. 농사꾼 누경이 올린 건의가 옳습니다.">

이 말을 들은 유방은 그때까지의 모든 논쟁을 불식시키고 즉시 관중으로 들어가 장안을 수도로 삼고 누경에게는 자신의 성인 유씨 성을 내려 유경으로 부르게 하였다.

유방이 관중으로 들어가자 장량도 이를 따라 따라갔지만 본래 건강이 좋지 않아 장량은 양생법을 쓰면서 밥도 거의 먹지 않았고 집 밖으로 나서는 일도 드물었다. 이 무렵 유방은 척부인의 아들을 태자로 세우려는 문제로 여후와 갈등을 벌이고 있었고 유방의 생각이 워낙 확고해서 아무도 말을 못 하고 있었는데 여후가 애가 타서 어찌할 바를 모르고 있었다. 이에 누군가가 "폐하는 유후의 말은 무조건 들어 줍니다."라고 조언하자 여후는 오빠인 건성후建成侯 여택을 보내 장량에게 계책을 물어보게 했다.

처음에 장량은 황실 가족의 일인데 자신이 나설 수 없고 설사 자기 같은 사람 백 명이 나선다 해도 폐하가 말을 듣지 않을 것이라며 후계에 관련된 민감한 결정으로부터 자신은 연관되지 않으려 은근히 몸을 낮추었다. 다급해진 여택이 장량을 위협하며 뭐든 방도를 내 놓으라 윽박지르자 장량은 그제야 유방이 그토록 초빙하려 했지만 초대에 응하지 않았던 상산사호商山四皓라는 인물들을 초빙하여 태자 옆에 있게 하면 황제를 놀라게 할 수 있다고 말해주었다.

여후가 즉시 많은 재물과 예로서 상산사호를 초빙하여 태자를 돕게 하자 이를 본 유방도 "이제는 나도 어쩔 수 없구나!"라고 한발 물러서면서 태자를 바꾸겠다는 시도를 그만두었다고 한다. 앞서 말한 홍곡가鴻鵠歌에 관한 일화가 이에 연관된 일이다.

상산사호의 일화가 진짜인지 그렇지 아니한 지는 둘째치더라도 장량은 유방의 적자인 유영, 즉 여후의 장남에게 태자 자리가 주어져야 된다고 생각했던 것이 분명하다. 제국의 초창기 특히 유방이 죽고 난 뒤 황제의 애첩 척부인과 그녀의 어린 아들 유여의가 권력을 굳건히 지켜 나가는 것은 도무지 힘들 것이라 예상했던 것이다.

7. 나아갈 때와 물러날 때… 신선이 된 책사에 대해 2,200년을 이어온 평가

장양은 대代땅의 반란을 진압하기 위해 출정한 유방을 따라 종군하다가 한신의 반란을 진압한 소하를 상국에 추천하고 이와 같이 말했다.

〈"우리 집안은 대대로 한韓나라의 재상을 지냈고 이윽고 진나라에 의해서 멸망하자 만금의 재산을 아까워하지 않고 조국을 위해 강포한 진나라의 원수를 갚으려고 했다가 천하를 진동시켰다."〉

〈"오늘 이 세치의 혀로서 황제의 스승이 되고 만호의 봉읍을 받았으며 그 지위는 열후에 이르렀으니 이것은 포의로 시작한 사람으로서 지극히 높은 자리에 오른 것이라 나는 매우 만족스럽게 생각한다. 이제는 인간 세상의 일을 모두 잊어버리고 적송자赤松子의 뒤를 따라가 노닐고자 한다."〉

그 후 다시 영포의 반란이 일어나자 장량은 유방을 배웅하며 초나라 장병들은 매서우니 절대 나서서 싸우지 말라고 조언하였으나 유방은 장량의 말을 듣지 않고 앞장서 싸우다가 영포군이 쏜 화살에 맞은 상처가 덧나 장락궁으로 환궁한 후 세상을 떠나게 되었다.

이때 장량도 몸이 아파 밥을 거의 먹지 않고 몸을 가볍게 유지하는 양생법을 쓰고 있었는데 태자의 일을 고마워 한 여후가 찾아와 억지로 밥을 먹이면서 이렇게 말하였다.

〈"한번 살다가 가는 우리 인생이란 날랜 백마가 지나가는 것을 문틈으로 보는 것 같이 쏜살같은 것입니다. (=인생일세간 여백구과극 人生一世間 如白駒過隙) 그런데 왜 이렇게 고통스럽게 사시려 하십니까?"〉

이에 장량은 여후의 청을 거절하지 못하여 밥을 먹었다 한다. 그 후 장량은 조정으로부터 사라져 지금의 장가계 부근에서 신선처럼 살다가 죽었다고 전하는 데 그가 정확히 언제 어디서 생을 마쳤는지는 불분명하다.

시황제 영정과 항우 그리고 유방과 한신, 소하, 경포, 팽월, 한왕신, 노관, 항백, 종리매마저 죽어버린 천하에서 장량은 더 이상 자신이 나서야 할 상황은 지나갔다고 판단했다. 원래 물욕이 없던 그가 부귀영화를 누리고자 말년 시절 권력 주변을 기웃거리고 있었을 리도 만무했다고 보면 된다.

그리고 장량은 죽기 전 이교에서 노인을 만난 지 13년 만에 곡성산에 가보고 산 밑에서 황석 하나를 발견했다. 이에 그 황석을 자신의 스승으로 여겨 집으로 가져와 모시고 있었는데 장량이 죽자 그 후손들이 황석을 장량과 함께 묻어 주었다는 이야기도 있다. 그러나 황석공에 관한 설화 자체에 도가적 뉘앙스가 강하고 지금도 어느 산에 간들 누런 돌 하나 발견하기는 그리 어렵지 않다는 말로서 그 진위 여부를 대신한다.

다만, 장량의 실체적 행적과 처신을 보면 그가 흔히 볼 수 없는 진정 빼어난 인물이었음이 잘 드러난다. 초나라 항씨 일족에 못지않은 한韓나라 명문 귀족이었음에도 불구하고 그는 교만함 없이 평민출신의 호걸들과 의기투합하였고 온갖 공신들이 부귀영화와 봉작을 탐하여 싸웠을 때도 정작 자신은 재산이나 지위에 초탈하여 오로지 진나라와 항우의 강포에 대항하여 덕이 있는 자를 세워 하루빨리 화하를 안정시키려는 대의를 펼쳤다.

박랑사에서 시황제의 암살 시도가 실패했지만 그가 자신의 말년에 인생을 돌아보며 말했던 "천지를 진동시켰다"라는 표현과도 같이 그의 당찬 의기는 진나라에 대한 반항에 불을 지핀 부싯돌이 되었다.

진나라와 항우의 입장에서 본다면 어쩌면 장량이 진정한 그들의 맞수였을 수도 있고 장량이 유방을 앞세워 그들과 싸운 것이라고도 볼 수 있다. 그리고 그는 한漢나라를 세우고 나서 다시 자신의 모국인 한韓나라와 같은 제후국을 세우겠다는 청년시절 초기의 거병의지, 즉 열국 제후 체제가 더 이상 화하에 부합되지 않는다는 것을 인정하고 유씨의 천하를 통해서 전쟁 없는 도가적 덕치와 문치를 실현하고자 했다.

그의 탁월한 대국적 계책에 대해 진말 / 초한쟁패기간 / 한나라 개창 이후로 나누어 다섯 가지로 정리해보면…

1. 백성들에게는 시황제나 항우가 보였던 반대의 모습을 보인다.
   (=약법삼장, 약탈금지, 진왕자영의 지위보존)
2. 옛 진나라의 영토를 빠르게 확보해 안정적인 근거지를 마련한다.
   (=파촉입성, 삼진돌파, 관중지역 확보)
3. 항우로부터 분봉 받은 제후들을 외교로서 회유하고 힘으로 꺾어 항우와의 연합세력을 줄인다.
4. 근거지에서 생산되는 물자와 제후들을 이용해 끝없는 소모전을 펼쳐 항우를 지치게 만든다.
5. 도읍을 중국의 서쪽 끝인 관중 땅 장안으로 정해 제후들을 동쪽 한 방향으로만 통제한다.(=만약 한나라 천하통일 초기, 각지에서 반란들이 다시 일어났을 때 한나라가 중원에 근거지를 두어 사방으로부터 동시에 공격을 받았더라면 유방은 버티지 못했을 것이다.)
6. 봉건제를 폐지하고 군현제를 실시한다.

특히 4.와 5.의 대계에서 보여지듯 왕망의 난으로 잠시 전한과 후한이 나누어지기는 했어도 유방이 세운 한나라가 400년을 지속하며 중국사에서 가

장 오래된 황조를 지속할 수 있었던 사실을 고려해보면 그가 그린 국가설계
는 잘 맞아떨어졌다고 볼 수 있다.

개국開國의 특성상 인물들의 우두머리격인 유방에게 하이라이트가 비춰지
는 것은 너무도 당연하다. 그러나 실제 유방의 큰 그릇을 마음껏 사용한 이
는 장량이다. 장량은 유방이라는 큰 웅덩이를 만나 사심 없이 자기 머릿속
생각과 계책들을 마치 폭포수처럼 뿜어내었고 유방은 그것을 어김없이 모두
받아들여 저수지가 되었다.

장량은 실질적으로 사소한 개인적인 문제를 제외하고 유방이 내린 모든
공사公私의 의사결정에 관여했다. 특이한 점은 유방이 여러 공신들을 의심하
고 심지어는 소하마저 믿지 못하여 시험했던 적은 있었으나 단연코 장량에
게 만큼은 비교할 수 없는 절대적인 신임을 보냈다. 〈유후세가〉나 〈고조본
기〉 어디에도 유방이 장량의 제안을 거절했거나 폄하한 기록은 단 한구절도
없다.

사마천이 〈사기〉에서 장량을 평가한 내용을 끝으로 동아시아 역사에서 강
태공, 제갈량, 위징과 더불어 황제의 스승으로 칭송되는 하늘이 내린 책략가
장량에 대한 강講을 마무리한다.

〈"한나라가 승리한 것은 유후 장량의 계책 때문이었다. 출중한 계
책에 더해 인품도 빼어났고 학식도 뛰어났으며 기상이 고매했기에
한韓나라 출신임에도 불구하고 중용될 수 있었다. 그가 세운 계책들
은 한결같이 천하쟁패에 승부수를 던질 만한 것들이었다."〉

현명한 2인자

소규조수蕭規曺隨　조참曺參

1. 개요

　중국 초한쟁패 시기와 전한 한고조와 혜제 시대의 군인이자 정치가. 성은 조曺, 이름은 참參이며 자는 경백敬伯, 한자의 발음으로 인하여 간혹 조삼이라고 읽기도 하는데 조참이 맞다. 진나라 말기 유방의 고향인 풍읍의 옥리였다가 거병이후 초한쟁패기 내내 유방을 도왔으며 유방이 한신보다 더 신뢰했던 장수였다. 유방과의 끈끈한 관계를 바탕으로 군부 내에서 최고의 영향력을 행사했고 유방사후 소하를 이은 2대 상국의 자리에 올랐다. 시호는 평양정후平陽靜侯이다.

　전투에서는 한신을, 행정에서는 소하를 넘을 수 없었던 2인자라는 평가가 따라 다니지만 어떠한 전투에서도 유방이 명을 내린 이상 어려운 여건에서 항상 자신이 맡은 바를 꾸준히 이루어내는 용장이었고 상국이 되어서는 일부러 아무것도 안하면서 정국을 안정시킨 현명한 재상, 황로지학黃老之學 무위지치無爲之治의 걸출한 정치인으로 칭송받는다.

고향이 패군 풍읍이라고 알려졌을 뿐 정확한 출생의 기록은 없고 그의 무덤이 산동성 덕주시 임읍현 덕평진에 남아있다. 한제국의 상국이 된지 3년째인 BC 190년에 사망한 것으로 추정된다.

2. 진나라의 관리시절, 반진 전쟁 / 초한 전쟁시절의 전공戰功

진나라가 멸망의 징조를 보이기 전 조참은 패현에서 죄수들을 관리하는 옥리였다고 기록되어 있는 것으로 보아 요즈음으로 치면 교도소의 하급관리였다고 보면 된다. 〈조상국세가〉에서는 일단 소하와 조참을 호걸이었다고 평하고 있긴 하나 〈번역등관열전(=번쾌, 역상, 하우영, 관영. 등滕은 하우영을 가르킨다.)에서 사마천은 다음과 같은 기록을 남겼다.

〈"내가 소하, 조참, 번쾌가 살던 곳을 가보았는데 그들이 여기에 살 때 누가 훗날 그렇게 귀해질 것이라 상상이나 했겠는가?"〉

즉 젊은 시절 고향에서는 보잘것없는 고만고만한 인물들, 안정과 치세의 시대 별 볼 일 없었던 인물들이 본의 아니게 난세를 맞아 유방이라는 인물과 연관되어 역사 속으로 휩쓸리게 되었고 그 흐름에서 저마다 소질을 발휘하여 천하통일의 대업에 일조하는 호걸이 되었다는 뜻이다.

거병이전 유방의 건달시절 소하와 조참이 유방이 일으킨 크고 작은 동네의 사건사고를 수습해주었다는 이야기는 앞서 유방 편에서 잠시 다루었다.

조참

하후영이 유방이 일으킨 칼부림에 자신이 가해를 당하고서도 애써 거짓 증언을 해주었고 그 탓에 정작 본인이 유방 대신 태형을 당했다는 기록이 있다. 현의 법을 집행하는 주리主吏였던 소하와 소하의 부하로서 옥리獄吏였던 조참이 유방에 대해 특별히 관대했던 이 처분은 유방과 소하, 조참, 하후영 이 사람들이 풍읍이라는 시골에서 어떠한 인관관계로 지내고 있었는지를 잘 보여주는 대목이라 할 수 있는데 이런 일들은 공무적이거나 계산적인 셈법으로는 매길 수 없는 어떤 특별한 인간관계나 협의俠義가 아니고서는 불가능한 일이다.

진나라가 수도 함양을 제외하고 동남부의 지방으로부터 급진적으로 무너지기 시작할 때 관리였던 조참은 소하와 함께 패현의 현령을 몰아내고 반란의 우두머리로 유방을 내세웠고 당시 조참은 현령 직을 양보하는 유방을 굳이 설득하여 재차 그를 추대하고야 만다. 유방에게 총대를 메게 하는 이런 행위가 어떤 치밀한 계획이나 대의로서 사전에 철저히 준비된 시나리오였다고 보기에는 무리가 있고 난세의 소용돌이에 혹시 일이 잘못되어 실패하면 관리로서 일가족들이 모두 몰살당하는 변고를 당할 수도 있다는 것을 두려워했던 소하나 조참이 유방에게 모든 일을 양보한 것으로 볼 수 있다.

암튼 배포가 소하, 조참보다는 한참이나 컸던 유방이 이를 시원스럽게 수락함으로서 그때까지 친우나 지역 선후배간이였던 이들의 관계가 본격적으로 확실한 주종관계로 전환되었다고 보면 정확하다.

유방이 패현에서 봉기했을 때 조참은 맨 처음 중연中涓이라는 보직을 맡았는데 그것은 일종의 경호원, 호위무사 같은 직책이었다. 그 후 크고 작은 여러 전투를 치르는 동안 조참은 매번 유방과 함께 최측근에서 같이 싸웠으며 유방이 호릉과 방여를 공격할 때 진나라 감공의 부대를 물리치는 공을 세웠고 유방이 설 땅을 공격할 때에도 앞장서서 사수군의 태수 장壯을 물리쳤다. 거병 초기부터 모든 전투에서 병졸을 이끌고 직접 싸움에 나서는 백병전에 능했고 위나라에 항복한 풍豊을 공격하여 승리한 후에는 칠대부七大夫의 작위를 받았다.

이후 조참은 유방과 함께 북상하여 항량과 합류해 동아에서 장한의 군대를 격파하기도 하였다. 병사들보다 먼저 성벽에 기어오르는 일도 많았다고 기록하고 있으며 그로 인해 부상도 많이 입었던 그는 유방과 함께하는 전투에서는 정말 목숨을 내놓고 몸을 사리지 않는 자세로 앞서 나가 싸웠던 것으로 보인다.

이러한 군인으로서의 저돌적인 면모 덕택에 조참은 유방은 절대적인 신임을 받았다. 초회왕이 유방을 탕군碭郡의 수장에 임명하자 유방은 조참을 집백執帛이라는 직책에 올렸는데 이는 전시중임을 감안하더라도 대부大夫 바로 아래의 상당히 높은 계급이었다.

항량이 죽은 후 유방이 초회왕의 명을 받들어 서진하여 독자적으로 군대를 이끌고 함양에 입성할 때까지 조참은 유방의 대오와 함께 모든 전투에 동참했으며 단 한 번도 유방을 떠난 적이 없었다.

홍문연의 일이 있은 후 진나라가 망하고 유방이 한왕에 봉해지자 조참은 건성후建成侯가 되었고 훗날 유방이 삼진을 돌파할 때 경릉이라는 곳에서 장한의 동생 장평의 공격을 막아내고 대패를 안겨주며 관중평정의 교두보를 마련했다.

항우가 팽성을 비운 사이 한군이 동진할 때도 초군의 용저와 항타를 물리치면서 팽성을 점령하였다. 유방이 돌아온 항우에게 대패(=팽성대전)를 당하고 후퇴할 때 다시 항우에게로 붙어버린 왕무, 정처, 주천후등의 배신으로 한군이 거의 궤멸 당할 처지에 이르렀으나 조참이 악전고투 끝에 이들을 물리쳐서 유방은 항우에게 사로잡히지 않았고 그나마 근근이 도망 다닐 수 있었다.

BC 205년 조참은 좌승상 대리로 후방에 머물며 소하와 함께 초한쟁패의 교두보인 관중을 지키는 업무를 맡고 있다가 위표가 배신하자 한신의 군대에 합류하였는데 이후 조참은 오랜 기간 한신군의 선봉장으로서 한신과 함께 전장을 누비며 혁혁한 전공을 세웠다. 사실 유방은 한신에 대해 여러 차례 의심을 하였고 그의 병부를 기습적으로 빼앗는 일도 서슴치 않았는데 충직한 조참을 한신의 군대에 합류시킴으로서 한신을 경계하고자 했던 마음도 있었던 것으로 보인다.

한신과 함께 할 때 조참은 한신의 명령으로 위나라와의 안읍 전투에서 위장 손숙을 격파하고, 조나라와의 정형 전투에서도 조장 척을 참살하는 등 주로 별동대를 이끌고 주어진 임무를 완벽하게 수행하며 한신의 북벌을 최일선에서 도왔다.

항우에게 쫓겨 사정이 극도로 나빠진 유방의 요청으로 한군의 본대에 잠시 복귀해 있다가 유수 전투 때 다시 한신과 합류하여 도망치는 제군을 섬멸하는 공훈을 세웠다. 이후 한신은 항우와의 최후의 결전을 위해 해하로 이동했지만 정작 조참은 한신이 비운 제나라 지역에 머물며 항복하지 않은 적의 잔당들을 소탕하고 반란군의 결집을 막느라 해하전투에는 참전하지 못했다.

항우가 죽고 유방의 천하가 된 후 제의 잔당을 소탕하고 제나라 상국이 되었던 조참은 직속 상관인 제왕 한신이 유방과의 불화로 제왕에서 밀려나고 제나라가 한나라의 직할령으로 폐해지자 일시적으로 제나라의 상국직에서 물러났으나 1년 후 유방이 아들(=서장자 도혜왕)을 제나라의 왕으로 내세우자 다시 제상국이 되었다.

전쟁이 끝난 후 온 몸에 상처가 70여 군데나 되었다는 기록이 보여주듯 조참은 유방의 거병과 동시에 줄 곳 전쟁터에서 살다시피 했고 늘 선봉에 서서 묵묵히 전투를 치러 낸 사람이었다. 이러한 이유로 풍읍의 청년시절이나 반진 초한전쟁 당시 그에 대해 딱히 큰 이야기 거리가 될 만한 에피소드는 거의 없고 장량이나 한신같이 소설적 홍미를 더해주는 캐릭터도 되지 못하는 것이 조참이라는 인물됨의 특성이다. 줄기차게 겁 없이 전투만 했던 충실한 사람이므로 이 시절 전공戰功에 관한 다소 지루한 기록이 반복되는 것은 당연할 수밖에 없다.

〈초한지〉가 〈삼국지〉처럼 전투장면이나 장수들의 일대일 겨루기를 재미나게 묘사하고 있는 작품이라면 조참이라는 인물의 등장횟수는 아주 많아졌을 거라 짐작해본다. 〈초한지〉는 〈사기〉로부터의 발췌가 그 내용의 9할인 탓에 〈삼국지〉처럼 쓰이지 않았다.

워낙 출중했던 한삼걸의 명성에 가려져서 그렇지 조참은 초한전쟁 최고의 공신이자 장수들을 한 방향으로 규합할 수 있는 군부내의 실력자였다. 조참의 진면목과 눈에 뛰는 이야기들은 어쩌면 반진전쟁, 초한전쟁기간이 끝난 이후로부터 본격적으로 시작된다고 볼 수 있다.

3. 한 제국 초기 소하에 밀린 2인자

유방의 논공행상이 이루어질 때 많은 사람들이 전장의 선봉에 서서 막대한 전공을 세웠던 조참을 일등공신으로 추대했다. 현실적으로 추론해보면 조참을 추대한 사람들은 실제로 조참이 크고 작은 전투에서, 살육전의 현장에서 줄기차게 보였던 그의 혁혁한 모습을 직접 목격했던 전장의 동지였을 것이다.

조참같은 사람이 무시된다면 전장에서 목을 내놓고 유방을 도왔던 무리들은 상대적으로 불공평한 보상을 받을 수밖에 없으니 그들은 단연코 일사불란하게 조참에게 줄을 서서 상대적 홀대를 당하지 않도록 결집하고 있었다고 봐야한다. 따라서 전쟁이 끝나 논공행상을 행하는 마당에 군부 내에서 조참에 대한 동료 장수들의 지지는 압도적일 수밖에 없었다.

그리고 유방도 한결같이 변함없었던 조참의 공훈을 누구보다도 잘 알고 있었다. 유방은 대놓고 한신을 의심했으며 경포와 팽월도 의심했고 간혹은 소하와 번쾌마저 의심했으나 조참을 시험하거나 의심했던 일은 어느 기록에도 없다. 그리고 날선 장수들의 대세적인 분위기가 충직한 선봉장 조참의 편으로 쏠려 있다는 점도 간파하고 있었다. 일부 장수들이 시위하듯 술에 취해 궁궐의 기둥을 칼로 쳤다는 기록이 보여주듯 날선 분위기라는 표현은 결코 과장이 아니다.

전쟁이 막 끝난 상태, 특히 승리로 도취된 군부집단을 상상해보자. 항우와의 전쟁, 사실 악전고투의 전장에서 줄기차게 도망만 다니던 유방은 하나같이 힘이 되어준 여러 장수들의 도움으로 끝내 승리할 수 있었다. 항우가 죽었다고는 하나 어수선한 개국 초기 섣불리 나섰다가 대의명분을 잃어버리면 집단 반발까지 발생할 수 있는 이런 상황에서 유방은 이에 대해 장기간 골머리를 앓고 있었다.

그러나 이미 반진 전쟁도 끝이 났고 항우와의 싸움도 끝이 나서 천하가 한나라로 통일된 마당에 유방은 앞으로 그려야 할 큰 그림과 구체적으로 우선되어야 세세한 일들의 선후先後를 정확히 아는 영리한 사람이었다. 전후관리의 중요성을 인지한 유방은 소하를 일등공신으로 세우고 자신이 세운 유씨의 나라가 하루빨리 안정되어지길 바랐다.

그때까지의 공로는 소하나 조참이나 비슷했다고 볼 수도 있고 아니면 후방의 소하보다는 전방의 조참이 실체적인 전투의 현장에서 더 고생했다고 인정할 수 있을 것이다. 그러나 유방의 입장에서 보면 앞으로는 소하의 능력이 더 부각되어야하고 소하에게 빌려 써야 할 재능이 더 중요했기에 유방은 관내후 악천추의 입을 빌어 소하를 공신서열 1위, 조참을 2위로 대우하면서 앞으로 나아갈 국가안정의 의지를 확실히 표방했다.

그 당시 유방에게 어떠한 정치적인 목적을 제외하고는 공신 서열의 순위, 식읍의 순위 같은 것들은 더 이상 의미가 없었다고 보는 것이 상식적이다. 조참이 누구보다도 더 고생했다는 것을 잘 아는 유방은 한신이 미덥지 못한 상황에서 군권을 통솔 할 수 있는 가장 든든한 조력자인 그에게 위나라 지역의 평양 땅 10,630호를 식읍으로 내리고 그를 평양후平陽侯에 봉했다.

소하와의 비교에서 공신서열 2위로 밀려났지만 조참의 군부내 영향력은 실로 막강했다. 진희가 반란을 일으켰을 때 진희의 수장 장춘을 격파했고 구강왕 경포가 반란을 일으켰을 때도 조참은 제나라 상국의 신분으로 12만 원정군을 직접 이끌고 유방과 합류하여 경포의 반란을 진압하는 일등공신이 되었다. 진희와 경포의 반란을 진압할 때까지 조참은 2개의 제후국을 무너뜨리고 122개 현을 직접 점령하거나 제후왕 2명, 제후국 상국3명, 장군 6명, 대막호, 군수, 사마, 후, 어사들을 모두 포로로 잡거나 처단했다.

유방의 뒤를 이어 혜제가 즉위하여 한나라가 제후국에 상국을 두는 제도를 폐지하자 조참은 제나라의 승상이 되었다. 이때 제나라의 관활 성읍은 70개가 넘었고 전쟁이 막 끝난 뒤에다 도혜왕 유비의 나이가 어려서 여러모로 정국이 어수선할 때 조참은 여러 사람들의 조언을 들으려고 학자들을 불러 모았는데 의견을 내는 학자들 마다 서로 뜻이 달라 마땅한 결론을 내지 못하고 있었다. 이때 교서의 개공蓋公이라는 인물이 비범하다는 얘기를 듣고 예를 갖추어 그를 초빙하였다. 개공이 이렇게 조언하였다.

〈"치도治道의 가장 좋은 방법은 청정무위淸淨無爲입니다. 재상께서 그렇게 하신다면 백성들은 편안해지며 나라는 스스로 안정될 것입니다."〉

이 이야기를 들은 조참은 황로학파黃老學派의 처세로 제나라를 다스려 큰 효과를 보았고 사람들은 현명한 재상이라고 조참을 칭송하였다. 이후 조참은 이러한 무위지치의 정치를 한나라의 상국이 되어서도 계속 유지하게 된다.

4. 무위지치無爲之治, 제국의 2대 상국

혜제 2년 소하가 병에 걸려 죽음을 앞둘 때 혜제가 소하를 찾아가 차기 상국으로 조참이 어떠한가를 물었고 소하는 "황제께서 이미 좋은 상국을 얻었으니 신臣 소하는 죽어도 여한이 없습니다."라고 대답하였다.

소하가 죽었다는 소식을 들은 제나라의 조참은 "내가 상국이 되겠네!" 하면서 무작정 짐을 꾸렸고 머지않아 진짜로 황제의 사자가 조참을 부르러 왔다. 한제국의 상국으로 부임하기 전 조참은 마지막으로 이런 말을 남기고 제나라를 떠났다.

〈"감옥과 시장은 간사한 사람들이 모여드는 장소이니 그러한 곳에 대해서는 마땅한 신중해야 하며 혼란이 있어서는 아니 될 것이다. 그렇다면 감옥과 시장이 국가를 다스리는데 가장 중요한 일인가? 그렇지 않다!"〉

〈"그러나 감옥과 시장은 선악이 공존하는 곳이기에 만약 그러한 곳을 엄중히 관리하지 않는다면 간악한 사람들이 몰려와 가득 찰 것이다. 그래서 이 일이 중요하다고 하는 것이다."〉

그런데 막상 조참은 한나라의 2대 상국으로 부임하자마자 괴이한 짓거리를 하기 시작하였다. 글을 잘 쓰거나 출세하려고 열심히 일하는 사람들을 쫓아버리고 별 생각도 없고 글도 투박하게 쓰는 사람들을 데려와 승상부의 관리로 임명했다. 그러더니 정작 본인은 정무도 돌보지 않고 아무것도 하지 않은 채 매일 같이 술만 마시고 살았다.

경卿, 대부大夫, 관리 , 빈객들이 모두 의아해하며 따지려고 했는데 그럴 때마다 조참은 찾아온 상대들에게 계속해서 술을 먹여서 아무 말도 못하게 했고 사람들은 모두 인사불성이 되어 떠나기 일쑤였다. 승상부의 관리들은 의아했지만 정무를 논하고자 하면 다시 술판을 벌이는 통에 다른 방법이 없었다. 생각한 끝에 승상부의 관리들이 초참을 아예 별도의 후원에 불러 놀게 한 다음 자기들도 관사에서 술판을 벌려 다른 관리들과 고성방가하며 놀았다.

부하들이 관사에서 술판을 벌인 걸 알면 천하의 조참이라도 기강을 잡으려고 앞으로 본인부터 술을 삼가게 될 것이라는 판단에서였다. 그런데 조참은 그 광경을 보더니 되려 관사로 돌아와 자기가 앞장서서 놀이판에 가세해 같이 웃고 마시고 놀았다.

혜제가 그러한 얘기를 듣고 조참의 처사가 이해되지 않아 조참의 아들 조출을 불러서 이렇게 지시했다.

〈"집에 돌아가거든 조용히 부친에게 고제가 돌아가시어 신하들과 이별한지가 얼마 되지 않았고 또한 황제의 나이도 아직 젊은데 부친께서 상국이 되어 날마다 술만 마시고 황제에게 소청하거나 보고하는 일도 없으니 무엇으로서 천하를 걱정하십니까? 라고 물어라. 물론 짐이 그랬다고는 이야기 하지 말라."〉

　조출은 황제가 시킨 대로 집에 돌아가 "아버지께서는 왜 일을 하지 않습니까?"라고 물었는데 조참은 버럭 화를 내면서 말하였다.

〈"너는 궁으로 돌아가 황제를 모시는 일이나 제대로 해라! 너 따위와 천하의 일을 논할 바가 아니다."〉

　이 말을 전해들은 혜제가 마침내 조참을 불러 대체 왜 그랬냐고 나무랐다. 이때 조참이 남긴 말이 유명하다. 소하 편에서 잠시 언급했지만 상세하면 다음과 같다.

〈"폐하께서는 돌아가신 고제보다 더 영용英勇하십니까?"〉

〈"제가 어찌 감히 선제와 비교할 수 있겠소!"〉

〈"그럼 폐하께서 생각하시기에 저와 소하 중 누가 더 낫다고 생각하십니까?"〉

〈"조상국이 소상국보다 못한 것 같소이다!"〉

〈"맞습니다. 그 말씀 그대로입니다. 고제께서 천하를 평정하셨고 소하가 법령을 밝게 정하였습니다. 둘보다 못한 우리는 직분을 지키면서 옛 법도를 따르기만 하고 고치거나 잃지 않는 것이 좋지 않겠습니까!"〉

즉 조참 자신이 딱히 일을 하지 않는 것이야말로 가장 일을 잘하고 있는 것이고 유방과 소하가 이루어 낸 업적과 제도를 잘 따르는 것이 최상의 정치이지 부질없는 공명심에 새로운 일을 벌려 보아야 별 의미 없다는 뜻을 분명히 한 것이다.

쉽게 얘기해서 유방과 평생을 전쟁터에서 보냈고 패현 풍읍 시절부터 소하와 함께했던 군부내 실력자이자 나이 든 실세 상국이 어린 황제에게 안정과 치세의 정국을 위해 개혁이니 혁신이니 호들갑 떨지 말고 조용히 선대의 제도를 잘 따르는 것이 어떠하겠냐고 훈계하고 있는 모양새이다. 그것이야말로 2대 상국으로서 조참 자신이 견지해야 할 최상의 정책이니 황제께서도 행여 엉뚱한 생각 말고 그러한 자신의 생각에 잘 호응해 달라는 뜻을 대놓고 밝힌 것이었다.

혜제는 비로소 조참의 깊은 뜻을 알아차렸고 군말 없이 그를 돌려보낸 후 조참의 처신을 지지했다. 이것이 "이전의 기틀을 그대로 물려받아 잘 보전한다."라는 뜻의 소규조수蕭規曹隨의 유래이다. 자신의 재능이 미치는 바를 스스로 잘 살피고 선제 유방에 대한 충성과 소하에 대한 존중을 표현한 조참은 한삼걸에 비해 결코 모자라지 않는 도량의 인물이었다.

500여 년을 끌어온 춘추전국시대가 끝나자마자 진나라의 과도한 혹정 끝에 국가의 체제가 붕괴되고 다시 초한전쟁으로 인구의 절반이 죽어나가 온 나라가 초토화 되어버린 상황에서 국가적으로 뭔가 큰 일, 새로운 일을 벌이는 것보다 법과 질서만 세워 놓고 그냥 내버려 두는 것이 천하와 백성들이 시급히 안정을 회복하는데 절실하다고 조참은 판단했다. 새로운 국책사업이나 개혁은 황제나 위정자들의 이름을 더 높이는 방편이 되기도 하겠지만 실제로 백성들에게는 엄청난 부담이 될 수밖에 없는 것이 사실 아닌가?

진나라뿐만 아니라 중국, 나아가서 전 세계사에서도 새로 개창한 나라가 어떤 새로운 큰 사업을 시도하다가 다시 망해버린 경우는 쉽게 찾아볼 수 있다. 진나라가 천하통일의 대업을 완수한 후 15년 만에 멸망하게 된 이유에서 한 제국 초기정국의 해법에 대해 완벽하게 실마리를 찾은 조참의 현명함이야말로 참으로 높게 평가하지 않을 수 없다.

사실 소하와 조참은 근본적으로 성품이 달랐다. 꼼꼼하고 세심한 행정관료 출신인 소하에 비해 조참은 야전의 장수였고 번쾌와 같은 터프가이였다. 더군다나 초한쟁패가 끝나고 나서 소하와 조참의 사이는 매우 나빠져 있었다. 한신이 제거 당한 마당에 한나라의 군부는 실질적으로 조참이 장악하고 있었으니 전쟁 내내 후방을 관리하고 있던 소하는 군부에 대한 영향력이 상대적으로 조참에 비해 미약했다고 볼 수 있다.

공신서열을 정할 때 장수들이 보였던 행동들은 그러한 당시 분위기를 명백하게 보여주는 예로서 권력암투에서 조참은 일단 소하에게 밀려 2인자 된 것이 사실이다. 하지만 조참이라는 인물은 자신이 소하보다 못하다는 것을 깨끗이 인정하고 소하가 세운 법에 오점이 없음을 밝힘으로서 정국과 백성들을 안정시킬 수 있다고 판단했다. 조참이 이 정도 도량의 인물이니 어찌 소하, 한신, 장량에 미치지 못하는 인물이라 말할 수 있겠는가?

조참이 죽자 백성들이 노래를 지어 그의 덕성을 추모했다.

소하위법 약획일蕭何爲法　若畫一
소하가 법을 세우니 획 하나까지 분명했고

조참대지 수이물실曹參代之　守而勿失
조참이 그를 이으니 지키고 잃지 않았다

재기청정 민이녕일載基淸淨　民以寧一
맑고 공정하게 이를 돌보니 백성이 모두 평안했구나

조참이 죽은 후 그의 아들 조줄이 평양후를 계승하여 여태후 시절에는 어

사대부를 맡았다. 어사대부라는 직책은 요즘으로 치면 감사원장이나 검찰총
장 국정원장 같은 직위로서 감찰기관의 수장이다. 여태후가 대를 이어 상국
조참의 아들을 바로 권력의 핵심 최측근에 두고 있었다는 의미이다.

여태후 사후 잠시 면직되었으나 조참의 후손들은 이후 대대로 평양후를
계승하였고 조참의 증손자 조시는 한무제의 누이 평양공주와 결혼하여 황가
皇家와 사돈지간이 되었다. 말 그대로 조참의 후손들은 한나라 대대로 조상祖
上의 공훈으로 두고두고 칭송받았다고 보면 된다.

후한말기에 등장하는 조조의 가문이 조참을 선조로 하고 있다는 기록도
있다. 그러나 실제로 조조의 조부祖父인 조등은 권세 높은 환관이었는데 자식
을 둘 수 없었던 까닭에 가문의 대를 잇기 위해 조참의 동료였던 하후영의
자손을 양자로 입양하게 되었고 그가 바로 조조의 아버지 조숭이다. 다시
말해 조숭과 조조는 본디 조참의 후손이 아닌 하후씨이고 하후영의 자손이
다. 젊은 시절부터 조조를 도왔던 위나라 맹장 하후돈과 하후연은 조조와
사촌지간이다.

〈조상국 세가〉에서 사마천이 남긴 평評을 끝으로 조참에 대한 강講을 마친
다.

〈"상국 조참이 야전野戰의 공로가 많음은 회음후 한신과 버금간다.
그런데 한신이 멸망한 후 열후에 봉해진 장수 출신의 공신 중에는
유독 조참만이 그 이름을 빛냈다. 한나라의 상국이 되어 시행했던
조참의 정치사상 청정무위는 도가의 원칙과 가장 부합된다. 더욱이
백성들이 진나라의 잔혹한 통치를 받은 후 조참이 그들에게 무위이
치로 휴식하게 하자 천하의 사람들이 모두 조참의 공덕을 칭송하였
다."〉

8

성공한 마키아 밸리
술수와 처세의 달인 진평陳平

1. 개요

중국 초한쟁패 시기와 전한 한고조와 혜제, 여태후, 전소제, 후소제, 효문제 시대의 모사謀士이자 정치가이다. 성은 진陳, 이름은 평平이다. 진나라 말기 진승과 오광의 난에 동참하여 처음에는 위나라 공자는 위구를 섬겼다가 항우의 수하로 들어갔다. 그 후 유방에게로 귀순하여 끝까지 고조와 혜제를 도왔다.

항우의 아부이자 초군의 책사였던 범증을 이간계로 제거하여 초한전쟁의 큰 흐름을 바꾸었다.

유방이 항우에게 쫓길 때 기신을 유방으로 변장시키고 유방은 정작 평민 복장으로 변복시켜 탈출시켰고 항우와의 광무대치 때 서로 군대를 물리고 천하를 이분하자고 협정하였으나 진평은 약속 따위가 중요한 것이 아니라고

진평

유방을 종용하여 철군하는 항우를 쫓아 유방에게 초한쟁패의 결정적인 승리를 안겨 주었다.

흉노의 묵돌선우에게 사로잡힌 유방이 백등산에서 탈출할 때와 팽월과 경포의 숙청에도 진평의 계책이 통했다. 장량과는 근본적으로 인성, 처세 면에서 많이 비교되기도 하고 장량을 넘지 못하여 한삼걸에는 포함되지 못했지만 한고조와 5대 황제 효문제에 이르기까지 장량에 비해 장기간에 걸쳐 전한 초기의 수많은 정치적 난관들을 수습하여 건국과 보국에 힘썼다.

　　장량이 큰 계책을 낸 것에 반해 진평은 특히 유방이 좋아하는 간단명료한 계책과 적재적소의 권모술수를 조언하여 유방으로부터는 전폭적인 신임을 받았다. 처세에도 능해 유방사후 여태후 치세에도 중용되었고 여씨 일가가 몰락하자 효문제시대 좌승상의 지위에 올랐다.

　　위나라 양무현陽武縣 호유향戶牖鄕 출신으로 정확한 출생년도는 알 수 없고 유방이나 장량보다는 10~15살 후세인걸로 추정된다. 작위는 곡역후曲逆侯이며 문제2년 BC 178년에 사망하여 헌후憲侯라는 시호를 하사받았다.

2. 진평에 대한 선입관

　　다음 장에서 진평에 대해 본격적으로 논해 보기에 앞서 밝혀보자면 당연하게도 나는 진평과 동시대의 시간과 공간을 함께 경험하며 차 한 잔 밥 한 끼 같이 나누었던 적이 없었고 유방처럼 그로부터 신박한 계책을 직접 들으면서 무릎을 쳐 본 적도 없었고 어떤 주제에 관해서 그에게서 듣거나 나의 견해를 밝히거나 하며 서로 소통을 나눈 적이 없었다. 내가 진평에 대해 아는 것은 기껏해야 남들이 남겨놓은 잘 말라비틀어진 뼈다귀 같은 기록에서 그의 행적이나 언행을 눈요기한 정도가 솔직히 전부이다.

　　따라서 그에 대한 나의 평가가 모든 역사 기록자들의 보편적인 견해를 수렴하는 통합점이 될 수 없다는 것을 너무도 잘 알고 있으며 아울러 나는 역사적인 인물에 대한 평가에서 만큼은 그러한 시도 자체가 이미 어불성설이라 굳게 믿는 사람 중의 한사람이다.

　　고등학교 과정의 수학을 배운 사람이라면 n차함수를 그래프로 형상화 시킬 수는 있고, 전문 과학이나 물리학에서는 전제前提나 가정假定, 정의定義나 실험實驗을 통해서 궁극적으로 수렴하는 그럴듯한 정답을 구할 볼 수는 있다.

하지만 누구나가 우러러 볼만 한 전문가라 할지라도 그가 만약 어느 한 개인의 역사관, 종교관, 인생관에 대해서 "이것만이 절대적인 정답이므로 그것과 저것은 틀린 것이다."라고 주장한다면 그는 결코 크고 작은 비난을 면하기 힘들 것이다.

왜냐하면 그것은 마치 이상李箱의 시詩 오감도烏瞰圖 "시 제1호"를 해석하는 것에 불변의 정답이 있다고 주장하는 것과 하등의 차이가 없기 때문이다.

고로 진평에 대해 쓰여질 내용 중 일부는 지극히 나의 주관적인 평가가 포함될 것이다. 두루미가 쳐다보고 있는 작은 연못 안을 바쁘게 헤엄치고 있는 물방개의 좌충우돌 궤적과도 같은 것이라 봐도 무방하다. 다만 부지런한 물방개의 헤엄에도 나름 이유가 있을 것이기에 행여나 물방개에게 측은지심을 가질 필요는 전혀 없다.

우선 큰 줄기를 살펴보는 자료들을 통해서 진평이라는 인물에 대해 가지게 되었던 나의 개인적인 첫 번째 인상을 밝히자면 그가 가진 성품의 스펙트럼이 앞서 살펴본 인물들과는 많이 다르다는 것이었다. 그 이유는 조선 초기 5대에 걸쳐 왕을 모신 권신權臣 한명회와 겹쳐지기도 했고 그가 난세에는 모사가 되어 주공을 잘 도울 수 있었겠지만 치세에는 왠지 출중한 능력을 가진 탐관오리가 되거나 2선에서 모든 것을 좌지우지하는 권세가의 모습을 보였을 것이라 쉬이 짐작되었기 때문이었다.

진평보다 약 300년 전에 살았던 공자라는 인물이 노魯나라 정공 14년에 대사구라는 제대로 된 벼슬을 처음이자 마지막으로 하게 되었을 때 부임한 지 7일 만에 대부였던 소정묘少正卯라는 인물을 주살시켜 그 시체를 대궐의 앞 마당에 3일 동안 걸어두었던 사건이 있었다. (=〈순자 유좌편 苟子宥坐篇〉)

이 사건이 실제 일어났던 일인지 아니면 인의예지신仁義禮智信을 강조했던 공자교단의 정치적 지향성을 돋보이게 하려는 후대의 위작인지는 알 수 없다. 정치적 기반이 없었던 공자가 섭상攝相(=재상대리)으로 부임한지 7일 만에 대부大夫의 직위에 있는 고위직 관리 소정묘를 특별한 죄목도 없이 성품상의 문제를 내세워 주살시켰다는 것은 다소 무리가 있어 보인다. 다만 소정묘라는 이름이 말해주듯 이 사람을 표현한 이름은 정正이 소少한 자이고 소少는 불不과 같은 뜻이니 소정少正이라는 이름에는 "바르지 못한 인간"이라는 의미가 내포되어있다.

우선 공자가 소정묘를 주살했던 5가지 죄목을 살펴보면 다음과 같다.

심달이험心達而險 사물에 통달해 있으면서도 음험하며
행벽이견行辟而堅 행실이 한쪽으로 치우쳐져 있어 고집스러우며
언위이변言僞而辯 말하는 것이 모두 거짓인데 말이 번지러한 것이며
기추이박記醜而博 추악한 것만 기억하면서 박식해 보이는 것이며
순비이택順非而澤 비리만을 따라가면서도 겉으로는 윤기가 자르르 도는 것이다.

문구에서 알 수 있듯이 특별한 실증법을 위반해서 죽이는 게 아니고 소정묘라는 자의 성품과 자질이 그러하니 이런 자들이 권력에 가까이 있으면 불량한 놈들을 모아 무리 짓기에 충분하고 교활한 언변으로 대중들을 현혹시키거나 고집스런 배짱으로 자기의 편의에 따라 나쁜 것을 옳다고 강변할 것이 분명하다. 그러니 이런 놈이야말로 소인배들의 걸출한 영웅이 되기 십상이니 죽이지 않을 수 없다는 것이다.

나는 공자의 소정묘 주살사건을 읽다가 문득 진평이 생각났다. 앞으로 살펴보는 바가 되겠지만 이런 논리라면 만약 진평이 공자와 동시대에 같이 일을 했었더라면 진평의 목은 다섯 번 이상 매달렸을 것이다.

또한 진평 같은 인물이 〈삼국지〉의 장비같이 직선적인 성향의 호걸을 만나 여차 구변을 잘못 늘여 놓다가는 사정없이 매질을 당하거나 〈수호지〉의 노지심 같은 사람을 술자리에서 만난다면 첫 술잔을 입에서 때기도 전에 바로 목이 날라 갈 수도 있겠다는 생각마저 들었다.(=〈삼국지〉에서는 장비가 독우를 매질하는 대목이 나온다. 물론 진수의 역사서에는 없는 내용이다.)

책을 쓰는 사람은 특히 역사에 관한 책을 쓴 사람은 가급적 편견이나 선입관을 가져서는 안 된다. 이 강의 말미에 밝히는 바가 되겠지만 진평에 대한 사마천의 평가는 그리 나쁘지 않았고 분명 부정적인 면보다 긍정적인 평가가 주를 이룬다고 보여진다.

그러나 진평은 생애 초창기부터 사후까지 그의 인성에 대해 끊임없는 논란이 적지 않았던 사람이었다. 죽음을 앞둔 그가 유언처럼 밝힌 바도 자신의 성품과 처세에 관한 반성이었다. 일관된 처신을 견지했던 담백한 조참, 번쾌, 하후영보다는 복잡하고 습濕한 인물이었던 탓에 그는 후대의 높고 낮은 평가가 수시로 바뀌는 인물이 되고 말았다.

지금 글을 쓰는 나를 포함한 어느 누군가가 진평에 대해 새로운 개인적인 편향이 생겼다 할지라도 그것이 그가 죽은 후 2,200년이나 지난 오늘날 그에 대한 대세적인 평가를 전향적으로 바꿀 만한 새로운 논란거리가 되지도 않을 뿐더러 그로인해 진평의 후손들로부터 직접적인 공격이나 칭찬을 받을 일도 거의 없다.

그래서 나는 진평에 대한 기록들은 〈사기〉와 〈한서〉를 출처로 살펴보되 전체적인 평가는 사마천을 따르지 않기로 하였다. 누가 뭐래도 동서고금 만고에 칭송받는 역사가인 사마천의 총평을 존중은 하되 그가 진평에 대해 호평했다는 이유로 나의 글 씀도 무조건 그를 따라야만 한다는 생각을 버리기로 했다는 뜻이다. 이유는 그런 식으로 전례의 권위에 스스로를 강박시킨다면 개인으로서 글 쓰는 해방감과 재미가 반으로 줄 것이라 생각하기 때문이다.

솔직히 나는 변화무쌍했던 진평이라는 인간의 부정적인 면모를 능소능대했던 그의 주공 유방이라는 거울에 비추어 보고 싶을 따름이다. 가끔 동물원에서 카멜레온을 볼 때 두상부의 정면에서 응시하는 것보다 살짝 삐딱하게 볼 때 그 독특한 동물의 전제적인 특성이 더 잘 보이는 경우와 마찬가지이다. 어쩌면 우리가 가진 재주보다 100배 1,000배 더 나름 완벽하게 진화한

경이로운 동물 카멜레온을 내가 싫어하지 않듯이 나보다 대략 2,200년 전에 태어나 동시대를 살지도 않았던 역사적인 인물 진평에 대해서 내가 딱히 악담을 해야 할 이유는 전혀 없다.

역사에는 이런 저런 수많은 캐릭터의 인물이 등장하고 전적으로 흠결이 없었던 위인만 역사에 남는 것이 아닐 진데 누가 봐도 항우에 비해 상대적인 약자였던 평민출신 유방이 천하의 주인이 될 수 있었던 요인 중에는 분명 진평과 같은 캐릭터의 인물마저 잘 부릴 수 있었던 이유가 다분하기에 〈초한지〉에서 진평은 여러모로 흥미로운 인물이다.

"중국 고대사의 마키아 밸리" 진평에 대한 강講은 "문제적 인간 한신"보다 더 길어 질 것이 분명하다. 앞으로 살펴보는 바가 되겠지만 나의 생각을 한 마디로 줄인다면 진평은 A에서 Z까지 한두 가지의 성분을 빼고는 유방과 거의 똑같은 부류의 인간이라는 것이다.

그것이 나의 개인적인 선입관이고 그 선입관이 잘못된 것이라 해도 변명할 수 없다.

3. 가난했던 집안 환경, 젊은 시절의 추문과 진평분육陳平分肉

진평은 어려서 부모를 잃고 가난한 형 집에서 살았으나 영리했고 기골이 장대하고 풍채가 좋았기에 그의 형 진백은 동생을 자랑스럽게 여겼다. 진백은 가난한 처지에서 똑똑한 동생을 뒷바라지를 하면서 잘 입히고 잘 먹였다. 간혹 사람들은 진평의 형수에게 가난한 처지에 시동생이 뭘 먹고 이렇게 살이 쪘냐고 묻는 사람도 있었다. 현대인들에게는 비만이 부정적인 이미지일 수도 있고 경우에 따라서는 그러지 아니할 수도 있겠지만 땟거리를 걱정해야 되는 당시에는 살이 찐 모습은 대체적으로 부러움을 살만한 좋은 체상體狀

이었다.

 진백이 동생의 가능성과 잠재력을 알아봤는지 농사일은 자기가 알아서 할 테니 진평에게는 학문에 열중하고 여러 사람들을 만나면서 견식을 넓히라고 당부했다. 진백은 역시 백伯(=맏형)이었다. 만약 진백의 안목과 지원이 없었더라면 진평은 평생 형과 함께 농사를 지으면서 평범한 인생을 살았거나 난세의 노역에 끌려가 죽음을 당했거나 놀고먹는 백수 한량이 되었을 가능성이 아주 농후하다. 진평은 그의 형 진백에게 감사해야한다.

 진평에 관한 표현 중 자주 언급되는 것이 그의 용모에 관한 기록이다. 지금처럼 팩트로서 증빙할 만한 증명사진이나 동영상이 있는 것도 아니지만 진평을 묘사한 초상이나 그림은 하나같이 그를 갸름한 여성형으로 그리고 있다. 심지어 어떤 초상은 아예 수염이 없는 모습으로도 그려져 있다. 진평은 유방처럼 용모가 뛰어난데다 언변이 화려했다. 다만 특이하게도 여성처럼 고운 목소리였는데 여성들이 그 점을 좋아해 그 지역에서는 알아주는 한량이었다. 쉽게 말해 여자들을 잘 구슬리는 핸섬 가이, 플레이 보이 청년이었다는 이야기다.

 젊은 시절 여자에 대한 그의 소문은 한두 번의 사건 혹은 청년기에 으레 있음직하다가 잊혀질만한 선남선녀의 사건들이 아니었는지 〈사기〉에도 기록될 정도로 꽤나 유명했는데 심지어 그의 형 진백이 밭에 나가 일하는 동안 진평이 집에서 그의 형수와 사통했다는 내용도 있다.

 이는 훗날 진평을 시기 질투하는 자들이 그를 헐뜯고자 할 때 매번 언급되는 단골 레파토리였지만 한신의 과하지욕이나 걸식표모 같이 형수 간통 문제에 대한 진위여부를 지금 확인할 수는 없다. 과하지욕은 시장통에서, 걸식표모는 빨래터에서 일어난 일이다. 즉 공공장소의 여러 사람의 목격과 증언이 함께 할 수 있는 사건이라는 점에서 팩트로서의 신빙성이 있어 보인다.

 그러나 진평과 그 형수와의 사통문제는 둘만이 있는 비밀스런 장소에서 일어날 만한 일이지 그것이 여러 사람들이 보는 장소에서 이루어졌을 리는 만무하다. 즉 "카더라 뉴스"가 꼬리의 꼬리를 물고 동네의 호사가들에 의해 와전되었을 수도 있고 이러한 일이 있은 후 진백이 그의 아내 즉 진평의 형수를 내쳤다는(=이혼) 기록까지 있는 것으로 보아 거의 사실에 가깝다고 단정해버릴 수도 있다.

중요한 것은 사건의 진위여부를 떠나 진평이 청년시절 여자문제가 많았고 형수와의 사통문제로 유별난 스캔들의 정점을 찍었다는 그에 대한 당대와 후세의 일반적인 인식에 있다. 진평이 유방의 진영에 합류했을 때 가난한 환경에서 그를 돌보아 준 형님을 배신하고 놈팽이 짓을 한 과거에 대해 사람들이 이러쿵저러쿵 말이 많았고 유방이 사실 확인을 두고 위무지라는 사람에게 알아보라고 하자 위무지가 말했다.

〈"지금 우리는 손이 하나라도 더 필요하고 당장 이기는 것이 중요한데 이 와중에 능력만 좋으면 되지 왜 인성문제를 따지려 듭니까? 그런 건 나중에 따집시다!"〉

유방 역시도 여자문제에 있어서는 진평보다 더했으면 더했지 결코 모자라지 않았다. 자신에 대한 충성에 문제가 없는 한 도덕과 윤리는 유방의 관심사가 아니었다. 유방은 그 후로 이에 관한 일을 불문에 붙였다.

훗날 후한의 조조도 부하의 능력을 가장 우선으로 여기는 자신의 용인술을 설명하며 진평의 간통설을 들고 나와 비유하면서도 진평을 옹호했다.

형수와의 스캔들이 있고 나서도 진평은 계속 백수 생활을 했다. 그러다가 나이가 들어가자 가난뱅이와 결혼하기 싫었던 그는 장부張負라는 부잣집의 손녀딸이 과부라는 말을 듣고 동네의 상갓집에서 성실히 일하여 장부에게 눈도장을 찍은 후 그 집에서 품삯 일을 하면서 접근했는데 뛰어난 용모 못지않게 재주가 있다는 것을 알아차린 장부가 진평을 손녀사위로 삼았다. 사실 그 여자는 다섯 번이나 시집가서 과부가 되거나 이혼한 여자로 아무도 그녀와 결혼을 하려 하지 않았고 그녀의 아버지인 장중張仲마저 진평에 대한 소문이 나쁘다며 반대했지만 집안의 최고 어른이었던 장부의 뜻에 따라 혼례가 이루어졌다.

여하튼 잘사는 처가 덕택에 가난에서 탈출한 진평은 그때부터 널리 친구들과 사귀며 식견을 키워나갔다. 그 즈음 진평이 사는 마을에 사제社祭(=토지신, 종묘사직할 때 사社는 토지에 대한 제사이고 직稷은 곡식에 대한 제사이다. 사제는 백성의 근간이 되는 토지에 대한 감사 제사로서 농경사회 그 지역의 가장 큰 연례행사였다.)가 있었다.

제사가 끝나고 진평이 제사에 올린 고기들과 음식들을 나누는 재宰가 되어 골고루 분배하였는데 그 솜씨가 출중하고 공평하여 사람들이 모두 그를 칭송했다고 한다. 마을의 큰 제사를 지내고 음식을 받아가는 주민들은 다들 기분이 좋았을 것이다. 그런 특별한 날이 아니면 언제 고기 맛이나 보겠는가? 단, 진평분육陳平分肉으로 알 수 있는 사실은 그가 더 이상 가난한 농부를 형으로 둔 백수건달 한량이 아니고 부잣집 사위가 되어 사람들에게 제사에 쓰인 고기를 나누어 줄 만큼 지역 유지 역할을 하고 있었다는 점이다. 용모던 언변이던 식견이던 암튼 여러 재주를 모아 진평은 흙수저에서 금수저가 된 듯 보인다. 사람들이 칭송하자 진평은 이렇게 말했다고 한다.

〈"아 ~! 누가 이 진평을 천하의 재상으로 삼는다면 내가 오늘 고기 나누듯 공평하게 일을 처리할 수 있을 것인데~~!"〉

공자의 손자 자사子思가 지은 〈중용中庸〉 백인가도장白刃可稻章에 "천하국가가균야天下國家可均也"라는 대목이 나온다.

"공자께서 말씀하시었다. 천하 국가의 일은 균등하게 다스릴 수는 있고 벼슬과 봉록도 거절할 수 있고 서슬 퍼런 칼날 위를 걸을 수도 있지만 중용하는 마음에 능하기는 힘들다.”

진평은 자사보다 약 200년 후의 사람이다. 진평이 글을 읽기를 좋아했다 하니 〈예기〉의 일부분인 〈중용〉을 접했을 것이다. 〈중용〉에 표현된 문구인 가균可均에 해당하는 바가 치우침 없이 공평하게, 혹은 모자라거나 남는 바 없이 깔끔하게 일을 처리한다는 바로 그 의미이다.

그러나 진평이 보여주는 훗날의 처세를 보면 “천하국가가균天下國家可均”에서는 실제 가능했을지 몰라도 “백인가도白刃可稻 작록가사爵祿可辭 중용능中庸能”은 실천할 수는 없었던 것으로 보인다. 〈중용〉에서 뒷 부분을 싹 빼고 앞부분 “천하국가가균”만 읽었던지 아니면 “벼슬과 봉록은 절대 거절하지 말고 심지어 뇌물까지도 상황이 되면 찾아서 받고 서슬 퍼런 칼날은 되도록 건지 말고 중용은 원래 힘든 것이니 나에게는 맞지 않는 교훈이다.”라고 거꾸로 마음속 깊이 새겼을지 모를 일이다. 진평이 유방의 진영에 합류하자마자 일으킨 뇌물사건은 이를 잘 증명한다.

4. 위구와 항우를 거쳐 유방에게로

진승과 오광의 난이 발발하자 진평은 위나라 공자 위구를 섬기면서 반진전쟁에 참여했지만 위구는 진의 명장 장한의 상대가 되지못했다. 패색이 짙어지고 위군의 포위되어 곧 임제성이 함락될 위기에 처하자 진평은 주공 위구를 위해 계책을 내었는데 위구가 이를 받아들이지 않았다.

진평은 위구에게 거짓 항복한 후 장한의 군대가 긴장을 풀고 성벽주위의 포위망을 거두고 정문으로 입성하면 정작 백성들에게는 장한과 결사항쟁을 하게하여 시간을 벌게 하여 반대쪽 문으로 도망치자 하였다. 즉 백성을 죽이고 위구를 살리는 계책을 내었는데 위구는 이를 거절하고 장한에게 진짜 항복을 하고 백성을 살려주는 조건으로 자신을 태워 죽이라 했다. 백성을 죽이고 왕이 사는 길과 왕이 죽는 것으로 백성을 살리는 길, 이 둘 중에서 위구는 진평의 계책을 무시하고 후자를 택했다. 실제 위구는 분신하였다.

임진왜란 때 백성들을 뒤로 하고 먼저 도성을 빠져 나가 피난길에 오른 선조나 6.25 전쟁 중 자신은 도강渡江한 후 한강철교를 폭파시켜버린 이승만 대통령이 보였던 행동과는 반대 길을 갔던 위구였다.(=이승만의 전체적인 일생에는 분명 공功도 있다. 하지만 당시 서울 강북과 강남을 잇는 피난교인 한강철교와 광진교를 폭파한 행동은 군사적 판단이라는 전제를 감안하더라도 선조의 만행과 다를 바가 하나도 없다. 이승만과 각료들은 전쟁발발 하루 만에 남하하여 이미 충청남도 지사 관저에 머무르고 있었으며 27일 미군이 참전했으니 국민 여러분들은 안심하라고 육성방송을 했다. 그리고 정작 28일 새벽 두 다리를 모두 폭파해버리고 말았는데 한국인이라면 흔히들 기억하는 그 사진이 바로 부서진 한강철교 철재 난간 위로 목숨 걸고 도강하는 피난민의 행렬을 보여주는 그 날의 상황이다. 물론 대통령에게 변고가 생겼다면 6.25전쟁의 양상이 어떤 방향으로 전개되었을 지는 아무도 장담할 수 없지만 당시의 대다수의 민심이 어떠했을 지는 불을 보듯 뻔하다. 당대의 민심을 이반한 리더가 역사에서 장구하는 일은 전무했다. 그 후 이승만은 거듭되는 실정 끝에 1960년 하와이로 망명했다. 계속 귀국을 시도했지만 끝내 그 뜻을 이루지 못한 채 1965년 이국의 요양병원에서 쓸쓸히 죽었다.)

위구가 죽자 몸담을 곳이 없어진 진평은 도망쳐 반진세력 중 가장 기세를 날리던 항우의 수하로 들어갔고 범증과 함께 부책사로서 함곡관 돌파와 홍문연까지 항우와 동선을 함께 했다. 홍문연에서 범증은 진평에게 유방이 여차 실수를 하면 베어 버릴 목적으로 계속해서 큰 잔에 술을 권하여 대취하게 만들도록 사전에 지시했는데 정작 진평은 이를 따르지 않았고 유방의 큰 술잔에 술을 조금씩만 부어 유방에게 많이 마시지 마라는 눈치를 줬다.(=당시 진평이 홍문연 이전에 유방과 직접 조우했던 적이 있었는지에 대해서는 정확한 기록이 없다. 다만 정보를 얻어서 계략을 짜는 모사로서 "서진대장군 패공 유방"에 관한 이런 저런 이야기와 그의 인물됨을 들었던 적은 분명 있었을 것이다.

그리고 상상을 초월하는 무지막지한 전공을 배경으로 이미 독보적인 기세를 보이고 있던 항우와 그의 책략가이자 스승인 범증이 사전에 기획하고 호출한 홍문연이라는 사지死地에서 항우에게 머리를 조아리고 읍소하고 있지만 땅 같이 두꺼운 욕망을 숨기고 겉 다르고 속 다르게 능소능대 할 수 있는 유방에게서 진평은 난세를 살아가는 본인의 처지와 비슷한 동질감을 느꼈을 것이다. 항우라는 사람은 전장에서 적을 베고 죽이는 것을 제외하고는 그와 함께 하는 사람들이 동지로서 동질감을 공유하기에는 많은 것이 부족한 캐릭터였다. 항우는 혼자 우뚝 선 근접불가의 큰 바위였다. 압도감은 공포와 경이로 시작되지만 소통과 공감으로 지속되지는 않는다.

진평은 아마 이런 느낌이었을 것이다.

"어~~? 뭐지 ? 유방 이 사람은 정령 항우와는 전혀 다른 테두리의 인물이 아닌가?"

"재료는 나와 같은데 크기는 분명 나보다 큰 그릇이다!"

진평은 머리가 팽팽 돌아가는 사람이었다. 진평은 원래 범증과 같은 스타일의 책사가 아니었다. 부책사로서 근본적으로 결이 다른 노장老丈 범증과 평소 코드가 맞지 않았고 결국 범증의 지시를 어기며 유방을 살리는 쪽으로 가닥을 잡았다고 봐야한다.

또한 진평은 항우와 함곡관까지 반진 전쟁의 진격동선을 같이 하면서 그

동안 항우의 인물됨을 면밀히 파악했을 뿐만 아니라 그의 잔인성과 총체적 능력에 대해서 부정적인 견해를 가지게 되었다고 봐야한다. 실제로 항우는 앞길을 방해하는 모든 것들을 초토화, 몰살시키면서 진격했기에 천하의 민심, 주변사람들과는 이미 많은 문제를 야기하고 있었다. 항우는 자신의 단점에 대해 충고하는 바를 듣는 사람이 아니었다.

결국 진평은 항우의 손에 유방이 당장 죽는 상황보다는 유방이라는 뭔가 묘한 인간을 살려두어 항우와 저울질 해보고 싶은 뜻을 가지게 되었다. 그러지 않고서야 항우와 범증의 편에 서 있으면서, 특히 유방을 제거하지 않고서는 항우에게 결코 천하가 없을 거라고 굳게 믿고 있던 범증의 심중을 익히 아는 그가 사전에 내통도 없이 그런 식으로 유방을 도왔을 리는 만무하다.

억세게 운이 좋은 사나이 유방은 죽어야 할 장소인 홍문연에서 장량과 번쾌는 물론이거니와 항백과 진평이라는 항우진영의 사람들이 발휘한 눈에 보이지 않는 도움으로 기사회생 할 수 있게 되었다. 운명을 가름 지을 미세한 움직임, 이런 것들이 진정 운運이라고 한다면 뱀의 비늘 같은 72개의 점이 허벅지에 박힌 유방은 정령 천운을 타고난 인물이라 할 것이다.

유방은 훗날 홍문연에서 항백과 진평이 나를 도왔다고 술회했지만 진평이 천수를 다한 반면 항백은 여후에게 살해당하고 말았다.

진평은 서초패왕 항우의 논공행상이 끝나고 수도를 관중과 팽성으로 정하는 문제로 의견을 달리했던 한생이 항우의 어리석음을 탓하며 말했던 "초인목후이관楚人沐猴而冠"의 뜻을 항우가 묻자 자세히 설명해 주었고 화가 난 항우는 한생을 삶아 죽였다. 앞서 항우편에서 살펴 본데로 한생의 주장은 구구절절 틀린 바가 단 한군데도 없었다. 바른 말을 하는 동료를 두둔하지 않고 죽음으로 몰아넣은 진평의 이러한 처신 역시 의로운 일은 아니다 할 것이다. 결과적으로 유방은 장량의 제안대로 관중을, 항우는 한생을 죽이고 팽성을 도읍으로 정했기 때문에 승패가 갈라졌다.

그 후 한신이 삼진을 격파하자 유방 편으로 넘어간 은나라를 진평이 다시 꼬드겨 초나라의 편으로 만드는데 성공했으나 은왕 사마앙은 유방이 쳐들어오자 다시 유방과 같은 편이 되고 말았는데 항우가 극대노하여 사마앙의 배신에 연관된 사람들을 모두 죽이겠다고 했다. 홍문연에서 유방을 살려준 적이 있던 진평은 지레 겁을 먹고 유방에게로 도망치고 말았고 팽성을 향해 진군하다가 수무에서 잠시 주둔하고 있었던 유방의 군영에 합류했다.

이때 진평의 친구 위무지가 그를 유방에게 소개하였는데 선비를 얕보았던 유방이 다른 사람들과 함께 먹고 있던 늦은 저녁 식사자리에서 대충 인사를 받은 뒤 끝내려고 하자 이를 눈치 챈 진평은 천하를 잡는 것은 일각의 시간에 결정되는 일이라 심히 바쁜 것이니 내일로 미룰 수 없다며 유방에게 따로 면담을 요청하여 자신의 계책을 유세하였다.

진평의 식견에 크게 만족한 유방이 그를 도위에 임명하고 수레를 함께 타도록 하여 장수들을 감독하는 호군護軍의 직책을 맡게 하였다. 그러자 여러 장수들이 모두 반발하여 왕께서는 보지도 듣지도 못한 초군의 도망자를 수레에 동석시켜 자기들 같은 노장들을 감시하게 하냐고 따졌지만 유방은 이에 아랑곳하지 않고 오히려 진평을 더 총애하였다.

진평이 유방에게 귀순한 후 첫 전투인 팽성 대전에서 항우에게 대패를 당해 유방의 군대가 뿔뿔이 흩어질 때 진평도 도망갔는데 나중에 다시 유방에게 합류하여 한왕 신과 광무에 주둔하였다. 하지만 주발과 관영등의 장수가 다시 한 번 진평을 집요하게 비난했다.

〈"진평은 허우대는 멀쩡하나 속은 비어있는 자입니다. 신들이 들은 바에 의하면 진평은 형수와 사통하였고 위나라를 섬겼으나 나쁜 계책이 받아들여 지지 않자 혼자서 도망쳐 초나라에 붙었다가 초나라에서도 뜻이 이루어지지 않아 다시 한나라에 투항하였습니다. 그럼에도 불구하고 왕께서는 진평을 호군護軍으로 삼으셨사옵니다. 또

들리는 바로는 진평이 여러 장수들로부터 황금을 받았는데 많이 준 자에게는 선처하고 적게 준 자에게는 홀대한 다 하옵니다. 진평은 변덕스럽기 짝이 없는 간신이므로 왕께서는 살펴 주시기 바랍니다."〉

이런 얘기에 유방은 의심이 생겨 그를 천거한 위무지를 불러 꾸짖었다. 그러자 위무지는

〈"신이 진평을 천거한 이유는 그의 능력 때문이었습니다. 왕께서 물으시는 것은 그의 행실입니다. 행실이 바르다고 하여도 전투를 승리로 이끌지 못한 다면 무슨 소용이 있겠습니까? 신은 지략이 뛰어난 선비를 천거하였을 뿐이니 왕께서는 진평의 계책이 한나라에 이로운 가부터 따져보시기 바랍니다. 그 다음에 형수와 사통하였는지 황금을 받았는지 조사해보시는 것이 옳을 줄 아뢰옵니다."〉

위무지가 진평을 변호한 것이었다. 그러자 유방이 이번에는 진평을 직접 불러 묻기를

〈"그대는 위왕을 섬기다가 다시 초왕을 섬기러 갔으며 이제는 나를 섬기고 있다. 신의가 있는 자가 본디 이렇게 여러 마음을 품을 수 있다 말이냐?"〉

이에 진평이 답하기를

〈"위왕이 신의 계책을 쓰지 않았기에 위왕을 떠나 항왕을 섬겼습니다만 항왕은 항씨 일가 외에는 사람을 믿지 못해 뛰어난 책사가 있더라도 중용하지 않는 탓에 초나라를 떠나 한왕께서 사람을 잘 가려 쓴다는 말을 듣고 왕께 귀순 한 것입니다. 그리고 신은 맨몸으로 온 까닭에 당장 쓸 돈이 없었기에 장군들이 보내준 황금을 받지 않을 수 없었습니다. 만약 신의 계책에서 쓸 만한 것이 있다면 받아들여 주시고 쓸 만한 것이 없다면 지금 바로 물러나게 해 주십시오. 황금은 아직 그대로 있으니 잘 봉해서 관청으로 보내겠습니다."〉

위 기록을 쉽게 실감나게 풀어쓰면, 진평은 위왕과 항우의 단점을 들어 유방의 장점과 비교하여 유방의 용인술을 칭찬했다. 그리고 자기가 필요로 하면 쓰고 그러지 않으면 떠날 것이며 뇌물을 받긴 받았는데 변명하지 않겠다 나의 능력을 보지 않고 그깟 돈 몇 푼 받은 걸로 시시콜콜 따지면 유방 당신도 별 볼일 없는 인물이 아닌가? 돈을 돌려 줄 테니 돈과 재능, 둘 중에서 어느 것이 천하를 다투는 이 판에 더 중요한 것인지 의사결정자인 당신이 선택하라고 당당히 밝히고 있는 것이었다.

유방은 바로 진평에게 사과하면서 더 많은 돈을 주었다. 그리고 진평을 호군 중위에 임명하여 전군을 감독하게 하니 더 이상 불평을 내놓는 장수가 없었다.

진평은 유방이라는 사람의 무늬와 배포와 자존심을 이미 읽고 있었던 것이다. 자신의 전력에 대해 빙빙 돌려 구질구질하게 변명하지 않았고 유방 당신 같이 앞으로 크게 놀 사람이 째째하게 여자문제나 들먹이고 돈 가지고 천하의 일을 갸름해서야 되겠느냐고 면전에서 바로 시위했던 것이다.

이런 상황에서 유방이 일평생 보여주는 일관되고도 실용적인 제스추어는 딱 하나다.

알았다!

네 말이 맞다!

잠시 내가 실수했다!

그래 너를 믿어 줄 테니 네 생각대로 한번 해봐라!

그 대신 네 능력을 보여 다오!

대국을 읽고 거국적인 방향을 제시하며 크고 작은 일의 성사와 추이를 꿰뚫어보면서 천하의 대전략을 다루었던 장량과는 달리 진평은 주로 상대인물들의 부정적인 기질, 취약점을 간파하고 이를 자기 뜻대로 조종하거나 자기 안전을 지키는 처세술에 이용하였다. 그리고 최종적인 단 한 번의 승리를 위해 수족들은 언제든지 희생시킬 수도 있다는 잔혹한 계책도 서슴치 않고 제안하는 모략의 천재였다.

그의 일관된 특기로 유명하게 알려진 것이 바로 반간계反間計이다. 위무지 덕분에 유방의 신뢰를 회복한 진평은 항우 밑에 진정으로 충성스런 인물은 범증, 종리매, 용저, 주은등 몇 뿐이니 자신이라면 그들끼리 서로 못 믿게 만들어 죽이게 만들 수 있다고 장담하며 유방에게 이간게를 제안했다.

그리고 착수금으로 황금 수 만근을 달라고 요청했는데 유방은 그 돈을 어디에 쓸거냐 묻지도 않고 황금 4만근을 선뜻 내어주었다. 유방에게서 볼 수 있는 돈에 관한 남다른 관념 중의 하나는 유방은 포상을 할 때면 항상 먼저 주고, 많이 주고, 또 준 것에 대해서는 일체의 조건을 달지 않았다는 것이다. 천하의 돈이 다 자기 것이고 돈이 필요하면 강탈하면 되고 주고 나서도 그

돈은 결국 내 땅 안에서 돌고 도는 돈이니 괘념치 말자 이렇게 생각했던 것 같다.

진평은 이 돈을 쏟아 부어 항우의 인색한 분봉 조치를 힐난하는 유언비어를 퍼트렸다. 숱한 공을 세웠는데 작록을 받지 못한 여러 장수들이 유방과 내통하고 있다는 내용이었다. 항우진영에서 퍼지기 시작한 이 소문이 머지 않아 항우의 귀에도 들어갔는데 원래 의심이 많았던 항우는 신경이 날카로워졌고 측근들과의 교감도 불편해졌다.

항우는 소문의 진상을 파악하기 위해 공식적인 사신仕臣을 가장하여 한나라 진영에 정탐을 보냈다. 진평이 바로 이를 확인하고 항우가 미끼를 물었으니 좋은 술과 정鼎(=음식을 즉석에서 익히는 데 쓰이는 발이 셋 달리고 귀가 둘 달린 요리 그릇, 최고의 손님을 대접한다는 의미.)과, 태뢰太牢(=소, 양, 돼지고기로 만든 성대한 요리, 진수성찬을 의미.)를 준비하여 사신을 맞이하되 다음과 같은 계책대로 실행하라고 일러 주었다.

〈"잘 오셨습니다. 아부亞父(=범증)께서 곧 왕이 되신다지요?"〉

〈"누가 그런 말을 하던가요?"〉

〈"당신은 범증이 보낸 사절이 아니십니까?"〉

〈"아닙니다. 우리는 초왕(=항우)이 보낸 사자입니다."〉

〈"아니라고요?"〉

그리고 사절을 맞이하려던 유방의 신하들이 시종들에게 정과 태뢰를 치워

버리고 새로운 상을 들이라고 말하면서 사신을 대접하지도 않고 나가버렸
다.

새로운 상으로 초라한 밥과 나물 찬을 받은 초의 사신들은 기분이 상했지
만 정탐의 목적을 달성했다고 여기고 본국으로 돌아가 항우에게 이 사실을
그대로 보고했으니 이 모두가 진평이 노리던 바 그대로였다.

모든 사람들이 항우를 천하의 영웅이라 여겼지만 그것은 겉으로 들어나는
항우의 용모와 괴력 그리고 전투에서 보여준 비교불가의 능력이었고 내면의
실체는 지도자로서의 큰 그릇이 아니라는 한신의 세밀한 분석처럼 일찍이
항우를 지근에서 모셔 본 경험이 있었던 진평은 항우라는 사람의 본질을 속
속들이 꿰뚫고 있었으므로 진평의 이간 모략은 날카롭게 적중하여 항우의
진영에 파고들었다.

범증은 항우의 진영에서 그나마 항우가 마음대로 명령하지 못하는 인물이
었기에 항우와 여러 가지로 충돌이 많았다. 실제 홍문연에서의 유방 제거
시도가 수포로 돌아가자 "어린애하고는 일을 도모할 수 없다!."라며 항우를
도발하였고 팽성 천도, 초의제 시해사건등에 대해 날선 대립을 한 적도 있었
던 차에 항우는 진평의 이간계에 속아 예스맨Yesman이 아닌 충신 범증을
크게 의심하게 되었다. 자격지심이라고 봐야 할 것이다.

골이 패인 항우가 대소사를 범증과 의논하지 않고 그의 권한을 거두어들
이자 선비 스타일의 꼬장꼬장했던 범증은 걸해골乞骸骨이라는 유명한 문장의
사직서를 쓰고 떠나겠다고 했고 항우는 굳이 범증을 잡지 않았다. 항우를
떠난 범증은 분사憤死 하고 말았다.

이간질에 넘어간 항우가 스스로의 손으로 범증을 죽게 만든 것을 뒤늦게
알아차리고 이성을 잃고 미친 듯한 기세로 형양성을 공격하자 사지에 몰린
유방은 진평의 계책에 따라 가짜 왕 기신으로 하여금 거짓 항복하게 하고
여군들을 내보내 초군들을 현혹시키는 사이 후문으로 빠져나가 관중으로 도
망쳤다.

광무대치 이후 진평과 장량은 홍구를 기점으로 천하를 동서로 나누기로 한 항우와의 휴전협약을 깨고 초나라와 연합한 제후들을 해산한 항우를 뒤쫓는 계책을 내어 해하에서 결정적으로 초군과 항우를 멸하였다.

5. 한신의 제거와 공신 숙청에 대한 공로, 전한초기 진평의 활약

천하는 일단 한나라로 통합되었고 절대강적 항우가 죽었으니 유방의 입지와 상황은 바뀌었다. 유방과 한신이 여러모로 어긋나게 되자 진평은 상황을 빠르게 파악하고 유방에게 한신의 역모가 증빙되지는 않았지만 조짐이 있으니 대놓고 한신과 군사적으로 맞붙지 말고 경치 좋은 남방의 운몽택으로 장소를 정해놓고 놀이에 한신을 초대하는 명목으로 방심한 그를 사로잡으라고 권했다.(=한신은 유사무사遊事無事, "일을 잊어버리고 한번 놀자"라는 초대에 군사를 대동하고 참석 할 수는 없었다. 遊는 논다는 뜻이다.) 진평은 그 후로도 양왕 팽월, 회남왕 영포를 숙청하는데도 꾀를 내어 큰 공헌을 한 덕택에 곡역 지방의 추가 식읍 5,000호를 더 하사받았다.

장량은 유방이 관중에 입성한 이후로 몸이 좋지 않아 집에서 두문불출하였기에 진평은 장량의 빈자리를 본격적으로 꿰차고 유방을 최측근에서 모시는 제일 모사가 되었다. 유방의 신임은 극에 달해 진평이 6계책을 내놓는 동안 봉읍의 수도 6번이나 늘어나서 진평은 건국 초기 도합 30,000호의 식읍을 받게 된다.

흉노가 쳐들어와 백등산에서 유방이 묵돌 선우에게 포위되어 진퇴양난에 빠지게 되자 진평은 특유의 기지로 흉노 왕후 연지에게 많은 금은보화를 선물하고 미녀도첩을 보내 한나라에 미녀가 많으니 중원으로 들어오게 되면 묵돌의 총애를 받기가 힘들어 질 것이라 부추겼다. 이를 질투한 연지의 배갯

머리 송사와 더불어 유방의 딸 노원공주를 비롯한 많은 조공을 약속받아 실익으로 만족하게 된 묵돌 선우가 군대를 북쪽으로 물리자 굴욕협정을 채결한 후 가까스로 유방을 사지에서 구해내었다.

흉노 묵돌 선우의 중원침략은 유목민족, 기마민족의 특성상 약탈과 부족한 물자에 대한 조공이 목적이었기 때문에 풍습과 언어가 다른 한족을 굳이 자신들이 직접 다스리지 말고 실리적인 이익(=<u>비단, 말, 금은, 여자, 곡식, 수레, 북방유목민족의 초원지역은 큰 나무가 잘 자라지 못하는 환경이므로 수레나 제대로 된 건물물을 만들 만한 좋은 목재가 부족했다.</u>)을 취하는 편이 낫다고 판단했을 수도 있다.

이어서 연나라 왕으로 봉해진 노관마저 모반하여(=<u>유방이 팽월, 경포, 한왕신, 한신등 유씨가 아닌 이성왕異姓王 제후들을 사지로 몰아넣어 모반을 할 수밖에 상황으로 만든 면도 있다.</u>) 번쾌가 진압하러 갔을 때 여후의 제부인 번쾌의 아랫동서가 번쾌를 죽이러 모함한 사건이 있었다. 유방은 진평과 주발에게 번쾌를 잡아 죽일 것을 명했다. 번쾌는 그의 담백한 성정性情상 천하가 통일되고 나서 옛날의 동지들이 하나 둘씩 모반이라는 명목으로 처단되어 지는 것에 대해 불평했을 지도 모른다. 특히나 노관은 유방과 동년동월동일에 태어난 문자 그대로 막역지우였다. 어릴 적 유방이 초라했던 시절부터 유방을 물심으로 지원했고 초한전쟁에서도 번쾌와 함께 동고동락하며 그 공이 높았다.

이때 진평과 주발은 번쾌가 공도 크고 황제의 동서인데 아무래도 유방이 홧김에 한 말인 것 같으니 실제로 황제가 시키는 대로 자신들이 직접 죽였다가는 큰 일이 날지도 모른다고 판단하여 번쾌를 사로잡아 관중으로 연행한 후 집행결정을 황제 유방에게 맡기고자 하였다. 섣불리 명을 따르기보다 보신保身의 안전장치를 마련해보겠다는 심사였다.

그러나 정작 번쾌가 관중으로 압송되자 유방은 죽어 있었고 국정을 자지우지하게 된 여후는 자총지종을 듣고 향후 자신의 정치적, 군사적 배경이 되어줄 제부 번쾌를 살려준 진평을 칭찬하였다. 만약 진평이 유방의 말만 듣고 바로 번쾌를 죽이고 말았다면 과연 여후는 진평을 살려줬을까? 진평의 융통성과 보신 능력을 알 수 있는 장면이다.

번쾌에겐 그야말로 진평이 생명의 은인이 된 셈이지만 번쾌의 부인 여수는 애시 당초 번쾌가 모함을 산 원인에 진평이 관여되어 있다며 원한을 품었다. 진평은 유방이 죽고 국정을 장악한 여후에게 여수가 자신을 지속적으로 모함할까봐 궁정에서 머물며 생활하는 숙위직을 요청해 낭중령에 임명되었다. 여후와 여씨 세력들의 동향을 시시각각 면밀히 살펴서 그들의 눈 밖에서 멀어지는 일이 없도록 미리 예방하고자 한 것이었다. 그리고 소하와 조참마저 죽자 유방의 유언을 앞세운 여후의 정치적 판단에 따라 왕릉이 우승상, 진평은 좌승상이 되어 여후를 보필했다. 이때 진평은 모든 권력을 장악한 여후와 여씨 일가들의 눈치를 보며 숨을 죽이고 있었다고 봐야한다.

권력을 잡은 여후가 정치적 안전장치로 오로지 유씨만 가질 수 있게 한 군부의 요직을 여씨 일가로 바꾸고자 하였는데 처음에 진평은 이를 반대했다가 자신에게 행여 불똥이 튈까봐 여후 앞에서는 아무 말도 하지 못했다. 강직한 성품의 왕릉이 "지하의 선제를 뵙기가 부끄럽지 않은가? 왜 그대는 여씨를 내치는 일을 도모하지 않는가?"라고 따지자 진평이 웃으며 말했다.

〈"지금 조정에서 직접 간언할 수 있는 것은 내가 당신만 못하오. 그러나 사직을 보존하고 유씨의 후손을 안정시키는 일은 당신이 나만 못하오!"〉

그러나 실제로 진평은 여후가 권력을 잡고 있는 내내 어찌 할 바를 모르고 자신에게 화가 미칠까봐 두려워하며 움직이지 않았다. 주발과 공모할 생각도 육가가 주선한 뒤에야 떠올린 일로서 진평은 여후가 죽게 되면 그것이

가능할 수도 있다고 판단하였다. 어느 날 육가가 진평에게 지금 당신에게 부족한 건 장수의 힘이라고 충고해주자 그동안 사이가 매우 좋지 않았던 주발과 극적인 화해를 했다. 그러나 그 후로도 진평은 여전히 나서지 않았고 복지부동 몸을 사리고만 있었다.

그러다가 마침내 여태후가 죽자 태위 주발과 공모하여 재빨리 여씨 일가를 소탕하는 민첩성을 보이며 유방의 넷째 아들 유항을 황제로 옹립하고 정국을 수습하는 전면에 나서게 되었다. 여씨 세력을 척결하는 과정에서 연관자들 대부분 참수하였는데 유독 여수만은 몽둥이로 패서 죽였다고 한다. 진평을 지속적으로 모함했던 여수에 대한 그의 원한이 얼마나 큰 것이었는지 보여준다.

여태후의 여동생 여수의 안목도 대단했던 것으로 보인다. 결국 여수와 진평은 비수를 품고 외나무다리를 서로 다른 방향으로 가야만 하는 역사적 당사자들이었으며 여수는 직감적으로 언니인 여후가 죽고 나면 유방의 총애를 받았던 진평이 결국 유씨의 편으로 돌아서지 결코 여씨의 편이 되지 않을 것이라는 것을 정확히 파악하고 있었다고 봐야한다. 여수는 유방과 여후가 없는 마당에 일만 잘 풀린다면 자신과 자신의 남편이자 유방의 동서인 번쾌가 천하의 주인이 될 수도 있을 거라 상상했다. 35살 백수 유방에게 언뜻 큰 딸을 주고 개백정 번쾌에게 작은 딸을 주었던 여공의 두 딸들은 실로 만만한 여자들이 아니었다.

주발과 사이가 좋지 않았음에도 여후가 죽자 기회를 잡은 진평은 전광석화와 같은 솜씨로 유씨 천하를 부활 시켰지만 새 황제는 영리한 진평보다 묵묵한 주발의 공이 더 크다고 생각하고 있었고 실제 여씨들이 가지고 있던 군권을 장악한 것은 주발의 공이었다. 진평은 이를 눈치 채고 먼저 주발을 우승상으로 추천하고 자신은 관직에서 물러나겠다고 선수를 쳤다. 이에 문제가 사직의 이유를 묻자 진평이 공손히 말했다.

〈“지난 전쟁 때에는 제가 주발보다 공이 높았지만 이번에는 주발이 저보다 나았으니 양보하려 합니다.”〉

분명 진평도 여씨 척결에 공이 있었던 바는 분명한데 먼저 사직을 구하면서 몸을 숙이니 문제文帝도 정치적인 면을 고려하여 진평에게 좌승상 직위를 유지하게끔 하고 식읍도 더해주었다.

어느 날 문제가 승상의 직위에 있는 주발과 진평을 불러 각각 나랏일을 물어보았다. 올해의 재판은 몇 건이나 있었는가? 나라의 재정 상태는 어떠한가? 군인 출신 주발은 당황하여 마땅히 대답하지 못한 반면 진평은 담당하는 관리가 따로 있으니 불러서 물어보면 될 것이라고 답했다. 이에 문제가 다시 묻기를

〈“담당하는 관리가 따로 있다면 승상인 그대는 무엇을 하는가?”〉

이에 진평이 물러서지 않고 명쾌하게 대답하였다.

〈“위로는 황제를 보필하고 아래로는 모든 만물을 조화롭게 하는 것입니다. 밖으로는 오랑캐와 제후를, 안으로는 만민을 다스리며, 뭇 관리들에게 맡은 바 직무를 완수시키는 것이 승상의 할 일입니다.”〉

황제에게는 황제의 일이, 승상에게는 승상의 일이, 그리고 관리에게는 관리의 일이 있으니 황제인 당신은 승상인 내가 여러 관리들을 융통성 있게 잘 다룰 수 있도록 권한만 주시면 된다는 의미로 단도직입적으로 자신의 능력을 믿어보라고 강변했던 것이었다. 국정을 논하는 자리에서 황제가 듣고

싫어 하는 신하의 답변으로서 이보다 더 시원한 결론은 없다.

문제는 진평의 대답에 매우 흡족해했다. 궁궐에서 퇴청해 나오면서 주발이 분한 마음에 진평에게 왜 그런 좋은 대답을 미리 자신에게 말해 주지 않았냐고 따지며 묻자 진평이 도리어 되물었다.

〈"공께서는 아직도 승상의 임무조차 모르셨단 말이오? 가령 폐하께서 장안의 도난 건수에 대해 물어 보신다 한들 승상이 직접 그것을 대답해야 한다고 생각하십니까?"〉

주발은 이에 자신의 능력이 진평에 미치지 못함을 알고 병을 핑계로 우승상의 자리에서 물러났다.

6. 술수와 처세의 달인 진평에 대한 다양한 평가

알다시피 진평은 처음부터 유방을 따랐던 수하가 아니었고 중간에 편입된 인물이었지만 유방의 입맛에 맞는 계책을 펼쳐 여러 공로로 극단적인 총애를 받았다. 한신이나 여씨 일족의 척결에서 보듯이 상대의 뒷통수를 쳐서 일시에 빠르게 사태를 정리하는 능력이 뛰어났다. 문제文帝 시대에도 황제의 현재 정치적 입지가 어떠한지, 황제가 무엇을 원하는지를 정확히 파악하고 항상 먼저 시시각각 변하는 계책을 내어 놓았다. 긍정적으로 보면 요즈음 세대의 대기업 기업가 정신에서 말하는 개혁과 변화에 능동적으로 대처하고 민첩성과 창의력을 갖춘 인재상으로 볼 수 있다.

사마천도 〈진승상세가〉의 말미에서 전체적으로 진평을 호평하였다.

〈"승상 진평은 젊었을 때 원래는 노장의 학설을 즐겨 배웠고 그가 마을의 제사를 주제하여 도마 위에 고기를 썰어 마을 주민들에게 골고루 나누어 주었을 때 그의 포부는 원대하였다. 이윽고 위, 초 두 나라를 오가며 안정하지 못하고 방황하다가 마침내 고조에 귀의했고 항상 기묘한 계책을 내어 분규로 생긴 어려운 처지를 벗어나게 하여 나라의 걱정거리를 해결했다.

이윽고 여후의 시대가 되어 나라에 여러 가지 변고가 많은 중에도 진평은 그 화를 피하고 마침내는 한나라의 사직을 안정시킴으로서 영예로운 이름을 지니고 최후를 맞이하였으니 어찌 시작과 끝이 모두 훌륭하다고 하지 않을 수 있겠는가? 참으로 어느 누구가 진평과 같은 지혜와 계략을 가지고 그와 같은 일을 이룰 수 있었겠는가?"〉

훗날의 5호16국 시대 전진前秦의 군주인 부견符堅도 진평의 능력에 대해 호평한 적이 있다. 그가 재위 초기 한고조 유방의 무덤인 패릉을 유람하던 중 신하들에게 유방의 일등공신이 누구인가를 묻자 대부분의 신하들이 소하와 조참을 꼽았다. 그러자 부견은

〈"진평이 비록 많은 사람들에게 비평을 받았지만 유방이 사지에 몰렸을 때마다 항상 신박한 계책을 내어 그를 구했으니 진평의 공이 결코 소하와 조참에 미치지 못한다 할 수 없다."〉

라고 하며 진평을 치켜세웠다.

진평을 시기 질투하는 주변들이 유방에게 줄 곳 "진평 그 자 믿어도 될까요?"라며 의심할 때 유방은 대수롭지 않게 진평을 옹호했다. 유방은 이런 식

이었다.

너희들은 잘 모른다. 진평이 어떤 사람인지…. 그러나 나는 그를 잘 알 수 있다. 진평이 비록 항우의 부하들을 매수하고 이간질 시켜 비열한 짓을 하였고 내가 사지에 처해졌을 때는 부끄러운 술수를 쓰서 빠져나오게 하였지만 나에게 만큼은 진실을 고하고 항상 나를 도와주었으니 이런 자야 말로 내가 믿을 수 있는 부하이다. 바르게 살아온 인간이라면 절대로 그러한 계책을 내지 못했을 것이다. 그러니 실로 진평이야 말로 나에게 가장 잘 어울리는 인물이다.

유방은 진평이 나이도 적당히 어린데다 젊은 시절 유방 자신과 처지나 기질이 비슷해서 동생처럼 그를 대했을 수도 있다. 실제 진평과 유방은 닮은 점이 많다.

그 둘은 가난한 농부의 자식으로 태어났지만 농사일에는 아애 관심이 없었고 형과 가족들이 열심히 일하는 동안 밥이나 축내며 백수 한량 생활을 했다. 즉 젊은 시절 별 볼일 없는 흙수저였지만 인물이 좋고 말주변이 좋아 항상 여자들에게 인기가 많았다. 그리고 처지에 비해 포부는 커서 항상 나서기를 좋아했고 시시하게 살기 싫었던지 돈 많은 처갓집에 장가를 갔고 그 후로 본격적으로 사람들을 부릴 수 있게 되었다. 여기 까지는 거의 1인 2역이다.

그런데다가 유방이 보기에 진평은 똑똑하기 까지 했다. 거슬리는 법은 없었고 항상 쌈박한 계책이 샘물처럼 쏟아나니 유방입장에서는 진평이라는 귀여운 달변가는 입안의 사탕이었을 것이다. 물욕과 권력에 대해서도 장량은 대놓고 거절했고 소하나 조참은 겉으로는 사양하고 속으로는 취했으며 한신, 팽월, 경포는 물질이 아니라 요구하지 말아야 될 까지 요구했다. 천하의 주인이 되고자 하는 유방에게 그것은 결코 용납할 수 없는 것이었다.

그러나 진평은 대놓고 받고 싶은 것은 받고 싶다고 했고 봐 줄 것은 과감히 한번 봐 달라고 하며 자신의 속내를 주인에게 속이지 않았다. 단, 유방이 줄 수 있는 것과 자신이 요구해서는 안 되는 것을 정확히 알고 있었고 받을 수 있는 범위 내에서 진평은 모두 받았다. 믿어야 되나 말아야 되냐를 결정할 때 유방입장에서 진평은 거래하기 가장 용이한 사람이었다. 그리고 진평은 쓸 만한 재목材木이었다. 유방과 진평, 둘은 한마디로 부창부수夫唱婦隨였다.

진평은 노년에 자신은 근본이 좋지 않은 사람이고 좋지 않은 짓을 많이 했으니 자기가 응보를 당하지 않더라도 후손이 대신 업을 치를 수도 있다고 경계했다. 자신의 비열했던 면을 인정하면서 평범한 백성들을 편하게 살게 할 수만 있다면 자신과 같은 사람 한 사람 정도는 있어야 되지 않겠냐고 말하기도 했다. 개국開國과 보국保國의 입상에서 본다면 분명 장량보다는 진평이 5대에 걸쳐 더 긴 세월을 지속적으로 한나라에 공헌한 셈이다. 실제 역사적으로 진평이 주발과 함께 옹립한 문제와 훗날 경제의 시대에는 중원에 전쟁이 없었고 인구와 농업생산성이 폭발적으로 늘어나면서 백성들이 태평성대를 이루었던 전대미문前代未聞의 치세治世였다.

앞선 인물들에 대해서는 대개 사마천의 평가로 강講을 마무리하였으나 술수와 처세의 달인 진평에 대해서는 진평 자신이 직접 스스로를 평가한 기록이 있어 그것으로 마무리하고자 한다.

"너 자신을 알라 / Gnothi Seauton / Know Yourself" 흔히들 소크라테스가 한 말로 기억하지만 실제로는 델포이의 아폴론 신전 프로나오스에 새겨져 있는 문구이다.

진평은 적어도 자신이 누구인지는 정확히 알았던 사람이었다.

〈"나는 모략을 많이 꾸몄는데 이것은 도가道家에서는 꺼리는 바다, 만약 내 후손이 제후자리에서 쫓겨난다면 그 후로 다시는 그대로 일어서지 못할 것이다. 이는 내가 음모를 많이 꾸몄던 그 화근이 원인

이 될 것이다."〉

　실제 진평의 작위는 아들과 손자 대까지는 이어지다가 증손자인 진하가 남의 유부녀를 겁탈하는 바람에 처형되면서 폐지되었다.

　진하의 증조 할아버지였던 진평의 형수 간통설이 떠오르는 대목이다.

9

본기本紀에 기록된 세 사람

1. 영정에 대한 과소평가
2. 항우를 위한 변명辨明
3. 유방을 대한 긍애矜哀

〈초한지〉에는 실제 600여 명의 인물이 등장하지만 이 책에서는 시황제 영정과 항우, 유방, 소하, 한신, 장량, 조참, 진평 여덟 인물을 중심으로 하여 그들과 시간과 공간, 동선動線을 함께 했던 연관 인물들(=여불위, 항량, 항백, 우희, 용저, 장한, 사마흔, 동예, 종리매, 경포, 팽월, 전영, 전광, 진여, 조헐, 이좌거, 위표, 여수, 여택, 주발, 역이기, 괴철, 노관, 한왕 신, 진희, 묵돌 등)을 함께 살펴보았다.

아울러 범증, 번쾌, 하후영, 여치에 대해서는 따로 지면을 마련해보고자 하였으나 그들이 〈초한지〉에서 독자적으로 등장하는 경우는 매우 드물었고 대부분 항우나 유방의 동선과 중복되어 있는데다 그들을 반드시 언급되어야 할 대목에서는 모자라지 않게 주인공들과 더불어 살펴보았기에 이들 4인에 대한 별도 풀이는 차제로 넘긴다. 그리고 이 책에서 다룬 인물 중 본기에 기록된 영정, 항우, 유방 이 세 사람들에 대해서는 일반적인 평가 이외에 나의 지극히 사적인 견해를 더해보고자 한다.

1. 영정에 대한 과소평가
(=은주왕殷紂王, 길가메시, 나폴레옹과의 비교)

사실 사마천은 진나라를 멸망시킨 한나라의 역사기록자이기 때문에 진시황제 영정에 대한 그의 평가는 실제 시황제가 이루었던 업적에 비해 폄하될 수밖에 없었다고 봐야한다. 공功보다는 실失이, 긍정보다는 부정적인 면이 더 강하게 부각되었다는 의미이다.

그러나 13세에 즉위해 여불위와 모후의 섭정기간 동안 온갖 정치적 난관을 극복하고 법령, 행정, 경제, 군사 4분야를 철두철미하게 구축한 후 거북등 같이 갈라진 화하를 통일하고 전쟁을 종식시키고자 했던 그의 상상력과 실천력은 실로 대단했다고 볼 수 있다.

또한 서로 달랐던 각국의 문자와 도량형, 화폐(=반량전 유통)를 통일하고 중앙집권적 통치체제를 현실적으로 가능케 한 전국 도로망의 구축(=생활도로인 치도와 군사도로인 직도 건설), 법제(=전국적 율령반포), 행정제도, 각지역 파견 관료제를 당대에 정비할 수 있었다는 것은 그 이전 대륙의 전례에 일찍이 시도된 바가 없었던 실로 엄청난 업적이었음을 우리는 미간을 찡그리거나 팔짱끼고 곰곰이 생각해보는 의심 없이 바로 인정해야만 한다. 오대양 육대주의 지구가 둥글다는 것을 몰랐던 당시, 중국이 하늘아래 중심의 땅, 곧 천하라는 인식이 전부였던 시절, 그는 천하의 모든 것을 하나로 통일해 보겠다는 그만의 상상력을 실현시켰다.

정보통신망이 당시와는 비교할 수 없을 정도로 발전한 작금에도 거대한 통치 권역의 도량형과 문자, 화폐 제도를 일시에 바꾼다는 것은 결코 만만하게 볼 수 없는 엄청난 추진력과 시행착오를 필요로 한다. 그것은 당시 백성을 단순한 자연물로 보고 명령했던 거대한 토목공사와는 차원을 달리하는 제국의 근본 통치 시스템을 바꾸는 일들이었다.

온갖 반대를 무릅쓰고 나라의 문자를 바꾸려 했던 조선의 세종, 이도는 한글 창제 그 업적 하나만으로도 사후 570년간 대왕의 반열에 올라 두고두고 칭송되기에 충분했다. 충녕대군시절 동문수학했던 집현전 박사, 부제학 최만리가 한글창제의 부당성과 불가능을 상소하자 "네가 음운학에 대해서 나만큼 아느냐?"(=실제 세종은 몽골 파스파八思巴문자에도 달통했고 박연이 편경을 제작하여 시연하는 도중 세종이 이칙의 음이 틀리다고 지적하여 박연이 살펴보니, 실제 이칙의 음을 내는 ㄱ형 돌의 한쪽 끝이 적게 갈려 소리가 정확하지 않았고 조금 더 갈자 정확한 이칙 음이 나왔다 한다.) 라며 실력으로 반박했던 세종 이도가 평생 손에서 책을 놓지 않았던 것처럼 영정 그도 일생 대부분을 매일 서너 궤짝 분량의 죽간을 읽었다고 한다. 그는 워크 홀릭이었다.

영정은 주周나라가 멸망시킨 은주왕殷紂王과도 비교될 만하다. 달기와의 황음荒淫으로 대표되는 잔학무도한 폭군으로만 주로 묘사되어 있지만 그것은 주무왕周武王 희발이 은殷(=상商, 상나라의 수도가 은허라서 보통 은이라 부른다.)을 치려 군사를 일으킨 근거를 합리화 하려는 의도가 다분히 반영된 기록이며 〈사기열전〉 지조와 충의의 첫 관을 차지하는 백이와 숙제는 천자국天子國 은殷을 치러 군사를 일으킨 희발을 온 몸으로 막으며 맹렬히 비난했다.

희발은 백이와 숙제를 처단하려 하였으나 강태공이 그들은 의인義人들이라 죽이면 안 된다고 청해 묵숨은 구제받았다. 그러나 백이와 숙제는 제후국으로서 은殷을 멸망시킨 주周에 동조하지 않았고 그 길로 수양산으로 들어가 고사리(=채미采薇)만 먹다가 나중에는 그마저 먹지 않고 굶어 죽었다.

고죽국孤竹國 백이와 숙제 같은 의인들이 왜 은주殷紂를 두둔하며 희발을 비난했을까?

주紂왕이 그리 포악하기만 했을까?

은주殷紂는 실제 재위 중 농상農桑(=桑은 뽕나무이니 비단직조기술을 말함.)을 중시하여 사회생산력을 크게 늘렸고 영토를 오늘날의 산동, 안휘, 강소, 절강, 복건, 연해주, 강회까지 확장시켰다.

공자孔子의 제자 자공子貢이 남긴 은주殷紂에 대한 평가도 눈여겨 볼만하다.

〈"자공이 말했다. 주紂왕의 선하지 못함이 그렇게까지 심한 것은 아니었다. 군자는 하류에 머무는 것을 싫어한다 하였으나 세상의 악한 것들만 모두 그에게로 몰려버렸다. 너무 악행만 달고 다녔다고 쓰여 있어 그 진위가 매우 의심스럽다."〉

"하류에 머무는 것을 싫어했다."는 말은 요새말로 Level Up, Up Grade, 자기개발, 국가발전에 힘썼다는 의미이고, 일신일신우일신日新日新又日新의 자세를 견지했다는 뜻이다. 자공은 능력도 없이 황음과 폭정만 일삼은 은주殷紂가 어떻게 그렇게 영토를 크게 확장하고 농업생산을 늘려 국세國勢를 왕성하게 할 수 있었겠느냐고 반문하고 있는 것이다. 고려사, 특히 고려말기의 역사가 이성계와 이방원의 초기 조선에 의해 지나치게 폄하되는 것과 똑 같은 이치라 보면 되겠다.

은나라 시대에 기록된 갑골문이 전하는 바로는 주지육림酒池肉林이라는 문구 대신 "성대한 제사를 자주 지냈다."라고 표현되어 있다. 사실 대왕이 지내는 큰 제사에 "술과 고기를 빼고 물과 나물로 검소하게 치뤘다."라고 기록할 수는 없는 일이다.

〈"군주 제신(=주紂왕)은 항상 천지신명께 성대하게 정성껏 제사 지

냈고 상商나라 동쪽의 전 지역을 평정해 그 국세는 왕성했다.">

　물론 갑골문은 〈사기〉보다 한참 앞서는 기록이고 그것을 누가 썼는지는 알 수가 없지만 분명 〈사기〉의 부정적인 기록과는 많은 차이가 있어 보인다.
　철두철미한 영정과 마찬가지로 주紂왕도 모든 것을 직접 다 챙겼다. 녹대鹿臺에 들어간 석재와 나무의 개수, 짐승의 수까지 일일이 다 점검했을 정도로 꼼꼼한 사람이었다. 힘도 남달라 맨손으로 맹수와 싸울 정도였는데 누구보다도 영민하여 신하들로부터 한번 들은 것을 결코 잊어버리는 적이 없었다. 이 정도 되면 거의 슈퍼맨에 가까운 재능이다.
　아무리 똑똑한 신하들이라도 모는 면에서 결코 만만하게 볼 수 없는 다재다능한 군주, 이러한 독보적인 인물들 중 인仁이 부족한 이들이 보여주는 공통점은 자신의 명성이나 재능에 대한 지나친 과신이니 영정과 은주殷紂, 그 둘은 모두 자신들을 일반 인간과 비교되어서 안 되는 신神(=천天)으로 스스로를 인식하기 시작했다.
　지금으로부터 약 3,000년 전과 2,200년 전의 상황이므로 오늘날의 언어철학적인 개념의 신神과 같이 평가할 수 없는 부분은 분명 있다. 당시의 신神은 그냥 나무나 돌과 같이 자연에 존재하는 자연물의 일부 혹은 왕이 나라를 다스리기 위한 구비조건, 쓰임의 도구였다고 인식되는 민民의 반대 개념인 천天의 개념으로 보면 되고 그와 같은 맥락에서 하늘로부터 수명受命되어진 자를 그들은 "하늘의 아들", 천자天子라고 표현했다.
　영정은 실제 1872년 G. 스미스라는 고문헌 학자에 의해 신화에서 비로소 역사 속으로 편입되기 시작한 수메르의 길가메시와도 닮은 점이 많다. 메소포타미아 문명의 시원始原을 밝혀준 4,800년 전 수메르 우르크의 통치자 길가메시에 대한 기록(=〈길가메시 대서사시〉)에서도 티그리스와 유프라테스의 가장 비옥한 초승달 전全지역을 평정한 길가메시는 2/3신, 1/3인간으로 기록되어있다. 영생을 찾아 나섰다가 대홍수에서 살아남아 영생을 얻은 우트나 피슈팀(=성경 구약 모세5경 〈창세기Genesis〉의 "노아"의 원형原型에 해당된다. 〈창세기〉의 홍수신화는 〈길가메시 서사시〉에 나오는 대홍수 신화의 히브리민족 전승본으로 지명, 홍수가 지속된 날짜, 새들의 종류를 제외하고는 기본 스토리의 구조가 거의 동일하다. 대홍수 신화는 전 세계적 문명발상지역의 공통 분모로서 나일, 황하, 메소포타미아, 갠지스, 인더스 삼각주 지역의 정기적인 홍수와 범람은 한 해의 종말이자 새로운 생명 탄생, 농경시즌의 시작을 알리는 축복이었다. 아브라함은 〈길가메시 대서사시〉가 쓰여 졌던 시대보다 약 800년 이후의 인물이며 하늘의 별 딩길 Dingil신을 숭배하던 수메르인들이 지배하는 우르에서 야훼, 여호아Yahwhe, Yehovah 신을 숭배하던 피지배계급 마르투 셈족으로 살다가-약 300년 이후의 모세가 피지배계급 히브리민족을 이끌고 태양신 호루스, 라La의 화신인 파라오를 섬기는 애굽을 탈출했듯이-젖과 꿀이 흐르는 가나안 지방을 찾아 지금의 팔레스타인 지방으로 떠났던 유대민족의 종조宗祖이다. 최초의 인간 아다마가 아담으로 표현 되는 등 노아의 방주뿐만 아니라 〈창세기〉의 여러 부분이 〈길가메시 서사시〉에 기록된 수메르 창세신화에서 유래된 것으로 보이는 구성이 많다. 로마 신화가 그리스 신화를 99% copy한 것에 비할 바는 아니지만 먼저 비약적으로 발전한 특정지역의 신화와 문명이 인근지역에서 모방, 재창조되어 전승 기록의 유사 궤적을 남기는 것은 전 세계 인류문화사의 공통적인 특징이다.)을 만났지만 자신 앞에 다가온 종국의 죽음 앞에서 눈물을 흘리며 인간의 유한성을 인정했다. 불로장생의 선약을 찾아보고자 했던 영정도 결국에는 사구에서 죽음을 직감하고 이사와 조고를 불러 유언교지를 남기고 죽은 후 푹푹 찌는 여름 수도 함양으로 돌아오는 수레 안에서 썩어가고 말았다.

프랑스 황제 나폴레옹 보나빠르뜨 역시 시황제 영정과 닮은 점이 많다. 마케도니아 알렉산더 대왕과 로마 제국 줄리어스 캐사르, 프랑크 제국 샤를마뉴(=카를루스 마그누스, 카를 대제)를 이은 전장의 신, 아우슈트리츠의 태양, 왕들의 왕, 서구계몽시대의 진정한 황제로 불리었던 워털루의 비장悲將 나폴레옹도 종국에는 아프리카 대륙 서쪽 대서양 외딴 작은 섬 세인트 헬레나에서 쓸쓸한 최후를 맞이할 수밖에 없었지만 소년시절부터 평생 동안 엄청난 서적을 독파했으며 군인, 통령, 황제로서 정무적 서류를 직접 구술 작성했고, 직접 읽고, 직접 결재했다고 기록되어 있다.

나폴레옹은 불가 220년 전에 활동했던 비교적 생생한 인물임으로 그가 남긴 저술, 문서. 편지, 낙서등은 당대의 루드비히 베토벤의 악보처럼 거의 완벽하게 보존되어 있는 것들이 많다. 만약 기록이 정확히 남아있지 않았고 나폴레옹 같은 사람이 수 천 년 동안 구전으로만 전승되어져 왔다면 그도 분명 길가메시나 제우스처럼 신화화神話化Mythicization 되었을 것이다.

그는 포병 장교 출신으로 탄도학에 달통했으며 당대 "라플라스"의 수학이론에 논병을 달 정도로 수학에 능통했다. 또한 그는 〈플루다르쿠스 영웅전〉을 비롯한 모든 역사서와 법전를 통 채 외울 정도로 모든 면에 다재 다능한 역량을 발휘했던 타의 추종을 불허하는 워크홀릭이었다. 그가 제정한 〈나폴레옹 법전〉은 근 / 현대 시민법의 기초가 되어 오늘날 전 세계에서 통용되는 성문법에 지대한 영향을 끼쳤다.

철저한 법가法家사상의 통치자 영정과 나폴레옹 법전의 보나빠르뜨, 이 두 인간에겐 정말 불가능이란 없었고 목표를 세운 이상 그들은 끝장을 보지 않고서는 스스로를 해방시킬 수 없었을 만큼 집요했다. 이들과 유사하게 오늘날 전 세계적인 초超글로벌 규모의 사업영역을 이룩한 인물 중 고故시티브 잡스나 일론 머스크(=이 전대미문의 인간이 상상하는 사업의 영역은 "스페이스 X"라는 회사를 통해 이미 초超지구적으로 확장되어 훗날 화성형으로 진화된 호모 사피엔스 사피엔스를 상상하기 까지에 이르고 있다.) 같은 인물들도 용암같이 뜨겁고 강렬한 피가 흐르는 지독한 워크 홀릭들 이라 여겨진다.

길가메시, 은주殷紂제신帝辛. 시황제 영정, 알렉산더 대왕, 율리어스 케사르, 샤를 마뉴, 나폴레옹 보나빠르뜨, 스티브 잡스. 일론 머스크 … 의 공통점은 이들은 그 당시 당대의 시대상황에서는 보편적인 인류가 일찍이 경험하지 못했던 초유의 인간들이었다는 점이다.

끝으로 다시 영정으로 돌아가서 그가 최초로 만든 중국의 통치 체제는 100년이 스물 두 번이나 바뀌는 동안에도 황하의 물줄기처럼 변하지 않고 지속되어 청 제국의 마지막 황제 선통제宣統帝 푸이溥儀가 몰락할 때까지 2,200년을 이어졌다.

그는 황하 유역, 장강 유역, 서부 내륙과 남령 산맥, 무이 산맥 이남 남중국 일원까지 이르는 거대한 대륙의 동서남북을 하나의 문명권, 하나의 통치권으로 재편하고 "중화中華"라는 관념을 물리적으로 실현한 통일 중국의 창업시조創業始祖였다. 이런 측면에서 그는 오늘날 중국 내의 소수민족들과 한족 간의 통일성을 강조하는 정치적 분위기와도 잘 부합되어 현대중국사에서 전면적으로 재평가되고 있다.

영정은 그에게 합당할 만한 호칭을 스스로 지었다.
그에게 시황제始皇帝의 시始는 자신이 처음이자 마지막.
영원히 끝나지 않을 시작과 끝이라는 의미였다.
영생을 꿈꾸었던 영정은 역사 속에서 영원불멸이 되었다.

2. 항우를 위한 변명辨明

항우를 다루었던 앞선 강講에서 나는 이런 표현을 쓴 적이 있다.

<u>지금 내 눈앞에 30세 즈음의 항우가 있다고 상상해 본다.</u>

<u>지금의 내 나이에 비교하자면 28세쯤 연하일 것이다.</u>

패배라는 것을 도저히 용납할 수 없었던 자존심과 고집으로 똘똘 뭉쳐진 오래된 성벽 같은 어떤 젊은 사나이가 아무 말도 없이 우두커니 서 있다.

변명이나 표정도 없다. 그를 직접 본적이 없기에 석상 같은 그의 모습이 깨어져 어긋나 버린 유리창에 얼핏 슬프게 그려질 뿐 범준이 〈향계집〉에서 항우를 짧게 평가한 것과 달리 나도 딱히 항우에게 다르게 할 말이 없다.

피차 말이 없기에 항우에 위한 변명을 한번쯤 쓰고 싶다는 생각을 예전부터 가끔 하게 되었는지도 모를 일이다.

그랬다! 20년 전쯤 "시바 료타료"의 〈항우와 유방〉을 읽고 나서 문득 언젠가는 항우에 대한 글을 한번 써보고 싶다는 구상을 가지게 되었는데 나의 선친께서 돌아가시고 난 뒤 그런 생각이 점점 더 확연해졌다. 앞서 밝혔거니와 나는 항우라는 이름을 책이나 영화를 통해 눈으로 본 게 아니고 아버님의 육성을 통해 귀로 맨 먼저 들었다. 아버님은 항우의 고집과 아만을 탓하면서도 그 이면에 항우에 대해 경외심과 측은을 품고 계셨다.(=선친은 책읽기를 즐겨 하신 분이 아니었다. 그가 언제 어디서 항우에 대한 이야기를 들었는지는 정확히 알 수 없다. 선친의 어린 시절이었던 1930년대~1950년대에는 TV가 없었고 장돌뱅이 서생 / 변사들이 있어서 시골 장날 장이 파하고 난 저녁 시간, 끼니나 숙박을 제공받을 만 한 집에 며칠간 머무르면서 그 댓가로 일종의 교재와도 같은 책을 펼쳐놓고 중국 고전소설 몇 대목, 별주부전, 소학등을 읽어 주거나 필사로 된 책을 파는 경우가 있었다고 했다. 선친의 말씀에 따르면 내가 뵌 적이 없는 나의 조부님은 총 11남매의 자녀를 두었던 가장家長으로 1930~1950년대 합천읍에서 정미소와 수산물도매와 여관업을 하셨는데 평소 술을 드시지 못했기에 소일삼아 시장통을 오미가미 하시다가 위에서 말한 변사같은 장돌뱅이 서생을 만나 술판대신 다른 오락거리로 그들을 집으로 불러 들이곤 했다는 것이다. 아마 11남매 중 살아남은 7명의 자녀들에게 요새로 치면 영화 한편 보여 준다는 심산이었을 것이다.)

그리고 나는 중국의 어느 방송국에서 초한 쟁패를 다루는 대하 드라마를 기획하기 전에 항우와 유방에 대해 호불호를 가리는 설문조사를 했다는 글을 본적이 있었는데 드라마의 흥행을 홍보하려는 의도가 우선이었기에 그럴 듯한 근거를 제시 할 만 한 설문조사는 아니었지만 신기하게도 오늘날 일반 대중 중국인들의 열에 일곱이 유방보다는 항우의 편을 들었다는 자료였다. 이긴 자보다 진 자를 더 매력적으로 본 것이었다. 여기에는 항우가 상대적으로 비교적 일찍 장렬하게 죽음을 맞이했다는 요인도 분명 있었을 것이다. 사람들은 대개 일찍 요절한 사람들에 대한 애뜻함을 포장해 전설로 만들어 내려는 경향이 있다.

락 밴드 애호가들이 "너바나"의 커트 코베인, 지미 헨드릭스에 대해 추앙하는 모습이나 중철中哲을 다루는 분들이 16세에 〈노자주老子註=도덕경 해석서〉, 20세에 〈주역약례〉를 쓰고 23세 죽었다는 왕필王弼을 극찬의 수준을 넘어 경외하는 자세도 이와 마찬가지이다. 특히 왕필의 경우는 모차르트가 악보의 카피가 금지되어 있던 이태리를 14세에 여행하면서 한번 들은 기억으로 악보 없이 복기하여 연주를 했다는 기행奇行이나 루마니아의 니디아 코마네치가 몬트리올 올림픽에서 이단 평행봉 역사상 처음으로 10점 만점(=전광판에는 1.00으로 기록되었는데 그때 까지 10.0이라는 채점단위가 없었기 때문이었다.)을 받은 시연試演에 대해 전세계 스포츠 언론이 극찬했다는 센세이서널과는 그 차원을 달리한다.

노자철학의 정수 〈도덕경〉과 전설시대의 복희로부터 공자까지 이어져 온 〈주역〉이라는 서물은 실로 심오하기가 비할 바 없어 송대의 주희나 조선의 정약용이 이에 대해 주석서를 내더라도 왈가왈부가 있을 수밖에 없었던 책이었다. 허나 16세, 20세의 왕필이 쓴 해석서가 왕필이후 반론불가, 모든 후학들의 표본이 되어버린 탓에, 심지어는 "주역과 도덕경은 왕필 이전에 있었지만 그 뜻을 해득하기가 어려웠다. 그러나 왕필 이후로 그 뜻이 분명해 졌다."라는 말이 생겼을 정도로 23세에 요절한 왕필은 거의 복희와 주문공, 주단공, 공맹孔孟을 잇는 신화적인 인물로 대접받고 있다.

　민족, 지역, 신분, 계급 차별 없는 사랑의 새로운 약속(=신약新約)을 설파한 예수와 인종과 국적을 초월한 자유의 인간해방정신을 실천하며 볼리비아에서 죽어간 체 게바라도 구질구질한 모습 없이 30세가 갓 넘어 요절했던 탓에 그들은 종교적, 역사적으로 신에 버금할 만하다는 혹은 신의 아들이라는 혹은 신 그 자체라는 상한가를 찍었다. 두 인물이 요절한 그 이유 하나만으로 동서고금에 빛나는 지위를 획득했다는 말은 당연 아니다. 그 두 분의 초인적인 정신력과 더불어 말과 글이 아닌 행동으로 몸소 실천했던 바가 다른 사람들과는 절대비교불가, 유일무이했음은 두말 할 나위가 없다.

　항우 역시 요절했다는 이유만으로 승패에 지고서도 너 매력적인 인물이 되었다고는 단정할 수는 없다. 그러나 그에게는 분명 유방과는 확연히 다른 어떤 귀족의 풍모와 저항의 상징성이 있었다. 초나라가 진나라에 멸망할 때 항우의 조부 항연은 끝까지 결사항전 하다가 결국 자결했다. 항연은 진나라가 자신을 결코 죽일 수는 없다고 생각했고 그의 자결은 강남남방문화권江南南方文化圈에서 대대로 이어져 내려왔던 중원과 북방에 대한 강력한 저항 정신의 상징이었다.

　지금 내 나라가 무너졌어도 훗날까지 내내 망한 게 아니고 지금 내 몸은 죽겠지만 그냥 죽는 게 아니라는 매운 정신, 춘추 시대 남방 초나라의 오자서, 오나라의 부차, 월나라의 구천, 소설이지만 〈삼국지〉 남월南越의 맹획, 20세기의 월남(=비엣남, 베트남) 호치민이 역사 속에서 보여주었던 저항정신은 시대를 초월하여 일맥상통한다.

　"너가 나의 몸은 죽일 수 있어도 나의 정신을 죽일 수는 없고 내가 비록 죽더라도 너와는 거래하거나 타협하지 않는다."라는 임금혁사이불염衽金革死而不厭(=중용 제10장 자로문강장에 나오는 구절)의 정신이었다.

　심지어는 초나라가 진나라에게 멸망한 이후에도 예전 초나라 지역에서는 항연 장군이 여전히 살아 있다고 믿는 현상이 있었으며 초나라 사람 중 항씨 세 사람만 있으면 진나라를 무너뜨릴 수 있다는 풍문이 돌 정도로 항씨 가문에 대한 초나라 사람들의 존경심은 실로 대단했다.

항연, 항량으로 이어지는 남방민의 유별난 저항정신을 고스란히 물려받은 항우는 진나라의 멸망을 위한 상징성 그 자체가 되었다.

시황제 역시 초나라 지역을 항상 경계했는데 도사들을 불러 점을 치자 남방으로부터의 반란기미가 있다는 점괘가 자주 나왔고 말년의 쇠약해진 황제는 이로 인해 자주 악몽을 꾸었다. 그 꿈은 자신이 품었던 밝은 구슬을 어느 청의동자靑衣童子(=항우)가 나타나 훔쳐갔는데 갑자기 비실비실한 홍의동자紅衣童子(=적제, 유방)가 나타나 구슬을 두고 청의동자와 싸웠다는 것이었다.

그런데 계속 지기만 하던 홍의동자가 끝끝내 청의동자가 구슬을 포기하자 훔쳐가서 4단의 반석(=400년) 위에 올려놓는다는 내용이었는데 결과론적인 해석은 앞의 괄호안과 같다. 점술과 꿈에 관한 이야기이므로 오늘날의 시각으로 "이 기록이 사실이다 아니다."를 두고 왈가왈부 할 필요는 없다. 기자조선, 위만조선 이전의 이야기이므로 당시의 점술, 꿈, 관상에 대한 풀이는 오늘날의 통계학이나 AI 챗봇에 시뮬레이션을 돌려본 것 쯤으로 생각하면 된다.

자신이 이룩한 절대적인 존엄의 세계에 저항하는 세력을 도저히 용납할 수 없었던 노이로제의 시황제는 꿈속에 나타나는 남방의 홍의동자를 죽이거나 우선 청의동자부터 찾아 죽여야만 했다.

항우의 입장에서도 자신의 할아버지 항연을 죽음으로 몰고 간 진나라가 자신의 철천지원수라는 강한 적개심을 어릴 적부터 가지게 되었고 이는 〈플루타르쿠스 영웅전〉에 기록된 바와 같이 9살이란 어린 나이에 조국 카르타고와 아버지 하밀카트 바르카의 원수를 갚기 위해 로마를 쳐 부술 것을 타니트 신에게 맹세했다는 카르타고의 명장 한니발 바르카의 경우와 비슷하다. 그는 훗날 성장하여 피레네 산맥과 알프스 산맥을 차례로 넘어 로마로 진격해 칸나에 전투를 포함한 세 차례 전투에서 로마 대군을 연달아 괴멸시켰다.

항우는 남의 도움, 남과의 연합 없이 오로지 자신의 능력과 세력만으로 거병한지 3년 만에 서초패왕의 자리에 올랐다. 사마천의 〈항우본기〉에 기록된 것처럼 그는 유일무이唯一無二한 사람이었다.

〈사기〉란 거대한 서물을 통해 당대 기준 2,000년 이전의 역사로부터 훑어내려왔던 사마천이 보기에도 중화의 역사에 그러한 캐릭터는 없었다는 솔직한 고백이다. 항우는 자기 안에서 끓어오르는 자질 그것 하나만으로 승부하고 입신양명했다. 그리고 바보스러울 정도로 솔직하고 단순했으며 자기 속을 남들에게 다 들어내 보였다. 그만큼 자신에 대한 믿음이 확고했다는 뜻이다.

항우는 자신의 사람에게는 자애로운 인덕을 많이 베풀었다. 병사의 몸에 상처가 나면 독한 술을 삼켜 직접 입으로 빨아준 적도 있었을 만큼 큰 범주의 일을 처리할 때는 이성적으로 행동할 줄 몰랐던 반면 사사로운 일에는 감정적으로 세심한 인정을 보였다.

그리고 그가 진나라 장한을 물리치고 조나라를 구원한 후 여러 제후들 앞에서 보여주었던 압도적인 카리스마는 유방이 일생 내내 보였던 속임수의 시작이 된 홍문연의 굴종에서부터

1. 수레위에서 자식을 내 팽개치고 도망친 처사
2. 부하 기신을 자신으로 변장시키고 죽게 한 후 도망간 처사
3. 범증을 이간질 시킨 반간계
4. 가짜 장이의 목을 베어 진여를 기만하여 도움을 받고나서 나중에 들통

이 나자 한신을 보내 진여를 죽인 처사

5. 팽월과 경포를 빼돌린 이간질

6. 광무대치에서 친부를 삶거던 그 국물이나 한 그릇 달라고 한 언행

7. 홍구 협정의 파기

8. 한신을 비롯한 공신들의 숙청

9. 백등산의 굴욕과는 많은 대비가 될 수밖에 없다.

항우는 오늘 죽었으면 죽었지 결코 그리 살 수는 없는 사람이었다. 그의 최후까지 함께 했다고 기록되어 있는 우미인, 오추마, 8,000명 중 살아남은 강동자제 28명을 앞에 두고 부끄러움을 보이는 일이 항우에게는 죽음보다 더 어려운 일이었다.

항우가 최후의 28인과 오강에 당도하자 지역의 정장이 도강을 권유했다.

〈"강동이 비록 작으나 땅이 사방으로 천리며 사람은 수십만이라 왕 노릇 하기에는 족합니다. 원컨대 대왕께서는 급히 강을 건너십시오. 지금 저 혼자만이 배를 가지고 있어 한군이 오더라도 강을 건너 추격 할 수가 없을 것입니다."〉

항우는 웃으며 대답하며 도강을 포기했다. 그는 끝까지 멋지고 강력한 대장이 되고 싶어 했지만 그러한 취약한 우쭐함은 큰 그림을 보지 못하는 결정적인 단점이 되고 말았다.

〈"민심이 나를 떠났고 하늘이 나를 망하게 하려는데 내가 어찌 강을 건너겠는가? 내가 예전 강동 자제 8,000명과 더불어 강을 건너 서쪽으로 갔다가 지금 같이 돌아갈 사람 없이 이 처지가 되었는데

비록 강동의 부형들이 나를 불쌍히 여겨 나에게 왕 노릇을 권하더라도 내가 무슨 면목으로 그들을 보겠는가?"〉

이를 두고 훗날 송나라 시대의 여류시인 이청조는 항우가 마지막 오강에서 구차하게 목숨을 보전하는 것을 포기하고 명예로운 죽음을 택했다고 그 기개를 칭송하며 비열한 송나라 관리들이 오랑캐가 쳐들어오자 강남으로 피신하여 호의호식하던 당시의 세태를 비판했다.

하일절구 夏日節句 여름날의 시

― 이청조李淸照

생당작인걸 生當作人傑 살아서는 인간 세상의 인걸이더니
사역위귀웅 死亦爲鬼雄 죽어서는 귀신들의 영웅이 되었구나
지금사항우 至今思項羽 지금까지 우리가 항우를 그리워하는 것은
불긍과강동 不肯過江東 구차하게 강동 땅으로 돌아가지 않았기 때문이다.

또한 백가강단百家講壇으로 유명한 샤먼대학 인문학원 석학 리중톈易中天 선생의 항우에 대한 평도 깊이 새겨 볼 만하다.

〈"항우의 주변에 끝까지 남은 이들은 청렴결백했고 강직했으며 지조 있고 예의 바른 사람들이 대부분이었다. 반면 중도에 유방의 편이 되거나 유방 곁에 끝까지 남은 자들은 재물을 탐하고 여색을 밝히고 보잘것없는 재주를 지닌 자거나 어중이떠중이들이 대부분이었다."〉

〈"유방 주변에는 이익만 밝히는 염치없는 인간들뿐이었다. 그들은 유방에 기대어 작위를 거래하고 식읍을 얻고자 했다. 이러한 치졸한 인간들의 욕망을 잘 알고 있었던 유방은 이들에게 적당한 벼슬과 재산을 약속하고 한신, 진평, 경포, 팽월등과 같은 사람들을 잘 구슬려 이용했기 때문에 이길 수 있었고 항우는 결코 그럴 수 없었다."〉

〈"유방의 한나라가 시작된 후 중국에서 항우처럼 순진하고 강직하고 제대로 된 영웅들은 점점 줄어들었다. 그 대신 음험하고 이익만 밝히는 비열한 음모가와 어리석고 진부한 서생들만 늘어났다."〉

〈"항우 이전에도 항우 이후에도 항우와 같은 사람은 없었다. 항우가 패하고 난 후 중국에는 겉과 속이 다른 자가 살아남는 음흉한 역사가 시작되고 말았다. 항우의 죽음은 한 시대의 종말을 알리는 것으로 이때부터 호연지기를 가진 호랑이와 표범의 시대가 끝나고 주인 말을 잘 듣는 개와 양의 시대가 문을 열게 되었다."〉 -리중텐_

항우는 역사에서는 패자敗者가 되었다.
그러나 예술과 인문에서는 영원히 기억되는 승자勝者가 되었다.
사람들은 대개 역사보다는 예술과 인문에 더 몰입한다.

3. 유방에 대한 긍애矜哀

평소에 잘 사용하지 않는 긍애라는 표현은 문자 그대로 불쌍히 여길 긍矜과 가여워할 애哀가 더해진 말이다. 거의 같은 표현이지만 긍矜이 어떤 외형적인 상태에 대한 불쌍히 여김을 뜻하는 반면 애哀에는 내면적이거나 심적인 부분의 감정感情이 포함되어 있다.

마음으로 좋아하지 않고 아까울 게 없는 것에 대해서 긍애라는 느낌을 가지기는 힘들므로 기본적으로 긍애라는 감정은 그럴만한 대상(=특히 인간대對인간)에 대해 생기는 것이라고 볼 수 있다. 지금 글을 적고 있는 내가 깔고 앉아 있지만 어떤 기능적 역할만 하는 의자에 대해서 특별한 감정이입상태가 아닌 이상 일반인적으로 긍애라는 감정을 느끼기는 힘들다.

영화감독 루추안陸川 Lu Chuan은 유방, 그가 개인적으로는 하나뿐인 인생을 사는 인간으로서 애초부터 시황제의 함양궁에 입성하지 말았어야 했다고 표현했다. 2013년 제작된 "영웅의 부활"이라는 영화에서 중국출신의 배우 류예劉燁 Liu Ye는 영화의 도입부에서 장락궁에서 죽은 후 머리를 풀어 헤치고 안개 낀 어두운 숲길을 혼자 헤매면서 악몽이라고 울부짖는 유방의 영혼을 연기했는데 그 배우가 번역 한국어 자막 악몽惡夢대신 중국어 오몽惡夢 "eo meong(e meng)"이라고 발음했다고 기억된다. 중국인이 아닌 내가 듣기에는 어~멍, 어~멍하며 울부짖는 연기 장면이 퍽이나 인상적이었다.

루추안 감독은 유방이 항우보다 먼저 진의 수도 함양 아방궁에 들어선 그 순간부터 끝내 만족할 수도 감당할 수도 없는 자기 파괴적인 거대한 욕망을 만나게 되었다고 봤다. 그때 유방은 항우만 없다면 시황제의 아방궁이 곧 자기 것이라고 생각을 했을 것이고 실제로 유방은 설구와 진패라는 장군을 보내 항우의 함곡관 진입을 막아보려는 시도를 한 적도 있었다. 초희왕은 추후의 문제였다. 그러나 그 당시 현실적으로 유방은 일생일대의 적수 항우의 상대가 되지 못했다. 그를 무서워했고 초한쟁패 내내 싸워서는 줄기차게 계속 졌고 수세에 몰려 자식마저 마차에서 버릴 정도로 구차하게 도망만 다녔다.

이기고 나서도 죽을 때 까지 버릴 수 없었던, 나눌 수 없는 권력이라는 지옥에 문에 들어서서 자기를 제외한 모든 이들, 심지어는 그와 평생 고락을 같이했던 친구와 동지들을 죽여야만 했다. 자신의 혈육과 가족들이 처참하게 죽어가는 모습을 지켜보기 전에 자신이 먼저 죽은 것은 그나마 다행이었다.

한고조 유방과 마찬가지로 명나라 홍무제 주원장도 천민출신으로 황제의 지위에 오른 인물이었다. 어린 시절 겪은 지독한 가난과 멸시, 곰보자국 트라우마가 있었던 주원장은 의심병이 심했고 황제에 등극하고 난 후 무려 5만 명을 숙청하고 자신이 죽음에 이르게 되자 순장을 부활시켜 자신의 모든 비妃들에게 자결을 강요하니 이때 30명이나 되는 후궁들이 순사殉死를 당했다. 사람을 많이 죽인 사람들은 당연히 자신을 제외한 그 누구도 믿을 수 없기에 극심한 의심병과 외로움, 고통과 공포속에서 말년을 보내다 죽을 수밖에 없다. 유방도 예외는 아니었다.

유방은 거병하여 대진연합군으로 진나라와 싸우면서, 초한 전쟁동안에는 항우와 싸우면서, 권력을 잡고 나서는 숙청대상인 과거의 동지들과 싸우면서 당시 중국인구의 40%, 1,000만 명 이상이 서로를 죽이는 살육의 최전방 그 현장에 있었다. 너를 죽이지 않으면 내가 살 수 없었고 나의 무리가 살기 위해서는 상대편의 무리를 죽여야만 했다. 부디즘을 포함한 인도문화권의 철학에서 본다면 실로 엄청난 카르마Karma(=업보業報)를 쌓은 채 그 인과가 해소될 때까지 살아서든 죽어서든 과보果報속에서 삼사라Samsara(=윤회輪回)를 거듭해야 되는 것이다.

흔히들 승자의 측면에서 기록하는 판에 박힌 표현인 "황제께서 큰 뜻을 품고 몸을 일으켰을 때" … 과연 이 표현대로 유방이 백성들의 안녕安寧과

행복幸福이라는 대의를 위해, 또는 전쟁을 종식시켜 더 이상의 살생을 막겠다는 자기희생적인 정의를 위해 몸을 일으켰을까?

1분도 숙고할 필요가 없이 간단하게 말하자면 나의 답은 이러하다.

"견강부회 어불성설 牽强附會 語不成說

천만의 말씀, 절대 그러하지 아니하다!"

2,000년 전, 유대인이면서 가장 반反유대적인 실천적 사상가였던 나자렛 예수 벤 요셉은 구약 야훼의 유대 민족만을 위한 편협한 총애과 유대민족의 신민사상 그리고 그들 유대 율법주의 바릿세피나 사두개파의 배타적이고 숨 막히는 종교관을 통채로 갈아 없고 등장한 혁명아였다.

예수는 특정 민족, 특정 지역인, 신분지위고하를 따지지 않았고 열방列邦으로 오픈된 자애와 인간 사랑을 설파했다. 이런 확신을 실현시키기 위해 그는 실로 엄청난 자기 내면적 성찰을 감내한 후 대속이라는 절대적 희생으로 십자가위에서 고개를 떨구었다.

2,600년 전, 인도인이면서 가장 반反인도적인 사상가였던 붓다, 고타마 싯다르타는 당시 인도 브라만교와 카스트 제도를 전면적으로 부정하면서 등장한 인류사 최고의 선각자, 성찰자, 즉 머리와 몸이라는 도구를 이용해 좁게는 인간의 생로병사와 넓게는 우주와 존재의 궁극에 대해 가장 넓고 깊은 생각을 집중적으로 해본 사람이었다. 우리는 그것을 몰입이라고 부른다. 그리고 그는 마침내 큰 소식, 대각을 이루었다.

인도는 고대로부터 브라만(=제사장, 승려), 크샤트리아(=왕, 귀족, 무사), 바이샤(=상공농업자), 수드라(=농노, 노예), 찬달라(=불가촉천민)로 구분된 철저한 신분제가 인도사회전체를 아우르는 정치, 경제, 사회, 문화, 종교체계의 기본 핵심이었고 21세기가 된 오늘날까지 인도에서 카스트제도는 사라지지 않고 있다. 고대의 브라만교나 지금의 힌두교에서 그리고 인도의 고전문학 전 작품에 녹아 있는 인도인들의 사유체게에는 모든 사람들에게는 계급과 신분이 있으며 각자는 자신의 계급(=현생에서의 신분과 직능)에 맞게 자기 직분을 다 하는 것이 보다 나은 내생來生을 위해 기꺼이 해야만 하는 의무라는 믿음이 깊게 깔려 있었다.

그러나 싯다르타를 이를 완전히 부정하고 신분차별제도를 송두리채 뒤집어 엎어버렸다. 모든 중생衆生에게 불성佛性이 있으며 중생이 깨달으면 부처가 되고 부처가 몽매해지면 중생이라고 설파했던 것이다. 즉 중생과 부처가 둘이 아니고 브라만과 찬달라가 둘이 아니고 현생과 내생, 삶과 죽음이 둘이 아니라는 불이不二를 천명했다. 둘로 나누어보는 그 자체가 육감六感이 만들어내는 육식六識의 작용에서 생기는 허상虛像이라고 선언해버렸다.

2.600년 전의 인도 사회를 고려해보면 이는 실로 파격적인 발생이 아닐 수 없다. 호모 사피엔스가 번성한 이후 수많은 인류가 태어나고 죽었겠지만 이러한 사상은 2,600년 전 인도북동부 샤카족의 작은 부족국가, 카필라 왕국의 한 때 왕자였던 고타마 싯다르타라는 사람만이 오로지 깨우친 지독한 성찰의 결론이었다.

귀족가문 혈통을 이어받은 부르조아 집안 출신으로 전도가 유망했던 의학도醫學徒, 아르헨티나인 체 게바라(=본명은 에르네스토 라파엘 게바라 데 라 세르나, Che는 그의 별명이다.)는 아르헨티나와는 전혀 상관없는 쿠바와 아프리카 콩고, 볼리비아의 독립과 자유를 위해 제국주의 강대국에 혈혈단신으로 맞섰던 혁명가였다. 피델 카스트로와 이룬 쿠바의 해방은 20세기 초 착취당하고 있던 라틴아메리카 전 인민의 자유와 해방을 위한 체 게바라 인생의 절정이었다. 그는 결국 고작 10여 명밖에 남지 않은 다국적 게릴라들과 함께 볼리비아의 정글에서 초강대국 미국이 지원하는 볼리비아의 특수부대와 1년간이나 처절하게 싸우다 체포되어 총살당했다. 오늘날 인간(=People, 시민, 인민, 백성)의 자유와 해방을 위한 체 게바라의 신념은 거의 신적인 수준으로 칭송받는데 이는 청년시절부터 그가 얼마나 많은 자기성찰과 독서를 해왔는지를 보여주는 일기에도 잘 나타나있다.

유방같은 사람에게서 예수나 부처, 체 게바라와 같은 인물들의 성품을 기대한다는 것 자체에 무리가 있음을 잘 알고 있다. 그러나 유방의 논에서 왜 갑자기 예수, 붓다, 체 게바라를 들먹이게 되었는지 그 이유는 간단하다.

이들의 신념, 의지, 성찰, 희생에 비교하면 유방은 전혀 다른 부류의 인간이라는 점을 강조하기 위해서이다.

유방은 자기가 황제가 되어 천하를 안정시키고 정치를 균등히 하고 나라의 근간이 되는 백성들을 자신보다 더 살펴야 한다는 명분으로 몸을 일으키지 않았다. 그리고 고난이 있을 때마다 대의를 실현시키기 위해 굳센 의지를 다지며 자기희생과 내면적인 성찰에 집중했던 사람도 아니었다.

유방은 그저 잡놈중의 잡놈이었다.
그리고 장량 정도를 제외하고는 모두 비슷한 부류 잡놈들의 멋진 대장이었다.

잡놈이었기에 나서기를 좋아했고 한바탕 놀기를 좋아했다. 잡놈들의 대장이었으므로 나선 김에 놀아보는 김에 호령하는 우두머리가 되고 싶어 했고 기회가 되면 좋은 수레를 타고 비단금침에서 미인들과 함께 호의호식하고 싶었을 따름이었다. 실제로 그랬다. 언제 죽을지 모르는 판에 운에 몸을 맡기고 수고로이 천하를 종횡하다가 밥그릇에 파리가 붙듯 사람들이 하나둘씩 붙게 되었고 기회, 수고, 적당한 천운이 더해지다 보니… 그러다 보니… 하다 보니… 유방은 황제가 되었다.

로마에 대한 카르타고의 입장에서 보면 차라리 한니발은 조국을 위한 살신성인의 신념 또는 확고한 정의를 가지고 몸을 일으킨 인물이었다고 볼 수 있다 그러나 누가 뭐래도 유방은 그런 식의 대의로 몸을 일으킨 사람도 아니었다. 관상 좋고 허세 좋은 유방을 사위로 삼았던 여공도 그런 목적으로 딸을 유방에게 시집보낸 것이 아니었고 여공의 딸 여치도 어떤 대의가 있어 줄기차게 유방을 돕다가 나중에 정치의 전면에 나선 것이 아니었다.

유방, 여공, 여치 그들은 하나같이 대의나 정의를 목적으로 자신을 헌신하거나 희생하는 인간들이 아니었다. 그들에게 정의니 대의니 하는 말은 애초부터 사전에 없는 단어였다. 아니 어쩌면 정의와 대의와는 전혀 무관하거나 동떨어진 것도 아닌 완전히 반대인 이기주의의 끝판 왕들이었다. 유방의 후손들이 아무리 입안의 사탕발림 같은 소리로 그를 칭찬해도 할 수 없고 유방이 잡놈들의 대장이었다는 표현으로 내가 유방의 후손들에게 욕을 열 바가지로 얻어먹는다 해도 할 수 없다. 엄연한 사실이다. 유방은 그런 면에서는 우리네 김구나 안중근은 고사하고 굴원屈原이나 악비岳飛의 발가락 끝도 못 따라는 인물이다.

유방과 여치, 그들에게 백성 따위는 밥도 쌀도 아닌 밥그릇과 젓가락 같은 도구였다. 밥을 먹기 위한 도구로서 젓가락이 필요했듯이 전쟁을 하기 위해 병사가 필요했고 병사를 먹이기 위해 백성들의 노동력이 필요했고 경우에 따라서는 백성들이 힘들어 지어놓은 한 해 농사를 송두리 채 강탈했다.

화약이 없었던 당시의 일반적인 전투는 예를 들어 서로 병장기를 들고 각각 20,000명의 적이 맞서 싸우는 경우, 어느 쪽이던 10,000명의 죽음을 적진의 아가리에 선사하고 아군 10,000명이 죽었을 때 상대진영의 군사가 몇 명 살아남아 있는 가로 승패가 결정되었다. 즉 아군 10,000명이 죽었을 때 적군 15,000명이 죽어 있으면 우리가 이기는 것이고 상대가 10,000명 죽는 동안 우리 편 15,000명이 죽어 있으면 지는 전투였다. 상대 병사들을 죽이기 위해 우리 편 병사들도 반드시 죽어야하는 죽음의 게임이었다.

전투의 현장에서 죽어 나가야하는 그 병사들은 어제의 적군이었다가 오늘 포로로 보충된 아군이기도 했고 승패에 따라 어제는 아군이었지만 다음에는 적군이 되어 만나야 하는 경우도 있었다. 이런 병사들을 전장으로 내몰아 주공 대신 목숨을 내놓고 싸우게 만들기 위해 장수가 필요했고 장수들을 움직이기 위해 책사가 필요했고 병사와 장수와 책사를 자기편으로 만들기 위해 마침내 땅이라는 전쟁의 최종 보상물이 필요했을 뿐이었다.

이 모든 것은 무력을 도구로 내세운 일종의 거래였다. 유방 입장에서 보면 항우에게서 유방으로 말을 갈아탄 배신자들 한신, 경포, 팽월, 진평, 항백, 여마동… 덕택에 승리할 수 있었겠지만 꾀돌이 배신자들, 그들의 목적은 오로지 이利 하나였으며 그러한 이利는 항우에게 끝까지 남아 사뭇 한 결 같이 어리석게까지 보였던 인물들이 보여준 의義와는 비교할 수가 없다.

장량을 제외하고는 유방의 졸개 그들은 모두다 유방과 동업 관계였다. 유방의 논공행상이 이루어졌을 때 유방을 따르던 무리들이 표출했던 불만과 추태의 수준을 보면 천하를 놓고 벌었던 큰 도적질의 우두머리가 유방이었던 셈이고 나머지는 진부 유방이라는 천리미에 붙은 파리들이었다고 보면 된다. 그리고 그러한 거래관계에 있어서 필요必要가 불요不要로 바뀌었을 때 서로는 서로를 가차없이 배반했고 새로운 강자로 권세의 축軸이 바뀔 때에도 모두 말을 갈아탔다.

유방이 황제가 된 이유는 그러한 배신과 모략이라는 거대한 거래의 우두머리로서 처절하게 살아남고 있었기 때문이었다. 끝까지 살아남았다는 말을 쓰지 않은 것은 그 말이 사리에도 맞지 않고 끝까지 살아남을 수 있는 것은 이 세상 하나도 없기 때문이다.

생자필멸 회자정리 生者必滅 會者定離
태어난 것은 죽게 마련이고 만난 인연은 반드시 헤어진다.

화무십일홍花無十日紅 낙엽귀근落葉歸根

그리고 마침내 유방도 자신이 처단했던 사람들의 곁으로 떠나야 할 때가 되었다.

불교적인 관점에서 본다면 이는 무척이나 괴로운 일로서 살아있는 말년동안 이미 지옥을 맛보게 되는 것이다.

유방이 지은 시는 일반적으로 두 가지 정도가 전하며 그 중 가장 유명한 것이 앞서 밝힌 대풍가大風歌이고 잘 알려지지 않은 것이 바로 홍곡가鴻鵠인데 홍곡가를 소개하는 이유는 이 노래가 처량한 말년 유방 사후의 후계구도와 관련되어 있기 때문이다.

홍곡가는 앞서 말한 대로 고조가 태자를 폐하고 총애하는 척부인의 아들 유여의를 태자로 내세우려는 계획을 세웠으나 자신을 제외한 모든 공신들과 측근들이 이미 적장자인 유영을 도와주고 있음을 알게 되어 결국 그 계획이 수포로 돌아가자 척부인을 달래면서 불렀다는 노래이다. 태자를 중심으로 신하들의 세력이 폭넓게 형성되어 있고 태자의 위상이 황제인 자신도 이미 어찌할 수 없는 높은 곳에 있음을 표현한 것으로 보여 진다.

큰 고니는 아들, 훗날 2세 황제, 혜제가 되는 유영을 표현한 것이다.

홍곡가鴻鵠歌

홍곡고비일거천리 鴻鵠高飛一擧天里 큰 고니 한 번에 천리를 날아가는데
우핵이취횡절사해 羽翮已就橫絶四海 날개가 이미 자라 온 천지를 나는구나
횡절사해당가내하 橫絶四海當可奈何 온 천지를 날아다니니 어찌하리오
수유증격상안소시 雖有矰繳尙安所施 화살이 있다 한들 어찌 쏘리오

대풍가에서는 천하를 평정한 패자霸者의 기상이 넘쳐흘렀으나 홍곡가에서는 후궁에게 난망해하며 여색에 빠져 대사를 정확히 판단하지 못하는 병든 유방의 초라함이 잘 나타난다.

척부인은 자신의 아들 유여의를 태자로 책봉하는 도모에 실패하자 날마다 눈물로 세월을 보내고 있었다. 병든 유방이 먼저 죽고 나면 자기네 모자의 운명이 어찌 될지 분명했기 때문이었다. 병이 깊어진 말년에 척부인의 거처

에 머물던 유방이 그녀의 불안한 심사를 눈치 채고 조나라의 한단은 장안에서 멀리 떨어져 있는데다 경관도 수려하니 여의를 조왕으로 봉하여 모자가 한단에 함께 살게 하면 여후의 그늘에서도 벗어날 수 있고 부귀도 마음껏 누릴 수 있지 않겠냐고 말했다.

척부인은 크게 기뻐하며 여의를 조왕으로 봉해 줄 것과 나이가 어리니 보필자를 추천해 달라고 하였다. 보필자란 곧 여후에 대한 방패막이었다. 유방이 신하들을 불러 모아 여의를 조왕에 봉하고 그를 도울 보필자를 천거하라고 하니 소하가 대부 주창이 매사에 공정하고 현사賢士이니 적임자라고 추천하였다.

사실 주창은 유여의의 태자책봉을 극구 반대했던 인물이었지만 사심이 아니었고 적장자를 세워 조정의 안정을 도모하려는 의도였기에 어느 누구도 주창이 유여의가 미워서 그리했다고 생각하지 않았다. 여후도 유방이 적장자 태자 교체를 시도할 때 가장 앞장서서 반대했던 주창을 좋게 보고 있었으므로 소하는 이러한 모든 면을 고려해 주창을 적임자로 추천했던 것이었다.

그러나 주창은 유방에게 3가지 전제조건을 제시하며 유방이 그 조건을 미리 응낙해야만 유여의를 따라 조나라로 가겠다고 하였다.

첫째, 조왕은 어떤 일이 있더라도 성년이 될 때까지 보필자인 자신의 말을 반드시 들어 줄 것
둘째, 조왕은 임지로 부임해 간 뒤 친모인 척부인과는 어떠한 사적인 서신 왕래나 정사에 혼란을 줄만한 소식을 내통하지 아니 할 것
셋째, 자기가 조나라의 보필자로 부임해가면 그쪽 일이 바빠서 자리를 비우기가 곤란하니 조정에서 어떠한 일이 일어나도 자기를 불러 올리지 말 것

그리고 이 세 가지 조건에 대해 황제의 친필문서로 확약해 달라고 했고

유방은 흔쾌히 승낙했다.

사실 세 가지 조건은 모두 여후에게 유여의와 척부인이 향후로는 딴 마음을 품지 않겠다는 사전 항복의지의 표현이었고 현명한 신하였던 주창은 그런 식으로나마 유여의와 척부인의 안위를 보호하고자 했다고 볼 수 있다.

그러나 정작 척부인은 장안에 남고 유여의가 조나라로 떠나는 날 유여의가 모친에게 이별을 고하니 척부인이 눈물을 흘리며 헤어지려 하지 않았고 유방이 이를 가엽게 여겨 성문 밖까지 배웅하며 척부인과 함께 눈물을 흘렸다. 이에 주창이 유방에게 냉철하게 간했다.

〈"폐하께서는 만인의 어버이시고 사해창생四海蒼生 모두가 폐하의 적자가 아닌 사람이 없사온데 어찌하여 조왕 한 사람만을 편애하시어 황제답지 않게 이렇게 눈물을 보이고 계십니까? 속히 눈물을 거두고 환궁하시옵소서!"〉

유방과 척부인이 보인 이 장면도 결코 척부인과 유여의에게 도움이 되지 않을 것을 알았기에 주창이 이렇게 간했다고 볼 수 있으나 애첩에 빠져 정확한 분별을 하지 못했던 유방은 이 장면을 지켜보고 있던 여후가 훗날 어떠한 일을 벌이게 되는지 그 결과 척부인과 조왕이 어떠한 죽음을 맞이하게 되는지 전혀 예측하지 못했다.

나는 "항우를 위한 변명"의 말미에 유방과 항우가 저승에서 만나는 장면을 상상해보았다가 차라리 이 편의 끝에 써보기로 했다. 실제 저승이 없다고 믿는 사람의 생각이므로 억지감이 있고 그래서 작위적作爲的이란 느낌도 들지만 유방이 비록 전쟁의 최종 승리자가 되어 황제가 되었다 할지라도 전체적으로 유방에 대한 나의 측은지심을 두고두고 일소一掃할 수는 없었기 에 상상을 더해본다.

사족蛇足으로 개인적인 견해를 피력하자면….

나는 유일신 계통의 종교에서 강박하는 천국, 지옥, 불교에서 비유했던 극락, 도솔천, 수메르 신화나 그리스 로마신화에 펼쳐진 신들의 공간, 천상, 지하세계, 그리고 단테가 신곡神曲에서 묘사했던 연옥을 포함하는 다양한 감각적, 공간적인 저승의 개념을 믿지 않는다.

저승은 저승 자체로서 독립적으로 존재할 수 있는 것이 아니고 심리학이나 유식론唯識論적인 측면에서 본다면 살아왔던 과정과 경험했던 Data를 기억하는 어떤 주체가 죽기 전에 물질적 구조를 이루는 있는 자신이 소멸되고 난 후, 자신 속에 축적되어 있었던 그 경험과 Data로 인해 "내가 소멸되고 난 후, 나라고 불렀던 그 주체는 과연 어떤 정신적, 물질적 상태에 머무르게 될 것인가?"를 희망하거나 혹은 두려워하고 있는, 살아있는 주체들이 짐작하는 미래 예감 같은 것이라 믿는 정도이다.(=이런 것들을 종교적으로는 쏘울soul 이라고 불러 볼 수도 있고 생물학적으로는 유전정보, DNA라고 부를 수도 있을 것이다.)

반어법反語法적이지만 저승(=미래)은 현실적인 삶(=지금)의 반대편에 대한 관념적의 공간이므로 인간의 현재진행형 삶의 영역 내에서만 존재하는 사유속의 개념이다.

사유란 무엇인가? 그것은 고도로 발달된 문자와 언어체계로 개념. 구성, 판단, 추리를 행하는 인간의 이성작용理性作用을 의미한다. 즉 언어와 문자없이 정의定義나 개념概念을 확정하는 일은 불가능하므로 사유의 가장 첫 번째 전제는 언어라는 도구가 될 수밖에 없다.

사유라고 하니 뭔가 거창해보이지만 실은 별 거창할 것이 없이 사유는 곧 생각이다. 언어나 문자없이 직접 본적도 없는 "에베레스트 산은 높다. 흰수염 고래는 크다. 또는 한글은 과학적인 소리글이다."라는 생각을 어떻게 할 수가 있단 말인가?

예를들어 "**종교에서, 특히 기독교의 신약에서는 인간에 대한 사랑이 진리에 수렴한다**"라는 문구를 한번 생각해보자. 언어나 문자없이 종교, 사랑, 진리, 수렴이라는 개념을 어떻게 인식하거나 표현할 수 있을까? 솔직히 이러한 개념들은 언어라는 도구를 쓰더라도 딱히 뭐라고 표현하기 어려운 것들이 아닐까?

늑대나 염소도 짖거나 우는 방법으로 싸인sign을 보내지만 그 정도의 언어로는 자유, 평등, 박애, 천국같은 상상의 개념을 표현할 수 없다. 인간이 아무리 두뇌가 발달했다 치더라도 정교한 문자와 언어를 사용하지 못했더라면 저승 따위나 천국 같은 개념도 당연히 만들어 낼 수 없었을 것이다.

한 살배기 어린아이나 비둘기에게 저승이라는 개념이 없는 것과 똑같은 이치이다.

저승이 언어적 상상의 공간이므로 재미삼아 항우와 유방이 저승에서 다시 만나는 장면을 작의적作爲的으로 생산해본다. 특정 종교집단에서 가정假定하는 저승이나 과장된 물리적 공간인 천국, 우울한 지옥을 상상하기보다는 그냥 강박 없이 영화의 한 장면 정도로 생각해주길 바란다.

(저승이므로 피차 말은 없다고 설정한다.)
항우는 젊어서 요절했으므로 걸음걸이는 당당하고 머리칼도 칠흑같이 검다.
이승에서 별희別嬉 했지만 저승에서 재회再會한 우희는 여전히 젊고 어여뻐서 패왕霸王과 서로 정답다.
죽음의 그 순간까지 그와 함께 했던 오추마와 환초, 강동자제들도 반갑다.
항우에겐 저승이 곧 극락이다.

머리를 풀어 헤친 유방은 이가 빠지고 늙어 마귀가 된 듯 한 여후의 옆에서 팔다리가 잘린 채 돼지우리를 기고 있는 척부인과 독살당한 유여의를 애처롭게 바라보고 있다.

항우와 눈이 마주친 유방은 당당한 항우에게 아무 말을 걸 수도 없고 머리를 세워 그를 똑바로 쳐다볼 용기도 없다. 그리고 여전히 항우가 두렵다.

고개를 돌리니 목이 잘린 한신, 경포, 팽월 그리고 흉노땅에서 죽은 어릴 적 친구 노관이 말없이 노려보고 있다. 모두 그를 원망하는 표정이다.

유방에겐 저승이 곧 지옥이다….”

나의 상상은 여기까지이다.

출처를 정확히 기억할 수 없지만 테레사 수녀가 표현했다고 전해오는 “인생은 낯선 여인숙에서 묵어가는 하룻밤이다.”라는 문구를 기억해본다.

여인숙에서 하룻밤 묵어가는 것과 같은 인생….
항우는 그리 살다갔고 유방은 또 그리 살다 갔다.
그리고 황하黃河는 여전히 서에서 동으로 흐른다.

10

⏐ ⟨초한지⟩와 연관된 고사성어故事成語 정리

1. 걸식표모乞食漂母

乞(빌 걸) : 구걸하다, 얻어먹다

食(밥 식) : 먹을 것

漂(떠다닐 표) : 빨래하다, 물에 헹구다

母(어미 모) : 여인, 아낙네

"빨래하는 아낙에게 밥을 얻어먹다." 한신이 젊은 시절 곤궁하여 굶주린 채 빨래터를 어슬렁거릴 때 빨래하던 아낙이 한신을 불쌍히 여겨 먹을 것을 나누어주었다. 세월이 흘러 한신이 초나라의 왕이 되었을 때 이를 기억하고 그 여인을 찾아내어 천금으로 보답하였다. 어려운 시절 받은 작은 은혜도 잊지 않고 보답한다는 의미이다. 여러 기록에 같은 내용이 전하는 것으로 봐서 실제 있었던 일로 본다.

2. 걸해골 乞骸骨

乞(빌 걸) : 구걸하다
骸(뼈 해)
骨(뼈 골)

　"해골을 빈다, 목숨을 구걸한다." 진평의 이간계에 빠진 범증이 천하의 승패가 이미 끝났음을 알고 항우에게 사직을 청하면서 했던 말이다. 범증은 사직 후 행로에서 죽었고 초한 쟁패의 대세는 범증이 항우를 떠난 후로 초군은 전투에 이기지만 전쟁에서는 지는 양상으로 변하게 된다. 걸해골은 늙은 신하가 나이가 많아 벼슬을 그만 두고 쉬고 싶음을 청원한다는 의미이다.

3. 과하지욕 胯下之辱

胯(사타구니 과)
下(아래 하)
之(어조사 지)
辱(욕될 욕) : 수치

　"바짓가랑이 밑을 기어가는 치욕" 한신은 곤궁했던 젊은 시절 뜻한 바가 있어 항상 긴 칼을 차고 다녔는데 밥을 빌어먹으면서 긴 칼만 차고 다니던 한신을 겁쟁이로 본 저자거리의 불량배가 한신에게 바짓가랑이 밑으로 기어가든지 용기가 있으면 자신을 찔러 보든지 하라고 시비를 걸었고 한신은 아무 말 없이 불량배의 바짓가랑이 밑을 기어 나왔다. 훗날 초왕이 된 한신은 그날의 치욕을 참았기 때문에 오늘에 이를 수 있었다고 말하였다. 큰 뜻을 지닌 사람은 쓸데없는 일로 남들과 옥신각신하지 않는다는 의미이다.

4. 구상유취口尙乳臭

口(입 구)
尙(오히려 상)
乳(젖 유)
臭(냄새 취)

"입에서 젖 냄새가 난다" 유방이 자신을 배신한 위표를 치기 위해 한신을 보냈을 때 한신이 역이기에게 위표의 대장은 누구냐고 물었고 백직이라고 대답하자 유방이 이를 듣고 백직은 젖비린내 나는 애송이일 뿐으로 백전백승의 한신에게는 상대가 되지 않는다고 코웃음을 쳤다. 실제 위표와 백직은 한신에게 패하였고 위표는 사로잡혀 유방에게 압송되었다. 젖비린내 나는 애송이 철부지의 말이나 행동이 유치함을 이르는 말이다.

5. 국사무쌍國士無雙

國(나라 국) : 나라, 천하
士(선비 사) : 선비, 인재, 인물, 2,200년 전 당시의 사士는 선비보다는 오늘
　　　　　　　날의 장교라는 개념에 가깝다
無(없을 무)

雙(짝 쌍) : 둘, 짝이 되다, 비교되다

"비교될 대상이 없는 나라의 인재" 한군에 합류한 한신을 두고 유방이 처음에 그다지 탐탁 찮게 여기자 소하가 한신을 적극 추천하며 至如信者國士無雙 나라 안의 선비들 중 그에 비견 할만 자가 없다. 라고 한데서 유래되었다. 하나뿐인 아주 뛰어난 인재를 의미한다.

6. 권토중래 捲土重來

捲(거두다, 말다 권) : 일으키며
土(흙 토) : 흙먼지
重(거듭 중) : 반복, 다시
來(올 래) : 오다, 돌아오다

"흙먼지를 일으키며 다시 돌아온다." 이 고사성어는 본디 당나라 후기 시인 두목의 시 "제오강정題烏江亭 오강의 정자에서 짓다."에서 유래하였다. 오강은 항우가 유방에게 패하 여 최후를 맞이한 곳인데 오강의 정장이 배를 대며 항우에게 강동으로 돌아가 재기를 도모하라고 하였으나 항우는 이를 거절하고 "같이 출발했던 강동자재들이 다 죽었는데 무슨 면목으로 강동으로 돌아가 강동자재의 부모들을 다시 보겠는가?"라는 말을 남기고 최 후의 결전에서 자결하였다. 이를 두고 천년이 지나 당대의 시인 두목이 "권토중래미가지 捲土重來未可知 흙먼지를 일으키고 다시 돌아왔더라면 그 결과는 알 수 없었으리…"라고 읊었다. 한번 패했더라도 힘을 비축해 다시 승리를 거머진다. 혹은 한번의 실패를 딛고 다시 가다듬어 성공에 이른다. 라는 뜻으로 쓰인다.

7. 금의야행錦衣夜行

錦(비단 금) : 귀한 옷
衣(옷 의)
夜(밤 야)
行(다닐 행)

"비단 옷을 입고 밤거리를 돌아다닌다." 진나라를 멸망시킨 항우가 논공행상을 하고 자신의 수도를 어디로 삼을 것인가를 고민할 때 한생이 함양의 지리적 이점을 이야기하며 함 양에 머물러야 한다고 주장하자 항우는 자신이 초토화시켜버린 함양에 머물고 싶지 않았고 자신의 고향 팽성으로 돌아가 자신의 공적을 자랑하고 싶었기에 부귀해졌는데 고향으로 돌아가지 않는 것은 비단옷을 입고 밤길을 걷는 것이니 그 누가 알아주겠소?라고 말 한데서 유래되었다. 자랑할 만한 일이 생겼는데 그것을 자랑하지 않으면 아무 가치 없는 일이라는 의미이다.

8. 금의환향錦衣還鄕

錦(비단 금) : 귀한 옷
衣(옷 의)
還(돌아올 환)

鄕(시골 향) : 고향, 팽성

"비단옷을 입고 고향으로 돌아온다." 위에서 말한 금의야행과 거의 같은 뜻으로 쓰이나 금의야행이 부정적인 의미로 사용되는 반면 금의환향은 천하를 재패한 항우가 고향인 팽성으로 돌아가 고향의 부로들과 지인들에게 자랑하고 싶어하는 마음을 표현한 것이다. 〈초한지〉에서는 금의야행, 금의환양, 목우이관은 모두 항우의 수도 이전에 대한 정치적 실패와 연관이 있다. 요즘에는 주로 "타지에서 출세하여 고향이나 근거지로 돌아온다."라는 뜻으로 쓰인다.

9. 다다익선多多益善

多(많을 다)

多(많을 다)

益(더할 익) : … 할수록

善(착할 선) : 중국적 의미의 善은 서양적 이분법적 악惡의 반대 개념, 착함
이 아니다. 오惡의 반대 개념인 "좋다"라는 뜻이다.

"많으면 많을수록 좋다" 유방이 일찍이 한신과 더불어 여러 장수들의 능력에 대해 그 차이를 말한 적이 있었는데 유방이 한신에게 묻기를 "본인은 몇 명 정도의 군사를 거느릴 만한가?"를 물었고 이에 한신은 "폐하는 그저 10만 정도의 군사를 거느릴 수 있을 뿐입니다."라고 말했다. 유방이 "한신 그대는 어떻소?"라고 묻자 한신은 "저는 많으면 많을수록 좋습니다."라고 대답하였다. 훗날 한신이 유방에게 사로잡혔을 때 많으면 많을수록 좋다는 자가 어찌

하여 자신에게 사로잡혔는지 묻자 한신은 "폐하께서는 병사는 저보다 잘 거느릴 수 없지만 장수를 잘 거느리고 정작 한신 자신은 그러하지 못하여 폐하께 사로 잡혔다."라고 말하였다. 얼핏 보면 한신의 교만함이 나타나는 고사성어인데 요즘은 문자 그대로 The more, the better 정도의 의미로 쓰인다.

10. 두주불사斗酒不辭

斗(말 두)
酒(술 주)
不(아니 불)
辭(사양할 사)

"말로 퍼 담은 술도 사양하지 않는다." 홍문연의 긴장된 상황에서 유방의 목숨이 촌각에 이르게 되자 장량이 호위무사 번쾌를 불렀다. 거한 번쾌가 제지하는 초군 병사들을 밀치며 허락도 없이 장막 안으로 들어왔고 절대 절명의 순간 항우는 번쾌를 무례하다고 꾸짖었으나 항우 또한 거한으로 번쾌의 거침없고 당당한 모습에 동질감과 호감을 가지게 되었다. 그의 풍채를 보고 좋은 장수라고 칭찬한 뒤 술 한 말과 고기를 주었는데 번쾌가 이를 사양하지 않고 그 자리에서 술 한말을 바로 마시고 고기를 방패에 놓고 칼로 썰어 먹었다는 데에서 유래되었다. 주량이 엄청난 사람을 일컫는 말로 쓰인다.(=진한시대의 한 말은 요즘으로 치면 3Ltr 주전자 정도의 양으로 보면 되고 당시로는 증류 기술이 발달하지 않은 터라 고량주 같은 알코올 도수로 보기에는 어렵고 탁주 정도로 보면 무방하다.)

11. 명수잔도明修棧道 암도진창暗度陳倉

明(밝을 명) : 앞에서는
修(닦다. 수리하다 수) : 고치다
棧(잔도, 비계, 잔) : 판을 깔다
道(길 도)
暗(어두울 암) : 뒤에서는
渡(건너다 도)
陳(펼칠 진)
倉(곳간 창)

"앞에서는 잔도를 수리하고 뒤에서는 진창을 건너다" 파촉의 대장군 한신이 거병하여 유방의 한군을 이끌고 동진할 때 거짓으로 잔도를 수리하는 척하다가 실제로는 진창이라는 지역을 건너 삼진을 돌파했던 일로부터 유래되었다. 정면으로 공격할 것처럼 위장하여 적의 병력을 한쪽으로 집결시키도록 한 뒤 방비가 허술한 후방을 공격하는 계책으로 36계의 병법중 제8계이다.

12. 초인목후이관楚人沐猴而冠

楚(초나라 초)
人(사람 인)
沐(머리감을 목) : 여기서는 머리감다 라는 뜻이 아니고 목후는 중국남부
　　　　원숭이를 뜻함

猴(원숭이 후)
而(말을 이을 이)
冠(갓 관)

"초나라 사람은 갓을 쓴 원숭이" 진을 멸망시킨 항우가 팽성 천도를 고집하자 간의대부 한생이라는 신하가 관중 땅이 비옥하고 방어하기에도 좋은 천혜의 요새라고 주장했다. 그러나 항우가 금의야행 운운하며 이를 받아들이지 않자 한생이 항우의 어리석음을 빗 대어 "초나라 사람은 갓을 쓴 원숭이와 같다더니 항우가 그와 같구나."라고 말했고 항우는 한생을 삶아 죽였다. 남방 초나라 사람을 무지한 야만인으로 비하한 지역 차별적인 "초나라 원숭이 녀석" 이런 의미이고 어리석은 사람을 조롱하는 뜻으로 쓰인다.

13. 무소불위 無所不爲

無(없을 무)
所(바, 곳, 위치, 지역, 지위, 자리 소)
不(아니 불)
爲(하다, 만들다, 베풀다, 성취하다, 이루다 위)

"하지 못할 바가 어디에도 없다" 사마천의 사기에 기록된 말로 진시황제 초기 영정의 중부이자 상방이었던 여불위의 권세가 미치지 않는 곳이 없다는 뜻으로 무슨 일이든 할 수 있는 막강한 힘을 가리킨다고 볼 수 있고 주로 독재자나 실권자가 권력을 마구 휘두를 때 쓰는 부정적인 표현이다.

14. 민식위천民食爲天

民(백성 민)
食(밥, 먹을 식)
爲(삼는다, 여긴다 위)
天(하늘 천)

"백성은 음식을 하늘로 여긴다." 유방이 초패왕 항우의 공격을 받게 되자
견디다 못해 성 고의 동쪽을 내어주려 하였다. 이때 역이기가 나서서 식량
창고인 오창을 결사적으로 지킬 것을 주장하며 다음과 같이 말했다. "하늘을
하늘로 아는 자는 왕업을 성취할 수 있고 하늘을 하늘로 알지 못하는 자는
왕업을 성취할 수 없습니다. 왕은 백성을 하늘로 알아야 하고 백성들은 먹을
것을 하늘로 압니다." 역이기는 백성을 먹이고 군사를 먹이는 일이야말로 모
든 정치의 기본이며 특히 전쟁을 치르는 동안에는 무엇보다도 군량의 확보
가 가장 중요하다는 점을 강조했다. 전투에서는 이기고 있었지만 항우는 장
기전에서 유방과 달리 보급로과 군량을 확보하지 못했기에 결국 전쟁에서는
지고 말았다.

15. 발산개세拔山蓋世

拔(뽑다, 빼다 발)
山(뫼 산)
蓋(덮다, 가리다 개)
世(세상 세) : 온 천하

"산을 뽑고 온 천하를 덮는다" 항우가 해하에서 마지막 전투를 벌일 때 패색이 짙어지자 사랑하는 우희와 준마 오추마를 앞에 두고 불렀다는 "해하가"에서 유래하였다. 원래 해하가에는 "역발산기개세力拔山氣蓋世 힘은 산을 뽑고 기세는 온 천하를 덮는다."라고 기록되어 있고 항우의 "해하가"를 들은 우희는 "화항왕가"를 답하고 자결하였다. 흔히들 절정기 항우의 엄청났던 힘과 기세를 표현하는 수식어처럼 사용된다.

16. 배수진背水陣

背(등 뒤, 등 쪽 배)
水(물 수) : 강, 면만수綿曼水
陣(진을 치다 진)

"강을 등지고 진을 치다." 조나라 정벌에 나선 한신이 여러 가지로 불리한 상황에서 병사들에게 면만수를 건너 강을 뒤에 두고 진을 치게 하였고 병사들은 의아해했다. 적장도 강을 뒤에 두고 진을 치는 한신을 무시하며 방심했으나 정작 전투가 벌어지자 죽기 살기로 싸운 한신의 군대가 진여가 이끄는 조나라 군대를 섬멸하였다. 한신의 북벌 중 가장 유명한 정형 전투에서 한신은 기상천외한 배수의 진으로 승리하였다. 어떤 일을 성취하기 위해 더 이상 물러날 곳이 없음을 비유할 때 쓰인다.

17. 백구과극白駒過隙

白(흰 백)
駒(말, 망아지 구)
過(지나가다 과)
隙(틈, 구멍, 겨를, 사이 극)

"흰 망아지가 문틈을 지나가다"〈사기 유후세가〉에 기록되어 있는 인생일 세간 여백구과극 하지자고여비호 人生一世間 如白駒過隙 何至自苦如批乎라는 문구에서 유래되었다. "한평생이 마치 흰 말이 빨리 달려가는 것을 문틈으로 보는 것과 같구나 어찌 스스로 괴로워함이 이와 같음에 이르겠는가?"라는 뜻으로 인생을 덧없음을 표현할 때 쓰인다.

18. 백마지맹白馬之盟

白(흰 백)
馬(말 마)
之(갈, ~의 지)
盟(맹세하다 맹)

"흰말의 맹세" 한고조 유방이 천하를 통일했으나 병권을 가진 이성왕異姓王들의 반란과 외침이 빈번히 발생하자 사망하기 한 달 전 문무백관과 여후를 불러들이고 백마를 잡아 하늘에 바치고 그 피를 나누어 마시며 다음과 같은 유훈을 남겼다. "국성國姓 유씨가 아니면서 왕이 되려는 자가 있다면 천하가

힘을 합쳐 그를 죽여야 한다." 이에 문무백관과 여후가 엎드려 명을 받들었
다. 훗날 여후가 자신의 친족을 왕으로 내세우려 하자 우승상 왕릉이 "고조
께서 국성이 아닌 자는 왕이 될 수 없다고 하신 말씀을 벌써 잊어버렸습니
까?"라고 하며 단호히 반대하였다. 흔히 주군과 신하들의 굳은 맹세를 이를
때 쓰인다.

19. 사면초가四面楚歌

四(넉 사)
面(낯, 앞, 겉, 얼굴, 방향 면) : 무엇을 향하고 있는 쪽
楚(초나라 초)
歌(노래 가)

"사방이 초나라 노래" 항우가 해하에서 한군에게 포위되었는데 초군의 저
항이 하도 거세어 한군도 쉽게 나아가지 못하였다. 이때 한군이 초군의 기세
를 꺾기 위해 사방에서 초나라의 노래를 불렀는데 고향과 가족을 떠나 이국
땅에서 싸우고 있던 초군들이 처량한 초나라의 노래에 감정적으로 수그러
져 싸움을 그치고 탈영하는 병사가 늘어났다. 더군다나 한군이 탈영하는
초군을 헤치지 않고 길을 터주자 탈영하는 무리는 삽시간에 부지기수로 늘
어났다. 결국 초군에서는 종리매, 계포, 항백마저 탈영하고 환초, 주란, 항장
그리고 800여 명의 군사만 남게 되었다. 매우 어려운 처지, 포위된 상황을
표현할 때 쓰이는 말로서 우희의 노래 "화항왕가"에 사면초가성四面楚歌聲 "사
방에서 들려오는 것은 초나라의 노랫소리"라는 구절로 전한다.

20. 선즉제인先則制人

先(먼저 선)
則(즉시, 곧 즉)
制(누르다, 억제하다, 조절하다 제) : 제압하다
人(사람 인) : 상대남, 타인, 적수

"곧바로 먼저 상대를 제압하다" 진말, 전국이 혼란에 빠질 조짐이 보이자 회계군수 은통이 항량과 거병을 모의하였다. 은통은 시대가 혼란스러우니 선수를 치면 남을 제압할 수 있고 뒤지면 남에게 제압당한다며 항량을 부추 겼다. 그러나 항량은 기회주의자 은통의 인물됨이 시원찮음을 알아차리고 거병을 하려면 환초라는 도적무리의 우두머리를 포습해야 되는데 환초의 행 방을 찾아 수하로 데려 올만한 이는 조카 항우밖에 없으니 항우를 불러 환초 를 데려오게 하자고 청하였다. 그러나 정작 항우는 현청으로 들어오자 마 자 곧바로 은통의 목을 베어버렸고 항량과 항우는 회계군을 장악했다. 선수 를 치려고 한 은통이 도리어 항우에게 먼저 목이 날라가고 만 셈이다. 선제 공격, 선제先制의 어원이다.

21. 소규조수蕭規曹隨

蕭(맑은 대쑥 소)
規(법, 규정, 규칙, 제도, 잣대 규)
曹(성씨 조)
隨(따르다, 이어가다, 쫓다, 행하다, 근거하다 수)

"소하가 만들고 조참이 따르다" 건한삼걸 상국 소하가 죽기 전 혜제가 후임을 묻자 조참 을 추천하였는데 소하가 죽자 조참은 승상이 되었지만 정무를 보지 않고 매일 같이 술만 마셨다. 혜제가 이를 이상히 여겨 조참을 불러 질책하자 조참은 이세 황제도 고조만 못 하고 본인도 소하만 못하니 자신은 소하가 잘 만들어 놓은 제도를 따르기만 하는 것이 최상이지 새로이 승상이 되었다고 어수선을 떨어봐야 도리어 국정에 해가 될 뿐이라고 직언하였다. 혜제는 그 말을 바로 알아차렸고 조참은 소하에 이어 전한 초기 나라의 기틀을 더욱 공고히 하며 백성을 잘 돌보았다. 전한 말기의 학자 양웅이 지은 〈법언法言〉에 소야규조야수蕭也規曹也隨라고 기록되어 있다. "전임자가 잘 만들어 놓은 제도를 후임자가 성실히 이어서 무난하게 잘 지켜나간다."라는 의미로 사용된다.

22. 양약고구良藥苦口

良(좋다, 어질다, 편안하다, 뛰어나다 양)
藥(약, 고치다 약)
苦(쓰다, 씀바귀, 쓴 맛, 괴롭다 고)
口(입 구)

"좋은 약은 입에 쓰다" 왕숙의 〈공자가어〉 〈육본편〉과 〈한비자〉에도 나오는 말이나 원래 〈초한지〉에서는 고조 유방이 항우에 앞서 시황제 이룩해 놓은 진의 수도 함양 아방궁에 입성하여 온갖 보물과 미녀에 눈이 돌아가 몇 날 며칠을 음주와 미녀에 빠져 있을 때, 보다 못한 신하들이 항우가 오고 있으니 빨리 군대를 패상으로 물리고 이에 대비해야 한다고 해도 듣지 않자 결국에 번쾌가 유방을 들쳐 메고 나오면서 쓴소리를 하며 제발 정신차리라고 하였다. 이에 장량이 "충언역이이어행忠言逆耳利於行 양(독)약고구이어 병良(毒)藥苦口利於病 충성된 말은 귀에 거슬리지만 행하면 이롭고 좋은(독한) 약은 입에는 써도 병에는 이롭습니다. 번쾌의 말을 들어시지요"라고 유방을 달래면서 했던 말로 전 해지고 있다. 흔히 "충언역이 양약고구"라고 사용된다.

23. 왕후장상王侯將相

王(왕, 임금, 군주, 제왕 왕)
侯(제후, 후작, 과녁, 왕 후)
將(장수, 장군 장)
相(서로, 모양, 골격, 얼굴, 마주보다 상): 여기서는 재상宰相

"왕과 제후와 장수와 재상" 〈사기 진승세가〉에 나오는 말로서 진말 함양 여산능에 노역하러 끌려가던 진승과 오광이 무리를 규합해 반란을 일으키고 세력을 키워나갈 때 "왕 후장상영유종호王侯將相寧有種乎 왕후장상에 어디 씨가 따로 있단 말인가?"라고 말한데 에서 유래하였다. 말 그대로 높은 지휘나 신분을 뜻한다. 진승의 거사는 비록 실패했지만 그가 내세운 기치는 중국 최초의 농민평민반란으로서 평가받으며 요즘의 민주주의, 만민평등사상에 부합한다고 볼 수 있다. 사마천은 일개 농민 진승을 〈세가〉의 반열에 올려놓았다. 2,000년 전이지만 그의 탁월한 역사의식을 짐작케 한다.

24. 용안龍顏

龍(용, 큰 뱀 용) : 천자나 제왕
顏(얼굴, 이마, 안면, 면목, 염치, 산의 높은 부분 안)

"용의 얼굴" 한고조 유방은 스스로 자신의 용모가 용을 닮았다고 허세를
부리고 다녔고 용이나 뱀과 연관된 이야기를 기회가 있을 때마다 자신과 엮
어 어필했다. 그리고 용은 상상의 동물이고 실제로 본 사람이 없으므로 주변
사람들과 동지들에게 유방의 공갈은 그의 후광이 되어 여러모로 먹혀 들어
갔다. 유방 이후로 한자 문화권에서 용상, 곤룡포, 용정와 같이 용은 황제나
군왕을 지칭하는 말처럼 쓰이게 되었다. 〈사기 고조본기〉에 유방의 용모를
설명하는 "융준용안隆準龍顏 콧대가 우뚝 솟고 얼굴은 용처럼 생겼다."에서 유
래 되었고 용안은 왕의 얼굴을 의미한다.

25. 일거양득一擧兩得

一(하나, 처음 , 오로지, 같음 일): 여기서는 한번
擧(들다, 오르다, 세우다, 일으키다 거)
兩(둘, 짝, 아울러 양)
得(얻다, 취하다, 구하다 득)

"하나를 들어 두 개를 얻다" 일거양득의 고사에 대해서는 〈춘추후어〉에
소 한 마리를 두고 서로 다투던 두 호랑이를 싸우게 하여 호랑이도 잡고 소
도 구했다는 일화에 관한 이야기가 있으나 〈초한지〉 항우와 우희의 만남에

서 유래된 것이 더 정확하다고 본다. 초나라 강소성 오현 지역의 부호였던 우공虞公에게 우희라는 절세미인 딸이 있었는데 평소 우 공은 자기 집에 있는 큰 무쇠솥을 들 수 있는 사내에게 자신의 딸을 시집보내겠다고 공언하였다. 지역의 여러 장정들이 우희의 미모에 반해 수차례 시도하였으나 모두 실패하였는데 마침 오현을 지나가던 항우가 그 이야기를 듣고 단번에 솥을 들어버렸다, 이에 우공이 항우의 비범함을 보고 자신의 딸과 재산 그리고 군사들을 내어주니 솥을 한 번 들어 지역 세력가의 절세미인 딸도 얻고 군사들도 얻게 되었다하여 유래된 말이다.

딘, 나는 지역 세력기였던 우공이 항우라는 절세의 영웅을 마음에 두고 모양새 좋게 명분 과 이벤트를 기획했다고 본다. 실제로 항우는 초나라의 명문가 출신이었고 당시 초나라 사람치고 항연과 항우를 모르는 사람은 없었을 것이다. 우공이 살던 강소성 오현도 초나 라 지역이므로 우공은 강소성 숙천현(=팽성)출신인 항우와 항씨 가문의 명성을 익히 알고 있었다고 봐야한다. 우희는 말 그대로 절세미인이었고 항우가 우공의 세력을 규합하였으니 항우입장에서는 일석이조一石二鳥한 것이 맞다. 여공이 여치를 유방에게 시집보낸 것이나 우공이 우희를 항우에게 시집보낸 것이나 둘 다 모두 실제적으로는 난세에 대처하는 지역유지들의 정략적인 계산이 깔린 포석이라고 봐야한다.

26. 좌불안석坐不安席

坐(앉다, 자리, 터, 무릎 꿇다 좌)

不(아니 불)

安(편안하다, 즐기다 안)

席(자리, 의자 석)

"앉아 있지만 불안하며 편안하지 않다" 항량이 죽고 초희왕이 송의를 상장군에, 항우를 차장으로 임명해 조나라를 도울 것을 명했다. 송의가 출병하였으나 진나라와 조나라가 서로 싸워 지칠 때까지 기다리자는 전술로 46일을 진군하지 않았고 아들 송양을 제나라 승상에 앉히도록 교섭하고 아들의 송별연을 열었다. 이에 항우는 빨리 조나라와 연합하여 진나라 군대를 공격해야 된다고 주장했으나 송의는 항우의 의견을 묵살하고 항우를 염소와 늑대에 빗대어 조롱했다. 송의와 사이가 틀어진 항우가 부하들에게 자신의 정당성을 주장하며 말했다.

"진나라의 기세는 조나라를 멸하고도 남고 조나라가 무너지면 우리도 무너질 터인데 무엇을 기다린다는 말인가 더군다나 최근 우리의 군대가 진군에 격파당해 왕께서 좌불안석이신데 나라의 안위가 이번 거사에 달려 있다. 사졸을 돌보지 않고 사사로이 자기 뜻만 앞세우니 이는 사직을 위한 신하가 아니다." 그리고 바로 송의의 침소로 들어가 송의의 목을 베어 버리고 말았다.

좌불안석은 마음이 뒤숭숭하여 편히 앉아 있지 못하는 상태를 말하며 자리는 지키고 있지만 주변사정이나 일의 형세가 어떻게 진행될지를 몰라 걱정이 많은 상황에서 쓰이는 말이다. 희왕은 자신의 의지와 노력보다는 항량에 의해 천거되어 타의적으로 초왕이 되었고 전시에 군권을 장악하지 못했으므로 항량이 죽은 후 항우를 무서워했다. 좌불안석은 당시 초희왕의 심리 상태를 정확히 표현한 말이다.

27. 지록위마指鹿爲馬

指(방향 사물을 가리키다, 지시하다, 손가락 지)
鹿(사슴, 뿔이 있는 숫사슴 록)
爲(간주하다, 만들다, 인정하다, 바꾸다, 베풀다 위)
馬(말 마)

"사슴을 가리키며 말이라고 말하다." 시황제가 죽고 이세 황제 호해의 곁에는 선대부터 황제를 모신 간신 환관 조고가 있었다. 호해는 모든 나라의 대소사를 조고에게 맡겼고 정작 본인은 술과 여자에만 빠져 국정을 돌보지 않았다. 여러 신하들도 황제의 입과 귀를 대신하는 조고의 권세에 머리를 숙였다. 조고는 환관 출신이라는 자신의 약점에 도전을 받지 않기 위해 황제를 이용해 자신의 권위를 더 높이고자 하였다. 한번은 연회에서 황제에게 사슴을 바치며 귀한 말을 준비하여 폐하께 바친다 하였고 호해는 아무리 그래도 자기가 사슴과 말을 구분하지도 못하겠냐며 이건 사슴이 아니라 말이라고 했다. 이에 조고가 여러 신하들에게 이게 사슴인지 말인지 말하라고 하자 조고의 서슬파란 권세에 겁을 먹은 대부분의 신하들은 아무 말도 못하였고 말馬이라고 응대한 몇몇은 조고가 나중에 모두 죽어버렸다. "윗사람을 멋대로 주무르고 권세를 마음대로 휘두른다."라는 뜻이다.

28. 지지불태知止不殆

知(알다, 알아차리다 지)
止(멈추다, 그치다, 머무르다 지)

不(아니 불)

殆(위태롭다, 곤란한 상황에 처하다, 해치다 태)

"멈추는 것을 알면 위태로워지는 일이 없다" 지지불태는 원래 노자의 〈도덕경〉 44장 "지족 불욕知足不辱 지지불태知止不殆 만족을 알면 욕을 당하는 일이 없고 멈출 줄을 알면 위 태로워지는 일이 없다."에서 유래한 말이나 〈초한지〉에서는 장량의 처신과 비유되어 회자 된다. 유방의 패업이 이루어지고 나서 대부분의 공신들은 그들이 받게 될 작위와 식읍에 민감해하며 모두들 자신의 공로가 지대하다거나 자신이 따르던 우두머리의 출세와 이해관 계를 가름질했다. 그러나 장량만은 그런 일로부터 무관하게 작위와 식읍에 초연했으며 유방이 거듭 청하자 유방을 처음 만난 유留땅에 머무르게 하여 달라고만 말하였다. 장량은 그 후로도 공이 이루어지면 물러날 줄 알아야 한다며 처신을 달리했다. 건한 초기 많은 공신들에 대한 숙청이 이루어졌을 때 오로지 장량만이 비교적 이런 일들과 무관할 수 있었던 것은 그가 도가사상을 기본으로 황로학을 실천하고자 했기 때문이었다. 장량은 지족 知足과 지지知止로 가이장구可以長久했다.

29. 토사구팽兎死狗烹

兎(토끼 토)

死(죽을 사)

狗(개 구)

烹(삶다, 삶아 죽이는 형벌, 일힌 음식 팽)

"토끼가 죽으면 개를 삶는다" "교토사주구팽狡兔死走狗烹 교활한(재빠른) 토끼 사냥이 끝나면 토끼를 몰던(물고 온) 사냥개는 삶는다."에서 유래되었다. 〈사기 월왕구천세가〉와 〈사기 회음후열전〉에 기록되어 있다. 항우가 죽고 유방이 천하를 통일하자 유방과 한신의 사이는 나빠졌다. 항우와의 마지막 결전을 앞두고 한신이 빌미를 제공한 적도 있었고 유방도 한신을 전적으로 믿지는 못하였다. 한신은 제왕에서 초왕으로 그리고 다시 회음 후로 강등되어 말았다. 한신이 초왕으로 있을 때 항우의 부하였던 종리매 사건이 터지게 되었고 이와 연루되어 한신이 유방에게 사로잡히게 되었을 때 한신이 "교활한 토끼를 잡고 나면 사냥개를 삶고 새 사냥이 끝나면 좋은 활은 감추어지며 적국이 깨어지면 충직한 신하는 망하는구나!"라며 사신의 처지를 한탄하며 유방을 원망했다. 필요할 때 요긴하게 쓰고 필요가 없어지면 가차 없이 버린다는 의미이다.

30. 파부침주破釜沈舟

破(깨뜨리다, 부수다, 없애다 파)
釜(큰 솥, 솥뚜껑 부)
沈(가라앉다, 가라앉히다, 빠지다, 잠기다, 헤어나지 못하다, 머무르다 침)
舟(배 주)

"솥을 부수고 배를 가라 앉히다" 〈항우본기〉에 나오는 말로서 항우가 전 병력을 이끌고 장한 장군이 이끄는 진나라와 결전을 벌이기 위해 하북과 하남의 경계 장하漳河를 건너자마자 강을 건너기 위해 타고 온 배를 모조리 물 속에 가라앉히고 취사용 가마솥은 부수고 막사를 불태워버렸다. 그러고는 전 병사들에게 단 3일분의 식량만 몸에 지니게 했다. 전투에서 지면 더 이상 먹을 수도 없고 잠을 잘 수도 없는 돌아가지 못할 강을 건넜으니 죽을 각오로 싸우라는 뜻이었다. 항우의 초군은 진군을 압도했고 거록을 구원하러 왔던 여러 제후들은 초군들이 1당 10으로 싸우는 분전을 멀찌감치 떨어져 지켜만 보고 있었다. 이 전투에서 승리한 항우는 각 제후들과 장군들을 소집하고 자신이 대진항군의 우두머리임을 만천하에 알렸는데 어느 누구도 항우의 얼굴을 똑바로 쳐다보는 자가 없었다. 마지막 승부를 위해 모든 것을 걸고 죽을 각오로 싸운다는 의미이다.

31. 패왕별희霸王別姬

霸(으뜸, 대장, 우두머리 패)

王(임금 왕)

別(헤어지다, 이별하다, 나누다, 갈라지다 별)

姬(성씨, 이쁜 여자 희) : 여기서는 우희虞姬, 우미인虞美人을 일컫는다

"패왕이 우희와 이별하다." 사실 "패왕별희"는 고사성어라기보다는 〈항우본기〉나 〈초한지〉에 나오는 한 장면으로서 항우와 우희의 마지막 이별을 묘사하는 문구이다. 1993년 천 카이거(=진개가) 감독이 연출했고 청 퀴윙(=장국영), 궁 리(=공리), 청 펭이(=장풍의)가 출연했 던 "영화 패왕별희 ˮFarewell My Concubineˮ"는 원래 이벽화의 소설 〈사랑이여 안녕〉을 원작으로 만들어졌는데 영화속의 영화(=경극)가 바로 해하가垓下歌, 화항왕가和項王가에 나타난 항우와 우희의 비극적인 죽음을 담고 있는 작품이며 영화의 중요한 소재이자 영화의 제목으로도 사용되었다.

〈초한지〉를 읽어 본 사람에게 이야기 전체에서 가장 극적인 두 부분을 꼽으라고 한다면 거의 대부분은 이설없이 홍문연과 해하에서 항우가 우희가 이별하는 이 대목을 이야기 할 것으로 짐작된다. 사실 유방과 항우의 초한쟁패는 홍문연에서 그 긴장감이 첫 번째 절정에 이르렀다가 패왕별희에서 마지막 클라이막스Climax를 이룬 후 오강에서 항우의 자결로 대단원의 막을 내린다 해도 전혀 틀린 말이 아니다.

〈초한지〉와 연관된 고사성어를 정리하다가 편의상 가나다순順으로 배열하였는데 마침 마지막 고사가 "패왕별희霸王別姬"여서 감회가 더해진다.

역사는 박물관 유리 선시관 안에 가지린히 징돈整頓되어 잠자고 있는 정물靜物이 아니라 살아 움직이는 생물生物이다.

지난 가을 졌던 꽃이 새 봄에 필 그 꽃은 아니지만 한 뿌리 같은 둥치에서 피고 지듯이 〈초한지〉에 등장했던 사람들은 과거의 사람들이 아니며 그들과 연관된 고사성어도 이미 지나가버린 과거의 일이 아니다. 어제의 사람들이 경험했던 상황과 그들의 선택은 내일도 역사의 큰 수레바퀴 안에서 어김없이 반복될 것이므로 오늘의 선택이 우리에게 고스란히 남아있는 셈이다.

역사는 선택이다.

패왕별희를 끝으로 초한지 주요인물과 고사성어에 대한 10강해講解를 마친다.

맺는 말

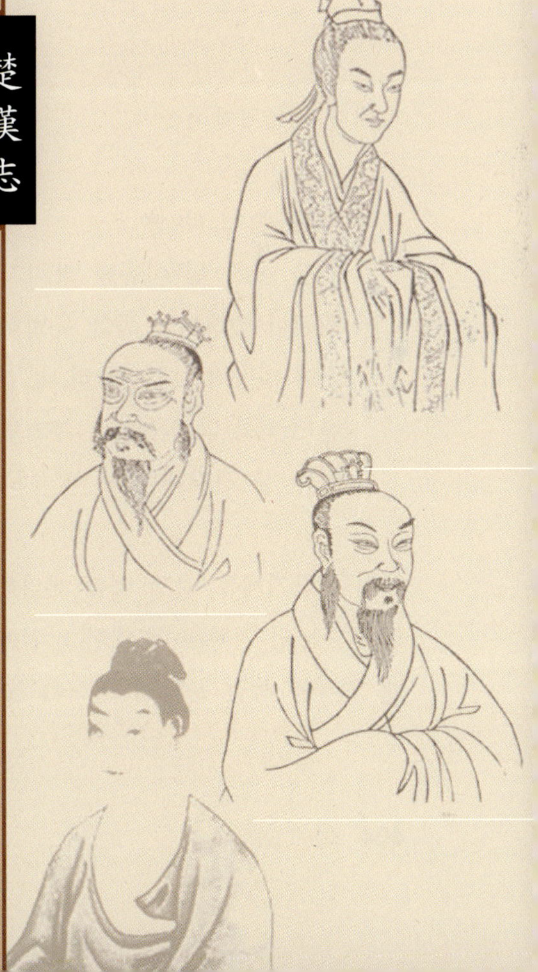

대개 맺는말에서는….

1) 책을 쓴 소회所懷 또는

2) 책을 쓰게 된 이유를 밝히거나

3) 집필이 진행되는 동안 특별히 생각나는 분들에게 감사의 말을 전하는 것이 일반적인데 정확히 내 깜냥만큼 밖에 펼치지 못한 글을 두고 특별한 소회를 밝히는 것은 부끄럽고 2), 3)에 연관되어 내가 익히 알아오고 있는 세 사람에 대해 몇 자 적어보고자 한다.

외국 단기체류, 출장 때를 제외하고 매주 월요일 아침마다 짧은 시詩나 주말에 다녔던 기행紀行에 대한 느낌을 글로 전해주는 선배님이 계신다. 학창시절 연극을 하신 분답게 필력이 높고 문체가 간결하다.

그와 함께하는 식사자리가 끝나고 계산대에 서는 일을 두고 상대가 먼저 선수라도 치는 날엔 그는 양미간을 찌푸리며 "야~~! 밥값 네가 낼 거면 앞으로 네가 선배해라."라는 퉁명스런 유머로 굳이 계산된 전표를 기어이 취소시키고야 만다. 본인이 계산대를 장악해야 적성이 풀리는 인생이다.

실제 그런 일로 그와 논쟁을 한 적이 몇 번 있었으니 요즘 같은 세상에 선수先手 계산 대장이라는 칭호가 실로 아깝지 않다. 전국 선수先手 계산 협회가 있었다면 전선협全先協 회장 자리는 따놓은 당상인데 아쉽게도 그는 감투를 좋아하지 않는 듯하다.

그런데 전선협 무관無冠의 제왕帝王인 그와 밥자리 술자리에서 잠시라도 이야기를 나누어 본 사람이라면 다방면에 걸친 그의 식견이 한곳에 머물러 걸리는 바가 없으며 지위고하 막론하고 누구를 만나더라도 그가 위아래로 어색함이 없는 편안한 대화의 달인임을 곧바로 알아차리게 된다.

흔히들 공짜 밥, 공짜 술이 제일 맛있다고들 한다. 허나 그것은 하나는 알고 둘을 모르는 인생들이 하는 소리이다. 배고플 때 스스로 찾아가서 스스로 즐기면서 그 맛을 알고(=지미知味) 먹는 음식이 가장 맛있고 여름철 퇴근길 목마를 때 하루 종일 수고한 동료들과 시끌벅적한 호프집에서 첫 잔으로 마시는 시원한 맥주와 추운 겨울 초저녁 조용한 선술집 오뎅바에서 이야기를 잘 들어 주는 오래된 친구와 서너 잔쯤 마시는 따뜻한 사케가 이 세상에서 가장 맛있는 술이다.

만 원짜리 한 장 바람에 날려버리고 아깝지 않은 사람은 드물고 세상에 평생의 비밀이 없듯이 떨어지는 물 한 방울도 갚지 않아도 되는 공짜는 없다(=금생미명심 적수야난소 今生未明心 滴水也難消.) 그는 신릉군과 맹상군처럼 상대를 존중하고 돈보다는 사람에게서 답을 찾으려고 식사 도중 전화 받으러 간다는 핑계 삼아 계산대를 선점할 뿐이다.

송곳 바늘만한 점 위에 서있기보다 밥 값 먼저 내고 자기 길 찾아 참치라도 잡으러가야 직성이 풀리는 그 분의 이름은 한덕선韓德善이다. 그는 실제로

20년 전 40대 후반이라는 나이에 뉴질랜드에서 참치 잡는 선박을 운영하며 "서머셋 몸"의 〈달과 6펜스〉에 나오는 "찰스 스트릭랜드"처럼 자기 인생의 코스라인을 크게 변침한 적이 있었다.

누군가 나에게 사람이 무엇이냐고 묻는다면 사람은 본인 스스로가 유지하고 있는 "정서情緒의 총체"라고 말하고 싶다.

평소 "그려! 그려! 맞아 ! 맞아!"하시며 넉넉하게 웃으시는 그가 지난 늦가을 그의 사무실에서 보여준 자작시自作詩를 기억한다.

그때 시감詩感을 떠올려 보면 초여름 저녁 십리대밭 산책길에서 느끼는 여유로움이 생긴다 미쳐 날뛰는 사나운 호랑이등에 거꾸로 올라타서 맹수의 꼬리를 잡지도 못하고 놓지도 못하는 사람들과 같이 그리 기창한 인생은 아니지만 평범한 일상 속에서 노록 노록 잘 구워진 고기를 앞에 두고 "형님먼저 아우먼저 드시게"하다가 "밥값은 내가 먼저 당신은 나중에"라고 우기는 푼수 짓으로나마 서로 희희낙낙 소통하고 있다는 일상에 감사한다.

오래된 친구 박수용에게도 감사드린다. 사실 이 친구에 대해서는 별도로 쓸 계획이 없었는데 그와의 저녁식사자리에서 박수용도 익히 아는 자에 대해 여차저차 했더니 왜 자기에게는 감사의 말 한 줄 남긴다고 하지 않느냐고 눈이 똥그래져서 따지듯이 물었다. 우린 둘 다 피차 그 정도로 허물없이 서로에게 싱겁기로 유명한 사람들이다.

맞는 말이었다.

가만히 생각해보니 박수용에게도 39년간 고마운 일들이 많았고 그는 작년에 내가 출판한 책에 대해서도 두세 번 반복해서 읽었다며 각별한 독후讀後로 격려하였다. 그날 술자리에서 본인도 나에게 고마웠던 적이 있었다고 했으니 시쳇말로 피차 퉁친 셈이다.

친구끼리 오랫동안 자주 만나왔고 여전히 만나고 있다는 것은 서로 퉁 친 게 많았다는 의미일 수도 있다. 모든 사람과 친구가 될 수는 없다. 그리고 친구간의 관계에 이게 맞다 저게 맞다 미주알 고주알 정답을 따져봐야 그 정답이 이 정답이 될 리는 만무하다. 인간관계에서 친구라고 이름이 지어졌으면 매사 왕래往來에 제로 썸 Zero Sum이 되는 편이 그나마 정답에 수렴할 만한 것이다.

소크라테스의 마지막 말은 우리가 익히 아는 "너 자신을 알라!"가 아니었다. 그가 독배를 마시기 전 플라톤에게 남겼던 말은 "살아오면서 아스클레피오스에게 닭 한 마리 빚진 게 있다."라는 유언이었다.

소크라테스는 제자들이 배심원들과 사전에 협상해 놓은 데로 도편추방陶片追放의 형식을 빌려 아테네를 떠남으로서 목숨을 부지할 수도 있는 상황에서 법정에서 자기 스스로를 변호한 후 자존심에 스스로 부응하며 굳이 독배를 마시고 선택적 자살을 하기로 마음을 먹어버렸다.

이런 상황에서 소크라테스가 생명을 살리는 의학의 신神인 아스클레피오스에게 미안해서 그런 표현을 했던 것인지 아니면 돈은 못 벌어 주면서 허구한 날 아테네의 젊은 청년들과 인생과 진리에 대해 노닥거리기만 한다고 젊은 아내 크산티페로부터 구박받았던 70세 백수 할아버지 소크라테스가 실제로 닭 한 마리 얻어먹은 옆집 개똥이의 본명이 아스클레피오스였는지에 대해서는 지금 그 누구도 알 수가 없다.

이 글을 적으면서 친구 박수용에게 닭 한 마리 얻어먹은 적이 있는지 생각해보니….

곰곰이 생각을 더듬고 자시고 할 필요도 없이 닭 한 마리 정도가 아니라 그가 한 달 전 와인을 포함한 거창한 식사에 나를 포함한 지인들을 초대한 사실이 떠올랐다.

"오래된 일이라 잘 모르겠다."라고 둘러대려니 그날 마셨던 와인 맛이 너무 생생한데다 "취해서 가물가물 잘 기억나지 않는다."라고 일보후퇴라도 하려니 동석한 신창하가 증인으로 나설게 뻔하므로 그것도 이미 글러먹은 일이다.

만약 그가 그날의 계산서라도 들이댄다면 닭 한 마리 사는 것으로는 턱없이 부족 할 것 같아 고민 중이다. "닭 100마리까지 사 줄 테니 먹을 만큼 먹어봐라."라고 말하고 기다리는 수밖에 없다. 다행히 박수용은 식사량이 작아 기껏해야 닭 한 마리에 소맥 2~3잔 정도 먹을 것이라 생각하고 그나마 위안으로 삼는다.

그리고 마지막 한 사람…. 이 사람은 내가 1986년 2월 14일 처음 만났으니 지금까지 얼추 39년째 현재완료진행형으로 함께 동시대同時代를 살아가고 있는 셈인데 이름 석자에 동그라미 "ㅇ"이 4개나 들어가는 연유로 발음하기가 결코 쉽지 않은 조용웅趙鏞雄이란 인생이다.(=이하 조가趙家라고 칭한다.)

사실 우리는 20대 초반 꽃다운 시절 외출이 쉽지 않았던 곳에서 4년간 동문수학했던 사이였고 그는 현재 경남 마산에서 Harbour Pilot, 해운입계에서는 흔히들 도선사導船士또는 파일럿이라고 부르는 해운항만관련 직종에 종사하고 있다.(=국제해사기구IMO의 법령에 따라 국적선, 외국적선 상관없이 적정톤수이상의 선박이 우리나라 개항장의 항계Port Limit내 항만시설에 입항 / 접안할 때나 항만시설로부터 출항 / 이안할 때 또는 항계내에서 다른 항만시설로 이동할 때에는 특별면제조건에 해당하지 않는 경우에는 반드시 도선사자격증을 갖춘 자가 선박을 지휘 조종하도록 강제하고 있다. 도선사는 시시각각 변하는 항만내의 교통량, 기상상황, 조류, 수심변화와 각종 항만시설의 접안 능력, 선박의 전장LOA, 총톤수GRT, 재화중량톤수DWT 등을 파악하여 정확한 목표위치로 선박을 안전하게 입 / 출항, 접 / 이안, 이동시키는 일을 한다.)

개념적으로 도선導船은 지정된 위치(=In position)에 정확하게 자동차를 주차하는 일과 비슷하다고 볼 수도 있겠지만 도선사가 하는 일은 도로 위가 아닌 움직이는 유체流體, 즉 해상에서 선종에 상관없이 30만 톤 이상의 유조선VLCC이던 전장全長LOA 350M 초대형 컨테이너 선박이던 항공모함이던 고가원자재(=철광석, 각종 광물자원, 곡물, 원목), 공산품(=컨테이너내 선적물, 자동차. 철재, 기계류), 위험화물(=원유, LNG, LPG, 각종석유화학제품)을 적재한 대형 선박, 특수선을 조종하는 기술과 연관되어 있다는 점에서 적잖은 해상경력과 도선사 면허를 갖추어야만 할 수 있는 특수 전문 직종이라 볼 수 있다.

암튼 이러한 일을 하는 친구 조가趙家와 마산지역에서 꽤나 독보적으로 싱겁거나 순수하기로 유명한 친구 유상설과 열혈남아 통영 친구 박귀주가 지난 여름 마산으로 나를 초대한 적이 있었다.

평소 개별적으로는 지극히 상식적인 모양새들을 하고 있다가도 패를 이루어 만나기만 하면 너나 할 것 없이 푼수기가 발동하고야마는 우리들은 예전부터 그랬듯이 만나자고 한 자나 초대받은 자가 행여 커피나 우유를 마시자는 말을 꺼내기라도 한다면 박귀주로부터 "시방 무신 택도 아인 소릴 해쌌노? 구쿨라커믄 마 고마 쎄리 치아삐라!(=지금 무슨 말도 아닌 소리 하고 있는 거냐? 그런 소리 할 거면 아예 없던 일로 하자.)"라는 핀잔과 함께 피차 을사오적에 버금가는 취급을 받게 된다는 것을 익히 알고 있는 터라 우리는 마산 어시장 부근의 꽤나 낭만 있는 통술집에 자리를 잡게 되었다. 그리고 이런 저런 이야기 도중 조가趙家와 나는 〈초한지〉에 나오는 하후영에 대해서 잠시 취담醉談을 나누게 되었다.

조가趙家와 나는 예전부터 일상의 직업적인 업무나 딱히 만날 현실적인 이유를 먼저 정해놓고 만난 적이 거의 없었다.

내가 가도 그만, 그가 와도 그만, 보면 좋고 안 봐도 피차 재촉할 일도 없는 그런 실속 없는 이유를 핑계 삼아 가끔씩 만났고 우리는 단 한 번도 그런 싱거운 만남에 대해서 서로를 이상하게 생각하지 않았다.

그런데 이상한 것은 우리는 만날 때마다 마치 오랫동안 당연히 그래왔던 습관처럼 분에 넘치게 카프카나 까뮈, 예수나 싯다르타, 공자나 소크라테스, 조조나 유비, 허균과 허만 멜빌, 이상과 김소월 등등과 같이 우리가 평생 동안 단 한 번도 만나보지 못했던 숱한 인생들을 술자리에 동석同席시키곤 했다.

"동석시켰다."라는 말은, 그들은 우리 이름 석 자도 모르고 있었거나 우리에게 전혀 관심도 없었는데, 우리가 그들의 행적에 대해 아프리카 코끼리

앞발톱 사이에 낀 찌르레기 똥만큼 쬐끔 알고 있다는 이유만으로 우주 속의 먼지가 되어 버린 그 매혹자들을 등장시켜 인문학적인 허영심에 빠지곤 했다는 이야기이다.

그러나 위에서 밝힌 그런 인물들의 거창한 이름이 무색하게도, 아니면 지극히 당연하게도 조가趙家와 내가 나눈 취중 잡론잡설雜論雜設들은 대개 다음 날 아침이면 과음의 처절한 댓가인 쓰린 속을 풀기 위해 "어떤 해장국을 먹을 것인가?"보다도 더 하찮은 주제가 되어 있거나 아니면 책갈피처럼 끼워 넣고 잊어버린 후 뒷날 그 책을 뒤져볼 때서야 우연히 다시 보게 되는 오래된 단풍잎파리처럼 일상생활에서는 피차 소출 없는 이야기가 되어버리는 것들이 대부분이었다.

이유인즉 조가趙家나 내가, 누가 따로 먼저 고백을 하지 않더라도 서로 헤어지고 나서 각자의 먹고 사는 현실의 문제에 직면하게 될 때에는 위에서 말한 그런 잡론잡설들이 생업에 전혀 도움이 되지 않는다는 것과 도리어 방해요인으로 작용한다는 것을 피차 익히 잘 알고 있었기 때문이었다.

그럼에도 불구하고 꽤나 고집스러운 면이 있었던지 아니면 문학적 낭만을 핑계 삼아 당최 별 볼일 없어 보이던 그때그때(=특정 시절時節)의 현실에서 가끔씩 도망가고 싶었던지 암튼 우리는 만나기만 하면 또다시 오래된 책갈피 단풍잎파리나 네잎클로버들을 끄집어내곤 했다.

예를 들자면, 둘 다 중조할아버지의 제삿날도 모르면서 〈심청전〉의 불교적 해석에 대해 이야기하다가 심청이가 다이빙했다던 인당수가 지금의 군산 앞바다인지 백령도 앞바다 인지를 가지고 신간하면서 그 장단이 지겨우면 이내 인당수가 아니라 임당수라고 화제를 바꾸는 것과 같은 소출 없는 이야기들을 이어 나가곤 했다. 한마디로 돈 안되는 이야기들이었다는 뜻이다.

사실…. 전문적인 학자, 교수, 직업적인 문사文士가 되겠다는 목적이 없다면 2~30대에 플라톤의 〈변명〉이니 〈향연〉이니 〈크리톤〉이니 〈파이돈〉을 백날 읽어봐야 빵 한 조각 생기지 않는다는 것과 프란츠 카프카의 〈변신〉

에서 벌레로 변해버린 그레고리를 두고 아버지, 어머니, 여동생이 취한 행동에 대해 인간조건의 견지에서 어떤 의미를 부여해보겠다고 서로 갑론을박 침을 튀겨봐야 오뎅 국물 한 컵 사 먹을 돈이 나오지 않는다는 것을 인정하게 된다.

아울러 필부필부匹夫匹婦로 살아가는 50대 중반을 넘어선 나이에 이런 저런 이름의 베스트셀러 몇 권과 정통고전 서너 권을 더 읽어본다고 해서 우리 남은 인생 동안 끝까지 유지해볼 만한 불변의 지혜가 새삼 체득될 거라고 요란을 떨 필요가 없다는 것도 자연스럽게 알게 된다.

다행인지 불행인지 스쳐 지나가는 유행인지 몰라도 근래에 대기업 CEO들, 유명 정치인 또는 이런저런 이유로 이름을 꽤나 얻은 방송인들이 무슨 장기자랑 하듯이 입에 거품을 물고 인문학열풍, 통섭열풍, 인문학의 생활화를 외치고 있기는 하다.

그리고 세계에서 가장 바쁘게 돌아가는 무한경쟁 소사이어티 대한민국에서는 인문학의 중요성을 개인이나 조직의 경쟁력 확보차원의 명분처럼 강조하거나 시절유행時節流行 사회적 스펙Social Specification 또는 경영 관리 도구Management Tool처럼 요구하고 있는 것도 부정할 수 없는 현실이다.

그러나 누구나 유 튜브 채널을 통해 30분이면 〈중용〉의 저자, 목차, 주요 내용등을 대충 파악하고 드디어 사서삼경의 하나인 〈중용〉을 읽었다는 반열에 본인도 명함을 내밀 수는 있겠구나 라고 착각을 하게 만드는 미디어 천국 우리나라에서의 "인문학의 생활화"와는 무관하게….

아무리 흉허물이 없는 친한 친구끼리의 술자리에서라도 인문을 핑계 삼아 함부로 노자 〈도덕경〉 5,000자의 첫 구절 "도가도비상도 명가명비상명 道可道非常道 名可名非常名 (=상대적 진리를 말로서 진리라 규정하는 순간 그 진리는 이미 항상 그러한 절대적 진리가 아니고 상대적 정의定義Definition를 말로서 정의定義라 규정하는 순간 그 이름은 항상 그러한 절대적 이름이 아니다.)을 끄집어냈다가는 가끔 부산역 광장 앞에서 만날 수도 있는 "도를 아십니까?" 부류의 살짝 맛이 간

사람으로 취급당하기 십상이다.

마찬가지로 아침 헬스 동호회의 한 달에 한번 있는 회식자리에서는 흔히들 말하는 공자왈 맹자왈 〈논어論語 자로편〉, 〈맹자孟子 공손추편〉과 같은 이야기보다는 최근 어느 식당에서 먹방 프로그램 촬영을 하는 야구선수 이대호를 봤는데 "정말 허벅지가 굵더라", "곱창과 대창을 혼자서 10인분이나 먹더라"식의 이대호 그분이나 우리네 인생에 피차 아무짝에도 쓰잘데기 없는 얘기를 하거나 아니면 봉암사에서 동안거冬安居를 마친 선방禪房 스님들이 해제解除를 마치고 모두 여의도 순복음교회로 가서 찬송가 불렀다는 둥의 허튼 소리라도 하는 편이 차라리 좌중의 즉흥적인 호기심이라도 유발하기에는 훨씬 유리하나 할 것이다.

일상적으로 나누는 대화에서는 노장사상老莊思想의 진수 〈노자도덕경老子道德經〉과 〈장자제물론莊子齊物論〉은 이대호의 허벅지 굵기보다도 못한 소재임에 분명하다.

엄연한 사실이다.

대부분 사람들은 노자 철학이니 선종禪宗의 육조六祖 혜능慧能이니하는 이런 이야기에는 관심이 전혀 없다. 관심이 없는 것이 아니라 도리어 피곤해한다. 차라리 탈모예방비법 커피샴푸에 대해 반풍수 구라라도 늘어 놓는다던지 코미디언 최병서와 같이 식사라도 한번 하자고 한다면 상대방은 5분쯤은 귀를 기울어 줄 수 있을 것이다.

그러나 희한하게도 여태껏 조가趙家와 내가 만나 나눈 대화중에는 87년 1월 추운 겨울 무전여행이랍시고 조가趙家를 찾아가 마산 복개천이 있던 양덕동에서 둘이 만나 그 담날 꼭두새벽 아침부터 높은 고지대인 걸로 기억나는 경남대학교 운동장엔 왜 올라갔는지를 훗날 물어 본 적은 있어도 해운 / 선박관련사업 중에서 어떤 아이템이 돈벌이에 좋은지에 대해서 서로 정보를 탐색한다든지 앞으로 뭘 해서 벌어먹고 살 건지?, 구체적으로 돈은 어떻게 벌건지?, 엔화 약세가 부산 남포동 자갈치 시장 김화자 할머니의 "할매 곰장어집" 매출과 우리나라 경제에 어떤 영향을 미칠 것인지?, 가수 조영남과 코미디언 엄용수가 결혼을 몇 번 했었는지? 이러한 맥주집 팝콘 같은 얘기들을 나눈 적은 단 한 번도 없었다.

한마디로 우린 그런 면에선 싹수가 노란 종자들이었고 그나마 지금까지 비교적 하루 세끼 잘 챙겨먹고 겨울에 히터 켜고 여름에 에어컨 켜고 별 탈 없이 살고 있는 것을 보면 "억세게 운이 좋았다."라는 표현 밖에는 달리 할 말이 없다.

그리고 위에서 말한 도선사 조가趙家에 대한 예나 지금이나 변하지 않는 나의 평소 느낌은 해운업계의 마리너Mariner들이 모두 다 부러워하는 그 직업의 자격조건, 희소성, 그에 따른 직업적 처우에 대한 짐작과는 전혀 무관해 보이는 그의 외모에서 풍겨지는 아우라Aura와 그 자가 여태껏 스스로 온전하게 잘 지탱하고 있는 마음 꼴의 무늬와 깊게 연관되어 있다.

그는 마치 "가는 세월"이라는 노래를 불렀던 "가수 서유석"이 네바다 사막 계곡 데스 밸리 Death Valley에 컵라면 10개만 달랑 사들고 들어가서 10일 동안 "나는 자연인이다"를 체험하고 나온 뒤 곧바로 모하비 사막으로 달려가 음식 없이 3일간 횡단한 것과 비슷한 모습을 보일 때가 많았는데 당사자들로부터는 행여 꾸중을 얻어먹을 만한 비유지만, 나에게는 그의 그런 모습이 1996년, 30대 중반을 넘은 나이로 해인사 승가대학을 졸업하고 경북 경주시 나산리 보덕암에서 치열하게 화두를 잡고 있었던 용운龍雲스님(=그는 당시 보덕암에 혼자 머물고 계셨다. 하루 나절 정도 나와 같이 지냈는데 스님과 내가 긴 이야기를 나눈 적은 없었고 그는 자기 방을 잠시 나에게 내어주고 주로 암자주변을 산책하거나 툇마루에 앉아 계셨는데 잠시 이야기를 나누는 동안 내 부모님의 고향이 합천이라는 말을 듣고 무슨 마음에서였는지는 몰라도 나에게 사진 한 장을 보여주셨다. 우리 또래의 초등학교 졸업사진처럼 흑백사진 한 장에 3~40명이나 될 법한 젊은 스님들이 단체로 찍은 사진이었다. 맨 중앙위에 海印寺 僧伽大學?期, 오른쪽 위에 法名 龍雲

그리고 맨 밑 오른쪽 끝에는 졸업날짜가 펜글씨로 긁어 낸 듯이 적혀 있었다. 오전에 올라갔다가 해가 지기 전 내려왔지만 그 스님에 대한 인상은 꽤나 강렬해서 지금도 그 사진을 보여주고 머리를 밀어버린 3~40명 중에서 그를 식별하라고 한다면 이 사람이라고 특정할 수 있을 듯하다.)에게서 받은 첫 느낌과 겹치는 바가 있었고 이름(=그 스님의 본명은 알 수가 없다. 용운龍雲은 법명法名) 또한 서로 비슷해서 왠지 특별하게 여기곤 했다.

학창시절 그는 학업에도 꾸준했다. 교과 성적이 1등인 학생에게 주어지는 소대장직을 8학기동안 2번을 제외하고는 거의 다 맡았는데 들쑥날쑥 평균 성적으로 치자면 어중간하게 앞을 봐도 반, 뒤를 봐도 반이었던 내가 보기에는 흔히 말해 그가 강박적으로 남들보다 출세를 선점하려고 악착같이 공부했던 적은 없어 보였다.

조가趙家는 그가 열심히 공부하면 그의 홀어머니가 기뻐할 것이라는 생각을 가지고 있었던 같았다. 아마도 그의 어머니를 위해 그때 그가 할 수 있었던 것은 그것뿐이었을 것이다.

20대 후반 30대 초반을 지나면서 일찌감치 육상근무나 자기 사업을 시작한 여러 동기들보다 상대적으로 오래 승선생활을 했던 그를 자주 볼 수는 없었고 한동안 소식이 끊겨 마지막으로 본 게 언제였는지도 모르고 지낼 즈음이면 그가 없는 친구들과의 만남 자리에서 프란츠 카프카에 심취해 있던 조가趙家가 작가가 되었다는 풍문이 안주삼아 들리곤 했다.

그러다가 돌고 도는 바닷가 주변의 인연이 닿아 그를 우연히 만나기라도 할 때면 조가趙家는 여전히 변함이 없었고 술 한 잔 마시면 세상 초탈한 표정으로 희죽 희죽 웃기만 했다.

가끔 오버하는 액션이라고 해봐야 1차 술자리가 끝나고 2차 행선지로 향할 때 호주머니에 손 넣고 보조를 맞추지도 못하는 어정쩡한 걸음걸이로 왠지 모르게 자기 혼자 신이 나서 평소보다 조금 빨리 걷거나 술자리가 끝나면 딱히 기억도 안 날게 뻔한 친구들의 입담에 맞장구치며 그가 사용하는 유일한 욕지거리인 "아~ 지랄~~!"이라 말하며 도깨비 장승같은 창백한 얼굴로 껄껄껄 웃는 게 전부였다.

내가 알아 온 39년간 조가趙家는 남자로서 외적인 것에 사치를 부리거나 재주를 내세워 잘난 척 하는 것을 부끄러워했고 허세가 섞인 강함으로 남을 압박하거나 귀에 거슬리는 언행으로 상대의 마음을 아프게 하는 교만함을 보인 적이 없었다.

암튼 이런 조가趙家를 지난여름 다시 반갑게 만났을 즈음, 나는 〈초한지〉의 하후영이란 인물에 몰두해 있었다. 그 이유는 하후영은 앞서 본 강에서 밝힌 바대로 유방의 패현 건달시절 칼부림 사건에 연루되고도 입을 닫고 유방을 대신에 처벌을 받았을 만큼 의협적義俠的인 인물인데다 유방의 출생과 연관된 용이니 뱀이니 하는 카더라 스토리를 제외하고는 풍읍 시절 유방에 대한 가장 오래된 그리고 실제 있었던 일로 봐지는 이야기에 등장하는 인물이었기 때문이었다.

신약의 4복음서에 예수의 생물학적인 아버지가 아니라는 정도로만 기록된 목수 요셉과 요셉과의 사이에서 예수 아래로 야고보, 시몬, 요셉, 유다 네 아들과 최소 두 딸을 두었던 어머니 마리아를 제외하고 나사렛의 예수라는 청년의 공생애가 갈릴리 호수 가버나움의 어부였던 요나의 아들, 본명 시몬(=예수는 그를 "베드로"라고 부른 적이 없다. "케파Kepa"라고 불렀다. 예수가 지어준 이름 아람어 "케파Kepa, Cepha"는 훗날 헬라어를 거쳐 라틴어 "Petrus"로 의역되었다. 케파, 페트로스, 페트로. 페트루스, 베드로는 모두 돌石, 돌멩이, 반석磐石, 석벽石壁이라는 뜻이다.)과 그의 동생 안드레이로부터 처음 시작되었듯이 나는 유방이라는 인물에 관한 첫 이야기는 패현에서 말馬을 돌보는 하급관리였던 하후영과 연관된 사건들로부터 시작되었다고 보고 싶었다.

하후영은 유방이 마차를 타고 다니는 시점부터 유방이 죽을 때 까지 요샛말로 유방의 운전기사(=태복) 노릇을 했으므로 전쟁 중 잠시 떨어져 있을 때를 제외하곤 아마도 그야말로 가장 지근에서 유방의 잘생긴 얼굴을 자세히 본 사람일거고 술 마시고 침 튀기며 떠들어대는 유방의 목소리를 가장 가까이서 들었던 사람이었을 것이다.

즉 유방의 풍읍 칼부림 사건과 도망가는 마차에서 두 자식들을 버린 일화와 같이 하후영과 연관된 기록의 파편들이야 말로 유방의 일거수일투족, 본모습에 관한 가장 팩트에 가까운 이야기들일 것이라 나는 믿어 의심치 않았다.

유방이라는 인물은 역이기, 한신, 장량, 진평과 더불어 훗날 완성된 사람이었지만 청년시절 패현 풍읍의 하후영과 더불어 인생 초창기를 시작했던 사람이었기에 청년 유방을 알려면 소싯적부터 가는 곳마다 출입을 같이했던 하후영에게 유방 그가 어떤 사람이었던 지를 물어보는 것이 가장 좋은데 그럴 방법이 없으니 일단 하후영에 대한 기록이나 한번 찾아보자는 심산이 있었다.

솔직히 그때까지만 해도 나는 〈초한지〉의 등장인물들에 대해 글을 한번 써 보겠다는 생각은 없었고 〈초한지〉에 대해서 그냥 여기저기 긁적거려 놓은 정리되지 않은 산만한 자료들이 전부였는데 조가趙家를 만난 다음 날 집으로 돌아오는 차안에서 마산 출발 전 조가가 사준 속풀이 빵게 매운탕 값이라도 치러야겠다는 마음에 문득 어떤 생각이 들어 이 책에 대해 발심發心을 하게 되었으니 책이 나온다면 맨 먼저 조가趙家에게 첫 권을 전할 것이 분명하다.

평소 군말이 없었던 그는 지난 39년간 말이 아닌 느낌과 행동으로 항상 나를 계도啓導했던 바가 적지 않았다.

이번 기회에 졸저 한권 쓰고 맺는말이라는 지면을 빌려서라도 남들이 보기엔 다소 장황하고 개인적인 이야기 같지만 오랜 기간 동안 옆에서 뻥긋이 웃어준 조가趙家에게 평소 하지 못했던 감사를 전한다.

평소 이기적인 삶을 살았던 나는 내 손톱 밑에 박힌 작은 가시 하나에도 엄살이 심했고 남들이 아픈 것에 대해서는 어지간히 무심無心했던 편이다. 그런데 최근 조가趙家를 만났을 때 그의 걸음걸이가 살짝 불편한 듯 보여 내 마음도 불편했다.

아가미와 지느러미도 없이 오대양을 떠다니며 바다 위 선상철판船上鐵板, Steel Deck에서 청춘을 보낸 인생이라 무릎이 성치 않아 보였는데 잘 나았으면 한다.

…

…

항우와 유방의 전쟁은 2,200년 전에 끝이 났다. 그러나 아직도 우리는 이런 저런 이유로 남들이 보기에는 무심한 가치일지 몰라도 자신이 생각하기에는 각자의 유의미한 명분을 위해 매일의 일상 속에서 전투중이다. 그리고 우리 대부분은 항우처럼 산을 뽑을 만 한 힘이 없고 유방처럼 자신이 용의 아들이라 공갈을 치고 다닐 만한 배짱도 없다.

그래도 오늘의 우리가 어제의 항우나 유방보다 나을 것이라고 즐거운 착각을 하는 이유는 그들에게는 오늘과 내일이 더 이상 없는 반면 그래도 우리에게는 오늘 해가 아직 서산에 걸려있고 어쩌면 내일도 맑은 물에 곱게 씻긴 해가 동해바다 위로 다시 떠오를 것이라고 기대하고 있기 때문이다.

물론 우리 또한 혹시나 하면서 살다가 언젠가는 역시나 하면서 항우나 유방처럼 대지속의 먼지로 돌아갈 것이 분명하다. 나의 조부모, 부모 그리고 최근에는 친구의 아버지가 군말 없이 그 길을 따라나섰던 걸로 봐서 이 게임의 규칙에는 한 치의 에누리가 없다는 것을 잘 알고 있다. 나만 안가겠다고 뻔뻔하게 생떼를 쓸 수도 없는 일이다.

나는 그저 위에서 마음을 밝힌 세 사람을 포함해서 나와 시공간을 함께하는 여러 사람들과 더불어 일면불월면불日面佛月面佛, 오늘도 어제처럼 낮에는 해 보고 밤에는 달 보며 주어진 시간과 한정된 공간 속에서 나름 내 몸으로 전전긍긍戰戰兢兢 살아 보고자한다.

　모든 사람에게 괜찮은 사람이 될 수는 없고 또 반드시 대단한 사람으로 살아야하는 것이 우리들에게 주어진 판에 박힌 인생 교훈도 아니다. 나는 죽었다 깨어나도 자로나 베드로처럼은 살 수 없는 사람이다. 자로처럼 살수 없는 정도가 아니라 솔직히 1/10,000 감히 흉내도 내기 힘든 사람이다.

　〈논어〉의 최다출연자, 논어 전편에 등장하는 인물 중 가장 매력적인 인물, 공자의 제자 자로는 공자를 처음 만났을 때 공자를 냅다 두들겨 패주었다. (=〈공자가어孔子家語〉 19편, 자로초견 능폭공자子路初見　陵暴孔子)

　그때 젊은 공구孔丘(=공자)는 야인野人 사로를 딜래며 말했다.

　〈"긴 칼을 좋아하는 그대 나와 같이 괜찮은 사람, 군자가 한번 되어 보지 않겠소?"〉(= 〈"임금이 되어서 간해주는 신하가 없으면 실정을 하게 되고, 선비가 되어서 가르쳐주는 친구가 없으면 들은 바를 잊어버리게 되고, 길들여지지 않은 말을 몰 때에는 단 한순간도 그 채찍을 소홀히 할 수 없다. 화살을 쏠 때는 두 번 다시 활을 당길 수 없고, 굽은 소나무는 목수의 먹줄을 만나 비로소 곧게 되고, 사람은 비판을 받아야 비로소 성인이 될 수 있으니 배움을 얻고 물음을 중요시하는 사람이 된다면 그 이상 바랄 것이 무엇이겠는가?"〉)

　거칠지만 곧은 성정의 변卞땅 야인野人 자로에게 공자의 제의는 이미 스스로 곧은 남산의 대나무를 잘라 뒤에는 꿩 깃을 달고 앞에는 화살촉을 심는 것과 같이 번거롭고 어색한 일이었을 것이다.

　그러나 의리와 신의의 상징, 남산의 대나무 자로는 공자를 만난 이후로 단 한 번도 공자를 부인한 적이 없었고 기나긴 유랑 생활동안 공자를 충직하게 옆에서 지켰다,

공자가 고백했다.

⟨"자오득유自吾得由 오언불문어이惡言不聞於耳 내가 자로를 만난 이후로 나에 대한 사람들의 험담이 사라졌도다!"⟩

그러나 자로는 훗날 위나라에서 벌어진 아버지 위장공과 아들 위출공 사이의 난에 휘말려 자신이 은혜를 입었던 재상 공회를 지키려다 목숨을 잃었다. 목이 베일 때 그는 공자를 처음 만났을 때의 야인野人자로에서 변모되어 군자君子자로의 모습으로 죽었다.
맹염과 석걸의 칼날에 갓끈이 떨어지자 자로는 갓끈을 다시 메면서 말했다.

⟨"군자사 관불면 君子死 冠不免 군자는 죽어서도 관을 벗지 않는다."⟩

자로는 결국 장독안의 젓갈(=저해형菹醢刑)이 되어 평생의 스승이자 친구였던 공자에게 보내졌다.(=옥구슬로 된 발을 드리우고 수렴垂簾 뒤에서 공자를 유혹하기도 했던 위영공의 아내 남자南子는 송나라 미남 공자 송조와 간통하고 있었고 위영공의 아들 괴외는 이를 수치스럽게 여겨 어머니인 남자를 죽이려했다가 실패하자 송나라로 도망쳤다. 이후 위영공이 죽자 남자는 자신을 죽이려했던 아들 괴외를 대신해 괴외의 아들인 손자 첩을 위출공으로 세웠다. 괴외는 자신이 왕이 되기 위해 위나라로 귀국하려 했으나 아들인 위출공이 이를 막았다. 아버지와 아들간의 기나긴 싸움이었다. 이에 괴외는 자신의 누이이던 공백희와 정을 통하고 있던 공씨 집안의 노비 혼량부의 도움을 받아 난을 일으켰는데 괴외는 위나라의 재상이었던 공백희의 아들, 즉 자신의 조카였던 공회를 인질로 잡아 성안으로 들어갔다. 이 무렵 자로는 공회를 모시고 있었는데 공회가 괴외에게 납치되었다는 소식을 듣고 공회를 구출하러 성안으로 들어가려고 성문 누대에 불을 지르게 되었고 괴외를 돕던 날랜 무사 맹염과 석걸과 싸우다 최후를 맞이했다. 위출공 첩은 도망쳤고 첩의 아버지 괴외는 위장공이 되었다. 주注를 달고 있는 저자도 자로의 죽음과 연관된 이 자료들을 처음 읽었을 때 이 사건과 연관된 인물들에 대해 따로 관계 도식를 그려야만 할 정도로 이들의 얽히고설킨 관계는 복잡 미묘했다. 아들과 어머니, 아버지와 아들, 외숙부와 조카간의 싸움 그리고 어머니와 누이의 불륜과 사통에 연관되어 득을 보려는 자와 그것을 이용하려는 자들의 암투, 이것이 당시 위나라 지도층의 상황이었다. 그리고 이런 희대의 막장 드라마를 빗댄 것이 조문도석사가의朝聞道夕死可矣 "아침에 도가 행해지는 바를 듣는다면 저녁에 죽어도 좋다."라는 공자의 탄식이다. 공자의 우려대로 이 변란으로 말미암아 자로는 죽었고 훗날 도척은 스스로도 올곧은 야인 자로가 공자 따위를 만나 유자儒者 흉내를 내다가 젓갈이 되었다고 비난했나. 사로가 죽자 공자는 "하늘이 나를 끊어버리는구나!"하며 슬퍼다가 이듬해 세상을 떠났다.)

　사실 잘 들여다보면 세간世間의 "괜찮다, 대단하다."라는 의미에는 이미 타인의 잣대와 기대라는 전제가 반쯤은 함축되어 있음을 알게 된다. 그래서 나는 엄살이 아니라 남들과 비교하는 일 없이 남들이 보기에는 서푼의 가치도 안 될 수 있겠지만 나름 내 몸과 내 머리로 한번 전전긍긍戰戰兢兢 살아보겠다는 표현을 하고 있는 것이다.

　예전부터 나에게, 몸으로 실천한다는 것은 머리로 이해하는 것보다도 훨씬 더 힘든 일이었다. 솔직히 머리로 대충 이해했다고 착각하거나 허세를 부릴 수는 있었어도 몸으로 실천하는 것은 결코 쉽지 않았던 적이 많았기 때문이다. 남들은 어떤지 몰라도 여전히 나에게 가장 힘든 일은 꾸준하게 몸으로 실천하는 일(=능구能久)이다. 힘들기 때문에 매일매일 전긍긍긍戰戰兢兢일 수밖에 없다. 머리로 알게 되는 해득解得 10개를 모아봐야 몸의 실천으로 알게 되는 체득體得 하나를 따라가기 힘들다는 것도 이제야 비로소 어렴풋이 알게 되었지만 그마저도 자주 까먹는다.

　그래도 낮에는 해보고 밤에는 달보며 살기로 했는데…. "오늘밤 달이 지고 만약 내일 아침 해가 다시 뜨지 않으면 어떡하지?” 이런 걱정은 미리 하지 않기로 했다. 해와 달의 운행에 관해서는 만유인력을 발견한 아이작 뉴턴도 마땅히 할 수 있는 게 없는 마당에 미분 / 적분은 커녕 이제는 “근根의 공식公式”도 기억해내지 못하는 내가 뭔가를 걱정한다고 될 일이 아니라는 주제파악정도를 단단히 하고 있기 때문이다.

대신 조가趙家의 무릎이 잘 낫지 않아 행여 그가 아픈 무릎을 핑계 삼아 앞으론 시원한 맥주 대신 달달한 코코아나 한잔 하자고 할까봐 그것은 걱정이다.

그의 무릎이 낫고 안 낫고는 둘째치더라도 그 자를 만나 달달한 코코아를 마시고 있다는 상상을 하니 그것만으로 이미 경계치에 도달한 나의 수축기 혈압이 급상승 할 것 같아 무릎에 좋다는 우슬이라도 한 뿌리 구해서 조가趙家에게 보내 줘야 하나 마나 목하 고민 중에 있다.

58년이나 살고서도 여전히 아둔한 머리와 민첩하지 못한 몸 때문에 나는 오늘도 이래저래 전전긍긍戰戰兢兢인데 58번째 맞이하는 봄은 소리 소문도 없이 저만치 성큼 다가와 있다.

귀신고래 회유해면 深淵克鯨 廻遊海面

(부제副題 : 장생포의 봄)

- 하종호 -

매암리 봄바람이 계절을 몰아 대일 천지만디 데려갈 때면
내해 건너 용잠 한개만디에는 개나리가 흐드러졌다

납도리 하얀 배꽃들이 꽃샘바람에 흘러 장승 포구에 눈꽃처럼 쌓이고
한나절 쑥밭해풍은 소년의 추억을 모아 봉대산 천상으로 연기처럼 데려갔다

야심삼경 은하수 달빛아래 한낮 같기만 했던 이화의 짧은 사랑이여
박명일출 불사봉황 일광뒤로 사라져 버린 천랑성의 외로운 울음이여
정중한낮 작렬하던 태양위로 쏘며 오르던 물수리의 고달픈 날개 짓이여

일모석양 여천장날 이고 진 아낙네의 무거운 발걸음에 그림자가 길어지면
어항리 잿빛바다 감중련 하던 귀신고래는 이무기가 자고 있던 떡바우를 돌아나와
한줄기 물보라를 약속 인냥 남겨놓고 저물녘 검푸름으로 신화처럼 사라졌다

연고산 대곡리 아득한 반고씨가 거북이를 만들 때부터 안개를 뿜어내던 장수경
나가수의 고향 장생포에는 태고적 봄 마냥 해무가 일치감치 한창이다

하늘이 넓어 바다는 깊어라 天闊海深
하늘이 깊어 바다는 넓어라 天深海闊

바다가 넓어 하늘은 깊어라 海闊天深
바다가 깊어 하늘은 넓어라 海深天闊

장생포의 봄은 어제 하늘이었다가 오늘 바다가 된 귀신고래를 앞세우고 돌아온다

하늘과 바다가 만나는 동해의 수평선에는
어제 넓었던 것이 오늘 깊은 것을 만나 바다가 되고 昨日甚闊 今日遇見深淵 化成大海
오늘 깊었던 것은 내일 넓은 것을 만나 하늘이 된다 今日甚深 明日遇見廣闊 化成蒼天

귀신고래克鯨 : 쇠고래, 매년 3월~5월 울산 장생포 앞바다를 회유하여 북상했다가 11월경 다시 울산 앞바다를 지나 동중국해로 이동함.

매암리梅岩里 대일 : 울산 매암동 現 ㈜삼양사 울산공장, ㈜ 경동 이앤에스 일대 마을, 장생포, 동북개, 양죽, 섬목부 락과 인접, 울산공단 산업화 정책의 일환으로 1986년 이후 철거되었고 주민들은 現 울산 태 화동, 무거동 일대로 이주

천지만디 : 장생포와 대일사이의 야산정상, 만디=먼당=만당=높은 곳의 울산 사투리

내해 : 장생포 포구 나루터 맞은편 용잠龍岑일대 (용잠龍岑=용 봉우리. 용연龍淵= 용 못)

한개만디 : 용잠골 비탈 정상 現 ㈜한국듀폰 울산공장 일대

납도리笝島里 : 매암동 서남쪽 인접 배 과수원이 많았던 現 ㈜효성티엔시=舊 ㈜동양나이론 일대 마을

장승포구 : 장승이 서있던 포구, 장생포長生浦의 어원

쑥밭 : 장생포 동쪽 바다 맞은편 모래 해안가, 울산대교 동쪽 끝단 아래, 現 염포부두, ㈜ HD 미포조선일대

봉대산烽臺山 : 용잠과 용연골 사이의 억새 야산, 現 ㈜ SK가스 울산기지 일대, 토끼 똥과 억새를 태워 연기로 신호를 했던 봉화대가 있었던 산

삼경三更 : 23시~01시

이화梨花 : 배꽃

불사봉황不死鳳凰 : 불사조不死鳥, 피닉스Phoenix, 나일강 서쪽에서 스스로 몸을 불사르고 나일강 동쪽에서 다시 부활하는 태양

천랑성天狼星 : 시리우스Sirius, 큰 개 자리의 알파성, 오리온 자리의 베텔게우스, 작은 개 자리의 프로키온과 함께 겨울철 밤하늘의 삼각형을 이루고 봄철 새벽녘 동남쪽 하

늘에서 빛나다가 일출과 함께 사라짐

정중正中 : 천체(태양)가 자오선을 통과하는 시점, 태양이 정남쪽에 있을 때 최고고도=남중
　　　고도

일모日暮 : 해가 질 무렵 (일모도원=해는 졌으나 갈 길은 멀다, 일모영장=해질 무렵에 그림
　　　자가 길어진다)

여천呂川 : 울산시내에서 장생포로 들어오는 길목. 現 ㈜ sk에너지 여천공장 일대(고사동,
　　　부곡동, 선암동, 여천동에는 1970년대까지 배밭이 많았음)

어항리魚港里 : 용잠 내해 동쪽 일대 장생포 포구로 들어오는 초입, 현 (주) sk 5부두 지역

감중련坎中連 : 주역 64괘(8x8)의 구성요소 중 하나로 "아무런 말을 하지 않는다"라는 의미

떡바우 : 똑바우, 독바우. 용잠 내해에서 용연앞바다 외해로 이어지는 곳에 선 해암海巖,
　　　울산 남화동 現 울산동서발전 舊 울산 화력발전소 일대

저물녘 검푸름 : 저물녘 수평선

연고산 대곡리 : 반구대 암각화가 있는 現 대곡천 사연댐 일대 (반구盤龜=거북이가 엎드린
　　　형상)

반고씨盤固氏 : 중국 창세신화에 나오는 천지개벽 최초인물, 반고가 죽은 후 그 몸이 태초
　　　의 산천초목바다가 됨

장수경長須鯨 : 긴수염 고래

나가수 : 장수경의 일본어 표현으로 울산 사투리화 됨. 1880년 이후 해방 전까지 일본포경
　　　업체들이 울산 장생포로 진출 대규모 상업포경 선단을 이룸

해무海霧 : 봄철 장생포 앞바다의 차가운 냉수대과 따뜻한 공기가 접하면서 바다 안개가
　　　빈번히 발생

참고문헌

『사기史記』, 사마천司馬遷.

『한서漢書』, 반고班固.

『십팔사략十八史略』, 증선지曾先之.

『논어고금주論語古今注』, 정약용丁若鏞.

『히스토리아HISTORIA』, 헤로도토스HERODOTUS.

『펠레폰네소스 전쟁사 HO POLEMOS TON PELOPONNESION KAI ATHENAION』,
　　　　　　　튀케디데스THOUKYDIDES.

『플루타르크 영웅전PLUTARCH'S LIVES』, 플루타르코스PLUTARCHUS.

『항우와 유방』, 시바 료타료司馬遼太郞.

『고우영 초한지』, 고우영.

『이문열 초한지』, 이문열.

『정비석 초한지』, 정비석.

『황석영 초한지』, 황석영.

『이문열 삼국지』, 이문열.

『이광수 삼국지연의』, 이광수.

『허문열 동서삼국지』, 허문열.

『진시황 평전』, 장펀톈張分田.

『왕필 노자주王弼 老子注』, 왕필王弼.

저자 **하 종 호**

『소년약전(少年略傳)』/ 중편소설

『오래된 약속 그리고 새로운 약속』/ 모세의 구약, 예수의 신약에 대한 탈(脫) 신화적 인문 해석서

『초한지 인물강해(楚漢志 人物講解)』

초한지 인물강해 楚漢志 人物講解

2025년 11월 10일 초판인쇄
2025년 11월 20일 초판발행

지 은 이 하 종 호
펴 낸 이 한 신 규
펴 낸 곳 글터
디 자 인 김 영 이
주   소 05827 서울특별시 송파구 동남로 11길 19(가락동)
전   화 Tel.070-7613-9110 Fax.02-443-0212
E-mail geul2013@naver.com
출판등록 2013년 4월 12일(제25100-2013-000041호)

출력 GS테크 **인쇄 · 후가공** 수이북스 **제본** 보경문화사 **용지** 종이나무